青春，谁主沉浮【下】

卞君 著

中国言实出版社

目录

第六十一章　知结胜缘人意外，欲寻谜解笑谈中

Abby看上去是个热情活泼的女孩，只不过，可能是因为她个子不高的缘故，娇小玲珑的身材，再加上温柔似水的声音，难免会觉得她是那种与世无争，甚至亟待保护的柔弱女子，让人看着就有一种想冲上去保护她的冲动。

Abby把云飞带到办公区，然后指了指那些空着的办公台说道："这里的位置都空着呢，你随便找个喜欢的位置坐吧！"

云飞看了看这个区域，一共有六七个空位，虽然这么多位置都空在那里让他颇感纳闷，但他还是二话没说，就径直选了后排靠墙角的一个位置坐了下来。云飞明白，作为一个初来乍到的新人，有些东西可以问，但有些东西还是搞清楚状况再问比较妥当。

云飞选择后面墙角的位置，是因为那里更具隐蔽性，能随时观察到前面员工的动向，而自己却不会受到监控，这也是领导通常为什么都喜欢坐在后面的原因。

虽然云飞并没有敢把自己定位成领导，但在有选择的情况下，找一个对自己有利的位置，何乐而不为呢？

Abby一边主动拿了些常用文具给云飞，一边指着里面的两间小办公室介绍道："这两个房间，一个是总经理的，一个是华南区经理的！"

"怎么？总经理也在华南区上班吗？"云飞好奇地问道。

"不，他只是偶尔来一下！这一任总经理是销售出身，喜欢跟一线的销售人员做交流，所以会不定时地过来串串场！"

云飞闻言，点点头说道："身为一个跨国公司的总经理，没有高高在上地坐在办公室里看报表，而愿意走下神坛跟一线销售人员共同了解市场，这种领导可真是难得啊！"

"没错！以前的总经理都是做生产出身，喜欢窝在工厂！很难得遇到一个这么重视销售的老外，不知是你们的幸运还是不幸啊？"Abby开玩笑地说道。

"你这话让我压力好大啊！不过，我还是挺想见见这位与众不同的总经理的！"

“放心，以后有大把机会！”Abby边说，边整理出一套资料递给云飞：“这是销售需要了解的整套资料，你先熟悉一下。未来公司会安排专门的培训，到时候你就有机会见到总经理了。他可是很喜欢有见地的销售人员，不喜欢那些人云亦云、随波逐流的人，希望他会喜欢你！”

“谢谢你给我透露了这么多信息，作为报答，中午我请你吃饭吧！”

“嗯……好啊！反正今天也就只有咱们俩，那就恭敬不如从命了！”

“公司……怎么就咱俩哪？其他人都去哪儿了？”

云飞本是出于好奇随口一问，哪知Abby闻言竟忽然收起了笑容，脸上立刻变得严肃起来。这个瞬间的变化，让云飞猛然意识到自己犯了一个低级错误。或许他在无意间问了一个不该问的问题，一进公司就踩到红线，可绝不是一件好事。

这可能因为太久没有上班，闲散的生活状态，让云飞原本已经具备的职业敏感变得迟钝了，这在职场上可是大忌。

好在Abby并没有持续严肃下去，反而是略显尴尬地说道：“这个问题本来不应该由我们行政部来解释的，不过既然你问了，其实说出来也无妨，反正你迟早也会知道的！不过，将来如果有领导跟你再说起此事的时候，你一定要当作什么都不知道，免得他们嫌我多嘴！”

“那当然！”

“其实，华南区现在的处境有点尴尬，我们现在一个销售人员都没有！”

“什么……怎么会这样？”

云飞说完，忽然发现自己一惊一乍的语气颇有不妥，于是连忙收敛起那过分夸张的表情。不过老实说，Abby的话的确让他深感意外。

Abby想必也能体谅云飞的好奇心，一家跨国公司的办事处，竟上演了一场“空城计”，对于新人来讲，心存好奇也是无可厚非的事。

于是，她无奈地说道：“你不用担心，不是整个公司都这样。只是我们华南区比较特殊……不久前，所有的销售人员被一锅端了！”

“‘一锅端了’是什么意思？”

“就是整个被炒掉了！之前的华南区销售团队，是由华南区经理从他的原公司带过来的。他们跟原公司有财务纠纷，集体跑路却隐瞒不报。后来，总经理收到他们原公司的投诉信，经核实后二话不说，就把他们全部炒掉了。”

“原来是这样！还好，我跟原来的公司可是清清白白的！”

云飞听完终于松了口气，在他心里，公司内部只要不存在什么重大隐患，那就不是什么大问题。他最怕的就是遇到像欧施克那样的公司，内部太官僚，太腐败，也太过复杂，让人活得实在太辛苦！

“我看你也不是那种人！”

“怎么，你还会看相啊？”

“我们做行政人事的，可以说是阅人无数。就算没学过看相，但见得人多了，多少也会有点感觉嘛！”Abby 自信地说道。

“那倒是！”

讲到这里，Abby 忽然略显自豪地仰起头说道：“其实，要说阅人无数，我老公才是这方面的专家啊！我也就是过过嘴瘾，他才算得上是当之无愧呢！”

云飞闻言，略带惊讶地说道：“你已经结婚了？我看你这么年轻，还以为你也是刚刚毕业呢！”

Abby 听到这话，显然很是受用。只见她得意地说道：“俗话说，闺蜜常有，好男人不常有。这年头竞争太激烈，遇到自己心仪的另一半，下手一定要快，准，狠。不然，机会往往都是留给闺蜜的！”

云飞听完被逗笑了：“你这种说法我还是第一次听到，你这么善于把握机会，不做销售可真有点可惜了。看来，你很崇拜你老公啊！”

Abby 一说起她老公立刻就变得眉飞色舞起来，好像陷入了一种不能自拔的甜蜜中。一个女人对一个男人崇拜到这种地步，而最终又成功地把他拿下了，显然这个世界上没有比这更幸福的事了。

“那是啊！我老公在这个领域，也算是不可多得的人才了，我就是他推荐进咱们公司的啊！”Abby 带着一脸的幸福，自豪地说道。

可云飞闻言，不由得暗暗吃了一惊。他心中暗想：“想不到，所谓的跨国公司里面，也会有这种裙带关系。看来我以后说话做事，还是得多加小心啊！”

两人又闲聊了一阵，便各自去忙手头的事了。云飞仔细翻阅了一遍 Abby 给他的那套培训资料，心里禁不住暗暗叫绝。

这本资料的印刷质量，几乎可以堪比NEG的《新世纪百科全书》。不但图文并茂，制作精美，而且从公司背景、产品特点，到市场拓展、渠道开发等细节，都一应俱全地做了详尽的解释说明。

这么完整而精美的培训资料，恐怕也真的只有这种跨国公司才做得出来。细

节做到如此极致，恐怕想不成功都难啊！

不觉间，云飞在内心为川奇暗暗竖起了大拇指，心中也暗自庆幸他终于进入了一家真正的外企。看来，如果能在这里镀上几年金，对他未来的职业发展一定会受益匪浅啊！

中午，云飞请 Abby 吃了一顿便饭，而 Abby 则给他透露了更多关于公司的细节情况。

在 Abby 的介绍下，云飞才知道，原来华南区目前的业务，是靠从华北办事处临时抽调过来的，一个叫 David 的同事在暂时负责。

David 是一个业务能力极强的老员工，从资历和背景来看，云飞和他相比那只能算是个菜鸟。

对于 David 这个传说中的业务高手，云飞的心中既充满了期待，又有一点忐忑不安。因为，有对比才有差距，云飞心中并不确定，他将来接过这些区域后，是否能像 David 一样管理得游刃有余。

而更让云飞担心的是，他不确定他跟 David 之间的交接是否会一切顺利。云飞曾听王经理讲过，有些业务人员在做工作交接的时候，会刻意留上一手，以突显自己的能力。云飞只希望，但愿他是以小人之心度君子之腹了。

在跨国公司的第一天，就这样平淡地结束了。整整一天只有 Abby 与云飞"相依为命"，这跟他想象中的情景显然大相径庭。

很久没有在高峰时间挤过公交车了，云飞终于有机会再次体验一把，这种久违的痛不欲生的感觉了。但不知为什么，今天这种痛苦感似乎并没有想象中那么强烈。或许相对于坐吃山空和独守空房的长期在家与寂寞相伴，每天有机会带着使命感跟人挤个你死我活，也不失为一种不可多得的幸福！

第二天一早来到公司，云飞终于见到了传说中出差归来的 David。他高大威猛，说话中气十足，身上散发着北方人特有的豪爽与幽默。

David 一见到云飞，就立刻表达出想尽快回北京的愿望。只见他握着云飞的手，两眼充满深情地说道："兄弟，日盼夜盼终于把你盼来了！我也终于可以放心地离开了。总部交给我的任务，以后就靠你来完成了！革命尚未成功，同志仍需努力啊！"

David 的幽默与热情，让云飞忽然想起了王经理。也可能正是因为这个原因，与 David 的第一次接触，就让云飞产生了一种莫名的亲切感。而且，云飞的直觉告诉他，David不是那种矫揉造作之人，更不是那种胸怀城府、工于心计的人。因此，云飞与David的相处从一开始就显得非常放松而诚恳。

面对David的调侃，云飞会意地一笑，说道："俗话说，帮人帮到底，送佛送到西。我初来乍到，你怎么也得把我扶上驴再送一程，这星火才能有燎原之势啊！"

大家闻言相视而笑，很快就进入了彼此的角色。David恨不得立刻就带着云飞，马不停蹄地把市场走上一圈。

说实话，这倒真不是因为David敬业到不知疲倦，而是因为他回北京实在是归心似箭啊！要知道，David真正的战场是在华北。他的客户、他的业绩，特别是他的奖金都来自于华北，他在华南只是义务支援而已。

说白了，David把华南市场做得再好，也不过是帮他人做嫁衣裳。荒着自己的地，去耕别人家的田，这种高尚的情怀自然是情非得已，而非心甘情愿啊！

既然要了解市场，广州近水楼台先得月，自然是首站的不二选择。这里不但是办事处所在地，同时也是大中华区的工厂所在地，更是华南区业务的核心区域。

这里就像一个对外的窗口，很多客户来工厂参观，第一时间都会先了解这个总部所在地的业绩情况。因此，客户把广州看作了解公司在中国业务开展状况的晴雨表，一点也不为过。

只可惜，这几年华南区的业绩始终不太理想，销量只有华东和华北区的五分之一左右，也成了公司各届领导的心头之痛。

前几届总经理都是做生产的出身，绝少涉猎具体的销售业务。因此，华南区的顽疾虽然为各届领导所诟病，但始终没有找到真正的根源所在。

而现在，整个华南区的销售团队又被一锅端了，办事处更是处于了几近真空的状态。可以说，云飞此时加入川奇，正好遇到了它前所未有的史上最坏情况。

做销售的人都知道，与其去收拾一个混乱不堪的烂摊子，还不如去开发一个没有进入过的新市场。因为，不管怎么说，默默无闻都总比臭名远扬要好得多。

经过进一步的了解云飞才知道，公司所谓龙头企业、行业标杆的名头，主要是因为国外的傲人战绩和辉煌历史，而倍受推崇所致。可他们在国内的表现其实并不尽如人意，而华南区域则更是差中之差。

对公司了解得越多，罩在公司名头上的光环就显得越暗淡。现在，云飞终于

明白了，他并不是站在一个巨人的肩膀上放飞梦想，至少此刻不是。即便川奇勉强算是个巨人，也已经是金玉其外，败絮其中，至少华南区的情况是这样。

但云飞并没有因此而气馁，相反，他更加珍惜眼前的机会了。因为他明白，一切事物都有正反两面，盛极必衰，物极必反，绝处逢生，否极泰来。越是坏到不能再坏的情况，就越可能是绝地反击的大好时机。

当然，云飞也很清楚现实的残酷，要想收拾好这个残局绝非易事，如果不能正确地认识自己，很可能就会因为妄自尊大和好高骛远的雄心迷失了自我。

面对机会与挑战并存的困境，云飞究竟能否凭借他的经验和毅力杀出一条血路，用事实来证明自己的实力呢？

第六十二章　沆瀣一气黑白倒，绵里藏针见真招

云飞首先跟着 David 去拜访的，自然是广州的经销商。这家公司有两个老板，一个是身材魁梧、膀阔腰圆的高总，一个是矮小精悍、不露声色的华总。

在路上，David 就提醒云飞，这两个老板都是打太极的高手，那双簧演得简直是出神入化。

他们不但思想陈旧，顽固不化，而且两人多年形成的默契，在扯皮、推诿、和稀泥方面，可以说是人世间少有的天才。那种天衣无缝的配合，可以令人怒火中烧，出离愤怒，你却又不得不发自内心地拍案叫绝。

一听说即将有高手现身，云飞平静的心情不由得开始活跃起来。在欧施克时，云飞受过不少“高人”的指点，每天耳闻目染多少也形成一些自己的套路。只是当局者迷，一直处在各大高手的风头之下，云飞始终没有机会显山露水。现在终于可以和欧施克以外的高手过招了，云飞倒是很想试试自己到底有多少斤两。

早年，高总和华总靠着胆大心细，早早就赚下了第一桶金。如今，在行业里也算是个能呼风唤雨的主儿，只可惜他们做不到与时俱进。随着时代的变迁，行业里沧海桑田的变化，让他们感到越来越力不从心了。

高手之间过招，最重要的就是要做到知己知彼，云飞当然也要提前做点功课。于是他问 David 道：“你说得这么邪乎，好像他们还真成精了不成？”

David 见云飞还半信半疑，于是警告道：“你可千万别掉以轻心，这两个老狐狸可是看人下菜、软硬兼施的高手。好在我们是大品牌，他对我们的态度也还算过得去。那些小品牌的区域经理到他们公司，连他们俩的面都难得一见啊！还有，你千万别被他们善意的外表欺骗，他们答应好的事转头就会不承认，尤其是涉及钱的事，让他们出一分钱，那都像要他们的命似的。”

“身为这么大公司的老板，自己答应过的事，难道还能当面赖账不成吗？”云飞不可思议地问道。

David 闻言无奈地哼了一声，说道：“无商不奸！这种洗脚上田的暴发户，最没什么信誉可言了。他们俩每次都是一个唱红脸，一个唱黑脸。开始的时候，听他们演双簧还有点儿新鲜感，多听几次你就会不厌其烦，懒得再跟他们纠

缠了！”

“那……那咱们怎么说也是全球的龙头企业，咱这么大的腕儿，他们也敢这么欺负？”云飞半调侃地问道。

云飞这句话似乎刺中了David的痛处，只见他长叹一声道：“唉！咱们是全球的龙头企业不假，可在中国咱们就是个‘夹心饼干’。头顶着世界级的光环，可实际只有二线品牌的影响力。价格超贵，知名度低，政策不灵活，销量上不去。所以咱们在经销商心目中，就是给他们充充门面的摆设，人家也不靠咱们赚大钱！反过来，咱们还得依靠人家的渠道去拓展市场。所以，到底是谁靠谁这还得两说啊！”

David的一席话，道出了厂商之间的本质。客大欺店、店大欺客是厂商之间永远不变的真理。不管川奇在国外多么风光无限，但强龙压不过地头蛇，到了中国的一亩三分地，还得看渠道掌握在谁手里，渠道就是王道！

这也正是华总和高总对厂家，敢于以一种居高临下的态度，如此盛气凌人的底气所在。现在，他们手中握着一堆的品牌，这既是他们跟厂家谈判的筹码，又是掣肘各个品牌的有力武器。

川奇的品牌，说白了就是他们摆在台面，打高走低的参照物，是他们大举推广低端品牌的垫脚石。可川奇公司明知如此，又无可奈何，谁让他们不得不借用人家的渠道呢？

既然这段“婚姻”没有感情基础，可大家还能勉强凑合在一起，充分说明双方都能从中各取所需，对彼此来讲对方都还是有利用价值的。只是，这种平衡关系迟早会有被打破的一天，只是看哪一方比较争气，可以率先把主动权握在手里而已。

在公司里华总看大方向，高总负责具体执行。他们对付厂家只有一招，而且是屡试不爽，那就是“拖字诀”。

面对厂家的各种要求，他们永远不会斩钉截铁地告诉你yes或者no。华总会让你找高总，而高总肯定又会把球再踢给华总。这样三拖两拖，黄花菜都等凉了，厂家最终也就只好不了了之了。

这样的状况，云飞还是第一次面对。眼见David这样的资深人士都一筹莫展，他若是回了北京，那云飞岂不是更加无计可施了？

想到这里，云飞不由得着急地问道：“要照你这么说，那不是什么事情都办不成了？”

David 见云飞终于开始头疼了，便幸灾乐祸地说道：“呵呵！这个问题以后就轮到你来伤脑筋了，我可是终于要解放了！”

的确，作为厂家的销售人员来讲，如果公司品牌强势，又遇到配合度高的经销商，那真是谢天谢地，皆大欢喜。

但如果品牌本就弱势的情况下，再遇到像广州经销商这样思想落后，又不太配合的主儿，那就只能自认倒霉了。特别是这种顽固不化还特别有实力，又特别自以为是的经销商，真能把你折磨得寝食难安！

见 David 幸灾乐祸的样子，云飞当然知道他是故意在考自己。于是他摆出一副愤愤不平的样子说道：“我就不信，广州市场这么大，我们非得在一棵树上吊死，就再找不到第二家经销商了？”

David 闻言，竖起大拇指说道：“有气魄，那以后就看你的了！我这个被虐狂，也终于不用天天觍着脸，来跟他们扯皮了！”

David 的语气，显然是话里有话。像他这样的销售高手，每天受这样的窝囊气，换一个经销商的想法必定在他脑子里没少出现过，但最终还是没有下手，显然事情一定没有想象的那么简单。

云飞还想再继续问下去，可车子转眼已经到了华总公司的楼下，他也只好欲言又止地把话咽了下去。

到了外资公司，云飞出来跑业务终于可以打的士了。再也不用为了少转一趟车，省一两块钱而煞费苦心。外企讲究的是效率，他们宁愿用高福利留住人才，用最少的人办最多的事，这样才能把生意做到全世界。

与外企精兵简政的战术正好相反，华总使用的是劳动密集型的人海战术。公司人满为患，却没几个出类拔萃的得力干将。看他在建材市场里租了整整一层楼，就知道他是个不折不扣的土豪。气派是够气派，只可惜看不出一丝的格调。

公司的大堂门口，是一个开放式的展厅，但装修的档次实在不敢恭维。不伦不类的，与其说是个展厅，倒不如说是个特价大卖场。跟川奇专卖店的展示要求，那真是天差地别啊！

David 带着云飞，直接来到了华总的办公室。他知道，家有千口，主事一人。这家公司能拍板的人，说来说去还是华总。这个公开的秘密，虽然每个厂家都知道，但不是每个厂家的销售人员，都够胆直接去找华总的。

好在川奇的品牌够大，David 的气场也够强，他老道的销售经验还是得到了经销商的认可和尊重的。因此，在众多厂家的销售人员中，他是为数不多敢于直闯华总办公室的人。

今天，David 以工作交接为由，同时约了华总和高总。对于经销商而言，厂家换销售人员，对他们来讲也算是件大事。

因为，厂家销售人员的能力强弱，不但会影响到经销商生意的拓展情况，更会直接影响到他们从厂家能得到的政策和好处，可以说是利益攸关。正因为如此，今天才会让不可一世的华总和高总，同时等在办公室“迎接”云飞的到来。

华总的办公室虽然不小，但并没有想象中那么富丽堂皇。里面的摆设很普通，能看出他是个为人低调、财不外露之人。

华总身形瘦小，但好在双眼炯炯有神，眉宇之间锐利的目光，让人感到他瘦小的背后，隐藏着一种无形的杀气。

见 David 和云飞走进来，华总立刻站起来打招呼道：“早啊，陈经理！”

David 姓陈，虽然公司里大家都习惯用英文名称呼彼此，但经销商还是习惯用中文的称呼。特别是华总和高总，这样洗脚上田的土豪经销商，二十六个英文字母都认不全，当然也就不得不更加“尊重”传统文化了。

“早，华总！”David 一边打招呼，一边迎上来与华高握手寒暄。

“这位就是你们新来的销售经理吧？”华总一边与 David 握手，一边转头望着云飞问道。

“是啊，这是我们新来的马经理，以后你可别像关照我这样关照他啊！”David 半开玩笑地说道，显然他对华总平时的“关照”有不少意见。

华总一听，先是愣了一下，然后马上恍然大悟地说道：“陈经理言重了吧？我可是真的很关照你啊！”

David 闻言呵呵一笑道：“你跟高总的太极拳打得我遍体鳞伤，不过好在我马上就可以回北京去疗伤了。但如果你们把马经理也打成内伤的话，公司就只能去少林寺请个会金钟罩的武僧来做销售经理了。”

David 的话看似在开玩笑，可是听上去又隐隐感觉到一种绵里藏针的警告意味。

华总一听，略带尴尬地咧嘴一笑。然后转头看着云飞说道：“马经理，你可别听陈经理乱说，我可是多个厂家的金牌经销商。职业，敬业兼专业，如果连我们这么好的经销商你们都不满意，那我真不知道你们还能舍我其谁啊？”

果然是高手过招，处处暗藏杀机。David 刚中带柔的警告，却被华总看似轻描淡写的三言两语，就反守为攻了。甚至，他不但反击了 David 的警告，还给云飞来了个不大不小的下马威，言语间威胁的意味已经不言自明了。

那意思：我手中代理的品牌多得是，排着队抢着跟我合作的厂家有大把，该怎么对我，你自己心里要有数啊！

云飞自然听得懂华总话里的意思，于是他微微一笑说道：“华总言重了，正所谓路遥知马力，日久见人心。优不优质也不能光看那些牌子，要不然，我岂不成了无牌上岗了？”

“哈哈！马经理还真是幽默啊！”华总会意地哈哈一笑说道。

大家在谈笑风生之间，看似随手拈来寒暄之语，却已然隐隐地过了几招，通过对彼此的试探，也都互相有了一定的了解。

正在这时，忽然听到外面传来一阵敲门声。紧接着，推门走进来一个身材高大的中年男子。这个人还未进到屋里，笑声便先声夺人地传了过来，仿佛就像电影里会千里传音的武林高手，令在场的人不由得都回头望去……

第六十三章　谈笑风生暗香去，翻脸无情话绝语

来人爽朗的笑声，再配上高大威猛的身材，颇有一种电视剧中脱颖而出、技压群雄的盖世英雄闪亮登场的感觉，让人不由得眼前一亮。

“陈经理，这么一大早就冲过来了，是来兴师问罪还是有好事关照啊？”如此明知故问的人，不用猜也知道，必定是高总无疑。

只是高总给人的第一印象，举手投足之间并不像是个太拘小节之人，倒更像是个地地道道的北方大汉。这跟David口中一毛不拔的铁公鸡，似乎也有点儿格格不入啊！

“我哪敢兴师问罪啊？当然是有好事关照了。今天我专程带个赏心悦目的帅哥来接手你们的区域，以后对我眼不见心不烦，心情好了就可以把业绩做得更好了！”David开玩笑地说道。

高总闻言，哈哈大笑道：“陈经理，你可真会开玩笑，北京人的幽默感我们广州人真是拍马都追不上啊！你要是回了北京，我可真会想你的！”

David一听，冲着高总会心一笑。然后转头对云飞说道：“怎么样，领教了吧？这就是传说中的威猛先生，我们可亲可爱的高总——高威猛！‘高大威猛’的高，‘高大威猛’的威，‘高大威猛’的猛。人如其名吧？”

听了David的解释，云飞忍不住也笑了，他赶忙冲着高总伸出手，自我介绍道：“久仰高总大名如雷贯耳，今日一见果然人如其名。我叫马云飞，幸会幸会！”

“马经理，幸会幸会，以后要多多关照啊！千万别像陈经理一样，公司有什么好政策，他都申请给北京的客户了，在他眼里我们都是后娘养的。”

David一听，可不乐意了：“高总，你这么说可是太伤人了，我为你们的事把心都快操碎了！人家都说人走茶凉，我现在人还站在这里，你就开始这么说我。要是等我人走了以后，你还不定得在背后怎么骂我呢？”

高总一听，立刻有点不好意思地给自己打圆场道：“开个玩笑嘛，陈经理你何必那么认真啊？”

说完，高总又转过头对云飞说道：“马经理，我们家是从山东搬过来的，虽然我是在广州土生土长的，不过骨子里流的还是山东好汉的血液。所以比较直爽，

喜欢开玩笑，你别介意啊！”

“你是山东人，我是山西人，那敢情我们还是半个老乡呢！”云飞笑着说道。

“是吗，你是山西人啊？那可真是半个老乡了，俗话说老乡见老乡，两眼泪汪汪，那你以后对我们可就要更加关照了！”高总洪亮的嗓门，站在外面走廊都听得清清楚楚。

David 见高总这么现实，还没等他离开，就开始跟云飞套上近乎了，不由略感到嫉妒地对云飞说道：“高总的话你可要辩证地理解，基本上反着听准没错！小心面前是老乡，背后是一枪啊！”

“好啦，好啦！要吹牛也坐下来喝杯茶润润嗓子再吹，你们站着聊不累吗？”旁边的华总终于忍不住发声道。

“对，对，坐下聊！”高总也赶忙顺坡下驴地说道。

短暂的寒暄过程还算愉快，只不过相识容易相处难，喝茶吹牛大家都能谈笑风生，可一旦要谈钱的时候那就难免要伤感情了。

刚才双方都努力打造一个其乐融融的场面，不过是为后面拉开架势真正交锋做个铺垫。这是拉开先礼后兵的序幕，后面言归正传才有回旋的余地。

老江湖都懂这个道理，虽然华总和高总不是什么科班出身，也没什么文化底蕴。不过实践出真知，经历的风雨多了，经验就变成了一种本能的反应。

大家坐定之后，几杯茶落肚，David 首先开口道：“两位老总，我作为一个过渡时期的‘产物’，即将告别这个历史舞台。大家朋友一场，借着今天我跟马经理交接之际，有几句掏心窝子的话想跟你们说说。毕竟人之将走，其言也善！我说的可都是肺腑之言，听不听就是你们的事了！”

“陈经理，你这话就见外了！刚才的玩笑归玩笑，但在我们心里还是很看重你的为人的。不管你是回北京，还是到天涯海角，你这个朋友我们都交定了。有什么话你但说无妨，我们洗耳恭听！”华总一脸认真地说道。

David 闻言，面带微笑地点了点头：“谢谢两位老总的认可！其实，你们的生意走到今天，在广州的同行里已经可以算是行业翘楚了。但坦白讲，你们跟上海、北京的行业龙头相比，还是有一定差距的。”

“那肯定啦！北京和上海的大公司与我们不可同日而语啊！”高总不以为然地说道。

David 对这种说法似乎并不太认可，只见他撇了撇嘴道：“这是事实，但也不

尽然！广州的消费力其实并不差，只是消费观念上还有些落后。而这个落后主要体现在上游，也就是厂家和经销商的理念落后，造成消费者选择上的限制，而不得不接受比北京和上海理念上慢一拍的节奏。”

华总和高总闻言，互相对望了一眼，似乎并不太理解David的意思。于是，高总悻悻地说道：“陈经理，你知道我们没什么文化，就别跟我们兜圈子了。你是什么意思，就跟我们直说吧！”

David闻言却并没有急着往下说，而是端起茶杯细细地品了口茶。本以为他是说得口渴了，喝完茶之后便会继续刚才的话题。哪知，一杯茶落肚之后，David竟又斟了一杯茶品起来，并一言不发地望着云飞，似乎是想把后面的时间留给云飞来发挥。

可David在来之前，并没有跟云飞交代过要他说什么或怎么说。云飞又不是他肚里的蛔虫，何以知道他是怎么考虑的啊？这要是一不小心表错情，岂不弄巧成拙了吗？这可把云飞急坏了。

高总和华总演双簧配合得天衣无缝，那可是经过长时间的了解才形成的默契。可云飞初来乍到，跟David认识还不到三天，两人虽然投缘，但远远说不上了解，更谈不上默契。

云飞对川奇所在的厨房设备行业又不太了解，临场发挥万一说错了，那可就是画蛇添足，自找麻烦啊！

云飞心里着急，不由得瞪大眼睛向David望去，希望能从他的眼里读出一点提示。哪知，David竟把头一低，又给自己满满地斟了一杯茶，显然他并没打算施以援手。

大家都不说话，眼看就要冷场了。云飞无奈，只好整理了一下凌乱的思绪，顺着David的思路继续发挥道：“其实我也有同感！现在的商业节奏变化太快，商业模式一直都在推陈出新。如果坚持传统的思路不改变，那么以前成功的经验，很有可能会变成未来导致失败的教训。”

“哦？”华总和高总闻言，都诧异地把头转向了云飞。他们不明白David和云飞，这葫芦里究竟卖的是什么药。

既然已经被逼上贼船了，云飞也只好把心一横，继续解释道：“以前经销商自己在建材市场开几个店，就可以坐等生意上门，而且赚的还是暴利。可现在就不一样了，专业的建材超市开始兴起，这种变化不亚于百货超市对传统便利店的冲击，它既是一种商业模式的创新，也是一种思维模式的改变。而且，随着一、二线城市生活水平和审美观念的提高，橱柜在家庭装饰中所占的投资比例也将越来越大，这两个渠道的强势崛起，必然会给传统建材市场和厨房设备行业带来致命的冲击……”

云飞分析完，偷偷看了一眼David，也不知自己说得对不对。见到他微微地点了点头，似乎对云飞的表现还算满意。云飞心中这才像吃了颗定心丸似的，有了继续说下去的底气。

华总听云飞说完，若有所思地点了点头，然后不解地问道：“马经理，你之前是做什么的？”

“我啊？我之前是做瓷砖的！”

“马经理之前做的可是大生意，瓷砖行业可比我们这个行业规模大多了！”David不失时机地补充道。

“原来如此！马经理，那你觉得我们应该怎么改变呢？”高总一听，云飞以前是做大生意的，对云飞的信任感也立刻增加了不少。

其实，云飞所讲的这些，不过是拿David的观点借花献佛而已。他哪里能一夜之间有了这么多独到的见解啊？这些都是近几天跟David在一起，被“洗脑”的结果。

看着高总那认真的样子，云飞倒有点受宠若惊了。拿着从David那里现学现卖的观点，来给这个不可一世的行业翘楚上课。自己这点斤两，只怕很快就会露馅儿了。

云飞不由得瞟了David一眼，这是求救的信号。云飞心想：“你倒是赶紧把话茬接回去啊！我可就这点儿料了，再往下演我肯定得露馅啊！”

哪知，David却假装没看到似的，他笑呵呵地又端起一杯工夫茶，“哧溜”一声，带着无限享受的声音一饮而尽。似乎完全沉浸在茶香绕舌的美妙回味之中，完全没有顾及云飞的死活。

云飞一看是又气又急，他真恨不得冲上去，将一壶滚烫的开水全部倒进David的嘴里。

云飞心想：“你要考我也不用在这种场合吧？本来我以为今天是来赴经销商的鸿门宴的。想不到你比他们下手还狠，直接就把我放到枪口上了，我回去再跟你算账！”

云飞心里着急，可脸上还不能表现出来。他知道，今天发挥的水平将决定他在高总和华总心目中的地位。

于是，云飞也端起一杯工夫茶，慢条斯理地品了一口。表面上他是在品茶，可实际上是在给自己赢取时间。他要好好地琢磨琢磨，接下去的独角戏该怎么唱下去。

高总一看，反倒有点着急了，他忍不住催促道："马经理，你们以前的行业规模大，思路一定比我们超前。你要有什么好的想法，不妨说出来大家探讨一下。"

见高总一脸真诚的样子，云飞心里也逐渐镇定了下来，于是他摆出一副煞有介事的样子说道："好的想法我可不敢说，只不过瓷砖行业有些经销商，这几年发展得确实很快。而且有些还很年轻，大有后来居上的趋势。我觉得他们的有些做法的确值得借鉴，毕竟都是建材行业，有异曲同工之妙嘛！"

"对对！其实我也是个喜欢接受新鲜事物的人，只是我身边的人大部分都跟我一样，都是些老古董，不接触外面的世界，所以想改变也是创新无门啊！"

高总这两句话倒真是肺腑之言，虽然他们现在仍然是行业里的佼佼者，但相比几年前，竞争的压力已经明显大得多了。不但有很多后起之秀正在迎头赶上，厂家变革的步伐也越来越快，让他们横比纵比都感觉越来越吃力了。

特别是近几年，进入广州的外资企业越来越多。新的品牌、新的模式、新的竞争，正在打破这个地区传统的平衡。光靠一招鲜吃遍天的"太极拳"，已经明显难以应付这个世界变化的节奏了。

所以，求新求变其实也是压在华总和高总心头的一块巨石。然而，对于没什么文化底蕴，又一把年纪的他们，这是牵一发而动全身的大事，不得不慎之又慎。搞不好这一辈子辛辛苦苦打下的江山，就会付之东流。

他们明白，不变就是等死，可在毫无把握的情况下，冒险去变革又无异于找死。在等死与找死之间徘徊，他们也确实不知道该怎么死才会死得其所。华总也不是没想过出高价，找个有能力的职业经理人回来帮他主持大局，但他们又怎么会放心把自己的身家性命，交给一个不知根不知底的外人呢？

云飞明白他们的苦衷，于是说道："这个我理解，我们有很多经销商，也是处于转型的阵痛之中。看着年轻一代的经销商奋起直追，他们既怕跟不上时代的脚步，又怕改革失败带来的后果无法承担。不过，万丈高楼平地起，你们也不需要立刻就大动干戈做翻天覆地的变化，可以有计划按部就班地逐步改变嘛！关键是，你们必须要有勇气在思想上迈出第一步。”

“那你认为，我们这第一步该怎么做呢？”

云飞还没来得及回答高总的话，David 这时却突然接上话茬说道：“这就说来话长了，以后有时间咱们再慢慢探讨吧！说不定马经理一时兴起，给你们做份详尽的计划书，也不是不可能啊！不过，现在最重要的还是先把手头的任务按时完成了。要不然马经理连试用期都过不了，还谈什么改革大计啊？”

高总一听 David 的话，立刻恍然大悟地说道：“哦！陈经理，你刚才让马经理讲了这么多大道理，不过是抛砖引玉，想吊我们的胃口。这次你过来，主要的目的还是想给我们压货的，对不对啊？”

David 一听， 摇摇头说道：“高总，看来刚才马经理的话你还是没有听进去。马经理刚才说了，万丈高楼平地起，你有再宏伟的理想也得落到实处啊！你前两个月的销售任务都没完成，这个月要是再完不成，按照合同你不但返点拿不到了，甚至连保证金也要被扣了。我这么提醒你可都是为你好，反正我就要回北京了，你完不完成任务，其实跟我一毛钱关系都没有！”

此时，云飞才终于明白了 David 的良苦用心。他刚才一直让云飞先发挥，其实是在配合云飞演双簧。原来他早就设好了埋伏，在这里等着高总呢！

高总一听，把眉头一皱说道：“唉！陈经理，你的一番好意，我们当然心里明白。只是现在的市场真的不是那么好，你说如果能完成任务，我们又何乐而不为呢？可是，现实真的很残酷啊！”

David 听高总诉苦，似乎并不感到同情：“这我当然理解，可我一早给你们提过的改革建议，你们为什么就是拖着不肯执行呢？现在是恶性循环，再这样下去，恐怕你们的生意会每况愈下……”

作为公司大老板的华总，刚才一直像个置身事外的观众保持着沉默。这时，在看着他们三个表演良久之后，终于忍不住了：“陈经理，你说的都没错！可现在市场不好，如果不能有效解决终端渠道的销售问题，你就是把工厂仓库里的货全都搬到我仓库里来，也解决不了问题啊！你这样一直逼我，你觉得我还能挺多久？”

华总忽然板起了面孔，脸色变得异常严肃起来。此言一出，有如一枚重磅炸弹，立刻让现场的气氛陷入了紧张的尴尬。

第六十四章　天地悠悠鱼水情，此恨绵绵无绝期

华总突然急转直下的态度，令在场所有的人都吃了一惊。大家谁都没想到，他竟会在这么和谐友好的气氛下忽然板起面孔，显出一副道貌岸然的样子。刹那间，茶几变成了两军对垒的楚河汉界，将四个人从中间分开，变成了两两对立的组合。

显然，华总是个懂得把握时机的老江湖，他跟高总演双簧的默契配合，此时也显得淋漓尽致。他明白，如果再不阻止 David 继续“发挥”下去，他们必将会陷入非常被动的局面。所以，现在是该有个黑脸跳出来，打断 David 发挥的节奏，并化被动为主动，反将他一军的时候了。

果然，这一招扭转乾坤的确让在场的人都有点措手不及。尤其是 David，他脸上的表情明显有点僵硬。不过，David 毕竟是久经沙场的“老将”，略一迟疑之后，便立刻又恢复了往日的从容和自信。

“华总，其实咱们俩说的是同一件事情，目的都是为了帮你打通终端的销售渠道。只不过，在先有鸡还是先有蛋的问题上，由于咱俩看问题的角度不同，所以执行起来，难免步调上会出现紊乱！”

“嗯……那你的意思应该怎么做呢？这可不是动动嘴皮子就能实现的！”华总似乎也意识到自己刚才态度的转变太过激烈，此时说话的口气已然缓和了很多。

其实，David 之前已经苦口婆心地讲过无数次了，只是华总和高总根本听不进去。他们总认为，厂家的人必然是站在厂家的立场上想问题的，哪会那么好心去设身处地地帮经销商考虑？所以，两人一直都在用打太极的方式来敷衍，从来没有认真考虑过 David 的建议。可不知为什么，今天似乎倒真的有点动心了。

俗话说，商场如战场，商场的战斗虽然没有硝烟，可斗争的手法一点都不比真正的战场上简单。厂家和经销商的关系，也可谓是亦敌亦友。

在面对消费者和竞争对手时，他们有共同的利益和共同的敌人，那就是荣辱与共、相濡以沫的鱼水情关系。

可在面对利润分配、市场投入、争夺主导权等问题时，他们又会变成对立的敌人，互相算计，威逼利诱。手段之丰富，可以说是无所不用其极。

因此，厂商的鱼水关系只是个美丽的过渡，随着某种平衡一旦被打破，他们的终极关系迟早会变成水煮鱼，即有一方把另一方给炖熟了。

也许客观地说，鱼水关系其实并没有改变，变的只是水的温度和鱼的状态而已。至于谁会是水，谁又是鱼，不到斗法结束、尘埃落定的那一刻，都不能妄下结论。

当然，现在双方各有所需，各有所求，自然远远没有到打破平衡的时候。不过，华总和高总手握渠道，形势上还是略占了上风。而川奇此时，因为还没找到有效制衡经销商的筹码，所以还在痛苦中上下求索，可谓路漫漫其修远兮啊！

其实，迫于市场和厂家的双重压力，华总对于改革的意识已经强化了不少。只是这种转型对于一个顽固的“保守派”来说，的确是个不小的阵痛，他需要外界的力量不断地推动他前行。

经过前面几次沟通失败的教训，这次 David 是有备而来的。既然以前苦口婆心地好言相劝都被当作了驴肝肺，这次他决定反其道而行，来个以退为进、欲擒故纵。

这时，David 看了看表忽然说道：“华总，这也不是三言两语能说清楚的事，这涉及渠道的开发选择，品牌的整合定位，团队的素质建设，架构的更新重组等等，这是个很复杂而痛苦的过程。要不你先和高总好好商量一下，确实下定决心了咱们再细谈吧！我们的确是一片良苦用心，我相信不是每个厂家都会跟你谈这些战略问题的。今天我们还有点其他事情，下次过来咱们再细聊！”

说着，David 站起身，摆出一副要走的架势。云飞一看有点傻眼了，他心里暗想：“好不容易才把华总的胃口吊起来，干吗不抓住机会趁热打铁，好好给他洗洗脑啊？这可是机不可失，失不再来啊！”

云飞虽然心里这么想，但他动作上并没有丝毫的怠慢。他当然明白，David 才是这台戏的总导演，他现在充其量只是个配角。他的任务就是配合好 David，把戏演得逼真，演得滴水不漏。

“刚聊了一半，怎么说走就走啊？马经理初来乍到，怎么也得中午一块吃个饭，表示一下对马经理的欢迎啊！”高总略感意外地说道。

David 闻言，转头看着云飞笑道：“看见了吧？这就叫世态炎凉，人情冷暖啊！高总可从来都没留过我吃饭，你看你一来待遇立马就不一样，我这人还没走茶就凉透了，心也凉透了啊！”

David 的话让高总显得有点尴尬，他的确没请 David 吃过一顿饭。云飞见状连忙打圆场道："高总跟我这是老乡见老乡，激动嘛！这你就别妒忌了！"

"是啊，是啊！难得你们大品牌的厂家里有个老乡嘛！"高总也连忙顺坡下驴地给自己找台阶说道。

"心领了！但今天确实有事，饭就留到下回吃吧！不过我临走还想提醒一句，老外最注重信誉，他能不惜市场损失把广州办一锅端了。如果你们不能按计划完成任务，他可能真会按照合同取消你们的经销商资格，扣掉你们二十万的保证金。川奇虽然不能帮你们挣大钱，却是你们撑门面不可或缺的招牌……我是准备回北京了，虽然这也不再关我什么事，但我还是希望你们跟川奇的合作能继续！"

David 的话似乎显得诚意满满，充满了善意的提醒，但稍有点江湖经验的人，谁都听得出这其中的警告意味。他的话也正戳中了华总的七寸，虽然华总表面对川奇表现出一副可有可无的姿态，但实际上，川奇的确是他给自己脸上贴金，给他公司撑门面不可或缺的招牌。

David 临走之前说出这句话，可谓一语中的道破了天机。让高高在上的华总，也多少有了些顾忌。

眼见两人都已经要走出门口了，华总当然也不好把事摊开来再做争论。于是点点头道："好吧！我这边再考虑考虑，但你们也别闲着，关于如何拓展零售渠道的问题，你们可真得帮我好好想想办法，这才是帮我下决心的定海神针啊！"

"放心，马经理是渠道拓展专家，只要你们愿意改变，他一定帮得上大忙。"David 说着，拍了拍云飞的肩膀。

云飞明白 David 的意思，于是立刻表决心道："说专家那是吹大了！不过，拓展分销我还是有一定经验的。只要你们有决心，我一定会尽力而为，而且我保证会和你的团队一起共赴前线！"

"马经理，这可是你说的，这句话我可记住了。到时候你可真的要亲自带着我的团队，在第一线冲杀啊，我可指望着你了！"

高总是负责一线销售的，对于一线市场的拓展他比谁都着急。所以，一听云飞这么说，他立刻像抓住救命稻草似的，生怕云飞反悔。

要知道，外企采取的是精兵简政的策略。一个销售人员可能要负责几个城市，甚至几个省的销量。所以，他们的日常工作多数会以大局为重，面对的通常都是经销商的老板，至少也是管理层。很难做到跟经销商的基层团队，沉到一线去开发市场。

云飞当然明白高总的心理，而且他也确实是胸有成竹。当年在欧施克横扫广州和福州全城的建材市场，他既有经验，也有资源。虽然这些资源都是纸面上的，但通过跟经销商团队到一线再跑一遍，就可以把这些资源变成真正的客户了。其实对云飞自己来说，也是一举两得的事。

于是，云飞趁热打铁地说道："那当然，别的我不敢保证，但言出必行可是我做人一贯的原则，我既然说了就一定会做到。不过，高总你也要说到做到啊，信任可是相互的！"

"那当然，那当然！"高总一个劲地点头附和道。

云飞和 David 辞别了华总和高总，在回公司的路上，云飞忍不住问道："咱们又没什么事，干吗这么急着走啊？高总已经显得兴致勃勃了，你为什么不趁热打铁给他们洗洗脑啊？"

David 闻言，呵呵一笑说道："你太不了解他们了，你以为这两个老顽固那么容易被你洗脑吗？我早就试过了，你越是上赶着找他们，他们就越会吊高来卖。与其费力不讨好地被他们牵着鼻子走，倒不如来个欲擒故纵，吊足他们的胃口让他们主动来找咱们，你没追过女孩子吗？"

云飞想不到 David 最后会有此一问，一时间支支吾吾地也不知该如何作答。好在 David 也没继续追问，而是颇为欣赏地点了点头说道："没想到咱俩第一次配合还挺默契，看来演双簧果然比唱独角戏有效果得多啊！"

两人一路调侃一路总结相谈甚欢，颇有点儿相见恨晚的感觉。云飞现在是孤家寡人一个，在广州单枪匹马，无亲无故。如果不是因为及时找到了这份工作，他甚至连个说话的人都找不到。所以，他格外珍惜 David 这个朋友。

不知不觉间，两人回到了办公室楼下。走出的士，David 忽然提议道："去抽根烟庆祝一下吧！"

"抽根烟庆祝一下？庆祝不是应该喝酒的吗？"云飞不解地问道。

"酒是用来消愁的，我只有苦闷的时候才会去喝酒，开心的时候我就抽支烟来奖励自己一下。这是我发明的戒烟方法，必须找一个值得庆祝的理由，才能抽一根烟。这样既能让我费尽心思保持开心的状态，又可以有效限制我抽烟的数量，还可以节省高昂的酒钱，一举三得，何乐而不为？你也来一支？"David 说着，掏出一支烟递给云飞。

云飞一看，摇摇头婉拒道：“这就不用了，我的方法比你更科学。我不抽烟，不喝酒。高兴的时候笑一笑，不高兴的时候就走一走，更加节约成本，有益健康。而且，还不用绞尽脑汁那么辛苦！”

“但是，你这样就少了很多人生的乐趣。就像跟经销商角力一样，虽然过程很痛苦，但每次成功说服他们的那一刹那，都会有一种超爽的刺激感。”

“那倒是！对了，你觉得华总和高总他们还会继续压货吗？”

David听云飞问起，向空中潇洒地吐了个烟圈，然后缓缓说道：“难啊！现在他们积压的货已经接近饱和状态了，如果不能帮他们打开销路，硬压恐怕是难以奏效了！”

其实，看华总今天的表现，云飞就已经估计到这个结果了。他只是想从David那里，对自己的判断进行再一次的确认。

听David这么说，云飞半调侃地问道：“哎……华总他们仓库里的货，基本上都是被你忽悠进去的吧？你把人家肚子搞大了，可不能就这么不负责任地一走了之啊！”

David闻言，笑得嘴都合不拢了，隔了好一会儿，他才猛抽了两口烟说道：“你要是觉得替我负责冤得慌，你就再重新找一个经销商。等你亲自把他肚子搞大时，你就能体会到我的苦衷了。”

云飞当然知道这其中的难言之隐，在与经销商斗智斗勇的较量中，销售人员往往是苦不堪言。

以前的外企有良好的心态和长远的战略规划，能够清晰理性地看待市场。所以一直保持着自己的原则和定位，信誉度也空前地高。但现在迫于市场的竞争压力，就连外企也开始不切实际地拔苗助长了。

面对公司年年递增的销售任务，销售人员如果不用点“歪门邪道”的方法，恐怕根本不可能完成业绩指标。

尤其是本土化策略的不断推动，让更多的中国人进入了管理层，这也使得一些外企开始变得越来越“灵活”，也越来越急功近利。

为了收到立竿见影的效果，他们不惜杀鸡取卵，用一些短线手段来换取表面上一时的风光无限，实际却毁掉了企业长远发展的潜力和动力。给经销商压货，就是其中最惯用的伎俩之一。

可这样做的结果，必然会导致后患无穷。为了掩盖这种做法带来的“后遗症”，又必须得用更多非正常手段来“毁尸灭迹”。这就像一个无解的恶性循环，想用一层一层的纸来包住熊熊燃烧的火焰，但终有一天会到不可收拾的地步，这其中的滋味恐怕也只有当事人才能体会得到。

David 来华南区其实并不久，能把广州这么大的经销商压得喘不过气来，前任的华南区团队显然是功不可没。所以，把这个帽子完全扣在 David 头上，也确实有点不公平。

今天是云飞在川奇业务开展的第一天，从这天开始，云飞便跟着 David 不断地穿梭在，华南区各地经销商的拜访之路上。随着对市场和行业了解的深入，云飞渐渐开始进入了角色。

新的工作，让云飞的生活开始充实起来，也渐渐地冲淡了孤独寂寞给他带来的困扰。有了规律的工作和生活，让他感觉自已终于真正融入了这座城市。

这天又是一个周末，云飞正对着他那不足十平方米的小黑屋憧憬未来。忽然，他久违的 call 机再次响了起来。

这一声鸣响，让云飞忽然记起了那个，曾经在他生活中昙花一现的女大学生。那个曾陪他度过一段难忘时光的美丽佳人，以及那段几乎已经被他封存的美好记忆。

想不到，她就像美丽的春天使者一般，忽如一夜春风来，带着满园的春色再次刮进了云飞本已枯萎的感情世界……

第六十五章　一夜春风天地宽，可惜井底世界浅

在云飞心中，雨婷也算是个患难之中相识的红颜知己。他们就像漂泊散落在这个冷漠都市中，两颗同病相怜的孤星。在茫茫人海中，以百万分之一的概率无意间碰撞在了一起。就算不能像火星撞地球般，引发一场惊天动地的海啸。但擦出一点激情的火花，也是情理之中的事。

雨婷长得五官精致，娇媚动人。是那种娇小玲珑、惹人怜爱型的女孩。她的出现曾如一针兴奋剂，给云飞孤独黑暗的生活，带来了一丝五彩的阳光。

今天，忽然收到雨婷的电话，云飞自然是满心欢喜。最近的工作压力不小，也是时候借着周末好好放松一下了。

雨婷在电话里告诉云飞，她在天河体育中心做兼职。其实所谓的兼职，不过是在路边发发传单而已，赚点外快之余，也算积累点工作经验吧!

反正云飞也闲着没事，体育中心离他住的地方又很近，于是他毫不犹豫地决定，去见见这位久违的红颜知己。

云飞下了车，并没有让雨婷立刻发现他，而是躲在一旁，偷偷地观察着她的一举一动。与其说是观察，更准确来讲不如说是欣赏。

雨婷没什么社会经验，第一次出来打工，显得有些紧张。她每发一张传单，都会微红着脸，露出腼腆的微笑。

不管别人是冷漠还是拒绝，甚至是不屑一顾，她都会客气地说声谢谢。这让云飞的心里，不由得对雨婷又增添了几分莫名的好感。

不过很显然，不断经历被拒绝的挫折，让雨婷的自信心严重受挫。她脸上的笑容，也越来越没有开始时那般自然了。

又看了一会儿，云飞终于看不下去了。他悄悄走到雨婷的背后，突然冷不丁地说道：“像你这么个发传单法儿，什么时候才能发完啊？”

雨婷正在全神贯注地工作，云飞的声音忽然在她耳后传来，猝不及防地把她吓了一跳。

她转身定睛一看发现是云飞，这才摆出一副假装生气的样子，略带嗔怪地说道：“你就不能正常地出现吗？神出鬼没的把我心脏病都吓出来了！我现在可是病

不起，也没时间病啊！”

“传单有你这么派的吗？像你这么个派法，在大太阳底下晒一天，不病才怪呢，还是让我教教你吧！”说着，云飞从雨婷手中抢过一大半的传单。

“那怎么行啊？这是我的工作，怎么能让你替我受苦呢？”雨婷不好意思地说道。

“如果你实在心里过意不去呢，就晚上请我吃个便饭当酬谢好了！谁让我这个人天生怜香惜玉呢？看着你在这里受苦，那可是苦在你身，痛在我心啊！”

“呵呵，那就委屈你了！”雨婷感激地说道。

云飞做了这么长时间的销售，派发传单自然不在话下。再加上他做了些技术性处理，很快就将传单派发完了。

当云飞回到雨婷身边的时候，雨婷的手头上也只剩下最后几张传单没派发完了。

云飞一看，将雨婷手中剩下的那几张传单一把抢过来说道：“得了，这几张传单就派给我好了。我还有几个朋友，晚上回家我保证让他们人手一份！”

“那怎么行呢？这可是作弊，公司发现会罚的！”雨婷一脸认真地说道。

“这怎么算是作弊呢？你知道做销售最重要的是什么吗？”

“不知道！”雨婷茫然地摇摇头道。

“当然是要目标精准了！你看路上这些人，有几个会认真看你的传单？你要真为公司着想，就应该让公司的钱花在刀刃上！我保证，我把这几张传单拿回去，一定会让它们的作用发挥到极致！”

“那你要说到做到，可不能骗我啊！”

“放心！好了，我们赶紧去吃饭吧，我都快饿死了！”云飞一边抢过雨婷手上的传单，一边催促道。

雨婷此时面临毕业与失业的双重压力，就像去年此时的云飞一样。云飞又怎么忍心让雨婷拿她在烈日暴晒下，赚来的那点辛苦钱请他吃饭呢？

所以，最终还是云飞请雨婷吃了顿丰盛的大餐。虽然是多花了点钱，可也是值得的。有美女陪他度过一个浪漫的夜晚，总比他一个人躲在小黑房里吃快餐，要惬意得多吧？

与雨婷的相处很是顺利，这让云飞的内心感到非常充实。第二天上班时，他更是一路哼着小曲儿，显出一副难得的好心情。

生活和事业好像渐渐开始变得一帆风顺了，这让云飞忽然有种飘飘然的感觉。他坐在通向公司的高速电梯里，那种直达云霄的快感，让云飞仿佛看到了他事业平步青云的开端，也对未来充满了信心。

然而，就在云飞得意之时，一个小小的挫败从天而降，让他立刻感受到了这份工作的不易。那种飘飘然的体会，也立刻像被从空中摔在了地下，身心都是沉甸甸的感觉。

上次跟华总和高总有谈过 DIY 渠道这个新鲜事物，其实所谓 DIY（Do it yourself），就是自己动手做的意思。这是从国外传来的概念。在国外因为人工太贵，所以老外什么都喜欢亲力亲为，一方面节约费用，一方面也乐在其中。

这种 DIY 的模式，是建材行业新型商业渠道的代表之一。随着 DIY 在国内的发展，传统的建材市场正在遭受着越来越大的挑战。

广州经销商在传统建材市场店面的零售额，正在逐步萎缩。很大一部分生意，就是被这个新兴渠道吞噬了。

在国外，DIY 建材超市就像百货业的超级市场一样，是零售客户购买建材的主要渠道。而在中国，习惯了砍价模式的国人，却有很多还是喜欢游走在传统建材市场之间，做着比价和讨价还价的工作。.

然而，DIY 的异军突起，此时还只是个开始。序幕一旦拉开，它惊人的扩张速度，就让那些先知先觉的厂家和经销商再不敢小觑了。

作为外企的川奇公司，在世界各国与这类 DIY 超市，都有着丰富的合作经验和合作历史。所以，更加了解他们的特点和模式，也比中国的传统公司更加重视这个渠道。

随着厂家对 DIY 的重视程度不断加强，很多老牌的经销商开始越来越有危机感。他们认为这个渠道的兴起，势必将颠覆自己传统的优势。于是，常常戴着有色眼镜，抱着不是你死就是我亡的敌对态度，将 DIY 视为洪水猛兽，把他们排在竞争对手的第一位。甚至，还联合起来抵制厂家与 DIY 超市的合作。

当然，DIY 的崛起对厂家来讲，确实多了一个制衡经销商的筹码。从这个意义上来说，经销商的担忧也不无道理。

不过，趋势是难以抗拒的，与其逆水行舟，倒不如顺势而为。川奇与这类专业超市在中国的合作，是势在必行的。他们必须趁着 DIY 渠道强势崛起的机会悄悄布局，为将来优先占领市场做好万全的准备。

甚至在某些城市，川奇与某些大型 DIY 超市，已经签订了战略合作协议。这就意味着，这些 DIY 超市在中国的扩张，都将有川奇公司如影随形的倩影相伴。

当然，川奇也会入乡随俗地考虑到中国的国情。毕竟 DIY 渠道在中国的发展，仍处于滞后阶段。经销商渠道在很长一段时间内，仍将是中国市场不可取代的中坚力量。

所以，川奇在中国暂时选择了一条中间道路。就是让经销商来向 DIY 供货，并提供相应的服务。

之所以这么做，是为了把 DIY 渠道的销售额，合情合理地算在经销商头上。这样，不但可以减轻经销商完成厂家销售任务的压力，还可以通过吃差价，让他们轻松获得一部分利润。相当于是厂家通过利益补偿的形式，来给经销商一些心理安慰吧！

当然，这个前提是经销商必须做好各种配合和服务工作。但是，这其中也难免会产生一些，比较有歧义的“技术活”需要灵活处理。例如，某些费用的支出，到底该怎么划分？

这类 DIY 专业建材超市，虽然在建材行业是新生事物，但跟传统的百货超市本质上没什么区别，营销上始终还是逃不出零售业固有模式的“三板斧”。什么打折促销、周年店庆、逢年过节搞活动、卖广告、卖堆头，反正只要能逼厂家出血的地方，他们都不会放过。

可有些费用到底是该厂家出，还是该经销商出，合同里没有写明的部分，那就是仁者见仁智者见智，需要私下灵活处理了。

由于 DIY 超市的强势作风，他们的活动往往时效性特别强，通知了你就得马上回复。大公司里面流程长，如果要等一级一级地申请，再一级一级地批下来，恐怕黄花菜都凉了。

所以，对于厂家来讲，有些小小不言的费用，经销商偶尔承担一下，省得他们费时费力地跟公司申请，也是合情合理的事情。毕竟这些利润，本来就是厂家无偿赠送的嘛！

更何况，这也是个做顺水人情，借机跟厂家搞好关系的好机会。能够舍小钱而求大利，长远来看是稳赚不赔的买卖，这笔账几乎没有人会算不清。

可林子大了什么鸟都有，这种不上道的经销商还真就被云飞碰上了。高总就是这样的人，不管什么事情，只要一提到钱，那就像要他的命一样。任凭你说得天花乱坠，反正只要进了高总口袋里的钱，再想让他们吐出来，那就势比登天还难。

上次见面时，云飞和David都觉得谈判的效果不错。特别是David配合云飞唱的那出双簧，吊足了他们的胃口。所以，两人打心眼里都坚信，那次谈判彻底改变了他们的思路。

而事实是否真如他们所愿呢？恰在此时，老天也及时给了云飞和David一个，检验他们谈判效果的机会。

原来，国内一家大型的DIY建材超市D-Mart，推出了一个活动。要求厂家配合他们做一个电台方面的宣传。

计划是每天选择一个供应商，在这个频道上做五分钟电台采访，费用是三百元。其实，大家都知道电台做宣传效果不大，现在还有几个人会听广播啊？而且还是建材专业频道的广播。与其说这是在给供应商做宣传，倒不如说是给D-mart自己刷存在感。

但鉴于费用不高，大部分供应商通常也都摸摸鼻子认了。谁会为三百块钱，跟这么大的客户较劲啊？

可能也正是因为费用少，所以D-mart要求第二天就得做出回复。现在给公司写申请，恐怕是来不及了。更何况为这点钱去向公司申请，也实在太没面子。

如果经销商连三百块钱的燃眉之急都不愿意帮你解，那是不是意味着，经销商根本就没拿川奇这个品牌当回事？换个角度往大了说，就是销售人员对经销商的把控力几乎为零啊！那还要你这个销售人员有何用呢？

稍稍有点全局意识的经销商，都绝不会为了几百块钱去驳厂家的面子。说得不好听，连吃顿饭的钱都不够。

可高总偏偏就是个一毛不拔的“铁公鸡”，David在电话里道理说尽，还是没能成功打动他。

实在没办法，David只好和云飞硬着头皮来找高总面谈。可谈来谈去，高总始终还是那句话：“现在没人听广播，这种宣传根本没有效果。”

此时，不但David憋了一肚子火，就连云飞听得也是怒火中烧，他心中暗想：“难道我俩的面子加起来，都不值三百块钱吗？我们大老远跑过来，跟你晓之以理，动之以情地讲，你还这样油盐不进？跟你这样的铁公鸡讲道理，简直就是浪费生命！”

想到这里，云飞把脸一沉，明显露出了一丝不悦之色。他无论如何也想不到，上任以来的第二次见面，就会和高总因为三百块钱把关系搞得如此剑拔弩张。

作为一个涉世颇深的老江湖，高总当然感受得到来自云飞和David的愤怒。但高总是铁公鸡中的“战斗机”，对他而言，省下的就是赚下的，只要不出钱什么都好谈。只要让他出钱，谁的面子都可以不给。至于，因此可能受到的隐形损失，他却从来都没认真去衡量过。

这恐怕也是高总生意越来越做不开的重要原因之一，因循守旧，故步自封，因小失大，限制了他战略方面发展的高度。而锱铢必较、患得患失的性格，让他在实际操作层面，根本无法接地气，因而也错失了很多良机。

其实，高总表面大气豁达的性格，与他实际封闭狭隘的思想，根本就是一种矛盾的合成体，让与他打交道的人很难适应。

以至于就连与高总合作多年的华总，对此也是深有感触。前些年形势好，生意不愁做，所以华总也就一忍再忍了。

而如今，随着大环境的剧烈变化，公司的运营开始变得步履维艰。眼睁睁地看着生意每况愈下，华总和高总的思路也渐渐开始出现了分歧，而且这种分歧似乎还有不断扩大的趋势。

眼见双方的谈判陷入了僵局，David终于忍不住，阴沉着脸站起来说道：“好吧！既然高总觉得这三百块钱无论如何都不值得，那我们也就不再勉强了。这个钱我自己出，告辞了！”

此时，云飞也早就按捺不住心头的怒火了，他见David终于发作了，于是二话不说也呼啦一声站了起来。

两人没等高总表态，转身就向门口走去。David之前从来没有做得这么绝过，这次他和云飞这招突如其来的釜底抽薪，的确打了高总一个措手不及。

高总被尴尬地晾在当场，显然是有点懵了，一时间竟不知该如何是好，因为从来还没有哪个厂家的人敢这么对他。

对于David和云飞而言，这也是个具有相当风险的决定。一旦就这样踏出这个门口，不但意味着这场价值三百块钱的谈判彻底告吹了，更给今后的合作，带来了难以预期的裂痕。甚至，该如何安排下次尴尬的见面，都会成为一个问题。

显然，现在最好的结局是高总能如梦方醒地叫住他们，大家都给对方一个台阶下，这件事就不了了之了。

可高总始终站在原地一动都没动，不知是因为这突发的事态让他彻底蒙圈了，还是他高高在上的自尊心被猛然激怒了。眼看着David和云飞走到门口，他却全然没有任何一丝挽留的意思。

此时，David和云飞已经是开弓没有回头箭，总不可能现在再转身回去认错吧？所以，David只好把心一横，抱着一拍两散的决心狠狠地把门拉开，义无反顾地向外迈出了坚定的步伐。

第六十六章　欲擒故纵过桥计，含情脉脉未表情

冲动下的David打开高总办公室的房门，像一头愤怒的狮子，头也不回地便冲了出去。那义无反顾的态度，就好像一秒钟都不想再多停留。却没想到由于动作太猛，正好和外面准备进来的一个人撞了个满怀。

只听那人先是“哎哟”了一声，接着便半带责怪地说道：“就算赶着投胎也不用这么急吧？广州就这么不招你待见？”

David抬头一看，不由得心中暗喜。原来，来者不是别人，正是“及时雨”华总。华总的出现让事情瞬间有了转机，云飞见状也不由得暗自庆幸。但他哪里知道，这个巧合绝非偶然，而是David早有预谋的“安排”。

作为与经销商斗智斗勇多年，战斗经验丰富的资深销售，David又怎么可能一时冲动下，就把他和云飞的后路都断掉了呢？

原来，David在出发之前就预期到，事情的进展绝不会一帆风顺。所以，他心里早就打定了主意，今天要和云飞唱一台欲擒故纵的双簧戏。

他来演那个得罪人的大黑脸，让云飞来演做好人好事的“活雷锋”。反正他马上也要回北京了，就算与广州的经销商翻了脸，最多老死不相往来，也没什么大不了的。

David就是想借着这个机会，给高总一个下马威，给他一个当头棒喝，让他明白一点，厂家是不可能永远被他牵着鼻子走的。

当然，David敢于这么做，也是艺高人胆大，提前做好了充分的准备。原来，他来见高总的行程，在出发前也电话通知了华总。上次临走时，吊足了华总的胃口。所以华总想当然地认为，云飞他们此来一定是为了讨论渠道拓展的事情，因此跑来“插上一脚”，为大方向把把脉也就是情理之中的事了。

只是他粉墨登场的时间点，比David预想得晚了一些，这不免让David也虚惊了一场。

David一看转机来了，心里立刻淡定了很多，他连忙摆出一副关心的样子说道：“华总是你啊？不好意思，冲得太猛了，没事吧？”

华总闻言，故意说道：“怎么没事？上次你们把我的胃口吊起来就走了，害得

我这几天都没睡好觉，这次你不跟我说清楚，你们就别想走了！”

云飞一听，心中暗笑：“这老狐狸终于上钩了，看来得借机好好打压一下高总出口恶气！”

想到这里，云飞面带难色地说道：“华总，现在真不行，我们得赶紧回去处理 D-Mart 的事情，你知道我们内部的流程走下来需要时间，但 D-Mart 可没那么多时间给我们。”

华总一听，好奇地问道：“什么大不了的事啊，你们刚才跟高总谈了这么久，还没搞定吗？”

“呃……这不涉及钱嘛！”云飞故意摆出一副为难的样子说道。

“多少钱啊？”

“三……”云飞伸出三个指头，却欲言又止。

“三万？”

“三百！”云飞摇摇头，脸上露出一脸不屑的表情说道。

“三百？你们很闲吗？两位外企的精英，加一个公司的老总，为三百块钱磨叽了一个上午还没有结果，你们到底会不会算账啊？”华总闻言，真是觉得有点不可思议。

相对高总而言，华总的格局显然更大一些。他深谙厂家与经销商的合作渠道，他明白，利益往往在达到某种默契时会不请自来。这其中的得与失，又岂是高总所计较的那些蝇头小利可以相提并论的？

但高总似乎永远都不会明白这个道理，他在乎的永远是看得见、摸得着的现实利益。但对那种看不见、摸不着、利益巨大的隐形损失，永远都不那么敏感。

此时，华总的表态可急坏了站在一旁的高总，他知道华总对他斤斤计较、贪小失大的做法早就颇为不满，为这类事也不止一次教育过他。可他铁公鸡一毛不拔的作风早已经深入骨髓，也不是说改就能改得了的。眼见华总不高兴了，高总显然也有点紧张了。

由于华总的及时出现，一场因为三百块钱差点引发的“血案”，最终得到了圆满解决。这也让云飞深深感受到了，与高总打交道的不易。同时，也更加佩服 David 的“老谋深算”了！

而对于华总而言，虽然他对自己交友不慎，选择了高总这样一个拍档而深感遗憾。可几十年的交情摆在那里，他似乎除了仰天长叹，将错就错地接受这个现实外，也别无他法。只能在慢慢磨合中不断地迁就他，改造他了。

不过，赚钱的时候怎么都好说，现在市场风云变幻，公司处于生死存亡的转型期，一个不能力挽狂澜，却还经常帮倒忙的拍档，也的确让华总有一种心力交瘁的无奈之感。似乎预示着他们的分道扬镳，越来越成为可能。

从华总的办公室出来时已是中午，华总本来有意请云飞和 David 吃饭，但还是被两人以公司有事为由坚决拒绝了。

于是，两人就在公司附近随便找了家小餐馆坐下，一边吃饭，一边讨论着下一步的计划。显然，吃自己的饭心里踏实很多，用不着应酬场面那么累。

David 显然更了解华总，他很怕因为这件事情，让云飞产生一种华总比较通情达理，更容易办事的错觉。

于是，他提醒道："你可千万别被华总鳄鱼的眼泪欺骗，华总之所以这么爽快，不是因为他善良仁慈，更不是因为他慷慨大方，而是因为他看得更远。他不会为了三百块钱，而损失隐形的巨大利益。而且，眼前他们处于公司转型的节骨眼儿上，他们需要厂家的大力支持和内行人士的专业建议。虽然我们也算不上专业，但相对于他们这些没文化的有钱人，我们就是专家，呵呵！"

"明白，跟经销商在一起，有所为有所不为！"

"没错！有些经销商可以一起喝酒，一起玩，甚至一起赚钱。但和华总、高总这种人在一起，绝不可以越雷池半步！他们的饭可是好吃难消化，你吃他们一顿饭，得欠他们三年的人情。如果拿了他们的好处，那这辈子就别想再翻身了！"

云飞闻言，笑笑说道："放心，这点做人的原则我还是有的！"

哪知，David 听云飞这么说，却摇了摇头道："如果这么说，那你可就错了！"

"错了，怎么错了？"

"我们跟经销商走得太近，容易迷失自己。但如果分得太清，什么都公事公办没有一点私交，工作又会很难展开，甚至做不下去！"

"你的意思我明白，但这个分寸的确是很难拿捏啊！"云飞点点头说道。之前在欧施克的时候，这些道理王经理都给他讲过。

"那当然了！做销售可不像外界想得那么简单，既不是每天吃喝只知道玩乐的寄生虫，却也不是风里来雨里去，靠吃苦耐劳来赚辛苦钱的苦力，这绝对是个智力活！"David 颇为自豪地笑道。

两人正聊得兴起，这时云飞的 call 机突然响了起来。云飞不敢怠慢，连忙借

用餐厅的电话，按照call机上的号码打了回去。

让云飞意想不到的是，对方竟是一个素不相识的女孩。她告诉云飞，雨婷在发传单的时候突然中暑晕倒了，并且撞破了头。

听到这个消息，云飞立刻匆匆告别了David，便风风火火地向门外冲去。云飞一路赶来，心情是又着急又激动。他没想到雨婷竟把他看作在这座城市唯一的“紧急联系人”。

等云飞赶到的时候，雨婷已经清醒过来。她一个人坐在阴凉地，用一块手帕捂着前额正在那里发呆。远远看上去，她孤零零的身影甚是可怜。

云飞连忙跑过去，蹲在她身边关心地问道：“雨婷，你没事吧？”

雨婷只顾着发呆，似乎完全没有留意到云飞的到来。她忽然听到云飞的声音，就好像见到亲人似的，忍不住鼻子一酸，眼泪竟夺眶而出。

看着雨婷委屈的样子，云飞忍不住心生怜爱。他轻轻移开雨婷捂着额头的手帕仔细一看，想不到额头上竟然有一片已经凝固了的血渍，看样子伤势还不轻。

在云飞的坚持下，他带着雨婷来到了附近的一家医院。结果好在去得及时，雨婷不但打了破伤风针，而且额头还被缝了几针。等雨婷包扎好，从医生的房间出来时，已经显得无比憔悴。

“我有点累，想先休息一会儿！”

“好！那你在这里坐一会吧！”说着，云飞扶着雨婷在走廊的椅子上坐下来。

“谢谢你啊！要是没有你，在这个城市我都不知道该找谁好了！”

“跟我还客气什么啊？要是我遇到这样的事情，你不也一样会帮我吗？”

“那当然！我甚至……希望你马上就病一场，好让我把欠你的人情赶紧给还了！”雨婷半开玩笑地说道。

“有你这么感恩的吗？那你不如现在把我打晕了，直接扔给里面的医生好了！”云飞这么一说，把雨婷也逗笑了。

云飞帮雨婷垫付了所有的费用，又去帮她取了药，并陪她吃了晚饭，才把她送回学校。

在去学校的车上，雨婷可能是因为太累了，没过多久就睡着了。她的头一直靠在云飞的肩膀上，睡得那么自然，那么甜蜜。看得出，她对云飞有一种特别的依赖和信任感。

虽然云飞的肩膀已经麻木，可为了不惊扰雨婷的美梦，他还是始终保持着那个雨婷最舒服的姿势，一直坚持到下车为止。

雨婷睁开眼时，发现自己靠在云飞的肩膀上，立刻涨红了脸。她不好意思地整了整略显凌乱的头发，羞涩地说道："不好意思，我……太累了！"

云飞微微一笑，大气地说道："没事！男人的肩膀就是用来让女孩依靠的嘛！"

雨婷听完怔了一下，忽然看着云飞认真地问道："这么说，你的肩膀很多女孩都依靠过？"

云飞想不到雨婷竟会有此一问，一时间脑袋里一片混乱，却不知该如何回答。他支吾了半天才略显犹豫地说道："呃……当然没有！我说的是它的功能属性，但未必都能物尽其用嘛！闲置了这么久，好像老化了很多啊！"云飞边说，边揉了揉他的肩膀。

雨婷听云飞这么说，似乎才满意地露出一丝微笑。关心地问道："你胳膊没事吧？"

"没事！男人至少也能撑半边天嘛！"

"那另外半边天……谁来撑呢？"

雨婷的话虽然模棱两可，可还是让云飞的脸唰地一下红了起来。女孩子说话自然比较隐晦，可如果配上那含情脉脉的眼神，那意味深长的含意恐怕就再明显不过了。

即使云飞现在已经是身经百战的老销售，可面对这突如其来的新问题时，还是显得有点仓促不安。以至于他"呃"了半天，也没说出一句话来。

"我是开玩笑的，你别介意！"见云飞支吾不语，雨婷忽然收起腼腆的笑容，语气中明显带着一丝失望和不悦。

"不是，我的意思是……"

"不早了，你赶紧回去吧，明天还要上班呢！"

"哦……拜拜！"

雨婷没有给云飞再解释的机会，或许越是在措手不及的情况下所做的回答，才越能说明问题。

雨婷带着失望的眼神黯然离去了，她那纤细的身影，在夜色中显得娇弱而无助。云飞心里忽然有一种很奇怪的感觉，不知是歉意，是怜悯，是后悔，还是……

云飞不敢再往下去想，他匆匆坐上车向自己的住处赶去。学校离云飞的住处很远，当云飞内心载着满满的回味到家时已是深夜。

躺在床上，云飞怎么也睡不着。雨婷那感激的恨不得以身相许的眼神，总在他脑海里不断地浮现。

那是一种楚楚可怜，让人心生怜爱的眼神。一种让人无法忘怀、无法拒绝的眼神，一种与婉清截然不同的眼神。不知为什么，云飞忽然之间又想起了婉清。

他不由得打了个冷战，婉清那双充满忧郁和无奈的大眼睛，又在他脑海中不断地展现出来。他已经很久没有想过婉清了，时间难道真的可以磨灭一切吗?

云飞不敢再继续想下去了，他闭上眼睛，陷入了一种复杂而矛盾的心情之中。

伴随着云飞的工作慢慢步入正轨，David终于迎来了他回北京的日子。云飞虽然不舍，但天下终究没有不散之筵席。他始终还是要学会独立面对纷繁复杂的“敌我形势”。

广州的工作初步稳定，下一个要面对的则是华南区的第二大市场——福建。这里既有云飞身经百战的故事，也是华南区的另一个心头之痛。

因为，川奇在福建市场的拓展，几乎可以用一败涂地来形容，公司的品牌影响力在这个区域几乎为零。

更让人头疼的是，前面的销售人员为了创造销量，不断频繁地更换经销商，又不择手段地给经销商压库存，致使川奇在当地留下了极恶劣的负面口碑和不可调和的恶性竞争。

被取缔的经销商为了快速清理库存，回收现金，不惜低价甩卖，全然不顾川奇世界级产品的品牌形象。更有甚者，竟以低于进货价的价格来清货，这使得福建市场再没有任何新经销商敢于接手这个烂摊子。

举步维艰的状况，让云飞有点愤愤不平。凭什么前面几任的销售拿着奖金走了，却让他来承担这些人种下的恶果呢?

然而，做销售从来就没有公平可言。就像人生一样，每个人的起跑线从出生的那一刻开始，就注定是不公平的。要想实现超越，就必须付出常人所不愿付出的努力，实现弯道超车。

飞机带着隆隆的轰鸣声，载着云飞忐忑的心，终于在福州机场降落了。再次踏上这个曾经给他留下无数酸甜苦辣的城市，云飞的心里真是百感交集。

云飞的快速成长，在很大程度上离不开欧施克的培养与磨炼，更离不开在这个城市的积累与沉淀。

踏出机场，云飞深深地呼吸了一口久别的“福州牌”空气。这是一种熟悉而亲切的味道，寄托着他五味杂陈的记忆。

云飞在福州选择的酒店，依然是婉清来看他时所订的那家连锁酒店。这里平时生意很好，但幸运的是婉清住过的那间520房，今天竟然正好空着。似乎冥冥中注定，这间房就是专门在等候着云飞来入住的。

虽然，川奇的福利待遇还是不错的，以公司规定的出差标准，云飞完全可以订更好的酒店。但云飞没有这么做，一来这里有他和婉清的回忆，二来作为一个销售人员他深深地明白，在没有业绩支撑的时候一定要学会低调。

房间里的摆设一如从前，与婉清一年前住在这里时的情景丝毫未变。婉清在这里的一举手、一投足、一微笑、一眼神，都恍如昨日光景清晰可见。就好像她充满了房间的每一个角落，让云飞无时无刻都能感受到婉清的存在。

世界上再没有一个地方可以像这里，在如此狭小的空间中可以找到与婉清在一起最真实的感觉了。甚至，真实得仿佛她从来就不曾离开过。

云飞放下行李后，决定先去市场悄悄走一遍，然后再去拜访客户。这是他做销售以来养成的习惯，了解一手的资料比任何道听途说的数据都有说服力。跟经销商谈判起来，也才会让自己处于更加主动的位置。而不会被经销商忽悠，更不会让经销商小看了。

虽然福州的建材市场对云飞而言，已经是轻车熟路。但如今行业不同，品牌不同，自然还得多费一番心机去了解。

通过实地走访，云飞发现川奇公司在福建市场不但口碑极差，而且展示的形象也与其行业的龙头地位明显不相符。

虽然很多小店里都有川奇产品的展示，但品牌形象极不统一，有的产品甚至还被放在别的品牌的货架上。更有甚者，连货架都没有，就直接像地摊货一样摆在地下，反而成了提高其他品牌形象的陪衬。

另外，更叫人头痛的就是价格体系，其混乱程度简直令人瞠目结舌，几乎每家店的价格都不一样。

云飞越了解情况，就越感到心寒。看来，他的未来真是任重而道远啊！当然，市场如此混乱，冰冻三尺也非一日之寒，这些都是厂家好大喜功、急于求成的结果，也怨不得别人。只是，却无端端地苦了云飞。

更令云飞心碎的是，当他向这些老经销商表明自己厂家身份的时候。云飞没看到一张笑脸，更没有像在欧施克那样，享受到经销商阿谀奉承拍马屁的待遇。

如果说广州的经销商喜欢打太极，那么福州的经销商就干脆得多了。他们根本连打太极的兴趣都没有，谈起话来直截了当，目的只有一个，那就是“分手费”怎么处理。

那一张张愤怒扭曲的表情告诉云飞，历史的恩怨之深，已经到了无法调和的地步。为川奇青春损失了一大半，如今一拍两散，满满的都是恨，能谈的只有钱。既然再续前缘已无可能，那云飞也就只能另辟蹊径了。

回到酒店，云飞一边总结着这一天走市场的心得，一边思考着下一步的计划。或许是这个课题太沉重了，云飞纷乱的思绪渐渐开始变得天马行空起来。

他忽然想到了郭师傅，只可惜郭师傅此时早已回到了上海。要不然，或许可以去找郭师傅聊聊，也许他可以给自己一些成熟的建议。

第二天一大早，云飞忽然接到了厦门经销商寇总的电话。他说因为临时有事，需要到外地出差，希望云飞能够立刻赶到厦门见他。否则，就只能等下一次再找机会见面了。

云飞与寇总约定的会面时间，本来是在两天之后。却想不到他临时有变，也不知是不是故意的。但不管怎么说，云飞都不可能错过与寇总的见面机会，让首次出差变成空手而归。所以他只好提前结束了福州的行程，匆匆忙忙地赶到了厦门。

厦门的市场情况比福州略好，略好并不是真的很好，只是相对而言，没有像福州那样乱成一锅粥。

至少，厦门的经销商只有寇总一家，所以没有恶性竞争，没有价格混乱，品牌形象也还过得去。可能也正是因为这样，所以到厦门才有人愿意请他吃顿便饭。

云飞按照寇总给他的地址打的过来，在一栋颇为豪华的酒店前下了车。他抬头看了看酒店，心中暗想：“见面的地方档次还不错，能在这里请我吃饭，看来这经销商对我们的品牌还算比较重视。”

想到这里，云飞的心情总算是好了一些。当他步入大堂时，发现寇总已经先到了。两人一如预想中那样寒暄了几句之后，寇总便客气地说道：“马经理，一路辛苦啦，我们先吃点东西吧！”

“不辛苦，倒是麻烦寇总了！”

云飞跟着寇总一起往里走，却不知不觉地竟从酒店的后门，穿进了一条小胡同。原来，吃饭的地方并不在酒店里，约在这里见面只是为了方便的士司机找到。而真正吃饭的地方，其实是在酒店后面的一间大——排——档！

虽然，寇总美其名曰“地道的美食，都在街边的地摊儿”，但云飞的心还是一下子从头凉到了脚后跟。也真为自己刚才的自作多情，而感到无地自容。

可目前，这已经是整个福建地区最“优质”，且厦门唯一的经销商了。虽然，厦门地区的销量少得令人难堪，与它经济特区的地位和实力完全不相符。但有福州这个绿叶作陪衬，厦门已经美得像一枝怒放的玫瑰了。

更让云飞大跌眼镜的是，原来寇总竟然还在政府部门里，有一份稳定的工作，川奇的生意不过是他下海经商的牛刀小试而已。

想不到，在专业经销商别无选择的情况下，连寇总这样的兼职人员也能堂而皇之地走进川奇经销商的行列。这不得不说，是跨国公司在中国发展的悲哀。同时，这也是他们在中国水土不服的生存现状的一个缩影。

而更悲哀的是，就连这样的经销商都敢对云飞招之即来，挥之即去。寇总一个电话，云飞就得屁颠屁颠地从福州赶过来。让他这个所谓顶级跨国公司的白领，全然刷不到半点存在感。

而更让云飞不可接受的是，寇总在饭吃到一半的时候，忽然接了个电话。然后就以有重要事情要去处理为由，扔下云飞一个人急匆匆地走了。作为世界级龙头企业的厂家代表，这让云飞情何以堪啊？

俗话说，弱女虽非男，慰情聊胜无。此时，云飞虽然是怒火攻心，却也只能用这样的心态来聊以自慰了。想想福州的惨状，厦门有这样一个经销商，也算聊胜于无了。

面对这样的烂摊子，就连 David 这样经验丰富、深谋远虑的资深销售，都没能够力挽狂澜。云飞初来乍到，对行业的了解也所知有限，他又怎么可能扭转乾坤呢？

第六十七章　穷在闹市无人问，富在深山有远亲

虽然落了个半途被抛弃的尴尬结局，但也不算全无收获。至少，云飞对寇总有了进一步的了解，对厦门市场也有了进一步的认识。

在厦门，除了寇总也没什么人好见了。所以，接下来的行程没有时间上的压力，云飞反倒可以借此机会，好好对厦门市场做一番深入的调研了。

曾被美国前总统尼克松盛赞为东方夏威夷的厦门，有着得天独厚的地理优势，也是中国首批经济特区。可以说，厦门占尽了改革浪潮的天时、地利、人和，不但城市建设发展迅速，经济意识更是领跑全省，比起省会福州的经济状况，也是有过之而无不及。

尤其是橱柜公司，作为厨房装饰领域的新兴行业，它的发展在某种程度上代表着这个城市对新兴事物的接受程度和经济文化方面的超前意识。

经过云飞的深入调查发现，厦门的橱柜市场发展远远快于福州。尤其是本土品牌的蓬勃崛起，让作为省会城市的福州只能望洋兴叹，自愧不如。

当时，真正的国外高端橱柜品牌，还鲜有涉足国内市场。所以，国内群雄逐鹿的局面，主要体现的是地方品牌之间生机勃勃的军阀混战。而一个小小的厦门，就集中了几十个国内大大小小的品牌，其竞争的激烈程度可见一斑。

坊间更流传着厦门本土橱柜公司，有“四大天王”的说法。而这四大品牌之中，更尤以格兰纳公司和铠帝亚公司发展最为迅速。

特别是格兰纳公司后来居上，在短短两三年的时间里，便成了厦门首屈一指的龙头品牌。

格兰纳公司的两个老板是发小兼同学，大学毕业后，一个进入房地产公司做了老总，另一个进入银行做了支行行长。

凭借丰富的人脉关系和高瞻远瞩的超前视野，两人不约而同地发现了橱柜行业背后巨大的商机。凭着不谋而合的超前理念，两人义无反顾地决定下海经商。

在当时橱柜行业烽烟四起、群雄混战的局面下，能够下定决心放弃条件优厚的铁饭碗来决战商海沉浮，那是需要相当大勇气和独到眼光的。

经过不断地走访，云飞在了解到厦门橱柜界的这段传奇后，也看到了厦门市

场的无限潜力。他敏锐地嗅到了其中潜在的商机，忽然间有一种豁然开朗的感觉，心里燃起了一个雄心勃勃的新计划。

云飞当机立断，决定把厦门的四大橱柜公司作为切入点。只要能与其中一家公司展开合作，那么也就找到了厦门市场的突破口，后续的工作也就相对容易展开了。

云飞凭借在销售行业积累的一些小窍门，历经艰辛终于拿到了四大橱柜公司老板的电话。可就在云飞喜不自胜、踌躇满志的时候，现实的反馈给他泼了一盆冷水。

原来，四大橱柜公司的老板，一听到云飞是川奇公司的业务员后，就无一例外地拒绝了云飞的见面要求。似乎对他表现得避之唯恐不及，又哪里会给他半点合作的机会呢？

不过，好在格兰纳公司在拒绝之余，总算还给云飞留下了一线想象的空间。虽然老板不肯见面，但老板还是安排了市场部的彭经理会见了云飞。

这也算不幸中的万幸，让云飞心里总算得到一丝安慰。到底是龙头企业，知道做事留一线，日后好相见的道理。也难怪人家发展迅速能够后来居上，眼光和气度果然是更胜一筹。

彭经理当然姓彭，公司里的人都叫他老彭。虽然大家叫他老彭，但他其实并不老，也还不到三十岁。彭经理在公司干了两年多，但已经是公司的元老了。因为格兰纳公司从成立到现在，也不过两年多而已。

彭经理深受老板的器重和信任，此时公司虽然气势如虹，但仍然面临着重重风险。面对日趋激烈的市场竞争，任何一步行差搭错，都可能让这个仍处于婴儿期的企业，置于万劫不复的境地。所以，可信又可靠的人才对于格兰纳来讲，是急需而又可遇不可求的。

彭经理久经沙场，对于商场上的应付之道自然是轻车熟路。分寸的拿捏，也是恰到好处。

他当然明白老板叫他见云飞的用意：礼貌应付，不合作但也不能得罪，为企业未来的发展留一条后路。毕竟，瘦死的骆驼比马大，川奇这样的世界级标杆企业，谁能保证他哪天不会咸鱼翻身，再次称霸江湖呢？

有了这样的心理准备，彭经理自然是客气有加。但云飞一谈到实质性的合作时，他就开始变得闪烁其词。

对于这样的反应，云飞自然也是心领神会，他完全能理解彭经理的立场。自古以来都是，贫在闹市无人问，富在深山有远亲。今天川奇是墙倒众人推，大家都巴不得跟你划清界限。格兰纳能派彭经理这样的骨干与云飞一见，已经算是给足了面子。

看来合作的事是急不来的，如果拿不出什么切实可以打动别人的条件，也就怪不得别人现实了。

毕竟，合作就像结婚一样，必须郎才女貌、门当户对才行。现在云飞上门提亲，却拿不出一点像样的彩礼。这样的合作，难免让人家产生你想占人家便宜的顾虑!

更何况，有福州经销商的前车之鉴，谁还愿意再浪费自己的青春，冒着极大的不确定性，和你这个无情无义的“负心郎”一起赌明天呢?

云飞此行可以说是徒劳而返，彭经理甚至连合作的意向都没有松口。这难免让云飞曾经豪情万丈的雄心，受到不小的打击。看来，重整旗鼓远比想象中要困难得多啊!

不过，往好处想想也并非一无所获。至少云飞见到了彭经理，并得到了他的联系方式。也算是为条件成熟的时候再续前缘，留下了一线生机。

回到酒店，云飞连一点吃饭的胃口都没有了，他懒散地躺在床上，把自己摆成一个巨型的“大”字，不知不觉间又陷入了久久的沉思。

云飞一边回忆着他在欧施克的工作经历，一边反复检讨着自己现在的思路与做法。难道想通过四大橱柜公司作为突破口的想法，是错误的吗? 可除此之外，又有什么更好的办法呢?

这时，云飞无意间看到了桌子上婉清送给他的那只水杯，他不由得又想起了婉清。如果此时婉清在这里，一定可以给到他一些宝贵的建议。就算不能立竿见影地解决问题，至少也可以让他有个思考的方向。

而现在，云飞的脑海中却是一片空白，除了对婉清的睹物思人，他理不出一点头绪。

云飞两眼直勾勾地望着天花板发呆，时间就这样在寂静中一分一秒地过去了。忽然，他好像茅塞顿开地想到了什么似的，竟毫无征兆地“噌”的一声坐了起来。瞪大眼睛，忽然一拍大腿，自言自语道：“对啊！婉清说过要学会换位思考，永远站在客户的角度去考虑问题。客户为什么拒绝我，他最需要的是什么，他存在哪些问题，我能帮他做些什么，这些我都一无所知啊！”

想到这里，云飞脸上露出了兴奋不已的表情。他终于知道，自己下一步该怎么做了。

接下来的两天，云飞悄无声息地，把格兰纳公司在厦门所有的专卖店都走了一遍。这可不是象征性的走马观花，而是入木三分的市场调研。

云飞扮作客户，对格兰纳的店面做了深入的调查和分析。从店面设计、装修风格、市场定位、卖场人气、销售状况、配套产品的质量与服务，到竞争对手的产品卖点、销售中存在的最大问题与隐患、销售人员对不同品牌的熟悉程度和热衷程度等等，都做了详细的调查。

在拿到一手的调研数据之后，云飞又摇身一变恢复了厂家的身份，再次与他们沟通。虽然云飞之前隐瞒身份的行为，让有些人略感不悦。但云飞通过专业的解答，帮他们解决了不少销售中遇到的实际问题，也就淡化了他们的不满情绪。

更何况，他还打着彭经理朋友的旗号，那些销售人员对他就更加有所忌惮了。

通过仔细的实地考察，云飞终于发现了格兰纳公司战略上存在的几大困扰。其中，尤以供应商令他们最为头痛，而这却是川奇的机会所在。

格兰纳公司目前最大的供应商主要有三家，一家是土生土长的国内品牌，其余都是纯外资品牌，一家来自于荷兰，另外一家来自于加拿大。

国内那家供应商虽然价格比较便宜，但产品质量也相对较差。而且服务意识淡薄，给售后带来了一系列的麻烦。

更令人担忧的是，其落后的营销理念和混乱的市场机制，导致品牌定位模糊、各渠道之间无序混战的局面。让市场价格越来越透明，利润也不断下滑，这一点与川奇的现状如出一辙。

那格兰纳为什么还要选这样一家国内品牌，作为他的主要供应商之一呢？其实这也是他们的无奈之举，因为国内竞争混乱无序，整体素质都相对较差，这家公司已经是矮子里面拔将军——相对较好的了。

而且，它也是作为两个外资品牌的有效补充，以备胎的形式勉强存在的。毕竟把鸡蛋都放在外国品牌的篮子里，风险也是很大的。

说起外资品牌，在中国有着先天的不足。虽然当时中国的改革开放，已经取得了举世瞩目的成就，但有不少的外资公司对中国还是非常陌生，甚至非常警惕的。

毕竟远隔千山万水，到这样一个与发达资本主义国家市场环境完全不同的神秘国度做生意，很多外企还是抱着相当谨慎的态度。

他们既不想投资设厂，又不想大规模地招兵买马，还不想放弃中国巨大的市场潜力。因此，就诞生了一些折中的做法，要么是把香港作为中转站来远程遥控，要么就在国内找一家总代理，用代销的方式来投石问路。

总之，目的就是用最小的成本，来试中国市场的水温。一旦效果超出预期，便可以快速地大举杀入。但如果见势不妙，也可以断尾求生，脚底抹油赶紧开溜。反正投入不大，也损失不了多少。

正是因为投入不大，所以他们对回报的期望值自然也就不会太高。所以，格兰纳才有机会一口气轻松拿到了两家外资品牌在福建省的总代理权。

垄断是市场搏杀的利器，当你有市场绝无仅有的产品时，你便掌握了市场的绝对主动权。

有了对这两个外资品牌的垄断地位，立刻让格兰纳拥有了得天独厚的明显优势。与其他橱柜公司，形成了产品配套方面的鲜明差异化。

在没有任何可比性的情况下，产品的宣传和包装就显得尤为重要了，而这方面正是格兰纳公司的强项。

有了独一无二的产品，再加上独特的设计理念和高超的宣传包装手法，垄断之后的格兰纳一时间做得风生水起，赚得盆满钵满，大有一发不可收拾的势头。

然而峰回路转，意外总是在意想不到的状况下爆发的。在销售达到一定量以后，那些由量变到质变的问题也就应运而生了。

首先是进货周期长，这两家外资公司在国内都没有工厂。在国外生产完成，再经过海运到中国，一批货从下订单到进入格兰纳的仓库，至少也要两个月的时间。

其次是配套服务跟不上，这两个品牌采用的都是空手套白狼的合作方式。只管收到钱发货，其他一概都得自助。没有服务保障，没有售后培训，甚至连维修所用的配件也要花钱从国外购买，更不用说有提供专业的服务人员了。这可是一笔巨大的隐形支出。

再有就是，国外的产品从设计风格到产品款式和配套尺寸，都是为欧美市场量身定制的，显然更适合于欧美家庭。中国人的厨房大小、风格喜好、生活方式完全不同。所以，经过一段时间的市场验证，中国消费者并没有给予良好的口碑反馈。

再加上纯进口的产品，价格要昂贵得多，却并不怎么好用。所以，格兰纳的顺风路在走了一段时间后，就逐渐开始被越来越多的问题重重包围。

但是，格兰纳走的是高端路线，配套高端品牌产品，是不可动摇的企业战略。所以，即使目前的三个供应商都不理想，格兰纳还是不得不硬着头皮，在不断的磨合中，一路吵吵闹闹与他们共同成长。

换句话说，格兰纳现在也是骑虎难下。虽然他们也在骑驴找马，但是在没有找到更好的替代品之前，他还必须把这两个品牌牢牢地抓在手上。否则，稍有松懈被竞争对手挖了墙角，那可就损失惨重了。

毕竟，这些外资公司在中国没什么投入，看重的只是现实的订单与利益。假如同行以更诱惑的条件与格兰纳展开代理权的争夺，那么格兰纳也将面临巨大的不确定性。即使他们最终拿不到代理权，也可以把局面搞得鸡飞狗跳，让格兰纳吃不了兜着走。

然而，即便在竞争如此激烈的情况下，都没有一家橱柜公司愿意染指川奇，这不得不说是川奇的一个悲哀。

川奇现在的局面，就像得了一场瘟疫的病人，谁都敬而远之不敢触碰。生怕受到其负面形象的影响，而让自己的品牌受到连累。所以，格兰纳目前的供应商虽然已经到了快让它急火攻心的地步，但它依然没有考虑把川奇作为备选之一。

不过，既然格兰纳最终还是派了彭经理来接待云飞，就证明这条路还没有被完全堵死。只是，云飞需要用事实来证明川奇的价值！

俗话说，打蛇要打七寸。既然有了一手的调研资料，并了解了格兰纳背后的故事，云飞也就有了有的放矢、放手一搏的资本。

于是，云飞又给彭经理打了个电话，想约他再见面详谈一次。但令云飞失望的是，彭经理似乎并没有这么快就再次与他见面的渴望。

眼见彭经理要婉言相拒，云飞急中生智地说道："彭经理，我从广州来一次厦门也不容易。上次我来可能有些冒昧，我们没有谈到什么实质性的内容。不过这次我可是有备而来的，我只需耽误你五分钟，但你从我身上所能得到的，可能是你们老板每天要花五个小时去解决的问题。”

“哦？坦白说，你的话我并没抱什么希望！不过，我还是希望你能自圆其说，毕竟大家的时间都很宝贵！”

彭经理终于松口了，但这场来之不易的见面，真的能让云飞力挽狂澜，彻底改变现在被动的局面吗？

第六十八章　躬行践履有回报，一针见血定良方

第二天，云飞带着志在必得的信心，来到了彭经理的办公室，彭经理似乎也在等着这一刻的到来。毕竟人都有好奇心，云飞到底是在信口开河地吹牛皮，还是真能带来超出预期的某种解决方案，花五分钟时间来探个虚实还是值得的。

一见云飞来了，彭经理便开门见山地说道："马经理，等一下我还有个重要的会议要参加，我可是专门挤出来五分钟招呼你的！"

这话表面上一听，似乎是在突显云飞的重要性。可仔细一品味又充满了警告的意味。那意思是在提醒云飞别兜圈子，少说废话，我彭大经理可没时间跟你闲扯。

云飞自然明白彭经理的意思，于是他微微一笑说道："彭经理，我知道你是大忙人。所以绝不会耽误你太多时间，那咱们就直奔主题吧，我这次来的主要目的，是想帮你们彻底解决配套方面存在的问题！"

彭经理听云飞这么说，微微愣了一下，脸上显出一种异样的表情。显然，他对云飞的话题颇感意外。

当然，作为格兰纳公司的代表性人物之一，彭经理绝非等闲之辈。略一迟疑之后，他立刻意识到了自己的"失态"，随即马上恢复了平时的从容表情。

但就是这电光火石之间，面部表情的一点细微变化，就让云飞立刻捕捉了转瞬即逝的有力战机。

察言观色是谈判高手必须掌握的必杀技之一，谈判中对手脸上流露出来的任何细小表情变化，都可能会成为出卖自己底线的致命破绽。而彭经理那不经意的迟疑，也恰恰从侧面印证了云飞的猜测，说明云飞的话讲到点子上了。

此时，老道的彭经理假装调整坐姿，借机舒缓了一下脸上的表情。然后从容地一笑反问道："马经理何出此言啊？我们现在有三大供应商，配套并不存在任何问题啊！"

云飞当然明白，彭经理这么说是不想在谈判中处于被动。哪有谈判还没开始，就把自己的软肋暴露给对手的？但谈判最怕的就是知己知彼，一旦对方已经知道了你的底线和命门在哪里，那么你的一切掩饰，就自然会显得苍白无力。

云飞心里很清楚，他今天并不是找上门来踢馆的。彭经理不是他谈判桌上你死我活的对手，而是未来合作双赢、潜力巨大的合作伙伴。因此，云飞现在要做的，不是用事实打败他，而是要用诚意打动他，更要用行动感动他。

但这就需要巧妙地揭开别人的伤疤，却又不能让人家感到痛，更不能让人家感到尴尬。这个分寸的把握，还的确需要点功力。

于是，云飞微微一笑，拿出了他早就想好的一套说辞："彭经理，这几天我把你们几家橱柜公司在厦门的专卖店都走访了一遍，尤其是贵公司的店。坦白讲，也掌握到不少一手的信息。"

听云飞这么说，彭经理立刻警觉起来。他这才真正意识到，云飞这次果然是有备而来。而他现在最稳妥的做法，就是少说多听。只有让云飞把他知道的事情全部说出来，彭经理才能化被动为主动，进而有的放矢地采取有效的"反击"。

于是，彭经理故意摆出一副好奇的样子说道："哦？马经理这么有时间，还专门跑到我们的店里去莅临指导啊？那都有什么收获，我愿意洗耳恭听！"

云飞昨天晚上几乎一夜未眠，此时那些苦苦思考出来的说辞，终于派上了用场："彭经理，作为国内最专业的橱柜公司之一，相信国内现有的几个大型供应商，你们一定都有接触过吧？"

"那当然！"彭经理自信满满地点点头说道。

"那国内品牌的质量、服务和管理，相信你们都领教过了。所以，这也是你们为什么最终选择了两家外资品牌，作为主打的重要原因之一吧？"

"继续！"彭经理果然城府很深，他不置可否地翻了翻眼睛说道，脸上却一点表情也没有。

云飞明白，彭经理之所以如此不露声色，就是不想给云飞从他表情上找到任何破绽的机会。

而接下来他要说的话就尤为关键了，云飞必须要把握好分寸。既要给川奇的隆重登场做好铺垫，又不能过多地刻意打击竞争对手让彭经理觉得尴尬。

于是云飞想了想，继续说道："外资公司的优势很明显，比如品牌大，历史悠久，有可靠的品质保障和规范的服务体系等等。可它的劣势，也是显而易见！"

"例如呢？"彭经理淡淡地一笑反问道。

"例如反应慢，周期长，产品设计不适合中国消费者的审美理念，服务上也是心有余而力不足。说白了，就是不接地气，价格贵却华而不实。"

云飞自信满满地说完之后，带着诚意的微笑望着彭经理，似乎是在等着他的有力反驳。

但令云飞意外的是，彭经理并没有立刻反驳他，而是意外地沉默了。但不知这种沉默，到底是彭经理在做反击前的情绪酝酿，还是可以理解为默认了云飞的观点。

过了几秒钟，彭经理好像下定了某种决心似的，点点头说道："马经理，你说得没错，这确实是现在外企存在的问题。也难怪你了解得这么清楚，看来你们外企都有这种通病啊！"

彭经理的言外之意，显然是在质疑川奇。云飞如数家珍地暴露了外企诸多的问题，却似乎忘记了自己的老东家也是一个跨国企业。

显然，彭经理刚才的沉默并不是屈服与认可的表现，而是在思谋着如何给云飞挖一个坑，伺机而动予以有力的回击。现在看来，坑果然是挖好了。此时，彭经理轻描淡写的反戈一击，就把云飞的高谈阔论变成了自掘坟墓的祭言，也不可谓不高明啊！

彭经理的用意，云飞自然心知肚明，他心想："彭经理这一招可真够毒啊！还想给我来个以彼之道，还施彼身？"

想到这里，云飞回之一笑说道："彭经理，你这坑挖得可够深的啊！好在我自带了梯子，不然可就粉身碎骨了！"

"哪里啊！我也是有感而发，想向你请教嘛！"彭经理狡黠地一笑说道。

"彭经理，我刚才说的确实是多数外企现实存在的问题，绝非恶意攻击。不过坦白讲，你们现在所选的这两个品牌的致命弱点，却正是川奇的强项！"

"哦？这话从何说起呢？"

不知道彭经理平时说话是不是都这么言简意赅，还是此时为了尽量不露破绽，而刻意精简了话语，总之他现在的用词是能省则省。

云飞见彭经理的兴趣已经被吊起来了，自己的信心也就更足了。于是，他忽然借着调整体位的机会坐直了身子。没有再像刚才那样把身体前倾，刻意地靠近彭经理。这是一个潜在的身体语言，表明云飞更加自信，也更趋于做回自己，而不是依附于别人了。

"彭经理，你们现在选的两家外资品牌供应商，他们在中国都没有设厂，甚至连办事处都没有，可见他们决战中国的意志并不坚定。如果一切都靠老外决胜于千里之外，这种模式当然会有问题。产品周期又怎么可能不长，服务又怎么可能到位？”

云飞说到这里停顿了一下，他看了看彭经理，想从彭经理的表情上看出一些端倪，以便调整自己下一步说话的方向。

但彭经理似乎接受了刚才的教训，此时不但脸上全无表情，甚至连点头摇头的动作也没有，完全看不出赞成或反对的意愿。他那瞪大的眼睛，似乎是在告诉云飞：“你别想再从我脸上套出任何信息，哥不上当！”

云飞无奈，只好继续说道：“他们现在根本就是空手套白狼，而你们就是绑在他们鱼竿上试水的鱼饵。我敢说，你们这种合作模式，目前已经到了一个瓶颈。没有更大的销量去吸引老外，他们就不会加大对中国的投资。而他们现在周期长、服务差的现状，又会极大地影响你们对外市场拓展的信心，这种恶性循环根本是无解的！”

彭经理听完，脸上显出极为严肃的表情，但他仍然不置可否，只是长长地吁了口气，似乎还在期待着云飞的下文。

于是，云飞继续发挥道：“而川奇完全可以解决你们现在面临的这些问题，我们在广东设有全世界最先进的工厂，我们在全国设有四大办事处，我们有专门为中国市场开发产品的设计团队，我们可以向经销商提供免费培训和安装指导的服务体系！其实，我们已经是一家非常本土化的外资公司，有外资企业应具备的一切优势，又兼具本土化企业接地气的各种特点……”

就在云飞说得慷慨激昂，自以为一定可以打动彭经理的时候，彭经理却忽然打断云飞反问道：“马经理，你说的似乎很有道理。但恕我直言，既然你们一应俱全，优势这么明显，为什么你们现在做得一塌糊涂呢？”

这是个绝对令人尴尬的问题，不管云飞的演说多么激动人心，最终都难免要回到原点，来解答这个永远跳不过的话题。不过，好在他已经有所准备。

只见云飞一点都没犹豫地说道：“彭经理，其实福建是一个特例。你可以了解一下我们在全国的市场状况，这可能更公平。我们在全世界的行业龙头地位是公认的，之前福建没做好，只能说是人的问题。现在华南区的人员彻底都换了，甚至连我们的总经理，也都从以前做工厂出身的，换成现在做销售出身的了。此时，川奇正处在新的转型期，不久的将来必然会焕然一新。这对你们来说，是最好的机遇，我是真心希望能帮你们解决所面临的问题，也真心希望大家能给彼此一个尝试的机会！”

云飞的话可谓有礼有节，既充满了诚意，却也不失气节。既有站在对方的角度考虑问题，又展示了自己的实力和决心。

彭经理看似心有所动，但他毕竟不是老板。这样牵一发而动全身的战略布局，显然不是他想拍板就可以拍板的。更何况，他也不能轻易承认，公司的供应链管理面临着严峻的问题啊！

于是，彭经理忽然看了看表，故作惊讶地说道：“哎呀，光顾跟你聊天了，我把开会的事都忘了。马经理，要不今天咱们就先聊到这儿！你的来意我也清楚了，你给我点时间，让我好好考虑考虑！”

云飞明白，这是彭经理的托词，他要向老板汇报。但从彭经理刚才一系列的反应来看，他应该已经被云飞富有诚意的话语打动了。现在，他不过是想以退为进，为将来的谈判多争取一些筹码而已。

看看时间，说好五分钟的见面，现在已经整整过去了半个小时。这也从侧面印证了云飞的猜测，如果没有兴趣，彭经理又怎么会超时这么长而浑然不知呢？

彭经理将云飞送到办公室门口，正准备转身离开。云飞忽然叫住他说道：“对了，彭经理！昨晚我根据了解的实际情况，草拟了一份计划书。这份计划书，我也还没有跟公司上报，你们可以先参考一下。有什么想法，下次咱们见面的时候，可以再详细讨论！”

说着，云飞从书包里掏出两张 A4 纸，这是云飞昨晚在酒店里打印好的。彭经理接过云飞手中的计划书，显然感到颇为意外。

一方面，他对云飞的办事效率和专业素质而感叹不已。另一方面，他也不得不对云飞的自信暗中佩服。来之前就做好了合作计划，显然云飞对他们谈判的结果早已是成竹在胸，似乎一切都尽在掌握。

“彭经理，我希望这份计划书能占用你和你们老板的一点宝贵的时间，这可是关系到咱们两家公司的关键啊！”

云飞这么说，一方面表达了自己对这件事的重视。同时，也为自己后续的再一次拜访做了铺垫。

而更深一个层次的意思，云飞是要叮嘱彭经理，一定要把这份计划书送到他们老板的手里。以防他一个不小心丢了或者忘了，而让云飞的一片苦心付之东流。云飞绝不能让自己费尽心机想出来的惊天逆转计划，因为彭经理的疏漏而被扼杀在摇篮里。

“放心，我一定会和孙总好好商量的！”

“那好！彭经理，那你先忙，我就不打扰了，拜拜！”

看着内心有点小震动的彭经理，云飞潇洒地一笑，转身离去，倒是在彭经理脸上留下了一脸的茫然。

云飞来到楼下，抬头仰望蔚蓝的天空，他长长地出了口气。今天总算不虚此行，攻克了彭经理这一关，意味着万里长征终于迈出了踏实的第一步，也算对自己的努力有个交代了。

想到这里，云飞心中不由得一阵激动，一种浓浓的成就感由心底豁然涌上心头。看来，人需要的并不总是物质奖励，有时更需要的或许只是被认可、被尊重的感觉。

云飞这次出差已经好几天了，这几天里他风餐露宿，饱受冷遇。甚至几乎夜不能寐，都是在思考市场破局的问题，现在看来是可以回去好好休整一下的时候了。

然而，作为一个优秀的销售人员，真的可以取得一点点小小的成绩，就浅尝辄止吗？当然不是！

此时，自信心膨胀的云飞，心中又燃起了一个更加积极主动的进攻计划。然而，正是这小小的胜利让云飞冲昏了头脑。冲动使得他弄巧成拙，也让他陷入了不可预知的巨大被动之中。

第六十九章　急功近利太浮躁，恁时相见早留心

尝到了甜头的云飞，决定趁热打铁将自己的成功经验，立刻向其他的橱柜公司进行大力推广。虽然目前见不到他们的老板，但可以先把基层的群众基础打好，然后采取由下而上的倒逼模式，引起高层的足够重视，从而最终达成“农村包围城市”的总体策略。

这样做不但可以节约时间，而且两条腿走路也可以让自己更加主动。倘若与格兰纳的合作能一帆风顺，那么再与其他的橱柜公司达成合作，就可以形成齐头并进之势。

就算退一万步讲，与格兰纳的合作暂时受阻。但如果有其他橱柜公司作为后备，也不至于在一棵树上吊死嘛！更何况，多一点资源在手上，谈判起来也可以增加自己的谈判筹码和话语权。

云飞想好之后，决定在厦门再多逗留两天，一鼓作气跟厦门所有的高端橱柜公司都谈一遍。

有了前面市场调查的信息基础，特别是有了和彭经理谈判的经验，云飞就更加了解与橱柜公司谈判的切入点和他们的关切点在哪里了，成功的信心也自然更增强了许多。

上次云飞在建材市场收集资料，是为了攻克格兰纳。而这次恰恰相反，今天他要重点攻克的，是除格兰纳公司以外的那些橱柜公司。换句话说，也就是格兰纳最直接的竞争对手。

云飞这么做显然是有一定风险的，因为这件事如果被格兰纳知道，势必会被扣上一个“用情不专”的帽子，后果会怎样，谁也无法预料。毕竟，前脚刚跟人家“释出爱意”，后脚就跟别人去“相亲”，这多少会让人感到有点三心二意的嫌疑。

但云飞这么做，也的确是无奈之举。一来时间紧迫，他必须得在三个月的试用期内做出点成绩，这样才能顺利转正。

二来，他也需要用多方下注来分摊风险，毕竟格兰纳连一句“山盟海誓”都没有。那种嫌贫爱富的眼光，让云飞不得不给自己留一手。

再者，与格兰纳的竞争对手走得越近，就越可以使格兰纳产生危机感。让他

对川奇引起足够的重视，从而更加有效地促成他们尽快达成合作。要知道，谈判是需要筹码的。

基于以上的原因，经过再三的权衡利弊之后，云飞才带着他的方案和刚刚经过实践检验的成功经验，走访了厦门市场里除格兰纳之外的所有高端橱柜品牌。

当然，铠帝亚公司必是这次拜访的重中之重。这个与格兰纳争得头破血流的橱柜界二号人物，可谓格兰纳当仁不让的第一竞争对手。它不但与格兰纳有着相同的定位，同时也有着相近的思路，就连大部分的供应商也基本一致。

可是既生瑜何生亮？偏偏格兰纳处处都棋高一着，压得铠帝亚是有火也发不出来，只能委曲求全地处处忍让。可内心那种难以言喻的瑜亮情节，无时无刻不在困扰着铠帝亚的老板，让他欲罢不能。

供应链对于铠帝亚来讲，更有着说不出的痛。这两年，格兰纳垄断了三个大品牌供应商后，更是让铠帝亚如芒刺在背，寝食难安。

可这也从侧面印证了一个残酷的现实，那就是川奇绝对不是一个炙手可热、大红大紫的抢手品牌。以至于大家争来争去，却没人想到要找川奇合作，至少在福建市场是如此。

但在云飞眼里，这正是机会所在。如果在高潮的时候接手，面对的是开元盛世，又如何能体现出你的价值呢？在低谷的时候接手，固然是困难重重，但可能未来迎接你的，也将是否极泰来的巅峰崛起，这样的胜利才更有成就感。

云飞在与其他橱柜公司一线销售人员的沟通中，有意无意地释放出了格兰纳与川奇的合作意向。云飞这么做，当然是为了借格兰纳的名头来提升川奇的价值，制造一种“我开始变得抢手”的假象，以便引起他们足够的重视，让他们感受到切实的竞争压力。

正所谓春江水暖鸭先知，一线的销售人员承受的压力最直接，所以对市场的变化也最为敏感。由于职责所在，利益攸关，他们会特别留意市场的一举一动，并把这些信息及时反馈给总部。云飞就是想通过自己的专业表现，引发一线人员的高度关切，让他们无形中起到穿针引线的作用，进而获得与这些公司的老板见面的机会。

云飞之前对这些公司老板的电话邀约，无一例外地都被无情拒绝了。所以，他现在不得不出此下策，通过为自己造势的方式，来达到“曲线救国”的目的。

不过，后来的事实证明，云飞曲线救国的策略的确产生了良好的效果，但也为他带来了不少的麻烦。不过，这是后话，这里暂且不表。

云飞这次出差，已经足足出来了有一个星期。虽然不能说大功告成，但是说有所斩获一点也不为过。

至此，云飞终于可以松上一口气，带着满满的希望踏上返程的飞机了。再次回到广州，再次回到棠下，再次回到自己住的那间小黑屋，云飞忽然有一种恍如隔世的感觉。

这一个星期以来，云飞全身心地投入工作中，几乎已经忘了工作以外，还有一样东西叫作生活。

云飞不知为什么，静下来的时候就忽然想起了雨婷。自从那晚把她送回学校，两人就再也没有联系过，也不知道她现在怎么样了。

想起那晚雨婷暧昧的眼神，云飞脸上露出一丝甜蜜的微笑。看样子，雨婷给他留下的记忆还是相当美好的。

只可惜，雨婷当时没有 call 机，她给云飞留下的唯一联系方式，就是宿舍楼下看门大妈门房里的公用电话。大妈基本上都是用千里传音的狮吼功，来通知接电话的人的。

云飞可以想象到那种情景，在乱糟糟的宿舍楼通道里，大妈扯着嗓子大喊道："夏雨婷，有个男人找你……"

云飞可不想成为大妈口中那个所谓的男人，更不想让雨婷在众目睽睽之下尴尬得不知所措。

他可以想象到那种情景，雨婷披头散发地踩着人字拖，狼狈不堪地像一阵风似的从宿舍走廊刮过，身后留下无数指指点点的无聊评论，那种情形可不是云飞乐见的。所以，他一直都被动地等着雨婷来联系他，却从来没有主动联系过雨婷。

云飞因为出差，已经一个星期没去公司了。虽然公司除了 Abby，也再没有什么其他人可以期待了。但不知为什么，一想到要去公司上班，云飞还是有点小激动。看来，他对公司的归属感还真是比较强烈的。

下了公交车，云飞像往常一样，哼着小曲儿，快步向公司走去。可就在这时，他忽然发现对面走来一个亭亭玉立的美女。

"这小姑娘长得可真不错啊！唉……这么漂亮的一朵鲜花，将来也不知道会插在哪堆牛粪上？"云飞也不知为什么，在看到这个女孩的时候，心里竟莫名其妙地发出了这样的感叹。

女孩儿似乎也留意到了云飞不同寻常的眼神，她与云飞对望了一眼，然后很快就低下头，面带羞涩地匆匆而过了。

云飞与那女孩擦肩而过时，忽然觉得有些好笑。他想不明白，自己怎么会像电影里的那些花花公子一样，竟对路边的女孩儿有这种“非分之想”。不过，他也没太往心里去，年轻人偶尔心猿意马也是人之常情嘛！谁让青年人活力四射，总有用不完的荷尔蒙呢？

云飞来到“久违”的公司，一个星期没见过新鲜“活人”的Abby，已经快闷出病了。她一见到云飞回来，立刻像见到亲人似的冲上来问长问短。

于是，云飞就将福建的行程与收获，简短地跟Abby讲了一遍。Abby听完之后，对云飞赞不绝口。并告诉云飞，下星期总经理会来广州办，让他做好准备。

总经理名叫Peter，是个地道的老外，也是中国区的最高负责人。为了派他来中国，总部不但要提供优厚的薪资和高额的岗位补贴，还把他的老婆以及两个孩子全都接到了中国。

Peter上下班不但有专职司机车接车送，而且公司还专门为他和家人租了一栋别墅来居住。甚至，两个孩子在中国上学的费用，也全部是由公司来承担的。

这就是外企，老外至上的企业！像Peter这样的角色，一个办事处的销售利润，恐怕都未必养得起他一个人。但总部依然愿意花这样巨额的费用，就是因为他们只信任老外。即使这个老外能力不行，最多就是再换一个老外，也绝不会用中国人。看来不只是中国，全世界的人都喜欢用老乡啊！

当然，我们也不得不承认，开放中的中国虽然已经取得了举世瞩目的骄人战绩，但在西方人眼中，对中国贫穷落后、素质低下的成见，始终都没有放下过。因此他们觉得，只有从国外空运过来新鲜生猛的老外，才有能力运筹帷幄之中，决胜千里之外。

然而，事实是这样吗？很多在世界上牛气冲天的外企，到了中国却会出现严重的水土不服。时间会慢慢证明，老外那套纵横世界的先进管理模式，在神奇的中国往往并不一定行得通。

云飞倒是打心眼儿里，很想见见这位Peter。毕竟，火车跑得快全凭车头带。川奇公司有没有未来，就全看这位总经理了，他也间接地决定了云飞未来的命运。

至少就目前而言，云飞的命运已经和川奇公司这架烈火中的战车绑在了一起，既然成了命运共同体，就得风雨同舟，相濡以沫。所以，云飞特别期待与这位传说中，唯一是销售出身的总经理的见面。

因为出差，云飞也很久没有跟广州的经销商联系了，也不知华总公司的转型计划进展得怎么样了？

高总的渠道拓展工作，此前一直没有太大进展。主要还是因为他没有魄力做出改变，又没有胸怀去听别人的意见。一想到高总，云飞就感觉头疼不已，他俨然已经成了云飞的噩梦，挥之不去。

但云飞必须得迎难而上，这既是他的工作，也是他的职责。于是，他决定找个时间去拜访一下高总，不能再让这件事情拖而不决了。

本以为再次见到高总，上次不欢而散的阴影会让大家多少觉得有点尴尬。可哪知，高总的表现就好像完全不曾发生过什么似的，脸上依然带着爽朗的笑容，握手的力度依然丝毫未减，让人感到满满的都是真诚。

“马经理，人家都说近水楼台先得月，可我们离得这么近，也不见你多关心我们一点啊？”高总笑呵呵地说道，之前的不开心似乎根本就没有发生过。

这让云飞不得不佩服高总能屈能伸的“大将风度”，和在商言商的商人本质。于是，他也付之一笑地说道：“高总此言差矣呀！我上个星期都在福建出差，今天刚一回来就赶紧来给你报到了，这还不够重视你们吗？”

高总一听，却立刻抓住云飞的把柄说道：“你看看，一句话就泄露天机了吧？福建一待就是一个星期，我们这里却一个星期都不来一次，还说重视我们？”

两人的寒暄虽然多少有些刻意的痕迹，但至少表面上化解了上次不欢而散的尴尬，总算比云飞预想的结果要好得多。

而且，难得高总今天有如此雅兴，一个大老粗竟然还文绉绉的咬文嚼字起来。莫非是遇到了什么好事？

想到这里，云飞微微一笑道：“高总，这段时间生意怎么样啊？”

高总一听云飞言归正传了，立刻眼前一亮，好像他兜了半天圈子，就是在等云飞这句话。

高总还没等云飞把话说完，就急切地说道：“马经理，自从你们上次过来谈完之后，我就一直在思考这个渠道拓展的问题。我想来想去都觉得你说得没错，我们现在的确是到了不得不变的时候了。我昨晚彻夜未眠一直睡不着，想不到咱俩还真是心有灵犀一点通，今天你就主动送上门来了！”

云飞听完高总的话，立刻就明白了。以高总一根筋的脑袋瓜子，怎么可能瞬间好端端地就转过弯儿来了？这必定是华总对他进行了严肃的思想教育和长时间的洗脑工作。否则的话，高总是无论如何都不可能有今天的表现的。

想到这里，云飞假装好奇地问道："哦？高总你既然转过这个弯儿来了，那必定也想好什么高明的计划了吧？不如说出来大家一起分析分析！"

"好啊！马经理，我就等你这句话呢！大概的想法我是有了，但具体怎么操作还得由你们这些文化人，来给点专业意见。不过，马经理你可得记得，你曾经说过的话啊！"

云飞听高总这么一说，立刻就明白了。刚才的吹牛拍马和诗情画意，都不过是为了言归正传而做的铺垫。

高总心里真正打的主意，还是想抓云飞为他做免费的劳力，带着他下面的销售团队，为他到一线市场去做开荒牛。

可像高总这样自私自利的小人，一旦帮他把渠道拓展开，他便有了更多的筹码来跟厂家讨价还价了。

那到时候会不会是：苦恨年年压金线，为他人作嫁衣裳呢？

第七十章　偶尔邂逅似相识，鹭岛捷报添双喜

觉悟这种东西，有时候跟智商是一样的，不是你想提高就能提高的。今天，高总忽然从态度到行动，都来了个一百八十度的大转变。云飞明白，这必然是华总抛给高总的压力起了作用。

虽然对高总的为人，云飞是颇有微词的，但在目前的情况下，他似乎也没有太多的选择。更何况，当时也是他自己拍胸脯保证，会亲自带着高总的销售团队到一线去开拓市场的。现在反悔多少有点说不过去，否则他和高总又有什么分别呢？

不过话说回来，跑一线也未必不是一件好事。既可以增加云飞的客户圈，又可以间接提高他的业绩和收入，何乐而不为呢？

况且，这样也可以把客户掌握在自己手里，到时高总就算想过河拆桥，云飞也可以临阵换帅。大不了一拍两散，也不会永远被动地被经销商卡住脖子。只不过，这个过程的确是辛苦了点。

俗话说，背靠大树好乘凉。外企的销售人员凭着公司的品牌影响力大，往往会养成一种养尊处优的惰性和居高临下的做事态度。

他们自以为是高瞻远瞩的市场管理者，面对的当然应该是经销商的老板级人物。就算不是老板，至少也应该是个高层管理人员。怎么甘心跟经销商下面那些小小的业务员，去一线跑市场呢？

所以，云飞愿意不辞辛苦并主动请缨到一线，这种精神的确是难能可贵。也难怪高总会咬住不放，生怕云飞反悔似的。

为了树立自己言必信、行必果的靠谱形象，云飞第二天便带着高总下面的业务员，骑上摩托车开始了他“走基层，访万家”冲到一线跑终端的苦日子。

虽然，带着蛤蟆镜，听着发动机此起彼伏的轰鸣声，让云飞感受到一种前所未有的酷爽。但烈日炎炎的广州，戴上厚重的头盔，顶着骄阳的炙烤，在发烫的空气中穿梭，享受着如在桑拿房里冲浪般令人窒息的考验，现实的残酷却远非感观看上去那般拉风。

不过，这段跟业务员一起“攻关”的经历，让云飞有了意外的发现。虽然这些

人没什么学历，素质并不高，但他们身上有许多被大家忽略的可取之处。

例如动手能力，他们解决实际问题的能力，其实远比云飞要厉害得多。这些实战经验，可是他们在安装和服务过程中，通过身经百战积累起来的。比云飞在培训课上“道听途说”的那些理论知识，可要接地气得多。

同时，在跟经销商业务员的接触中，云飞逐渐与他们建立起一种相互的信任。这让云飞有了另一个渠道，去了解他们公司的一举一动。对于掌握华总和高总的真实想法，当然也是大有裨益。

这天早上，云飞像往常一样下了公交车，哼着小曲儿正在向公司走去。忽然他眼前一亮，目光就像被打入了楔子，几乎不能自拔地停留在对面走来的一个女孩身上。

那女孩长发披肩，高挑的身材有如细柳丝绦，一袭长裙婀娜多姿，轻盈的步履仿佛就像一阵由远及近的春风拂面，转眼之间便飘到了云飞的眼前。她那春意盎然的脸上，散发着数不尽的青春魅力。即使在茫茫人海之中，依然无法掩饰她那独特的蓬勃朝气，就如万绿丛中一点红，让人眼前发亮。

“啊……是她！”云飞一眼便认出来，这正是上次那个与自己擦肩而过，搞得他“春心荡漾”的女孩。不知为什么，云飞一见到她，心里就紧张得怦怦直跳。

此时，女孩也留意到了云飞。两人四目相对，似乎都感受到一种不期而遇的意外和略带羞涩的莫名之感。但这莫名的羞涩之中，又似乎隐隐有一种似曾相识的熟悉。

两人略显尴尬地相互点了下头，再一次就这样擦肩而过了。那种点头的幅度，小得几乎无法察觉。甚至让人怀疑，他们到底是用点头在向彼此致意，还是在不经意间抽动了一下脖子。

但不管怎么样，这次意外邂逅至少让彼此都注意到了对方。到底他们算不算是打过招呼了，这一点就仁者见仁，智者见智了。

不过，有一点似乎是可以肯定的，那就是这个女孩也在附近上班。不知为什么，云飞潜意识里挺喜欢这个女孩。

这不光是因为人家长得漂亮，可能更是因为这女孩内在散发出来的某种气质，对云飞有一种说不清的潜在吸引力。云飞并不是那种轻易会被“狂蜂浪蝶”吸引的男人，不过这次显然是个例外。

云飞在心里默默回忆着那女孩的表情，脚下却不敢有丝毫的怠慢。因为，今天总经理Peter会来广州办，这是云飞与Peter的第一次会面。他不但不能迟到，而且还得早一点到公司做好充足的准备。

果然，九点钟一到，Peter便带着他的翻译兼秘书Sally，准时来到了办公室。

Abby坐在前台，一看Peter他们到了，连忙热情地站起来打招呼。云飞听到他们寒暄的对话，连忙也从自己位置上主动走了出来。

Abby见到云飞，赶紧用不太流利的英语向Peter介绍道："Hi，Peter，This is the new sales man…… "（彼得，这是新来的销售……）

"Oh，That must be Arthur，right？"（这一定是亚瑟对吧？）

Peter还没等Abby说完，便抢着猜道。看来，他在来之前已经做足了功课，不但知道有新员工入职，而且还清晰地记住了云飞的英文名，他对销售人员的重视由此也可略见一斑。

"Yes，I'm Arthur， nice to meet you，Peter！"（是的，我是Arthur，很高兴见到你，Peter！）

"Nice to meet you too， and warmly welcome！"（我也很高兴见到你，欢迎你的加入！）

从简短的对话中可以看得出，Peter是个热情开朗，而且对销售工作非常重视的人。换句话说，他应该也是把销售好手。

也许是因为华南区长期的虚位以待，让Peter求贤若渴。也许是因为上一批人马没有经得住人品的考验，而有了前车之鉴。

今天，Peter并没有像往常一样，一来到公司就钻进办公室里忙自己的事情。而是兴致勃勃地把云飞叫到了会议室，与他展开了一场聊天式的非正式会议。

Peter已经急不可待地想了解，云飞进入公司这段时间都做了哪些事情，对市场又有怎样的分析和看法。

这既是对云飞能力和人品的评估，也是对云飞主观能动性的测试。一个好的销售人员，必定会有他对市场独到的见解。而越是潜力巨大的销售人员，就越应具备好的品质和自我鞭策的主观能动性。否则，他的能力和潜力越大，将来对公司的危害可能就会越大。

经过一个上午的沟通，云飞将自己这段时间在华南区的主要工作，进行了一次总结汇报。并对未来的区域规划，也坦诚地提出了自己的想法和见解。这次，云飞的英语终于有了用武之地，他已经好久没有机会这样畅快淋漓地使用过英

语了。

从 Peter 反馈的表情来看，他对云飞应该相当满意。特别是通过跟云飞的沟通，他才真正了解到了华南区的现实情况。此时，他才清楚地知道，现实远比他想象的还要糟糕。看来，他被以前的销售团队忽悠得不轻啊！

中午，Peter 主动提出来要请大家吃饭，这可是一反惯例的举动。要知道，Peter 作为中国区的最高负责人，从层级上来讲与大家有相当大的跨度。

这种跨度，常常让老外有一种天然的优越感。同时，也会造成他们和本地员工之间，有一种难以逾越的心理鸿沟。让他们没有机会体察民情，也就失去了战略决断时重要的实践支撑。

更何况，还要牺牲 Peter 非常看重的午休时间，可见他对云飞本人还是颇为欣赏的。

与 Peter 的第一次见面，可以说是完美收官。云飞对销售的独到见解、清晰的思路和吃苦耐劳的冲劲，都给 Peter 留下了深刻的印象。

而云飞流利的英语，更是扫除了他与 Peter 之间语言上的沟通障碍，这是大部分销售人员所不具备的优势。这也让刚才一番好意，抢着帮云飞做翻译的 Abby 颇有点自作多情的尴尬。

有了 Peter 的支持和肯定，让云飞对自己的工作更加充满了信心。由于华南区的其他销售人员一直还没有落实到位，云飞一时间要兼顾华南五省辖区的所有销售工作，俨然扮演了华南区经理的角色。

从广东到广西，从湖南到福建，甚至到中国最南端的海南岛，都留下了云飞奔波的足迹。

俗话说，世间自有公道，付出总有回报。云飞的辛勤付出，似乎终于应验了这句话。

在与 Peter 见面后不久的一天，云飞的 call 机忽然响了。call 他的是一个陌生的电话号码。但他一看 0592 这熟悉的区号，就立刻意识到这是由厦门打来的。

云飞的第一反应告诉自己，这绝对是个好兆头，很可能是格兰纳公司找他合作的信号。

想到这里，云飞不觉感到一阵激动，他赶紧复了个电话过去：“你好，请问刚才哪位 call 我？”云飞尽力抑制住自己激动的心情，故作平静地问道。

“你好！请问是川奇公司的马经理吗？我是厦门铠帝亚公司的洪经理，上次你来我们店时，大家有见过面的，不知你还有没有印象？”对方非常礼貌地答道。

一听对方不是格兰纳，云飞显然有点失望。但铠帝亚主动打电话过来，也绝对是个不小的心理安慰。这也充分证明，当时云飞多方下注的举措是正确的。

云飞有个好习惯，他拜访过的客户，事后都会做详细的记录。甚至，连当时谈话的背景和内容，以及谈话人的形象特征，他都会做详尽的说明。以免见得人多了，或者时间久了而淡忘。

格兰纳和铠帝亚，都是云飞厦门客户中的重中之重。洪经理这样重量级的人物，他当然是印象深刻。

但在销售行业里浸淫久了，多少都会形成一种职业本能。那就是面对客户，时时刻刻都要想方设法，为自己的谈判争取尽量多的筹码。这是云飞在销售的历练中，经过多位高手的耳闻目染，逐渐形成的职业敏感。到底是好是坏，却是难以一概而论。

云飞听洪经理这么问，知道是好事临头。所以，他故意停顿了一下，然后才好像恍然大悟似的说道：“哦……是洪经理啊！想起来了，想起来了。上次出差见的客户太多，你突然打电话过来，一下子还真有点没反应过来！”

洪经理一听，赶忙说道：“马经理，我知道你是大忙人。这次打电话来，主要是想看你什么时候有时间，想约你来我们总部坐坐，跟我们老板好好谈谈。我常常冲在一线，所以对你上次讲的那些问题深有体会。只是最终要合作，你还得说服我们老板！”

云飞一听果然是好事将至，内心简直是心花怒放。不过，此时他还不能表现出如饥似渴的见面欲望。因为这是心理战，这个时候越沉得住气，才越可能在未来的谈判中处于主动地位。

当然，这个火候必须得拿捏得恰到好处，否则一旦玩脱了，那不但可能会错失良机，甚至可能会引起别人的反感。

于是，云飞振振有词地说道：“洪经理，上次见面跟你谈得很愉快，我也很想马上过去跟你们老板好好聊聊。只是我现在广州这边有些事要处理，不能马上答复你具体的时间。不过，格兰纳正好也想约我下周过去，那我就尽量能下周成行吧！”

云飞“无意间”引出了格兰纳，目的当然是想给洪经理施加紧迫感。他要让洪经理意识到，格兰纳这次又比他快人一步，占据了争夺川奇的主动权，从而让洪

经理更加重视川奇这个品牌。

果然，洪经理听完，显然有些意外："是吗？格兰纳下周已经跟你约好了？"

"是啊！上次我是先去他们公司拜访的，我回来之后，他们很快就做了一份合作计划给我，一直约我过去细谈。但最近广州的事多，所以才跟他们约了下个星期。"云飞用轻松的口气客气地答道。

合作计划书的事情的确不假，只不过是云飞主动做给格兰纳的，而不是格兰纳主动做给云飞的。这一招在销售中叫作"把事实合理地夸大"，不算是骗人，至少在欧施克时王经理是这么教的。

果然，洪经理一听立刻紧张起来，他略带不安地说道："马经理，我有个不情之请，希望你到厦门的时候，能不能先来我们公司谈完再去格兰纳？"

"这个……"云飞摆出一副为难的样子，故意显出一副犹豫不决的语气。

"你放心，我们绝不会让格兰纳知道的。我只是希望你能把你们的优势，跟我们老板详细介绍一下。只要他点头，具体的推动都是我来操作的，我的动作是很快的！"洪经理的语气充满了诚意，也给云飞表达了强烈的暗示。

"好吧！那我……订了机票之后通知你！"云飞的语气，让洪经理觉得他充满了无奈。

"好的，谢谢你马经理，那我们到时见！"洪经理感激地说道。

云飞放下电话，心里先是一阵激动，但他很快又冷静了下来。他心想："这么大老远的，如果只为了见铠帝亚专门飞过去一趟，这成本未免也太大了。是不是应该想个办法顺便把格兰纳也搞定了，这才不虚此行啊？"

想到这里，云飞又拨通了格兰纳彭经理的电话，两人寒暄了几句之后。云飞言归正传道："彭经理，上次我给你的计划书，你给孙总看了吗？你们有什么意见或者建议吗？"

"哦！我们孙总看了，他倒是也挺有兴趣。只是最近有点忙，所以一直没联系你！"

彭经理的话不知有几分可信，这种掩人耳目的官话，多少也有几分敷衍的成分。恐怕"忙"只是个借口而已，潜台词就是你的事不够重要，而他们有更重要的事要处理。云飞心里明白，如果他们没有感受到压力，就不会把这件事太放在心上。

于是，云飞说道："有兴趣就好！正好刚才铠帝亚的洪经理约我下周过去和他们李总见面，不知道彭经理方不方便，也安排我顺便跟你们孙总见一见？”

云飞的话既是一种邀请，更是一种隐形的威胁。那意思，人家铠帝亚已经慧眼识英雄，向我先下英雄帖了。如果你们再犹豫不决，让人家捷足先登了，那你们可就要错失先机了。

彭经理一听，果然犹豫了一下说道：“这样啊！那我问问孙总，看他下星期有没有出差的计划，回头我再联系你！”

云飞放下手中的电话，忽然有一种成功的窃喜。这两个不可一世的公司，终于愿意见他了，可真不容易啊！

云飞正在暗自庆幸，却想不到彭经理的电话，立刻便打了回来。云飞有种预感，电话回得这么快，绝对是个好消息。

果然，彭经理开门见山地说道：“马经理，我刚才问过了，我们孙总下周应该不出差，你可以约个时间过来聊聊。不过……”彭经理说到这里，似乎有些犹豫。

这让云飞颇感意外，他心想：“答应就答应呗，还不过什么？难道还觉得自己这么快答应了有点屈尊降贵，想找个台阶抬高自己？”

想到这里，云飞说道：“彭经理，不过什么？有话不妨直说！”

彭经理一听云飞说得这么爽快，似乎也有点不好意思了。于是，他干笑了一声说道：“不过，我们孙总有个小小的要求！”

第七十一章　相逢无意离别苦，柳暗花明又遇难

云飞听完彭经理的话，虽然嘴上没说什么，可心里不由暗自琢磨道："见个面还有附带要求，这个孙总可真是好大的谱啊！"

云飞这些话本是在心里窃窃私语，可哪知，彭经理像在他的内心安装了窃听器一般，似乎偷偷听到了他的心里话。

他没等云飞开口，便略显尴尬地说道："马经理，我们孙总可真不是摆谱。他只是希望你在见铠帝亚之前，能先来我们公司把上次的计划谈完。"

"哦，原来是这样！"云飞闻言，终于放下心来，看来他一石二鸟的计划终于见效了。

能让曾经对云飞避之唯恐不及的厦门两大橱柜巨头，今天争先恐后地向他发出邀请，当真是不容易啊！此时，云飞的心里忽然有一种难以抑制的成就感涌上心头。

不过，问题也随之而来了。云飞之前已经先答应了铠帝亚的邀请，如果现在拒绝了格兰纳，势必会影响他与格兰纳之间刚刚建立起来的信任与后期的合作。

毕竟，从实力上来讲，格兰纳才是行业当仁不让的龙头老大，他的影响力是不言而喻的。换句话说，如果不是因为有格兰纳的竞争压力，铠帝亚也不会把川奇当盘菜看待的。

但铠帝亚的实力也的确不容小觑，它是厦门当地目前唯一有能力与格兰纳一较高下的挑战者。企业的发展就像看不到尽头的马拉松，不到最后一刻，鹿死谁手尚未可知。所以，也绝不能得罪。

更何况，正是因为有了铠帝亚这样的对手存在，云飞才有了坐收渔利的资本。如果失去了铠帝亚，云飞也就失去了与格兰纳谈判的筹码。因此，错失任何一方对云飞来讲，都是不可承受之重。

电光火石之间，云飞一下子也想不出两全其美的办法。但在电话里，他又不能考虑太长时间。所以，他只好应付地对彭经理说道："呃……好吧，我订了机票第一时间通知你！"

这个回答可谓是刀切豆腐——两面光，既不算答应，也不算拒绝。反正，我

只说订了机票第一时间通知你，但并没有答应第一个和你见面。至于到时具体怎么安排，只能等静下心来，再考虑一个万全之策了。

好在彭经理也没有过于执着，大家都是明白人，知道生意场上的事有时候是需要有一些盲点的。

回家的路上，云飞一直为找到一个圆满的解决方案而眉头紧锁。但他无论怎么设计，也始终想不到两全其美的办法。

要知道，这两家公司可是行业里水火不容的竞争对手。无论先去哪一家，都肯定会让另一家心怀不满。可云飞却偏偏一时头脑发热，自作聪明地把两家都通知了。现在陷入骑虎难下的窘境，说来也真是自找的。

云飞一路上都在低头冥想，不知不觉地就走上了每天都要经过的那座天桥。突然，他意外地停下了脚步。

虽然云飞并没有抬头，但他潜意识里感应到，前面有人挡住了他的去路。首先映入他眼帘的是一双漂亮的高跟鞋，那细细的鞋跟几乎像是从鞋里伸出来的一根钉子，让人不由得为这“踩高跷”的技艺叹为观止。

云飞顺势再往上看，依次是白皙的美腿，淡蓝色的连衣裙，披肩的长发和精雕细琢如点石成仙一般隽秀的面孔。当看到那女孩的脸时，云飞不由得心头为之一震，脸竟“唰”地一下红到了脖子根儿。

原来，这个被云飞无意间“粗暴拦截”下来的女孩儿，竟是那个多次在上班路上，与他不期而遇、擦肩而过的美女。

女孩从相反的方向，与云飞相向而行地走过来。想不到云飞只顾低头走路，不顾抬头看天，竟差点跟人家撞了个满怀。若不是那女孩及时“刹车”，云飞潜意识里所谓的心理感应，或许早就变成了实质性的“亲密接触”了。

云飞见状，下意识地往旁边让了一步。他想赶紧给女孩让出一条路来，别让人家误以为他是别有用心。

哪知，两人却好像心有灵犀似的，竟不约而同地做出了同样的动作。女孩的步伐与云飞的动作，协调一致得就如同对镜成影一般，整齐划一。恐怕就是喊着口令，迈着方步的仪仗队，也未必会配合得如此默契啊！

云飞见状，心里觉得是既可笑又有点难堪。他生怕那女孩误以为他是故意为之。所以连忙本能地向另一边跨步过去，想给女孩再让出一条路来。

可哪知，那女孩竟如影随形般地也向另一边跨了一步，本能的反应让两人再次顶在了一起。云飞见状终于忍不住笑了出来，他只好停在原地无奈地摆了个“请”的姿势，礼貌地示意让那女孩先过。因为此时此刻，恐怕也只有这种善意的表态才能证明自己的“清白”了。

女孩此时似乎也留意到，这个“不怀好意”的男人，正是经常跟自己在上下班路上偶遇的男生，不由得也腼腆地露出了一丝微笑，但她并没有说话。而是从云飞身边一闪而过，悄无声息地“溜走了”。

就在云飞还在为这电光火石之间，猝不及防的变化而发呆之时，却听到那女孩在与他擦肩而过的一刹那，有意无意地说了声“谢谢”！

只是，那声音小得，就如她轻盈的身体一般，让云飞还没来得及反应过来，便已经飘然而去了。只留下那淡淡的发香，还在空气中袅绕。

云飞呆呆地站在天桥上，看着那女孩离去的背影，不知为什么竟忽然有一种神情恍惚的感觉，仿佛刚才经历的一切就如一场梦，快得让他来不及消化，便已经随风而逝了。

云飞正在回味刚才的情景，却发现那女孩忽然停下了脚步，回头向天桥上望来。虽然两人相距已经颇远，但仍能感受到彼此目光相及的一刹那，如触电般的感觉。

两人立刻不约而同地都低下了头，当云飞再次鼓起勇气抬起头时，那女孩早已如落入浩瀚大海中的水滴一般消失无踪了。真是：众里寻她千百度，蓦然抬首，佳人隐于人海茫茫处。

自从有了这不经意间的第一次接触，两人之间似乎便形成了一种无言的默契。每天上下班的时候，他们几乎都会在相同的地方不期而遇。到底是天公作美产生的巧合，还是他们心有灵犀人为制造的偶遇，只有天知道。

只是，每一次的相遇都是在沉默中开始，又是在沉默中结束。不过，这看似无为的沉默，并不意味着彼此的漠视。内心的暗潮汹涌，或许更让人心潮澎湃。

因为，两人每一次相遇，都会有不期而遇的眼神交流。而每一次的惊鸿一瞥，又足以令双方心跳加速，甚至面红耳赤。

那是一种既渴望又羞涩的委婉相约，却又像是被一层薄如蝉翼的世俗而阻隔的两个世界。就好像雾里看花、水中望月一般，看似触手可及的距离，却又有一种远在天边般的缥缈与虚无之感，让他们不敢凝视对望。

每次这样默默地擦肩而过，云飞总带着一种心有不甘的遗憾和一种破茧而出的冲动。但每次理智总是能战胜感情，让他无奈地保持着谦谦君子的风范。

不过，云飞可以感受到，这种特别的感觉并非他独有，因为他从那女孩的眼神中可以读出，她也有同感。

感觉就是这样一种奇妙的东西，它就像磁场的正负极，会莫名其妙地产生两股神奇的力量彼此作用。外人看不到，可当事人可以强烈地感知。

只可惜，这种美好的邂逅并没有延续太久，出差的脚步便无情地打破了这一成不变的邂逅铁律。云飞去厦门的事业征程，让他们刚刚形成的“生活惯性”在毫无征兆的情况下戛然而止了。

这是一种无法诉说的无奈，云飞很想与那女孩做个简短的告别。只可惜，理智的脚步最终还是战胜了青春的冲动，云飞纠结的心情也随着飞机的起飞，被悬在了万米高空。

云飞最终还是决定先去格兰纳，他要等与格兰纳谈完之后，再根据实际情况见机行事。毕竟在商言商，一切还得靠实力说话。更何况，他跟格兰纳的谈判也确实是最先开始的。

这次云飞是受邀而来，待遇自然也就大不相同了。格兰纳一改往日高高在上、不可一世的派头，专门派了司机到机场去接云飞。

坐在格兰纳的奔驰贵宾车里，云飞终于体验了一把，世界龙头级企业的销售人员所应受到的礼遇。

当然，云飞并没有因此而冲昏了头脑。他明白，世界上没有无缘无故的爱，也没有无缘无故的恨。格兰纳态度一百八十度的巨大反转，其实是先礼后兵的节奏。前面的礼数做得越无可挑剔，后面的谈判恐怕也就越压力山大。

为了避免节外生枝，云飞这次来厦门并没有通知厦门的经销商寇总。云飞明白，寇总这种在夹缝里求生存的散装游击队，只是过渡时期一种无奈的临时选择。当川奇公司在厦门扬名立万之时，也就是寇总在川奇经销商名单里寿终正寝之日。

再次来到彭经理的办公室，少了一层陌生多了一层熟络。彭经理见到云飞的态度，也比以前热情了很多。

云飞可以感受到这种热情是发自内心的，至少彭经理成功地让他有了这种错觉。毕竟，把脸上百分之八九十的相关神经都调动起来绝非易事。即便是彭经理硬装出来的，也必定是拼尽了每一分的演技，才达到了如此极致的效果，也算是诚意满满了。

彭经理与云飞寒暄了几句，便直接带他来到了孙总的办公室。看来，孙总也早就为与云飞的见面安排好了时间。可见他对这次见面，也是相当的重视。

这位孙总有着很强的行业前瞻性，其灵活的商业头脑，高瞻远瞩的独到眼光，堪称行业里不可多得的商业奇才。今天，终于有机会一睹这位厦门橱柜界的传奇人物了，云飞心中不免有些兴奋。

或许，正是印证了小品里的那句话，浓缩的都是精品。孙总并不像广州的高总那样身材魁梧，声如洪钟。但他偏瘦小的身材，无时无刻不透露出成功人士身上那种特有的气质。特别是他那犀利的眼神，就像电影里的机械战警一般，似乎随时都能看穿任何人的心思，让对手的小九九无从遁形。

俗话说，行家伸伸手，便知有没有。其实，商场上初次见面的握手寒暄，就如同两大高手在比武前意念中的先行较量一般。双方虽然还没有正式交手，但通过对对手的观察和眼神的交流，便可以大概估计出对方的实力与风格。只有做到心中有数，才能制定出正确的战略战术，让自己立于不败之地。

有了真正的接触，云飞对孙总才有了更真实的感受。他发现，孙总其实并没有想象中那样有老板谱儿。与广州的经销商华总相比，孙总似乎显得更飘逸。

寒暄之后大家落座，彭经理作为这次会议的组织者、参与者和未来可能的执行者，此时，却只能屈尊降贵，临时承担了这次会议记录员的身份。

孙总似乎也是个直爽人，他一坐下来就开门见山地对云飞说道：“马经理，你写的计划我看过了，说实话我有点震惊，我现在有两个问题想问你：第一，我们公司的所谓供应链问题，你是通过什么渠道了解的？第二，你凭空做这么一个计划出来，凭什么就让我跟着你的计划执行呢？”

孙总的语气显得有点咄咄逼人，目光也是杀气腾腾，这种态度的一百八十度大转变，突然得让人猝不及防，也让气氛陡然间急转直下，透出一种浓浓的兴师问罪的味道。

看孙总的表情，大有一副要彻查叛徒、铲除内奸的架势。显然，他认为云飞之所以能够对格兰纳的内部情况了如指掌，必然是有“内鬼”为云飞提供了情报，这是任何一个老板都无法容忍的。

假如云飞把握不好分寸，让格兰纳在内部掀起一场追本溯源的肃清运动，那他可就变成制造这场运动的罪魁祸首了。那么，格兰纳内部的员工必然都会对云飞心怀怨恨，到时即便与孙总展开了合作，但如果得不到广大基层的支持，那接下来的工作也必将寸步难行。

而孙总的第二个问题，显然是有意辜负了云飞的一番好意。这本来是云飞煞费苦心，针对格兰纳的实际情况为他量身定制的合作计划，就算没有功劳也有苦劳吧？可孙总偏偏故意曲解云飞的意图，真是欲加之罪何患无辞啊！

当然，孙总的这种心情是可以理解的。作为本行业首屈一指的龙头企业，云飞一个小小的业务员，不费吹灰之力就取得了与格兰纳的合作，并让这位不可一世的孙总，乖乖地按照这个毛头小子的计划去执行，这当然不符合孙总的风格。

好在，云飞这次是有备而来，他等这个机会已经等了太久。这次会面的成功与否，直接关系到整个市场扭转乾坤的可能性，他怎么可能不做好充足的准备？

云飞明白，谈判就是一种心理战。孙总千里迢迢把他从广州请过来，对他进行严厉的质询，绝不会只是为了给他一个下马威，来显示自己的威风。

此刻，孙总越是显得咄咄逼人，似乎也就从另一个侧面显示出，他强烈的合作意向。否则，他就用不着浪费自己宝贵的时间，和彭经理一起演这出双簧大戏了。

云飞心中有底，自然也就不会被孙总的气势压倒。于是，他微微一笑说道："孙总，收集市场信息，是每一个销售人员的天职与本分，我身在川奇这样的世界级龙头企业，如果连这点本事都没有，又怎么敢单枪匹马地来见您呢？"

云飞说完，偷眼看了看在一边做记录的彭经理。只见他投来感激的目光，似乎对云飞的回答深感安慰。

要知道，如果是彭经理下面的员工泄露了公司机密，他可是第一责任人，要挨板子的。云飞的回答不卑不亢，不但谁也不得罪，还突显了自己的业务能力，显然是早就想好了应对之道。

孙总作为一个大老板，对一个小小的业务员自然也不好揪着不放。更何况，问题本身其实也不是孙总考量的重点，他若真要追查，也是应该去做内部检讨，而不应该为难云飞。

孙总之所以有此一问，其实无非是想在气势上压住云飞，同时考验一下这个外企的精英到底会有什么应对之法，来化解他咄咄逼人的质问。

听云飞这么说，孙总并没有急着表态。而是不置可否地看着云飞，似乎是在等着他对第二个问题的回答。

看到孙总的反应，云飞知道自己第一个问题的回答，算是蒙混过关了。至于第二个问题，他就更加是成竹在胸了。

只见云飞半开玩笑地说道："孙总，至于第二个问题嘛！你这么说可就有点不近人情了。那份计划可是我花了一个晚上，煞费苦心专门针对格兰纳量身定制的。是否可行那是水平问题，但我这番诚意就算没有功劳也有苦劳吧，你怎么还怪上我了？"

"量身定制的什么？是量身定制的紧箍咒吧？一旦我上了你的贼船，恐怕就下不来了吧？"

孙总对云飞的好意似乎并不领情，言语间依然是咄咄逼人。但也从侧面反映出，他对这份计划显然是兴趣十足的。否则，他又何必找云飞来谈呢？而且，还一再要求一定要在铠帝亚之前先谈。

云飞明白其中的道理，所以不慌不忙地说道："孙总，您这话可是太伤人了！出力不讨好也就算了，现在好心还被你当作了驴肝肺。也罢，反正我的计划也还没向公司申请，也还不知道公司能不能批呢！你要是真觉得不满意，那就权当我没写过好了，你有什么想法，那咱们重头谈过，好吧？"

云飞这么说，当然是故意在吊孙总的胃口。因为他清楚，自己花了一整晚所做的计划，都是有的放矢照着格兰纳的七寸下的药，孙总不可能不为之所动。孙总所谓的上了云飞的贼船，虽然话是难听了点儿，可理儿还算是这么个理儿。

特别是云飞着重强调的川奇的优势：工厂、团队、货期、设计、质量、服务。这些天然的优势，正是孙总现在供应商所面临的短板，他又怎么可能不动心呢？

只不过，川奇现在就像个赔光了信用的赌徒，虽然空有一身惊天伟略的本事。但因为前期做坏了信誉，所以再也得不到别人的信任了，因此也就没有了跟别人讨价还价的筹码。

现在要想翻身，川奇必须找到一个慧眼识人的伯乐，才能让它重获新生，而孙总恰恰就是具有这种独具慧眼的高人。

不过，舍不得孩子套不住狼，要想让孙总上云飞的贼船，当然必须得有足够吸引他的利益。而云飞那份绞尽脑汁写出来的计划里，恰恰都是对准格兰纳要害发力的狠招，可谓招招致命，让孙总欲罢不能。

孙总一听云飞的计划还没有得到公司的批准，他只怕夜长梦多，一旦老外较起真儿来不批云飞的计划，那么，现在云飞计划中开出的诱人条件，就可能变成空欢喜一场。

所以，孙总摇了摇头说道："我哪有那么多时间再跟你重新谈啊？看在你诚意满满的份上，咱们就在你这份计划上谈吧！我也不贪心，我再提两个要求就好了！"

云飞闻言，微微一皱眉头说道："孙总，这样的条件，你还要再提两个要求？我可真是怕了你了，您的要求可是真多啊！"

此时，孙总脸上没有一丝开玩笑的意思，只见他一本正经地说道："第一，你给我的价格还得再降五个点。因为对于你们来讲，我只是你们庞大客户群体中多加的一个而已。但对于我来说，引进你们就意味着我的整个战略将不得不做出全面调整，这关系到我的生死存亡。如果没有较高的利润支撑，我不敢玩啊！"

孙总的要求在云飞的意料之中，他当然明白孙总这是坐地起价。现在川奇手里没有谈判的筹码，它要想快速进入厦门的市场，就必须依靠格兰纳的渠道和品牌影响力。这是孙总漫天要价的最有利时机，作为一个精明的商人，他当然不会错过这样的机会。

云飞虽然早有预期，却不能一口答应。他明白，谈判中做出的每一个让步，都绝对不能让对手轻易得逞。即使不能让对方付出相等的代价来交换，也必须让对方知道，每一次成功的得寸进尺都是来之不易的，至少得让对方懂得珍惜。

于是，云飞说道："孙总，每个公司都有自己的底线，亏本的生意谁都不会做。你的要求我一定会尽力去争取，但我真的不敢拍胸脯保证。这一点，希望你能理解！"

孙总听完，呵呵一笑说道："我明白！但我相信你的能力，只要你尽力一定可以的！"

"孙总，这个我真不敢保证……"

孙总没等云飞吐苦水，就打断他继续说道："你先不用急着回答我，我有耐心等你的结果出来！如果说第一个问题还让你略有为难。那么，第二个问题你一定做得到，就看你有没有诚意了！"

云飞闻言，挤出一丝苦笑说道："孙总，我推掉铠帝亚先来跟你谈，这还不算有诚意吗？但我怎么感觉你的话里处处是陷阱，让我防不胜防啊？"

云飞这句话不说还好，他这一说似乎正说到了孙总的心坎里。只见孙总把手一拍说道："没错，我等的就是你这句话。既然你这么有诚意，干脆就别再跟其他橱柜公司合作了，包括铠帝亚！这样咱们才能对彼此一心一意吗！你说呢？”

“这……”

孙总此言一出，云飞立刻意识到姜还是老的辣啊！他来之前虽然做了充足的准备，可以说是机关算尽。可是没想到，最后还是掉进了孙总早就设好的“套”里。

可此时，如果云飞当场拒绝，必然会让刚刚扭转的气氛再次陷入难堪。甚至，会让已经箭在弦上的合作功败垂成。

可是，如果答应孙总这一无理要求，那必然会面临丢掉半壁江山的窘境。也会让川奇未来的命运完全掌握在孙总手上。

这种进退维谷的情况下，云飞究竟该做出怎样的选择呢？

第七十二章　咄咄逼人无退路，瞒天过海行险招

说实话，孙总的要求实在有些强人所难。甚至可以说，简直就是落井下石的强盗做法。

他没有对云飞做出任何实质性的承诺和保证，甚至连如何重塑川奇在厦门的品牌形象，也没有个具体的规划。单凭一个意向性的口头协议，就想垄断整个厦门市场的代理权，而且还要川奇给出如此优厚的条件，好处未免都让他一个人占了。

况且，厦门还有个经销商寇总啊！虽然他的贡献几乎可以忽略不计，但也不能当人家不存在啊！

他和川奇的这段“婚姻”固然是郎无情妾无意，只能算勉强生活在同一个屋檐下，没有感情的“临时同居”。但不管怎么说，人家也是和川奇领了“大红本”，明媒正娶过来的“合法夫妻”。格兰纳充其量也就是个颇有姿色、家底雄厚的“小三儿”，你想取代正房好歹也得拿出点诚意啊！

当然，事情走到今天，寇总自己也是难辞其咎。他本来就是个打游击的散兵游勇，一不小心走了狗屎运，阴差阳错地嫁入了豪门。天赐良缘本来应该倍感珍惜，奋发图强，可他不但不感恩戴德，相反还三心二意地不思进取。

川奇这样根红苗正的百年贵族，又岂能甘心与寇总这样苟且偷安的市井之徒长期为伍呢？

但寇总并没有居安思危的战略眼光，他以为川奇一时身陷囹圄，就会永远受制于他，实在是眼界过于狭隘。这一点从他对待云飞的态度上，就可以略见一斑。

寇总在其位不谋其政，把持着一个大好的区域，却眼见市场荒废而无动于衷。显然，这是任何一个厂家都不可能长期容忍的，商场上一切靠实力说话，相信这一点寇总也能理解。

只是，要做到既能让寇总欣然让位，又不会让他怀恨在心给暗中搞破坏，这处理的手法还真需要相当的火候。

更让云飞有所忌惮的是，孙总不但在短期内创立了厦门最牛掰的橱柜公司。

而且，他还是厦门橱柜协会的会长。

这个会长的头衔，可并不是为了给自己脸上贴金，拿钱买来唬人的空衔。这可是一个有着非同一般的象征意义，同时拥有强大号召力的“实权”职务。

不管是行业进驻商场的谈判，还是面对外来进入者强而有力的挑战时，厦门的橱柜界往往都会以协会的名义出头协调。

这样不但显得声势浩大，更易在谈判中占据主动。也可以集中资源，让厦门本土品牌在对外竞争中获得先机。

所以夸张点说，如果云飞得罪了孙总就等于变相地得罪了整个厦门的橱柜行业。虽然，他们彼此之间也存在你死我活的竞争，但至少在对外的表现形式上，他们还是要展示出团结一致、同仇敌忾的强大凝聚力的。

这也就意味着，如果格兰纳有意封杀川奇的话，那其他橱柜公司是非常有可能会跟进的。更何况，川奇现在口碑不佳，孙总要想封杀川奇完全可以找出一万个冠冕堂皇的理由。

至于铠帝亚会怎么选择，那就要看现实的形式如何，以及利益对他的吸引程度了。而且，一旦得罪了格兰纳，铠帝亚将成为云飞最后，也是唯一的选项。到那时，云飞要面对铠帝亚的局面，恐怕将比现在更加被动。

孙总见云飞面带难色，一直沉默不语，他忽然微微一笑说道：“马经理，介不介意我问个比较私人的问题？”

云飞闻言，好奇地说道：“当然不介意！再难回答的私人问题，也难不过孙总刚才问的那两个问题吧？”

“马经理还是挺幽默的嘛！我看你蛮有做销售的潜质，毕业几年了？”

“孙总是想给我介绍女朋友吗？”云飞并没有直接回答孙总的问题，而是半开玩笑地反问道。

云飞明白，谈判中在没有了解对方问题的意图前，任何被动的回答都是极其危险的。而且，云飞也确实不想让孙总知道他的年龄，因为他不想因为自己阅历尚浅，而被孙总看轻。

云飞的反问可谓机智而幽默，既可以活跃趋于紧张的气氛，又可以为自己赢得更多思考的时间。

听云飞这样反问，孙总哈哈一笑说道：“如果你愿意留在厦门，那绝对没问题，我这里最不缺的就是各类美女！”

“厦门是人杰地灵的好地方，山美水美人也美，如果我们的合作启动了，我是得向公司申请一下，来厦门常驻啊！”

云飞这么说，其实是为了转移话题，想就此蒙混过关。可孙总是老江湖，他哪能这么轻易地放过云飞啊！

只见他脸上的笑容还未收起，就继续说道：“马经理应该也就刚毕业一两年吧？一来就遇到我这样的刺头，心里一定对我很不爽吧？”

“孙总，您说这话就见外了！遇到你是我的福气，我既可以从你身上免费学到不少宝贵的经验，又可以快速获得打开厦门市场的机会。一举两得的事，我谢你还来不及呢！”

孙总闻言欣慰地点了点头，显然对云飞的表现颇为满意。其实，他刚才有此一问，完全没有看轻云飞的意思，而是对外企总能招到年轻且有冲劲的人才而感叹罢了。

要知道，作为一个高速发展期的企业领头人，孙总无时无刻不在为企业的人才储备而伤脑筋。遇到好的人才，难免就会拿来与自己的下属做一番对比，这既是职业病，也是心头痛。

“马经理，你说话做事都让我感觉挺舒服，而且不会让人有矫揉造作的感觉。不知道你是早熟呢，还是城府比较深？”孙总的话既有点感叹，又有点在试探，还带着一点开玩笑的语气。

“孙总，其实都不是，只是我做事比较考虑别人的感受罢了！”

“那你的意思是说，我不考虑你的感受了？”

“有点！”

“嗯？”孙总听云飞这么说，不由得瞪大了眼睛，显然对他过于直接的回答方式而感到诧异。

云飞见状，呵呵一笑说道：“孙总，你别介意，我说话是直了点，可都是肺腑之言。我是带着满满的诚意而来，可你却刻意给我制造这么大的压力，这显然不是我所能承受并决定的。要不这样吧，我回去以后综合考虑一下，尽量想办法跟公司争取，一有消息我就马上通知你们，你看怎么样？”

云飞的话既没有直接驳了孙总的面子，却也没有正面答应他的要求。这是谈判的基本原则，绝不能轻易向客户妥协，否则不但会造成公司利益的损失。而且，客户也不会珍惜这来之不易的让步，反而会觉得还有进一步压榨的空间。同时，客户打心眼里也看不起这样可以被轻松搞定的谈判对手。

要想赢得客户真正的尊重，就必须表现出专业的素养，不留痕迹的谈判技巧，以及为公司设身处地考虑的职业操守。

让客户每一次争取到的小小妥协，都有一种来之不易的巨大胜利感，客户才会觉得尽兴而满足。你也才能因此得到对手的尊重与认可，这是云飞在实战中积累的经验之谈。

孙总见云飞这么说，略微思考了一下，然后爽快地说道："好，既然你都这么说了，我如果再继续坚持，就真被你说中了。其实，我也不是个不考虑别人感受的人，那你就回去好好深思熟虑地想一想，想好了再通知我。"

"那就谢谢孙总体谅了！"

这次见面虽然没有得出具体结果，却也不能说全无收获。至少可以证明，格兰纳与川奇的合作意向还是比较强烈的。而且，云飞这次不虚此行的另一个收获就是，他给孙总留下了一个良好的个人印象。相信下一次，如果他再想拜访孙总的话，就不是一件什么难事了。

可孙总丢给云飞的这两道难题，也着实棘手。价格下降的空间倒是应该还有，他也有信心说服 Peter 批准。可总是一方的妥协，会让他变得越来越被动，这是谈判的大忌。

所以，即使云飞再次妥协，他也必须换回相应的利益作为交换，才能化被动为主动。否则，以孙总的强人性格，在未来的合作里，云飞将毫无话语权可言，就只能一味地顺从与让步了。

而孙总提出的第二个问题，就更让云飞犹豫不决了。如果放弃与铠帝亚的合作，就等于把和格兰纳谈判的最后筹码也自动放弃了。

这样的话，本就处于谈判劣势的云飞，必将被绑架上格兰纳的战车，只有任由孙总摆布的份儿了。

而且，寇总虽然不济，但始终聊胜于无。如果把鸡蛋全放在孙总这一个篮子里，一旦合作出现问题，连寇总这条后路也没了，那可就真是赔了夫人又折兵了。

进也不是，退也不是，云飞真是越想越郁闷。想想别人进的外企都是背靠大树好乘凉，经销商都是溜须拍马，抢着巴结。而他遇到的都是像华总、高总和孙总这样的刺儿头，不由得深感唏嘘。真是同人不同命，同伞不同柄，命苦不能怨政府啊！

这时，云飞忽然想到了欧施克的王经理，他心里不由得暗暗叹道："唉！要是王经理还在那就好了，以他的江湖经验一定会有办法。为什么不管王经理遇到什么事情，他都能够逢凶化吉轻松搞定，而我就一筹莫展呢？"

云飞一边想，一边走在厦门滚烫的路面上，一阵阵热浪袭来，让人有一种透不过气的窒息感。这让云飞忽然又想到了那段，曾经用脚步丈量广州的经历。

那时为了省钱，出门不舍得坐车，不舍得买水喝。吃方便面都要限量，去面试竟傻傻地走了十几公里。鞋走烂了，脚磨烂了，胃饿坏了，可还是坚持下来了。那么苦的日子都熬过来了，难道今天还会比当时更苦，更难吗？

想到这里，云飞终于觉得轻松了一些。人生没有过不去的坎，只有转不过的弯儿。那么困难的日子都捱过来了，云飞不相信今天会过不了孙总这一关。

此时，云飞心中少了几份抱怨，多了几份冷静。经过缜密的思考，他终于渐渐理出了一条清晰的斗争路线图。或许，胜负就在此一举了！

今天从机场一出来，云飞就被"劫持"到了格兰纳公司。虽然他现在又累又饿，但他并没有打算回酒店休息，也没有打算吃一顿丰盛的午餐来犒劳自己，他必须为自己的计划争分夺秒。

云飞买了两个面包，就匆匆上了一部的士，向建材市场赶去。当他从车上再次走下来的时候，"午餐"已经在车上匆匆搞定了。

云飞抬头看了看建材市场楼顶上，那些争奇斗艳的广告牌，似乎看到了满满的商机。这里是厦门高端橱柜品牌最集中的商场，也是他计划能否成功实施的关键所在。

格兰纳和铠帝亚的店面，不但占有商场里最大的面积和最好的位置，而且彼此就在对方的斜对门儿。谁家有什么客户进进出出，都逃不过对方的眼睛。

如果说光明正大地去对方店里面抢客户，那太有失身份，商场也不允许。那么，把客户拦在去你家的路上，却是谁也管不了的。由此可见，两家的对垒已经到了白热化的地步，甚至就是赤裸裸的白刃战。

云飞今天来建材市场，既不是为了做市场调研收集资料，也不是为了走基层，跟这些橱柜公司的一线员工拉关系。

他今天来的真正目的，是明修栈道，暗度陈仓。他要找个合情合理的借口，在孙总眼皮底下堂而皇之地，与铠帝亚进行一场光明正大的会面，而且还要让孙总有气也发不出来。

云飞的计划，就是要故意让铠帝亚的人，发现他在格兰纳的专卖店里。这样，洪经理就会得到他到厦门的消息，并主动来联系他。

同时，只有在格兰纳的店里，才有足够多的证人，来证明云飞是在被逼无奈、盛情难却的情况下，极不情愿地去赴铠帝亚之约的。这样一来，孙总也就无话可说了。

毕竟，铠帝亚在厦门橱柜界也是响当当的品牌，盛情难却之下给别人一个面子，这是人之常情。你孙总也不可能蛮横到不讲道理的地步吧？

果然，云飞招摇的身影在格兰纳的专卖店一现身，就立刻引起了铠帝亚的注意。不出云飞所料，他的 call 机也很快便响了起来。

只是，云飞这自认为瞒天过海的妙招，又是否能瞒得过孙总的火眼金睛？他内心制订的宏伟计划，又是否能顺利推进呢？

其实，云飞自己心里也没底……

第七十三章　巧计喜得渔翁利，聪明反被聪明误

果然不出所料，call 云飞的人正是铠帝亚的洪经理："马经理你好！听说你到厦门了？"洪经理的语气虽然热情而客气，但其中显然充满了试探的味道。

这一招明知故问，很明显是对云飞偷偷摸摸来到厦门，没有通知他们，却意外地出现在格兰纳的展厅，含蓄地表达了不满。但他只说云飞到厦门了，并没有道破云飞在格兰纳展厅的这层窗户纸，显然是想给大家都留个台阶下。

"哦……是啊！"云飞故意摆出一副为难的语气说道。

"那怎么没有跟我联系啊？上次不是说好，来厦门的时候先到我们公司拜访的吗？你可让我等到花儿都谢了！"

洪经理语气里透着满满的热情，甚至可以让你深切感受到，他脸上带着的那份灿烂的笑容。只是这话里话外，多少透露出一种心里有火，却又引而不发的无奈。

"不好意思……我临时有点事改变了行程，也是今天刚到！"云飞一脸为难的表情，和遮遮掩掩的语气，当然是故意做给格兰纳的店员看的。云飞要让他们深深感觉到，他那份盛情难却下的无奈。

"那既然来了……咱们就见个面聊聊吧！你在哪里？我去接你，晚上咱们一块吃个饭！"

洪经理是何等精明之人，一听云飞说改变了行程，现在又现身在格兰纳的展厅，一切不都是明摆着吗？

云飞自食其言先去见了孙总，面对洪经理的旁敲侧击多少也有些尴尬。可他也是被逼无奈啊，谁让孙总那么霸道，实力又更胜一筹呢？

不过这样也好，云飞的无奈之举，从侧面给铠帝亚也带来了一些无形的压力。让它和格兰纳形成了隐形的竞争，反而更有利于云飞坐收渔翁之利。

"洪经理，你不用那么客气，吃饭就不必了，明天我去公司拜访你就好了！"

云飞有意无意地说出了洪经理三个字，就是为了让格兰纳的人给他作个见证，是铠帝亚主动来找他的。另外，顺便也让孙总好好反省一下，别总是高高在上一副不可一世的样子。看看人家铠帝亚是多么热情，还没见面就把饭局安排

好了。

但洪经理坚持道："马经理，反正你也要吃饭，我也要吃饭。大家一起吃个便饭聊聊天，不挺好的吗？你就别推辞了，你在什么位置，我现在过来接你！"

"那好吧！不过，你就不用过来接我了。你说个地址，咱们到那碰面就好了，要不然下班高峰期塞车塞得厉害，时间都浪费在路上了。"

云飞这么做，当然是为了避免三方在格兰纳展厅相遇时，出现比较尴尬的场面。虽然，造成格兰纳和铠帝亚对他争抢的局面，对川奇并非坏事。但此时还没到捅破那层窗户纸的时候，大家还是都装糊涂比较好。

现在是敏感时期，任何一个细小的差错，都可能牵一发而动全身，所以低调行事总是没错的。

云飞离开后，格兰纳店里就像炸开了锅一般，云飞去铠帝亚"单刀约会"的消息，自然也被第一时间"飞鸽传书"到了总部。孙总会有怎样的反应，此时犹未可知，但云飞与洪经理的交手，已拉开了序幕。

洪经理的职务和作用，大概等同于彭经理在格兰纳的地位。也应该算是铠帝亚的擎天白玉柱，架海紫金梁。说成是老板身边的红人，最值得信任的心腹，那是一点也不夸张。

铠帝亚与格兰纳有着深深的瑜亮情结，这两家公司从台上到台下明争暗斗得头破血流，是行业尽知的秘密。尽管格兰纳占尽先机，处处都略胜一筹。但铠帝亚似乎并不服输，还是处处都要跟格兰纳比个高低输赢。凡是格兰纳做到的事，铠帝亚就一定要做到，反之亦然。

也正是因为这种瑜亮情结，才让云飞有了可乘之机，并可能成为最大的受益者。当然，云飞严谨的调查结果和那份抓住孙总"七寸"而量身定制的计划书，也是功不可没的。

但即使如此，云飞仍然不敢掉以轻心。从孙总的反应他可以感觉到，孙总对于和川奇的合作依然是心存疑虑的。

不过，站在孙总的角度仔细想一想，这也是情理之中的事，毕竟，要花大力气为一个信誉破产的人重新立牌坊，这绝对是一件高风险的事情。搞不好，讨到的那点蝇头小利，还不够除掉自己身上惹的这身骚气呢！

说白了，川奇现在只不过是孙总手上，一个以防万一的备胎。要不是他现有的供应商实在太不给力，他也不会下定决心破釜沉舟，大动干戈地调整供应商体系，这可是牵一发而动全身的大事。不到万不得已，谁也不会拿这种事来开玩笑的。

云飞对孙总的想法早已了然于胸，所以他会全力以赴地争取孙总，但又绝不可能在孙总这一棵树上吊死。因此，与洪经理的这场饭局就更显得尤为重要。他正好可以借这个机会，把格兰纳的“诚意”无限放大，为第二天与铠帝亚老板的谈判，注入更多想象的空间。

铠帝亚在与格兰纳的资源争夺战中，多以败北收场。云飞要做的，就是给铠帝亚再加一把火，激发它在这次与川奇合作的争夺战中，反客为主、获得先机的斗志。反之，铠帝亚的动作，必然又会刺激孙总拿出更多的合作诚意。这样，云飞在与孙总的再次谈判中，就会有更多的筹码。

果然，与洪经理的饭局，在异常友好和谐的气氛中圆满结束了。洪经理为了创造良好的氛围，还特意从展厅带了几个金牌美女店员前来助阵，可见他是用心良苦啊！

看看洪经理请云飞吃饭的档次和阵势，再想想寇总请他吃饭的那家大排档的寒酸场面，回忆起来实在是叫人寒心啊！这种眼光和实力一比之下，真是高低立现啊！

洪经理送云飞回到酒店时已是深夜，马不停蹄地奔波了一整天，此时云飞早已累得是筋疲力尽。他匆匆忙忙地洗了个澡，然后便像一团面条似的瘫在了床上。

云飞躺在床上，虽然困意连连，却还是不自觉地，陷入了第二天与铠帝亚老板见面时各种情景的猜想之中。心情既有点紧张，又有点激动。想想他即将彻底转变厦门市场的颓势，心中忽然燃起一种从未有过的自豪。

现在回过头来想一想，云飞倒是真挺感谢欧施克刘经理的。要不是刘经理处处针对他，他又怎么能学会独立的思考，形成敏捷的判断，以及拥有强大的抗压能力呢？

云飞想着想着，不知为什么，他脑海中忽然又浮现出那个每天在上下班路上，都会与他邂逅的女孩的面孔。也不知道他在外出差的这段时间，那个女孩看不到他，会不会觉得奇怪？又会不会像他一样，偶尔会想起他呢？

当一件事情的发生变成一种规律，而这种规律又被无缘无故地打破时，人们通常会产生一种好奇。而邂逅这种事情，不但好奇而且浪漫，想必这种规律的突然打破，也必然会让她陷入各种莫名的猜测中吧？

铠帝亚公司的李总，也算是个行业内的传奇人物。他曾经也创造过一段辉煌的历史，在短短两年内，快速超越了排在他前面的众多橱柜公司，成为厦门橱柜行业的翘楚。

只可惜，他成为带头大哥的梦想，却在美梦成真的前一刻，被格兰纳无情地打破了。

格兰纳复制并超越了铠帝亚创造的传奇，不但后来居上实现了对它的弯道超车，甚至，还大有一骑绝尘，令同行再难望其项背的迅猛势头。恐怕，铠帝亚在它最辉煌的巅峰时刻做梦也不会想到，一个传奇被另一个传奇取代，竟是如此迅雷不及掩耳吧？

后来，尽管铠帝亚使出浑身解数，却始终再无法实现对格兰纳的超越。格兰纳就像一个始终跨不过的坎儿，令铠帝亚爱恨交织，生死相随。但无论如何，棋差一着的背后，体现的是战略高度与综合实力的相对落差。就像周瑜与诸葛亮，实力的差距让你不服也不行。

但惺惺相惜也好，爱恨情仇也罢，铠帝亚与格兰纳似乎注定是冤家路窄，不斗到有一方从这个地球上彻底消失，恐怕就永远不会罢休。

有了洪经理前一晚打下的良好感情基础，云飞来见李总的心情，比当时去见孙总的时候轻松了许多。

更何况，今时不同往日，这次是受邀而来。不像上次，是云飞上赶着找人家，而人家则是唯恐避之不及。特别是，手里有了格兰纳这一张王牌，心里的底气也就更足了许多。

李总是个有着儒家风范的中年男士，办公室收拾得风雅别致。不管是真是假，多少让人感觉有点文人墨客的儒雅情怀。不知他骨子里，是不是多少都会残存着一点文人的自命清高。也说不定，这就是他被商人本质的孙总，处处强压一头的原因。

李总见到云飞进来，立刻热情地站起来招呼道：“马经理，欢迎欢迎！”

云飞也连忙礼貌地回应道：“李总，久仰久仰！”

三人寒暄之后坐了来，洪经理与那天彭经理一样，担任起了会议记录的角色。

还没等云飞说话，李总首先解释道：“马经理，不好意思！上次你约我的时候，当时手头正在处理一些急事，确实抽不开时间。所以，我们本来早就应该实现的会面就推迟到了今天。不过，俗话说，狮子滚绣球，好戏在后头。如今你更加了解厦门的市场状况了，现在再来谈，反而可以更直接、更具体、更快速地切入！”

其实，李总的解释根本就是马后炮。如果没有今天格兰纳的强烈参与，他恐怕也不会对云飞如此礼遇有加。

但是，亡羊补牢，未为晚矣。商场上趋利避害，本也无可厚非。但从另一个角度来讲，是不是也可以认为，这也体现了他与孙总在格局和高度方面，总是棋差一招的差距呢？

云飞当然不可能点破，于是微微一笑说道：“李总客气了，您是大忙人，这次能在百忙之中抽时间与我见面，已经非常感谢了。”

客气话说完了，接下来言归正传，谈的就是满满的硬货了。李总似乎已经知道云飞与格兰纳之间的暧昧关系。

于是，他犹豫了一下说道：“马经理，我这个人比较直爽，说话不会拐弯抹角，喜欢开门见山，你可别介意。”

“李总，其实我也是这种人！你要是拐弯抹角的，我还真不大会猜谜语。咱们能直来直去地以诚相待，那是最好！”

“那好，马经理！恕我直言，你这次来厦门，没有按约定先到我们公司，是不是先到格兰纳去了？”

“是的！我确实是先去见了格兰纳的孙总！”

李总听完，脸上略微显出一丝不悦之色。但他还是努力平静了一下心情，问道：“马经理，既然你先答应了我们，为什么要失言呢？难道在你心里，就只有格兰纳吗？”

“李总您言重了，关于这点我得解释一下！其实，要说最先跟我达成合作意向的，是格兰纳的孙总。我第一次约您的时候您正忙着，可孙总正好有时间。他不但跟我见了面，而且还立刻就跟我达成了合作意向，当时就敲定了一份合作计划书。说实话，孙总的效率的确令我刮目相看！”

云飞这一招以退为进，真可谓一针见血。他不但让李总无言以对，还让他深感自责。是他自己摆谱错过了战机，让格兰纳再次取得了先机，那他还有什么好怪的呢？

李总闻言，似乎显得有点不好意思了，他反问道："这么说，你跟格兰纳已经谈好合作意向了？"

"嗯！"云飞轻轻地点了点头。

李总一听云飞这么说，脸上立刻显得有点沮丧。显然，他为自己再次输给格兰纳心有不甘，却又无可奈何。隔了一会儿，李总似乎才恢复了平静的心情。

他再次问道："以孙总的性格，他必然会要求垄断市场，做厦门甚至整个福建的总代理吧？"

"看来李总真是孙总的蓝颜知己啊！您对他的性格果然是了如指掌。"云飞半开玩笑地说道。

"那你答应了？"李总问这句话的时候，眼睛紧紧地盯着云飞的双眼，似乎是想从云飞眼里，看出他心里的盘算。

云飞知道，眼睛是心灵的窗口，人在说假话时，眼睛会不自觉得释放出一些信息。对于谈判高手而言，真实的眼神往往会出卖他们说谎的嘴巴。

于是，云飞不动声色地说道："孙总是有这个意向，但我还没答应，我更倾向于从小单试起，逐步扩大合作。毕竟，我们在厦门已有经销商，我也得想个万全之策处理我们和现有经销商之间的关系。更何况，格兰纳也有三大供应商，这些复杂的关系处理起来，恐怕不是三言两语就能解决的！"

云飞的话意在给李总预留合作的空间，同时也摆出一种姿态：并不是什么都是孙总说了算的。

"既然如此，那你跟格兰纳的合作，具体谈到什么程度了？能不能说出来听听，我也好结合我们企业的实际情况，探讨个跟你们合作的可行方案！"

李总果然是老江湖，不见兔子不撒鹰。他想从云飞口中先套出点信息，以便做到知己知彼后，再做下一步的打算。

这样，一来，可以针对格兰纳的方案，采取更有针对性的策略。二来，可以从云飞口中吐露的信息，反过来判断云飞的意向。

此时，云飞早已不是那个初入社会的懵懂少年，李总的一箭双雕之计，又怎么能骗过他的眼睛？

听李总这么问，云飞深深地叹了口气后，故意面带犹豫地说道："孙总想买断我们在福建的代理权，他给的销量保证倒是也蛮有吸引力的。只是，我不知道他能不能说到做到？"

云飞见李总来了个投石问路，想摸清他和格兰纳的底细。于是，就来了个顺水推舟，给李总抛出来一个“重磅炸弹”。

李总一听云飞这么说，果然有些急了。他立刻表态道：“马经理，如果孙总真愿意买断你们的销量，我也没意见。坦白讲，我也不想跟孙总去争。但买卖不成仁义在，作为朋友站在你的角度看，我个人认为，你贸然把整个福建的代理权交给任何人，都是非常冒险的，包括孙总！”

李总的话可以说是大义凛然，一方面，他显出一副与世无争的超然情怀，以无所谓的态度从侧面给云飞施加压力，让云飞手上这张格兰纳王牌变得无用武之地。另一方面，他摆出一副全心全意为云飞着想的善意，想让云飞对他解除防备。

只不过，前一次还对云飞避之唯恐不及，这次见面就把云飞当成了推心置腹的朋友，这种感情升华的速度，也未免快得太令人叹为观止了吧？

看来，李总儒雅的外表，只是用来骗人的假象。其内心的精明，恐怕比孙总是有过之而无不及啊！

“哦？为什么不能呢？”云飞故意问道。他想看看李总如何把这出戏继续表演下去。

果然，李总振振有词地说道：“第一，你们不能过河拆桥，做出对不起现有代理商的事情。第二，谁都知道投资要分散风险，你怎么可能随便把所有鸡蛋都放到同一个篮子里啊？第三，就算孙总真心实意想做你们的品牌，但他一大摊子事，谁敢保证他会把你的事排在优先位置处理呢？”

李总的话倒也不无道理，其实这也正是云飞的担忧所在。老实说，他费尽心思与铠帝亚周旋，不也正是为了两条腿走路，以防万一吗？

只不过，李总的一番好意，当然不会无缘无故地从天而降。他越是表现出一副置身事外、游刃有余的样子，就说明他合作的欲望越强烈。

经过多个回合的“较量”，李总与云飞终于达成了顾全大局的合作意向，并决定在三天之内，由洪经理提交一份详细的合作计划。

走出李总的办公室，云飞又是长长地吁了口气。别人都是两人配合演双簧，他却得一个人饰演两角，想想也真是难为自己了。

但这次总算不虚此行，厦门两家龙头企业基本被他拿下，剩下的那些虾兵蟹将，必定会跟风而上，也就不在话下了。

这两天精神绷得太紧，是需要好好休息一下了。想到这里，云飞来到路边，正准备拦辆的士回酒店好好睡上一觉。忽然冷不丁地，他的 call 机又响了起来。

云飞一看电话号码，不由得吃了一惊。他对这个号码有些印象，这好像是格兰纳公司总部的电话。

昨天才跟孙总谈完，他这么快又找云飞，所为何事呢？难道是他去铠帝亚的事，这么快就让孙总有反应了？

云飞不敢怠慢，连忙找了部公用电话打回去。电话里彭经理声音深沉地说道："马经理，你还在厦门吧？我们孙总想找你谈谈！"

云飞赶到孙总办公室的时候，气氛跟上次见面已经截然不同了。孙总沉着脸，一副兴师问罪的架势。

见云飞来到，孙总劈头盖脸地就问道："马经理，你是不是又去铠帝亚了？你这样做可是不地道啊！"

"我…… "

云飞刚准备解释，却被孙总怒气冲冲地打断道："马经理，如果你这么言而无信的话，那我现在就正式通知你，我们的合作计划到此为止！"

第七十四章　唇枪舌剑难取舍，针锋相对巧计磨

云飞脑海中与孙总见面的情景，还定格在昨天那美好而和谐的气氛之中。可他无论如何也想不到，孙总翻脸的速度竟然比翻书还快。今天再次相逢，却已如仇人相见一般，真是分外眼红。

看来，商人果然是商人，在商言商，只要利益受损立刻就会翻脸无情，六亲不认，这次云飞又上了生动的一课。

云飞看着孙总余怒未消的样子，等了几秒钟，见他不再继续“发威”，这才平静地说道：“孙总，我不知你何出此言？俗话说，冤有头债有主，就算要追究我什么责任，也要先让我弄清楚状况吧？我现在可是一头雾水啊！”

孙总被云飞这么一说，似乎也觉得自己有点操之过急了，于是他平息了一下自己的怒气，瞪着云飞说道：“我们刚谈好合作计划，你转头就拿去当作跟铠帝亚谈判的筹码，你这样做，合作的诚意何在？”

云飞闻言，心中暗想：“你倒是挺会往自己脸上贴金啊！动不动就把自己放在道德制高点上。但你要求多多，对我又有什么承诺和保障啊？凭什么一开口就要垄断厦门市场，不允许我跟别人做生意？你这么做，又置我和我的经销商于何地呢？你这样恃强凌弱，合作的诚意又何在呢？”

当然，云飞心里面这么想，可嘴上不能这么说。好在他是有备而来，心里早就准备好了一套有礼有节的说辞，就等着孙总盛气凌人地质问呢！

“孙总，你是知道的，我跟铠帝亚本是有约在先，却被你半路截和了。说到言而无信，恐怕应该用到我对铠帝亚身上才对啊！我宁愿被他们说成是不讲信用的小人，但还是先来见了你。你不感动也就算了，怎么还来责怪我呢？”

云飞早就预料到孙总会对他兴师问罪，所以他跟铠帝亚见面的事情，压根也没打算想瞒着孙总。他当时费尽心思，跑到格兰纳的展厅去布那个局，目的就是为了堵住孙总的嘴。只不过，没想到这场当面的对峙竟会来得如此之快！

“但……既然我们已经达成合作意向，你就不该再三心二意了嘛！”云飞的话不卑不亢，显得义正词严。孙总明显有些理屈词穷，但他还是无理抢三分，不甘示弱地说道。

能让盛气凌人的孙总语气变得婉转下来，显然是他自己心里清楚，他并不在有理的一方。

云飞见自己的道理站住了脚，于是继续说道："孙总，此言差矣啊！俗话说，伸手不打笑脸人。更何况，铠帝亚的李总在行业里也是响当当的人物，在厦门橱柜界，除了你谁还能压得住他啊？这样的人物对我盛情邀请，你说我一个小小的业务员，能不给人家这个面子吗？"

云飞说话的时候，显出一脸的委屈与无奈，倒显得孙总有点不近人情了。况且，云飞还暗暗地给孙总戴了一顶高帽子，也让孙总不由得心中暗爽。

其实，以孙总的老江湖，又何尝看不出云飞玩的小把戏？只不过，继续穷追不舍地追查下去也已经于事无补。孙总发飙的真正目的并不是想跟川奇决裂，而是想借机给云飞一个下不为例的警告。云飞也正是看到了这一点，才敢孤注一掷地放手一搏。

人在江湖，有时候那层薄薄的窗户纸，却有着不可估量的神奇功效。没到非捅破不可的时候，往往还是留着比较好。毕竟，孙总也不希望因为他的咄咄逼人，而把云飞推到了铠帝亚的一边。

孙总能在短短时间内力压群雄，在厦门建立起橱柜界的第一品牌，当然绝非等闲之辈。川奇的优势，自然也不可能单凭云飞信誓旦旦的随口一讲，他就深信不疑地全盘接受。

其实，孙总早就派彭经理，对市场上川奇的产品进行了质量检验。也对川奇在全国，甚至全球的发展状况做了详细的了解。正是因为所有的调查，都印证了云飞所讲的事实，孙总才下定了与川奇合作的决心。

川奇在国内有不可比拟的现代化工厂，和成熟的销售网络及服务体系。孙总是个聪明人，他知道就算他现在不与川奇合作，也阻挡不了川奇未来崛起的大势所趋。假如被铠帝亚占了先机，那么对孙总来说，将是不可承受之重。

当然，云飞的个人能力和良好素质，也颇得到孙总的欣赏。而那份为孙总量身定制的合作计划，又恰恰抓住了孙总的软肋。所以孙总现在才会有火发不出，明知云飞与铠帝亚暗通款曲，却也只能睁一眼闭一眼，不再大肆追究了。

"好吧！其实我也不是那么小气的人！往好处想想，你跟李总见面也未必不是一件好事，你正好可以趁这个机会跟他说清楚，好让他彻底死心嘛！"孙总果然是老江湖，虽然不再继续追究了，但还是不忘给云飞上个紧箍咒。

云飞当然明白孙总的意思，于是他故意摆出一副为难的样子，欲言又止地把话说了一半："唉！我是想跟他说清楚，可李总太老江湖了，他……"

"他怎么样？"孙总好奇地问道。

"唉……他摆出那副义薄云天的气势，简直要把我压榨得无地自容了啊！好像我欠了他多大的人情，一辈都还不清了似的，以后我都不知道该怎么面对他了！"云飞为难地说道。

"还他的人情？有什么好还的？李总倒是有个女儿，要不你把他女儿娶了？"云飞一看孙总会开玩笑了，就知道最危险的时刻已经过去。

于是他呵呵一笑，半调侃地说道："嗨！要只是做个橱柜行业的上门女婿，那我也就勉为其难了。关键是李总跟你的想法不谋而合，他也想跟我做战略合作啊！你现在手头垄断了两个外资大品牌，他一直耿耿于怀。现在，他想在川奇这个品牌的控制权上打个翻身仗，也过一把垄断的瘾。"

孙总闻言，脸色立刻沉了下来："马经理，你这么说是什么意思？"孙总当然明白，云飞这是挟铠帝亚以自重，来跟他讨价还价的，他当然心里不爽了。

孙总虽然表面上对铠帝亚不屑一顾，但实际上却一点也不敢大意。铠帝亚现在虽然处于相对的劣势，但那股拼命三郎的劲头，也让孙总不敢小觑。

毕竟，铠帝亚也曾经有过横扫厦门橱柜界的杰出表现，底蕴深厚。一旦被他抓住机会，打个翻身仗也不是不可能的。商场如战场，局势瞬息万变，作为一个精明绝顶的商人，孙总绝不允许自已有丝毫的疏忽，更不能给对手留下任何的可乘之机。

见孙总的脸色严肃起来，云飞摆出一脸的难色说道："唉！孙总……说句实话，我是真为难啊！虽然李总的分析不排除有私心杂念，但仔细品味起来，也真的不是全无道理啊！"

孙总一听，鼻子都快气歪了，他看着云飞不满地说道："听你这口气，似乎跟他合作的意向比跟我还强啊？"

"那倒不是！只不过人家李总，总是站在我的角度分析问题，不能不让人感到温馨体贴啊！不像你总是咄咄逼人的，让我总有种泰山压顶之感！"

云飞的话似乎有点厚此薄彼，但其实言语之间，已然觉得跟孙总更加亲近。毕竟，能这样直言不讳地开玩笑，总得熟络到一定程度。

孙总是何等聪明之人，一听云飞的口气已然心中有数，却故意假装生气地说

道："老李什么时候变得这么体贴又周到了？你倒说说，他都跟你说什么知心话了？我还真想领教一下！"

平时孙总在内部开会时，一说起铠帝亚总会显出一副不屑一顾的表情。可今天他对铠帝亚李总的话，显示出了极大的兴趣。也许，这就是战略上藐视敌人，战术上重视敌人的经典案例吧！

眼见孙总的好奇心被激发起来了，云飞明白时机已趋成熟，现在正是乘虚而入的最好时机。于是说道："孙总，咱们这只是探讨，我有什么说错话的地方，你可别介意啊！"

"你别跟我来这虚的，有什么你就直说！我倒想看看，老李三日不见，是不是真的当刮目相看了！"孙总不服气地说道。

"孙总！客观地讲，咱俩在一起交流的时候，你对我就只有要求，但从没对我有任何保证。开口闭口就是给我压力，但很少站在我的角度考虑过问题，这是事实吧？"

孙总听云飞这么说，自知理亏，于是闷着头不置可否地说道："说重点！"

云飞一见，微笑着安慰道："孙总，咱们探讨而已，您别上火啊！"

说完，云飞喝了口水，继续说道："孙总，你看人家李总就不一样了。从没要求我做任何事情，只对我拍胸脯保证他能做到的一切。从不给我任何压力，只帮我客观地分析市场风险，你说我能不感动吗？"

"好听的谁不会说啊？他这是见我占了先机，才故意想拆我的台。要是没有我跟他竞争，他会对你这么好心？你就别跟我揣着明白装糊涂了！"孙总不服气地说道。

"这点我当然明白！不过，李总的分析也确实说到我心坎里了。你现在手头运作着三个品牌，你如何平衡川奇和它们之间的关系，又如何保证我的销量呢？"云飞故意摆出一副为难的样子，借李总之口说出了自己的关切。

孙总闻言，似乎已经可以想象到，李总那不遗余力想拆他台的样子，忽然一拍桌子说道："燕雀安知鸿鹄之志哉？我未来的战略调整和规划，他老李又怎么可能想象得到？马经理，这是公司机密，我现在也没必要向你透露。不过，我可以告诉你，他的这些担心根本就是杞人忧天。我答应你的销量，我一定会做到，这就是我的实力！"

孙总那霸气侧漏的架势，实力显然不容任何人质疑。但很明显，他已经被李总的背后拆台，气得有点火冒三丈了。

不过，看热闹的从来不嫌事大，云飞此时似乎觉得火烧得还不够旺，于是继续激将道："李总认为我不应该把鸡蛋放在一个篮子里面，而应该分散投资。说实话，这句话还真说到我的痛处了，我把厦门的市场孤注一掷地放在孙总你身上。哪天你说不跟我玩儿了，那我可真就叫天天不应，叫地地不灵了！"

孙总一听，更来火了："荒唐！老李他懂什么叫投资吗？我是银行业出身，要说投资我比他专业一百倍。分散投资那是因为你没把握，有把握的话谁愿意那么麻烦？"

"孙总，理是这么个理！可关键就是谁也不是神仙，谁能保证哪一种投资就一定百分百赚钱啊？"

孙总听云飞这么说，显然对他的不信任颇为不满："马经理，我不是不让你分散风险，你想找铠帝亚合作也不是不行！但你们现在的品牌口碑这么差，如果再不孤注一掷地找一个有能力重塑你们品牌的专家来帮你们重整旗鼓，你们还有第二条路可走吗？把风险分散到一大堆外行身上，只能让你们雪上加霜，你们以前的表现不是已经证明了这一点吗？"

孙总的话虽然威胁的意味颇浓，却也是不争的事实。这正是川奇现在的短板，也正是云飞绞尽脑汁与格兰纳搭上关系的初衷。放眼厦门市场，除了格兰纳，恐怕还真找不到第二家，比它实力更强的合作伙伴了。

见云飞似乎还是拿不定主意，一副若有所虑的样子。孙总忽然不耐烦地说道："这么说吧，格兰纳和铠帝亚之间，你只能二选一，有他没我，有我没他！"

孙总的话让云陷入了两难境地，格兰纳固然是个不错的选择，可橱柜才是孙总的主业，这是无可争辩的事实。如果川奇孤注一掷地，把赌注全部压在孙总身上，可谁又能保证，孙总会投入多少精力在川奇身上呢？

更何况，商场上永远是只见新人笑，不见旧人哭。如果哪天孙总找到更好的合作品牌另结新欢了，那时川奇面对的境地，就将比今天更加被动。

面对虎视眈眈的孙总，云飞几乎是别无选择，他的内心其实早已经几近妥协了。只是，如果就这样认了，那以后不但将再无谈判的筹码，也会将整个厦门市场置于完全不可控制的危险境地，云飞无法承担这样的后果。

云飞纠结了一下，终于说道："孙总，感谢你的支持！原则上我也很认可把专业的事交给专业的人来做。不过，这么重大的决定，我一个人也做不了主。要不这样吧，我回广州之后就立即向公司申请，争取尽快给你回复！”

“好！我知道你们外企手续多，那你尽快回去走流程吧！但我希望你不要拖太久，否则，你跟不上我们公司战略调整的步伐，那就是你的问题了。我刚才也向你透露过了，我现在正在做大战略的调整，希望你能搭上我们的顺风车！”

孙总善意的提醒，处处透露着威胁的味道，让人觉得压力重重。但有什么办法，谁让人家是行业老大呢？

云飞告别孙总，回到酒店后便不自觉地，又陷入了无尽的沉思之中。孙总的确是个不容易对付的主儿，与孙总这样的对手对垒，压力无时不在。但越是这样，云飞却似乎才越能从中找到一种征服的快感。

不过，回归到现实，孙总的问题的确是令人难以抉择，想找一个两全其美的方法解决，确实不是一件容易的事情。

尽管这次云飞又用拖字诀得以全身而退，但孙总的警告表明，他已经看破了云飞的意图，一直拖下去显然不是办法。可如果最终还是难逃二选一的命运，那么之前的一切努力，也就付之东流了，云飞又的确心有不甘。

第二天一大早，云飞便坐上了回广州的飞机。带着收获，带着期盼，当然也带着包袱。

然而，令云飞意想不到的是，当他再次跨上广州这片热土时，一场始料未及的内部挑战，悄悄地向他袭来。

这场挑战带给他的回忆与反思，也为他跌宕起伏的职业生涯，带来了浓墨重彩的一笔。

第七十五章　孤标傲世独自赏，佳人何处不相逢

第二天一大早，云飞便急不可待地踏上了上班之路。厦门之行的斩获固然让他热血沸腾，但已成惯性的浪漫邂逅，因为出差而被中断了几天，也让云飞充满了对重逢的期待。

车刚一进站，云飞本来就激动不已的心情，变得更加紧张起来。这种心情很是奇怪，连云飞自己也不明白，他为什么会为这样一个不知名的“路人甲”而感到紧张，这不符合他的性格。

但结果令云飞意外，他在失望中独自走完了那条熟悉的上班路。期待中的“邂逅”并没有如期而致，云飞的心情也随之跌入了谷底。

他不由得心中暗想：“那女孩儿为什么没有在固定的时间，出现在那条固定的路上呢？她是生病了，抑或是辞职了？还是像自己一样也出差了？”

不知为什么，云飞总觉得这不是个好兆头。他闷闷不乐地皱着眉头走完了整条街，最终带着满满的失望来到了久违的办公室。

一进门，云飞正好看到Abby坐在前台。几天不见了，即使心情不佳也不能失礼于人啊！于是，云飞强颜欢笑地跟她打了个招呼，便准备回到自己座位上。

哪知，Abby竟一脸神秘地拦住云飞，悄悄对他说道：“你知道吗，昨天又来了一位新同事。”

“是吗？我不知道啊！那就好了，有个人帮我分担工作，我终于可以轻松一些了。”云飞如释重负似的说道。

哪知，Abby却撇撇嘴，一脸痛苦地说道：“你可别那么乐观，这个人可不像David那么好相处。原以为多一个人，会多一份乐趣，哪知他‘拽’得要死！我昨天跟他在办公室待了一天，说过的话都不超过十句，真不知道他是怎么做销售的！还不如以前我一个人在办公室呢，那样我还能自由一点！”

云飞一听，虽也感到奇怪，却还是忍不住调侃道：“你说得夸张了吧？不过话说回来，你也不能总拿我和David的标准来衡量别人。像我俩这么人见人爱、花见花开、善解人意、长得又帅的销售，不是打着灯笼就能找得到的，你就别要求那么高了！”

“行了，你别臭美了！再说我要求也不高啊，一个刚进入公司的新员工，主动跟老同事寒暄几句，也不为过吧？”

“哦！原来你是嫌人家不够尊老啊！”

“好，你不相信是吧？那等他来了，你好好领教领教再说，到时候可别跟我诉苦啊！”

Abby 话音未落，就听到一阵脚步声，由远及近来到公司门口。Abby 连忙给云飞使了个眼色，示意他有人来了，不要再乱说话。

云飞看着 Abby 微微一笑，顺势抬头向门口望去。这时，随着脚步声停下来，门口出现了一个高高瘦瘦的小伙子。

那小伙见办公室里忽然多了一个人，似乎有些意外。他稍微愣了一下，却并没有表现出要跟云飞主动打招呼的意思。

Abby 见状，连忙给云飞介绍道：“Arthur，这是新来的同事 Matt！”

说完，又转身对 Matt 说道：“Matt，这就是我跟你说起的 Arthur，他比你早来一个多月，现在华南区的工作都是他在负责。”

虽然云飞比 Matt 只是早来了一个多月，但相对 Matt 来讲，云飞依然是“老员工”。按照常理，新人初来乍到，通常都会积极主动地跟老员工处好关系，就算这不是职场的潜规则，最起码也是一般的人情世故和处事原则啊！

可这位新同事，实在是太有个性了。Abby 啰啰唆唆地介绍了一大堆之后，Matt 却只是象征性地冲着云飞点了点头，冷冷地甩出来一个字：“早！”

说完，就一只手插在口袋里，径直向自己的座位走去了。把云飞和 Abby 晾在了前台，简直比在菜市场遇到邻家的师奶，看上去还要冷淡。

看着 Matt 消失的背影，Abby 囧囧地看着云飞做了个鬼脸，然后压低声音问道：“怎么样，是我对人要求太高吗？”

云飞此时才相信，Abby 之前所讲并非危言耸听。看来，Matt 这个人来者不善，以后跟这样的人同处一室，恐怕快乐会离大家越来越远了。

云飞心里这么想，但嘴上还是小声安抚 Abby 道：“林子大了什么鸟都有，这种鸟我也是第一次见，就当长见识吧！看来，以后也只有咱俩相依为命了！”

哪知，Abby 竟不服气地说道：“别人敬我一尺，我敬别人一丈，别人对我不敬，也休想让我给他好脸色看。他别欺负到我头上，否则，我一定会让他吃不了兜着走！”

云飞听完，不由得惊出一身冷汗。他诧异地看着 Abby，不由得心中暗惊："看不出来这小姑娘还是个狠角儿啊！真是人不可貌相，都说女人得罪不起，看来这话一点不假！"

好在云飞入职早抢了个先机，选择的座位正好在 Matt 的后边。这样，就不必每天被那双冷酷高傲的眼神在背后监视了。不过，虽然不会被 Matt 监视，但即使每天看着他的后脑勺，也是一件相当痛苦的事情了！

云飞错过了意料之中的邂逅，本来心情就不好。现在偏偏又从天而降了这样一个"百毒不侵"的新同事，既然没得选择，也只好调整心态，做好海纳百川的准备了。想到这里，云飞掏出给格兰纳公司所做的那份计划，又陷入了深深的纠结中。

此时，Matt 的到来对云飞也是一种无形的压力。俗话说，古怪之人必有古怪之能，以 Matt 这样不近人情的处事风格，可以混迹在销售界，也必然有他的独到之处。

俗话说，有对比就会有伤害，以前只有云飞一个人，做好做坏都是自己跟自己比。现在有了 Matt 这颗"天煞孤星"，他更得打起十二分精神，做出点成绩来。否则，别一不小心，就被别人甩到十万八千里之外了。

销售是个只看结果，不看过程的冷血职业。不管你人缘有多好，也不管你曾经付出多少的努力，没有业绩支撑一切都等于零。做销售必须时刻要有危机感，这是以前在欧施克时，王经理对云飞的警告。

所以，厦门这一战就更显得尤为重要。它不但会决定云飞是否能顺利度过试用期，也将决定他在公司的地位和未来的发展空间，云飞绝不能有失。

中午，云飞和 Abby，主动找 Matt 一起吃午饭以示友好。但万万没想到的是，Matt 竟以自己有事为由，平淡地拒绝了两人的好意。

这让云飞和 Abby 倍受打击，他们瞬间感觉这个办公室里，冷得简直就像北极的冰川，让人瑟瑟发抖。

晚上，云飞拖着一身的疲倦和满腹的失望，回到了他那间不见天日的小黑屋。在回家的路上，依然没有期盼中的邂逅，这令他更加感到失望且好奇。

那个每天在固定时间、固定地点，与云飞用固定的眼神邂逅的女孩，就像一滴透明的水滴，在阳光的照射下被蒸发得无影无踪，仿佛突然间从这个地球上消失了。甚至让云飞不能确定，她到底是否真的存在过。

云飞想不明白，为什么他生命中遇到的女孩，都是这样来无影去无踪。婉清是这样，紫嫣是这样，雨婷也是这样。

云飞忽然又想到了雨婷，自从上次雨婷在做兼职时中暑，不小心撞破头之后，就再也没有跟他联系过。这让云飞觉得有点不可思议，因为这不是雨婷的风格。她每天就像只快乐的小鸟，根本停不下来，怎么可能这么耐得住寂寞呢？

“在学校这么静静地休整了一个多月，再严重的脑震荡也应该好了吧？难道，是震坏了脑子，把我忘记了？”云飞忍不住胡思乱想道。

接下来的两天，预期中的邂逅依然没有发生。Matt 的表现，也一如 Abby 预期中警告的那样，冷酷且无动于衷。

想想这就是自己未来长期的搭档，云飞真是倍感郁闷。如果有的选择，云飞真有点儿想换工作了。

这天，也不知 Abby 是故意的，还是真的。在前一天还好端端的情况下，竟请了一天的病假。这一招真是打了云飞一个措手不及，想想要独自和“冰人”Matt 一起共度一天，云飞的心就感到一阵极度深寒，像被厚厚的冰雪覆盖淹没。

虽然，Abby 的存在也不过是让死气沉沉的办公室，多了一个吸入氧气，呼出二氧化碳的有机体。可对于人类这种感情复杂的有机体来讲，有时候需要的不仅仅是阳光、水和氧气。他还需要一种氛围，一种人类生活繁衍所必需的社会氛围，而 Matt 正是这种氛围的无形杀手。

云飞此时才明白，世界上最遥远的距离，不是生与死，也不是爱与恨。而是我快要窒息了，你却拼命地在挥霍氧气！

俗话说，哀莫大于心死。经过最近几天的失望打击，云飞对那场期盼已久的邂逅，终于不再抱任何的希望了。这本来就是茫茫人海中，路人甲和路人乙之间的一场偶遇，只是云飞自己对它赋予了更多的意义而已。

既然是偶遇，就存在偶然性。想通了也就释然了，再仔细品味一下，世界上还有什么比摆脱和 Matt 尴尬地独处一室，更幸福的事情呢？

于是，一到十二点，云飞就迫不及待地跟 Matt 打了个招呼，然后独自去吃饭了。经过几次被拒绝的经历，云飞当然不会再上赶着自找没趣了。

为了避免吃饭时可能与 Matt 再尴尬相遇，云飞决定走远一点。哪怕顶着大太阳多被晒一会儿，他也不愿意有任何可能与 Matt 意外相遇的机会出现。

云飞漫无目的地在街上随意闲逛着，也不知转了几道弯，他忽然看到一家别具格调的小饭店。

这家饭店虽然不是很大，但是装修很有特色，老板显然在设计方面下了很大的功夫。光是饭店的名字，就足以让人有一种莫名的亲切感。"老地方"，是不是很容易勾起人们美好的回忆？

此时，刚到饭点儿，或许是因为辛勤的白领们被工作所累，还没有及时杀到。饭店的人还不算太多，于是云飞便毫不犹豫地走了进去，也许这个饭店的名字，正适合他现在的心情。

云飞找了个双人位置坐下，虽然有四人位，但他并没有选择。因为，如果坐四人位，待会儿人多了必然是要与别人拼台的，云飞现在只想静一静。

饭店的环境安静而优雅，里面的人也不像快餐店里那样闹哄哄的。云飞点完餐，看看时间尚早，就拿起饭店里给客人准备的报纸看了起来。

没过多一会儿，云飞的饭就送上来了。此时，饭店里的人也逐渐多了起来，慢慢开始形成排队的人流。

云飞庆幸地看了看那些排队的人，然后一边享受着美食，一边读起了报纸。他总算体会了一次悠然自得的优越感。

这时，从外面走进来三个漂亮的女孩。一个扎着马尾辫，看上去干净利落。一个戴着墨镜，穿着带破洞的牛仔裤，似乎有装酷的嫌疑。还有一个穿着长长的连衣裙，清新脱俗，优雅大方，让人赏心悦目。

三人虽然风格迥异，但个个颜值都很高，加上成群结队地站在一起。所以，还是引起不小的回头率。

云飞正在认真地读着报纸，所以并没有留意到这三个女孩的到来。这时，只见戴墨镜的女孩摘下眼镜，像机械战警似的，将饭店仔细扫视了一遍。

然后对另外两个女孩说道："哎！你们看到没，那边有个帅哥一个人坐着。看样子也快吃完了，你俩过去站在他旁边等着。他肯定不好意思让两个大美女，一直眼睁睁地欣赏他吃饭的样子！"

"可那里就俩位置，咱们仨人怎么坐啊？"扎马尾辫的女孩随口问道。

"你怎么从来都不带脑子出门啊？待会从别的地方搬一把椅子过来不就行了吗？这要是等四个人的位置，那得等到什么时候啊？"墨镜妹不耐烦地说道。

"好好好，就你的脑子是用来想问题的，我们的脑子都是用来吃饭的，行了吧？"马尾辫不服气地一边说，一边拉着那个衣着优雅的女孩向里面走去。

俗话说，无巧不成书，墨镜妹无意中所指的那个帅哥，想不到竟恰恰就是正在埋头读报纸的云飞。眼见两个美女走到云飞的跟前，正在专心致志读报纸的云飞就好像有心理感应似的，立刻感受到了她们强大的磁场。

云飞不由得用眼角的余光，从报纸的页面消消扫向旁边。却见四条白皙的美腿站在他桌子旁边，不禁吓了他一跳。

虽然，腿上的裙子长短不同，风格迥异。但以云飞的经验和直觉判断，这四条美腿的主人，就算没有沉鱼落雁之美，也必然会有摄人心魄之貌。

俗话说，爱美之心人皆有之，更何况是送上门来的美女？合情合理合法，不看岂不是暴殄天物？更何况，还是一个荷尔蒙正处于峰值期间的年轻人，恐怕换上谁也很难抵御得住想要把眼光上移，对两位美腿的女主人容貌一探究竟的好奇心啊！

云飞当然也有爱美之心，即使他明白，站在旁边的美女必然是为算计他的座位而来。只要他一抬头，这位置必然就得拱手相让。

但英雄难过美人关，更何况助人为乐乃是快乐之本，这位置迟早也要让出去，让给赏心悦目的美女，心情也舒畅一些嘛！

于是，云飞忍不住抬头望去。果然，那两张情理之中的美丽面孔，没有令云飞失望。

只是不知为何，云飞的脸色却在瞬间，“唰”的一下红到了耳朵根。看来，他只猜对一半，两个女孩的确貌美如花。只是，他做梦也想不到……

第七十六章　美人乱点鸳鸯谱，天赐良缘送入怀

云飞面红耳赤地看着两个女孩儿，他做梦也想不到，原来，站在马尾辫女孩旁边的那个长裙女孩，他竟然……认识。

此时，那长裙女孩看到云飞的表情，竟与云飞脸上显现出来的表情如出一辙。除了一个大大的“囧”字之外，两颊更像喝醉了酒一般，露出微红的晕色。两人的四目经历了短暂的尴尬相触之后，立刻都如被电击般地望向了别处。

马尾辫女孩似乎注意到了这个细节，她低头看看云飞，又转头看了看自己身边这位好姐妹。然后如坠五里云雾般地眨了眨眼睛，似乎对这电光火石之间的化学反应，完全摸不着头脑。

原来，让云飞面红耳赤的长裙女孩不是别人，正是云飞已经放弃偶遇希望，而一直无故缺勤的“邂逅女孩”。

面对这份迟到的邂逅和意外的偶遇，云飞此时的心情是既激动又尴尬。他到底是应该装作不认识的陌路人，把位置让出来落荒而逃呢，还是应该像久别重逢的老朋友，主动寒暄后大大方方地潇洒离开呢？

眼见那长裙女孩也羞红了脸，低着头不敢与云飞对望。这种尴尬的感觉，他当然感同身受。

电光火石之间也不及细想，为了不让长裙女孩更加难堪，云飞终于鼓起勇气主动站了起来。他强装镇定地冲着两个女孩儿，勉强挤出一丝微笑。并友好地点了点头，示意自己愿意把位置让给她们。然后，便潇洒地落荒而逃了。

能把落荒而逃与潇洒离开结合得如此完美，云飞也是拼尽了演技。不过，他在“逃跑”前，还是忍不住又偷偷看了长裙女孩一眼。想不到，长裙女孩此时也正面带羞涩地偷望着他。两人用一种若即若离的目光，进行了一种只有他们俩才能心领神会的眼神交流。

那眼神里，似乎都饱含着久别重逢的喜悦，却又充满了意外相遇的尴尬。既有依依不舍的留恋，又是一种无可奈何的决断。相对而言，长裙女孩的眼神中，似乎还更多了一份感激与亏欠。她明白云飞为什么会匆匆离开，而把位置毫不吝啬地让给她们。

看着云飞匆匆消失的背影，长裙女孩还在发呆，却忽然听到旁边有个声音厉声说道："人都走远了，还恋恋不舍啊？你是准备做孟姜女一直站着看呢，还是准备坐下来，跟我老实交代清楚啊？"

长裙女孩被马尾辫女孩的当头棒喝一语惊醒，连忙装作没事似的坐下来，小声责怪道："说什么呢！这位置可是你俩选的，我只是被动地跟着你过来而已，我交代什么啊？"

"得了吧，别跟我来这套！你当我瞎啊？你看你那小脸红的，跟喝醉了酒似的。恐怕是酒不醉人人自醉吧？"

马尾辫女孩话音刚落，墨镜妹便走了过来。她并不知道发生了什么事情，顺手从旁边的座位拉了把椅子坐下来，然后趾高气扬地说道："怎么样，我说得没错吧？你们看，比我们先来的人都还没找到座位呢，但我们已经舒舒服服地坐在这里等上菜了！"

"得了吧！这可不是因为你的计策高明，而是因为……"

马尾辫女孩刚说了一半，忽然见长裙女孩恶狠狠地瞪了她一眼。于是，连忙话锋一转说道："因为……因为那帅哥懂得怜香惜玉啊！"

"哼！得了便宜还卖乖，不领情就算了！"墨镜妹不满地翻了个白眼，不再说话。

云飞走出饭店，本就炎热无比的天气，让他在经历过这么一场突发的尴尬之后，感觉更加有点心跳加速，透不过气来了。

他沿着街道一边散着步，一边回想着刚才那电光火石之间忽然发生的经历。长裙女孩那羞涩而感激的眼神，在云飞的脑海中久久不能散去。似乎就像两把带钩的尖刀，刺进肉里再也拔不出来。

云飞本已经不再抱任何希望的心，此时忽然又死灰复燃了。为何天意总是如此弄人？希望越是强烈，失望就越是如影随形。而你终于下定决心，不再抱任何希望的时候，希望却像个撩猫逗狗、不甘寂寞的坏小孩，又忽然跳到你身边，撩动你那本已平静的心弦，让人欲罢不能。

不知不觉间，云飞便走回到了办公室。一想到又要独自面对 Matt，云飞便莫名其妙地有一种全身不自在的感觉。

但让云飞最意想不到的是，怪事年年有，今年特别多。一向不主动与大家交流的 Matt，见云飞回来后，竟破天荒地主动跟云飞打起招呼来。

这让云飞意外之余，又很想搞清楚一件事。一顿饭的工夫 Matt 就有了如此巨大的变化，到底是哪家饭店有这样化腐朽为神奇的力量？ Matt 中午又究竟吃了些什么？

对于 Matt 主动释放的善意，云飞当然不能怠慢，连忙报以最友善、最热情的微笑。

“Arthur，现在华南区就咱们两个人，是不是也应该把咱俩的区域划分一下？” Matt 终于说出了心里的话，原来，Matt 的善意可不是白表达的，他是来跟云飞分地盘的。

按理说，把区域划分清楚，责权明晰考核起来也方便直接。云飞现在顶着业务员的头衔，义务干着华南区经理的活儿，把区域划分清楚，他本是求之不得。

可现在，华南区没有一个直接的领导来管理，很容易产生矛盾。这分地盘的事情可是关系重大，涉及销售人员的切身利益和未来的战略发展布局。如果分不好，不但容易伤感情，而且会影响到今后的区域发展。

云飞既没有这个权力，也不知道划分的依据，所以他不能私自做主这么干。更何况，他们私下瓜分的结果也未必就算数啊！将来新领导和新同事陆续来了之后，谁知道政策会怎么变？现在操这个心，实在有点为时过早。

再说了，谁都知道广东和福建，是华南区的两个重点市场。但云飞现在对这两个区域都已经着墨颇深，并已初见成效。而福建更是处于一招定输赢的关键时期，一着不慎就可能满盘皆输。

Matt 这么有个性的人，如果为了显示自己的与众不同，而一意孤行地按照自己的意愿去处理事情，很有可能会节外生枝，让局势徒增变数，也会让云飞前期的努力前功尽弃，云飞当然不能冒这个险。

可是，如果不跟 Matt 划分区域，似乎他也的确很难有效地开展工作。而且，难免会让 Matt 误以为云飞有意为难他。这对两人以后的相处，无疑会造成不必要的误解。

这本是公司高层应该考虑的问题，现在却无端端地丢在了云飞面前，真是让他进退两难。

好在，云飞也不是个斤斤计较之人。他明白，肥肉不能都让自己挑走，更不能把骨头都留给别人去啃。既然 Matt 想分地盘，那就先看看他有什么高见，只要道理上说得过去，他也愿意配合。

于是，云飞语重心长地说道："之前办事处就我一个销售，整个华南区的工作都是我一个人在跟进，真挺累！我也特别希望公司能够尽快确定我的工作，好让我集中精力去做好我的分内之事。可现在华南区经理没到位，我也不知道应该按什么原则和方法来划分。而且，咱们私下划分，公司也未必会认可。不过，你要是有什么好的想法，可以说来听听！"

Matt 听云飞这么说，撇了撇嘴，似乎对云飞的解释并不是太满意，但他自己确实也没什么更好的办法。所以，他若有所思地停顿了一会儿，然后把头一歪，问道："那现在华南区哪个市场做得最好？你又是怎么规划的？"

这语气，哪像是同事之间在探讨问题？完全是一种领导对下属居高临下的质问啊！

云飞听完，心里多少有些不爽。但他转念一想，又觉得有点不对劲："一个初来乍到的员工，怎么可能对同事如此咄咄逼人？难道 Matt 就是公司内定的华南区经理？他这么做，是在试探我的为人和对市场的规划能力？"

想到这里，云飞忽然觉得后背一阵发凉，心中暗想："这职场的水也太深了吧？都什么年代了，还玩儿微服私访这一手？"

可是看看 Matt 跟自己年龄相仿，管理经验不足，性格又有点怪异。完全没有做华南区经理的样子，看着又不太像啊！

实在捉摸不透，云飞只好模棱两可地说道："华南区哪个市场做得最好，这还真难说！现在的情况是，该好的地方不好，不该好的地方……更差！"

Matt 当然不相信云飞的话，他听完之后怀疑地问道："怎么可能呢？我看你每天忙得不亦乐乎，难道都是在瞎忙啊？"

这话既充满了不信任，又充满了挑衅的意味。云飞闻言，也忍不住有点火往上撞了。但他最终还是长长地吁了口气，极力平复了自己的心情。

然后，微微一笑说道："我现在忙了一个多月，实质性效果确实还没显现出来。你要说我是瞎忙嘛，从以结果为导向的理论来看，也不算冤枉我。至于市场的情况嘛，如果你不信，可以就近先从广州入手试一试，我不介意的！"

Matt 这么精明的人，当然不会充当"冤大头"。面对云飞的一番"假慈悲"，他自然不会上当。

Matt 心中暗自盘算："你会那么好心，一来就把最好的市场让给我？我才没那么傻，越是你主动给我的，我就越不能要！"

想到这里，Matt 摇摇头说道："广州就算了，谁都知道广州人特实际，东西要求'平靓正'，高端品牌在广州不好做，广州市场我不要。"

云飞一听，差点没骂出声来，他心中暗想："你倒挺实在啊！你一个寸功未立的新人，还挺会挑肥拣瘦的！凭什么不好做的市场你就不要啊？难道好的区域就都应该给你留着，你是皇亲国戚，还是怎么着？"

想到这里，云飞忽然愣住了。他突然想到，Abby 也是熟人介绍进来的。难道这个 Matt，真有什么不得了的背景，要不怎么会这么拽呢？

如果真是这样，那就实在是太悲催了。Abby 是熟人介绍，Matt 是皇亲国戚，再来一个华南区经理是顶头上司。个个不是有背景，就是有头衔，只有自己一个人无依无靠的，这往后还有什么好日子过啊？

看来，云飞注定是"身如柳絮随风飘，心似浮萍逐水流"的命啊！这川奇公司恐怕也只是他暂时停泊的港湾，云飞奋斗的道路，注定是路漫漫其修远兮，还得继续上下求索啊！

此时，云飞已经被 Matt 荒唐的言语，完全气晕了。他甚至根本记不起，后来跟 Matt 的对话还说了些什么。总之，结局是不欢而散。虽然，两人并没有因此撕破脸皮，但今天的交流对两人感情的促进，显然没有半点帮助。

好不容易熬到了下班，云飞一秒钟都不想多待，就好像这间办公室里有毒似的，立刻迫不及待地冲出了办公室。

走在大街上，云飞对刚才的事情依然还有些耿耿于怀。在江湖上行走这么久，即使在欧施克那样的复杂环境里，他也没有见过像 Matt 这样的奇葩。今天，他真算是开眼了！

忽然，这熟悉的街道，让云飞又想起了今天中午吃饭时的情景和那个久未谋面的"邂逅女孩"。

今天，她那身长裙显得更加楚楚动人，她最后与自己告别的眼神，似乎也隐约有一丝不舍。看来，他们的缘分似乎并没有走到尽头。

想到这里，云飞的心情终于变得豁然开朗起来。那女孩美丽的倩影一扫他胸中的心霾，云飞的注意力立刻又集中到了来来往往的人群之中。对再次邂逅的期望之火，终于又再一次被重新点燃了。

可眼看就要走到车站了，那女孩还是没有如期而至地出现在云飞眼前。这让云飞难免感到一丝失望与扫兴。他刚刚调动起来的心情，不由得也再一次陷入了低谷。

这时，原本好端端的天气，就像有意在配合云飞变坏的心情似的，忽然变得乌云密布，天色也跟着沉了下来。真有一种黑云压城城欲摧的感觉，整个天似乎变成了一块巨大的黑幕，从高空笼罩下来。让云飞原本就压抑的心情，感觉更加透不过气来了。

广州的天气就是这样，说变脸就变脸。也许正是因为这阴晴不定的天气，造就了女人们琢磨不透的脾气。也让广州这个外地人口越来越多的超级都市，变得越来越拥挤而焦躁。

在这里，人们为了生活而奔波不息，为了利益而不择手段。行驶在人生拥挤的快车道上，很多人几乎已经忙碌得完全忘记了生活的本质。在失去自我与找回自我的轮回之间，麻木地错过了人生本应最精彩的部分。

云飞在等车的间隙，不知为什么，脑海里竟忽然涌出了很多人生的哲理。或许，大彻大悟往往都是在某种极端情绪下，释放出来的灵感吧！

这时，豆大的雨点忽然从高空中散落下来，本就匆忙的行人们，此时更加乱作了一团。

更有一些不知是天生胆小，还是矫揉造作的女孩，一边扭动着柳腰，迈着猫步小跑，一边嘴里还不忘鬼哭狼嚎般地，配上令人揪心的哀叫声，夸张地制造出令人更加紧张的气氛。

云飞也赶紧从包里拿出了雨伞，这是在广州必备的武器，更是销售人员形影不能离的道具。

人们像训练有素的影子武士，瞬间都找到了自己应有的位置。站台里被挤得人满为患，到处都是等车的人。而此时路上的行人，已经非常稀少。

云飞不愿挤在拥挤的人群之间，所以，他独自一人默默地站在站台外面，一边打着雨伞，一边眺望着公交车开过来的方向。

此时，云飞的心里，就像站台上的每个人一样，只希望尽快回到自己舒服的“小家”，在暴风雨来临之前，能躺在自己幸福的小床上。虽然等待他的，只是一个“不见天日”的小黑屋，但也远比挤在这狭小的公交站台上要强得多。

云飞眺望着，盼望着自己坐的那班车快一点到来。可他伸长了脖子，失望地看着一班又一班的汽车呼啸而过，始终还是没有等到他要坐的那班车。

也许，这就是天意。云飞眼巴巴地看着别人，都幸运地坐上他们要等的车，幸福地驶向了自己的目的地。而唯独他那班车，左等不来，右等也不来。最近，似乎不顺心的事一件接着一件，现在就连公交车也好像有意跟他过不去似的。

云飞越想越有点烦躁，他不耐烦地转动了一下已经有点酸困的脖子。看看那些一有车进来，便像洪水猛兽一般涌过去的人群。他忽然觉得，对这座冷酷无情的城市，开始有些厌倦了。

在这座城市，云飞无依无靠，无亲无故。每天面对的都是残酷的竞争和重重的压力，硬着头皮留在这个城市，到底为了什么?

云飞正在胡思乱想着，忽然从昏暗的天幕下，有一个人影如同脱靶的子弹一般，冷不丁地冲进了他的视野，接着便撞进了他的怀里。

这个身影在雨中显得孤单而纤弱，为了遮雨，她将自己随身携带的小包举过头顶，拼命地低头往前冲去，所以没留意到面前的云飞挡住了她的去路。她本希望手中的小包能起到些许挡风避雨的作用，但其实，那小包在如此的大雨面前，最多也就只是个摆设罢了。

“小心，小心!”云飞一边说着，一边伸手护住那个人影。这时他才有机会，仔细打量了一下她的脸。

“是你……”云飞忽然眼前一亮，心里竟莫名地激动起来。

原来，这个误打误撞冲进云飞怀里的女孩，正是他朝思暮想，本已不抱希望，却又在饭店再次偶遇的“长裙女孩”。

想不到，此时此刻这个让云飞望眼欲穿的身影，竟几乎就依偎在他的怀里。云飞简直不敢相信，这瞬间发生的一切，竟然都是真的。

如果不是情缘未了，她又怎么会像一只迷失方向的小鸟，在夜色的笼罩下，在茫茫的人海中，没头没脑地偏偏冲进了云飞的怀里呢?她就像一颗脱靶的子弹，却又像一支长着眼睛的丘比特之箭，不偏不倚地正射中云飞的心口，让云飞天旋地转。

难道，这就是传说中的天赐良缘?

第七十七章　好雨随风潜入夜，当春润我细无声

“啊……是你！”女孩撞进云飞的怀里后，也着实被吓了一跳。

只见她惊叫一声，早已吓得是花容失色。本能地将手中小包挡在胸前，然后下意识地向后退了一步。

此时，天色已经颇暗，本就已经到了天黑的时候，再加上风急雨大，人人都归心似箭。女孩慌不择路地冲到云飞怀里，当然也情有可原。

见到她孤零零地站在雨里，一副惊慌失措的样子。云飞看着既心疼，又好笑。于是，他向前跨出一大步，用雨伞遮住她，微微一笑道：“想不到你也是个大头虾，只顾低走路，不顾抬头看天啊！”

“不好意思啊！我忘带雨伞了，所以急着往车站赶！”

女孩说话的时候，脸上露出一丝羞涩之情。那种惊魂未定的感觉，也随之一扫而空了。显然，见到自己冲撞的人是云飞，她感觉踏实多了。当然，她也为自己的莽撞行为，而感到有点尴尬。

“你没带伞啊？”云飞关心地问道。

女孩不好意思地点点头，嘴里却小声地喃喃道：“明知故问！”

云飞闻言，也被说得有点不好意思了。他这句话问得，确实显得有点多余。

于是，他连忙顺水推舟地说道：“既然如此……那我送你去车站吧！免得夜黑风高你又不看路，如果刚才撞倒的是个老人家，你可就摊上大事了，好在碰到的是我！”

女孩闻言，闪烁着灵气十足的大眼睛，略带羞涩地反问道：“那我又怎么知道你不是坏人啊？”

女孩的语气中虽然充满了怀疑，但那羞涩的眼神，早已充分说明，她内心对云飞这个“坏人”充满了信任。

云飞如今已是察言观色的高手，女孩眼神中释放出来的真正内涵，自然逃不过他的火力侦察。

见女孩这么问，云飞坦然地说道：“最起码我今天中午为你做了一次活雷锋，饭都没吃完就把座位让给你们走了。这样做了好事不留名的人，总不会是坏

人吧？”

“你那叫落荒而逃！”女孩说着笑了起来。

“那你现在算不算是乘胜追击呢？”云飞一语双关地问道，瞬间又让女孩羞红了双颊。

她忽然摆出一副恶狠狠的样子，瞪着云飞一言不发。看上去像是很生气，却又似乎是想掩饰自己的害羞。

云飞见状，赶忙打圆场说道：“看样子，这雨一时半会儿也停不下来，那我就再做一次活雷锋吧！只是不知道你敢不敢与我这个，落荒而逃的坏人同行呢？”

“怕你啊？我可是跆拳道黑带！”女孩说完依偎在云飞的小伞下，一起向前方的另一个车站走去。伞不大，两人贴得很近，远远望去倒真像是一对情意绵绵的小情侣。

“对了……你叫什么名字啊？我英雄救美，好歹也应该知道救的是哪家的千金吧？”

“雷锋做好事，不是从来都不留名的吗？”女孩反问道。

“是啊！我做好事是没打算留名，但你不可以啊！”

女孩闻言，把头一斜看着云飞说道：“歪理！好吧，为公平起见，至少我们也应该平等交换吧？”

女孩说话的样子甚是单纯，那种天然不曾修饰过的表情，让人感觉纯洁而自然。在这座复杂的城市中，这么清纯的表情已经不多见。似曾相识，却又似乎早已离他远去。

“好吧！我叫马云飞！大概是马到成功，拨云见日，飞龙在天的意思吧！”云飞得意地说道。

“呵呵！你还真会给自己脸上贴金！我叫陈慧敏，大概是沉鱼落雁，秀外慧中，敏而好学的意思吧！”慧敏机智地回答道。

“呵呵……你果然比我谦虚多了！看来你除了眼神差点儿之外，全身上下都是优点啊！”

两人一边斗嘴，一边合力撑着一把小雨伞，在暴雨中艰难地前行，却在不知不觉间越靠越近了。

此时，雨势忽然越发大起来，倾泻而下的暴雨，被狂风席卷着从斜刺里杀过来。就好像是无数强弩之末的利箭，拼命使出最后一丝力气，打在脸上竟然有些隐隐作痛。

云飞那把在狂风暴雨中摇曳的小伞，此时显得无比渺小，力不从心。显然，想靠这把小伞遮挡住两人不被淋湿，已是完全不可能的了。

于是，云飞索性将雨伞完全偏向了慧敏的那一边，将自己彻底暴露在疾风骤雨之下，果然大有雷锋舍己为人的精神。

此时，由于风雨的肆虐，两人不经意间几乎已经贴在了一起。当然，这除了暴风雨相助的一臂之力外，更由于两人内心的距离，也在悄悄地拉近。

这时，忽然一阵狂风扑面袭来，雨水就像被吹偏了方向的子弹，带着万马奔腾的呼啸声，从慧敏身边恶狠狠地倾泻而过。

她猝不及防地“啊”了一声，下意识地往后撤了撤头。想不到，竟在不经意间将自己的脸，与云飞的脸贴在了一起。

瞬间，两人都惊慌失措地低下了头，不敢再看对方。那尴尬的场面，就好像整个世界都凝固了一般。

两人只感觉到那急促的呼吸，伴随着快要破喉而出的高速心跳，让内心有一种从未有过的翻江倒海之感。似乎内心的暴风雨比外面的雨势，还要更大更猛。

为了打破冷场，云飞硬着头皮说道：“雨太大了，要不我们先避下雨再走吧！”

“哦！”慧敏几乎未经思考地随声应道，显然她紧张的心情，此时还没有平静下来。

慧敏顺从地跟着云飞来到一处屋檐下，这里因为远离车站，所以避雨的人并不多。

两人就像两只迷失了方向，被大部队甩掉的孤雁，孤零零地站在屋檐下。云飞缓缓收起雨伞，这时慧敏才发现，为了照顾自己，云飞的全身都已经被淋得湿透了。

虽然慧敏自己也被淋湿了大半，但她还是颇为感动地，带着一丝内疚的语气对云飞说道：“对不起啊！害得你全身都淋湿透了！”

云飞一看扭转尴尬局面的机会来了，立刻打蛇随棍上，不失时机地说道：“为了沉鱼落雁、秀外慧中、敏而好学，这样千年难得一遇的美女，拼了也值啊！不过，你要硬是想找个机会报答我，我也是可以勉强接受的。”

慧敏此时已经知道，云飞是个爱开玩笑的人。所以，说起话来也就不再那么拘束。其实，她骨子里是很欣赏有幽默感的男孩的。

于是，慧敏也半开玩笑地说道：“没问题啊，只要不让我以身相许，什么条件我都可以考虑。”

云飞闻言，呵呵一笑说道：“以身相许那是后话，你先不用这么着急！”

“你……”慧敏每次说话都会被云飞抓住话柄奚落一番，气得她几乎说不出话来了。

“玩笑而已，别那么激动嘛！眼下反正也回不了家，干脆择日不如撞日，你就请我美餐一顿，当报答我好了。中午没吃饱就被你吓得落荒而逃了，我现在肚子早就饿得咕咕叫了！”

慧敏闻言，却故意装出一副生气的样子说道：“我就说嘛，世上哪有这么多活雷锋，又怎么会这么走运就被我撞到了？看来，你这个所谓的英雄救美，根本就是一场蓄谋已久的‘碰瓷儿’！”

云飞一听，立刻委屈地说道：“这位沉鱼落雁、秀外慧中、敏而好学的姑娘，此言差矣啊！我们这场雨中邂逅，可是你误打误撞闯进我怀里的。中午在饭店偶遇，也是你主动送上门来，用心理战把我吓得落荒而逃的。我好心送你去车站，谁知道风云变幻又会下起了暴雨，龙王又不是我们家亲戚，我也不可能跟他串通好啊！你这‘碰瓷儿’之说，可着实太冤枉人了吧？”

“你……你的意思还是我蓄谋已久的啦？”慧敏被说得无言以对，一脸委屈地反问道。

云飞闻言却呵呵一笑，坏坏地说道：“我可没这么说！不过，要真是你蓄谋已久的，我也不介意！”

“你……”慧敏气得杏眼圆睁，柳眉倒竖，却一句话也说不出来。

“你看我这人真是太不会说话了，原本一场英雄救美的感人画面，如果再加一场诗情画意的烛光晚餐，那是多么完美的浪漫邂逅啊！结果被我搞得……为了弥补我的无心之失，我用十二分的诚意邀请你共进晚餐，怎么样？”

云飞原本以为自己的这几句甜言蜜语，一定会让任何女孩都无法抵挡。哪知，慧敏偏偏不吃这一套。

只见她翻了云飞一眼，然后不屑地说道：“你以为无心之失就值得原谅吗？你没听说过，无心之失更重于有心之过吗？看你甜言蜜语说起来一套一套的，显然是个花言巧语的情场老手，你那些驾轻就熟的套路，对我这种浑身上下都是抗体的女孩没用！”

“无心之失更重于有心之过”，这句话忽然让云飞有一种似曾相识的感觉。他忽然想起来，原来婉清也曾对他说过同样的话。

猛然间，云飞的思绪一下子又回到了当年，婉清说这句话时的情景。那时他是因为无故爽约，而被婉清责怪。

“怎么了？对不起……我只是脱口而出并无恶意，你别介意啊！”看着云飞发呆的样子，慧敏以为是自己的话无意间伤了云飞的自尊心，所以赶忙道歉。

“没事！你说得对，无心之失的确更重于有心之过！那就让我请你吃饭当弥补吧！”

“不行！今天一定得我请你，以谢你借伞之恩啊！”

“我怎么突然有一种似曾相识之感？你该不是一条白蛇变的吧？好在这不是西湖边，我也不叫许仙！”

“呵呵……”

慧敏和云飞带着发自内心的笑容，一起走进了隔壁的餐厅。此时，虽然已经过了吃饭的高峰时间，但由于下大雨，很多人都选择了在外就近吃饭。所以，餐厅里人头涌动，吃饭的人依然不在少数。

此时，云飞终于找到了报复的机会，于是他坏坏地看着小敏说道：“看到没有，那边有个帅哥一个人吃饭，看样子也快吃得差不多了。你可以再用今天中午的美人计站在他旁边，让他吃得不好意思了自动消失！”

“你……又取笑人家！都说那不是我的主意了！”

一提起中午吃饭的事情，慧敏立刻尴尬得满脸通红。云飞看着慧敏羞涩而焦急的样子，让人觉得是既可笑又可爱。

于是，他不紧不慢地说道：“主意是谁出的不重要，关键是有效啊！现在表现你魅力的时候到了，为了大家的福利，可千万不能退缩啊！”

“你别挖苦我了行不行？我可真做不出来那样的事情！”慧敏一脸无辜地说道。

反正云飞也不赶时间，能和自己心仪的美女在一起共进晚餐，还怕什么排队呢？更何况，这不正是光明正大与慧敏交流感情的好时机吗？

于是，两人足足等了半小时才找到位置，终于可以坐下来享受美食了。云飞忍不住问道：“对了，这段时间怎么一直都没碰到你？我还以为你辞职了呢！”

慧敏听云飞这么问，心里忽然感到一阵温暖，脸上不自觉得流露出一种幸福的表情。她想不到，云飞竟然对他们的邂逅如此上心。

但慧敏并没有直接回答云飞的问题，而是反问道：“是你先消失的，怎么还来问我？”

云飞闻言，心中也不由得暗喜：“原来她也一直在留意着我，看来我的突然消失，也让她有些不适应啊！”

云飞心里高兴，脸上却不露声色地问道：“我们两个没有碰到，何以见得就是我先消失的呢？”

“那当然了，我天天都是在固定的时间出现在那里，是你先没有按时出现的呀！”慧敏一脸认真地说道。

“哦？难道就不会是，你一不留神错过了吗？”

“当然不会了！道路那么窄，每个路过的人我都有留意，怎么可能错过呢？”慧敏一边吃饭，一边不假思索地回答道。

“真的吗？”云飞听完，忽然露出坏坏的笑容，眼睛一眨不眨地看着慧敏问道。

此时，慧敏才意识到自己上了云飞的当，不由得立刻羞红了脸。她面带愠色地说道：“你……你好狡猾，我不理你了！”

看着慧敏面带红晕、羞答答的样子，云飞内心有一种说不出的成就和喜悦。

这一晚，云飞和慧敏聊得很开心。似乎两人都大有相见恨晚之感，话匣子一打开便再也收不住了。

虽然，两人难免也会拌拌嘴，但那种拌嘴的结果，却让两人对彼此更加了解，关系也更进了一步。

两人共同度过的这个难忘的夜晚，让彼此之间的解了都增进了不少。云飞在谈话中也才了解到，慧敏在广州和姐姐住在一起，她是做人事工作的。最近因为公司大量的招聘工作，所以不得不早出晚归，才改变了平时的作息时间。

而云飞，也向慧敏讲述了他这段时间出差的经历。两人都是从外地来广州打拼的，一说到这些，似乎就有聊不完的话题。

更重要的是，从那顿晚餐之后，云飞就开始改口叫她的昵称“小敏”了。而小敏对这个称呼默默地接受，是否也意味着，云飞已经拿到了走进小敏内心的入场券？

窗外的雨雾已经渐渐散去，站台上的乘客也都随车而去。而饭店里的云飞和小敏仍然笑逐颜开的，似乎没有半点要离去的意思。

从外面透过饭店的玻璃窗向里望去，云飞和小敏的畅谈显然仍意犹未尽。里面不时传来两人开心的笑声，在这苍茫的雨夜，似乎显得格外温情，格外浪漫。

真是“好雨知时节，当春乃发生，随风潜入夜，润物细无声……”。云飞和小敏的浪漫爱情，也伴着这场随风潜入的夜雨，无声无息地悄然拉开了序幕！

第七十八章　新官上任三把火，奈何爽约芳心灼

由于这场不可抗力因素造成的巧合，云飞和小敏之间多了一层了解，也多了一层暧昧，云飞的生活也陡然间增色不少。

两人一直聊到深夜，云飞才依依不舍地将小敏送到公交站。看着小敏上了车，消失在茫茫的夜色中之后，他这才踏上了自己回家的路。

情窦初开的小敏，坐在公交车的角落里，一路上都沉浸在美好的回忆之中，脸上还不时洋溢着幸福的笑容。只可惜，那个年代没有智能手机，无法将这幸福的瞬间，随时随地地记录并收藏起来。

第二天一大早，小敏一如既往地早早下了车，便急匆匆地向公司赶去。这段时间是特殊时期，为了应付公司大量的招聘需求，人事部所有的人员都要提早来到公司，她当然也不能例外。

因为昨晚睡得比较晚，加上兴奋得一夜睡不着，小敏今天的精神似乎有些憔悴。虽然她仍然健步如飞，但那略显呆滞的眼神，明显缺少了往日的光彩与神韵。

"还是只顾低头走路，不顾抬头看天啊！你就不怕一不小心，再一次撞到别人怀里吗？"正当小敏低着头，迈着小碎步，像一阵风似的匆匆由天桥上走下来时，却忽然听到路边传来一个熟悉的声音。

小敏听到这声音，虽然还没来得及抬头循声望去，可是嘴角已经陡然出现了四十五度上扬的态势。那被肌肉揪起的浅浅酒窝，再加上灵光一闪猛然间变大的美丽瞳孔，已经充分说明这个意外的惊喜，让她精神为之大振。

"怎么是你啊？昨天你可没说你会提早来的啊！"小敏抬起头，满脸惊喜地看着云飞说道。

"你只顾低头走路，不顾抬头看天，我怎么放心得下啊？"

"你怎么说话总没正经啊？"小敏面带羞涩地小声嘟囔道。

说完，两人陷入了一种羞涩的沉默，本来有千言万语，但因不断有行人从身边擦肩而过。所以，两人无法像昨天那样畅所欲言，以至显得有些尴尬。

两人简单地聊了几句之后，小敏看看时间，依依不舍地说道："我……得走

了，要迟到了！”

“嗯！那……明天见！”

“明天见！”

小敏说完，慢慢转过身准备离去。可那速度又像电影中的慢动作一般，似乎有一股无形的力量在后面拉着她不放。

“呃…… ”这时，云飞似乎想说什么，却欲言又止了。

“嗯？还有……什么事吗？”小敏没等云飞把话说出来，便“哗”的一声，转过身来问道。

此时小敏的反应，比刚才转身的速度不知快了多少倍。那节奏就好像一下子，由慢放变成了快进，表情也跟刚才判若两人。

小敏回头的一瞬间，那被甩起的长发，从云飞的眼前一掠而过。云飞还没来得及反应，就觉得眼前一黑，一阵发香带着风声扑面而来，穿过他的鼻孔沁人心脾，令他心旷神怡。

云飞情不自禁地，长长地做了一个深呼吸。此时，小敏正好转过身来，看到云飞有点发呆的表情，禁不住问道：“你怎么了？”

“没什么！我只是想问你……中午忙不忙？”

“不知道啊，那要看具体情况！怎么，有事吗？”小敏调皮地问道。

“呃……我反正也是一个人吃饭，挺没劲的。要是你没事的话，不如中午一块吃饭吧，两个人没那么闷嘛！”

云飞想邀请小敏一起吃饭，可又放不下男子汉的面子。所以，还不忘给自己找个台阶儿下。

小敏听完，却把脸一沉说道：“哼……你把我当什么？解闷的工具吗？闲得无聊才找我，那我才没那么无聊呢！咱俩还是各吃各的吧！”

说完，小敏起身摆出一副要走的架势。云飞知道小敏是故意的，所以一笑说道：“你就别抠字眼了！那我中午还在‘老地方’等你，不见不散啊！”

“我可没答应你，到时再说吧！”说完，小敏带着一丝得意的笑容，转身离开了。

云飞一直没有挪地方，他就这么默默看着小敏离去的背影渐渐变小。忽然，心中涌起一种若有所失的失落感。然而不可思议的是，与此同时他心中竟还夹杂着一种若有所得的幸福感。

这两种截然相反的感觉，奇妙地混杂在一起，同时存在于云飞的内心深处。就像武林高手吸收了正邪两股势不两立，但又势均力敌的内功，在他体内斗得不可开交，难分伯仲，却又不受控制。

小敏的背影终于小到快要看不见了，这时云飞正准备离开，却发现小敏忽然转过身来望向他。

看到云飞还没有走，仍然默默看着自己的背影，小敏心中不由得一阵感动。她情不自禁地向云飞招了招手，云飞也用力地向小敏招了招手。

虽然，因为距离太远，两人都看不清对方的表情。但云飞可以感应到，他脸上洋溢着的这份幸福的微笑，一定会在小敏脸上像一面镜子一般，反射出同样的笑容。因为，他现在可以确信，他们的内心世界已然同步相连了。

为了赶上与小敏的邂逅，云飞今天到公司也特别早，Abby 和 Matt 当然还没到。甚至，整个写字楼里的办公室，有一大半都还黑着灯。

趁着难得的清静，云飞本想好好思考一下如何处理孙总的事情。从厦门回来，已经好几天了，孙总勉为其难的要求，始终还是悬而未决，令云飞不胜其烦。可不知为什么，云飞想着想着，竟然又不知不觉地想到了小敏。不知即将到来的午餐，会是一番怎样的情景。这可是他们的第一次非正式约会啊！

云飞的思绪，正在天马行空地胡思乱想。这时，他忽然听到门口有脚步声传来，心里不禁暗自奇怪："这是 Abby 还是 Matt？怎么今天也来这么早？这可不是他俩的风格啊！"

云飞一边想，一边伸长脖子向门口望去。他寻思着，如果进来的人是 Abby，那他就过去打个招呼。昨天一天没见，Abby 请了病假，虽然也不知是真是假，但关心一下还是必要的。

可结果令云飞意外，进来的人既不是 Abby，也不是 Matt。而是一个高高大大，穿着西装革履的中年男人。

"请问你找哪位？"云飞疑惑地问道，但语气还是很客气。

"哦！这是川奇公司广州办事处吧？"来人微笑着反问道。

"是啊！您是……"

"我叫 Danny，Danny 苏！是新来的华南区经理！"

云飞早就听说这个华南区经理要到位了，可不知什么原因，到职日期被一再延后。云飞还以为，人家是找到更好的下家，移情别恋了呢！想不到，就在这雾里看花、水中望月、虚无缥缈、琢磨不透的时候，这位华南区的经理却冷不丁地从天而降了。

云飞一见来者是自己的顶头上司，当然不敢怠慢。连忙自我介绍道：“我叫马云飞，英文名Arthur。一直听说你要来，但一直不见你到位，我们还寻思着你不会放了公司鸽子吧？”

Danny闻言，脸上略带歉意地说道：“我原来的公司有点手尾，非得我处理完才放我走，所以耽误了几天，不好意思啊！”

“说实话，我们可是对你望眼欲穿啊！现在大家群龙无首，就像没头的苍蝇一样到处乱撞。我这里有很多事情，正急着等你来了帮我做决定呢！”

云飞说的确实是大实话，孙总那边的回复他一拖再拖，他确实希望有个经验丰富的领导能帮他拿个主意。这种具体的事情，他总不能找Peter去商量吧？

再加上Matt那天找他分地盘，这件事情也让他感到左右为难。现在新领导来了就好了，他爱怎么分就怎么分，云飞也不必再自己伤脑筋了。反正，他付出那么多是有目共睹的，他相信，新领导也不会视而不见的。

Danny的工作经历相当丰富，从事销售工作已经有十几年的时间了。他最近服务的一家公司，是一家全球著名的世界五百强企业。川奇不惜重金，通过猎头把他挖过来，可见对他是寄予厚望的。

Danny听云飞这么说，点点头道：“我也是心急如焚啊！所以你看，我昨天才离开前一家公司，今天一大早就来了。想不到你比我来得还早，那我们就到会议室聊聊吧！”

Danny今天来这么早，自然有他的用意。一方面，他确实是归心似箭，想赶紧早一点到位，早一点投入新的工作。他对川奇的现状有所了解，知道这个烂摊子正急等着他来处理。另一方面，Danny也想用突击检查的方式，来实地考察一下现有人员的工作状态。毕竟，这个办事处在无政府状态下运营了太久，他必须了解最真实的状况，这对他下一步的战略决策影响重大。俗话说，耳听为虚，眼见为实。要了解一手信息还得靠自己去摸底，在这一点上，他和云飞的作风很相似。

云飞没想到，他今天为了与小敏见面，早早来到办公室，却误打误撞地，给Danny留下了一个好印象。虽然，云飞的表现也是可圈可点，但毕竟，第一印象还是非常重要的。

Danny 看上去倒还是个比较民主的领导，他不但让云飞充分表达了自己的观点，而且也非常尊重云飞的意见。

既然领导有开放的胸怀，云飞也就没再客气，他便毫无保留地，将华南区各个区域的市场情况，详详细细地分析了一遍。只见 Danny 频频点头，似乎对云飞的思路也颇为认可。

两人正说地起劲，这时 Abby 和 Matt 也先后脚到了。见到云飞正和一个陌生的男人在会议室里聊天，都感到很奇怪。

云飞连忙给大家做了个互相介绍，三人寒暄之后都坐了下来。Danny 进入公司的第一场会议，就在毫无准备的情况下，这样即兴召开了。

其实，与 Abby 相关的议题并不多，Danny 重点关心的还是市场情况。所以，Danny 决定让 Abby 先把与她相关的事情讲完，这样她就可以去忙自己的工作了。由此可见，Danny 是个很讲求效率的人。

Danny 的经验，不但表现在他光彩照人的工作经历上，更可以从他的管理风格上略见一斑。大会上谈宏观问题，小会上谈区域问题，这是他高效节能的风格体现。

与云飞和 Matt 开完大会，Danny 又关起门来，分别与他俩开了一场私密的闭门会议。别小看这聊天式的闭门会议，这可是 Danny 把握市场大势，了解每个销售人员的能力性格和品质素养的撒手锏。

正式会议的气氛，很容易让人有严肃紧张之感。而私聊这种看似轻松的聊天方式，最容易让人放松警惕。人一旦放松下来，就会不自觉地卸下自己的伪装，在言谈举止之间暴露自己的本质。你有几斤几两，也就随之原形毕露了。

Danny 因为刚才与云飞已经聊了一会儿，所以接下来的私聊，他选择先与 Matt 沟通。

这样有两个好处，一来，他可以从 Matt 身上，部分印证云飞所讲的话。二来，让 Matt 有一种归属感，不至于让他觉得自己与云飞走得更近。这是管理的艺术，也是管理的细节，而成败往往决定于细节。

但显然，与 Matt 的谈话并不尽如人意。不到半个小时，Matt 便从 Danny 的办公室走了出来。从 Matt 的表情上，也再次印证了这一点。

Matt 出来后，径直走到云飞身边，面无表情地说道：“Danny 叫你进去！” 说完，便冷冷地坐回到自己座位上了。

云飞已经习惯了 Matt 那副，好像谁都欠他一百万的表情。所以，淡然一笑地点点头说了声谢谢，然后便敲敲门，进了 Danny 的办公室。

Danny 见到云飞，好像如卸重负似的，长长吁了口气。然后，看似随意地问道："你跟 Matt 相处得怎么样啊？"

Danny 看似轻描淡写地随意一问，其实却潜藏着一个管理者深深的担忧。而这一切，当然也逃不过云飞的洞察。

云飞对 Matt 这个人太深有体会了，但让他想不到的是，Matt 的气焰在新领导面前，竟然也没有丝毫的收敛，真不知道他的底气究竟来自何处。

"我跟他也不是太熟，他才来了几天，似乎并不是很喜欢跟大家交流。"云飞实话实说道。

"这样啊？"

Danny 虽然只说了短短的三个字，可语气中表现出深深的忧虑和些许的无奈。看来，遇到 Matt 这样难剃的头，即使经验丰富的 Danny，暂时也是一筹莫展啊！

仔细想想这也不难理解，Danny 初来乍到，虽然头上顶着不少的光环，但在他的实力得到有效的证明之前，他依然只是一个令人质疑的传说。

现在市场一塌糊涂，Danny 自己立足未稳，当务之急是搞好内部团结，让大家万众一心扭转乾坤。只有做出业绩，他才有自己的发言权。这是职场生存的潜规则，没有皇亲国戚保护的人，谁也不能例外。

更何况，Danny 手下现在除了云飞和 Matt 之外，并无其他可用之人。所以，不管是精兵强将也好，虾兵蟹将也罢，他也只能就着现有的条件，因人而异地发挥他们最大的潜能了。

与云飞的无缝对接，让 Danny 心中的天平逐渐倒向了云飞。至少暂时来讲，云飞是他现在唯一可以依赖和信任的左膀右臂。至于 Matt，只要不给他出什么难题，就算阿弥陀佛了。

"关于区域划分的事情，我想听听你的意见！" Danny 忽然向云飞抛出了风向球，试探地问道。

听 Danny 的语气，显然 Matt 已经跟他提过此事，而且看样子他们谈得并不是很愉快。

于是，云飞淡淡一笑说道："我没什么意见，只要大家权责分明，公平公正，我负责哪些区域都无所谓。"

“好样的！够大气！”Danny说着，冲云飞竖起了大拇指，表现出十二分的赞赏。

看样子，云飞的回答终于让Danny松了一口气。因为目前的市场都是云飞在跟进，如果他像Matt一样挑肥拣瘦，咬定青山不放松的话，那么，Danny的工作还真不容易开展。

云飞的回答，让Danny对他更加刮目相看了。不管是能力还是人品，Danny在心中都对云飞大加赞赏。这也奠定了两人彼此的信任和进一步相处的基础，也增加了Danny对云飞的依赖性。

Danny跟云飞似乎有聊不完的话题，甚至一聊就聊得忘记了时间。直到Abby过来敲门，提醒他们到午饭时间了，两人这才意识到已经下班了。

云飞这时忽然想起了他和小敏的约会，于是赶忙看了看表，却发现已经超过下班时间十五分钟了，心里不由得一阵紧张。

云飞正准备跟Danny说一声，然后就赶紧去赴约。哪知，Danny忽然宣布道：“今天第一天上班，我请大家吃个便饭，希望咱们华南区这个小团队，能够团结一致，共创佳绩！”

“啊……”云飞一听，心中不禁暗暗叫苦。

新领导第一天上任请大家吃饭，具有极强的象征意义。如果他借故不去，那显然是太不给面子了。更何况，Danny目前一共就三个兵，Abby是做行政的，跟她没什么好谈，Matt又是那种油盐不进的人。如果这种情况下云飞再推辞，那简直就是拆领导的台啊！

可第一次约会就无故爽约，这让小敏情何以堪，又让云飞以后如何面对啊？一时间，云飞陷入了左右为难……

第七十九章　邂逅桥边人不见，一语惊醒梦中人

云飞是个比较替别人着想的人，Danny刚刚到位，现在正是需要大家力挺的时候。从情理上来讲，他无论如何也不能在这个时候拆Danny的台。

更何况，云飞也确实觉得Danny这个人，是一个比较宽容，比较容易相处的好上司。要知道，一个谈得来的上司，可是可遇不可求的。假如Danny是个像刘经理一样，整天黑着脸高高在上，专门鸡蛋里面挑骨头的人，那未来的日子岂不是要变得暗无天日？所以，人一定要懂得珍惜和感恩！

因此，云飞决定以大局为重，先去捧Danny的场，然后再找机会跟小敏解释。

云飞心事重重地跟大家一起来到饭店，大家都在忙着点菜，他却一副心不在焉的样子，脑海里满满地全都是小敏的影子。可以想象，小敏无故被爽约，心里该是多么伤心欲绝，又是多么义愤填膺！

只可惜，云飞和小敏此时都还没有手机，联系实在不方便。所以，除了揪心，也别无他法。

餐桌上，Danny说了一大堆鼓舞士气、激励斗志的豪言壮语。尽管语言很煽情，辞藻也很华丽，但云飞脑子里是一片空白。回到办公室的时候，Danny餐桌上所讲的那些话，他竟一句也不记得了。

Danny是个雷厉风行的人，这是他常年在外企工作养成的习惯。特别是他现在刚到川奇，更加需要用实际行动来证明自己的实力。所以，在听完云飞的市场汇报和分析后，Danny决定先把最紧急重要的事情办完。

说起最紧急重要的事，厦门市场的终极抉择自然毫无争议地排在了第一位。不过，Danny不愧是老江湖，虽然他对云飞信任有加，但在做出最终抉择前，他还是决定和云飞一起，亲自去会会这位孙总。

两大高手之间的巅峰对决，云飞当然非常期待。只是，这场说走就走的出差，着实让云飞有点措手不及。

“无心之失更重于有心之过！”小敏的话音犹在耳边，云飞就机缘巧合地再一次犯了无心之过。第一次浪漫约会他就无故爽约，以小敏的性格怎么会轻易

接受？

更加不可原谅的是，这件事还没有向小敏解释清楚，云飞就一声不吭地再次玩起了失踪，别说是小敏，换成谁都不可能接受啊！

但出差厦门的事情已是迫在眉睫，云飞找不到任何的借口，可以让 Danny 拖上一时半刻。怪只能怪这几件事就这么凑巧，偏偏都撞到了一起，这真是让云飞有苦难言。

回到办公室，Abby 就帮云飞和 Danny 订了第二天一早的机票。看来，晚上在下班的路上"劫"住小敏，是云飞唯一的解释机会了。

好不容易熬到了下班，云飞给 Danny 打了个招呼后，便飞一般地冲向了车站。他必须保证率先到达指定地点，这样才能避免哪怕是万分之一的错过概率。

云飞"埋伏"在小敏的必经之路上，默默地等待着这个历史时刻的到来。等待着接受她那愤怒时，几乎可以喷出火来融化一切的眼神。

然而，令云飞泄气的是，一直等到七点多了，还是依然没有见到小敏的影子。此时，天已经完全黑了，下班族的身影也已渐渐稀少。

高峰期时那拥挤的站台，如今也只剩下三三两两的人在等车。显得清静了许多，但也凄凉了许多。就如同云飞此时的心情一样，早上是澎湃激昂，现在也只剩下心灰意冷了。

此时的云飞心乱如麻，中午因为无故爽约的事，急得饭也没吃几口，现在肚子也开始饿得咕咕叫了。

刚来广州时，饿一顿饱一顿的不规律饮食，把胃搞坏了。现在，云飞总是尽量定时定量地吃饭，好不容易把胃养得差不多了，今天这么一饿，再加上着急上火，这胃又开始有点不舒服了。

云飞一边用手揉着胃口，一边如热锅上的蚂蚁一般在原地踱步。此时，他焦虑得真恨不得跑到小敏的公司去看个究竟。只可惜，他不知道小敏公司具体的位置。现在除了等待，他别无选择。

又等了一个小时，还是不见小敏的身影，云飞终于彻底失望了。他心中暗想："加班也不可能加到这个时候吧？看来，小敏必定是在刻意躲开我，可想而知她是真的生气了。"

如果一个人要刻意躲开你，那么用守株待兔的方式去等待，恐怕是永远都不可能等到的。

更何况，云飞明天一早还要出差，就算不需要早点休息养精蓄锐，但至少也得把出差的必备物品先准备好啊，总不能明天一早再搞得手忙脚乱吧？

这可是云飞与 Danny 第一次一起出差，他必须给 Danny 留下个良好的印象。这不但关系到 Danny 对他前期工作的认可度，更关系到他不久的转正问题，甚至云飞在川奇未来的职业发展前景。所以，他必须全力以赴，这场仗只能赢不能输。

云飞垂头丧气地一边揉着胃口，一边极不情愿地踏上了回家的路。云飞在广州这么长时间，最大的感触就是，人生不可预知的跌宕起伏，往往在山穷水尽时会峰回路转，却又在春风得意时急转直下。

这种让人心惊肉跳的人生，对喜欢找刺激的人来讲，可能更具挑战性和吸引力。但对大多数人来说，还是有点过于曲折离奇了。毕竟，大多数像云飞一样的普通人是来寻找希望，实现梦想，而不是来找刺激的。

广州旧白云机场建于一九三二年，开始的时候是被用作军事用途，后来才转为民用。今天，这个已经使用超过一甲子的机场，不管是客流量的吞吐能力，还是软硬件的服务设施，抑或是代表中国改革开放的对外窗口，所展示出来的颜值，都已经远远不足以应付广州高速发展的滚滚车轮。

时代在呼唤一个崭新的广州，就好像川奇公司寄希望于 Danny 和云飞，能给川奇带来翻天覆地的变化一样，充满了期待。

然而，这种希望在有效地转化为动力之前，往往还是以压力的形式存在的。就像 Danny 和云飞今天的出差一样，这既是 Danny 的首秀，也是对云飞前期工作具有决定意义的一次考核。

经过长时间的排队安检与等待，彻夜未眠的云飞，此时已经是疲惫不堪。当飞机顺利地直达云霄时，云飞已经是睡意连连。

可 Danny 的状态则完全不同，也许是因为初来乍到的立功心切，他对这次出差更充满了期待。Danny 之所以把首秀选择在了厦门，就是因为他在评估之后清楚地认识到，厦门是目前最容易出成绩，最容易打翻身仗的地方。

作为一个通过猎头高薪挖来，被公司寄予厚望的地区新负责人，Danny 急需通过一场漂亮的翻身仗，来给自己扬刀立威，扬名立万。他要用一场实力秀，来维护自己多年在江湖上打拼出来的口碑。

在销售这个行业，信誉大过天。利益总是暂时的，信誉却往往是靠一辈子不断积累的。

但作为销售人员，由于职业之便往往也最容易因利起意，在利益面前乱了方寸。因为一时的贪念，而让自己一辈子积累的信誉毁于一旦的例子比比皆是。

所以，销售是一种需要有定力，能够洁身自好，顶得住寂寞，耐得住诱惑的工作。要挣钱得靠真本事走正道，这是云飞心中永恒不变的原则。

虽然，云飞此时头疼欲裂，早已经处于昏昏欲睡的状态。但碍于Danny激情四射、滔滔不绝的分析，他也只好强打精神“饶有兴致”地，与Danny抓住飞机落地前这短暂的黄金时光，看是否能再碰撞出一些令人兴奋的小火花。

Danny对于在格兰纳和铠帝亚之间的取舍，与云飞一样也是心有不甘。他不甘心就这样被绑上孙总的战车，从此把命运交给孙总来摆布。

Danny的心情完全可以理解，公司高薪把他挖过来，就是希望他能解别人无解之难题。可惜形势比人强，他纵有经天纬地之才，面对手中的一把烂牌和孙总强而有力的威胁，一时之间似乎也是束手无策。

厦门市场的前期工作，云飞已经基本做完了。最后这道二选一的难题，如果Danny亲自出马，仍然无法让结局得到一丝的改变，那么他的价值何在，又如何立威呢？

飞机在Danny的一声长叹中，缓缓降落在了厦门机场。这场云飞期待已久的巅峰对决，也终于就要上演了。

再见孙总时，他刚刚剪了头发，小板寸短得已经不能再短了。看上去显得更加干练，但似乎也多了一些匪气。

Danny是科班毕业的正规军出身，在五百强企业里的多年历练，让他身上体现出的那种江湖气亦正亦邪。既有大公司的彬彬有礼，显得气度非凡，却也不乏江湖场上的逢场作戏，让人琢磨不透的亦真亦假。

与欧施克的王经理相比，Danny更多了几分优雅，少了几份草莽英雄的匪气。

谈判最终是在和谐友好的气氛中结束的，从孙总坚持要请Danny吃饭这件事可以看出，虽然大家立场不同，但颇有相见恨晚、英雄相惜之感。

不过，欣赏归欣赏，生意归生意。孙总二选一的原则，并没有因为三杯酒下肚，而有丝毫的改变。

这也使得这场惺惺相惜的英雄酒，喝得有点儿意犹未尽。浓度虽足，却纯度不够。商业氛围过重，让酒的韵味也大打折扣了。

云飞和Danny回到酒店时已经颇晚，两人洗完澡后似乎让酒醒了大半，甚至变得睡意全无。于是不知不觉间，便又将话题引向了与孙总的“较量”。

孙总果然是个难剃的头，即使Danny久经沙场，巧舌如簧，让孙总欣赏有加，但依然没能改变他“不二选择”的底线。

“看来，我这次厦门之行，最终也要无功而返了。早知道你一个人来就行了，我也省得白跑一趟，还多浪费了一张机票！”Danny叹了口气说道。

云飞明白Danny的心情，出师不利难免会让他有挫败之感。任他曾经叱咤风云，不可一世。可他毕竟也是凡夫俗子，也有七情六欲，面对首战失利，也难免显出一副愁眉不展的样子。

于是，云飞安慰道：“话也不能这么说！至少，孙总对你欣赏有加，这对我们后期合作的顺利开展意义重大。”

“唉……这都是后话，你也不用安慰我了。总之，开局不利让我心有不甘啊！”Danny眉头紧锁地说道。

看Danny心事重重的样子，云飞稍微犹豫了一下，但最终还是鼓起勇气说道：“今天我在你们交流的时候忽然突发奇想，其实，也不是完全没有办法！只是……”

“只是什么？现在都火烧屁股了，这个时候有什么想法你还藏着掖着？赶紧说啊！”

“只是，我这方法有点……不太正规！”云飞显然还是有点犹豫。

“没事，说来听听又无防！只要能有效果，咱们可以把它改到正规为止嘛！做销售就要灵活，不要被任何的条条框框限制！”Danny使劲儿地鼓励道。

云飞见Danny说得诚意十足，于是终于说道：“孙总之所以坚持要垄断市场，无非是想在与铠帝亚的竞争中处于优势地位，从而获得最大利益。如果我们能做到既把货卖给铠帝亚，又能让孙总控制渠道，那不就可以解决孙总的后顾之忧了吗？”

“那当然！可你有什么两全齐美的办法吗？”Danny急切地问道。他关心的是后面的解决方案，前面的道理当然是人都明白了。

看着Danny着急的样子，云飞笑笑说道：“如果我们能想个办法，让铠帝亚成为格兰纳的下线，所有的订单都从格兰纳出货，那铠帝亚不就相当于是在帮格兰纳打工了吗？这样，格兰纳不但可以从铠帝亚身上获取利润，而且还可以对铠帝亚的进货情况了如指掌。如果能一举两得，孙总他还会不乐意吗？”

“你是说……让铠帝亚做格兰纳的分销商？”

“没错！”

云飞回答得很有信心，可Danny似乎心有所虑：“可是铠帝亚怎么可能答应这样的条件呢？就算他的实力不如格兰纳，但也绝不可能接受做格兰纳下线这么屈辱的条件啊？更何况，铠帝亚之所以这么上赶着找我们合作，不就是为了摆脱被格兰纳控制的局面吗？”

“没错，但我们可以做技术处理嘛！我今天也是从你的话里受到启发，才想到这个点子的。凭你的经验，这方法你不应该想不到啊，你是太急于求成了！”

云飞这么说，是想给Danny留个台阶下。不然的话，领导执行的全都是他的方案，那领导的突出作用怎么显现啊？这是在欧施克时王经理教云飞的：任何时候都不要忘记要突出领导的作用，别把领导当傻子！

也许，云飞对王经理的教导是中毒太深了，几乎把他的话都当成了销售宝典中的金科玉律。但话说回来，王经理毕竟是他销售工作上的第一个启蒙老师，对他影响深远也是可以理解的。

试想，在欧施克那样一间江湖气十足的公司，在众高手之间唯有王经理能够游刃有余，的确让云飞心悦诚服。所以，他才会把王经理的处世哲学，有意无意地运用到现在的工作中来。

不过，好在云飞把工作和生活分得很开。一回到现实的生活中，他就好像自然而然地回归到另一种状态。

就像两个完全分离的自我，一个如履薄冰，随时在森林法则的竞争下，保持着十二分的警惕。一个返璞归真，在现实生活中还原真实的自我，追求着生活的真谛，不忘初心。

云飞的话似乎点中了Danny的要害，他的确是太急于求成，以至于让自己变得当局者迷了。Danny本来就是临场应变的高手，以前他之所以能够攻城拔寨，无坚不摧，其实靠的就是他超强的应变能力。

战场上“将在外君命有所不受”，随时随地根据战况，在合法合理的基础上调整战术，是每个优秀的销售人员应该具备的素质。

经云飞这么一提醒，Danny 不自觉地陷入了沉思。不过老实讲，云飞的想法也没有经过深思熟虑的推敲，只是在 Danny 和孙总谈话时，偶然灵光一闪跳出来的点子。真正能不能行得通，云飞自己也没有切实的把握。

这时，沉思中的 Danny 忽然眼前一亮，只见他使劲拍了一下大腿，喜上眉梢说道：“有了……”

第八十章　不谋而合张良计，无心之失亦难容

见 Danny 喜形于色的表情，云飞也不由得精神一振："想到什么办法了？说来听听！"

Danny 却并没有急着回答，而是呵呵一笑，说道："咱们都不用急着把自己的想法说出来，咱们学学诸葛亮和周瑜，把方案各自写在纸上，看看会不会也来个不谋而合！"

"好啊！"云飞说着，找来两张纸和两支笔放在桌子上。

两人各自拿起纸笔，分别将自己的方案写在纸上，然后同时摆在桌子上。接着，云飞和 Danny 都急不可待地拿起对方的方案，一看之下两人都乐了。

想不到，两人竟不约而同地想到一起了：让格兰纳成立一家新公司，来运营川奇的品牌。

"果然是英雄所见略同啊！"Danny 开心地笑道，看来他跟云飞不谋而合的想法，令他久未打开的心结终于松了一口气。

既然初步的构想已经出来了，趁着灵感犹存，Danny 和云飞一鼓作气，便将整个计划罗列了出来。

计划写完之后，Danny 还不放心地又仔细看了一遍，然后对云飞说道："再想想，看看还有什么不完善的地方？"

云飞边想，边小声嘟囔道："让孙总成立一家橱柜行业以外的新公司，我们对外就宣称是川奇开发的新代理商。表面上这家公司与格兰纳没有任何关系，铠帝亚也就不用再担心格兰纳会因为得到代理权而垄断市场了。这样一来我们也就可以顺理成章地跟他们两家公司同时产生合作了！"

"理是这么个理，可你觉得铠帝亚会愿意放弃垄断的机会吗？假如他坚持要做我们的代理商怎么办？"Danny 反问道。

"不会！做代理商不但要有销量的保证，而且还得开专卖店，成立专门的团队为我们去做渠道开拓和销售推广。可到头来品牌又不是他们的，他们怎么会心甘情愿为我们作嫁衣啊？铠帝亚争代理权的动力来源于格兰纳，如果我们能保证格兰纳不会垄断市场，铠帝亚也就没有非拿下代理权不可的动力了！"云飞分

析道。

“没错！到时我们只要再给铠帝亚一定的折扣，让他内心无忧，他就一定可以放心地跟我们合作了！”

“是的！可问题是铠帝亚凭什么相信，我们不会私下给格兰纳更多的优惠呢？就算我们做一份给格兰纳的供货价格表给他，也未必能打消他的疑虑啊！”

云飞这句话倒是说到点子上了，厂家根据客户实力来制定销售政策，是再正常不过的事，格兰纳的销量始终是最大的，这难免会让铠帝亚有所疑虑，它跟格兰纳是否享受着同样的待遇。

如果进货价格不同，那他们就又输在了起跑线上，铠帝亚怎么能咽得下这口气呢？但仅凭云飞和Danny拍胸脯保证，显然不具备足够的说服力。看来，这个问题还需要从长计议。

这个问题还没解决，云飞忽然又想到一个更长远的问题：“要是有一天，这个真相被大家知道，那我们怎么自圆其说啊？毕竟纸包不住火，世界上没有不透风的墙！”

对于这个问题，Danny倒似乎并不担心：“嗨！你记住，市场上永远只有一个原则，那就是成王败寇。将来我们的品牌做起来了，客户只要能从中受益，谁还会计较今天的事情啊？”

“可是，品牌能树立百年不倒，最重要的不就是靠诚信和口碑吗？”云飞疑惑地问道。

见云飞还要刨根究底地追问，Danny无奈地笑笑说道：“但这跟市场的灵活运用并不矛盾啊！我们的质量、服务和利润都不差，只是以前的形象差了一点。就像一个女孩子，上得厨房下得厅堂，只是以前不修边幅，所以没有暴露出她花容月貌的本色。现在，我们知道自己的缺点所在，出门的时候化化妆，这也不为过吧？”

云飞觉得Danny的话似乎也不无道理，于是点点头也就不再纠结了。接着，他又问道：“那我们是不是应该速战速决，明天就约孙总把我们的想法跟他谈一谈？”

Danny闻言却摇摇头道：“不急！既然我们已经找到了解决之道，那孙总这条大鱼就跑不掉了。如果我们这么上赶着找他，反而会失去谈判中的主动性。”

这个道理云飞虽然明白，但他始终觉得这件事已经拖得太久了，他怕夜长梦多，让之前的努力前功尽弃。

不过，现在既然有比自己技高一筹的 Danny 在身边掌握大局，他也就没有以前那么担心了。

Danny 自然明白云飞的顾虑，于是提醒他道：“你忘了，我们现在还有件更紧迫的事情要做？”

“哦？什么事情？”云飞不解地问道。

“你想想看！”Danny 并没有急着回答，而是卖了个关子。看来，他是想考验一下云飞的思路。

以前没有依靠，云飞一直都是独来独往，早已养成了独立思考的习惯。可不知为什么，自从 Danny 来了以后，他似乎就不太想动脑筋了，有什么事就总想着问 Danny。好像忽然之间，在无形之中失去了思考的主动性。

被 Danny 突然这么一问，云飞倒有点愣住了。他沉思了一会儿，才试探地回答道：“是不是该见见铠帝亚的李总啊？来了不见似乎有点浪费，可现在时机敏感，如果被孙总知道，又会让他觉得我们用情不专！”

“那你说怎么办呢？”Danny 还是不置可否地进一步追问道。

“那……咱们就选个中间路线！建材市场人多嘴杂不方便，咱们就约李总到他工厂喝杯茶，低调地跟他见个面？”云飞试探地反问道。

“Perfect（完全正确）！看来以后这动脑子的事情交给你就够了，我老人家脑细胞有限，能省就省点用吧！”

随着云飞对 Danny 的了解日渐加深，云飞越来越觉得自己有了用武之地，也逐渐打消了离开川奇的想法。他甚至认为，Danny 的到来，就是老天爷对他来广州之后一系列考验的终极回报。

云飞有一种预感，川奇将是他事业发展的起点，是他实现梦想的跳板。这里将是他人生的一个分水岭，他的事业将从这里起飞。

与铠帝亚李总的见面非常愉快且顺利。与李总的有效沟通，再一次印证了 Danny 非同一般的谈判能力。这下云飞总算吃了颗定心丸，看来未来的发展都应该在 Danny 的掌控之中了。

当云飞和 Danny 再次踏上回程的航班时，来时的那些顾虑已经荡然无存。或许，这就像赌桌上角力的赌徒们一样。当你拿着一手好牌的时候，底气自然就不一样。而赌神之所以被称之为赌神，是因为他不但知道自己手里的牌，他还知道对方手里的牌。

Danny 此行，不但解决了云飞长期悬而未决的问题，也把厦门市场的底牌摸了个遍。他知道总经理 Peter 对他期望有加，前期开拓阶段，必然会对他大力支持。所以，他必须抓住这段难得的机遇期，利用一些特殊的支持政策，换取市场的快速发展。

与来时的心情截然不同，在回程的飞机上，Danny 终于安安稳稳地睡了一觉。此时，云飞反倒全无睡意了，离广州越近他就变得越心事重重。

自从上次他爽约之后，就和小敏再没有机会见过面。两人就像断了线的风筝，从此消失在对方的视野之中。

云飞心中当然带着深深的内疚，他在没有任何征兆的情况下，无缘无故地爽约。然后，又一连几天玩起了失踪，换了是谁也没办法接受。可他确实又是身不由己，只希望小敏能够通情达理，理解他的苦衷。

云飞现在只想快点回到广州，赶紧见到朝思暮想的小敏，跟她解释清楚一切来龙去脉。此刻，就连天上穿云破雾的飞机，似乎也无法跟得上他归心似箭的心情。

Danny 此起彼伏的鼾声，终于随着机身触地那一刹那强烈的震动戛然而止。他的身体跟着抖动了一下，接着便睁开睡意蒙眬的眼睛。看看窗外熟悉的风景，和两个亲切的大字“广州”，Danny 脸上终于露出了一丝欣慰的笑容。

出了机场，云飞与 Danny 告别，各自踏上了回家的路。云飞本来可以直接回家，但他偏偏绕了个远，又回到了公司楼下的车站。

云飞一路狂奔，终于赶在下班前“埋伏”在了小敏的必经之路上。他想用一个惊喜冲淡小敏对他的怒气。毕竟，手里提着的行李箱，以及行李箱上贴着的货运单，都是他无奈爽约的最有力证据。

而一下飞机，就拖着行李就匆匆跑来道歉，则更显得诚意满满，让人无法拒绝。

云飞焦急地一边左顾右盼，一边在脑海里不断地浮现出，两人见面时可能发生的各种情景。会不会有一个久别重逢、意外惊喜的拥抱？还是会像电影里，二话不说就来一个怒火中烧、火辣滚烫的嘴巴？抑或是平淡无奇、视而不见、擦肩而过的尴尬？

时间的脚步，在无聊而焦虑的等待中悄然流逝着。不知不觉中，天已经慢慢黑了下来，下班的时间早已经悄然而过。

站台上等车的人由少变多，又由多变少。显然，下班族挤车的高峰期已经过去，而云飞始终没有见到小敏的身影。这不免让他感觉有些失望，也有些不解。

“加班也不可能加到这么晚啊！难道是小敏有意避开我？看来这次她真是被气得不轻，可她不来坐车又会去哪呢？”云飞心中暗自琢磨道。

云飞真后悔，当时没有问清楚小敏上班的具体地点。否则，在她楼下找个合适的地方去埋伏，那她就是插翅也难逃了。可惜……

云飞回到家时已经很晚，没有享受到预期中那惊心动魄的邂逅场面，让他颇感失望，甚至是沮丧。本想利用手中的物证，来为自己一证清白，却想不到，结果还是枉费心机。

躺在这暗无天日的小黑屋里，云飞的思绪久久不能平静。自从来到川奇之后，云飞的生活就好像升级到了广州的2.0版本。

经济有了大幅度的改善，工作和以前相比也有了巨大的变化。在事业上，云飞也有了一种更成熟、更独立的成就感。

而在感情上，小敏的意外闯入既有巧合，似乎也有某种必然性。但这种峰回路转又伴随着急转直下的巨变，又是他始料未及的。

云飞想着想着，不知为什么，他突然又想到了雨婷。雨婷真的是很久没有跟他联系过了，这真是太不符合她的性格了。她不会是出了什么事吧？抑或是为了躲避那些我帮她垫付的医药费，而故意玩失踪？

云飞想到这里，忽然觉得心底一阵发凉。他本来也并没有打算让雨婷还这些医药费，可她如果真是为了逃避还那点钱而玩失踪，那就太让云飞失望了。云飞宁愿认为，雨婷是另有原因，也绝不愿相信她会是这样的为人。

一夜的胡思乱想，让第二天起床时的云飞感觉头疼欲裂。但他片刻都不敢耽误，因为他要早一点到车站，去布置第二场“伏击”。

但令云飞失望的是，一连三天，不管是早晨上班，还是晚上下班，他都没有再见到过小敏的身影。

为了不放过任何“追杀堵截”的机会，云飞甚至不惜破费，每天都去“老地方”吃高价饭。但这一切努力，都没能阻止小敏就像从这个地球上，忽然人间蒸发了似的这样一个事实。

无论如何再也找不到小敏的踪影，这让云飞感到心急如焚，坐立不安。但除

了在车站和饭店守株待兔之外，他实在想不出什么更好的办法了。现在除了等待，似乎别无选择。他跟小敏所共有的，也只剩下那些被割成碎片的回忆。

这天，云飞像往常一样，又来到“老地方”吃饭。消磨殆尽的希望，让他对任何美味都食之无味。他更多的注意力，都集中在了手头那张密密麻麻的报纸上。

这时，他忽然听到有个声音说道：“哎！你们看到没，那边有个帅哥一个人坐着。看样子也快吃完了，你俩过去站在他旁边等着……”

说话的人离云飞还有一段距离，再加上饭店里多少有些嘈杂。这声音传到云飞耳朵里的时候，其实已经很微弱。

但此刻，云飞的耳朵好像安装了雷达收听器似的，那微弱的信号经过好几张桌子，传到他耳朵里的时候，如平地一声炸雷响，令他热血沸腾。

多么熟悉的台词啊！等了这么久，不就是在等这一刻的到来吗？云飞此时早已难忍心中的冲动，不禁抬头顺着声音循声望去……

第八十一章　喃喃私语若惊雷，相遇错失逢三美

云飞一眼望去，不由得两眼放光，真是喜出望外。只见店门口站着三个美女，虽然装束有所不同，但云飞还是一眼就认出了，她们正是那天吃饭时，用同样手段逼走自己的小敏、墨镜妹和马尾辫女孩。

此时，三个女孩也正向云飞这边望来。陡然间八目相对，场面显得有点意外而尴尬。尤其是小敏，不知是因为意外，还是因为看到云飞来气，脸上竟火辣辣的像被人打了一巴掌似的。

马尾辫女孩忍不住小声责怪墨镜妹道："你说话就不能小声点吗？隔着八丈远人家都听到了，真是羞死人了！这次我可不过去了，要去你去！"

墨镜妹一听，也来气了："你什么时候变得这么腼腆了？这可不是你的风格啊，你就别在帅哥面前装淑女了行吗？"

"你……"

马尾辫女孩正准备全力反击，却被小敏一把拦住了："好啦，你们两个都少说一句吧，难道还嫌不够丢人吗？"

不知是不是因为还在生云飞的气，小敏说完就低下了头，再也不看云飞一眼。

此时，云飞忽然见到期盼已久的小敏，是又激动又尴尬。他心中真想不顾一切地冲过去，向小敏解释清楚这中间所有的误会。

可此情此景，似乎又不是解释的时候。他只好坐在原位，满怀期待地远远望着小敏，等待着机会的降临。

此时，敏感的墨镜妹眨巴着好奇的眼睛，看看小敏涨红的小脸，又看看云飞不同寻常的眼神，似乎从中看出了一些端倪。

她忍不住用手轻轻碰了碰小敏，轻声问道："你跟他认识？"

"啊？不……不认识啊！"小敏慌乱地答道。

"不认识也没关系，一回生两回熟嘛！走，这回我跟你过去，留下这个喜欢在帅哥面前扮纯情的淑女在这里买饭吧！"墨镜妹一边对马尾辫女孩冷嘲热讽，一边拉起小敏就要往前走。

小敏一看，脸憋得更红了。她下意识地一把拉住墨镜妹，带着几乎恳求的语气说道："我们别这样了好不好，正常排队会死啊？"

墨镜妹见状，把脸凑近小敏，似乎要看穿她的心思。然后坏坏地一笑说道："这么紧张！我看还不只是认识那么简单吧？不过去也行，那就老实交代！"

"交代什么啊？我根本就不认识他！而且，我可是从来都反对你们这种，靠美色破坏规则的行为的！"小敏冷冷地说道。

"美色是老天赐给我们的礼物，善加使用有错吗？青春易逝，我们必须分秒必争！把宝贵的青春浪费在排队上，你们不觉得暴殄天物吗？"墨镜妹说完，便准备自顾自地向云飞走去。

云飞远远看着三个美女，在那里嘀嘀咕咕地对他品头论足。虽然听不清她们具体在说什么，但看着小敏那为难的样子，也猜出一二了。

面对此情此景，云飞当然也感觉非常不自然。他急切地想了解三个女孩儿下一步的动向，但又不好意思一直盯着人家看。所以，只能眼神飘忽不定地左看看右看看。借机用眼角的余光，观察她们进一步的行动。

这时，云飞忽然发现墨镜妹朝他这边走来。不由得有一种血脉偾张、心跳加速的感觉。他不知道墨镜妹的到来意味着什么，更无法猜测墨镜妹下一步将会有怎样的举动。

此时，云飞的大脑就像一部超级计算机，高速运转并计算着下一步可能发生的情景，并思考着他的应对之策。

也许是因为太紧张了，云飞的思绪就像天马行空的孙大圣，在脑海里不断翻着筋斗云，混乱得简直连他自己都捉摸不定。

但等了良久，还没见到墨镜妹有进一步动作，云飞终于忍不住偷眼向她走来的方向望去。哪知，这一望他才发现，墨镜妹不但没有如期而至，甚至连小敏和马尾辫女孩也都不见了踪迹。

云飞连忙环视四周，想确定一下她们是否在旁边找到了位置。但令云飞失望的是，她们三人就像平地消失了一般，整个饭店里都再看不到她们三人的身影。

云飞急忙冲出饭店，他四下环顾，只见道路上一如既往的车水马龙，熙熙攘攘的人群如潮水般川流不息，根本无从追寻她们的踪迹。三人就像一阵风来无影去无踪，消失得不留一点痕迹。

云飞在马路上发了一阵呆，他忍不住又返回饭店，再次确认了一遍。只可惜，除了自己刚才坐的那个座位已经被别人霸占了之外，饭店里的一切，都跟刚才一样，并无二致。

云飞甚至怀疑，刚才所发生的一切，会不会是因为自己太想念小敏而产生的幻觉。

云飞垂头丧气地回到办公室，他想静下心来投入工作，可脑海里挥之不去的，始终是刚才小敏对他怒目而视的眼神。

这是云飞自从跟小敏失联以来，离希望最近的一次。他心中实在懊悔，他悔不该刚才因为没有勇气而错失良机。而这次错过，不知要等到何时才能再有机会。

云飞只怕相隔的时间久了，感情也便淡了。误会没有机会解释，也就慢慢变成事实了。到那时，即使再次相遇，感觉也已经变味了。缘分的事，往往是来也匆匆，去也匆匆，谁也说不清楚何年何月就会一切都成空。

自从厦门回来之后，Matt 就整天吵着要划分区域。Danny 本来想先把福建和广州的市场搞定之后，再抽身把华南区的其他市场全部走一遍，了解清楚之后，再根据实际情况来做划分。

但 Matt 似乎已经急不可待，一秒钟都忍不下去了。所以，Danny 在无可奈何的情况下，决定召集大家开个会，认真讨论一下区域划分的事情。

但此时，云飞和小敏刚刚擦肩而过，心不在焉的他，又哪里还有心思讨论区域划分的事情？整个会议云飞都处于神游九天的状态。

Danny 本来有心让云飞自己主动提出来，对广东和福建两个区域管理权的要求。这样他就可以顺水推舟地，把这两个市场划给云飞了。

但云飞今天不知为什么，就是不上道儿，似乎完全没有理解 Danny 的良苦用心。他在会议上的发言模棱两可，甚至有些前言不搭后语。这让 Danny 颇为不解，甚至心中有些恼火。

但鉴于福建和广东市场的重要性，以及云飞已经涉入颇深，Danny 最终还是自己做主把这两个区域划给了云飞。

尽管，Matt 有些不满意，但他还是勉强接受了。因为 Matt 虽然脾气有些古怪，却不失为一个聪明人。他知道云飞对这两个市场已经着墨颇深，这两个区域的客户，都与云飞已经建立了不错的私人关系，而公司对这两个地区又给予了厚望。

如果此时他坚决介入这两个地区，一来，未必能得到云飞和客户的认可及配

合。二来，必然也会引起 Danny 的不满，如果得不到顶头上司的大力支持，做起事来势必寸步难行。三来，成功了固然可以扬眉吐气，但万一有个什么闪失，对公司也没法交代。

所以，在这个节骨眼上逞强，显然风险远远高于收益。倒还不如做个顺水人情，既能显得自己大度，又能让 Danny 领情，还不用承担风险，岂不是一举三得？

况且，Matt 多少也收到点风，知道福建和广州这两个经销商都不是省油的灯。接手这两个地区，无异于引火烧身，自找麻烦。看云飞每天为他们忙得焦头烂额忙前跑后的，哪比得上在办公室里吹着冷气等下班，来得悠闲自得啊？

Matt 不但懂得权衡利弊，而且还善于把握时机。今天云飞不在状态，Matt 就正好抓住机会大展拳脚了。借着这场区域划分的会议，他做了慷慨激昂的发言。充分表达了他听从组织安排，遇到困难保证会迎难而上的坚定决心。并着重强调了自己绝不挑肥拣瘦，一定任劳任怨的高尚品质。

想不到，平时不善言辞的 Matt，今天竟把演讲才能发挥得淋漓尽致。直到接近下班的时候，才在大家热烈的掌声中欢快地结束了。

虽然 Danny 和 Abby 听得头皮发麻，全身的鸡皮疙瘩掉了一地，但脸上还是礼貌性地表现出一副发自内心的赞赏表情。

Matt 机关算尽，云飞却心不在焉，这场会议让 Danny 足足地憋了一肚子气。下班后，Matt 哼着小曲儿，带着胜利的愉悦，独自离开了办公室。

而云飞则被 Danny 留了下来，他对云飞今天的表现，感到极度的失望和不解：“今天开会的时候，你到底在想什么？一副魂不守舍的样子，到底什么情况啊？”

Danny 自打进公司以来，还从来没有这么严肃地对云飞讲过话。云飞当然知道自己有错在先，脸上显出一副充满歉意的表情。他无所适从地低着头，只是长长地叹了口气，却一句话也没有说。

云飞的一声叹息和沉默不语，让 Danny 就更觉得奇怪了，这可绝对不是云飞该有的表现啊！

于是，Danny 更加好奇地问道：“这可不是你的性格，也不是你应有的表现。到底怎么回事，难道不能跟我讲一讲吗？我真的很关心你，也对你寄予了很高的期望，你知道吗？”

这一点，云飞当然明白，特别是从厦门回来之后，Danny 对云飞更是刮目相看。加上云飞的性格正直，配合度高又容易相处。可以说，Danny 在内心对云飞也产生了越来越强的倚赖感。

可云飞也有自己的难处，他不好意思让 Danny 知道，自己是为了一点儿女私情而坐立不安。所以，只能硬着头皮说道："没什么，可能是有点中暑了，不太舒服。"

Danny 当然知道云飞是在敷衍自己，但作为一个上司，他也不方便打破砂锅问到底。毕竟，每个人都有自己的隐私，只要没有太影响工作，即便是上司也无权干涉。这是广州人特有的南方文化，对个人隐私特别敏感。

Danny 知道云飞的性格，既然他不愿意说，就是再问也不会有结果。于是，只好安慰道："好吧，既然不舒服，那就早点回去休息，别影响了明天的工作！"

"好的，那明天见！"

云飞说完，正准备转身离开。却忽然见 Danny 摆出一副神秘的样子，又补充道："我不是医生，中暑了我没什么好办法。不过，我可是过来人，如果是为情所困，我倒有些江湖偏方，有需要的话可以找我来取经！"

说完，Danny 与云飞相视一笑，一切都尽在不言中了。云飞明白，以 Danny 这样的老江湖，身边自然少不了红颜知己，他这蹩脚的借口又怎么可能瞒得过身经百战的 Danny 呢？

自从区域划分了之后，云飞和 Matt 的分工就彻底明确了。两人的工作没有了任何的交集，让彼此本就不多的交流，变得几乎处于完全停滞的状态。

Matt 除了在工作上，与 Danny 保持着必要的工作交流外，平时，他与大家的私人交流几乎为零。Matt 的性格多少让人感觉有些不可理解，如果他是做内勤的也就罢了，可他的工作偏偏是天天要与形形色色的人打交道的销售。真不知道他在面对客户的时候，会是怎样的情景。

这段时间忙于处理厦门的业务，放松了广州市场的管理。现如今，既然已经确认了广州是自己的一亩三分地，云飞当然就更加要全心投入地精耕细作了。

之前，与广州经销商的业务员一起跑零售终端的效果明显。所以，从厦门回来之后，云飞便又重操旧业，每天坐着摩托车与他们走街串巷地，穿梭于各类建材市场之间，展开了新的开拓工作。

广州的夏天骄阳似火，人站在户外，即使不动也会挥汗如雨。更何况是暴露在毫无遮挡的烈日炎炎下，还要带着密不透风的头盔呢？那感觉就如同在烧烤炉上加了一个密封罩，即使烤不熟，热气也会把你蒸熟了。

没过几天，云飞的头上便起了满头的痱子，简直是奇痒无比。这既是他辛勤付出的见证，也是他耕耘收获的写照。

然而，所有这一切的辛苦，都比不上与小敏失之交臂的遗憾给他内心所带来的冲击。

随着时间的推移，云飞和小敏的那种感觉似乎也在渐渐变淡。虽然，云飞隔三岔五地也还是会去“老地方”碰碰运气，可他内心已经不再抱太大的希望了。

其实，云飞现在的心里非常矛盾，有时他甚至真有点怕碰到小敏。因为时间隔得越久，这份感觉就越变得琢磨不透。不知面对时，该如何处之！

Danny 终于和 Matt 踏上了他们两人的第一次出差之旅，这是 Danny 的无奈选择。毕竟，作为一个大区的管理者，他必须一碗水端平，不能每天只想着云飞的区域。至少，面子上得表现出来这样的格局。

所以，办公室里暂时又恢复到了只有云飞和 Abby 的日子。可 Abby 毕竟不是销售，对于专业方面的问题，给不到什么实质性的建议。因此，除了闲聊几句之外，云飞和 Abby 其实并没什么真正的共同语言。

加上云飞这段时间心情一直不是很好，说的话也比以前少了很多。因此，两人的距离多少也疏远了一些。

炎热的天气，总会或多或少影响人的食欲。再加上心情不畅，往往在冷气房里一坐下来，就一秒钟都不想再到户外去接受阳光的“洗礼”了。

这天中午，云飞很晚才去吃饭。要不是肚子饿得咕咕叫，他真懒得往外多走一步。

去“老地方”已经成为一种惯性。要说，这里不但距离远，而且价格也不菲，对于刚刚解决温饱的云飞来讲，天天在这里消费，确实有点奢侈。

可是，这里就像一座“魔城”，有一种无法抵抗的魔力，在强烈吸引着聚集在云飞体内某种蠢蠢欲动的因子，让他经常身不由己地做出这种惯性的决定。

今天也不例外，云飞犹豫了良久，最终还是鬼使神差地向“老地方”走去了。此时，“老地方”的客人依然不少，但毕竟已经过了高峰期，好在不至于要排队。

云飞在前台点好菜后，便顺着过道往里走去，他想找一个安静点的座位。

云飞茫无头绪地东张张西望望，那百无聊赖的表情，显然说明他对吃饭并没有抱太大兴趣。之所以来这里，无非是就因为肚子提出了“抗议”，来满足一下生理需求而已。

可突然，他那无比迷茫的眼神，猛然间如同被打了兴奋剂一般变得闪闪发光。而且，还充满了一种莫名的讶异与惊喜……

第八十二章　软硬兼施俘芳心，美人报复美人计

此时此刻，能让对任何事物都意兴阑珊的云飞怦然心动的，恐怕除了小敏再没有别人了！

果然，在他前面不远处，那个整天穿着飘逸的长裙，披着一头乌黑亮丽长发的女孩，那个跟他有过无数次擦肩而过的邂逅，如今又刻意想方设法躲避他的女孩……此刻竟然就坐在与他近在咫尺的地方。

云飞内心一阵汹涌澎湃，他真想立刻冲过去跟小敏解释个清楚。可看看小敏旁边与她形影不离的墨镜妹与马尾辫女孩，他还是有点犹豫不决了。

正在这时，小敏她们斜对面的一桌人，刚好吃完饭起身离开了。那空荡荡的桌椅和最佳的观测角度，仿佛就是老天爷专门为云飞而准备的。云飞当然不能辜负老天爷的一片好意，于是他把心一横，决定就坐在这个位置，然后再见机行事。

小敏的心情显然不是很好，旁边的墨镜妹与马尾辫女孩叽叽喳喳地吵个不停，她却一直低着头默不作声，一副心事重重的样子。

小敏百无聊赖地用筷子拨弄着盘子里的菜，半天都没见她吃上一口。与其说她是来吃饭的，倒不如说她更像是被派来做食品质量检查的。

云飞看着小敏眉头紧锁的样子，忍不住内心涌出一丝怜爱之情，却不知她的闷闷不乐是否与自己有关。如果她真是这么在意自己，为何又要刻意躲避呢？

这时，云飞的饭菜也端上来了。然而，那令人垂涎欲滴的美食，在秀色可餐的小敏面前，完全黯然失色了。就连刚才饿得咕咕直叫的肚皮，此时似乎也忘记了饥饿。

看上去，墨镜妹和马尾辫女孩嘴里所谈的，都是家长里短的八卦新闻，完全引不起小敏的兴趣。

这时，小敏无聊地夹起一片菜。她眯起左眼，像打枪似的用一只眼瞄向菜叶子。却忽然像在战场上发现了敌情似的，猛然睁大了双眼，直勾勾地瞪向斜前方。

原来，小敏意外地发现了一个“坏人”熟悉的身影。而且，这个“坏人”不知

从什么时候开始，就一直在目不转睛地“窥探”。

两人四目相对，小敏就像触电似的手猛然一抖，筷子上夹的菜便掉回了碗里，而她则像个忽然被断了电的机器人，立刻低下了头。显然，云飞的忽然出现令她感到意外，甚至有些手足无措。

小敏低头不语，心中却怦怦乱跳。她虽然没有抬头，却似乎可以感受到云飞那像带着倒钩的目光在直视着她，不曾离开她身上半秒。

小敏越是低着头，心中就越是有一种想抬头看看的冲动。她在心里斗争了半晌，最后终于还是鼓足了勇气，再次慢慢抬起头望向云飞。

这次是有备而来，小敏的目光不再像上次那般闪烁。再次看到久违的云飞，心中忽然有一种说不出的感觉。是气愤，是憎恨，是想念，还是委屈？

此时，各种感情一股脑地涌上心头，化成了一种难以诉说的表情。小敏眼眶里，竟忍不住似有隐隐闪烁的泪花在转动。

云飞看着小敏，心中满满的都是歉意。这种眼神表达出来的感情，或许也只有小敏才能够读懂。

然而，小敏似乎并不领情，只见她气呼呼地把头转向一边，不再理云飞。显然，小敏不会这么轻易地原谅他接二连三的犯错，这岂是一个歉意的眼神就能蒙混过关的？

但此时，小敏的心头就像绑着一根绳子，而绳子的另一头，被牵在对面那个“坏蛋”的手里。

为了表示自己坚定的决心，小敏决定不再看云飞。却苦了她那流离失所的眼神，它们就像迷失了方向的代罪羔羊，显得六神无主，不知该看向何方。它们总不能含情脉脉地盯着墨镜妹和马尾辫女孩不放吧？

小敏最终还是忍不住抬起头，再次望向了云飞。这次，是她在心中酝酿了良久，积累了充足的能量，才投放过来的目光。

小敏的目光中聚集了满满的敌意，甚至是充满了令人不寒而栗的杀机。但云飞轻易地就看穿了她的“小把戏”，他知道这是小敏故意为之，不用这样杀气腾腾的目光给自己撑腰，小敏不足以拿出和他对视的勇气。

见小敏的眼神来势汹汹，云飞并没有开启跟小敏比“狠”的模式，而是选择了避其锋芒的“逃避”战术。他知道一鼓作气，再而衰，三而竭的道理。

于是，云飞避开小敏的眼神，眼睛看着天花板转了几圈，然后才又望向小敏。

但小敏这次聚集的能量，似乎远远超出了云飞的估计。她眼中那股狠劲看样子还未化解，四目相对之时，小敏的眼神中仍然充斥着满满的敌意。

云飞见状，无可奈何地做了个鬼脸，又把眼神胡乱地望向了别处。隔了一会儿，云飞没有再正视小敏，而是用眼角的余光偷偷扫了一下。可他这一小动作，却被小敏犀利的眼神逮了个正着。吓得云飞赶紧又转过头去，望向了别处。

小敏看云飞那滑稽的样子，终于忍不住露出一丝微笑。这让旁边正在聊天的墨镜妹和马尾辫女孩，感到一阵莫名其妙："我们说的有那么好笑吗？"

"呃……是啊，很好笑啊！"小敏为了"掩护"云飞不被发现，只好一边说，一边又故意挤出一丝笑容应付道。

"我说你是什么心态啊？人家脸上长了粉刺，你不安慰也就算了，竟然还幸灾乐祸？"墨镜妹不满地责怪道。

"啊？"小敏闻言，觉得甚是尴尬。她根本就没有在听她们俩聊什么，被墨镜妹这么一说，她连忙不好意思地给自己打圆场道："是粉刺啊？我听成是讽刺了，不好意思，你们继续！"

"奇奇怪怪！你这几天都魂不守舍的，到底在想什么啊？"墨镜妹嘟囔了一句，也不再搭理小敏，继续又和马尾辫女孩聊起天来。

云飞虽然听不清她们的谈话，但看着她们的表情，也大概猜出了一二。于是，忍不住冲着小敏笑了笑。

小敏一看更来气了，她冲着云飞狠狠地做了个鬼脸，摆出一副怒不可遏的样子。可她那装出来的生气样子，越发让人觉得调皮而可爱。

这时，云飞盯着小敏冲着门口甩了甩头，示意她出去说话。但小敏坚定地把头一摇，显出一副绝不妥协的样子，看来这口气显然还没有消。

云飞见状，当然不会放弃。于是，他用更大的力度，又冲着门口甩了甩头，并且还向小敏狠狠地挤了挤眼，表达出不达目的誓不罢休的决心。

哪知，小敏的意志似乎更加坚决。这次，她不但再次拒绝了，而且摇头的速度比上次更快，幅度也更大，似乎是想让云飞彻底死了这条心。

云飞见来硬的不行，于是又想用苦肉计来感化小敏。只见他用右手在左胸口做了一个掏心的动作，然后把手伸向小敏的方向。那意思，让小敏给他个机会，让他把心掏给小敏看。

小敏见状，虽然表面上仍不露声色，但内心的甜蜜，始终还是在她稚嫩的脸上留下了一丝痕迹。只见她嘴角微微翘起，那一丝不易察觉的微笑，已经足见她内心与云飞难以割舍的情感了。

云飞知道机会来了，于是，再次冲着小敏向门口甩了甩头，示意她一起出去。可小敏不知是担心有墨镜妹和马尾辫女孩在场，怕被她们发现不好意思，还是对云飞仍然心存恨意，她并没有因为心情有一丝的好转，而答应云飞的要求，仍然坚决地摇了摇头。

眼见墨镜妹和马尾辫女孩的饭已经基本吃完了，三人随时都可能拂袖而去。倘若再错失这次良机，下次机会不知又要等到何时。而这次的气氛已经有所缓和，可以说是千载难逢的良机，云飞说什么都绝不能再次与机会擦肩而过了。

于是，云飞把心一横，再次示意小敏一起出去。在小敏预料中的摇头拒绝之后，云飞终于狠狠地指了指自己，然后又指了指小敏的桌子。那意思，如果你不出去，我就过去找你。

这一招，果然把小敏吓住了。只见她的头摇得像拨浪鼓似的，眼中也终于释放出了“万事好商量”的善意。

这一下，云飞开始拽了起来。这次，他改用了大拇指，潇洒地用命令式的姿态指了指门口，示意小敏跟他一起出去。

小敏虽然看似有些不情愿，但还是撅着嘴乖乖地点了点头。云飞的脸上终于露出一丝胜利的喜悦，心中也变得热血沸腾起来。

这时，小敏忽然站起来，对墨镜妹说道：“你俩聊着，我去去洗手间！”

哪知，小敏刚准备转身离去，却听墨镜妹叫道：“等等，我也去！”

小敏闻言，瞬间整个人都被石化了。她诧异地看着墨镜妹，半天才缓缓地说道：“那你先去吧！我站起来忽然又没感觉了！”

“你今天到底是怎么回事啊？奇奇怪怪的！”墨镜妹不满地嘟囔道。

看着这一戏剧性的变化，望着半路杀出来的墨镜妹远去的背影，云飞也只能无奈地望洋兴叹了。他失望地看了小敏一眼，小敏此时正在应付马尾辫女孩无聊的八卦问题，也只能偷偷抛来一个无奈的眼神。

墨镜妹回来之后，三人便起身准备离开。云飞一看，可真有点急了。这次机会要是再错过了，那不知又得熬多少个揪心的不眠之夜，而谁能保证下次比这次的机会更好呢？

小敏当然明白云飞的想法，但她确实不好意思当着墨镜妹和马尾辫女孩的

面，去和云飞相会。于是，她悄悄冲着云飞摇摇头，并偷偷将攥着的拳头打开给云飞看。

原来，聪明的小敏早有准备，眼见没有机会与云飞面对面地交谈，她便写好了一张纸条，准备伺机交给云飞。

云飞一看也只能作罢，虽然他心里很着急。但说实话，真让他当着墨镜妹和马尾辫女孩的面冲过去拦住小敏，他还真没这个勇气。

小敏随着墨镜妹与马尾辫女孩向门口走去，在经过云飞桌子的那一刹那，她将纸条悄悄塞给了云飞。两人的手不经意间碰在了一起，云飞全身的血液在电光火石之间，就像被架在熊熊火焰的烤炉之上，忽然沸腾了起来。

手指相触的电流，让两人的脸顷刻间都变得火红而热辣。看来，世界上比光更快的速度，是恋爱的感觉。

小敏害羞地低下头，快步追上墨镜妹和马尾辫女孩，却在临出门的时候，又依依不舍地转头看了云飞一眼。那眼神虽然没有说话，却似乎包含着千言万语，让云飞感觉五味杂陈，有种说不出的感觉。

目送着小敏的背影离开饭店之后，云飞立刻急不可待地打开了小敏留给他的纸条。纸条上是一串潦草的数字，显然是在匆忙之中草草而书的。如果没猜错，这串数字应该是小敏的 call 机号码。

有了小敏的联系方式，云飞的心中立刻感觉淡定了许多。至少，以后再也不用通过傻等的方式来寻找机会了。

此时，云飞早已经无心吃饭，但为了不浪费，他还是狼吞虎咽地将饭扒拉进嘴里。不到三分钟的时间，便如风卷残云般地，把饭吃了个精光，却根本没尝出这饭中的滋味。

虽然有了小敏的联系方式，云飞也心急如焚地想尽快跟她联系。但云飞并没有因此而冲昏了头脑，他知道自己不能用公司的电话来联系小敏，这样不但影响不好，而且也不专业。

所以，他现在唯一能做的，就是在焦急的期盼中，等待着下班时间的尽快到来。

时间刚一到六点，云飞便迫不及待地冲出了办公室，甚至都没来得及跟 Danny 打个招呼。因为，他怕 Danny 再抓住他谈事情。今天云飞下定决心，就是天塌下来也要跟小敏见一面，任何事都不能阻挡他的这一决定。

云飞来到路边，立刻找了一部公用电话 call 了小敏。但两分钟之后，电话依然静静地躺在那里，没有一点反应。虽然只是短短的两分钟，但对于云飞而言，已经足足像过了两年那么漫长。

云飞曾有过的唯一一次类似体验，那就是当年婉清坐火车回家的那一天。云飞与向南守候在电话机旁等她复机时的心情，亦如今天这般如坐针毡，心急如焚。

云飞见电话始终没有反应，便每隔几分钟就 call 一次，她生怕小敏因为没听到，而错过了这期盼已久的见面。

但结果还是事与愿违，云飞 call 了五六次，等了二十多分钟，最终还是没有等到小敏复机。失望至极的云飞，此时只能通过胡思乱想，来为小敏找各种借口开脱了。因为打心眼里，他不愿意相信小敏是故意在耍他。

“希望”这玩意，没几次能天遂人愿。往往是在你决定放弃的时候，她就时不时地跳出来挑逗你一下。而你真想把她抱得很紧时，她又会神一般地消逝无踪。

简单来说，“希望”就像一个长不大的老顽童，总是喜欢以挑动人类的敏感神经为乐，和你在若即若离之间如影随形。

“唉！会不会是……小敏已经上了车，所以根本没办法回我的电话呢？”云飞自我安慰地想到了这唯一合理的解释。

既然如此，再等下去也是徒劳。云飞决定回家以后再与小敏联系，为期待中的明天，来一个不见不散的约定！

尽管如此，云飞离去的脚步仍显得犹豫而缓慢。他始终保持着三步一回头的节奏，关注着那部像是已经沉睡了百年的电话。

即使云飞觉得“希望”这东西并不怎么靠谱，但是他对“奇迹”这玩意儿的信念，从没有放弃过。

想当年，云飞和向南就是在准备放弃的情况下，被那奇迹般的电话铃声挽救了。最后也才有机会，换得与婉清在车站肝肠寸断的最后一次见面。

但这次，期待中的电话铃声，并没有因为云飞强烈的信念而受感动，沉默一直持续到了最后。

此时，高峰期还没有过，站台的人依然很多。拥挤的人群，令本就心烦意乱的云飞，更加有些焦躁不安。云飞伸长脖子，注视着公交车进站的方向，只盼望他等的那班车能快一点到来。

但失望今天似乎格外地尽职敬业，眼看穿梭的巴士来来往往，就像忙碌不息的蚂蚁在搬家，把一批人送来，又把一批人接走，偏偏就是没有云飞要等的那班车。眼看着拥挤的人群渐渐散去，云飞除了仰天长叹，却也无能为力。

这时，云飞忽然禁不住喃喃自语道："唉！还说自己沉鱼落雁，秀外慧中，敏而好学？我看你就是个办事不靠谱、小肚鸡肠、睚眦必报、心胸狭窄的……"

"心胸狭窄的什么？"

云飞本来想抒发一下自己的失望之情，可哪知他话音刚落，忽然听到背后有个声音，以极其严厉的口吻向他发出了质问。

云飞闻言真是大喜过望，他简直不敢相信自己的耳朵，这分明就是小敏的声音和语气嘛，这怎么可能呢？

云飞不及细想，他兴奋地来了个一百八十度大转身。想想就要面对面地与朝思暮想的小敏含情相对，心里竟有一种莫名的紧张。

可云飞转过身后，一下愣在了当场。原来，他并没有见到预想中那个熟悉而调皮的面庞，他身后站着的竟是一堆根本不认识的陌生人。

"难道是我听错了？难道是我想小敏想疯了，产生了幻觉？"云飞心里暗自琢磨道。现在，连他自己都开始怀疑，他是不是真的有点神经质了。

这时，又有车进站，再次聚集起来的人群像潮水般一拥而上。云飞顺着人群定睛一看，发现自己苦等多时的那班车终于来了。

于是，他深吸了一口气，刚做好随着人群展开一场角力赛的准备。却忽然又听到那个充满责备的声音，在他身后说道："这么快就放弃了？是不相信我呢，还是不相信你自己啊？"

"啊？"

云飞这次听得清清楚楚，这绝对不可能是他的幻觉。于是，云飞忍不住兴奋地转头看去，只见在汹涌的人群中，一个长发长裙的纤纤淑女，正面带愠色地站在他身后撅着嘴，用冰冷而又温情的眼神，含情脉脉地望着他。

第八十三章　拨云见日重归好，睹物相思心牵挂

云飞看着对自己怒目而视的小敏，却悄然发现她那貌似凶巴巴的愤怒之中，隐隐透出一丝难以言表的温情。显然，这只瞪大眼睛的小母老虎，不过是一只假装要吃人的纸老虎。

以往的小敏，从来没有像今天这样，把自己打扮成一副凶神恶煞的样子。或许，他是想给云飞一个终生难忘的教训，让他永远不再犯类似的错误。只可惜，小敏的演技实在让人不敢恭维。

看穿了小敏的心思，云飞摆出一副迎难而上的架势。他不但没有躲避小敏的眼神，反而像小敏的一面镜子似的，学着小敏的样子，一句话也不说地瞪着小敏。

两个人就这么互相对视着，谁也不说话。直到小敏最后终于忍不住，“扑哧”一声笑出声来：“你还敢这么瞪着我，你还有理啦？”

“我哪敢有理啊？这不是一直想找个机会一雪沉冤吗？”云飞故作委屈地说道。

“一雪沉冤？谁这么大胆敢冤枉你啊？无故爽约，悄然失踪，饭店威胁，背后骂人，你简直是坏事做尽了，你还鸣冤叫屈呢？”

看着小敏一连串给自己扣了这么多罪名，云飞真是比窦娥还冤。可是仔细一想，小敏的话也确实句句属实，云飞纵然委屈，却也是百口难辩啊！

见云飞无言以对，小敏更加得理不饶人了：“自己做错事不思反省，竟然还在背地里说我的坏话。我怎么小肚鸡肠了？我怎么睚眦必报了？我又怎么心胸狭窄了？”

看着小敏那故意装出来的咄咄逼人的样子，云飞轻轻地拍了拍小敏的肩膀，爱抚地说道：“行行行，都是我的错！你心胸宽广，义薄云天，行了吧？咱们先去上次避雨的那家饭店坐下来，你再慢慢兴师问罪，好不好？”

“凭什么你说去哪儿就去哪儿啊？”小敏不服气地说道。

“那行！听你的，你说去哪就去哪，行了吧？”

“这还差不多，那咱们就去上次避雨的那家饭店吧！”小敏说完带着得意的笑

容，不等云飞反应便迈步向前走去。

两人边走边聊，一攻一守倒也配合得天衣无缝。等走到饭店的时候，小敏心中的气恐怕也已经消了大半。

两人坐下之后，云飞看着小敏问道："你怎么会突然出现在我身后啊？我call了你那么多次，你怎么不复机啊？"

小敏闻言，得意地说道："只许你爽约，就不许我开个玩笑吗？"

"哦……你是故意的？"

"那又怎么样？你那天害我在饭店傻傻地等了一个中午，我都恨死你了！"小敏委屈地说道，眼中陡然间又泛起了杀机。

云飞自知理亏，只能无奈地长叹一声说道："唉！恐怕说了你也不信，事情就是那么凑巧，真是人算不如天算啊！"

云飞一口气将Danny突然到职给大家开会，接着中午请大家吃饭，紧跟着就马不停蹄出差厦门的事，一五一十地跟小敏讲了一遍。

最后，他还摆出一副委屈的样子说道："你知不知道，那天晚上我一直等到你很晚，就是想给你解释清楚，并告诉你我第二天要出差。可你一直都没出现，你又到底干什么去了？"

"我……"听云飞这么问，小敏忽然好像理亏似的低下了头。

"你怎么了？说啊！"

"我……你当时把我气坏了，我以为你是故意爽约的。所以……就决心以后再也不理你这种言而无信的人了。于是，我就从别的车站坐车走了。"小敏喃喃地说道。

云飞一听，也得理不饶人了："我刚才说你小肚鸡肠，冤枉你了吗？我说你睚眦必报委屈你了吗？我说你心胸狭窄错怪你了吗？不明真相就意气用事，不给别人解释的机会就给人乱扣帽子，这就是你们人事部最喜欢做的事吗？"

"你……马云飞，人家都已经知道错了，你还得理不饶人了？"

"哦！说你两句你还不乐意了？只许州官放火，不许百姓点灯吗，哪有这种强盗逻辑啊？"

"你好了啊！再得寸进尺，别怪我翻脸无情！告诉你，我老家是威虎山的！"

小敏那又委屈，又带歉意，又不甘示弱，还强词夺理的样子，看着实在让人觉得好笑，竟不自觉得让云飞涌起一种怜香惜玉之情。

于是，云飞一笑说道："原来姑娘是威虎山的传人啊！失敬，失敬！难怪这么不好惹，我也算输得心服口服了！那以前的事咱们一笔勾销，都不再追究了。现在可以跟我说说，最近这段时间怎么一直都没碰到你了吧？"

小敏听云飞问起，忽然严肃地说道："我刚才不是跟你说了吗？我最讨厌不守承诺的人，第一次约我吃饭就无故爽约，我怎么可能跟你这样的人成为朋友呢？所以，我就换了一个车站坐车，决定与你永不相见！"

小敏说话的时候，显出一副大义凛然的样子，好像为了与云飞断交，真的是不管付出任何代价都在所不惜似的。

看着小敏一本正经的样子，云飞更加觉得，小敏正是那种他寻寻觅觅，却可遇不可求的女孩。在这个骗子横行的都市，所有的人都是利字当头，一个把承诺看得高过一切，一个愿意用真情换真心的女孩，何其难得？

这件事让云飞更加认定，小敏就是他这辈子"非她不娶"的那一半。经过这件事，小敏在云飞心中，有了更加无可取代的重要位置。

想到这里，云飞自嘲地说道："亏我还傻傻地在这条路上，天天期盼着与你的偶遇。原来，我根本就是在跟一个不可能发生的邂逅在约会！"

小敏听完，嘴角闪过一丝幸福的微笑。她颇为得意而又略带嗔怪地说道："亏你还是做销售的，脑袋怎么这么不灵光？用膝盖想一想，你也应该知道这附近不止一个车站啊！你就不知道，去旁边的车站试试看吗？"

被小敏这么一说，云飞也觉得自己在这件事情上太一根筋了。的确，这附近几百米之内，有三四个车站，可他怎么压根儿就没想过，去别的车站碰碰运气呢？

想到这里，云飞坏坏地一笑说道："俗话说，爱之深才会恨之切！我哪知道你会……这么恨我呢？"

云飞的意思，小敏自然明白。一时间她被羞得满脸通红，却不知该如何接云飞的话茬。

云飞见状，也就转移话题道："对了，那个墨镜妹和马尾辫女孩叫什么名字啊？整天跟你黏在一起，差点坏了我的好事！"

小敏闻言，略带调侃地反问："人家叫什么名字，关你什么事呀，你是不是看上人家了？"

云飞听小敏这么说，差点把一口刚喝进嘴里的水喷出来："你说什么呢？她俩

的类型可不是我的菜，我这人从不贪心，弱水三千我只取一瓢饮就够了。”

说着，云飞故意端起茶杯，摆出一副含情脉脉的眼神看着小敏。小敏心里感到甜蜜，嘴上却不买账地说道：“你少来吧，男人信得过，母猪会上树！我才不会相信你的花言巧语呢！”

云飞闻言，摇头道：“母猪不会上树，但公猪可以啊！想当年，不是还差点到月宫把嫦娥追到手了吗？”

小敏听云飞这么说，“扑哧”一声笑了出来。然后，她若有所思地摇摇头道：“我真是拿你没办法，本来生了一肚子气，却被你三言两语就逗笑了。遇到你这个做销售的，我真不知是福还是祸！”

“当然是福了！找了做销售的人，注定会一辈子都有幽默和欢笑相伴！”云飞顺水推舟地悄然确定了两人的关系。

小敏听云飞说到这么敏感的问题，似乎有些不好意思了。于是，她告诉云飞：“那马尾辫女孩叫小艾，墨镜妹叫姗姗，都是我的同事！”

云飞当然也意识到了小敏的话锋突转，于是便顺着小敏的话题，继续闲聊了下去。这场因误会而掀起的冷战，也终于就此圆满地落下了帷幕。

两人的关系，不但没有因为这场冷战而心生嫌隙。相反，通过这次事件的考验，两人对彼此有了更加进一步的了解，也更增进了彼此的信任。

与小敏重归于好后，云飞的心情立刻变得豁然开朗起来，工作的劲头也更足了。用 Abby 的话说就是“云飞的小宇宙忽然被一股神秘的力量激活了”。

自从云飞和小敏合好之后，两人便恢复了每天邂逅的惯例。不知从什么时候开始，两人除了定点的邂逅之外，更增加了一起吃饭、一起逛街、一起看电影的内容。

随着约会数量的增长与质量的提高，两人的感情也越来越深。每天的约会，俨然成为他们早起的动力，而每天不得不离别的那一刻，也成为他们一天中最痛苦的折磨。

然而，作为一个销售来讲，出差是家常便饭。为了生活，为了理想，即使再缠绵的爱情，也不得不面对残酷的分离。

厦门的问题已经冷却了一段时间，如果继续冷处理的话，恐怕孙总热情一过，真的会节外生枝。

高手谈判，对分寸的拿捏要恰到好处，这种火候的处理是需要时间的沉淀和实践的检验，才能达到炉火纯青的地步的。

Danny 是这方面的高手，他显然比云飞更加沉得住气。但该出手的时候，他也一定会不失时机。就像潜伏的猎豹，时机未到时纹丝不动，不留痕迹。时机一到，就会以雷霆万钧之势一击得手。

现在，是时候去厦门解决这个悬而未决的问题了。与小敏缠绵的幸福生活，也不得不因为天各一方而暂时中断。虽然意犹未尽，却也是情非得已。

云飞和 Danny 再次踏上了去厦门的班机，当飞机带着震耳欲聋的轰鸣声冲上云霄时，云飞随着机身腾空而起的心，却像被地面上某种令他牵挂的神秘力量所束缚，让他久久不能平静。

即便当视野里那些熟悉的景色，已经离他们越来越远，越来越小，直到小得再也看不见了，可那股神秘的力量，并没有因为距离的变远而变淡。相反，却越来越强烈了。云飞就像被掏空了身体，皮囊跟着飞机上了天，而灵魂仍在地下打着转，让人揪心。

而小敏，每当上下班时走到与云飞约会的地方，心情就会不自觉地，变得闷闷不乐。当“邂逅”成为一种习惯，想改变它绝对不是一件容易的事。

睹物思人，触景伤情，每一个留下他们足迹的地方，都会让小敏对云飞产生无限的思念。

小敏从来不曾有过这种牵肠挂肚的感觉，她真不知道，到底是该感谢云飞，还是该嗔怪于他。自己原本平静而简单的生活，就这样被他活生生地毁了。

再次见到孙总，大家已像老熟人般没有了任何的拘谨。Danny 跟人打交道果然有一手，就连孙总这样霸气外露的人，仅仅见过两次面，就已经热火得像是多年不见的老友，显得亲切而自然。

相比之下，云飞仍然显得稚嫩许多。那种饱经风霜，经过无数人生历练才表现出来的成熟谈吐，或许只有经过时间的沉淀和不同寻常的人生经历才能拥有，别无捷径。

孙总的性格本就不喜欢拐弯抹角，如今大家成了无话不谈的“老熟人”，自然就更加肆无忌惮了。

一番寒暄之后，孙总开门见山地问道：“上次咱们谈的事情，你们考虑得怎么样了？隔了这么久，我还以为你们另觅新欢了呢！”

Danny 闻言，爽朗地哈哈一笑说道：“孙总说的哪里话啊！咱们一见如故，惺惺相惜。在厦门我如果不找你，还能舍你其谁啊？”

Danny 的话看来很让孙总受用，孙总听他这么说，立刻露出得意的笑容说道：“你就是会说话，可明明知道你说的是假话，但还是很受用！”

说完，两人会心地一笑，彼此的心意已经展露无遗。看来，老江湖之间的交流，有时候一个表情更胜过千言万语。

在谈判中气氛往往也是决定成败的重要因素。气氛好，心情一爽，谈起事情来也就会顺畅很多。

此时气氛正好，于是孙总趁热打铁地问道：“那你们是同意让我一家来做了？李总那边你们准备怎么处理？”

云飞听孙总这么问，不由得心头一紧。他悄悄侧目看了 Danny 一眼，不知他会用什么妙招来巧言应对。

在来之前， Danny 和云飞已经就原有计划又做了更详细的分析和修正，理论上来说应该是无懈可击了。可要在老辣的孙总身上落实，丝毫不敢有所大意。

毕竟，孙总的主业在橱柜，他的目标是要把自己的橱柜品牌做到全国第一。为川奇兴师动众地重组班子另起炉灶，孙总愿不愿这样劳心费神还未可知！此时，说话的技巧就显得尤为重要，Danny 究竟会如何作答，云飞心中充满了期待。

老江湖到底是老江湖，听孙总问到点子上了，Danny 不但没有紧张，反而呵呵一笑，轻松地说道：“孙总，我认为做生意跟谈恋爱一样，得一心一意地全心投入，这样才能不离不弃，海枯石烂，才能天长地久。如果总是朝三暮四，总想给自己找个后备，脚踩两只船，没有感情和时间成本的投入，就永远不会觉得珍惜。你说是不是？”

孙总见 Danny 没有直接回答他的问题，而是拐弯抹角地抛出了自己的恋爱论，就知道 Danny 的这番话必有玄机。

于是，孙总不露声色地点点头说道：“你这个从一而终的恋爱论，我当然赞成。但不知，你准备怎么把它应用到我们的生意中呢？”

Danny 前面所说的话，其实就是为了抛个引子出来吊孙总的胃口，让他不断主动往下问。这样表面上显得自己是在被动地回答，实际上却是在按照自己预先排好的逻辑，一步一步地引出自己早就准备好的答案。

果然不出所料，见孙总上钩了，Danny 摆出一副一本正经的样子说道：“孙总，我上次之所以回去以后这么长时间都没给你回复，就是一直在深思熟虑。现在，我终于下定了决心，我不但决定只给你一家来做。而且，我希望能把厦门所有的橱柜公司都放到你下面来做。”

“哦？把所有橱柜公司都放在我下面做？怎么个做法，你说说看？”

显然，Danny 抛砖引玉的计策起到了预期的效果，孙总的胃口被足足地吊起来了。接下来，Danny 绘声绘色地将他和云飞想好的计划和盘讲给了孙总。

本以为这个对孙总有百利而无一害的周密计划，会让孙总喜出望外。但令人意想不到的是，孙总并没有显示出如预期般的欢欣雀跃，而是若有所思地低下头陷入了沉思。

看来，孙总不愧是江湖老手，想问题没那么简单。越是无缘无故从天上掉下来的浓香馅儿饼，就越是让他有所顾虑。

孙总这种沉默的表情，不但让云飞感到紧张，而且，渐渐也开始让 Danny 变得有些焦虑了。谈判中，对手的表现越出乎意料，就无疑会让自己显得越被动。这不但可能会打乱既定的战略计划和预期，也会扰乱谈判者的心态。

即便是 Danny 这样的老江湖，面对孙总的意外表情，脸上也难免流露出一丝不易察觉的凝重与疑虑。

但 Danny 到底是经验老到，他并没有像一般人那样，急不可待地追根刨底，去询问孙总顾虑的原因。反而是不动声色，稳如泰山地端起茶杯品了口茶。

似乎是刻意在给孙总留下足够的时间去考虑，又好像是在跟孙总比耐力，看谁先顶不住诱惑，先向对方发出询问。这个时候，谁先沉不住气，谁就会先被对方看穿底牌。

然而， Danny 和云飞并不知道，孙总之所以会沉默良久都不说话，其实并不是因为孙总不喜欢这个计划，反而是因为 Danny 的提议，完全说到孙总的心坎里去了。

本来 Danny 所提的方案，正是孙总想在第二阶段实施的计划。原本孙总还在考虑如何慢慢说服 Danny，可他无论如何也想不到，Danny 竟然先他一步，主动提出了这个想法。

或许，多疑是诸多成功人士的通病，孙总也不例外，好事从天而降反倒让孙总因为意外，而感到有所顾虑了。

因为这个方法固然对川奇没什么坏处，可对格兰纳来讲有着天大的好处，最大的受益者显然是孙总。Danny 又不是活雷锋，就算跟孙总一见如故，但在商言商，也不可能会这么轻易地便宜了格兰纳。所以，孙总不得不怀疑，这是不是Danny与铠帝亚合谋设好的圈套，等着他往里钻呢？

想到这里，孙总终于忍不住抬起头来，一脸严肃地说道：“我的经验告诉我，遇到天上掉馅饼的事，一定要三思而后行。咱俩虽然很谈得来，但你也不至于这么快就‘爱’上我吧？我都没有提出非分之想，你就这么主动地‘投怀送抱’？这让我不得不有所顾虑啊！你说，我的多虑是不是也在情理之中？”

孙总的语气一改刚才的兴致勃勃，脸上充满了不信任的表情。这不仅让云飞一下子把心提到了嗓子眼儿。就是饱经世故的Danny，一下子也陷入了意外的尴尬和忐忑之中。

第八十四章　巅峰对决刀剑笑，相思成灾化虎牢

虽然孙总的问话直白而不留情面，也让云飞和 Danny 多少有点措手不及。但不管怎么说，也算是坦诚相见。总比埋在心里，大家互相猜哑谜要好得多。从这一点可以看出，孙总还是很有诚意达成这次合作的。

Danny 到底是老江湖，他略一犹豫之后，就立刻又恢复了往日的沉稳和自信。

只见他微微一笑说道："孙总，难道你没听说过一见钟情吗？我这个人做事，喜欢跟着感觉走，更相信缘分。如果我决定了要跟你合作，就会处处站在你的角度考虑问题。我这种性格说好听点叫至死不渝，说难听点儿叫孤注一掷。"

孙总闻言，并没有急于表态，而是半信半疑地露出一丝奇怪的笑容。他不动声色地看着 Danny，似乎在说："这个解释还不足以说服我！"

此时，成败就在此一举了，云飞的心情也跟着变得紧张起来。孙总的意外表现让他意识到，不管准备工作多充分，永远都不为过。

这时，Danny 又继续说道："孙总！坦白讲，我选择你当然也并不是盲目的。我之所以这么久没有给你回复，就是一直在思考一个最佳的方案，当然也在抓紧时间做一些调查，就像你调查川奇一样……"

Danny 看似无意间透漏的一点信息，却在孙总心中产生了翻天覆地的化学反应。孙总闻言，不由得心里暗暗一惊，心想："这个 Danny 果然不简单，他竟然猜出，我已经对川奇做过背景调查了！那他想必也一定猜到，我内心对川奇合作的意向十分强烈了。"

Danny 对孙总虽然只是点到为止，但作为久经沙场的两位老将，他们心里已经都很清楚彼此的底牌，再纠结下去已经没多大意义了。

只见孙总不动声色地与 Danny 对望了一眼，忽然哈哈大笑道："我喜欢你的直爽，更喜欢你的至死不渝，咱俩真是太投脾气了。哈哈哈……"

与孙总的合作终于就此敲定，但真正的较量从这一刻也才刚刚开始。厂家与经销商的合作，永远都是在斗争中前进，又在前进中斗争。没有永远的友谊，只有永远的利益。今天虽然为了共同的利益走在一起，可明天也可能是为了各自的

利益而分道扬镳。

所以，到底是谁利用了谁，又是谁在为谁打工，不到最后一刻还真难说得清楚。

果然，孙总的笑声背后，立刻就流露出了他对Danny的另一份担心：“咱们可是有言在先，将来川奇在厦门做起来，你们可不能过河拆桥，翻脸不认人啊！毕竟，要让你们现在的形象在福建脱胎换骨，就算不用粉身碎骨，也得脱层皮啊！”

孙总的担忧当然也不无道理，大家都知道，商场上店大欺客，客大欺店是无须明言的潜规则。川奇今天虽然是虎落平阳被犬欺，蛟龙失水似枯鱼，但其有百年品牌的深厚底蕴，哪一天咸鱼翻身，来个鲤鱼跳龙门，一跃升九天，也是未尝不可的事。

Danny 当然理解孙总的担心，他只是个打工的，今天为了达成合作，什么都可以拍胸脯答应。将来做不到，大不了拍拍屁股走人。但孙总则不同，企业是他的命，他是无法选择逃避的。

所以，Danny 一改刚才调侃的语气，语重心长地说道：“孙总，大家都是过来人，谁都知道世事无绝对，我今天就是把胸脯拍烂了，也保证不了任何事情，因为我也只是个打工的。钦差大臣尚且可以随时说换就换，更何况是个大区经理呢？与其担心未来，倒不如抓住现在。你做得够大够好，厂家抢你还来不及，又怎么会过河拆桥来自找麻烦呢？”

Danny 的话说得很现实，但也很诚恳。没有“山盟海誓”地空喊口号，反倒让孙总多了几分信任。

孙总何尝不明白，生意场上无父子的道理？大家各为其主，在优势互补的情况下，合理地相互利用，能够如此坦诚，已经是难能可贵的了。

Danny 不愧是谈判的高手，果然善于把握稍纵即逝的战机。见孙总似乎决心已定，他便趁热打铁地说道：“太长远的事情谁也说不准，但眼前的机会则是触手可及的。现在，公司为了支持华南区，所以在政策上会给予我特殊的支持。而且，Arthur 在分销商的渠道开发上经验丰富，也会给予你们相应的支持！”

“哦？怎么个支持法？”孙总闻言，抬起头看了看 Danny，似乎显得饶有兴致。

这一切似乎都在 Danny 的预期中，只见他从容地指了指云飞说道：“Arthur 已经帮广州地区的经销商开发了几十个分销，可谓成果斐然。到时候，他也可以在福建住一段时间，帮你这边搞开发和培训！”

孙总闻言，摆出一副无奈的表情笑道："看来我的路你们早就算好了，我还有什么选择呢？也罢，士为知己者死，就算这是你们给我量身定制的套，我也豁出去了！"

云飞闻言，知道Danny的游说终于成功了。于是，半开玩笑地说道："孙总，你真会开玩笑！像你这样的高手，如果你自己不愿意，谁又能给你下得了套啊？"

孙总一听哈哈大笑道："跟你说话，有点意思！"

合作终于顺利达成了，晚上回到酒店，云飞有些不解地问道："孙总怎么会不谋而合地跟我们想到一起了呢？而且，看样子他是一早就有这个想法了！"

Danny听完，微微一笑说道："你记住，只要利益足够吸引，经销商的解决方法，永远都比我们更多，而且更接地气。只是魔高一尺，道高一丈，我们必须比他们站得更高，看得更远，才不会被他们牵着鼻子走。这也充分说明，孙总还是很重视这项合作的。"

云飞从Danny身上确实学到了不少经验，但与在欧施克学到的那些"黑道"江湖经验相比，Danny的经验似乎"白"了许多，层次也高了许多。

只是，Danny在完全没有跟云飞商量的情况下，就贸然许诺孙总，让他长驻厦门帮助开拓分销商，这未免也有点先斩后奏之嫌。即使Danny是他的上司，但云飞心里仍然觉得，这是大大的不应该。

毕竟，开发分销商是一件非常辛苦，而且需要长期投入的工作。特别是，这就意味着要跟小敏长期分离，对云飞来讲这才是不可接受的痛苦折磨。

与孙总的合作比计划预期的更加深入，而且更加全面。经此一役，云飞在公司内声名大噪。他不但顺利地度过了试用期，而且也令同事们刮目相看了。就连远在北京，久未联系的David，也向他发来了"贺电"。

当然，对于云飞来说，这些成功背后的赞许，不过是锦上添花的过眼云烟。而他现在最在意的，当然还是与小敏久别重逢的那份喜悦。

俗话说，小别胜新婚。短暂的离别，有时候会变成感情的催化剂，让相逢变得更加令人珍惜。

云飞回到广州，并没有事先通知小敏。他想给小敏一个惊喜，一个能够判断她到底有多想念自己的测试。

广州的夏天，清晨的第一缕阳光，总是让人感觉来得特别地早。仿佛日月总在交相辉映，没有一刻同时缺勤的状况出现。

自从云飞出现在小敏的生命里，小敏原本平静的生活，就开始变得跌宕起伏，不受控制了。时而昏天暗地，支离破碎，时而破镜重圆，色彩斑斓。连她自己都不敢想象，这样一个贸然冲进她世界里的“陌生人”，为何会对她的生活产生如此巨大的影响呢。

然而，生活往往就是这样难以琢磨。云飞去厦门出差的这短短几天，小敏的生活就像缺少了一根精神支柱，变得黯然无光。

每天早晨，小敏都会在希望中踏着第一缕阳光出发，又在绝望中披着最后一道晚霞回家。期待中的“邂逅”，始终没有变成惊喜意外地出现。而这段倍受折磨的日子，也终于让小敏意识到，原来云飞在她心目中，竟是如此重要。

这天，小敏像往常一样，走出办公室，穿过熟悉的街道，走上她和云飞第一次相识的天桥。这座天桥就像她和云飞之间的鹊桥，把她俩紧紧地联系在一起。让他们从两个素不相识的陌生人，渐渐地走到了今天。

只是，今天的鹊桥，依然没有带来与云飞相会的希望，小敏再一次失望地，默默向车站走去。这几天，她已经渐渐习惯了从希望到失望的过渡。

黑压压等车的人群，让小敏感到焦躁。特别是在心情极度沮丧的时候，人们往往都想远离人群，找个地方让自己好好静静。

小敏不想这么早回家，在思念中度过漫长的夜晚。于是，她沿着车站旁边的小路，漫无目的地闲逛起来。与其说是闲逛，倒不如说是想办法转移对云飞的牵挂，排解一个人独守的失望与无奈。

此时，天色渐晚，道路两边的路灯，不知什么时候已经偷偷点亮了。华灯初上，都市的激情似乎也在酝酿中被慢慢点燃。这时，小敏那被路灯拉长的身影，却显得更加形单影只，与这激情的都市似乎有点格格不入。

也许是走累了，也许是心累了。小敏忽然抬头看到一家“城市驿站”，这是一家装修雅致、风格简约的西餐厅。

也许，正是“驿站”这两个字打动了小敏，她想也没想，竟不由自主地走了进去。在这个陌生的城市，人们总需要找到一个能让自己放松的地方，停下疲惫的脚步，去休息，去思考，去感受。

小敏并没有心思吃东西，她只叫了一杯咖啡，静静地找了一个角落坐下来。或许，享受独处的寂寞，思念远方的恋人，回忆浪漫的过去，期待随时可能出现的重逢，也是人生中可遇不可求的一种状态。

小敏单手托腮，静静地看着窗外，整个人已经完全沉浸在对往事的回忆中。若不是那甜蜜的微笑，让她的面部偶然间显示出些许细微的表情变化，或许真会有人把她误以为是橱窗里展示的模特道具，谁让她长得那么漂亮，又那么端庄典雅呢？

小敏的思绪正在跟着店内优雅的音乐翩然起舞，突然却被一个声音打断道："请问这里有人吗？"

刚刚收拾好的心情，忽然被人打断，小敏心里感到一丝不悦，她心中暗想："谁这么没眼色，无端扰了我的心情？就算没人，也不让你坐这里！"

于是，小敏头也没抬，就冷冷地回了两个字："有人！"

小敏心想："见到人家冷冷的态度，只要识相点的人，都应该知趣地走了吧？"

哪知，小敏心里暗自嘀咕的这句话还没落地，那人竟然一点也不识趣地拉开椅子，一屁股坐在了小敏的对面。

这下小敏可真有点火了，她抬起头来看也没看，就对着那人没好气地怒道："我不是说了有人吗，你还……"

可话还没说完，小敏就像被施了定身术似的，呆呆地愣在了那里。与那个不开眼的家伙，陷入了对峙状态。

小敏的表情，先是因为意外而目瞪口呆，接着立刻转换到眉头紧锁、怒目而视，再过了一会儿，忽然似乎恨到深处，竟然几乎喜极而泣。不用想也知道，能让小敏的态度在瞬间有一百八十度大转变的人，非云飞莫属了。

云飞强忍心中的激动，故意从容地看着小敏说道："我对你是一日不见如隔三秋，你倒好，闲庭漫步，逛街购物，独享美味，亏你也吃得下去啊？"

"吃你个大头鬼啊！你看我有点一样吃的吗？回来也不提前报到，还敢戏弄我，我这次轻饶不了你！"小敏嗔怪的语气中，却隐隐有一种撒娇的味道。

看着小敏那不讲理的样子，云飞笑着说道："我这不是想给你个惊喜嘛！"

小敏听完，却并不领情："什么惊喜啊，根本就是有惊无喜，还破坏了我的好心情！"

云飞知道小敏是在说反话，于是故意摆出一副为难的样子说道："看来我出现的真不是时候啊！那姑娘就一个人继续慢慢享受这份寂寞的独处吧，小生就先行告辞了！"说完，云飞站起来，摆出一副准备离开的架势。

“坐下！”

小敏明知道云飞是故意激她，所以目带凶光，冷冷地命令道。那眼光寒气逼人，真有点叫人不寒而栗。谁看到这样的眼光，都难免要慎重考虑一下，在没有得到允许的情况下“不辞而别”的后果。

见云飞乖乖地坐下了，小敏立刻得意起来，她面带挑衅地说道：“有本事你走啊？干吗这么听话？”

云飞见状，忽然有点严肃地威胁道：“你不用赶我走，过两天我还真又得出差了，而且这次可就不是几天的事了！”

“什么，你才刚回来就又要出差了，你们这是什么公司啊？”

看着小敏着急的样子，云飞的心里倒是得到了不少的安慰。于是，他调侃道：“没办法，人在江湖身不由己啊！所以，你要好好珍惜跟我在一起的日子，不要动不动就像母老虎要吃人似的！”

“你……”

小敏正要反击，却见云飞话锋一转说道：“我在外面对你可是一日不见如隔三秋，你有没有也这么想我啊？”

小敏听完，心里立刻就像喝了蜜一样甜，也算不负这几天的相思之苦了。但女孩子多少有点矜持，有点羞涩。听到这种话，说出来的往往都是反话：“你是我什么人啊，我干吗要想你？”

“是吗？那刚才你听说我要出差，干吗那么激动啊？”

“你……真讨厌，一回来就气我！老实交代，你怎么知道我在这里？”小敏脸色微红，略带愠色地问道。

“其实，我早就在车站等着你了。只不过，看到你魂不守舍的样子，就想看看你到底有多想我。于是，我就一直跟着你到这里了！”

小敏听罢，是又气又羞又甜蜜，她摆出一副怒气冲冲的样子，瞪着云飞说道：“马云飞，你竟敢跟踪我？下次再这样，信不信我让你一辈子都找不到我？”

小敏说的本是一句玩笑话，但她做梦也想不到，好的不灵坏的灵。她这句无心之语竟然一语中的，让她和云飞这段来之不易的感情，后来真的付出了不可想象的代价……

第八十五章　班荆道故追往事，蜜月无期待攻坚

知道云飞不久将去厦门长驻，小敏和云飞对这来之不易的短暂相聚，更加是倍感珍惜。两人几乎所有能利用的时间，都缠绵在了一起，只希望分别的日子，能够来得再慢一些。

这天，云飞陪小敏去北京路逛街。尽管逛街对云飞来讲，是一件备受煎熬的事。但只要有小敏陪在身边，一切煎熬似乎都自然而然地变得乐在其中了。

正午的阳光如恶魔吐出的火焰炙烤着大地，川流的人群仿佛就像刚下了锅的饺子，在沸腾的滚水中不断地翻滚挣扎。

但即使如此，也丝毫不影响小敏与云飞的如胶似漆。他们十指相扣地依偎在一起，对于高温酷暑的肆虐折磨，似乎显得不屑一顾。那种不可言喻的甜蜜，不时会引来孤男寡女羡慕嫉妒恨的眼神，但两人似乎早已习以为常，只顾走自己的路，让别人羡慕去吧！

两人正在闲逛，云飞忽然听到背后似乎有人叫他的名字。于是，他疑惑地转过身循声望去，竟忽然两眼放光地呆在了当场。

小敏见状，好奇地顺着云飞的目光也转身望去。但见他们身后不远的地方，一个戴着眼镜，身材瘦高的“麻秆儿”，正在人群中冲着云飞招手。

小敏忍不住问道：“那麻秆儿是在跟你打招呼吗？”

云飞呆呆地点了点头，竟然兴奋得似乎已经说不出话来。他两眼放光地看着那个麻秆儿，目光竟然没有一刻离开。那激动的样子，看上去更胜过见到久别重逢的老情人。甚至，连小敏心里都像打翻百年陈酿的醋罐子，莫名地产生了一种酸溜溜的感觉。

原来，这根意外相遇的“麻秆儿”，竟是卷款潜逃，突然间就好像人间蒸发了似的好友汪峰。

汪峰的突然消失，在云飞心里一直是个不解之谜。除了深感遗憾之外，他到现在都始终无法相信，汪峰是那种背信弃义卷款潜逃的人。看来，这个谜底今天终于可以揭开了。

汪峰见到云飞，也是一脸的意外与惊喜。当他知道小敏是云飞的女朋友时，

更是两眼瞪得滚圆，显出一副不可思议的表情。

“可以啊！这么漂亮的女朋友，都被你空手套白狼给套上了！看来士别三日，真当刮目相看了！”汪峰调侃的语气，言语间流露出无限的嫉妒和羡慕。

“说什么呢？什么叫空手套白狼啊？我这可是费了九牛二虎之力，就差把心都掏出来了！”云飞说着，把手搭在小敏的肩上，尽显爱怜之意。

而小敏则羞涩地低下头，嘴里喃喃地说道：“少来了，又花言巧语！”但脸上那幸福的表情，已经让一切尽在不言中了。

难得在这么大的都市，在茫茫人海中能机缘巧合地再次相遇。云飞和汪峰当然都不会错过这难得的机会促膝长谈，好好聊聊这一别近两年的过往经历。

男人之间的聊天，小敏当然没什么兴趣。更何况，有些敏感的话题，有小敏在场谈起来似乎也不是很方便。

于是，约好了碰头的时间，小敏便识趣儿地一个人独自去逛街了，只留下云飞和汪峰互诉爷们儿之间背后的秘密。

原来，汪峰卷款潜逃的行为，也是因为年轻气盛，一时意气用事做出的冲动之举，说起来倒也不能全都怪他。

当初，三人白纸黑字协议好的股权分配，另外两个朋友却因为反悔，而单方面撕毁了协议。他们认为汪峰对生意的贡献最小，所以要求重新分配股权，减少他的股份比例。

协议好的东西哪能说改就改？汪峰当然不同意了，于是三人因此吵得不可开交，最后彻底撕破了脸皮。

汪峰觉得他们这么出尔反尔对自己太不公平，但在二比一的对阵中又完全没有胜算的可能。所以一怒之下，就贱卖了设备，取走了公款，然后便消失无踪了。

其实，这件事也是汪峰的一时冲动之举，等他冷静下来之后，他便深感后悔了。只是开弓没有回头箭，既然已经跨出了这一步，他也就只能将错就错了。

一开始，因为手里有点钱，所以消费起来总是大手大脚。汪峰先后去过深圳、东莞、佛山等地发展。但无亲无故地，两眼一抹黑去到一个人生地不熟的地方，发展谈何容易？

卷走的那点公款，没多久就被他挥霍得所剩无几了。最终，吃了不少苦头的汪峰，还是一筹莫展地再次回到了广州。想不到，竟有缘与云飞在这里再次重逢。

说起来，一肚子都是泪呀！

好在，如今的生活总算基本稳定下来。汪峰现在就职于一家台湾的化妆品公司，做销售经理，事业总算也走上了正轨。

对于汪峰的遭遇，云飞既感同情，又深觉无奈。先入为主的好感，让云飞无论如何也不相信，汪峰是那种见利忘义的小人。

甚至对于叶爽，云飞也仍抱有一丝从未放弃的幻想。他总希望叶爽也能够有朝一日，像汪峰一样出其不意地出现在他面前。只要能给他一个合理的解释，他依然会像原谅汪峰一样原谅叶爽。

因为，在这个人情冷漠的都市，想交到可以信赖的朋友，实在是太难太难了。或许，在云飞的潜意识里，他始终不愿放弃他对朋友的那份情意与执着，一旦认定就不会轻易撒手。

只是，小敏在知道汪峰的行径之后，却显得不以为然。对于汪锋卷款潜逃的行为，她更是嗤之以鼻。或许，小敏天生就是一个眼里容不得半点沙子的完美主义者，骨子里还有一种侠肝义胆的女侠风范。

即使云飞再怎么为汪峰辩护，也改变不了小敏对他先入为主的成见。而云飞放弃与小敏花前月下的浪漫情怀，去陪一个犯有“前科重罪”的久违好友，更是让她无法容忍的。

小敏认定，云飞与汪峰的兄弟情深，不过是当年汪峰请云飞吃的那只回味无穷的鸡腿在隐隐作祟。

从心理学的角度来分析，云飞在最穷困潦倒的时候，一只飘香四溢的鸡腿，会激发他的潜意识悄然把那种美好的记忆与汪峰慷慨仁义的品质联系在一起。

专业的心理学术语叫心锚，就是人内心的某一心情或行为与某一动作或表情的链接，而产生的条件反射。在小敏眼里，鸡腿跟汪峰的人品根本就是一种条件反射下的错误链接。

总之，小敏对汪峰没留下什么好感。而云飞却对这份失而复得的兄弟情义，倒是倍感珍惜。

孙总是个看准商机就会雷厉风行的人，多年的商场拼杀经验让他深深地明白，商场如战场，战机瞬息万变、转瞬即逝的道理。所以，孙总先行的准备工作，没等云飞去催，便已经悄然展开了。

当然，这也完全可以理解，对于孙总而言，这可以说是个孤注一掷的选择。

为了赢得川奇公司的绝对信任和最大力度的支持，在 Danny 的软硬兼施下，孙总承诺了比之前大两倍的销售任务。当然，与之相对应的，孙总也得到了更大的优惠力度。

这就意味着，孙总将不得不把现在手头上所代理的两个外资品牌，做一个重大的调整。要么彻底砍掉一个品牌，要么将两个品牌的销量各砍掉一半，以便优先完成川奇的销售任务。

虽然，与川奇的合作，在战略上是个不错的选择，但在策略的落实上依然存在着不少亟待解决的问题。

成立一家新公司固然是易如反掌，但要快速组建一支短小精悍的新团队，绝非易事。

这支新团队不但要有强悍的市场拓展能力，还要有绝对的忠诚和保密能力。他们不能让同行知道，这家公司的幕后操盘手是孙总。至少，在短期内必须做到绝对保密。

出于这样苛刻的要求，这支新团队带头人的落实问题，就显得尤为重要了。彭经理当初和云飞接触，原本只是临时应付一下，他是孙总手下的得力干将，本来有很多重大的事项等着他去处理。没想到现在和川奇越玩越大，孙总现在也是进退两难，在别无选择的情况下，只好让彭经理暂时来做这个新团队的“带头大哥”了。

新团队的组建还在紧锣密鼓地进行中，云飞的开拓能力也没有得到实践的检验，孙总就与川奇签下了“军令状”。不得不说，这次合作的成败多少存在着一些碰运气的成分。

不过，做大事的人就必须要着眼于大局，等到万事俱备的时候，恐怕时机也早就转瞬即逝了。

换句话说，富贵险中求。做大事者不承担常人不堪重负的风险，又如何能创造常人难以逾越的奇迹呢？

当我们羡慕成功者独自狂奔在高速公路的单行道上，畅快淋漓地独享着别人望尘莫及的风景时，谁又能体会到，他那种高处不胜寒的无奈与寂寞呢？

孙总的决定可谓牵一发而动全身，关系到的何止内部的员工，就连云飞也成了这一决定的“受害者”。与小敏的“蜜月期”才刚刚开了个头，他就被孙总一个电话，迫不及待地“请去”了厦门。

和广州经销商的销售人员横扫大街小巷的悲惨生活，才刚刚告一段落，厦门地毯式的轰炸模式又即将开启。

好在厦门城市不大，建材市场也相对集中，云飞出入都可以打的士，倒也没有再像在欧施克时那么辛苦。

再加上这里随时都可以看到一望无际的大海，那种壮怀激烈、海纳百川的胸怀，倒也给云飞思“娇”的情绪带来了一丝安慰，时时会有一种“海上生明月，天涯共此时”的心情。也就把与小敏天各一方、遥不可及的距离感拉近了许多。

云飞在厦门要攻克的最强堡垒，自然是非厦门橱柜界的第二号人物，铠帝亚公司的李总莫属了。

铠帝亚与格兰纳，可以说是天生的宿敌。两家公司的明争暗斗，已经到了水火不容的地步。从供应链的源头垄断战，到行业人才的资源争夺战，再到市场渠道的短兵白刃战，处处都可以看到他们残酷角力的身影。

甚至，有时为了争夺一个店面、一块广告牌的位置，他们都会拼得你死我活，分个高低输赢。如果被李总知道，川奇的幕后操盘手是孙总，那无论有多大的利润吸引，恐怕他都断然不会去帮孙总抬轿的。

而李总的成熟老到也是不容小觑，在他面前演戏更是要做好充足的准备。可以说，格兰纳与川奇的合作成功与否就在此一举了。

拿下李总，计划便成功了一半。可如果被李总看出了什么破绽，那么Danny与孙总天衣无缝的千秋大计，也就基本上可以宣告失败了。因为一旦事情败露，那么整个橱柜行业都势必会将川奇列入永不录取的黑名单。

而格兰纳也必将背负上千古的骂名，受到行业的集体抵制。因为同行是冤家，谁也不能接受自己辛苦半天，却是在为竞争对手打工的残酷现实。

所以，机会只有一次，此战只能胜不能败，可想而知云飞的内心必然承受着不可估量的强大压力。

第八十六章　大局初定归途返，万里高空续前缘

其实，自从上次云飞和 Danny 来拜访过李总之后，已经过去了一段不短的时间。李总的心里，也难免会有各种的猜测。这次云飞的到来，可以说是正当其时，正是解除他心中疑团的最佳契机。

寒暄入座之后，云飞将彭经理新招的业务经理小曹，以厦门地区代理商的身份介绍给了李总。李总闻言，那夸张的表情，毫不掩饰地表达了他的极度意外和不满。因为，这和他上次与 Danny 见面时提出的想法完全不同。

彭经理在行业里可以说是人尽皆知，代表新公司拜访客户，他当然不方便亲自出马。所以，作为这个新团队的带头大哥，他的主要职责是代替孙总做具体的管理。而对外需要抛头露面的地方，他只能选择让小曹代劳。

小曹是彭经理的大学同学，也是一把销售好手。最近在彭经理的盛情相邀之后，终于决定加入这个新团队，与彭经理共谋发展。

李总对小曹显然没什么兴趣，他一听云飞说找到代理商了，立刻就一脸不高兴地说道："马经理，上次你们过来时，大家的合作意向都已经表达得很清楚。可几天不见，你们就朝秦暮楚，找到新的经销商了。这未免也太没有诚意了吧？"

李总的兴师问罪，其实也不无道理。上次云飞与 Danny 来拜访时，大家还一派和气。现在转头就找了新的经销商，大有过河拆桥、卸磨杀驴之嫌，确实有点说不过去。

此时，李总的语气，显然也没有上次那么友善了，甚至还充满了责怪与质问，大有一言不合就拂袖而去的意思。

对于李总的表现，云飞并不感到意外。假如今天换了是孙总，那表现肯定比这还要更激烈得多。

云飞理解地点点头说道："李总你这么说，看来是完全误会了我的一番好意了。我这次来可是带着满满的诚意，我这么做很大程度上也是为你着想啊！"

"为我着想？"李总对云飞的"鬼话"显然并不买账。那潜台词分明是在说："老子可不是三岁小孩，我行走江湖的时候，你还穿开裆裤呢！你别想用三言两语，就把我骗得服服帖帖的，没门儿！"

云飞自然知道李总的想法，于是他语重心长地说道："是啊！你也知道，格兰纳的孙总想拿我们的代理权做独家生意，虽然我们不想失去格兰纳，可我们也不想失去铠帝亚啊！你们是厦门橱柜行业的两个标杆，如果二者失一就等于失去了半壁江山。所以，最好的解决办法就是，你们都不做代理商，这样就不存在谁垄断市场。我们也就可以光明正大地，跟你们双方都有生意做！"

说到这里，云飞观察了一下李总的表情。但李总似乎并没有为之所动，只是在鼻子里轻轻地哼了一声。脸上显示出来的，仍然是刚才残留的那份质疑与些许的不满。

看来，李总果然不是说两句好话，就能打发得了的。同时，这也显示了李总的城府之深和他的老道之处。

"李总，我们找第三方做代理，这样就可以一碗水端平。你既不必担心格兰纳会垄断市场，也不用为了保住代理权，花那么多心思去开专卖店，帮我们拓展分销渠道，更不必为了完成销售任务，而压上巨大的库存，何乐而不为呢？"

李总闻言，紧锁的眉头似乎有了些许的松动。看来，这一点的确说到李总的心坎上了。说实话，有自己的橱柜主业要忙，本就在与格兰纳的竞争中处于劣势的铠帝亚，哪还有更多的精力去为川奇另辟战场啊？

当然，单凭这三言两语，还远远不足以打动李总。于是，云飞又继续说道："为了公平起见，我对你们两家公司的价格都是公开透明的。我们经销商给你们供货，只能在出厂价上加十个点，作为他们的服务和物流费用。说白了，经销商就相当于我们设在厦门的一个服务点。他们只赚个服务费，具体的操作完全受我们厂家的监管。你们有什么不满意的地方，可以随时向厂家投诉！"

李总听到这句话，不动声色地轻轻吁了口气。显然，他比之前有所放松。看来，云飞的话越来越接近他的心窝子了。

云飞看在眼里，自然也更加充满了信心。于是继续说道："为了消除您的顾虑，川奇可以专门针对铠帝亚和格兰纳，分别做几款定制产品。这几款产品只针对你们两家公司，别的公司给钱也不卖，除非你们自己愿意卖。这样，你们两家就可以通过错开产品型号，避免直接竞争。他有的你没有，你有的他没有，也就不存在谁垄断市场的问题了。当然，前提是你们得有一定的销量保障。"

听完云飞的这个建议，李总似乎开始显示出了一点兴趣："我做生意一向很守规矩，那如果有人违规，你们怎么处理呢？"

李总说话的时候仍显得一脸严肃，面无表情。但他不动声色的背后，已经分明显示出，他按捺不住的关心与兴趣所在。

“这个你大可以放心，我们要的是市场，我们制定的游戏规则，又怎么会自己破坏呢？更何况，大家白纸黑字签了协议，一切都按协议履行，权利和义务共存，没有人能只拿好处，不受约束的！”云飞拍着胸脯保证道。

李总听完终于微微地点了点头，看样子他对云飞的方案和诚意，总算是基本满意了。有了自己的定制产品，就不怕格兰纳再垄断市场，那他还何必带上“经销商”这样一个紧箍咒，让自己束手束脚呢？

接下来，作为聪明绝顶的生意人，一个重要的细节问题，李总当然不能不问清楚：“那你们对于销量的要求，又是多少呢？”

一听到李总问这样具体的问题，云飞心里就更加有底了，这说明李总已经基本接受了他的方案。

于是，云飞胸有成竹地说道：“李总，其实我这样做还有一个好处，就是不会给你太大的压力。这样我们的生意才可以细水长流，慢慢做大啊！”

“哦？”李总疑惑地看着云飞，不知云飞到底是在给自己下套，还是真的如此善解人意。

“销量的事，咱们可以根据实际情况谈个合理的量。但不管怎么说，肯定比你做独家代理的任务要轻得多。现在有代理商帮你背负库存压力，你不但可以减少很多投入，而且也免除了后顾之忧，特别是还可以通过定制产品来控制利润。我的一片良苦用心，你现在终于可以体会到了吧？”

李总闻言，终于露出了一丝笑容：“马经理，你们外企培养的都是百里挑一的人才，我不服不行啊！我知道你们这么做，对你们来说一定是最佳的选择。但仔细想想，这对我来讲也不失为一个优选方案。只要你们能说到做到，我也愿意跟你们尝试一下。只是，这销量的产生需要一个过程，不是一蹴而就的，你们可不能一开始就狮子大开口啊！”

云飞闻言，心中暗想：“李总果然是个老狐狸，既想搭顺风车，又不想做任何投入，世上哪有这么好的事？只可惜他机关算尽，还是逃不出孙总的五指山，最终还是摆脱不了帮孙总抬轿的命运啊！”

想到这里，云飞微微一笑说道：“李总，这一点请你放心。我们做生意向来讲究公平公正，童叟无欺。这销量的要求嘛，自然有我们市场调查的数据做依据，不会狮子大开口，但你也不能不拿出点诚意啊！”

“那当然，那当然！”

正所谓，行家伸伸手，便知有没有。李总和云飞几个回合交锋下来，也知道他是有备而来。所以承诺的销量要求，很快也就达成了一致意见。

厦门的橱柜企业，基本上都以格兰纳和铠帝亚这两家龙头企业马首是瞻。他们的一举一动，就是整个行业的风向标，牵动着厦门整个橱柜业的动向和发展。

因此，一举拿下这两家企业，对云飞而言有着决定性的意义。从此，再去其他橱柜公司谈判，也就容易得多了。

脑力劳动的工作，终于暂时可以告一段落了。接下来，就是大量的体力劳动了。产品培训、安装指导、销售拓展，云飞像复读机一般，整天穿梭于各建材市场之间，每天重复着几乎同样的工作，说着同样的话术。

唯一聊以慰藉的是，云飞所面对的培训对象，基本上都是二十来岁，年轻漂亮的高颜值美女，秀色可餐，赏心悦目，大大缓解了重复工作带来的审美疲劳。

当然，云飞并没有因为生在花丛中，就乱花渐欲迷人眼。在他心目中的女神只有一个，那就是小敏。

为了早日回到广州与小敏相聚，云飞几乎从早到晚夜以继日地工作。这一点也深深地感动了彭经理。相信他必将会把云飞的一举一动，一字不漏地报告给孙总的。

经过云飞的努力耕耘，厦门市场终于发生了翻天覆地的变化。川奇的分销商，以野火燎原之势，迅速在厦门蔓延开来。川奇也由一个在厦门被看作是烫手山芋、无人问津的品牌，逐步成为高端橱柜配套的必备产品。

云飞也终于可以带着骄人的战绩，踏上了回广州的航班，去见他朝思暮想的小敏了。可越是踏上归程，云飞就越是归心似箭，那种急不可待的心情实在难以用语言去表达。

因为云飞登机比较早，后面的旅客还在陆陆续续地上来。所以，他不得不无聊地用看杂志来打发飞机起飞前的漫长等待。

可是，他看了半天才发现，自己现在根本无心阅读。刚才看过的内容，他竟然完全没有一点印象。所以，云飞索性闭上眼睛，让思念插上翱翔的翅膀，在奔腾的脑海中信马由缰地纵横驰骋了。

这时，忽然有一阵淡淡的清香扑鼻而来。紧接着，旁边的座位轻轻地震动了

一下。虽然，云飞并没有睁开眼睛，但直觉告诉他，邻座刚刚坐下的这位，必定是个年轻漂亮的女孩子。

如今，云飞心里只有小敏，对花花草草的事情早已不再上心。所以，旁边的美女固然芳香四溢，云飞却丝毫不为所动。

这时，假寐中的云飞却忽然听到旁边的女孩，跟他主动搭讪道："帅哥，遇到我这种美到不给别人留活路的美女，竟然可以坐怀不乱，你是得道成仙了，还是看破红尘了？"

"啊？"云飞闻言不由得心中一震，心中暗想："这女孩儿说话的口气，怎么那么像她啊？"

想到这里，云飞忍不住睁开眼睛，向旁边的女孩儿打量过去。哪知，不看还好，这一看真让云飞惊得是目瞪口呆。

不知是激动过头，还是受惊过度，他的嘴巴在空中抖了几下，却一句话也没说出来。只是不断地重复道："是你……怎么会是你？"

第八十七章　义断情迷惜缘浅，以德报怨好人难

也难怪云飞会有如此意外而惊讶的表情，因为他做梦也想不到，世界这么大，他竟能在如此狭小的空间和她上演了一场空中的偶遇。真是应了那句俗话：人生何处不相逢啊！

原来，坐在云飞身旁的这个女孩，正是那个曾经一度给他们带来欢声笑语，却为了爱情而毅然离开广州，准备回家跟心上人去奉旨完婚的，美到不给别人留活路的小辣椒——紫嫣。

“你……你不是回家结婚，追求你的幸福生活去了吗？”云飞激动地问道。

“好啦，别哪壶不开提哪壶了！相爱总是容易，相处太难，不是你的就别再勉强！在一起相处过我才知道，我们已经是两个不同世界的人，是不可能再勉强走到一起的了！”

紫嫣先用一句歌词幽默地做了个总结，然后才若有所悟地，解释了她和未婚夫分手的原因。看样子，她这场为爱情义无反顾放弃广州事业的轰轰烈烈的爱情故事，并没有如预期般，成为一段如诗如画的经典传奇。

不过，从这点来看，紫嫣敢爱敢恨的作风倒是颇值得赞赏，至少她没有像婉清一样，屈服于世俗的眼光。

“原来是这样！那你怎么会到厦门啊？”云飞不解地问道。

紫嫣闻言，叹了口气道：“本以为来厦门旅游散散心，可以让我忘记一切烦恼。哪知，出来以后才觉得一个人更孤独，预期中的艳遇也没碰到！不过，这一趟撞到你，倒是个意外的收获！”

紫嫣本就是那种什么心情都会写在脸上，高兴也罢，烦恼也罢，都会来去匆匆，没心没肺的女孩。所以，什么话从她嘴里说出来，都会有一种一波三折的感觉，再加上她那随之跌宕起伏的表情，让人听着就像坐过山车一般有种大起大落之感。

本来她还是一副愁眉不展的样子，但说到最后那几个字——“意外的收获”时，已然是眉飞色舞，好像将一股脑的烦心事，顷刻间就抛到九霄云外了。

再次见到紫嫣，云飞甚感欣慰。曾经在一起相处的美好时光，点点滴滴又浮现在他的眼前。虽然已经时过境迁，但现在想起来依然是那么美好。毕竟，紫嫣

是他在这个城市里不可多得的几个朋友之一，曾经更是唯一一个可以无话不谈的红颜知己。

原以为当年的一别将终成永远，想不到今天竟会有缘，意外地在万米高空相遇。真有一种让人不敢相信的时空穿越之感，这难免会让人觉得，是冥冥中上天注定的“情缘未了”。

“哎！你怎么不说话啊？这么久不见，你有没有想我啊？咱们可是曾经同居一室朝夕相伴！我管你吃，管你喝，你不会这么快就忘记我了吧？”紫嫣见云飞半晌没有说话，于是不高兴地说道。

此时，云飞正沉浸在对往事的美好回忆中，冷不丁地听到紫嫣这么大声嚷嚷，吓得全身的汗毛都竖起来了。

他赶紧冲着紫嫣使了个眼色，小心翼翼地说道：“姑奶奶！公共场合咱能把话说清楚点儿吗？你是想逼我从窗户跳下去吗？”

紫嫣闻言，被逗得哈哈大笑起来：“哈哈……马云飞，想不到你也有害怕的时候！看你现在诚惶诚恐的样子，真是太解气了，现在本姑娘的心情好多了！”

紫嫣一向都是个活宝，说话随性，无拘无束。与云飞他们住在一起的时候，的确给他们带来了不少的快乐。但今天，也的确让云飞陷入了不小的尴尬。看看隔壁捂着嘴偷笑的邻座，云飞真是有苦难言，他总不能主动去跟人家解释他跟紫嫣的关系吧？

虽然紫嫣今天让云飞把面子直接丢到了万米高空之上，但他对紫嫣一点招儿都没有，这恐怕就是卤水点豆腐——一物降一物吧！

有了紫嫣的开心相伴，本就不长的空中旅程变得更加转瞬即逝。两人还没来得及将离别后的故事讲述清楚，飞机就已经悄然落地了。

广州曾经是云飞梦想启航的地平线，而现在因为有了一个人的等待，这里也将成为他幸福回归的落脚点。

这次来广州，紫嫣临时住在朋友家里。因为有朋友来接机，所以她只好依依不舍地与云飞交换了联系方式，然后两人便匆匆辞别各自上路了。

与小敏久别重逢，自然少不了一番欣喜若狂的浓情蜜意。随着时间的推移，小敏与云飞的感情日趋稳定。而云飞的事业，也在爱情的滋润下，逐渐显示出勃勃生机。

厦门地区的成功反转，让孙总对与川奇的合作更加充满了信心。在与 Danny

及云飞的多次沟通下，孙总终于决定将厦门模式复制到福州。最终，将推广到整个福建市场。

通过孙总的大力运作和云飞不辞辛劳的耕耘，川奇品牌在福州也开始逐渐崭露头角，一改以往的颓势。

并且，除了橱柜渠道外，云飞还渐渐把触角伸向了传统渠道。有了橱柜渠道的带动，传统渠道很快也借势而发，和橱柜渠道形成交相辉映、良性竞争的态势。

橱柜渠道在福建市场的成功践行，不仅成了华南区的典范，全国其他各区域也都开始纷纷效仿。

一时间，橱柜渠道变成了川奇公司炙手可热的名词。每个区域都把橱柜渠道的开拓，看成了重中之重。

当然，云飞也不会错过这个大好时机，用福建的成功案例，来开导思想顽固不化的广州经销商。

以前，没有成功的榜样时，云飞给人家隔空画饼，自然没什么底气。可如今，不但有实实在在的榜样摆在眼前，而且，这个榜样还是自己一手一脚，亲自打造出来的。那种话语间的自信，当然也就不可同日而语了。

只是，高总内心固有的成见，让他始终认为，云飞的说辞不过又是厂家自编自导的，无数个无法得到验证的传奇故事之一。目的无非是为了说服他，让他按照厂家的思路进行投入。这种厂家想方设法牵着他鼻子走的拙劣手段，他才不会轻易上钩呢！

可悲之处也正在于此，高总总是自认为高明，结果却是聪明反被聪明误。正是由于他太过精明，处处提防别人，反倒使他的眼界过于狭隘，无法从战略的高度，带动公司提升到更高的档次，使他本人反而成了公司发展的瓶颈所在。其实，就连华总也早就意识到了这个问题，只是高总本人还浑然不觉而已。

不过，好在在长期打交道的过程中，知己知彼的云飞，这次也是有备而来。云飞这次在福建开拓的过程中，积累了大量的照片。在铁一般的事实面前，冥顽不化的高总才终于被说得哑口无言。再加上华总的旁敲侧击，高总终于在百般无奈下下定决心，准备仿照福建的成功经验放手一搏。

有了福建和广州的成功，可以说华南区就已经平定了大半壁的江山。这让Danny的压力也减轻了不少。他终于可以集中精力，去开拓华南区的其他区域了。

这其中的重中之重，自然是深圳市场。作为与广州齐名的四大一线城市之一，

深圳的销售一直不温不火。

而以深圳的购买力和品牌意识来说，这里的销售绝不应该差过广州。可 Matt 接手几个月以来，一直见不到任何实质性的进展，这不免让 Danny 在担心之余，对他多少也产生了一些看法。

广州与福建的捷报频传，可能也给 Matt 带来了不小的压力。眼见 Danny 将注意力转移到了他的区域上，Matt 也终于到了不得不发力表现一下的时候了。

果然，Matt 也算不负厚望，几经辗转终于在深圳开发了一家实力强劲且渠道经验丰富的大经销商。

然而，小有小的弊端，大也有大的缺点。就像厦门的孙总和广州的高总一样，实力不俗的客户，必然也不容易应付。

深圳地区的这位经销商卫总，是当地首屈一指的行业大佬。在建材行业浸淫了十几年，有着非常深广的人脉和渠道，也是厂家争相拉拢的合作对象。

只不过，卫总身上有一种天然令人难以亲近的傲慢。比之孙总，更显得霸气外漏，盛气凌人。

虽然，他令人侧目的行业成就，也算勉强配得上他唯我独尊的孤芳自赏。但这种傲气多少还是会影响到他跟生意合作伙伴之间心灵的距离。

自从开发了卫总这个实力派经销商之后，Matt 那高傲的头就更加不会用平视的目光看人了。特别是在云飞面前，他那副不可一世的态度，似乎时刻都在向云飞示威：别以为公司就你最牛掰，小爷我哪也不输你！

但 Matt“战功赫赫”的背后，忽略了一个现实的问题。那就是，他今天偶然成功的背后，却隐藏着 Danny 功不可没的默默付出。

云飞曾听 Danny 讲，他们第一次拜访卫总的时候，整整坐了一个小时的冷板凳。卫总足足迟到了一个小时才出现，由此可见，这位卫总是何等的高傲。如果没有 Danny 的全力支持，仅凭 Matt 有限的经验和不上道的个性，何以搞得定这位傲气十足的卫总呢？

不过，Matt 那高傲的脑袋，很快就耷拉下来了。原来，因为他一时多嘴，让卫总抓住机会，给他出了上任以来的第一道难题。而这道难题，恐怕是他一己之力绝对无法完成的。

正所谓无巧不成书，Matt 做梦也想不到，卫总竟然也代理了跟厦门孙总相同品牌的产品。同样因为在中国没工厂、服务差、物流慢，这些问题也一直困扰着卫总。

有心不做吧，但苦于已经经营良久，冤枉钱也花了不少，在当地也有一定知名度了，不做实在太可惜！

特别是，为了适应中国的商业节奏，卫总还砸了一批货在仓库里。如果不做，那批货就只能当垃圾处理了，这个损失实在太大，卫总心有不甘。所以，卫总只能一边骂娘，一边硬抗。

谁知道，卫总正在烦恼之际，Matt 却自己主动送上门来了。为了跟卫总套近乎，他主动透露了孙总在厦门也代理这个品牌的消息给卫总。并且，还添油加醋地把孙总的销售能力说得神乎其神。

这既引起了卫总的心中不服，同时也给了他一个很好的借口。卫总索性就把球踢给了 Matt，让他想办法帮忙解决掉仓库里的库存。并声称，只有清掉旧库存，才有钱进川奇的货，否则他一分钱的货也不进，这不摆明就是威胁吗？

而卫总所谓清掉旧库存的方法，竟然是让厦门的孙总，帮忙吃掉他仓库里的那些卖不出去的“鸡肋”产品。

Matt 一听就傻眼了，他心想：“这些烫手的山芋，你砸在手里卖不出去。厦门孙总又不是傻子，人家跟我非亲非故，甚至压根连见都没见过我，凭什么帮我啊？你这未免也太强人所难了吧？”

这就叫不作死就不会死，为了显摆自己，Matt 主动挑起这个话题，现在自己吞下这个苦果，也算是自作自受了。

Matt 回到广州后，第一件事就是冲进 Danny 的办公室，把这个棘手的问题丢给了他。

Danny 一听，也皱起了眉头，他略带埋怨地说道：“厦门孙总那边的情况，你没事跟卫总讲什么啊？你这不是自己没事找事吗？”

Matt 一听，早已经是后悔不迭：“我本来是想跟卫总套套近乎，谁想到他竟然会提出这么过分的要求啊？”

Danny 明白，此时再怎么埋怨也是于事无补了。现在怨天尤人不但解决不了问题，还会影响内部团结。为今之计只有想办法亡羊补牢了，只希望未为晚矣吧！

于是，Danny 长叹一声说道：“孙总是 Arthur 的客户，与他私交甚好。眼下你只有去求 Arthur 出面，看他能不能帮到你了！”

Matt 一听，脸色立刻“唰”地一下就红了，只见他略带尴尬地说道：“我跟

Arthur 平时交情一般，这件事关系重大，我想还是得请你亲自出马，要不然恐怕他是断然不会帮我的！”

Danny 知道，这件事情是烫手的山芋，给了谁都不愿意碰。更何况，Matt 平时人缘儿不好，见谁都拽拽的，一副老子天下第一的样子，云飞真是找不到任何的理由去帮他啊！

所以，Danny 无奈地点点头说道：“好吧，那我去帮你说说！以后，记得要多为人！世界上的事山不转水转，谁也保不住哪一天要求到别人啊！”

Matt 闻言，喜出望外地一个劲儿地拼命点头应允，然后才灰溜溜地走出了 Danny 的办公室。相信经过此次教训，他以后行事也应该会有所收敛了吧！

但把这个皮球无缘无故地踢给云飞，也确实有点勉为其难。虽然，看在 Danny 的面子上，云飞也不好推辞，可他心里的确是没有任何的把握。

所以，在沉思了片刻之后，云飞语重心长地说道：“Danny，你是我上司，既然你开了口，那我帮忙是责无旁贷。可孙总是什么样的人，你应该比我更清楚。让他平白无故地做好人，去收一堆破铜烂铁回来，我可真没这个把握！”

这个道理，Danny 何尝不明白？但是，他作为华南区的负责人，每个下属的问题，也就都是他的问题。任何问题到他这里，就是最后一道防线，他没有任何退路可以选择，谁让他是华南区的老大呢？

于是，Danny 鼓励地说道：“一个优秀的销售应具备永不言败的意志，孙总虽然难对付，但你之前还不是一样把他摆平了？我相信你有这个本事，这也正是考验你对经销商的把握程度和考验孙总对我们重视程度的一次绝好机会！”

云飞一听就傻了，他想不到，一向宽厚仁义的 Danny，竟会在关键时刻摆他上台。要知道，经销商在利益面前可是没有人情可讲的。更何况，这件事不管如何发展，其结局都注定云飞会里外不是人。

假如孙总一口拒绝了，云飞将颜面无光，以后面对孙总他将情何以堪啊？可如果万一孙总一不小心答应了，那云飞无疑将欠他一个天大的人情。

俗话说，吃人嘴软，拿人手短。那以后云飞的工作，还不得唯孙总马首是瞻吗？那他以后还怎么挺直腰杆，按照自己的思路去管理经销商做事啊？

Danny 这招釜底抽薪，可以说直接把云飞逼到了退无可退的境地。他到底该如何迎难而上，这将极大地考验云飞的智慧和勇气。

第八十八章　相思难诉离别苦，诛求无已巾帼怒

对于 Danny 强人所难的要求，云飞倒是也能理解。他知道 Danny 若不是被逼得走投无路，也决计不会出此下策的。既然横竖都得答应，那倒不如爽快一点，至少也可以让 Danny 欠他一个人情。

想到这里，云飞叹了口气说道："好吧！人善被人欺，马善被人骑！但愿 Matt 不会以怨报德，将来恩将仇报就好了！"

Danny 一听，不由得喜上眉梢，他紧皱的眉头也立刻舒展了许多："同事一场，我就知道你不会见死不救的。经一事长一智，我想经过这件事，Matt 一定会有所改变的。"

"但愿如此吧！"

云飞硬着头皮，拨通了孙总的电话。却想不到，谈判比想象得要顺利得多，孙总竟毫不犹豫地一口就答应了。

看来卫总的那点库存，对消化能力超强的孙总来说，根本不算什么。又或者是因为厂家的物流缓慢，孙总本来也正需要那批货来解燃眉之急，于是就做了个顺水人情，谁知道呢？但有一点是可以肯定的，那就是云飞这次欠了孙总一个大大的人情。

而孙总的性格，也是个绝不允许别人赊账之人。所以，作为对这份人情连本带利的回报，孙总要求云飞近期再去福建住一个月，帮他彻底打开整个福建省的分销渠道。

本来久别重逢激发的朝思暮想，让云飞和小敏的感情发展形势一片大好。可就在这浓情蜜意之时，冷不丁地又要让两人再过上牛郎织女天各一方的生活，这未免太残忍，也太不通情理了吧？

更何况，这次还是因为 Matt 才欠的人情，却要以牺牲云飞和小敏花前月下的大好时光作为代价，天理何在啊？

更可气的是，这么巨大的付出，竟没有得到半点回报。甚至，Matt 连一句正式的谢谢都没有说过。真是是可忍，孰不可忍！

小敏知道这件事后，第一反应当然也是愤愤不平。凭什么为一个不知感恩的人，牺牲我们相聚的时间呢？

一听完云飞的诉说，小敏的火爆脾气立刻就被点燃了。她像机关枪似的，噼里啪啦地发了一顿牢骚。但牢骚发过之后，平静下来的小敏像换了一个人似的，又恢复了知书达理、温文尔雅的淑女风范。

细想之下，世界上的事都是有舍才有得。人生何尝不是在权衡利弊之间，做着循环取舍的选择。为了成就长远的大目标，就不得不牺牲暂时的小目标。他们都还年轻，来日方长。先成就一番事业，再谈儿女私情，也未为晚矣！

更何况，云飞有这样的胸怀，又何尝不是一件值得感动和欣慰的事情。他对一个不知感恩的人尚且能如此宽容，那么他将来又怎么可能对小敏不好呢？

小敏毕竟是做人事工作的，对人情世故的见解与觉悟到底不同一般，仔细想想也便想通了。

只是这胸怀的事情说起来轻松，真的事到临头做起来可就着实不易了。面对云飞的再次离开，小敏的生活也再次跌入了相思的谷底。

幸福的时光总像手中的流沙，握得越紧就流失得越快，让人总有一种意犹未尽，却无力回天的无奈感。

为了尽快还清孙总的人情，也为了早日实现自己的小目标，云飞舍弃了与小敏的温柔缠绵，再次投入福建的开拓工作中来。

云飞马不停蹄地穿街过巷，不分昼夜地加班加点。他的努力有目共睹，战绩自然也是硕果累累。

特别难能可贵的是，云飞并不是那种只顾低头走路，不顾抬头看天的人。从他在广州的第一份工作开始，云飞就形成了一套不断自我完善的提升体系。

从记录失败案例，到分析成功经验。这一路走来，云飞把遇到过的形形色色的高人指点和遭遇过的林林总总的失败教训，全部都做了详细的记录，并在工作实践中不断得到检验和完善。

可以说，今天的成绩完全是云飞在实践中自我积累的一种印证。也是他不忘初心，为实现广州梦而做出的最有力的诠释。

与幸福的日子相反，寂寞的日子总是漫长得令人绝望。这天，小敏下班后，一个人无聊地在街上闲逛，却忽然意外地听到背后有人叫她。

这是一个男人的声音，虽然在车水马龙的街上，几乎已经被嘈杂的噪音淹没，但小敏还是依稀听到了自己的名字。

小敏闻声不由得心头一喜：“难道是云飞又神出鬼没地悄悄回来，要再次给她一个惊喜？”

但转头回望的一瞬间，希望又如镜中月一般，被现实打得支离破碎。原来，叫她的人并不是云飞，而是一个瘦高的“麻秆”。

“小敏，怎么你一个人在路上闲逛啊，云飞呢？”说话的不是别人，正是云飞的铁杆好友汪峰。

“哦……他出差去了！”小敏失望之余，淡淡地答道。

“嗨！他可真舍得，把这么漂亮的女朋友扔下，自己去出差？”汪峰抱打不平地说道。

“做销售是这样的啦，身不由己嘛！”小敏的语气充满了无奈，但也有一丝不情愿地应付。显然，她并没有继续跟汪峰聊天的兴趣。

“我也是做销售的啊！但我就很少出差，最多也就在广州周边走一走。我要是有你这样的女朋友，就算辞了工作，我也不会把你扔下的。”汪峰的语气似乎带着一点讨好的意味，可作为云飞的好朋友，他这么说多少也感觉有些不妥。

小敏本就对汪峰没什么好感，见到他这样说云飞，心中更是不满。于是，她带着讽刺的语气说道：“不知道哪个女孩会那么有福气，找到你这么懂得怜香惜玉的男朋友，将来我一定好好恭喜她！”

汪峰自然听得出小敏语气中讽刺的意味，似乎也意识到自己的话有点儿过头了。于是连忙转移话题道：“择日不如撞日，既然碰到了，那我们就一块吃个饭吧！反正云飞不在，也没人陪你，我正好也没什么事！”

汪峰可能是一番好意，但小敏似乎并不领情：“不用了，我约了我姐，她在家里煮好饭等我呢！”

小敏一副拒人于千里之外的表情，让汪峰颇为尴尬。于是，他只好没趣地说道：“那好吧！等云飞回来，有时间咱们再聚！”

小敏告别汪峰，本以为这事就这么过了。可哪知，两天之后小敏在下班的路上，竟又机缘巧合地再次遇到了汪峰。

见汪峰迎面而来，躲是躲不过了，小敏忍不住好奇地问道：“你怎么又在这条路上出现了？我记得你们公司，好像不在这附近啊？”

“哦……我们公司最近在这附近做活动，有时间你也可以过来参与一下啊！”汪峰诚意相约道。

“有时间再说吧！”

小敏应付地点点头，说完便想抽身离开。哪知，汪峰竟又盛情地邀请道：“既然这么有缘再次碰到，那就一块吃个饭呗！反正大家都要吃饭，你干吗好像总躲着我似的？”

“没有啊！我躲着你干吗？”小敏的回答快得出奇，完全是一种自然反应。就好像一拳打在铁板上，而产生的反作用力一般。

“既然没躲着我，那就走吧！我跟云飞是铁哥们，帮他照顾你也是我义不容辞的责任！”

话说到这份儿上，小敏实在找不到任何理由再来拒绝了。为了避免难堪，她只好乖乖地跟着汪峰来到了一家饭店。

这家饭店的档次不俗，小敏虽然就在这附近上班，却还从来没有来过。平时不过吃个工作餐，自然也犯不着来这么高大上的地方摆谱。

小敏本不想来这里，但耐不住汪峰的执意坚持。更何况，如果为了选个地方，当众拉拉扯扯的也不好看，小敏也就只好认了。

点菜的活儿，由于小敏执意不肯，最后就由汪峰全权代劳了。点完菜，汪峰又问道：“喝点什么酒啊？”

小敏闻言，先是愣了一下，然后才摇摇头说道：“我从来不喝酒！”

“那就来瓶红酒吧！红酒有养颜美容的功效，对女孩子的皮肤好。而且，不醉人！”

“不用了，我真的不会喝酒！”

“那来一瓶我喝，你意思意思就行了，酒能助兴，随意就好！”说着，汪峰不等小敏拒绝，便自顾自地点了一瓶红酒。

小敏虽然心中不悦，但想想是人家请吃饭，别人喜欢喝酒也不关她的事。于是，也就忍住怒气不再说什么了。

等红酒端上来，汪峰没有征求小敏的意见，便第一时间拿起小敏的酒杯，准备先帮她斟上一杯酒。

小敏一看，连忙阻止道：“我跟你说了，我是滴酒不沾的！”

小敏说话的时候表情严肃，看上去没有半点开玩笑的意思。换成是别人，可能也就识趣地知难而退了。

但偏偏做销售的人就是不信邪，汪峰不但没有放弃的意思，反而信心十足地劝道：“中国人讲究无酒不成宴，有酒才有气氛嘛！喝不喝你随意，倒一点儿摆在这里，也无伤大雅吧？"

话已至此，小敏也无话可说了。再纠结下去，只会让大家都下不了台。不管怎么说，汪峰是云飞的好朋友，看在云飞的面子上，小敏也不想再跟他计较下去了。总之，小敏就是抱定一个原则，你爱怎么说怎么说，爱怎么喝怎么喝，反正我是一滴酒都不会沾的。

汪峰见成功地说服了小敏，脸上不由得显出一点沾沾自喜的样子。他给小敏斟完酒之后，又给自己斟了一杯。

然后端起酒杯，对小敏说道："小敏，云飞是我在这个城市最好的朋友，我也很高兴能有机会认识你。虽然我们只见过两三面，但我对你的印象非常好。你一看就是个知书达理、温柔贤惠的女孩，云飞遇到你真是他的福气。来，为了我们的友谊永存，干一杯！"

小敏听汪峰这么讲，淡淡地一笑说道："你给我这么高的评价，我真是愧不敢当，心领了！但这酒就免了吧，我说过我真的是滴酒不沾的！"

面对小敏的拒绝，汪峰似乎并不死心。只见他微微愣了一下，又继续劝道："那我干了，你随意，意思一下就行！这可是好酒，价格不菲，浪费了可是暴殄天物啊！"

小敏对汪峰本就没有什么好印象，再加上他一而再，再而三地得寸进尺，早已让小敏忍无可忍。而且小敏发现，这个人完全不知道什么叫作见好就收。你越是碍于面子友情退让，他便越是得陇望蜀，步步紧逼。

于是，小敏终于忍不住说道："好酒更应该留给懂得欣赏的人，像我这样对酒一窍不通的外行，把这么好的酒喝了，那才是暴殄天物啊！"

小敏的话虽然说得很婉转，但话中的语气已经颇为严厉。换成是别人，话已至此，也就该适可而止了。

可汪峰不知哪儿来的这股锲而不舍的精神，竟然继续苦苦纠缠道："话不能这么说，古语云'酒逢知己千杯少'。知己未必都有千杯不醉的酒量，也未必都是品酒的行家，只要彼此欣赏，又何必在乎懂不懂酒呢？"

小敏一听，不由火往上撞，她心中暗想："那你不知道后面还有一句，话不投机半句多吗？我跟你见面不过三次，说话不超过十句，若不是看在云飞的面子上，咱们根本就是形同陌路，这酒逢知己从何谈起？又哪来的彼此欣赏啊？如此苦苦相逼，真不知道你到底是何居心！"

想到这里，小敏好像忽然想到什么似的，假装意外地说道：“哎呀！我忽然想起来，我还有很多面试资料要整理，明天一早公司等着急用呢！今天真心谢谢你的款待，但我必须得走了！”

汪峰一听就傻眼了，本来他正暗自为自己成功的谈判技巧而沾沾自喜。可眼见胜利在望时，想不到小敏不按套路出牌，竟然毫无征兆地起身就要走。

见小敏站起身，汪峰连忙摆出一副可怜巴巴的样子挽留道：“小敏，就算是赶回去工作，也得把饭吃完啊！你看这菜都端上来了，要不吃太浪费了吧？”

小敏闻言，正色说道：“喝酒我的确不专业，不过做人事我倒算是半个专家，答应了别人的事我就一定要做到。这菜反正都还没动过，你打包回去留着自己慢慢品尝，也不算浪费啊！”

说完，小敏露出一副不屑的神色，转身准备离开。可她万万想不到，汪峰竟然胆大包天地伸手抓住了她的书包，这个意外的举动把小敏吓了一跳。

小敏立刻沉下脸来，正色说道：“你干吗？”

此时，汪峰似乎也意识到自己的动作有些鲁莽，所以连忙松开手说道：“对不起，我一时冲动了！我只是想留你把饭吃完，酒不想喝就算了！”

此刻，小敏哪还有同汪峰一起吃饭的心情，只见她坚定地摇摇头说道：“对不起，那份工作真的是十万火急，今天如果不做好，明天我就不用去上班了！”

说完，小敏头也不回地向门外走去。汪峰见状，情不自禁地喊道：“小敏……小敏！”

汪峰的喊叫声，引来周围不少食客的观望，令小敏颇为尴尬。不了解内情的人，还以为是小情侣在吵架呢！

这更让小敏感觉怒火中烧了，她走了几步之后，忽然又停下来转身向汪峰走去。汪峰见状心中暗喜，他以为是小敏被他的诚意打动，所以才去而复返，脸上不由得露出一丝欣慰的笑容。

哪知，小敏走过来并没有坐下，而是站在那里，对汪峰正色说道：“汪峰，我跟你来吃饭，完全是看着你和云飞的关系盛情难却。可说实话，咱俩还没熟到那个份儿上。以后你别再叫我小敏了，还是叫我的全名吧！我叫陈慧敏，乏善可陈的陈，慧眼识人的慧，慎言敏行的敏！”

说完，小敏便头也不回地走出了饭店。只剩下呆若木鸡的汪峰，如泥塑木雕般坐在那里一动不动，似乎久久都还没有回过味儿来！

第八十九章　别念窃生引贪心，真性不见入歧途

云飞在福建的精耕细作，终于得到了应有的回报。他不但赢得了 Danny 的赞赏和孙总的肯定，同时，也赢得了广州经销商高总的认可。

要知道，故步自封的高总，就像一把千年未开的锈锁，早已锈迹斑斑，深入骨髓，非普通的钥匙所能打开。能让他茅塞顿开，幡然醒悟，那真是比感动一块石头的难度，还要有过之而无不及。

但是，华南区的形势大好，则是几家欢喜几家忧。因为，并不是所有的人都像云飞一样，抱着积极阳光的态度去做事的。也并不是所有的人，都看得惯他攻城拔寨，把业务做得风生水起。

如要说 Matt 有这样的心态，那是预料之中的事情。可云飞万万想不到，就连一向与世无争的 Abby，竟然也开始有了一百八十度的大转变。

对于一个麻雀虽小，却五脏俱全的办事处而言，Abby 平时的工作其实更像是个打杂的。虽然她名义上是行政人员，但更多的职能，其实就是前台接待兼订单处理员。

没有订单的时候，Abby 根本就无事可做。除了偶尔接接电话之外，可以说，她的主要工作就是坐在办公室等下班。说得严重点，基本就是公司花钱雇的一个闲人。

以前华南区业绩不好，大家的收入差不了太多，所以尚能抱着一颗平常心和谐共处。但现在，随着云飞业绩的直线上升，他的奖金也开始逐渐让人分外眼红。

尤其是 Abby，作为华南区对接工厂负责下单工作的行政人员，对于云飞的奖金情况更是了如指掌。她现在的工作量，因为云飞的订单增多而成倍增长。但她的工作性质决定了她的收入方面，只能得到公司一些象征性的奖金鼓励。所以，心里自然是大大地不爽。

可 Abby 从来没有想过，现在的工作量才是她本应有的状态。以前那种轻松兼无聊的日子，都是一种非常时期的过渡状态，哪有公司会长期花钱养闲人的？

但是，由俭入奢易，由奢入俭难。几个月来闲得发慌的生活，已经让 Abby

习惯了那种无拘无束的工作状态。一下子让她陡然紧张起来，又没有金钱的刺激，却眼看着云飞赚得盆满钵满，产生一丝羡慕嫉妒恨的念头其实也是可以理解的。

可如果只是想想倒也无妨，但令人大跌眼镜的是，Abby竟是个敢想敢干的女人。她心里不爽，就会付诸行动。

记得《菜根谭》中有句话："人生太闲则别念窃生，太忙则真性不现。故君子不可不抱身心之忧，亦不可不耽风月之趣。"

Abby可能恰恰正是应了这句话，前期因为工作太闲而别念窃生。现在，忽然忙得焦头烂额，应接不暇，自然也就真性不现了。而她又不耽风月之趣，所以只能用不择手段的方式，来发泄她欲壑难填的熊熊"妒火"了。

Abby之所以不服气，主要是因为她只看到了销售工作风光的一面。来去坐飞机，进出住酒店，出门打的士，酒桌侃大山，似乎也没什么了不起。但她没看到人家熬夜做方案、喝酒吐胃酸、日夜兼程路、逢场作戏难的悲惨场面。

见云飞加入公司不过区区几个月，就彻底改变了华南区的面貌。Abby越来越觉得，做销售是易如反掌的事。吹牛喝酒，聊天唱歌，这些事是个人都会做，只不过她作为一个女孩不愿意去应酬，更不愿意去出差，所以云飞才会有机会大出风头。

其实，像Abby这样对销售工作持有偏见、管中窥豹的人，在做内勤的同事中也不在少数。只不过，大多数人只是想想而已，却不足为外人道也。毕竟，这种负能量的散播在公司是不被允许，也是不被大家接受的。

可Abby并不是那种有不满发发牢骚就过了的女孩。一旦有这种想法在她脑海中萌生，她不但会付诸行动，而且还会不择手段，步步为营。

其老谋深算、心狠手辣的程度，绝不亚于那些出道多年的江湖老手。这与她看似柔弱的外表，形成了强烈的反差，实在让人防不胜防。也给还没有跟女人交手经验的云飞，上了生动的一课，让他终于领教了什么叫作最毒不过妇人心。

Abby的目标可谓清晰明确，她也要做销售，她也要赚得盆满钵满，她也要风光无限。而且，她一眼就相中了广州市场，并且制订了缜密的计划，要从云飞手中一点一点夺过来。只可惜，云飞此时还把她看成一个弱不禁风的小女人，全然没有把她放在眼里。

Abby选中广州的原因不外乎有三点。首先，这个市场经过云飞的长期耕耘，分销渠道已经非常成熟，她可以不用那么辛苦。

第二，云飞与高总制订的战略调整计划，已经开始付诸行动，并且效果明显。整个态势处于厚积薄发的收获期，潜力巨大，她接手刚好可以坐享其成。

第三，负责广州区域可以避免出差，这样既不耽误照顾家庭，也可以攻守兼备。万一她做不来，还有一条退路可以再做回原来的行政工作。

所有这些因素，Abby 都经过了审慎的思考和精确的计算。虽然乍一看，这种想法未免有点异想天开，不切实际。但乱世才出英雄，趁着现在华南区混乱不堪的局面，如果有人想浑水摸鱼，乘机兴风作浪，也不是完全不可能的事。

更何况，Danny 现在一门心思想做出点业绩，来证明自己的实力。Matt 性格孤傲，总是以自我为中心不理世事。而云飞在压力重重下，还要忙里偷闲去百般呵护和小敏那份得来不易的爱情，谁能想象到一个坐在前台的小姑娘，竟会异想天开地制订出这样一个疯狂的计划呢？

计划制订完毕，确定了目标，也考虑好了退路。Abby 终于开始动手，进入了实质性的实施阶段。

Abby 的第一步举措，就是要打入经销商的核心圈子，与他们建立攻守同盟，这是取代云飞的先决条件。

高总也就自然而然地，成了她眼中的第一个“猎物”。本来，以 Abby 的工作范畴和职务级别，她是没有什么机会和借口，经常接触到经销商的老板的。但这些困难在一个有野心的女人面前，都将不成问题。

二千五百年前，我们的古圣人孔老夫子就曾告诫世人：“世上唯女子与小人难养也，近之则不逊，远之则怨。”

云飞对女人并没有什么成见，相反，在他生命中所遇到的那些现代女性，给他留下的基本都是珍贵而美好的回忆。即使有些不堪回首，有些痛彻心扉，也只能说是他自己的选择，怪不得别人。

因此，云飞一直认为，孔老夫子这句话未免有些偏激，但应验的时刻终于来临了。

Abby 凭借做订单之便，开始有意无意地，对经销商的基层人员大加关心起来，有时一个电话就能打半个小时。

一个懂得嘘寒问暖、关怀备至的厂方“代表”，尤其还是一个温柔体贴、柔声细语的小女人，常常会让那些被人忽视的基层人员，特别是那些少人关心少人爱的大老爷们感激涕零。

Abby 就通过这些不需要任何成本的廉价手段，跟他们建立起了良好的感情基础。同时，也由他们口中自然而然地，获得了不少有价值的信息。

要说 Abby 为了自己的野心，也算是下了一番苦功。她不但做了详细而周密的计划，还把电话里套来的信息，做了大量的收集和分类工作。为她后续计划的实施，奠定了一定的基础。

虽然在当时还没有大数据这个概念，但信息和数据的重要性，是那些有远见卓识的外资企业，一早就非常重视的课题。

Abby 这行之有效的第一步，也算证明她没在外企白做这么久。知道信息数据的重要性，并提早做了功课，不服还真不行。

通过对广州经销商公司内部情况的细致了解，Abby 渐渐找到了与高总沟通的话题。

为了与高总建立初步的信任，醒目的 Abby，当然不可能第一时间就暴露自己的意图，更不能轻易表达她对云飞的成见，以免打草惊蛇。

毕竟，高总此时对云飞信赖有加，无端端地给云飞扣上一些莫须有的罪名，必然会引起高总的警惕和怀疑，反而可能会坏了大事。

所以，Abby 现在要做的，就是挑拨高总与云飞之间的信任关系，只有破坏了他们彼此的信任，Abby 才有可乘之机。

而要做到这一点，最行之有效的方法，莫过于出卖公司的情报，来建立自己与高总之间的信任。谁让全世界都知道，高总是个喜欢追逐眼前利益、贪图蝇头小利的人呢？

很快，Abby 通过有意无意地向高总透露一些公司的内部信息，渐渐赢得了高总的信任。尽管这种信任是建立在双方利益的驱使上，可这并不影响 Abby 计划的进展以及高总利益优先的原则考量。

川奇未来会有哪些促销活动，办事处手上有多大的折扣权利，公司对哪些区域提供了什么样的扶持政策……

这些本来是公司内部高度的商业机密，同时也是销售人员管理经销商时的谈判筹码。现在 Abby 却因为自己的一己私利，毫无保留地向高总做了全面的说明。使办事处的底细，就如同穿着皇帝的新装一般，暴露无遗地展现在了高总面前。

更可怕的是，所有人都被蒙在鼓里对此浑然不知。这使得云飞和 Danny 在面对高总谈判时，难免会陷入不可预知的巨大被动之中。

高总因循守旧，墨守成规，又喜欢贪小便宜，合作起来实在让人感到身心俱疲。云飞原本希望通过自己的亲力亲为，将广州市场做得焕然一新后，能让高总在以后的配合中跟上自己的节奏。

但他万万想不到，Abby 的背后出卖，让高总对他的感恩之情，瞬间便化为了乌有。甚至，福建市场这段传奇故事，也被完全归咎于云飞厚此薄彼的不公平待遇所致。

此时，高总对云飞不但没有了感恩之心，反而怀有了深深的成见，而云飞对此还一直被蒙在鼓里。

Abby 不但精于算计，而且深谙交易之道。她很清楚，自己的价值就在于能够提供有效信息的可持续性。因此，她会像挤牙膏似的，刻意把一条信息分成几次透露给高总。这样既可凸显信息来源的难度与可靠性，同时也可以保证高总对她的信息的持续兴趣，并增加她与高总交流的机会与频率。

交流的机会越多，彼此的“信任”也就越强。Abby 和高总一个喜欢投机取巧，赚点蝇头小利，而另一个手里正好有不用花钱，作用却巨大的商业机密。两人又都不把人品看得那么太重，因此可以说是一拍即合。

没过多久，Abby 就在高总心目中成了可以“值得信赖”的自己人。这对天作之合各取所需，各有所得，配合得可谓天衣无缝。

现在，如果广州区域交由 Abby 来负责的话，那么高总无疑将会成为最大的受益者。因此，Abby 有此心，高总也有此意。看来，让 Abby 取代云飞的时机，已经开始慢慢趋向成熟。这种心声在 Abby 与高总之间已经呼之欲出，差的只是一个时机。

只可惜，天已经变了，而云飞还沉浸在胜利的喜悦和与小敏的柔情蜜意中，浑然不知巨大的威胁已经向他悄然逼近。

这也难怪，他怎么想得到这个曾经把他迎进公司，朝夕相对的亲密战友，这个曾经与他相依为命，弱不禁风的小女人，竟在转眼间变成了出手不留情的女魔头，并在背后向他伸出了锋利的魔爪呢？

第九十章　两美相争殃池鱼，酒逢知己成闺蜜

紫嫣本以为凭着自己出众的姿色，再加上两年的工作经验，随便先找份工作在广州立足是手到擒来的事。可哪知，随着外地人每年如潮水般的涌入，广州的竞争是愈演愈烈。想找份合适的工作，远没有想象中那么容易。

所以，紫嫣本来早就想约云飞出来的小聚，也因为工作一直没有着落的烦恼，而一拖再拖下来。

但整天窝在家里大门不出，二门不迈，这也绝对不是紫嫣的性格。于是，云飞有一天终于收到了紫嫣的“世纪之约”。这时正值二〇〇〇年，是千禧年，又一个新千年的开始。

云飞与紫嫣的关系，可以说是非比寻常。曾经的室友兼同事，让他们结成了深厚的友谊。再加上紫嫣活泼开朗的性格，可以说在遇到小敏之前，紫嫣是云飞在这座城市中感情最深的红颜知己，甚至更胜过雨婷。

上次的空中偶遇，让他们几乎失之交臂的深厚友情得以再续前缘，不得不说上天还是很眷顾这对老朋友的。

只是广州是一座时间比其他地方过得更快的城市，人们整天为所谓的梦想而忙碌奔波，却在混沌中不知不觉地让青春如白驹过隙匆匆而过了。

最近，始终处于忙得不可开交状态的云飞，也一直无暇与紫嫣联络。现在，忽然收到紫嫣的相邀，他自然是喜不自胜。

可是，云飞现在已经不再是孤家寡人了，突然冒出来一个绝代佳人的红颜知己，他该怎么跟小敏解释呢？

为了防止产生不必要的误会，云飞最终还是决定，光明正大地带小敏一起去赴约。虽然想想也颇有点尴尬，但是一次把关系理清楚，总比将来剪不断、理还乱要好得多。更何况，他也希望这两位美女能成为闺中密友，这样以后隔三岔五地出来小聚，也就不用东躲西藏像做贼似的了。

小敏倒也不客气，既然云飞主动开口了，她也很想去见识一下，这位曾经跟云飞一起朝夕相处的红颜知己到底有什么魅力，能让云飞为与她的重逢而兴奋不已。

这就是小敏的个性，直来直去，敢爱敢恨，眼里容不得半点沙子，但对爱情也有一份势不可当的执着。就像她对汪峰一样，底线绝不容触碰，不合理的要求，她会毫不犹豫地拒绝，眼都不眨一下。

云飞当然也事先征得了紫嫣的同意，贸然领着自己的女朋友过去，既显得唐突，又可能会让场面尴尬，做销售的这点常识他不会不知道。

紫嫣今天穿了一条很时尚的花裙子，与小敏的素雅形成了鲜明的对比。两个女孩可以说都有沉鱼落雁、闭月羞花之美。只是美的类型各有不同，一个活泼开朗，感情丰富，一个沉稳率直，优雅细腻。这一花一雅各具特色，都是美不胜收，倒像是变成了两种不同时尚之间的大比拼。

不同的性格铸就了不同的美，似乎也注定不同的人会遇到不同的缘。就像每一把宝剑，都注定只有一个与它相配一生的剑鞘一样。

不知是不是因为有小敏在场的缘故，一向游刃有余的云飞，今天在两个美女之间，却似乎显得有些拘谨，言谈举止之间也显得有点放不开。

但紫嫣不管这一套，云飞越是拘谨，她就越喜欢开玩笑："云飞，以前咱们住在一起的时候，你可不这样啊！是不是现在有女朋友在跟前，就放不开了？"

云飞一听，不禁大惊失色："紫嫣，你可得把……话说清楚，咱们那可不叫住在一起，咱们那叫合租！"

"哎！也差不多啦！同住也好，合租也好，反正每天同在一个屋檐下，吃在一起，住在一起，咱们这份感情可是别人难以体会的，你说是不是啊？"紫嫣故意问道。

"不过……这性质可完全不一样啊！"云飞尴尬地说道。

他明知紫嫣是故意在逗他，可这种玩笑开起来也得分场合啊！小敏可是个眼里容不得半点沙子的女孩，她要真认真起来，那可就要吃不了兜着走了。

云飞说完转头看了看身旁的小敏，只见她一脸正色地坐在那里，就像个事不关己的外人，脸上全然没有半点表情。这反倒让云飞不由得更加紧张起来，因为小敏越是不露声色，云飞心里就越是没底。他无法从小敏的表情上估计到，她内心核聚变的剧烈程度已经到了什么级别。

而紫嫣，似乎是乐在其中，完全没有一点收手的意思："对了，你以前是怎么夸我来着？什么闭月羞花，沉鱼落雁……什么上得厅堂，下得厨房……什么琴棋书画，无一不精……什么美到不给别的女人留活路……"

紫嫣一边若有所思地喃喃自语，一边仰头望天，好像是在努力重温着云飞当时即兴发挥下的妙语连珠。那回味无穷的样子，俨然已经进入了一种沉醉不知归途的境界，似乎已经完全忘记了面前坐着的小敏。

紫嫣的“无心之举”，却把云飞吓得魂飞九天了。他忍不住悄悄侧目偷望了小敏一眼，只见小敏此时也正眯缝着眼睛，对他侧目而视。那眼神中虽然没有让人不寒而栗的愤怒，却隐隐让人感到一种打算秋后算账的杀气。

好像是在说：“你小子可以啊！夸别的女孩还真不手软，这么肉麻的话也亏你说得出口，看我回去以后怎么收拾你！”

看到这里，云飞连忙打断道：“紫嫣，你……你记错了吧？那……那些可都是向南说的，你可不要张冠李戴啊！这搞不好，可是要出人命的！”

紫嫣看到云飞那惊慌失措的神情，忽然哈哈大笑起来：“你那么紧张干什么？说话都结巴了，这不更显得你做贼心虚了吗？谁还没有点儿过去，我看小敏也不是那么小气的人，她一定会既往不咎的！”

“你……”云飞闻言，简直快要被紫嫣气晕了。他回头看看小敏，小敏此时却是一副作壁上观的表情，好像他们的对话跟自己完全没半点关系，她只是一个来看戏的。但越是这样，云飞心里就越是发毛。

就在云飞左右为难、尴尬无比的时候，忽然腰间传来一阵清脆的响声。云飞低头一看，竟是汪峰在 call 他，不由得心中暗喜：“兄弟，你可真是及时雨啊！”

不知道怎么这么凑巧，汪峰今天竟也不约而同地想到了云飞。既然都是好朋友，那么相逢不如偶遇，正好约到一起互相认识一下。

于是，云飞把汪峰也约了过来，趁着云飞去接汪峰的档口，紫嫣笑嘻嘻地主动对小敏说道：“你别在意啊，我刚才可都是开玩笑的！我这个人就喜欢热闹，想到什么说什么，有口无心，但绝没有坏心眼儿！”

小敏闻言，也微微一笑说道：“我当然知道你是开玩笑的了，我又怎么会那么小气？我就是故意做给他看的，这叫作警钟长鸣！”

“哈哈哈……”小敏说完，两个人都笑了。

其实，紫嫣说话虽然有点没把门儿的，但是她直爽的性格、善良的本质，反倒令小敏颇为欣赏。小敏最见不得的就是善于伪装、矫揉造作之人。所以，她与紫嫣反倒有一见如故之感。

汪峰话题多，脑子快，最善于临场应变。此时云飞正在尴尬之际，汪峰的意外出现对于云飞来讲，简直就是一颗救星。

云飞把紫嫣介绍给汪峰，两人寒暄之后，汪峰转身正打算跟小敏打招呼：“小……”

可汪峰刚叫到一半，忽然想起了上次小敏的警告：“以后你别再叫我小敏了，还是叫我的全名吧！我叫陈慧敏，乏善可陈的陈，慧眼识人的慧，慎言敏行的敏！”

小敏上次给汪峰的教训，让他记忆深刻，从此以后他对小敏再也不敢有半点非分之想。今天与小敏再次相逢，让汪峰的记忆瞬间回到了那次尴尬的饭局，也让他该怎么称呼小敏变得犹豫不决了。

小敏虽然原则性极强，但也不是个轻易记仇的人。更何况，她那天不过是想给汪峰一个教训，让他知道什么叫作适可而止，不要强人所难。其实，小敏并无恶意。

眼见汪峰尴尬地愣在那里，小敏微微一笑说道：“今天终于见识到，美到不给别人留活路的美女长什么样了吧？看把你激动的，都懒得跟我打招呼了？那就好好把握机会，发挥你的特长吧，千万别便宜了马云飞，他可是已经酒不醉人人自醉了！”

小敏的话可谓一石三鸟，既给汪峰的现场难堪解了围，又给云飞的“不良前科”提了醒，还给紫嫣的过度自恋施以了警告，不得不让人佩服。只能说，做人事的到底水平不一样，轻易不出手，一出手就要力压全场！

汪峰自然是喜出望外，连忙点头称是。云飞却有一种躺着中枪的感觉，真有点后悔把这两个女孩放在一起见面了。但他自己不知道，就在他去接汪峰这么一会儿的工夫，两个女孩已然成了无话不谈的闺中密友。

至于紫嫣嘛，她当然也听得出小敏的“话中带刺”，但她根本不当一回事，谁让她是个天生的乐天派呢？

汪峰果然不负众望，他的到来立刻让气氛变得更加活跃起来，聊天的话题也广阔了许多。就连一直揪着云飞不放的紫嫣，此时也顺着汪峰的话题转移了目标。

云飞终于长长地松了口气，他心中暗暗发誓，以后绝不让小敏和紫嫣再有机会坐在一起了。但有时一旦事情开了头，结局就不是你所能控制的了。

小敏一直都没有把她跟汪峰吃饭的事情告诉云飞，既然事情的发展已经得到了控制，汪峰也得到了应有的教训，小敏不想因为她，而影响到云飞和汪峰之间的兄弟感情。

在回来的路上，云飞一直在悄悄地观察小敏。小敏当然知道，云飞一定以为她还在为刚才紫嫣的爆料而耿耿于怀。看着云飞那小心翼翼的样子，小敏心里觉得是既甜蜜又好笑，但她并没有点破，因为她很享受云飞这种如履薄冰的样子。

最后，云飞终于忍不住，主动跟小敏解释起来："其实，我跟紫嫣真的没什么！我俩要是真有什么，我还能主动把你叫去跟她见面吗？"

"真是欲盖弥彰！一口一个紫嫣，叫得这么亲切，还说没什么！"

"不是……大家都这么叫，这不叫习惯了嘛！"

"哼！那你夸人家时用的那些肉麻的话，也是夸习惯了吧？亏你说得出口，也不觉得脸红吗？"

"我……"云飞此时，真是有苦难言。全都推到向南身上吧，似乎有些不仗义。全都自己硬扛下来吧，多少还有点儿委屈。

看着云飞为难的样子，小敏忽然"扑哧"一声笑了出来："行了，看把你给难的！我是那么小气的人吗？再说了，我有那么没自信吗？她还美到不给别人留活路呢？我的活路需要别人留吗？"

云飞一看小敏笑了，这才知道小敏根本没往心里去。于是终于松了一口气说道："那当然，你到哪里，哪里就是风景！只有找不到通向风景的天路，哪有无路可走的风景啊？"

"口花花，讨厌！"小敏说着轻轻在云飞肩膀上打了一拳，心里却是美滋滋地乐开了花。

两人一路开玩笑，一路闲聊，云飞忽然若有所思地说道："想不到，现在找工作这么难！当初我以为女孩子只要漂亮，找个前台或者行政人事之类的工作，那是易如反掌的事。想不到，紫嫣这么好的条件，又有工作经验，竟然这么久还没找到工作！"

小敏一听可不乐意了："你这叫怎么说话呢？你的意思我们做行政、人事的，就是个花瓶放在那里摆摆样子的？我告诉你，我们的工作可是很专业的！"

小敏说完，气呼呼地转过头去不再理云飞。云飞话刚出口，也立刻意识到他又说错话了。无意之间连小敏的专业性也给否定了，这可是小敏最不能容忍的。

所以，他连忙道歉："你知道我说的不是那个意思啦！你的专业性，谁敢怀疑啊？自从认识了你，我对整个人事部门的工作，都有了全新的认识。就连我们公司人事部的人，我都特别尊重。谁敢说人事部不专业，我马上就跟他们急！”

“哼！少来这套！自从我认识了你之后，我对销售部的人可就更加没什么好感了。一个个口甜舌滑的，没一句真话！”

“那可不包括我！我要是那样的人，又怎么能逃过你这专业人士的火眼金睛呢，对不对？”云飞一边讨好地说道，一边将小敏揽在了怀里。

“哼！人可是会变的！你看你现在说话就比以前油滑得多了，口蜜腹剑，我还是要对你保持高度警惕才行！”小敏故意说道。可是她在云飞怀里的姿势，并没有丝毫抗拒的意思。

云飞受到冤枉，于是不再说话，他要用沉默来进行无声的抗议。他知道这一招对小敏最有效，更胜过千言万语。

果然，小敏似乎也意识到了自己的“错误”，于是温柔地说道：“怎么不说话，委屈你了？”

“哼！”

云飞也是得理不饶人，见小敏示弱了，他反而更加来劲儿了。用鼻子轻蔑地哼了一声，然后把头抬得高高地望向远方，一副大义凛然、不可一世的样子。

“好了，算我冤枉你了！既然你这么担心你小情人的工作，那需不需要我帮忙啊？”小敏坏坏地一笑，略带挑逗地说道。

云飞闻言，心里略有所动。但他不知道小敏这是在试探他，还是真心实意地想帮忙。于是，故意不屑地说道：“听听你的语气，都把人家当情敌了，你还会真心帮她？”

小敏闻言，露出一丝狡猾的笑容说道：“看来你还真是为她操碎了心啊！不过，我大人有大量，我不计较！你要是真想帮她，我们公司现在正在招前台，她要是不觉得屈尊降贵呢，倒可以来试试！”

“真的？”云飞一听，立刻像换了一个人似的，精神为之一振。

“马云飞，你还真是一点都不掩饰啊！”小敏见状，立刻醋意大发起来。

“助人为乐乃快乐之本嘛！换成是别人，我一样也会能帮就帮的啊！”

其实，小敏何尝不了解云飞的为人！她这么说，无非是故意调侃云飞而已。小敏与紫嫣一见如故，脾气相投。紫嫣又是云飞多年的好友，大家知根知底，品性和能力自然无须担心。这样的人用起来放心，既可以帮到紫嫣，又可以帮到公司，一举两得的事小敏何乐而不为呢？

有小敏的推荐，加上紫嫣出众的外表和丰富的工作经验，紫嫣顺利地与小敏成了同事。当然，小敏也就自然而然地成了紫嫣的上司。

紫嫣性格豁达，倒也不计较这些。在公司小敏是上司，一板一眼，公事公办。但一离开公司，两人便成了亲密无间的闺蜜，除了云飞不能拿来分享之外，几乎什么东西都可以拿来分享。

甚至，就连小敏以前的死党，墨镜妹姗姗和马尾辫小艾，都看着有些吃醋了。只是，缘分就如肆虐的洪水一般，该来的时候谁也挡不住。可该走的时候，当然谁也留不住。

自从小敏与紫嫣成了同事，云飞和小敏之间便又多了一个热闹的话题。三人一起相聚的频率，也变得越来越频繁了。

与两大美女在一起的日子，让云飞感到幸福就像花儿一样，这也让他渐渐放松了职场应有的警惕。

云飞完全没有意识到，一场波涛汹涌的职场风云，在他毫无准备的情况下，正像温水煮青蛙一样，在他身边慢慢开始沸腾起来……

第九十一章　人心不足蛇吞象，最毒不过妇人心

就在云飞情场得意之时，Abby 和高总之间的默契也已悄然成型。两人之间所谈的话题，也逐渐开始变得直白而露骨。一种充满了交易味道的合作方式，慢慢浮出了水面。

搞定了高总，便成功了一半。有了外部的强大支持，下一步把内部的水搅浑，便成了 Abby 计划实施的重中之重。

Abby 非常清楚，要在无声无息间彻底搞定云飞，Danny 的支持是必不可少的。当然，如果能顺便争取到 Matt 的支持，那就更是如虎添翼，万无一失了。

虽然，Abby 并不喜欢 Matt，但她明白敌人的敌人就是朋友这个道理。她知道 Matt 对云飞心中不服，云飞的业绩越好，对 Matt 来讲压力就越大。

因此，云飞的存在，会让 Abby 和 Matt 都如鲠在喉。所以，至少暂时来讲，他们有共同要对付的目标，也就有了合作的基础，哪怕只是为了临时抱团取暖。从这点来看，Abby 的心机和谋略都比 Matt 要深得多。

制定好了既定的战略，Abby 就开始了主动出击。她第一步要做的，就是在 Danny 面前，把云飞的小问题放大来处理，以便给 Danny 造成一种错觉：云飞其实并没有想象中那么完美，他以前没有暴露出来的众多缺点，不过是被运气带来的小小成绩掩盖了。

当然，Abby 心里非常明白，凭她的一己之力，想改变 Danny 对云飞根深蒂固的好感并非易事。这个时候，当然也离不开演双簧的高手——高总的配合。

高总是老江湖，他当然明白什么叫作不动声色地杀敌于无形。他越是想把云飞换掉，就越不会向 Danny 表现出自己对云飞的成见。相反，他不但会一如既往地对云飞高唱赞歌，甚至还有意无意地，在多个场合表现出对云飞的高度推崇。

高总这么做的目的只有一个，那就是给 Danny 制造一种危机感。让他感觉云飞功高盖主，已经隐约对他的地位形成了挑战。

再加上 Abby 不失时机地旁敲侧击，云飞在不知不觉中，就莫名其妙地成了 Danny 眼中一个潜在的威胁。

对于 Danny 这样的老江湖来说，他知道什么叫作防患于未然。他不会等到一

个潜在的威胁，发展到足够对他形成挑战才去加以应对。高总和 Abby 正是看准了这一点，才准备来个借刀杀人。

人有时候就是这样，当你没有意识到的时候，你完全不觉得这是回事儿。可当你的意识一旦被别人“唤醒”时，你就会变得异常敏感。

Danny 好像也在忽然间如梦方醒似的发现，威胁果然早就已经充斥在他身边，他却浑然不觉。福建到处都是对云飞的赞赏之声，广州经销商歌功颂德的声音更是把云飞捧上了天。

就连公司内部，也对云飞刮目相看，谈起他时个个都竖着大拇指，把他当作未来之星。特别是，云飞有英语的优势，可以和总经理 Peter 直接交流。这种常常跳过 Danny 与 Peter 单独沟通的闭门会议，让 Danny 心里越来越不是滋味。

俗话说，冰冻三尺，非一日之寒。所有的各种“真相”汇集到一起，再加上 Abby 与高总的前后夹击，终于让久经沙场的 Danny，嗅到了一丝潜在的“危机”。

职场如江湖，风险无处不在。Danny 的经验告诉他，小心驶得万年船。有些时候宁可小心过头了，也绝不能大意失荆州。所以，Danny 对云飞渐渐开始产生了一丝戒心。

成功离间了 Danny 对云飞的信任，Abby 并没有急于求成。她深知心急吃不了热豆腐的道理，就像狼群围攻猎物的时候，即使早已垂涎三尺，也要顶住到嘴的诱惑，静静地等到那个一击必中的机会出现，才能以雷霆万钧之势出手。

这种超乎寻常的耐性让人感到可怕，也证明 Abby 的聪明绝不是表面上的工于心计，更在于她的沉着冷静和深谋远虑的强大内心。只可惜，面对这样一个强大对手的算计，云飞至今仍然一无所知。

当然，在与高总携手腐蚀 Danny 判断力的同时，Abby 也没有忘记向 Matt 伸出友谊之手。虽然，她之前对 Matt 也颇有微词，但为了着眼大局，她毅然放下了个人的荣辱，主动把 Matt 纳入了她战略推进的一环。

Matt 是个生性孤傲的人，其实反而没有 Abby 那么复杂。他无非是特别享受别人对他的主动讨好和阿谀献媚。或许，正是因为他孤独的个性，所以才特别需要从别人的肯定与迎合中得到成功的快感。

对于有远大目标的 Abby 来说，牺牲一点甜言蜜语，来控制一个有勇无谋的马前卒，又何足挂齿？抓住了 Matt 的这一弱点，Abby 很轻易地就得到了 Matt 的认可，并与他形成了联手。

尽管Matt可能永远都不会知道，他已经沦为了Abby手上无足轻重的棋子。并且，永远也想不明白，Abby忽然对他主动献媚的动力来源于何方。但是，能在这种被人尊重的自嗨中得到享受，对Matt来讲已经足够了。

至此，里应外合的工作都已基本就绪，现在万事俱备，就差一根导火线和一场适时的东风来点燃这场风暴了。

而此时，小心提防云飞的Danny和陷入甜蜜二人世界的云飞，对这场已经近在咫尺，而且正在聚集能量随时可能被点燃的战火，依然毫无警觉。

时光如梭，转眼间已经进入了下半年。作为一个优秀的管理者，不断激励下属的潜力，让他们疯狂地向前冲，是管理的艺术，也是管理必不可少的手段。

而激励也不能只停留在口头上，往往是需要现实投入的。在川奇公司华南区还没有扭亏为盈的前提下，团队建设的费用自然是捉襟见肘。

这就对管理者提出了一个严峻的挑战，是等到遥遥无期的扭亏为盈实现之后再做激励，还是想办法做适时的激励，让扭亏为盈的一天尽早到来?

深谙激励之道的Danny，当然会选择后者，这也是以前他在大公司领导大团队的成功经验之一。

只可惜，往昔那种大把银子随便花的日子，已是今非昔比。现在，要做团队建设，费用恐怕就只能靠自己想办法了。

当然，这也难不倒销售出身的Danny。钱多有钱多的花法，钱少有钱少的花法，他知道该怎么根据实际情况量体裁衣。很快，他脑海里就形成了一个去珠海两日游的团队活动方案。

作为华南的负责人，Danny跟哪个销售去哪出差，在外面住几个晚上，那都是天经地义的事。而珠海恰巧是Matt负责的区域，所以，公司报销Danny跟Matt去珠海的费用，尽在情理之中。

剩下的问题，就是如何挤出云飞和Abby的费用了，这当然就需要做一些技术处理。不过好在珠海近在咫尺费用不高，对江湖老道的Danny来说，这点技术活自然不在话下。

而他们在珠海的吃喝玩乐，有当地的经销商来自愿买单，也无须多虑。经销商很清楚，这些小投入根本不足挂齿，将来厂家只要动动小拇指，随便给个折扣就会加倍收回。这一点除了高总之外，地球人都知道。

这次活动在Danny的安排下，可以说是异常圆满。经销商招待得很给力，大家玩得也很尽兴，并难得地留下了几张展现团队凝聚力的集体照。整个旅程看上去和谐友好，天衣无缝，团队建设的效果也似乎在这场“团结秀”中体现得淋漓尽致。

愉快的旅行结束后，一切便又恢复了正常。然而，看似波澜不惊的办公室里，其实正酝酿着一场大风暴的来临。

这次团队建设活动，不但没有让Abby抑制住那颗蠢蠢欲动的野心，反而让她更加体会到了做销售的逍遥自在和随心所欲，竟变本加厉地，变成了她要尽快实施计划的催化剂。

一个内心着了魔的女人，是势不可当的。那种狠辣的戾气，几乎已经让她失去了理智。

虽然，Abby心中明白，她与高总演的双簧，在一定程度上的确引起了Danny对云飞的警惕。但要彻底改变他对云飞的看法，那绝对不是件轻易的事情。

但是，这个小女人终于还是有点等不及了。在她的眼里，Danny已经是个从里到外被架空的“傀儡”。只要时机成熟，就算Danny不愿意，他也只能违心地屈从大势所趋。因为，他不可能为了保云飞一个人，而得罪全世界。

俗话说，机会总是给有准备的人准备的。因为，没有做好准备的人，也就看不到其中机会的存在，眼下的机会就印证了这一点。

广州作为华南区的销售总部所在地，同时，也是川奇的工厂所在地，却因为销售情况不佳，一直饱受诟病。

Peter上任后，一直想极力改变这种情况。哪怕即使是为了面子，也要不惜代价把广州的销售搞上去。

然而，Peter一直想不明白，作为中国改革开放的前沿阵地，思想前卫的广州和与他齐名的一线城市北京、上海，本应平分秋色。可现实情况则是，广州的销售业绩，还不到北京、上海的三分之一，甚至更少。

问题到底出在哪里，Peter一直百思不得其解。虽然在云飞的努力下，广州已经发生了翻天覆地的变化。但因为之前的基数太小，与北京和上海的销售业绩，始终还是存在着天壤之别。

Peter曾经听过一种言论，认为广州人的消费理念比较务实，没有北京和上海人那么爱面子，好虚荣。他们不盲目地追求品牌，而是更推崇实用性的价值理念。因此，广州的高端奢侈品消费市场，一直比不上北京和上海。

为了证实这一理论的可靠性，Peter 决定运用价格杠杆，来测试一下广州人对价格的敏感性。

在征求了 Danny 和云飞的意见后，Peter 决定在广州开展一次为期两个月的大促销活动。价格降幅前所未有，他要用一次实际行动，来测试这座城市的人文性格。

为了调动经销商和云飞的积极性，并最大限度地反映促销可能产生的作用，Peter 还针对这次促销活动，对云飞做出了特别的阶梯性奖金激励制度。这也意味着销售业绩越高，拿到的奖金比例就越大。

Peter 这次可谓是不惜血本大动干戈，他誓要通过这次活动，给广州这座充满活力的城市贴上一个最准确的标签。

本来，这是一场令其他区域垂涎三尺的天降喜事。在任何人眼里，这都应该是一个不可多得的销售良机。

然而，在做足了功夫准备放手一搏的 Abby 的眼里，她看到了把云飞拉下马博取自己上位的大好时机。

Danny 自以为珠海之行，大大增强了团队的凝聚力和战斗力。在这个节骨眼上，Peter 又破天荒地给了华南区这样一次千载难逢的机会，简直就是天赐良机。

似乎就连老天爷都在冥冥中暗中帮忙，看来华南区的复兴之路是指日可待了。而他在川奇的地位也将如日中天，无人可以撼动。

可 Danny 做梦也想不到，Abby 这个一直被她忽略的小姑娘，竟成了他的一场噩梦。

Abby 终于忍不住，慢慢揭开了她伪装的面纱，并迈出了计划实施的实质性一步。

第九十二章　龙争凤斗计中计，老辣鲜嫩各神通

为了讨好高总，进而凸显自己的情报价值，Abby在促销活动仍处在内部商讨的高度保密阶段时，就将这一信息暗中透露给了高总。并声称，她正在全力以赴为高总争取最好的条件。

本来这样的好事，无端端地落到了高总头上，高总就算是睡着了，都会偷偷地笑醒。但人的贪欲是无止境的，能捞到更多的好处，作为铁公鸡中的战斗机，高总又怎么会轻易放过呢？

高总自然明白，Abby与他暗通款曲的目的。所以在利益的驱使下，高总决定立刻马不停蹄地，策划一场与其他品牌合作的“大型推广活动”。目的就是演一出大戏，让川奇的活动时间，与他正在策划的活动，在时间上发生冲突。

这样一来，如果川奇想要他们的促销活动能按时举办，高总就不得不放弃另一场活动了。而由此带来的损失，川奇怎么也得象征性地做一些补偿吧？

要知道，每一个大型活动的背后，都隐藏着无数人的艰辛劳动和努力付出。从方案构思到细节落实，那可是多少个日日夜夜，无数人力、物力、财力和时间的复合叠加啊！

有些活动甚至还要邀请重量级的嘉宾出席，人家的时间何其宝贵，面子何其珍贵，这种无形的损失更是无法衡量的！

作为见利忘义的高总，他自然知道该怎么把“事实”无限夸大。而他当然也并不会真正实实在在地，跟所谓的其他厂家搞什么活动。他要做的，无非就是虚张声势地印几张宣传单，然后摆出一副惊天地泣鬼神的阵势，在川奇面前作个秀而已。从始至终高总都是抱着敲诈勒索的心态，在策划整件事情的。

可川奇内部除了Abby之外，全部都被蒙在鼓里。面对这种千年不遇的巧合，Danny和云飞更是有苦说不出。他们不明白，一向抠门的高总，怎么会突然悄无声息地，投入大手笔与其他厂家搞起活动来了？

但他们无论如何也不会想到，这一切竟然是那个看似弱不禁风，被他们完全忽视的前台小姑娘Abby的杰作。所以说，日防夜防，家贼难防。千里之堤的溃败，往往都是从内部的溃烂开始的。

此时，Danny 当然没时间去分析这些问题。现在，这个活动已经是箭在弦上不得不发了。在策划阶段华南区没有提出任何异议，现在调动了公司上下所有的资源，刚刚大动干戈把活动筹划好，就立刻要面临"搁浅"的命运，华南区的颜面何存？Danny 与云飞又情何以堪啊？

更何况，总经理 Peter 全程参与了整个讨论过程，表现出对这个活动十二分的支持。可还没来得及执行就出状况了，Danny 和云飞当如何面对 Peter？他们的专业度何在？他们对经销商的控制力又何在？

甚至，就连他们跟客户是否保持着良好的沟通，都不得不打上个大大的问号。这对之前所取得的辉煌战绩，不等于是自打嘴巴吗？

这场本来应该让高总感恩戴德，做梦都会笑醒的"天大好事"，最后却离奇地变成了一桩倒欠高总人情的蚀本买卖。Danny 不但承诺了高总许多的优惠政策，还不得不对高总顾全大局的高风亮节，表示出十二分的敬意。

俗话说，不怕没好事，就怕没好人。想不到，自以为久经沙场、所向无敌的 Danny，到头来竟被一个名不见经传的前台小姑娘，和一个故步自封，几乎要被时代抛弃的落后经销商，联手用一个简单的"碰瓷儿"手法讹诈了一笔，真是可惜可叹啊！这件事，恐怕让高总在背后笑得眼泪都快要流出来了吧？

当然，这也从另一个角度说明了情报的价值。Abby 一个"不经意"的信息泄露，就让川奇付出了惨重的代价。也让高总不费吹灰之力，就轻松地捞到了大量的好处。高总对 Abby 自然也更加感恩戴德，对 Abby 的支持，也就更加是王八吃秤砣——铁了心了。

有了高总做坚强的后盾，又有 Matt 里应外合，Abby 终于可以放心地闪亮登场，把自己正式地推向前台了。

这一步至关重要，虽然 Abby 的心里也有些忐忑不安。但是，连她自己都无法驾驭的野心，终于还是让她大胆地向 Danny 提出了申请。

Abby 宣称，她希望趁着这次促销活动有个学习的机会。言下之意，就是想积极地参与到这次促销活动中。

可 Abby 并不是销售人员，每个人都有自己的岗位职责，如果让她这么做，未免有点不务正业，甚至有越俎代庖的嫌疑。

更何况，Peter 希望这次活动，能最大限度地反映广州市场的真实情况，尽量不要受到额外因素的干扰。那么，让这样一个外行参与其中，会不会或多或少都

有所影响呢？

不过，Danny 虽然内心并不是很赞同，但他也没有就此一口否定。往好的方面想，他是个愿意给别人机会的领导。可往坏的方面考虑，他也是个没有原则的上司。

Danny 也因此犯下了，他在川崎职业生涯中的第一个错误。这也为后面的事情发展到不可收拾的地步，埋下了祸根。

也许，Danny 是为了团队的和谐共处，他不想让下属觉得他是那种拒人于千里之外的黑脸包公。但并不是所有事情，都能用民主的方法来解决问题。

Danny 首先去征求了活动的执行方高总的意见。也许，他认为由经销商出面阻止这件事，是最好的借口。

然而，Danny 哪里知道，作为这次事件背后最大的受益者，高总和 Abby 早就是彼此眼中最牢不可破的攻守同盟了。高总赞成还来不及，又怎么会反对呢？

虽然，高总这一决定多少有些出乎 Danny 的意料，但他还是觉得可以理解。毕竟，一个女孩子愿意多学点东西，通常别人都还是愿意给机会的，这也没什么好奇怪。更何况，Abby 怎么说也是厂家的人，经销商给厂家个面子也是情理之中的事。

至于 Matt，他一向自命清高，自然是不屑于拉下脸来，去抢一个配角的角色，帮云飞站台助威，这可以理解。但他也破天荒地表达了对 Abby 的极力支持，这就更让 Danny 颇感意外了。

当然，Danny 也不是完全没有分析过原因，只不过他的分析过于理性了。他认为，这一方面可能是珠海之行的团队建设活动，真的起到了和谐促进的作用，让大家更有凝聚力了。

另一方面，也不排除 Matt 是处于一种置身事外、隔岸观火的心态，想看到云飞和 Abby 斗得两败俱伤。

这么一想，Matt 的决定似乎也就变得合情合理了。但他自始至终都没有考虑过，这一切跟 Abby 的自身“努力”有莫大的关系。

至于云飞，他内心当然不想 Abby 横插一脚进来。可既然大家全都已经表示接受了，他又何必逆着全世界的意志，去做那个令人讨厌的黑脸呢？更何况，云飞也不是那种心胸狭窄的人。

只是不知为什么，云飞心里隐隐有一种不祥的预感。他总觉得这件事似乎哪里有些不妥，但又说不上来，但愿只是一种错觉吧！

不过，为了以防万一，云飞还是向 Danny 提出了他的建议。既然 Peter 希望这次促销，能够在每个环节都做到全力以赴，所以云飞希望 Abby 这次只作为一个旁观者，在旁边静静地学习。不要有任何实质性的参与，更不可以与客户有任何的接触。

毕竟，客户都是云飞开发的，他们有不同的背景和喜好。云飞跟他们说过什么，承诺过什么，Abby 都一无所知，说错话难免会节外生枝。

云飞的这个要求也是情理之中的事，Danny 当然没有任何理由反对。其实，他自己也认为，Abby 还不够火候去接触客户。如果一旦搞砸了，他跟 Peter 也很难交代。

然而，Danny 万万没有想到，本以为是顺理成章的事，却遭到了 Abby 的严重抵触。

Abby 一听到 Danny 要求她不能实质参与，脸色立刻就沉了下来。她满脸不高兴地问道："到底你是领导，还是云飞是领导啊，怎么什么事都得听他的？你不是常说理论来源于实践吗？我要是不实际参与进去，又怎么能从实践中学到真本事呢？你们这么做，分明就是敷衍我嘛！我又不是经销商，你们别拿对付经销商的那一套来对付我，好不好？"

Abby 此言一出，把 Danny 的下巴都差点惊掉了。他做梦也想不到，自己本来是一番好意，现在却变得里外不是人了。他不但没得到 Abby 的感谢，反而被她误解成了是在敷衍。而且，Abby 的言语之间，还带着轻蔑和巨大的不信任之感。

此时，Danny 心中终于有所反省了，他对自己轻率的处理方式开始懊悔不已。这件事情办得实在是臭，既欠了云飞一个人情，又没得到 Abby 的认可。还搞得自己骑虎难下，真是自作自受啊！

Danny 的管理风格，一向是以自己的豁达风范和运筹帷幄的超强能力来影响下属的。他不想靠着行政命令和上司的威严来"号令天下"。原以为这种方式能够以德服人，让下属能从心里接受他，爱戴他。想不到，今天却在一个小女人面前，遭遇到了他职业生涯中最失败的滑铁卢之战。

虽然，此时的 Danny 已经有所反省，但可惜一直到现在，他都还没有真正意识到，他的掉以轻心，让他严重低估了眼前这个女人的野心。她不达目的誓不罢休的决心和意志，未来还会一步步把 Danny 逼向绝境。

面对 Abby 肆无忌惮的挑衅，Danny 心中的怒火终于也被激发起来了。他终于清醒地认识到，豁达与包容对这样的人是行不通的，而最好的防守就是反击。

于是，Danny一改往日的随和，也沉下脸来冷冷地说道："好，如果你非要参与其中也不是不行，但我有话在先。你要参与其中，就必须有明确分工。Peter对这次活动极为重视，为了达到最佳的效果，公司可是下了血本，这你是知道的！所以，为了公平起见，你和云飞各负责一半的客户，各承担一半的销售任务。如果完不成，你自己去跟Peter解释。"

这一招釜底抽薪的反击，让Abby始料未及。再加上Danny脸上那从来不曾有过的严肃，让Abby一下也有点慌了手脚。

Abby何尝不知道这句话中的利害关系，广州几十家分销商都是云飞一手一脚开发出来的，Abby甚至连面都没跟他们见过，更谈不上有什么交情，人家凭什么买她的账？

就算高总会暗中帮忙，可那又能帮到什么程度呢？再说了，这个活动是Peter亲自策划的，如果真因为Abby的固执己见而搞砸了，那就不是她能不能做销售的问题了，恐怕搞不好就得卷铺盖走人了。

Abby在心中权衡良久，最后终于还是理智战胜了感情。只见她悻悻地低下头，极不情愿地说道："那好吧！既然Peter这么用心良苦，我也希望最后的数据，能够真实地反映市场情况，那这次我就只观察不参与吧！"

姜果然是老的辣，Danny略施小计，便打消了Abby的嚣张气焰。她说话的语气，也明显比刚才柔和了许多。

经过这次Abby的事情，Danny终于陷入了深深的反思。在此之前，他对这个貌不惊人的小姑娘，从来没有过多地关注过。但从这一刻开始，他不得不对Abby刮目相看了。

同时，凭着多年的职场经验和敏锐的直觉，Danny终于隐约嗅到了一种山雨欲来风满楼的味道。他似乎开始意识到，一场由量变到质变的危机正在悄然向他袭来。

但到目前为止，这一切都还只是一种凭空假想的猜测。未来，事情到底会有什么样新的发展，他也不能确定。

现在能做的，就是竖起耳朵，打起十二分精神，随时准备好迎接可能到来的挑战。

第九十三章　私订终身两情悦，晴天霹雳杀心起

为了配合这次促销活动，云飞决定咬牙买一部手机。这样既可方便联系客户，也可方便与小敏沟通。

为什么直到现在云飞才买手机呢？因为那个年代的手机，可是名副其实的奢侈品，绝对是个买得起却养不起的“吃钱机器”。打电话是双向收费，不管是被动接听还是主动拨打都得掏钱，而且价格惊人。

尤其像云飞这种经常出差在外的销售人员，在外地接电话比打电话还贵，那可是长途加漫游。遇到不识趣的人，一个电话煲下来就能让你破产。云飞就曾因为得罪了高总，而受到过高总“电话煲”的惩罚。

但不管怎么说，这是个具有里程碑意义的事件。云飞因为拥有了自己的第一部手机，激动得两个晚上都没睡好觉。

但云飞并没有因此而让他的call机退出历史舞台。留着call机固然有它一定的作用，但更重要的原因或许是因为，call机承载着许多他难以割舍的记忆。

这是那些从他生活中突然消失的朋友，再次联系上他唯一的途径。毕竟不是每个人都能像紫嫣一样，在茫茫人海中与他空中偶遇。有些人，他是一辈子也忘不了的。

云飞的工作性质，决定了他不可能像大部分人那样，每天踩着朝九晚五的准确节奏，过着有规律的生活。有时一出差，就可能是一半个月。有时做活动，即使周末也得加班。

特别是这次促销活动，云飞投入了十二分的精力。因为经常在市场上跑，回办公室的机会少了，所以与小敏在车站“邂逅”的机会，自然也就少了很多。

这样无法把握的生活节奏，让热恋中的小敏有时也难免会有些抱怨。所以，小敏的口头禅里，不知什么时候便开始多了一个词，叫作“人家的男朋友”。

但是牢骚归牢骚，小敏对云飞的工作从来没有拖过后腿。她要的不过是嘴上痛快痛快而已，谁让人家是做人事工作的呢？素质与见解果然不是普通女孩所能同日而语的！

这天是周五，忙碌了一个星期，云飞终于有时间和小敏一起吃饭，共度一个

久违的周末了。连续几天没见，两人还真有点牛郎织女鹊桥相会的欣喜。

小敏的几句牢骚是在所难免的，但三言两语之后，两人便立刻进入了一日不见如隔三秋的甜蜜模式。

两人聊着聊着，小敏忽然略带羞涩地说道："我们公司……周末组织去海边旅游！"

看着小敏羞答答的样子，云飞感到有点莫名其妙："那是好事啊！去就去呗，干吗好像还羞答答的样子？怎么，你对自己的身材不自信啊？"

小敏一听就来气了："你才不自信呢！好吧，既然你漠不关心，那就算了！"

云飞见自己一句话就激怒了小敏，虽然感觉有点意外，但想想这段时间由于工作忙，的确有些疏忽了对小敏的关心，她心里有些牢骚也是正常的。

于是就想逗她开心："你们公司福利真好，有机会把我也介绍过去？我可是打着灯笼也难找的好销售，你们公司一定不会亏的！"

本以为小敏听完会嫣然一笑，反过来跟云飞调侃两句。可哪知，她依然撅着嘴，闷闷不乐地说道："谁跟你说这个了，真是没情调！"

云飞闻言，显出一脸的茫然，他真不知道小敏的话里究竟是什么意思。不由得心中暗叹道："女人的心，秋天的云，真是说得一点儿都没错啊！怎么好端端的，我就又没情调了呢？真是让人一头雾水啊！"

小敏看云飞一头雾水的样子，显出一脸的委屈加茫然。于是带着羞涩地提醒道："我们……可以……带家属！"

小敏说完最后三个字时，脸色已然红得像熟透了的苹果，头也低得几乎都快埋到桌子里去了。

云飞闻言，立刻明白了小敏的意思，他兴奋得几乎有点语无伦次了，声调也一下子拔高了好几度："什么，可以带家属？你的意思是……准备……带我这个家属一起参加？"

"你小声点啊！"小敏一边嗔怪地说道，一边以默认的形式肯定了云飞的提问。此时的她，脸色就像喝了一斤高度的二锅头，简直可以红透半边天了。

小敏这一提醒，云飞似乎也意识到了刚才的失态。他不由得向左右两边看了看，发现并没有引起周围邻桌吃饭人的太多注意。这才压低声音继续问道："咱俩还没有领证……也可以吗？"云飞说到这里，自己也不由得羞红了脸。

很多大公司为了促进员工家庭的和谐，得到家属对他们工作的支持，会不定期地组织一些团队活动，并邀请家属一起参加。但所谓的家属，通常指的都是结了婚且有证有据的。所以，云飞才会有此一问。

小敏闻言，羞涩地点点头道："我们可是大公司超级人性化，这主要也是为了鼓励员工的积极性嘛！现在年轻的员工那么多，让他们的生活幸福美满，才能有归属感而更好地投入工作啊！"

小敏说话的时候，显得既羞涩又自豪，看样子她对公司的归属感确实很强。

云飞一听，更来劲儿了："要配得上你这沉鱼落雁的女朋友，那我可得好好捯饬捯饬。我也不能给那些对你有非分之想的竞争对手留活路……"

"得了吧，又不是让你去相亲！我看你是想去招蜂引蝶，借机把我的后路给绝了吧？"

两人说着都笑了起来，小敏笑着笑着，却忽然间摆出了一副严肃的态度说道："一旦带家属去了，可就不能随便换了，我刚才可是犹豫了好久，才下定决心的！"

"什么叫不能随便换了？那就压根儿不能再换了，难道……你还想过再换吗？"云飞用夸张的表情看着小敏，半认真半开玩笑地说道。

小敏见状，坏坏地一笑说道："那谁说得准啊？万一半路再杀出个……"

云飞没等小敏说完，就打断她抢着说道："不管杀出来的是什么妖魔鬼怪，我都保证一金箍棒送他们上西天！"

"这可是你说的，你要记住你今天的承诺。不然……我绝不会原谅你。而且，也绝不会给你第二次机会，我可是说到做到的！"

云飞看着小敏认真的样子，心里涌起一阵感动。其实在云飞心里，他早已把小敏看成了自己今生不二的选择，从来都没有丝毫动摇过。

这时，云飞好像忽然想起了什么似的，看着小敏突然问道："你知不知道，我第一次在路上碰到你的时候，心里是怎么想的？"

"哦……原来你早就盯上我了？看着我的眼睛老实交代，你的花花肠子当时到底是怎么想的！"小敏说着，用两只手捧住云飞的脸。此时两人四目相对，仿佛在一瞬间，又回到了当时第一次邂逅的情景。

云飞看着小敏的眼睛，故作深沉地叹了口气说道："唉！我当时就在想，这小姑娘长得可真不错啊！也不知道将来会插在哪堆牛粪上。"

"哈哈！想不到，最后就插到你这堆……"

小敏话还没说完，忽然看到云飞恶狠狠地瞪着他。于是赶紧打住，然后摆出一副善解人意的样子安慰道："没事，人家都说鲜花只有插在牛粪上，开得才最鲜艳嘛！"

"你……"

"哈哈……"

静静的夜空中，传来小敏开心的笑声。云飞抬头望着天上那轮皎洁的明月，心中感到一丝由衷的幸福。在这个冷漠的都市中，他终于靠自己的打拼，站稳了脚跟。而更令他欣慰的是，他终于找到了那种阔别已久的、亲人般的温馨感觉。或者说，小敏在云飞心里早已经是他的亲人了。

本来一切都很美好，两人就这么私订了终身。然而，意外总是伴随着跌宕起伏的人生如影随形。

就在云飞打点好一切，激动地躺在床上准备睡个好觉，第二天用良好的精神面貌，以"家属"的身份去参加小敏公司组织的旅游活动时，他却忽然意外地收到了 Danny 的来电。

在电话中，Danny 无奈地告诉云飞，Peter 打算第二天亲临现场来检查工作，所以他和云飞的周末都泡汤了，他们必须在现场全程参与。

这一分外的关怀，体现了 Peter 对这次活动的高度重视，但也彻底毁掉了云飞激动的心情。眼见他的"家属之行"就要被这份"恩宠"毁于一旦，云飞忍不住抱怨道："这不像 Peter 的风格啊！怎么会这么突然？要来也不早说，大晚上的才通知我们，这也太没时间观念了吧？"

要知道，这是云飞第一次以家属的身份，参加小敏公司的活动，相当于是小敏向全世界公开了他们的恋情。所以，这次活动的重要性，对于云飞和小敏来讲，都是不言而喻的。这也难怪云飞会破天荒地，在 Danny 面前毫无顾忌地抱怨了。

"唉！是 Peter 的秘书把这事给忙忘了，现在她才突然想起来。刚才她在电话里给我百般道歉，你说我还能说什么呢？" Danny 无奈地说道。

此时，夜已经深了，云飞不想再去骚扰小敏。现在告诉她这个消息，只能让她和自己一样，一晚上都夜不能寐，却于事无补。

所以，第二天一大早，云飞起床的第一件事，便是赶紧联系小敏，看看能不能亡羊补牢，再临时制定个备选方案。当然，他心里也做好了接受"组织"批评的准备。

可奇怪的是，他call了小敏无数次，小敏就是不复机。没有手机的年代，可真是要人命啊！

好在，云飞现在有手机了，他再也不用像以前那样，只能眼巴巴地守着公用电话，一步也不敢离开了。

云飞坐上了去公司的公交车，他把手机紧紧地攥在手里，生怕错过了小敏的电话，而犯下了不可饶恕的弥天大错。

想想昨天小敏那幸福而害羞的样子，云飞的心里真如十五个水桶打水——七上八下的。不知道小敏听到这个"噩耗"的时候，会是怎样的表情。

也许，这对小敏来说，简直就是一种不可接受的屈辱。要知道，云飞的名字已经赫然被列在了出席公司活动的家属名单上。这就等于是将他和小敏的关系昭告天下了，而云飞在这个关键的时刻再次放小敏的鸽子，她能接受吗？

云飞知道，小敏身边的追求者可以说是趋之若鹜，而小敏毅然决然地选择了他，可见小敏对他是一片真情。

可现在，云飞的行为无疑就是自毁长城。这分明就是给那些竞争对手，主动提供了一个乘虚而入的机会嘛！不知道小敏会不会一怒之下，取消他的"家属"资格呢。

云飞在车上，眼睛一动不动地盯着窗外转瞬即逝的风景，脑海里却在天马行空地胡思乱想着小敏可能做出的各种反应。

这时，手机的铃声忽然响了起来，将沉思中的云飞吓得一哆嗦，差点儿把手机掉在地上。

他拿起手机一看，上面显示的是一个陌生号码，估计八成是小敏打来的。云飞不由得皱了皱眉头，他长长地吁了口气，平复了一下自己紧张的心情，然后才接通了电话。

"喂，云飞，你到哪儿啦？我已经到我们公司门口了。你看我多大头虾啊，早上急着出门，竟然忘带call机了。你肯定call过我好多次了吧？不好意思啊，害你着急了！"小敏主动自我批评地说道，语气中还充满了歉意。

"我……"听到小敏那么有诚意的自我批评，云飞简直羞得无地自容。

他刚准备向小敏解释。哪知，小敏还没等他把话说出口，就继续说道："你不要再批评我了，我已经知道错了。而且，我也是为了早点出门帮你买早餐啊！你肯定没来得及吃东西吧？"

云飞真是越听越羞愧，小敏要是再继续说下去，他真恨不得找块豆腐撞死算了。于是，他只好鼓起勇气对小敏说道："小敏，对不起！老外今天临时要过来检查工作，我……我今天不能参加你们公司的活动了！"

"什么……你说什么？"

电话里传来小敏极度失望而震惊的语气，那感觉，就像在她耳边响起了一个突然从天而降的晴天霹雳。充满了愤怒、绝望、诧异与无奈，或许……还有一种想杀人的冲动。

第九十四章　回心转意重归好，铤而走险赌前程

云飞知道他这次是“罪大恶极”，犯了一个在女孩眼中不可原谅的错误。他明白这次活动对小敏的意义，这个消息对于小敏来说实在太突然，太不可思议了。

所以，云飞想给小敏一个缓冲的时间，让她好好地冷静一下再做解释。这样，也许下一步沟通起来才会更客观，更顺畅。

然而，云飞想错了。小敏根本没有给他再解释的机会，还没有等她冷静下来，电话就已经被挂掉了。

可想而知，这件事情对小敏来讲，是多么大的打击。也许，现在就算有一千个冠冕堂皇的理由，也无法弥补小敏瞬间从天堂掉到地狱的那种失落感。

小敏那颗玻璃般的心，瞬间像被子弹穿堂而过，碎落了一地。手中那份帮云飞买的早餐，忽然间也变得沉甸甸的，像一个想要被抛弃，却又不忍心丢掉的包袱。

小敏茫然若失地站在路边，周围虽然是车水马龙，但她好像走进了一个无声的世界，对身边的一切都视若无睹，脑海里只有云飞的影子在飞舞盘旋。昨天与云飞甜蜜的回忆仍然历历在目，可今天转瞬间就掉进了失望的深渊。

这已经不是云飞第一次放小敏鸽子了，虽然每一次都有情非得已的苦衷。但俗话说事不过三，一而再，再而三地失言，就算小敏再通情达理，又如何能够欣然接受？

作为朝夕相处的死党，珊珊和小艾自然发现了小敏今天状态的不同寻常。在百般追问之下，小敏才不得不告诉了她们实情。此时，正是表现为闺蜜两肋插刀的时候，两人难免在小敏面前对云飞进行了一番品头论足的狂轰滥炸。

而此时的小敏，哪有心情听她们婆婆妈妈的唠叨啊？于是，随便应付了两下之后，便找了个没人的地方去痛定思痛了。

本来紫嫣是个不错的倾诉对象，她既是小敏的闺蜜，又是云飞的好友，对两人的关系和所有事情的来龙去脉都了如指掌。

只可惜，紫嫣因为没有家属相伴，她实在不愿意面对别人成双结对地卿卿我我，而身为一个大美女，只能孤身一人茕茕孑立，形影相吊。所以，紫嫣放弃了

参加这次活动。

为了避免被珊珊和小艾骚扰，小敏一路上都在假装睡觉。即使到了风景宜人的目的地，面对无敌海景小敏也全然提不起半点兴趣。

小敏一整天都处在闷闷不乐之中，甚至，她连新买的泳衣都没有换。只是惆怅地一个人默默在沙滩上踱步，偶尔应付一下来自珊珊和小艾难以拒绝的关怀和抚慰。

晚饭后，大家开始自由活动。有玩儿累了躺在酒店看电视的，也有聚在房间切磋牌技的。有上街购物去吃小吃的，当然也不乏一些单身的小青年们，打着去海边捉螃蟹的幌子，三五成群相约去培养"情趣"的。

只有小敏，在夕阳的陪伴下，无聊地漫步在银色的沙滩上。任凭海浪卷着滚滚的细沙，在她脚底放肆地奔腾咆哮。

小敏那孤零零的背影，披着夕阳的霞光，在沙滩上投射出一个被拉长的身影，显得楚楚可怜，让人看着真忍不住会产生一种怜香惜玉的冲动。此时，似乎全世界也只有小敏的影子，会形影不离地陪伴在她左右。

小敏无比失落的心情，此时才让她意识到，云飞对她竟是如此重要。原来，她的世界里如果没有了云飞，她也就没有了自己的世界。

这本应是月上柳梢头，人约黄昏后的良辰美景，却让不解风情的云飞给彻底毁掉了。看小敏那几近绝望的表情就知道，云飞这次犯的弥天大错，是绝对不会轻易得到小敏的原谅的。

这一整天，小敏在心里已经不知默默地把云飞骂了多少遍。能想到的狠话，都被她在肚子里反反复复地数落了无数次。可不知为什么，就是感觉还不解气。

走了良久，人也觉得有点累了。小敏找了一块岩石，默默地坐下来。她双手托腮，静静地望向海洋的深处。

在海天相接的地方，似乎有些小黑点若隐若现。其实，那些都是在忙碌作业的渔船。

小敏看着那些靠捕鱼为生的渔民，不禁默默地想道："这些渔民世世代代冒着生命危险乘风破浪，与阴晴不定的浩瀚大海斗智斗勇，生活如此简单，是什么让他们坚持下去呢？也许……简单就是一种幸福。他们没有那么多人情世故要顾忌，也没有各种错综复杂的利益需要争得头破血流。也许，习惯了都市忙碌生活的人，永远也体会不到这份简单的快乐。"

本来这么一想，小敏已经感觉有些释然了。可不知为什么，她忽然又想到了云飞，心中刚刚散去的火气，就立刻又不打一处来了。她那本来已经退潮的心情，猛然间又在内心如惊涛拍岸般汹涌澎湃起来。

这心情的变化之快，就连风云莫测的大海恐怕也得甘拜下风了。只见小敏望着大海，怒气冲冲地自言自语道："马云飞，算你狠！又放我鸽子，你不珍惜就算了，想做我家属的人多了去了，谁稀罕你做我的家属？我告诉你，你的家属身份被取——消——了！"

小敏在说"取消了"三个字的时候，尤其加重了语气，她那一字一顿咬牙切齿的样子，看来真是下定了决心。

"我反对！"哪知，小敏的话音刚落，却忽然听到有个声音在波涛汹涌间，不知从哪里冒了出来。

这声音可把小敏吓得不轻，她忍不住哆嗦了一下，心想："难道这海里有水鬼不成？"

"知错能改，善莫大焉！家属可不是番薯，那是说取消就能取消的吗？"这时，那个声音又继续响了起来。

这次，有了心理准备，小敏终于听清楚了，声音是从她背后传来的。而且，这个声音似乎就是……找骂的节奏！

小敏猛然转头望去，果然不出所料，那个被她在心里骂了一整天的人，此时竟奇迹般地站在她身后。而且，竟然还敢不知死活地面带着微笑。显然他还没有意识到，今天所犯错误的严重性。

小敏一动不动地瞪着云飞，脸上虽然一副怒气未消的样子。可看着看着，不知是不是眼睛累了，眼眶里竟有闪动的泪花儿开始在不停地打转，而且已经是岌岌可危，呼之欲出了。

云飞见状，紧走几步来到小敏面前。然后一个箭步跃上岩石，坐到了小敏的身边。小敏不知是愤怒还是激动，只是眼睁睁地看着云飞麻利地完成这一系列动作，竟然没有一点反应。刚才想好一肚子嬉笑怒骂的台词，此时却一句也想不起来了。

两人就这样静静地看着对方，眼神中充满了复杂的情感。这其中的百般滋味，恐怕也只有他们两人能够体会。

过了好一会儿，云飞才带着深深的歉意说道："我们再这样一动不动地呆下去，别人会把我们当成情侣雕塑的。再说，你的脖子也应该酸了吧？”

哪知，小敏却把眼一翻，生气地说道：“我的脖子酸不酸跟你有什么关系，你是哪一位啊？本姑娘的家属今天没有来，别跟我凑这么近，免得产生误会！”

云飞当然知道小敏是在说气话，平时就喜欢无理抢三分的她，这次受了天大的委屈，还不好好抓住机会借题发挥一下吗？

于是，云飞赔着笑脸说道：“事业诚可贵，爱情价更高，为了做家属，老外也可抛！你看，为了这家属的身份，我把老外晾在一边，一路上踏着你走过的足迹追赶而来，足见我的诚意了吧？这家属的身份可不是数学课代表，哪能随便说换就换呢？”

“谁承认你是家属了？自作多情！”

“我这里可是有盖了你们公司印章的家属名单为证啊！你要是不承认，我就拿着它找你们领导评理去！连人事部的人都可以睁着眼睛说瞎话，那你们公司还有没有诚信可言啊？”说着，云飞拿出小敏一早给他的旅游行程单，在她眼前晃了晃。

“你……无赖！”小敏说着转过头去，摆出一副生气的样子，不再理云飞。

但其实，云飞的出现早已让小敏心中感动得热血沸腾了。她心里高兴还来不及呢，哪还会有那么多怨气？只是，如果不给云飞一个深刻的教训，似乎总觉得刚才心中的委屈，有点儿释放得不够酣畅淋漓。

“好吧！如果这张纸说明不了问题，那么你一个人坐在海边，默默地骂了我一整天，总该说明问题了吧？爱之深才能恨之切，以你浩瀚的胸襟，怎么会对一个毫不相关的人如此上心呢？”云飞转到小敏前面继续说道。

云飞的话，终于触动了小敏那根与泪腺紧紧相连的最敏感的神经。小敏忍不住觉得鼻子一酸，让憋了很久的委屈一股脑地涌上了心头。

小敏委屈的样子，在夕阳的映照下，宛如镀上了一层金装，简直就像龙宫里娇美惊艳的小龙女下凡，显得楚楚动人，不由得让云飞暗暗赞叹。那真是：落霞映日美如娇，含羞锁眉玉如雕，凝香醉卧孤芳影，惊鸿一瞥惹春潮。

云飞看着忍不住凑近小敏耳边说道：“人家大老远辛辛苦苦，风尘仆仆地追过来，难道你就不感动，就没一点表示吗？”

“什么表示啊？”

“最起码，也应该给个安慰奖吧？”云飞说着把头扬起来，示意小敏来个 Kiss。

小敏见状，本能地把身体往后退了一下，然后指着云飞警告道：“你可别得寸进尺啊！今天这事我还没原谅你呢！”

云飞闻言，四处张望了一下，然后做出一副恶人的样子，嘿嘿坏笑着说道：“碧海青天、才子佳人、良辰美景又岂能辜负啊？反正四下无人，你这只落入虎口的小绵羊，就不要再做无谓的抵抗了吧！”

说着，云飞做出一个饿虎扑食的准备动作。小敏见状，“啊”了一声起身就跑，云飞则在后面紧追不放。

沙滩上留下了云飞和小敏一串串的脚印，也留下了他们发自肺腑的欢声笑语。云飞成功地恢复了他“家属”的身份，小敏也一扫心中的阴霾，让接下来的旅行面貌焕然一新。

神反转的剧情，不但让云飞抱得美人归，还借此机会，让他认识了小敏的两个闺蜜，也就是那两位与他神交已久的美女，墨镜妹姗姗和马尾辫小艾。

两个月说短不短，说长也不长，一眨眼的工夫，这场轰轰烈烈的促销活动，就在紧锣密鼓的南征北战中偃旗息鼓了。

云飞总算不负众望，从市场收集到的数据来看，可以说是成绩斐然。销量比平时翻了一倍有余，这还只是粗略地计算。最终的数据，可能会更加乐观。

Peter 对这个成绩非常满意，对华南区和云飞的工作也表示了强烈的肯定。这让错失良机的 Abby，简直是追悔莫及。也让在旁边冷眼旁观，等着看好戏的 Matt 感到颇为失望和郁闷。

Abby 悔不该当初因为 Danny 小小的“威胁”，就望而却步了。假如当时硬着头皮咬牙签个军令状，那么此时这军功章上的功劳，也就会有她的一半了。

其实，云飞把广州的市场氛围已经营造起来了，那些客户之间也会有相当的带动作用。即使 Abby 不出什么力，坐享其成完成保底的销售任务，还是完全没问题的。

只可惜，现在时过境迁，一切后悔都只能是枉然。而这种悔恨的心情，也只能咽在肚子里，自己默默地承受了。

特别是，这种悔不当初的心情还不能被别人看出来，这也让精于算计的 Abby，终于体验了一把，哑巴吃黄连——有苦说不出的滋味。

不过，通过这次跟随云飞走访市场，Abby 也总算体会到了做销售的不易。在三十八度的烈日炙烤下，穿梭于大大小小的建材市场之间，与不同的客户探讨各

种不着边际的问题。

原来，跟客户吹牛也并不是想象中那么轻而易举。虽然说，上通天文、下晓地理是夸张了点。但古今中外、财经政治、军事外交，甚至三教九流的话题，你还真是多少都得懂点儿。否则，没有共同的话题，就很难产生共鸣。没有共鸣的人坐在一起，就很难谈成生意。

虽然没有专门给 Abby 上课，但这堂行万里路胜过读万卷书的销售实践活动，也让 Abby 对云飞的看法有了极大的改观。

不管怎么说，这一仗是旗开得胜。努力付出之后，终于到了论功行赏的时刻。为了制造一个和谐友好的团队气氛，也为了弥补一下 Abby 和 Matt 的心理落差，Danny 又适时地给云飞出了一道小小的难题。

那就是，他希望云飞拿出百分之十的奖金，无偿地分给 Abby 和 Matt。虽然他们两个都没有实质性地参与这场活动，可是团结和谐的良好办公室环境，还是需要云飞拿出一些奉献精神来营造的。

尽管这个要求多少有些不合情理，甚至就连 Danny 自己都觉得有点难以启齿。可是为了大局着想，他还是勉为其难地向云飞提出了这个不情之请。

令 Danny 意外的是，云飞不但爽快地答应了，甚至还主动提出来，拿出一半的奖金分给 Abby 和 Matt。云飞的举动令 Danny 颇感意外，同时也深受感动。

他心中暗想："借此机会，终于可以给 Abby 和 Matt 好好地上一课了，看他们以后还好意思那么斤斤计较吗？"

最近发生的事情，的确让 Danny 进行了一次深刻的反省。他发现用以前带大团队的方法来带小团队，似乎并不是那么灵光。特别是面对 Abby 和 Matt，这两个性格特立独行的下属时，以前的方法已经显得完全力不从心了。

而更令 Danny 担忧的是，这两个难以驯服的下属，分分钟占据了他团队三分之二的多数。如果得不到他们的大力支持，在很多问题的决策上，他就只能通过行政命令的方式来强行推进。这既不是他的风格，也不是长久之计，传出去恐怕更会被人笑话。

大家都知道，Danny 是公司高薪挖过来的"高人"，公司对他寄予厚望。可也不乏冷眼旁观者时时刻刻等着看他的笑话，毕竟只是靠着辉煌的背景空降过来，就拿着比三朝元老还要高的工资，难免会引来别人的羡慕嫉妒恨。

特别是，如果连几个初出茅庐的下属都摆不平，那岂不是成了天大的笑话？

也许，正是出于这方面的顾虑，Danny 做起事来才特别束手束脚，这可能也就是他为什么特别迁就 Abby 和 Matt 的重要原因吧！

所以，这次云飞无私奉献自己一半奖金的事情，就是一个绝佳的契机。Danny 打算借这个机会，好好给 Abby 和 Matt 上一堂生动的思想政治课。

然而，理想很丰满，现实很骨感。Danny 原以为这是个给 Abby 和 Matt 洗脑的大好时机。可他万万没想到，两人就好像事先沟通好了似的，竟出奇一致地表达了对这次分配不均的严重不满。

在他们心中，竟认为奖金应该三个人平分才够公平。云飞一个人拿走一半，而他们两个人加起来，才分了另外的一半，这是极大的不公平，甚至是歧视。

这种奇葩的观点，让 Danny 简直无言以对。他那颗心，在瞬间也碎成了一地。Danny 无法想象，世界上竟有这样不可理喻的人，不劳而获竟然还大言不惭。而偏偏这样的人，还都集中出现在他的队伍里了。

看着 Abby 和 Matt 阴沉着脸从 Danny 的房间里走出来，云飞不用想也知道，谈话不但没有造成和谐友好的气氛，甚至还适得其反，造成了他们与 Danny 之间的分裂与对立。

这次谈话，可以说是 Abby 和 Matt，对 Danny 的一次公开叫板。最后一层窗户纸都捅破了，Abby 开始变得更加肆无忌惮。她终于决定铤而走险，投下自己全部的赌注与 Danny 决一胜负。

这一战，Abby 只能赢不能输。如果输了，她在公司将无立足之地。

第九十五章 明哲保身同盟破，孤岛暗潮更汹涌

或许是因为朝中有人好做官，办起事来就超大胆。如果说Abby之前的举动还有所顾忌，是在低调进行。那么，她接下来的动作就真是让人有些无法理解了。

Danny做梦也想不到，Abby竟然堂而皇之地向他明确提出了，希望能转做销售的美好愿望。而且，还指定要负责广州区域。理由竟是她在这次促销活动中，看到了自己成为一名优秀销售人员的潜质。

Danny对Abby这一突然“追求上进”的举动，显然觉得有些愕然。想不到，他当初让Abby旁观学习的无心之应，竟成了Abby狮子大开口的动力之源。

当然，有了上次的教训，Danny断不会重蹈覆辙再次轻易妥协。然而，潘多拉的魔盒一旦启动，便不是你想控制就能控制得了的。

Danny的拒绝，非但没有能阻止Abby野心的蔓延。想不到，还变成了促使她决心放手一搏的催化剂。她竟然破釜沉舟地搬出了高总，来给Danny施压。

Abby告诉Danny，广州经销商的团队从上到下都跟她相处得非常融洽。他们都迫切希望Abby能接替云飞，来管理广州市场，她才是真正的众望所归。

Abby此言一出，立刻引起了Danny的高度警觉。他终于意识到了问题的严重性，随即立刻召集云飞一起来商讨对策。

两人都无法理解，云飞为广州区域的发展付出了巨大的努力，而且也取得了显著的成绩。高总何以会支持Abby这样一个全无销售经验的小姑娘，来负责他们的区域呢?

要知道，一个销售人员的强弱，可是会极大地影响到这个区域的市场拓展前景的。云飞的成功已经证明了他的经验和实力，经销商怎么可能拿自己的利益开玩笑呢?

Danny到底是经验老到，在将Abby一系列的反常举动串联起来，并详加分析后，他推断出一个结论：Abby和高总之间一定有某种不可告人的秘密。可究竟是什么秘密，Danny也无从得知。

不过，一旦有了头绪，就不难顺藤摸瓜地继续往下推论了。想想高总最近一系列反常的举动：他与其他厂家搞活动的时间，为什么会与川奇促销活动的时

间完全重合？Abby 想参与促销活动，为什么他会毫不犹豫地给以全力支持。而 Abby 又凭什么敢拿经销商的意见作为筹码，来施压 Danny 呢？

还有一点，现在想来也颇令人感到不解，那就是 Abby 和 Matt 原来也是水火不容，可为什么最近他们的意见会出奇地一致？

种种迹象的矛头似乎都指向了 Abby，再加上高总是最看重现实利益的人，如果他没有从 Abby 身上得到利益，他又怎么可能宁愿放弃云飞这样一个出色的销售人员，来换一个对销售一无所知的前台小姑娘呢？除非有更吸引的利益驱使，否则只有傻子才会这么做。

一切似乎都渐渐有了眉目，现在只要给高总打个电话，就可以证明 Danny 的推论了。如果高总毫不犹豫地答应用 Abby 来换云飞，那么一切就不言自明了。

于是，当着云飞的面，Danny 拨通了高总的电话。一阵寒暄之后话入正题，Danny 直接将 Abby 的要求告诉了高总，他要看看高总到底会有什么反应。

但高总是何等的老江湖，他怎么可能会上 Danny 的当而贸然表态啊？打太极本来就是他的专长，更何况是面对如此敏感的话题。

所以，高总围绕这个问题，不置可否地兜了半天圈子，却始终也没表达出一个明确的态度。反正话里话外的意思，就是不反对也不强求，一切尊重办事处的意见。

作为经销商，赔本的买卖高总是绝对不会做的。Abby 向高总出卖公司的信息，利益所在他自然会欣然接受。可是，真让他为 Abby 两肋插刀，关键时刻替 Abby 强出头，这种出力不讨好的傻事，他却是打死也不会干的。

Abby 跟经销商打交道少，她始终还是不明白，经销商永远都是以利益为先。她暗中得到高总所谓的支持和承诺，不过是高总两边押宝，立于不败之地的两手策略而已。

作为经销商，厂家的内斗他们通常是不愿参与其中的。因为如果一旦押错宝，那将可能是灭顶之灾。高总又怎么会把自己置于危险境地，而傻到明确表态支持哪一方呢？

他们需要的是不管谁来执掌大权，都能把他们的利益放在第一位，这才是最重要的。

只能说，Abby 虽然精明，也懂得如何运用利益来驱使经销商为她所用，但她始终还是高估了自己的能力与魅力。

高总的表态，让Danny这颗悬在嗓子眼的心，总算放到了肚子里。要知道，如果经销商真的强烈要求换销售，那不但云飞会很没面子，就是Danny也会处于非常被动而尴尬的境地。两个人加起来，如果还干不过做前台的一个小姑娘，这话传出去可是好说不好听啊！

高总的临阵退缩，让沾沾自喜、自以为运筹帷幄的Abby几乎陷入了绝境。痛定思痛之后，Abby终于彻底认输，老老实实地向Danny举起了白旗，从此再没有提出过任何“非分”的要求。

Danny也没有刻意再去追究，因为，Abby毕竟是熟人介绍进来的，她在公司内部究竟有多深的根基，谁都无从得知。如果不能一举把她扫地出门，那么最好的方式就是与她和谐共处。

所以，为了从大局出发，Danny不但刻意淡化了这件事，而且还有意无意地在Abby面前，尽量做到跟她谈笑风生，以期弥补之前的嫌隙。

被高总出卖了一次之后，Abby也终于幡然醒悟，商人永远都是靠不住的。在利益面前，山盟海誓的承诺从来都像过眼云烟一样，瞬间便会消失无踪。

有了这次惨痛的教训，Abby从此之后说话做事也低调了很多。看来，人生的确是需要磨炼才能步入成熟的。没有经过挫折和失败的人生，就不算是完整的人生。

Danny和云飞虽然以险胜的结局笑到了最后，但也的确惊出了一身冷汗，让人生的阅历又增加了跌宕起伏的精彩一课，也对女人有了全新的认识。

时间总是如流水般匆匆而过，这件事情随着时间的推移，也渐渐被大家淡忘。华南区恢复了往日的平静，业绩稳步提高，市场局面也逐渐得到扭转，一切似乎都在朝着好的方向发展。

可就在这个时候，Danny忽然接到了一个神秘的电话，这个电话是Peter的秘书Sally打来的。

电话里，Sally说要给他和Peter约个时间好好聊聊。这让Danny感到有些困惑不解，因为Peter本来就会时不时地到广州办视察一下，想来随时都可以来。为什么这次要这么正规，且这么急迫地预约时间呢？

而Sally闪烁其词的语气，就更加激起了Danny的好奇。最后，在Danny的百般逼问之下，Sally经不住他的软磨硬泡，才给他做了一点提示：“你就没听到什么传闻吗？”

“传闻？什么传闻？”Danny 纳闷地问道。

这段时间风平浪静，业绩稳步提高，团队和谐稳定，一切都在按照既定计划有序地进行。明明形势一片大好，怎么会有关于我的传闻呢？ Danny 真是百思不得其解。

但Sally职责所在，能给的提示也就仅限于此了。作为Peter的秘书，她有她的职业操守和做事原则。她只是个秘书，只负责信息传递，她不能泄露天机，更不能对信息的意思妄加揣测，甚至添油加醋地搬弄是非。越界的话一句都不能乱说，这是她必须遵守的职业操守。

Sally 平时与 Danny 的相处还算愉快，由于 Peter 偶尔会来广州办工作，所以 Sally 与 Danny 的接触，自然要比其他办事处的人多得多。她对 Danny 的为人以及工作能力，打心眼里还是比较认可的。

所以，见到 Danny 如此郁闷，Sally 忍不住最后还是提醒了一句：“唉！从工厂到各地办事处，你的传闻已经是满天飞了。可作为当事人，怎么你就像是处在被隔离的孤岛一样，什么都不知道啊？”

“什么，我的传闻已经满天飞了？”Danny 惊讶地问道。

“对不起，我说得太多了，你好自为之吧！”

Sally 匆匆挂断了电话，本来心如止水的 Danny，此时却再也无法平静了。他实在想不通，到底会是怎样的传闻，竟有如此的传播力。

而且，这传闻就像自己长着眼睛似的，似乎在刻意避开他。要不怎么会连大老板都已经知道了，可偏偏只有他还蒙在鼓里呢？

华南区真的是一座孤岛吗？所有的人对这条传闻真的都一无所知吗？还是有人知道，却不愿意提及？

如果说Abby和Matt有意隐瞒，那还勉强说得过去。可云飞呢？他为什么也要隐瞒？是怕说出来令我难堪，还是他也有什么不可告人的秘密？

这些都是埋在Danny心中的不解之谜。此时，即使他是久经沙场的江湖老手，也从未遇到过如此艰巨的斗争环境，真是老革命遇上了新问题。

这让 Danny 不免开始胡乱猜测起来，就连和他并肩作战的云飞，此时也不能幸免地出现在他怀疑的黑名单上了。

该来的始终要来，第二天 Peter 就出现在了华南区的办公室里。这种令人惊叹的办事效率，显然透露出 Peter 某种迫不及待的心情。他脸上从未有过的严肃，也似乎间接地证明了这一点。

两句寒暄之后，Peter 便开门见山地直入主题了：“Danny，川奇之所以能在世界屹立百年不倒，其中很大的一个原因，就是因为我们的诚信。我个人对诚信也非常地看重，想必你也知道，你的前任就是因为诚信问题而离开的吧？”

对 Danny 这样的职业经理人来讲，信誉就是他的生命。如果有人无缘无故地怀疑他的信誉，那简直无异于一种莫名其妙的侮辱。而 Peter 的话，傻子都能听出来，矛头直接指向了他的诚信问题，Danny 哪里受得了这种委屈？

等 Peter 把话说完，他立刻就反弹道：“Peter，不但公司重视诚信，我也很重视诚信，这也是我这么多年外企职业生涯的口碑基础。我自认问心无愧，有什么话你就直说吧！”

Danny 的强力反弹，显然让 Peter 既感到有些意外，同时也感到有些尴尬。他不禁愣了一下，然后回了回神才继续说道：“好，那我就直说吧！我想知道你有没有收过经销商的贿赂，有没有不合理的使用过公款。”

“什么？我收受经销商的贿赂，不合理地使用公款？”Peter 的话简直就像当头一棒，把 Danny 气得连北都找不着了。

他脸上显现出来的那种由诧异、震惊、愤怒、委屈，甚至悲愤组合起来的表情，让 Peter 似乎读到了一些，由于自己误断可能造成的可怕后果。

于是，Peter 缓了缓语气说道：“如果这一切不是真的，我希望你能给我一个合理的解释，这一切到底是怎么回事？”

“Peter，坦白讲，这种天方夜谭，我今天还是第一次听到。我现在能告诉你的只有一句话，那就是我没收过经销商的一毛钱，也没有利用公款做过任何不轨之事。如果你不信，我可以立刻辞职，我能说的只有这么多！”

Danny 义正词严地说完，脸上露出一副大义凛然的表情。这一动作反倒将了 Peter 一军，他完全没有想到 Danny 的反弹会如此强烈，更没想到他会把话说得这么绝。

虽然，身为翻译的 Sally 在措辞上可以略做修饰，让语气有所缓和。可双方所表达的立场，她却必须得准确无误地传达给对方。一时间，双方剑拔弩张的表情，让现场陷入了无比尴尬的僵持。

好在聪颖的 Sally，除了会翻译英文之外，也算是当之无愧的应变专家。为了缓和气氛，她安慰 Danny 道：“老外说话都比较直接，Peter 并无恶意，只是想尽快搞清楚问题的来龙去脉，还你一个清白。你不要这么冲动，其实 Peter 还是很信任你的。”

Sally 的话，让 Danny 也意识到了自己冲动的行为颇有不妥，这绝不是一个身经百战的职场高管应有的表现。看来，刚才他的确是被激怒了，以至于一时间竟失去了理智。

于是，Danny 平复了一下自己的情绪后，才缓缓地对 Peter 说道：“对不起，刚才我太冲动了。不过，这个传闻我真的是第一次听到，我也是一头雾水，我真不知该从何说起。我所能做的就是向你保证，这些事我绝对没有做过。”

Peter 有他自己的处事原则，也有他丰富的人生阅历。虽然，中西的文化有所不同，但人生的经验还是可以借鉴的。

Peter 的直觉告诉他，Danny 应该没说假话。可是，在一个谣言可以杀人的年代，Peter 必须给大家，也给自己一个交代。

于是，Peter 很认真地对 Danny 说道：“我相信你是清白的，但众口铄金，金石可镂。要堵住悠悠之口，需要拿出证据。你是一名优秀的销售人员，我相信这件事难不倒你。你不但要为自己正名，也要证明我没有看错人！”

Peter 的眼神真诚而坚定，让 Danny 无法拒绝。他不但需要给 Peter 一个交代，更要证明自己的清白。否则，他的职业生涯就有可能因此被断送了。说得不好听，Danny 就算是要辞职，也要自证清白之后才能安心地离开。

Danny 答应了 Peter 的要求，他决定把这件事彻底查清楚。Peter 也答应 Danny，为他尽力提供一切合理的帮助。

在谜团重重的事件背后，到底隐藏着怎样的秘密？ Danny 又能否顺利揭开这个谜团？而最终他又将做出怎样的抉择？

我们只能拭目以待……

第九十六章　敲山震虎金石玉，机关算尽误聪明

这段时间风波不断，让云飞再次体会到了，在这座城市生存的不易。即便像Danny这样久经沙场的老江湖，依然稍不留神都会陷入危机重重的境地，这不免让云飞对人性的险恶倍感唏嘘。

同时，也更让云飞对在茫茫人海中认识善良耿直的小敏而感到幸运和珍惜。

两人与紫嫣一直保持着亲密的关系，隔三岔五，三个人就会相约小聚，逐渐形成了一个牢不可破的铁三角关系。

后来，不知从什么时候开始，汪峰不知不觉地也加入到了他们的队伍中。汪峰的加入，让稳定的三角形，变成了更加平衡的四边形。

这天，四人又相约而聚，当云飞和小敏携手并肩，谈笑风生地走向约定地点时，却忽然间被眼前的一幕惊得目瞪口呆了。

原来，视野之内他们赫然看到一对男女，正在卿卿我我。两人举止暧昧，眼神中充满了恋人般的柔情似水。而这两个人，竟是同样赴约而来的汪峰和紫嫣！

被云飞和小敏抓了个正着，两人无从抵赖，只好满脸通红地承认了他们的秘密恋情。

原来，自从汪峰那次在他们的聚会上认识了紫嫣之后，他就对紫嫣发起了一轮又一轮的猛烈攻势。紫嫣那颗孤独而脆弱的心，在汪峰的狂轰滥炸和花言巧语之下，终于乖乖地束手就擒了。

这也难怪，紫嫣美若天仙，善良爽直，这样的好女孩儿被巧舌如簧、工于心计的汪峰碰到，他又岂会错失良机？

小敏终于明白了，上次公司组织的可以带家属的团队活动，紫嫣没有参加，就是去跟汪峰私会了。

知道了过往的来龙去脉，小敏心中却是百感交集。她对汪峰的成见虽然有所减少，但那种先入为主的不良印象仍然根深蒂固。不知为什么，她并没有像云飞那样，为紫嫣找到了自己的归宿而感到高兴。相反，她心里倒产生了一丝隐隐的担忧。

小敏生怕善良耿直的紫嫣将来会受到伤害，因此她便若有所指地看着汪峰警

告道：“汪峰，紫嫣可是难得一遇的好女孩儿，也是我的好姐妹。既然你把她追到手了，你就要负责到底。你若是将来有负于她，我和云飞都不会放过你的！”

小敏说话的时候目露寒光，那正言厉色的表情，全无半点开玩笑的意思。不但让云飞和紫嫣颇感意外，更让汪峰哭笑不得，尴尬之极。

云飞见状，连忙出来圆场道：“瞧你那认真的样子，好像汪峰真的犯了十恶不赦的大罪似的！你要是真把汪峰给吓跑了，那紫嫣可是会一辈子缠着你的，这个损失你可赔不起啊！”

紫嫣也赶紧出来解围道：“放心吧小敏！本姑娘也不是吃素的，他要是敢欺负我，我一定会让他后悔一辈子。再说了，有你这么强大的娘家人做后盾，借他一百个胆子他也不敢啊！”

此时，小敏似乎也察觉到了自己的过激言行，破坏了本来欢乐祥和的气氛，于是她微微一笑自嘲道：“看样子我是太平洋的警察——管得太宽了！是我太自作多情了！”

“哪有啊？你这么关心我，我高兴还来不及呢！”紫嫣撒娇地握着小敏的手说道，眼神里充满了感激与亲切。

云飞和紫嫣并不清楚，小敏为什么忽然间语气变得如此犀利。但坐在一旁倍受冷落的汪峰，则是心知肚明。

上次他请小敏吃饭，对小敏的爱慕之心，已经可以从言语间看出一些蛛丝马迹。只不过，小敏的立场像铁一般坚定，没有给汪峰一丝一毫的可乘之机。相反，他还被小敏狠狠地教训了一番，从此不敢再越雷池半步。

所以，小敏此时发出的警告，汪峰自然是心领神会。他知道这绝不只是小敏的一句玩笑话，大家心照不宣，也算是小敏给他留了一点面子。

其实，汪峰对小敏可谓一见倾心。当他第一次与云飞重逢，见到站在云飞旁边的小敏时，就有一种怦然心动的感觉。当时，他曾开玩笑说云飞找到小敏是空手套白狼，现在仔细想想，言语间多少有点酸溜溜的失落感。

既然点到为止的目的已经达到了，小敏也就一改刚才严肃的表情，像换了一个人似的，恢复了平时本来的面貌，与大家开心地畅谈起来。

可以说，汪峰天生就是做销售的料，他思维敏捷，对转瞬即逝的战机，有着超乎寻常的敏感度。即使他现在没有自己做生意了，但他对生意场上形形色色的事情，依然保持着高度的兴趣。

云飞公司里最近发生了很多事情，聊到公事难免就感慨了几句。想不到，却引起了汪峰的极大兴趣。他揪住云飞不放，左一句右一句地问个不停。一直到云飞把事情的来龙去脉，都详详细细地讲了一遍，他才意犹未尽地点了点头。

虽然，这些事与汪峰毫无关系，但他听起来一样兴意盎然。当然，在这样三五好友相聚的场合，讨论这样有深度的问题未必合适。尤其是在还有两位如花似玉的美女，坐在旁边倍受冷落的情况下。

但不可否认，这种好奇心绝对是一个出色的销售人员迈向成功所必不可少的优秀基因。

Danny 与 Peter 达成共识后，便开始分头从不同的渠道，去调查谣言散布的根源所在。当然，这其中少不了 Sally 的协助，来帮他们保持沟通的顺畅。

作为公司的老板，Peter 可以动用公司一切想动用的资源。而作为一个在商场征战多年的老销售，Danny 也有他的渠道和方法，为洗刷自己的清白，展开一场速战速决的战斗。

经过一段时间的调查，重重的迷雾终于渐渐被拨开。两人的焦点竟不约而同地，落到了同一个人身上。而这个人，竟是那个知错能改，现在做事低调、谦卑有加的 Abby，实在是令人不敢相信。

原来，Abby 被高总出卖后，吃了个结结实实的哑巴亏。她有苦难言，心中始终感到愤愤不平。虽然现实的状况，不允许她继续把事态扩大，但她内心并没有一刻忘记过这件事，更没有一刻真正放下过这件事。她恨高总，恨 Danny，也恨云飞。

这件事，几乎激起了她对全世界男人的仇恨。她无法接受就这样善罢甘休，更不可能承受就此认命的宿命，从此过着在办事处抬不起头来的生活，她发誓要报复所有对不起她的人。

于是，Abby 一计不成又生一计。她一边委曲求全，用低调的做事态度掩人耳目，一边却孤注一掷地做出了疯狂之举。

Abby 利用一切可以利用的机会，不断地向外界传播 Danny 接受经销商贿赂的谣言。当然，她不会把话说得那么直白，她会刻意让人感觉到，她也不过是道听途说而已。从而厘清自己和谣言的关系，让人不会联想到她竟是这谣言的始作俑者。

而不合理地使用公款，这个谣言自然也是 Abby 传播出去的。只不过，这件事严格来讲，也不能完全算是谣言。因为她所指的，就是 Danny 曾经带大家去珠海搞团队建设的事情，那次旅游的确有一部分费用是公报私用的。

这件事早已事过境迁被大家遗忘，而 Abby 作为参与者之一，享受福利的时候她也乐在其中。如今却为了报复 Danny 旧事重提，在背后造谣生事，这种手段未免也有点不太光彩。

Abby 本来计划着，通过传播谣言搞臭 Danny 的名声，让他在众目睽睽之下颜面尽失，最后灰头土脸地黯然离场。然后，她就可以重新联手见风使舵、利欲熏心的高总和很容易被利用的 Matt，一起来对付云飞。到时候，他们三股力量拧在一起，何愁大功不成？

搞走了 Danny 和云飞，Matt 如果识时务，就可以收归麾下为她所用。如果他不识时务，连 Danny 和云飞她都可以搞得定，一个 Matt 又何足挂齿？

Abby 现在算计的，已经不再是云飞的一亩三分地了。她现在要孤注一掷的，是夺取 Danny 的位置，坐上华南区经理的宝座。

Abby 算定，Danny 必定无法接受被别人冤枉的宿命，很可能会一气之下愤而辞职以示清白。就算他没有立刻辞职，铺天盖地的漫天谣言，也会让 Danny 在公司寸步难行抬不起头来。最终的结果，必然是与公司达成某种妥协，最后和平分手。

因为家丑不可外扬，这种令公司蒙羞的丑事，外企通常都会低调处理，最终不了了之。这样，Abby 就可以不显山不漏水地，消灭 Danny 于无形之中。

只可惜，再精明的算计，也难免有百密一疏的时候。本来一切都在按着 Abby 设计的剧情顺利推进，可她没想到的是，Danny 愤而辞职的冲动之举，在关键时刻被 Sally 的三言两语巧妙化解了。而 Peter 对 Danny 的信任，也大大超出了她的预料。

俗话说，智者千虑，必有一失。令 Abby 更想不到的是，Peter 竟然会不顾公司的声誉，而誓将这件事情追查到底。真是天网恢恢疏而不漏，Abby 机关算尽，最终却反误了卿卿“性命”。

为了还 Danny 一个清白，更为了留住 Danny 的心以正视听，公司做出了对 Abby 开除的决定。

此时，不论是介绍 Abby 进公司的哪位高管，还是与她有过千丝万缕利益关系的高总。为了自保，都与她明确地划清了界限。

Abby终于尝到了世态炎凉的一面，也对自己的不智之举，付出了应有的代价。

Abby事件的风波结束之后，Danny得到了Peter更进一步的信任。当然，Danny对云飞的种种猜忌也就随之雨过天晴了。华南区的业务也蒸蒸日上，展现出一片欣欣向荣的景象。

为了适应华南区业务拓展的新需要，Danny又请了两名新销售，Abby的位置也由一个叫Cara的女孩顶上了。

为了表彰华南区所取得的重大成绩，公司决定给华南区一个晋升主管的名额。在大家的眼中，甚至在云飞自己眼中，他似乎都是不二的人选。

新招的两个销售人员，不管是从资历经验，还是能力贡献方面，都无法与云飞相提并论。华南区唯一有机会跟云飞竞争的人，也就只有Matt了。

但不论是销售业绩，还是人际关系来讲，云飞都明显更胜一筹。从与Danny的私人感情来讲，云飞更是可以高枕无忧。

所以，这个主管的职位对云飞来讲，几乎可以说是囊中之物，没有任何一点悬念。

但现实往往会出人意表，这个世界上没有什么是理所当然的。一个信心满满、静待机会降临的人，在一个懂得主动出击，去不择手段努力争取机会的人面前，往往显得过于被动，进而会错失良机。

即使这样的人成绩并不一定优秀拔尖，性格并不一定谦和服众，领导并不一定发自内心地喜欢，但这一切并不影响颠倒黑白的结果。云飞这次的遭遇，就是一个典型的案例。

就在云飞坐等公司的任命书从天而降的时候，Matt却已先下手为强，来做Danny的工作了。

从Danny内心来讲，云飞帮了他那么多忙，又跟他很谈得来，他也早就想找个机会来提拔云飞了。可面对Matt的软硬兼施，Danny的意志再一次陷入了举棋不定的左右摇摆中。

或许是Abby的风波令他心有余悸，这件事情虽然已经过去良久，但在他心里始终是一种挥之不去的梦魇。虽然公司已经为他正名，但这依然成为他管理上的巨大漏洞，难免被一些不服气的人在背后指指点点，他实在无法承受再有第二个Abby的出现。

而 Matt 的身上，多少都能看到这种不安定因素的存在。假如他不能满足 Matt 的野心，那么 Matt 一旦步上 Abby 的后尘，跟他斗个鱼死网破，那是 Danny 绝对无法承受的。

所以，为了安抚 Matt，为了区域的稳定和谐，为了不让自己的领导力受到外界的质疑。Danny 最终还是决定，再一次用牺牲云飞的利益，来换取顾全大局的稳定。

对于这一突如其来的决定，坐等提拔的云飞是否会欣然接受？面临职业生涯再一次的重大考验，云飞又将何去何从？

第九十七章　祸起天灾风云变，去留难决两依依

俗话说，一物降一物，卤水点豆腐。Abby 和 Matt 固然没有得到大多数人的欣赏与认可，但他们一个精于计算，下手无情，一个自命不凡，特立独行。反倒是抓住了 Danny 的软肋，让他在处理涉及这两个人的事务时，处处都小心谨慎，不敢掉以轻心。

而云飞行事豁达坦荡，处处以大局为重，万事都站在 Danny 的角度去考虑问题，凡事都好说好商量。反倒变成了 Danny 逼迫云飞一再妥协的借口，这个世界真是没有天理可言啊！

想当初分区域的时候，云飞毫无异议地接受了 Danny 的安排。促销活动分奖金的时候，云飞也是按照 Danny 的意思，无偿拿出自己的奖金分给了 Abby 和 Matt。在 Matt 走投无路时，云飞也是碍于 Danny 的面子，勉为其难地说服孙总吃下了深圳经销商的滞销库存，并牺牲了他和小敏花前月下的美好时光，为此付出了一个月的时间去福建开拓市场，以还清孙总的人情。

现在，到了提拔主管的关键时刻，Danny 又希望云飞体谅他的难处，让他把这千载难逢机会让给 Matt，这似乎真有点欺人太甚了吧？

要知道，升为主管后的工资几乎比现在要翻一倍。长期算起来，这可不是几千，甚至几万块钱的问题，而是一笔不可估量的天文数字啊！

况且，升职意味的不仅仅是收入的提升，更是公司的认可和职业生涯的跨越。假如将来再跳槽，那起跳的高度也就与现在不可同日而语了。这种隐性的损失，更是无法估量的。

再说了，云飞的升职本来就是众望所归。岂能为了迁就 Matt 的野心，而让云飞一再妥协，是可忍，孰不可忍啊！

但是就像 Abby 和 Matt 抓住了 Danny 的软肋一样，Danny 似乎就是吃定了云飞。他一方面显示出百般的无奈，一方面又信誓旦旦地向云飞保证，他一定会尽快给云飞争取到第二个主管的名额。

再加上 Danny 一口一个“兄弟”地叫个不停，云飞摇摆的决心，很快就在 Danny 强大的政治攻势下轰然倒塌了。

云飞当然能体谅到Danny的难处，只可惜没有人会设身处地地体会他的苦衷。在痛苦的纠结中，云飞终于再一次做出了妥协，谁让兄弟就是拿来出卖的呢？

看着Matt顺利地升为主管，那趾高气扬、不可一世的样子，云飞的心里就像打翻了五味瓶，个中滋味真是一言难尽。

小敏听到这个消息可不干了，她愤愤不平地说道："你们这都是什么领导，到底有没有做人的原则啊？哪有这么委屈人的，柿子专拣软的捏！谁设身处地地为他着想，他就得寸进尺地牺牲谁的利益，凭什么啊？不行，咱得把这事跟你们公司说清楚！"

云飞本来自己也是愤愤不平，但看到小敏那更加激进的态度之后，他反而还得静下心来，平心静气地好好开导小敏了。

说出去的话就像泼出去的水，哪有出尔反尔的道理啊？这不是自打嘴巴，自毁前程吗？

好在，小敏不是那种"物质女"，她在乎的并不是物质上的损失，更多的是那个无论如何也跨不过的"理"字。小敏就是这样的性格，眼睛里容不得半点沙子。

好在，云飞的成绩是有目共睹的。再加上Danny也的确信守诺言，不断地为云飞争取。半年之后，云飞也终于如愿以偿地晋升了主管。从此，云飞的收入和他的职场平台，都跨上了一个新台阶。

云飞也终于搬离了那间，陪他度过无数个日夜的小黑房。如愿以偿地在后面的小区花园里租了一套大房子，实现了五朵金花曾经的梦想。

云飞的事业蒸蒸日上，生活得到改善，与小敏的感情也发展顺利，一切都似乎在向着好的方向积极发展。

然而，天有不测之风云。就在云飞如鱼得水、高歌猛进的时刻，一件天灾人祸从天而降。它不但改变了云飞的命运，也改变了华南区的命运。甚至，改变了整个川奇公司和所有经销商的命运。

二〇〇二年底，从广东顺德开始，突然爆发了一种叫作"严重急性呼吸综合征"的传染病，俗称SARS（传染性非典型肺炎）。

这是一种传播性极强的传染病，它在很短的时间内，就迅速蔓延到整个广东。接着就以迅雷不及掩耳之势，快速扩散至东南亚乃至全球，并导致包括医务人员在内的众多患者死亡，引起了社会和世界的恐慌。

但在发病的初期，为了避免造成社会恐慌，政府禁止媒体报道相关疫情。当时，互联网的发展水平有限，甚至连手机都并不普及。所以，在疾病暴发的早期，即使在 SARS 发源地的老百姓，对此事也知之甚少。

云飞得知这一消息的时候，他正坐在从太原返回广州的列车上。那是二○○三年的春节，假期刚过，家里热腾腾的饺子味儿还余香犹绕。云飞却忽然收到了 Cara 发来的一条奇怪的短信："非典大爆发，多带一点板蓝根和醋回来！"

这条莫名其妙的短信，既没有开玩笑应具备的幽默，也没有春节问候的温馨，实在是让云飞如堕五里雾中，有点摸不着头脑。于是，云飞只当 Cara 是一不小心发错了，所以也就没有多加理会。

可回到广州他才惊讶地发现，路上戴口罩的人成倍增加。板蓝根和醋的价格，像坐上了过山车似的，平白无故地翻了好几倍。而且，还处于断货的状态。

云飞这个时候才意识到，Cara 的短信不是发错了，而是广州爆发了百年一遇的恐怖传染病。

随着感染病例和死亡人数的增加，政府开始呼吁人们待在家里，尽量避免出现在人流密集的地方，特别是空气不流通的封闭场所。

紧接着，出现了一波又一波的隔离潮，那些与感染病例有密切接触的人群，被强制隔离接受检查，人们这才开始有些恐慌起来。

商场、饭店这些人流密集的地方，受到 SARS 的影响当然是首当其冲。紧接着就连势不可当的楼市也受到了波及，看楼的人数一落千丈，让一路高歌猛进的楼价，也开始转头向下。特别是那些有过死亡病例的楼盘，楼价更是一泻千里。

就在这风声鹤唳的时候，一件令所有人都意想不到的事情发生了。一向以事业为重的 Peter，竟忽然向总部提出了辞职，要求携全家返回自己的故乡加拿大。原因竟然是因为 SARS 的传染性，严重威胁到了他和家人的生命安全，他在太太和孩子的极力反对下，不得不忍痛割爱，放弃中国市场刚刚崛起的良好势头，终于做出回国的无奈之举。

Peter 是中国区的一把手，他的离开可谓是牵一发而动全身。这样重要的职位变动，本来需要一系列的复杂流程。但是为了能让家人安心，为了能尽快离开"危险的"中国，Peter 犯了他职业生涯中最大的一次错误。

他竟草率地向总部推荐了他的"老乡"，同为加拿大人，目前负责川奇公司中国区工厂管理的营运总监 James，作为他的继任者。

James 在工厂的生产运营和管理方面，的确有他的独到之处。可是，贸然让他做总经理，James 显然还未达到这样的高度，也不具备这样的格局。

James 从未涉足过销售领域，对销售几乎一窍不通。因为理念上的巨大差异，他领导下的生产部门和销售部门之间曾发生过不少的冲突，甚至已经到了水火不容的地步。所以，他的上位对销售部来讲，无疑将是一场灾难。

不过这也难怪，生产部门面对的是冷冰冰的机器，他们讲原则，重计划，以不变应万变，定下来的东西就不能轻易更改。

而销售部门则恰恰相反，面对纷繁复杂的市场，他们讲究的是灵活多变，以人为本，永远不变的法则就是改变。

因此，从主观意识到客观的执行层面，两个部门都有着截然不同的观点。这也就注定了这两个部门，会不可避免地成为一对与生俱来的天敌。

销售部门认为，生产部门是跟不上时代变化的顽固保守派。而生产部门则认为，销售部门是没有规矩和原则的极端利己派。

长期以来中国区的总经理一职，都是由以生产运营为主要背景的老外来担任的。因此，James 一直受到前任总经理的力挺，在两个部门的冲突中占尽了上风。

但自从有销售背景的 Peter 上任以后，形势就有了极大的改变。Peter 处处以销售为主导，把其他部门都定义为销售部的服务单位。有了 Peter 的支持，销售部在后来的对阵中，便逐渐占据了上风。

但这也使得两个部门之间的冲突愈演愈烈，最终导致两个部门的负责人——工厂运营总监 James 和销售部的营销总监 Mike——变成了势同水火的仇人。

两人还曾因为一度冲突失控，导致休圣诞假期的 Peter，提前中断假期赶回中国来灭火。两人之间的积怨之深，由此可见一斑。

如今，Peter 突然辞职，却把 James 作为接班人推荐给了总部，Mike 惶恐不安的心情就可想而知了。不用想也知道，James 一旦大权在握，以后 Mike 和销售部必将永无宁日。

Peter 当然知道事情的严峻性，只是他现在回国心切，也顾不了那么多了。唯一能做的就是尽人事安天命，在他离开之前尽量为两人做一些铺垫工作。他只能寄希望于 James 作为总经理后，能以大局为重，不计前嫌地与 Mike 通力合作，让已经处于崛起势头的中国市场更上一层楼。

James 上位在即，对 Peter 的苦口良言自然是俯首帖耳，表现出一副言听计从的姿态。至于他是否真的听进去了，那只有天知道！

Peter 在临走前，与华南区的所有人一起吃了顿饭。席间，他表达了对华南区给予的厚望和对川奇公司在中国美好未来的憧憬。说到动情之处，Peter 竟然几度哽咽，眼角甚至还泛起了一丝泪花。

可这些终究还是没有阻止他离去的脚步，Peter 最终还是为了家人，放弃了在中国崛起的事业，回到了他阔别已久的家乡。

Peter 的离开，让整个销售部都笼罩在一种惶惶不可终日的气氛下。他们知道，山雨欲来风满楼，一场对销售部的大清算即将上演。

除了 Mike 将毫无疑问地，会首当其冲地被拿来开刀之外，曾经得罪过工厂生产部的那些销售人员，恐怕也都将无一幸免。

Peter 高高在上，并不了解 James 的真正为人。但与他刀光剑影，征战多年的销售部，对他的人品了如指掌。James 绝对不是一个能轻易放下“仇恨”，既往不咎的人。

俗话说，福不双至，祸不单行。就在川奇公司内部乌云压顶、人心惶惶的时刻，小敏却给云飞带来了另一个重大的考验。

原来，小敏的姐姐因为升职，即将被公司派往上海总部工作。这也就意味着，小敏将不得不跟着姐姐一起去上海。

这对云飞来讲，简直无异于晴天霹雳。工作不确定带来的困扰，正像一颗定时炸弹般搅动着他的内心。小敏的姐姐偏偏又在这个时候要调动工作，这无疑将给他与小敏刚刚稳定的感情，徒增巨大的不确定性。

在广州这个人流像候鸟一样大规模迁徙的城市，人与人之间的感情实在太脆弱，太经不起考验了。影响的因素无处不在，两人一旦离开，任何事情都可能会发生。

云飞曾有过太多消失无踪的朋友，他们像生命中的匆匆过客，来也匆匆，去也无踪，有如昙花一现，又如过眼云烟。突然地闯入，又莫名地消失。

云飞此时才体会到，当年婉清对他离开 NGE 时的过激反应，那是她实在太在乎这份感情了。

而那时，不过是离开同一间公司，他们仍在同一个城市，婉清尚且如此敏感。更何况今天是天各一方，要分离到千里之外。云飞又如何能接受命运对他这样的安排？

刚刚尝到了爱情、事业双丰收的滋味，还没来得及好好品味一番，平静的生活就又再起波澜。怎么过个安稳的日子就这么难呢？

如今工作充满了变数，和小敏的感情又面临抉择，云飞站在人生的十字路口上，究竟该做出怎样的抉择呢？

第九十八章　野蛮清算从头起，树大招风眼中钉

或许，人生不如意的事十之八九，的确是现实人生的真实写照。看看云飞的经历，一路跌宕起伏似乎就没消停过。

事业上才崭露头角，形势却急转直下。爱情的小船刚刚起锚，却又面临乌云盖顶的风险。小敏要跟姐姐去上海的决定，犹如五雷轰顶一般，让云飞的心情更是雪上加霜。纵然他现在也算经历过不少的大风大浪了，可当面对爱情与事业必须做出抉择时，云飞也难免会显得有些手足无措。

“你怎么不说话啊？”小敏终于忍不住问道。

她脸上那种焦虑的表情，似乎也显示出一丝对这件事情的无奈。同时，也隐隐看到一种渴望，或许她是希望能从云飞那里得到她想要的答案。

云飞用一种极度复杂的眼神看着小敏，此时他的内心就像刚经历过一场超级龙卷风的肆虐，一片狼藉，满目疮痍，空空荡荡的，没有一点着落，他能说什么呢？

本来，公司里现在乱成了一团，正是他最需要小敏支持和安慰的时候。想不到，在这个节骨眼儿上，她却又抛出来一颗深水炸弹。就算不是有意落井下石，也足以让他心如刀割啊！难道还真把云飞当成拆弹专家了吗？

“既然你心里已经有主意了，还让我说什么呢？”云飞有点失落地答道，显然语气中也有一点赌气的成分。

小敏见云飞的态度如此消极，不免也有些来气：“既然你们公司都乱成这样了，再耗下去也是浪费青春，不如干脆辞了职，跟我和姐姐一起去上海寻找新的机会，这样不是两全其美吗？”

去上海？这是云飞从来都不曾考虑过的问题。几年前他来广州时一无所有，只凭着一腔热情和足以麻醉他的梦想，坚守到了现在。曾经遇到那么多困难都不曾想过要放弃，现在又怎么可能离开呢？

云飞的心和梦想都已扎根于此，他已经习惯了这座城市，融入了这座城市。这里有他脱胎换骨的奋斗历程，这里有太多让他难以割舍的美好回忆。这种感情是用时间的沉淀堆积起来的，岂是说放就能放得下的？

云飞的内心如波涛汹涌般地在挣扎，在斗争，但他最终还是无法说服自己放弃他最初的梦想。

所以，云飞沉默了一会儿，才摇摇头说道："小敏，我为这份工作投入了太多太多！你忘了吗，为了这份工作，还牺牲了咱们那么多见面的机会，我怎么可以轻易说放弃就放弃呢？"

"为了我也不可以吗？"

"我……"

云飞对小敏的确是一心一意，可面对这突如其来的重大选择，内心根深蒂固的信念和关系到终身幸福的爱情交织在一起，的确让他进退两难。

"你什么你，亏你还自诩为优秀的销售人员，如果你想我留下……就不知道争取吗？"面对云飞的犹豫不决，小敏气呼呼地提醒道。

云飞听小敏这么说，心里一阵感动。他明白小敏的意思，可他内心的顾虑还是无法打消。在他心里争取就等于是勉强，他不愿意勉强小敏做任何她自己不愿意做的事情。

"争取？我对你的心意你应该明白，对我来说，你就是我的一切！但我知道你们姐妹连心，你姐姐又怎么会放心把你托付给一个没房没车的人呢？"

云飞的回答，显然不是小敏想要的。虽然前半句还是很暖心的，但后半句还是惹怒了小敏："你没有努力过，怎么就知道不行呢？还说我是你的一切，如果真是所有的一切都要失去了，你还不拼命抢回来？"

听小敏的语气，似乎这事还没有板上钉钉。云飞不觉眼前一亮，他一把抓住小敏的手，激动地说道："这么说，还是有希望的？"

小敏见状，不满地"哼"了一声，甩开云飞的手怒道："你连试都没试过，怎么知道有没有希望？你这么容易放弃，还说我是你的一切？我对你真是太失望了！"

云飞闻言，不由得心中暗喜。他用两手扶住小敏的肩膀，真诚地看着她说道："其实对我来讲，一切困难都不是问题，但最主要是你的心意。假如你有心跟着姐姐去上海，那么就算我费尽心机留下你的人，恐怕也留不住你的心。我要的是你心甘情愿地为我留下，有一丝的勉强都不为我所愿！"

在销售中为了达到目的，可以说只要在合理合法的原则下，都可以不择手段。但在感情上，云飞又不愿意有一丝的勉强让小敏为难。如果小敏为了他勉强留下，而破坏了她们姐妹的感情，又或者小敏留下，每天却要沉浸在无尽的悲伤和思念中，那云飞宁愿不这么做。因为在云飞的心里，小敏的开心比什么都重要。

既然小敏已经表态了，云飞当然会义无反顾地，选择和小敏一起去说服姐姐。

面对小敏对自己的深情厚谊，云飞就像夺回了他生命中最珍贵的无价之宝，感动得不知该说什么好。

他忽然抓住小敏的手，动情地说道："你刚才真是把我吓坏了，那一刻，我真的以为我要失去你了！"

"如果我留下来，孤苦伶仃一个人，你可不准欺负我啊！"小敏撒娇地说道。

云飞闻言，激动地一把把小敏揽在怀里，感动地说道："我把你当成宝贝心疼还来不及呢，怎么舍得欺负你啊？你放心，只要你肯留下来，我什么都依着你！"

本以为小敏会激动得泪流满面，哪知，她忽然一把推开云飞，异常严肃地警告道："马云飞，我这辈子可是就托付给你了！你记住，要是以后你敢做对不起我的事，我是绝对不会原谅你的！"

说完，小敏也不知是感动还是委屈，竟稀里哗啦地哭得像个泪人似的。

其实，在小敏心中，早就已经选择了要为云飞而留下。只不过她内心需要一种感情的寄托，一种承诺，一种安全感。

云飞被小敏这风云突变的表情吓了一跳，连忙又把她搂在怀里，悄悄在她耳边安慰道："放心，我保证这一辈子，都绝对不会做对不起你的事！"

小敏似乎还不放心，她依附在云飞的怀里，对着云飞的另一只耳朵，仍然不依不饶地警告道："我的眼里可是容不得半点沙子，半点都不行！如果你要是有负于我，我是绝对不会给你第二次机会的！"

云飞看着小敏那认真的样子，终于感受到了她对这份真情的投入。所以云飞也郑重地说道："这辈子，有一次机会足矣！我也绝对不会给自己第二次机会的，如果我有一丝行差搭错，就让我永远得不到原谅！"

昏暗的街道上，在路灯背后的阴影里，一对情侣紧紧地拥抱在一起。他们共同做了一个生命中最重大的决定，为了一份爱的承诺，他们选择了共同面对一切。

Mike的担心终于变成了现实，在Peter走后的第三天，他忽然接到Danny一个莫名其妙的电话。

电话中，Danny 告诉 Mike，他们接到 James 秘书的通知，要各大区的负责人明天一早，放下手头所有的工作，第一时间赶赴上海销售总部开会。他们去上海的机票，工厂在没有提前通知他们的情况下，已经全部帮他们订好了。也就是说，每个人都别无选择，而且是措手不及。

特别令人不解的是，这么紧急的会议竟然没有给出一个明确的议题。而且，身在上海销售总部的负责人 Mike，却对这场会议的安排一无所知。可见，James 这次的矛头是直指Mike而来的，他要打 Mike 一个猝不及防。看来这场暴风骤雨式的清算，比 Mike 想象得还要来得更快更猛。

Mike 现在唯一能做的，就是抓紧这最后一个晚上，把各区的老部下和骨干组织起来，商量出一个临时的应对之策，将大家的损失降到最低。

以 Danny 的经验来看，这将是一次火星撞地球的大清算。Mike 作为 James 的眼中钉和销售部的核心人物，必将首当其冲成为这次清算的牺牲品。

一旦他出局，各大区的销售负责人，也就是即将参与这场会议的所谓销售骨干，就会成为砧板上的鱼肉只能任人宰割了。

现在大家是一根绳上的蚂蚱，谁也难以独善其身。唯一的方法就是同舟共济，万众一心地把 Mike 保下来。只要 Mike 在，大家的主心骨就在，James 出手就会有所顾忌。

第二天一大早，James 主政以来的第一场销售会议，在气氛凝重的剑拔弩张中拉开了帷幕。Mike 被冠以一系列莫须有的罪名，当众解除了职务。然而，在 James 超预期的强大心理攻势下，说好的统一阵线，在瞬间就土崩瓦解了。

会议上除了 Danny 略作挣扎地，为 Mike 做了一些辩解之外，其他几大区的负责人，竟都无一例外地选择了沉默。

这也让 Danny 无形中成了出头鸟，以 James 有仇必报的个性来看，Danny 无疑将成为 James 拿来开刀的下一个目标。

此时，Mike 的心真是碎成了一地。原以为有了前一天定好的攻守同盟，销售部尚可做困兽之斗，放手一搏。想不到，这些曾经对他前呼后拥，号称肯为他两肋插刀的老兄弟们，在关键时刻却都选择了明哲保身。竟还不如 Danny 这个半路入伙的新人更重感情，真是画龙画虎难画骨，知人知面不知心哪！ Mike 人还没走茶就已经凉了，这就是世态炎凉、人情冷暖的真实写照。

为了私仇旧恨，可以毫不避讳地痛下杀手。让 Mike 这样重量级的人物，以如此残酷而果断的方法出局，在外企的职场上实属罕见。由此可见，James 的行事作风是多么彪悍。

这件事让群龙无首的销售部，变得更加人人自危，惶惶不可终日。而这其中尤以Danny最为紧张，他自知当众得罪了James绝无好结果，因此也不得不开始考虑自己的后路了。

然而，更加令人瞠目结舌的是，Mike 前脚才刚离开，后脚新任的销售总监便堂而皇之地上位了。看来，James 的一系列动作完全是有预谋，有计划地在执行。

新来的销售总监姓庞，英文名叫 Richard。虽然他姓庞，可他长得一点也不庞大魁梧，反而是个瘦骨嶙峋，看上去好像有点营养不良，透着“骨感美”的所谓男子汉。

Richard 的眼睛小得只有一条缝，再配上一副闪闪发光的金丝眼镜，让人怎么看都像是个阴险狡诈之辈。这跟浓眉大眼的 Mike 形成了鲜明的对比。

Richard 讲着一口非常蹩脚的英语，也许他认为做销售的没有几个人懂英语。所以，总是抓住任何可以表现的机会，在大家面前肆无忌惮地做表演。或许他以为这样，可以提高大家对他综合素质的认可，可惜效果却恰恰相反。

在云飞眼里，Richard 那蹩脚的表演，更暴露了他的低俗与无知。所以，云飞常常是一边面带笑容地欣赏着他卖力的表演，一边眼神里却露出一种无限鄙夷的不屑之色。

James 显然比 Peter 有更强的控制欲，他把新的销售总监职位设在了广州。这样，Richard 在他眼皮底下，能够更好地被他控制和利用。

Richard 能得到 James 的青睐，看样子必然也是一丘之貉。果不其然，他狭隘的心胸，比之 James 是有过之而无不及。

不知是受到 James 的特意提点，还是因为 Danny 做人不够低调，Richard 很快便把黑手伸向了 Danny。

但 Richard 显然比 James 的动作要委婉一些。可能是他意识到自己初来乍到，立足未稳，在排兵布阵还没有到位的前提下，特别是在销售业绩不能得到保证的情况下，他还不敢贸然行动。

作为一个在职场打拼多年的老江湖，Richard 明白，他不但担负着帮 James 做“内部清理”的工作，更承担着对未来业绩负责的大任。

作为销售部的新领导，业绩对他来讲更是至关重要的。如果他的到来只是兴风作浪，造成了巨大的震荡，业绩却一落千丈。那么，马屁拍得再响也无济于事，James 对他一定也会像对 Mike 一样，举手不留情。

所以，对 Richard 而言，他现在要做的是一边平稳过渡，一边各个击破。而 Danny 则是最好的突破口，也最具代表性。

Danny 曾经为 Mike 辩护，得罪过 James，又是公司高薪挖过来的能人。拔掉这个不知死活、犯上作乱的激进分子，不但可以正中 James 的下怀，而且还可以杀鸡儆猴，给其他各区的负责人一个下马威，可谓一举两得。

而 Danny 正好又在广州，近水楼台先得月，天天守在 Richard 的眼皮底下，想抓他的把柄也就变得易如反掌。

Richard 明白，他现在还不具备用 James 那样激烈的手段，去对付大家的实力。那样做只会引起整个销售部的警惕，让他们不得不抱团取暖，形成空前的团结与他对峙。

所以，Richard 的策略很明确，他就是要一点一点消磨 Danny 的耐心和尊严，让他知难而退。毕竟，今天的形势和 Peter 在时，已经不可同日而语了。

Danny 没有了靠山，甚至是投诉无门。如果明知自己的上司要刻意对付他，那么他在这家公司勉强待下去还有什么意义？

以 Danny 的背景和能力，去外面找个相差无几的工作也并非难事，又何必在这里看人脸色，仰人鼻息呢？

只是一手打下的江山就这样拱手让人，内心的确有几分不舍和不甘心。可是现在骑虎难下，又见不到任何的曙光，Danny 也不得不做出最后的选择了！

而 Danny 是华南区的主心骨，此刻他的决定又难免会影响到大家的情绪和选择。在这样风雨飘摇的情况下，云飞又该何去何从？

第九十九章 先声夺人下马威，英雄末路伤别离

Richard 的清算策略分两种类型，一类是狂轰滥炸型的，这类策略打击面比较广。那些曾经眼巴巴看着 Mike 被干掉，而选择沉默自保的区域负责人，都是这种策略清算的重点。

Richard 的手法主要包括：废除 Mike 在任时跟经销商签订的所有合同，对 Mike 在任时所做的承诺概不认账，勒令经销商交纳十万块钱保证金，以及大幅提高供货价等拙劣手段。目的就是让大家没办法跟经销商交代，干不下去只好自己主动走人。

俗话说，兵无主自乱，蛇无头不行。这些区域负责人都是各个办事处的中坚力量，只要把他们各个击破，下面的人自然也就不足为虑了。

Richard 的终极目标，就是要对整个销售部进行一次大换血，完成对销售部的彻底控制，这样他和 James 就可以为所欲为了。

这些令人费解的举措，当然引起了经销商的强烈反弹。这就相当于夫妻间单方面撕毁结婚证，如果一方还想继续维持关系，不但要废除之前所有的山盟海誓，而且还得再向另一方下十万块钱聘礼，世上哪有这样不讲理的做法？

就像《大话西游》中牛夫人那句委屈的台词：“以前陪我看月亮的时候，叫人家小甜甜，现在新人胜旧人了，就叫人家牛夫人！”

更何况，川奇今天也还没有牛到这种地步。新人还没着落，就先把旧人给休了。这种伤敌一千自损八百的招数，但凡头脑清醒的人都不会这么做。

那是 Richard 头脑不清醒了吗？当然不是！他非常清醒，只不过他为了一己私利，不惜牺牲多年来大家付出无数努力才换来的市场。想用快刀斩乱麻的方式，逼销售人员知难而退，以便让他大权在握。

这样不但可以避免因为公司主动炒人，引发不必要的直接对抗，更可以帮公司省下一笔可观的赔偿金，这完全符合 James 的风格。

Richard 本想通过这一招，达到先声夺人的效果，实现对外给经销商一个下马威，对内不用增加一分钱成本，就可以清算销售部一箭双雕的目的。可结果恰恰相反，正应了那句话：哪里的压迫越大，哪里的反抗就越大。

Richard的“暴行”不但没有达到攘外安内的目的，反而形成了内外夹击之势。经销商开始形成联合抵制，而内部则形成了销售部从未有过的团结一致。真是天作孽犹可恕，自作孽不可活啊！

但Richard对此似乎仍视而不见，他对损失这些优质的客户和多年来培养的销售精英，根本一点都不在乎。似乎做大事者为达目的就一定要不择手段，更不应计较一时的得失。

相较于第一种打击策略，Richard的第二种策略，则属于精准打击型。这类策略是专为像Danny这样，被他明确锁定的目标而量身定制的。

如果说James对Mike用的是一种简单、直接、高效、粗暴的手法，表现的是一种直白的、咄咄逼人的欧式彪悍。那么Richard对Danny用的则是一种相对委婉悠长、绵里藏针、刚柔并济的手法，表现的则是一种中式阴柔。

虽然，在效率方面不及James，但其产生的效果会更好，成本会更低，杀伤力却丝毫也不逊色。

从这一点来看，Richard显然比James更了解中国人，也更加明白怎么样对付中国人。这恐怕也是James找他来的重要原因，正所谓一丘之貉，才能一拍即合。

绝望是最好的谋杀，当一个人彻底看不到希望的时候，就会失去抵抗的信心，进而选择逃避。所以，Richard要逼走Danny，就要让他感到压力无处不在，而且这种痛苦的折磨是永远没有尽头的。

所以，Richard除了在销售政策上大做文章，令包括Danny在内的销售部人员无所适从外。他还刻意在多个场合制造尴尬，让Danny下不了台。

他的目的很明确，就是要给Danny下马威，就是要让他颜面尽失，威信扫地。就是要让他感到压力，看不到希望。就是要让他忍无可忍，最后主动走人！

这天，Richard带领华南区的人，去参加工厂的庆典活动。席间他再一次当众故技重演：“Danny，我的烟抽完了，你帮我去外面买盒烟吧！”

Danny旁边坐着一群马仔他不用，却偏偏点名要Danny去买烟，这显然是故意刁难！但为了顾全大局，Danny也只好忍气吞声地认了。

本来大家都是明白人，点到为止也就算了。可哪知，Danny刚买烟回来，Richard又说道：“对了，我忘记打领带了，你再去我的车里帮我拿条领带过来！”

Danny闻言，不由得沉下了脸色。他心想：“给我下马威也应该适可而止吧？我给足了你面子，你反倒还得寸进尺了？老虎不发威，你当我是病猫，你以为老子真是好惹的？”

眼看 Danny 就要发作，云飞看在眼里急在心里。他明白，Richard 的目的就是要逼 Danny 当众发飙。

如果 Danny 此时真的一时冲动，在全公司员工的面前做出失态的举动，那就正好中了 Richard 的激将法。到时他就是想不离开，恐怕也不行了。

想到这里，云飞鼓起勇气站起来说道：“我刚好要出去一下，要不我顺便去把领带拿过来吧？”

云飞此举意在帮 Danny 解围，但在 Richard 眼中，这无异于当众拆他的台啊！在这种局势下竟然还有人愿意挺身而出，帮 Danny 挡子弹，谁近谁远也就一目了然了。这也就相当于云飞当众选边站了，那心胸狭窄的 Richard 还会放过他吗？就像当时 Danny 为 Mike 辩解是一个道理，出头鸟可不是好当的。

“我的车你不熟悉，还是让 Danny 去吧，我更信得过他！”

果然，Richard 拒绝了云飞的请求，他看似轻描淡写的一句话，实际上却是对云飞和 Danny 的最后通牒，把大家都逼到了必须做选择的绝路上。如果云飞再不识时务地进一步坚持，后面的情节会怎样发展，那是谁也无法预测的。

Danny 感激云飞的挺身而出，也清楚 Richard 的别有用心。他深知，此时若跟 Richard 翻脸，不但自己的形象会一落千丈，必然还会连累云飞将来代人受过，这是他不想看到的。

所以，Danny 只好忍辱负重，极不情愿地接过 Richard 手中的车钥匙，悻悻地离开了会场。这件事也成为压断骆驼背的最后一根稻草，坚定了 Danny 离开的决心。从这个意义上说，Richard 终于达到了他的目的。

厦门的孙总，在知道川奇发生的巨变之后，就一直保持着跟 Danny 和云飞的紧密联系，并多次邀请他们去厦门共商大事。

可如今，公司把所有权力都集中收回到了总部，办事处已经形同虚设，没有半点自主权可言，还有什么大事可以商量啊？

现在有本事的人，都在忙着找后路。没本事的，或者心有不甘的，就做好了跟公司打持久战的准备。

反正不用干活还有工资拿，很多人也乐得自在。大不了等着被公司炒掉，还可以有一笔可观的赔偿金带走，想想也不是什么多了不起的事。

可对于 Danny 来说，在一个没有任何前途的公司继续耗下去，那是对青春的消耗，也是对自己的不负责，所以他做好了离开的准备。不过在离开之前，他决定去厦门跟孙总这些老朋友道个别。

此时，Richard 对于 Danny 的举动当然是异常敏感。他知道孙总是华南区的大客户，而且跟 Danny 和云飞的私交甚好，他又怎么可能放两人去独会孙总呢？

可人家在职一天，出差便是天经地义的事。Richard 也不好强行阻拦，于是便顺水推舟地要求与他们一同前往。正好借此机会结识孙总，并顺理成章地把客户抓到自己手里。

与 Richard 一起出差，是云飞职业生涯中最痛苦的经历之一。和一个不喜欢的上司在一起朝夕相对，还要看他的脸色，听他的指挥，真是一种不堪忍受的折磨。

孙总与 Richard 初次相见，显然并没有找到当年与 Danny 一见如故的感觉。会谈冗长而没有效果，整场会面最终也没有产生任何实质性的进展。

不知孙总是有意为之，还是真的谈到了废寝忘食的境地。已经中午两点了，他都迟迟没有显出要尽地主之谊，请大家去吃饭的意思。

这是一种极不专业，且对客户极不尊重的表现。叱咤商界多年的孙总，从未出现过这种不可原谅的失误，看来多半也是有意为之。只能说孙总坏起来，呵呵……

有 Richard 亲自出马，Danny 根本插不上嘴。更何况，他本来也不想多说什么。所以，他坐在旁边显得有点百无聊赖，就好像这场谈判跟他完全无关似的。

喝了一上午的茶，肠胃早已被清理得干干净净。毫无头绪的谈判，让人无聊得犯困。加上饥饿难耐，Danny 和云飞的胃都开始有些不舒服了。

做销售的吃饭不规律，没有几个没胃病的。最后终于到了忍无可忍的地步，Danny 偷偷给云飞使了个眼色，两人便不声不响地溜了出去。

外面的空气，果然自由新鲜得多。但两人也不便久留，于是在马路边的小笼包摊上，一人吃了两笼包子。三下五除二填饱了肚子，便又匆匆赶回了会议室现场。

现场仍然在紧张的交锋中，孙总和 Richard 似乎都是铁打的胃口，喝了一上午的工夫茶，却似乎都没有一点饿的意思，真可以说是棋逢对手了。

一直到下午，谈判才在“友好”的气氛中落下帷幕。虽然，孙总和 Richard 各持己见，两个强人谁也没有能够说服谁，但该走的形式还是不能少的。

晚上，孙总终于拿出了东道主应有的姿态，请大家胡吃海喝之后，又去卡拉OK唱歌。

不知是真情流露，还是刻意地疏远Richard，孙总与Danny还有云飞，一边称兄道弟，一边相拥高歌把酒言欢。只把Richard一个人，孤零零晾在了一边，场面甚是尴尬。此时，Richard内心恐怕也终于体会到，什么叫作下马威的滋味了吧！

直到最后，孙总才醉醺醺地指着Richard，对云飞说道："马经理，你不好好敬你们老大一杯？"

云飞闻言，冲着Richard端起酒杯，却转头对孙总说道："这是老板，不是老大！"

没错，老板和老大一字之差，却是完全不同的概念。老大有信任、情谊和发自内心的尊重在里面。他会教你做人，带你做事，出了问题替你扛，有了利益与你分享。而老板则不同，老板是那个给你发工资的人。你出一分力，他给你一分钱，赤裸裸的金钱交易，没有一分情感在里面。

夜深了，带着浓浓醉意的Danny和云飞，同乘着一辆的士，走在回酒店的路上。两人并排坐在后排的座椅上，断断续续地说着一些醉话。

Danny今天喝了很多，还没说两句话，他便一出溜躺倒在了云飞的大腿上，醉得几乎不省人事了。

只是，嘴里还不断地念叨着："本来形势一片大好，Peter却偏偏在这个时候走了。一番心血前功尽弃，不甘心啊……"

"是啊！一场SARS改变了所有的格局，也改变了我们所有人的命运！"云飞也不无感叹地说道。

"兄弟，你跟着我辛辛苦苦干了一场，到头来却落得个这样的下场，对不起……对不起！"

Danny躺在云飞的腿上，嘴里不停地胡乱念叨着。云飞回忆起这几年来走过的风风雨雨，也是百感交集。

忽然，云飞觉得手背有些湿润。他定睛一看才发现，原来竟是Danny在醉意中，流下了绝望的眼泪。俗话说，男儿有泪不轻弹，只是未到伤心处。当然这眼泪中包含的，似乎还不仅仅是绝望……

Danny出差回来后，便向公司提出了辞职。其他区域的销售负责人知道Danny要走的消息后，也都开始着急了。他们终于意识到，这场清算的噩运人人都会有份，谁也不可能幸免。

于是，大家纷纷向 Danny 表示出强烈的挽留意愿，希望大家在危急关头，能够拧成一股绳，与 Richard 摊牌谈判。

但 Danny 对此除了一笑置之，已经无言以对了。当初说好力保 Mike 的时候，大家尚且不能众志成城与他共进退。此时群龙无首，销售部还有什么筹码跟 Richard 叫板啊？

如今大势已去，这是不得不承认的残酷现实，除非 Peter 回来重整山河，否则谁也无力回天。大家只有两条路可选，要么另谋高就，要么做好人为刀俎，我为鱼肉的思想准备。

大家被各个击破只是迟早的事，Danny 才不会那么傻，为他们凭空一句话，而放弃已经找好的退路，留下来与他们一起做无谓的挣扎。

Danny 真的就这样无声无息地离开了川奇，公司甚至连作秀都懒得做。连一句挽留的话都没说，就让 Peter 重金挖来的高手这样黯然离场了。

正如徐志摩《再见康桥》那首诗里所说的一样：悄悄的我走了，正如我悄悄的来。我挥一挥衣袖，不带走一片云彩。

一个光明的时代，就这样无声无息地结束了。而一个黑暗时代的脚步，也迫不及待地紧接着就来临了。

Danny 的继任者来得快如一道闪电，就和当初 Mike 前脚刚走，后脚 Richard 就到位的节奏如出一辙。

下一个将被清算的人会是谁？这个答案恐怕不用想也知道，那云飞又将面临怎样的命运？

第一百章　但得所欲私心满，一杯咖啡醉死人

Danny 走后的第二天，华南区就来了一位新的经理。时间配合得如此天衣无缝，显然这位新经理坐在家里等这一刻，已经等了不是一天两天。

新来的经理姓卫，英文名叫 Eric。他是 Richard 上一家公司时的助理，这一点 Richard 毫不掩饰。也许他根本就没打算掩饰，甚至是有意在向大家传递一个信息：新人换旧人的时刻到了，谁都可能成为下一个被他盯上的“幸运儿”。

俗话说，隔行如隔山！再优秀的助理，也未必就是做销售的料。Richard 虽然举贤不避“亲”，但这个 Eric 到底是不是那块料，还有待观察。至少在他亮出真本事之前，大家是不服气的。

果然，Eric 对业务方面一窍不通。除了对 Richard 奴颜婢膝地谗言献媚之外，他所擅长的就是把 Richard 的话视为圣旨，逼着大家依旨去向经销商贯彻他的意志。他的功能看起来不像是一个经理，倒更像是宫里传旨的太监。

而经销商根本就不买 Eric 的账，他们知道 Eric 不过是个没用的传话筒，一个没什么内涵的销售外行，所以连见都懒得见他。

这样一来，销售人员的桥梁作用就显得更有价值了。这也使得 Eric 一时间对他们也不敢轻举妄动。特别是像云飞这样的老资格，就更加是让他又爱又恨，因为他既不想重用云飞，可又不能不用。

经销商本就对 Eric 不满，再加上下属的联合抵制，Eric 很快就意识到，做销售管理远没有他想象的那么容易。

而公司对他的业绩要求，一刻也没有放松过，这让 Eric 承受的压力越来越大。他每天来到公司，都是一副愁眉紧锁、不苟言笑的样子，这也让他与大家的距离更是越走越远。

Eric 的一筹莫展，让 Richard 也深感失望。本来以为他的到来能助自己一臂之力，想不到现在反而变成了束手束脚的累赘，使得 Richard 一时间也不敢再大动干戈。他知道，要是把这帮销售惹毛了，他们暗中使坏，凭 Eric 的能力是不足以控制大局的。

尽管公司暂时出现了一种对峙的平衡，但是从上到下都弥漫着一种破罐子破

摔的氛围。

大家都在找后路，云飞当然也没有闲着。有了在川奇的经历和背景，并有引以为豪的销售数据做支撑，再找一份相同的工作自然是不在话下。可云飞期望的，是能够百尺竿头更进一步。

经过几次面试，云飞把目标锁定在了两家公司。其中一家叫浦华道的公司，云飞尤其感兴趣。这家公司不但是同行，云飞有现成的资源可以利用。而且，销售总监对现任的华南区经理不太满意，大有让他取而代之的意思。

如果真能做到华南区经理，那云飞的职业生涯，必将迎来一个全新的阶段。所以，这对于云飞来说，既是一次机会，也是一次考验。

为了测试云飞的能力，浦华道的营销总监 William，让云飞写了一份华南区的营销计划书。从市场销售、渠道开发、客户拓展，到内部的运营管理、团队建设、组织架构等都做了详细而明确的阐述。

William 这么做，自有他的深意。做了这么多年的管理，他深知从一个单兵作战的优秀销售人员，到一个初具统筹能力的管理人员，这个质的飞跃可不是一蹴而就的。尽管 William 对云飞印象不错，但他还是不敢铤而走险，直接把云飞放到华南区经理的位置上。

而且，浦华道华南区现有的销售人员，年龄都比云飞大，资格都比云飞老，对华南区经理这个职位，亦都虎视眈眈，觊觎已久。如果公司不从内部提拔，却选择从外空降，那么云飞是否能够服众，也是 William 颇为顾虑的问题。

最后，William 给云飞提出了一个折中的方案。他建议给云飞一个过渡期，先从主管做起，如果经过一段时间的考核，证明云飞的能力足以胜任华南区经理之职，他再做提拔。

云飞没预料到 William 会突然来此一招，于是决定考虑一下再做答复。毕竟，他在川奇还没有被逼到非走不可的地步，再看看其他机会，或许会有更好的选择也说不定。

可谁曾想到，正是云飞的这一犹豫，让他错过了与川奇和平分手的最后可能。Richard 的步步紧逼，终于迫使他们之间，爆发了一场永生难忘的冲突。

Richard 虽然在公司以 James 的心腹自居，但他还没有蠢到，被一时的风光无限而冲昏了头脑。

他了解 James 的为人，更加深深地知道，如果他将来不能达到 James 的预期，那么，他就会像 Mike 一样，被毫不留情地一脚踢开。有前车之鉴，他当然不敢掉以轻心。

Richard 很清楚，他价值的体现，一方面在于帮 James 清算销售部，拔掉一根根曾经跟他作对的眼中钉。另一方面，归根结底还是业绩说话。不论谁坐这个位置，业绩都是当仁不让要摆在第一位的。

即使 James 一朝大权在握，在中国区说一不二，可以翻云覆雨。却也难逃业绩的考核压力，要给总部一个交代。

所以，清算是方向，稳定是大原则。不过，对个别不识时务的出头鸟就另当别论了。

云飞在华南区可以说是手握重兵，华南区的优质客户以及三分之二的销量，基本都在他的掌控之中。

厦门之行，更让 Richard 切实感受到，云飞和经销商之间的交情，绝不是逢场作戏那么简单。这样的关系，更不是 Eric 可以手到擒来取而代之的。

Danny 走后，云飞已经俨然成了华南区的无冕之王。云飞一天不走，Eric 就无法在华南区真正号令天下。所以，于公于私都是时候对云飞下手了。

于是，Richard 的小眼睛一转，肚子里的坏水儿便冒出来了。既然华南区的业绩要靠云飞去维系，那就干脆来个顺水推舟，索性大力地鼓励他去跟进客户。

这样既显得 Richard 心胸宽广，不计前嫌，又可以逮住机会随便安个罪名，把云飞顺理成章地给踢出局。谁都知道，做的事情越多出错的机会也就越大，正所谓欲加之罪，何患无辞嘛！

于是，Richard 一边对云飞大家赞赏，一边不断给他的工作增加难度。这就像跳高运动员一样，总有一个极限高度是你跳不过去的。

看着其他销售一个个都闲得发慌，自己却忙得不亦乐乎，云飞明知这是 Richard 故意刁难，可是人在屋檐下不得不低头。云飞也只能忍辱负重，把挑战当锻炼了。

不过，云飞可不是那种只顾低头走路，不顾抬头看天的人。他之所以这样委曲求全，自然也有他的目的。

一方面，他要给自己争取更多的时间，以便挑选更好的退路。另一方面，他要趁着离开之前，给那些老客户最后再争取一些利益。把他们因为 Richard“背信弃义”所带来的损失减到最小。

特别是像孙总这样的大客户，是云飞一手开发出来的。几年来大家合作无间，孙总已经逐步把其他的品牌，都撤出了他的供应链。川奇作为他力推的主打品牌，几乎已经成了他产品的标配。

可以说，孙总现在就像个孤注一掷的投资客，已经被川奇深深地套牢了。说实话，孙总之所以对川奇如此倚重，一方面当然是来自于川奇本身的实力。但不可否认，对 Danny 和云飞的信任，也绝对起到了推波助澜的作用。

如今，把孙总骗上了贼船，Danny 和云飞就这样拍拍屁股弃船自保了，多少有点不太仗义。

所以，云飞希望趁他还在川奇的最后这段日子，多少能帮孙总争取点利益，挽回一点损失，也让自己的良心好过一点。

孙总也曾不止一次，苦口婆心地劝云飞咬牙坚持下去，并把外面的世界描绘得像“天下乌鸦一般黑”。

只可惜，落花有意随流水，流水无心恋落花。Richard 想逼大家走的态度已经昭然若揭，留下来无非是自寻烦恼。如果有更好的选择，又何必委曲求全呢？

既然，Richard 拼命向云飞要销量。那么云飞也就反过来狮子大开口，毫不客气地向他要折扣。反正在走之前，云飞帮孙总和那些老客户进一批低价库存作为周转，也算尽人事了。未来川奇再怎么折腾，他也真就管不了那么多了。

本来大家各取所需，各有所得，两不相欠。Richard 批一点折扣，但总算有业绩向公司交代，云飞也算对得起他。

可谁曾想，当孙总如期把货款打过来之后，Richard 却像失忆似的，对之前讲好的折扣翻脸不认账了。更可气的是，堂堂的营销总监为了设计云飞，竟然不惜牺牲自己的信誉，将他签过字的订单毁尸灭迹了。人无赖到这种地步，也真是无话可说了。

如今死无对证，用正常的途径，云飞拿 Richard 一点办法都没有。怪只能怪他阅历尚浅，棋差一着啊！

可云飞又如何咽得下这口气？行走江湖讲的就是个“信”字，如果他就这么认命了，那他跟孙总怎么交代啊？以后又怎么在行业里混啊？

“你要是真敢不认账，小爷非跟你玩命不行！”云飞越想越火，终于忍不住一把推开 Richard 的办公室，摆出一副不惜代价要跟他摊牌的姿态。

哪知，Richard 见状，竟显出一副无赖的样子说道：“我签过这个折扣吗，我怎么一点印象都没有？忘了告诉你，我喝咖啡都会醉的！所以，手里没有我白纸黑字签过的东西，就不要来跟我争！”

Richard 说话时，脸上那副得意扬扬的表情，仿佛天生就长了一身欠揍的基因，让人欲罢不能。

“你……”云飞闻言，真是怒从心头起，恶向胆边生。他恨不得飞身上去，狠狠地给 Richard 两个嘴巴子，以解心头之恨。

但云飞冷静地一想，还是觉得不能意气用事。自己出口恶气倒是容易，大不了一赌气不干了，可那就把孙总害惨了。本来想临走前帮孙总做件好事，这下可好，反倒把孙总也给拖下水了。

想到这里，云飞强忍怒火没有发作，可脸上写的那个大大的怒子，是人都应该可以看得出来。

但 Richard 就好像是吃了秤砣铁了心，一副油盐不进的样子。任凭云飞平心静气地把好话说尽，他就是一副无赖甚至挑衅的样子，仿佛就是故意想把云飞激怒：“我就是要赖呀，你能把我怎么样？”

云飞当然明白 Richard 的意图，他就是想用激将法把自己激怒，然后逼自己做出不理智的行为，这跟当时对付 Danny 所用的招数如出一辙。

可那又怎么样呢？此一时彼一时，云飞本来就去意已决，现在手头又有备选公司可随时选择，对你的无赖行为还何惧之有？

想到这里，云飞终于抑制不住冲动的心情，只见他猛地举起手中的资料，“啪”的一声重重地摔在了 Richard 的桌子上。

资料里面还垫着一本书，那本书拍在桌子上时，发出“啪”的一声巨响。也许是云飞用力过猛，书摔在桌子上之后又“嗖”的一声向前划去，正好滑到了 Richard 的怀里。

Richard 被云飞这突如其来的举动也有点吓蒙了，他怀里抱着那本滑落的书，用惊恐的眼神望着云飞，显然他没预料到云飞会有如此激烈的反应。

云飞那杀气腾腾的目光，让 Richard 吓得不敢直视。他知道人在失去理智的情况下，什么事都可能做得出来。如果云飞真的一时冲动上来把他揍一顿，那可真就成为行业里天大的笑话了。所以，Richard 终于识相地低下头，怯怯地把目光转向了一边。

房间外面的办公室大厅和前台，包括 Matt 和 Cara 在内的所有人，都屏息凝视着 Richard 的房间。他们虽然不知道里面具体发生了什么事情，但不用猜也知道，这件事情非同小可。整个办公室从里到外，瞬间变得像死一般的寂静。

看着一直踩在大家头上作威作福的无耻之徒，那嚣张跋扈的气焰在自己面前轰然倒下，云飞人生中第一次感到一种除暴安良的快意。

“此处不留爷，自有留爷处！既然你看不惯我，我也不屑于跟你这种无耻之徒继续为伍！我现在就去写辞职信，不过我希望，在我把辞职信放在你台面上的时候，孙总那份折扣订单你也已经签好字了。否则，一切后果自负！”

云飞的语气充满了正义的威胁，大有梁山好汉劫富济贫之后，那种酣畅淋漓的霸气之感，让 Richard 有点手足无措。

停了片刻，云飞收起眼中的杀机，Richard 也似乎恢复了一点状态。为了找回自己丢失的颜面，他做出一副不服气的样子，挑衅地说道：“我……我不签，你能怎么样？”

云飞闻言，忽然把两手放在 Richard 的桌子边，然后把头探过来逼近他，两眼恶狠狠地看着他的眼睛，威胁地说道：“或许我没有能力让华南区的市场红红火火，但我保证能让华南区的业绩一落千丈。而且，我可以保证你很快会收到经销商的联名投诉信！没有了业绩的支撑，我看你这个营销总监，还能在这个位置威风多久？”

“你……你敢威胁我？”

“这不是威胁，我会说到做到！还有，我会给 James 写一份详细的报告，你准备好跟他去解释一切吧！”

“你……”Richard 闻言气得脸色发青，却一句话也说不出来。

云飞见状，显出一副得意之色。他不屑地站直身子，正准备步出房门，却忽然又好像想到什么似的，转身补充道：“对了，你不用担心 James 看不懂，I will write it in English myself！（我会亲自用英语写这份报告！）”

云飞这句充满威胁意味，却腔调纯正无比的英语，令 Richard 感到有点无地自容。他万万没想到，云飞的英语比他说得要正宗得多。

“你……”Richard 此时气得脸色苍白浑身颤抖，他似乎很想说点什么，却激动得一句话也没说出来。

云飞的威胁，终于换来了 Richard 的妥协。他用自己的离开，为孙总换取了最后一次应得的利益。

本来云飞也曾想像 Danny 一样静静地来，也静静地离开。但他无论如何也想不到，最终却是以这种山崩地裂、地动山摇的方式。在大家解气的欢呼声中，像个为民除害的英雄一般，趾高气扬地离开了川奇。

从此，外企在云飞心目中摘下神秘的面纱，除去神圣的光环，终于走下神坛，再也不是高不可攀的绝顶雄峰。

不过，Richard 虽然为此付出了一些面子，但他也找到了更实惠的里子。云飞的离开，使 Eric 终于可以毫无顾忌地放开手脚为所欲为了。

从此，川奇再不是以前的川奇，而留给江湖津津乐道的，只是曾经有过的一段不朽的传奇。

第一百零一章　整装待发从头越，悲欢离合常有时

云飞终于接受了 William 的邀请，加入了他领导下的新公司浦华道。这是一家同样有着百年历史，但比川奇规模更大的外资企业，旗下有众多的产品，其中一类产品正好与川奇的产品重叠。

但是，这类与川奇重叠的产品，并不是他们的强项。而恰巧的是，他们意识到了这类产品在中国市场上的重要性，所以也正在积极地弥补自己的弱点。包括从不同的渠道获得大量的相关人才，或许这也是 William 看重云飞的一个重要原因吧！

浦华道的现任华南区经理 Candy，是一个土生土长的本地美女。在她担任华南区经理之前，她一直是前任营销总监的销售助理。

Candy 形象甜美，为人和善，只是缺乏了销售的灵活与霸气。说实话，她的确更适合做助理的工作。只不过一朝天子一朝臣，助理也是要讲缘分的。昔日总监的心头肉，也许会变成今时总监的眼中钉。

所以，不管 Candy 适不适合现在的位置，她被换掉其实都只是迟早的事情。只是，云飞本身就是带着夺权篡位的“使命”进来的，心里未免有点过意不去。

既然要显山露水，那就必须要表现出与众不同，这是当年欧施克的王经理传授给云飞的经验之谈。

为了尽快用业绩来证明自己，同时也征服那些虎视眈眈的同事，云飞第一个突破口就想到了孙总。看来，做事留一线，日后好相见，这句江湖金律果然有一定的道理。

孙总现在被川奇搞得焦头烂额，也正急需找一个备选品牌做他的后盾。浦华道虽然不是最理想的选择，但作为备选之一，也并没有什么坏处。更何况，有云飞的人品作保障，孙总用起来也会放心很多。

于是，与孙总电话沟通好后，云飞就迫不及待地带着他的美女上司，踏上了厦门的土地，这个他昔日的主战场。

带 Candy 去的主要目的，是向孙总做一个背书，证明自己受到新公司的重视。同时，对一些销售以外的细节问题，Candy 比云飞要熟悉得多。毕竟，他才过去没

几天嘛！

再次踏入孙总的办公室，云飞有种沧海桑田、物是人非的感觉。其实，所有的一切都没变，只是他的身份变了而已。

都是老熟人了，云飞也不客气，几句寒暄之后便开门见山地直抒胸臆，表达了跟孙总继续合作的意愿。

孙总现在与川奇公司的胶着状况，未来会何去何从实在难以预测。所以，他也在积极着手寻找替代品牌，以备不时之需。此时云飞的出现，也算得上雪中送炭，双方各有所需。

不过，孙总对于Danny和云飞把他拉上川奇这条贼船，然后却不负责任地跳船自保这件事，似乎仍然有点耿耿于怀。因此，他决定对云飞来个小惩大诫。

于是，当着Candy的面，孙总毫不客气地问道："上次在展览会上，你不是跟我说浦华道的产品跟川奇比起来，那简直就是垃圾吗？那你现在又把垃圾产品推荐给我，这算什么啊？"

孙总说话的时候，脸上带着坏坏的笑容，显然是有意为难云飞。云飞一听，心里不由得暗暗叫苦："孙总，你也太坏了吧？就算想拿我出口气，也不用当着我的新领导这么说吧？好歹我也为了你的事，不惜与Richard翻了脸，有你这么恩将仇报的吗？"

不过，云飞心中想归想，但脸上的表情没有丝毫的变化。嘴上也没有片刻的犹豫，反而是颇为自信地微微一笑说道："孙总，这正是我加入浦华道的原因啊！能在短短一年之内发生翻天覆地的变化，可见浦华道的潜力何其巨大！这样的好公司我不推荐给你，那才显得我不够朋友啊！"

做销售面对的局面往往是瞬息万变，所以一个销售人员的功力强弱，在突发事件的应对上就会体现得淋漓尽致。能够处变不惊，随机应变，甚至化被动为主动，才算得上是一个优秀的销售人员。

面对云飞从容不迫的回答，孙总哈哈一笑，竖起大拇指说道："不愧是做销售的，在你们的嘴里死人都能说活了。不过，你的回答也算说得过去，咱们有这么好的私人感情，我相信你也不会骗我。川奇的情况你比我更了解，我现在也正需要有好的品牌做后备。咱们可以像川奇当年那样从小试起，再慢慢做大！"

"那就这么说定了！"

有多年的信任基础和现实的需要，云飞和孙总的再次合作，就这么轻松地水到渠成了。云飞首战告捷，带着孙总的样品订单和惊喜满满的 Candy，踏上了回广州的归途。第一次出差，就有订单拿回来，这让其他同事对云飞多少也有点刮目相看。

川奇的内斗还在持续发酵中，据说有一天，Matt 正跷着二郎腿在畅想未来时，却突然接到了公司的解聘通知书。从第二天开始，他就再也没有出现在川奇的办公室里了。

俗话说，好事不出门，坏事传千里。川奇的斗争就像一阵旋风，迅速在行业里传播开来。这也加速了它的崩塌，使川奇逐渐一步步地陷入了众叛亲离的境地。

然而，这对于云飞来说并非坏事。以前的老客户蠢蠢欲动，知道云飞去了浦华道，便有意无意地开始跟他接触。虽然，他们未必能像孙总那样，立竿见影就有生意往来，但这种潜在的可能性也是大大存在的。

而且，这种现象不单只出现在华南区，在其他区域也都有类似的情况发生。每一个优秀的销售人员离开，都会或多或少地影响到一些客户。他们去了新的公司，也极有可能会带走一部分老客户。因为，川奇现在的经销商已经是人人自危，都在忙着找下家呢！

云飞漂亮的开场和极强的驾驭能力，赢得了 William 的认可和肯定。他终于下定决心提前结束考核期，提拔云飞正式坐上华南区经理的位置。可这也就意味着，善良的 Candy 将不得不被淘汰出局了。

职场就是这么残酷，永远都是只见新人笑不见旧人哭。而每一个新人，又难免有一天会变成旧人，饱尝前任黯然离场的滋味。

因此，职场就像一场不断重复上演着新老交替、爱恨交织的泡沫剧。虽然情节老套，但一点儿都不影响他跌宕起伏的剧情和耐人寻味的人生意义。

云飞离开川奇后，受影响最大的自然是小敏。因为浦华道的办公地点离小敏公司很远，他们从此再也不能像以前那样，每天随心所欲地约会了。

虽然，云飞离开川奇是迟早的事，这一点小敏早有心理准备。可她万万没想到，这一天竟来得如此突然。

云飞当然明白小敏的心情，本来她一直跟姐姐相依为命，可为了与云飞长相厮守，小敏最终选择了与姐姐天各一方。

以前在川奇的时候，云飞还能与小敏朝夕相见。那份相守的浪漫，为他们的

生活也增添了不少的情趣。可现在，虽然同处一座城市，但要想随心所欲地见上一面，已成为一种极其奢侈的想法。

姐姐去了上海以后，再也没有人照顾小敏的饮食起居，再也没有人天天按时叫她起床，再也没有人唠叨她乱放东西，再也没有人跟她围坐在电视机前，一边看着泡沫剧，一边大把大把地流眼泪了。

小敏的生活，忽然间变得只剩下自己，好像整个世界都忽然变了天。这种突然要面对孤独与无助的心情，云飞自然深有体会。想当年，五朵金花突然撤离时，他与向南承受的就是这种感觉。

云飞是小敏在这个城市唯一的寄托，可现在，忽然间就连天天与云飞见面的机会也要被剥夺了，小敏当然会感到很不适应。

小敏多希望当时云飞能早一点辞职，这样就可以跟姐姐一起去上海了。甚至，姐姐到现在还一直劝小敏过去，说能帮小敏在她们公司找个更好的工作，待遇比现在要好得多！可小敏为了云飞，还是毅然决然地放弃了。

云飞很能理解小敏此时的心情，他现在唯一能做的，就是给小敏更多的安慰与关怀，以冲淡这刹那间太多的变化给她带来的各种不适。

面对小敏的彷徨，云飞拉着她的手安慰道："广州是我们相识的地方，这里有我们的过去，有我们数不尽的回忆。每当我看到这熟悉的一草一木，就会睹物思人想起我们之间发生的点点滴滴。这座城市在我心里已经扎了根，就像人海茫茫中遇到了你。我喜欢你，所以不管你的优点还是缺点，我都会包容，都会接受，留下来陪我好吗？"

听云飞这么说，小敏心里很是感动，她喜欢重感情的人，因为她自己也是个重感情的人。只不过与姐姐的分离，确实让小敏有点不太适应，她需要一点时间去恢复。

小敏点点头，却仍不无遗憾地说道："姐姐说，她的办公室就在黄浦江边，对面就是东方明珠。不管你的心情有多糟糕，只要一看到这怡人的景色，就会立刻觉得豁然开朗，可以抛弃一切烦恼！"

小敏看上去是那么向往，只是为了云飞，她宁愿选择放弃。当然，她放弃的不仅仅是怡人的风景、优雅的办公环境、优厚的待遇以及与姐姐的天各一方。

她的放弃更是一种选择，她选择了让自己学会独立，她选择了尊重自己的判断，她选择了为自己的决定承担后果，她选择了把自己和云飞的命运绑在一起，共同创造未来。

“只要心中有风景，到哪里都会觉得豁然开朗！你就是我心中最美的风景，所以只要有你在我身边，任何的烦恼我都可以抛到九霄云外！”云飞看着小敏动情地说道，语气中虽然有一丝调侃的意味，却也不乏是真情流露。

“口花花，没正经！”小敏虽然嘴上这么说，可心里其实还是很受用的。这也让她有了一丝欣慰的感觉，至少现在看来，她为云飞而留在广州是个正确的选择。

云飞被迫离开川奇，自然不无遗憾。但去到浦华道之后得到升职加薪，却也是件可喜可贺的大事。

由于最近的变数接二连三，云飞已经很久没有和汪峰以及紫嫣见过面了。借着现在尘埃落定，一切都回归了正常，也到了大家该聚一聚的时候了。

以前，小敏一下班就忙着去跟云飞约会，往往会冷落了紫嫣。今天趁着聚会，紫嫣难免要发几句牢骚，好好地数落数落小敏那些重色轻友的“可恶行径”。

其实，自从云飞换了工作之后，与小敏的约会时间就急剧减少了。加上姐姐又去海了，紫嫣在小敏心中的价值，一夜之间就赫然被提高到了一个全新的高度。每天不论上班下班，紫嫣都被小敏拉着形影不离，俨然成了小敏精神上的另一个寄托。

小敏与紫嫣两个美女斗嘴，自然别有一番看头。但云飞和汪峰长久不见，当然也免不了要谈一些工作上的正事。

汪峰对销售上的事情总是充满了好奇，他思维敏捷，善于分析，云飞也乐于跟他分享销售上的心得。于是，便把川奇这段时间以来翻天覆地的变化，原原本本地跟汪峰讲了一遍。

讲到后来，就连小敏和紫嫣也不再吵闹了。她们静静地趴在桌子上，大眼瞪小眼地看着云飞一句话也不说，似乎也都听得入神了。只是在云飞和汪峰的观点偶有争论时，才会有意无意地点点头或者摇摇头，默默地表达着自己的见解。

紫嫣很早之前与云飞一起租房的时候，就喜欢听云飞讲欧施克的故事。那时候，每天的“云飞讲故事”时间，是大家最开心也最期盼的时刻。

此时，不知为什么，紫嫣忽然间很怀念那段短暂的同租时光。若不是自己傻傻的，为了那段阴差阳错的爱情而毅然出走，那今天的历史，或许就会彻底重写。而小敏，也许根本就没有机会出现。

想到这里，紫嫣忽然被自己的想法吓出了一身冷汗，她实在不明白，自己怎么会突然冒出这种奇怪的想法。

云飞在浦华道升迁的速度之快令人咋舌，再加上 Candy 突然黯然离开，在每个人心中都难免留下了一个大大的问号。

但不管怎么样，这都意味着云飞的职业生涯，迈上了一个新台阶。从此，他由一个单兵作战的销售人员，变成了一个初步具备统筹能力的职业管理者。

与浦华道形成鲜明对比的是，此时的川奇已经到了不可挽回的地步。俗话说兵败如山倒，病去如抽丝。一个经过几年培育，才慢慢走向强大的川奇，想不到在短短几个月内，就被 Richard 搞得一塌糊涂了。

虽然，这种摧枯拉朽的崩塌之势，最终让 James 幡然醒悟，可一切已经悔之晚矣。除了无情地把 Richard 踢走之外，黔驴技穷的 James，如今也是回天乏术，只能一筹莫展地看着这个庞然大物慢慢轰然倒下。

只可惜，Peter 辛辛苦苦打造的这段行业传奇，被 James 只用了不到半年时间，就搞得土崩瓦解了。不知身在老家躲避 SARS 的 Peter 知道后，会是怎样的心情。

日有东升西落，月有阴晴圆缺，海有潮起潮汐，人有悲欢离合。人生无常，看似平和的世界，往往处处都蕴藏着不为人知的危机。

就像云飞、小敏、汪峰还有紫嫣，他们几乎已经到了亲如一家人的地步。但这种看似雷打不动的四角关系，谁又能想到即将面临一场分分合合的考验……

第一百零二章 泄密直言起猜忌，一语道破二段情

小敏在人事部负责招聘，可以说这是一项纷繁复杂，又需要耐心细致的工作。有时候面对上百封简历的筛选，的确会感到枯燥乏味。特别是周而复始地重复着这样机械的工作，的确需要极大的耐心。

这天，公司有部门反映，原定今天入职的一位新员工，忽然以找到更好的工作为借口，放弃了他们公司。

小敏最讨厌这种没有信誉的人，无缘无故浪费别人的时间，还影响公司的工作安排，这样的人不来也罢！

于是，小敏叫姗姗从备选人资料里，再找几个人来进行复试。哪知，姗姗一连通知了三个人，都被人家婉言谢绝了。

小敏觉得非常奇怪，忍不住自言自语道："这可是非常少见的情况，难道外面的行情一下子变得这么好，找工作忽然变得这么容易了？"

姗姗闻言，半开玩笑地说道："就是嘛！公司也不给我们加工资，既然行情这么好，我们是不是也应该考虑挪一挪地方啊？"

小敏见状，连忙给她使了个眼色，小声说道："挪你个大头鬼啊？说话没有把门的，想被炒鱿鱼是吧？把你的歪脑筋多用来想点正事行不行？难道他们的话里，就没有给你提供一点有用的线索吗？"

姗姗想了想，若有所思地说道："有两个人好像都说他们去了一家台湾的化妆品公司，不知道这算不算是有用的线索啊？化妆品公司可是超暴利，我们的待遇肯定跟人家没得比！"

"哦……那你再找几个人打打电话看吧！"小敏淡淡地应了一声，似乎并没有往心里去。但其实，小敏不露声色的背后，却已经俨然有了一个新的想法。

晚上，小敏和紫嫣相约一起去吃晚饭。两人聊着聊着，小敏忽然问道："汪峰最近是不是很忙啊？"

"是啊！他们从台湾来了一个新的总监，把公司搞得沸沸扬扬的，很多人都挺不顺走掉了。现在他们不断地招聘新人进来，又不断地有老人离开。我感觉就像云飞之前的公司一样，我看他们公司也将面临大调整了。"紫嫣不无担心地

说道。

小敏听完也叹了口气，她若有所思地看着紫嫣，却似乎欲言又止。紫嫣见状，爽快地说道："你是不是有什么话想跟我说啊？想说就直说，吞吞吐吐的干吗？咱们俩之间还有什么不能说的？"

小敏闻言，长长地吁了口气，然后才说道："既然我们是好姐妹，那我就不拐弯抹角了。你是不是把公司的招聘资料，偷偷给了汪峰？"

小敏满脸的严肃，让紫嫣感到既惊讶又委屈："我没有啊！你这么说是什么意思？"

小敏清楚紫嫣的个性，她是那种敢作敢为的人，如果她说没有，那一定就是没有了。

想想自己可能冤枉了紫嫣，小敏略带歉意地说道："对不起，最近应聘者放我们公司鸽子的事情连续发生，其中有两个人向我们透露，他们去了一家台湾的化妆品公司。而汪峰他们公司正好在大量招聘，所以就让我产生了联想。可能……是我太敏感了！"

虽然紫嫣嘴上并没有追究，但心里是非常不爽。自己是什么样的为人，难道跟她亲如姐妹的小敏竟会不知道？小敏这样不负责任地怀疑，对紫嫣来说简直就是一种侮辱！

因此，紫嫣心里默默地发誓，一定要把这件事情搞个清楚。她绝不能容忍这种莫须有的罪名和她有半点关系，更不能忍受别人对她有任何的怀疑，尤其是小敏——她的闺蜜、好友、进公司的介绍人以及云飞的女朋友。

紫嫣知道汪峰能言善辩，如果没有充足的证据，想让汪峰承认一件他不想承认的事情，那真是比登天还难。

不过，正所谓一物降一物，卤水点豆腐。紫嫣也不是个按套路出牌的女孩，她自有她的方法。

汪峰和紫嫣虽然也处在恋爱之中，却是剃头挑子——一头热。主要还是汪峰在主动进攻，而紫嫣则处于被动防守。所以，难得接到紫嫣的主动邀请，于是汪峰便兴高采烈地应约而来了。

两人聊了一阵其他的话题，紫嫣忽然话锋一转，略显严肃地说道："我们公司有个应聘者，本来今天应该入职的，可不知为什么忽然爽约去了你们公司！"

紫嫣的语气显得异常坚决，似乎已经抓到了铁一般的证据，好像只是把这件事情通知王峰，而并不是在向他求证。

“啊？有……这么巧的事情？”

对紫嫣的话，汪峰显然觉得很意外。他的眼神显得有些游离，似乎不敢与紫嫣对视。紫嫣对汪峰太了解了，这无疑是他心虚的表现，这也更加确定了紫嫣对他的怀疑。

于是，紫嫣盯着汪峰继续说道：“是的！这是那个人亲口讲的，他清楚地说出了你们公司的名字，还说是你们公司有人主动联系他的。”

“是吗？那……可真是太巧了！他叫什么名字，我帮你问问看？”

紫嫣并没接着汪峰的话题往下说，而是自顾自地继续说道：“如果只是一个人，那我也觉得可能是巧了。可当我们下午再联系其他候选人的时候，他们竟给出了同样的答案。这就让我觉得奇怪了，你们公司是怎么得到他们的资料的呢？”

“这……我怎么知道啊？我又不是人事部的！”

“以我的经验来看，只有一种可能，那就是有人泄露了我们公司的信息给你们公司！”

紫嫣说话的时候，脸上显出一副从未有过的严肃。她瞪着汪峰的眼神，就像一个证据确凿的法官，在审判一个无从抵赖，却仍负隅顽抗的罪犯一样，冰冷而犀利。

“这……这怎么可能啊？咱们所在的是两个不相关的行业，我也从来没听说过，我们公司有人和你们公司的人认识，怎么可能拿到你们公司的信息呢？你……太敏感了吧？”汪峰惶恐地分析道。

“但咱俩认识啊！正是因为这样，公司才怀疑我泄露了公司的信息。如果……这件事确实是你所为，凭我和小敏的关系，主动跟她认个错，她一定会帮我把这件事情压下来。否则等这件事情弄大了，她就是想帮我也无能为力了。到时候，我不但会被公司炒鱿鱼，而且还会身败名裂，你可就把我害惨了，那我可是绝不会原谅你的！”

紫嫣动之以情，晓之以理。一边苦苦好言相劝，一边又让汪峰感到压力重重。汪峰明白，承认这件事情是九死一生。可如果打死都不承认，最后把紫嫣害得身败名裂，那便是十死无生了。无奈之下，汪峰只好承认了自己的“罪行”。

原来，有一次两人周末约会，紫嫣本来有工作在身，但在汪峰的软磨硬泡下，只好背着笔记本电脑前来赴约。她一边帮小敏筛选简历，一边与汪峰约会，也算是为了让爱情事业两不误而拼了。

可她万万没想到，汪峰竟借着她去洗手间的机会，把她电脑里所有的简历都拷了下来。

汪峰之所以这么做，其实是为了讨好新来的总监。他们公司内部现在人心惶惶，人员流失率极大。跳槽好像会传染似的，一旦形成了一种趋势，就变得势不可当。

公司急需补充人员，可这些普通职位，公司不可能通过猎头去高薪挖角。从报纸和网站上看到招聘信息来应聘的人，往往素质参差不齐未必适用。于是，当汪峰看到紫嫣电脑里的简历信息时，就突然灵机一动，想到这一招不用成本就能讨好上司的办法。

但汪峰万万没想到，这件事情竟然会因为一个应聘者的“多嘴”而暴露。他更想不到，这件事情竟然会搞到如此严重的地步。居然威胁到紫嫣的工作甚至名誉，进而还可能威胁到他们未来的感情发展。

尽管汪峰对这件事情表示了十二分的歉意，但在紫嫣的心里，这是不可原谅的人品问题。从这件事之后，紫嫣对汪峰采取了冷处理，她需要好好冷静地思考一下，再决定如何处置她跟汪峰的关系。想不到，小敏不但没有冤枉她，而且显然比她更了解汪峰。

紫嫣找小敏说清楚了事情的来龙去脉，她也代汪峰向小敏道了歉。可这些其实并不是小敏刨根究底的初衷，她所在意的是汪峰这个人，他是云飞的好兄弟，也是紫嫣未来的依靠，汪峰对他们俩实在太重要了。甚至可以毫不夸张地说，汪峰在一定程度上会影响到这两个人的未来。

而小敏作为云飞未来生活的重要组成部分，以及紫嫣情同姐妹的闺蜜，也必定会间接地受到汪峰的影响。恐怕，也只有她更了解汪峰不为人知的另外一面，她必须起到防火墙的作用。

云飞知道这件事情以后，虽然对汪峰的做法也表示不以为然。但他对小敏上纲上线、疾恶如仇的态度，又觉得有点小题大做了。毕竟，汪峰是他的兄弟，他无论如何都要站在汪峰的角度，帮他说几句好话。

但小敏可不这么想，汪峰曾经卷款潜逃的事情，从一开始就让小敏心里耿耿于怀。再加上他请小敏吃的那顿“鸿门宴”，最后搞得不欢而散，更是让小敏感到不齿。如今，他又偷了紫嫣的资料去讨好自己的上司，差点让她们姐妹情深变成反目成仇。小敏怎么可能再轻易地原谅汪峰呢？

尽管云飞好话说尽，小敏却还是不依不饶地教训道：“你别再为了当年的一只烤鸡腿而执迷不悟了！如果你不能正确看待，扎在你心里那个根深蒂固的心锚，将来一定会害人害己的！”

小敏与云飞第一次因为不同的观点，而吵得不欢而散。在小敏的心里，她觉得云飞太固执己见，自己的一番好意得不到他的理解，小敏感到伤心无助。

但在云飞的心里，他始终觉得汪峰是一个可以值得信赖的人。人非圣贤，孰能无过啊？他觉得小敏始终跳不出女孩子的小心眼儿，她不能就这么一棒子把汪峰打死，这不公平！

因为这件事情，云飞和小敏持续冷战了几天。而小敏与紫嫣，多少也有点儿心生嫌隙。紫嫣再见到小敏时，也不再像从前那样从容了。两人的内心，多多少少都蒙上了一层阴影。

云飞、汪峰以及紫嫣在这件事后，一直都没有再见过面，他们似乎都刻意在逃避相见时无法避免的尴尬场面。

而紫嫣与汪峰的感情更是急转直下，这件事发生后，紫嫣在很长一段时间里，都不再理汪峰，让他们的关系也陡增了不少变数。

四个曾经关系好到像铁板一样的朋友，忽然之间发生了微妙的变化。而这种冷处理的方式，搁得越久必将越难调和。甚至，很可能就因为这件小事，让他们的关系变得永远都回不到从前了。

无疑，这件事情如果要破局，就必须有一个人主动站出来担当大任。可是谁又有这个勇气呢？

第一百零三章 解铃还须系铃人，江湖救急引火焚

破局的关键人物当然应该是小敏，这件事虽然因汪峰而起，却因为她略显过激的处理方式而导致了局面的“失控”。

先是直截了当地当面质问，让紫嫣下不了台。接着是在云飞面前对汪峰的各种指责，令他们不欢而散。虽然，小敏还没有因为这件事，而直接触及当事人汪峰。但紫嫣的调查取证过程，已经足以让汪峰感受到了来自小敏的压力，也让他无法面对任何人。

因为这件事情，四个人的关系产生了微妙的变化。他们都珍惜这段来之不易的友情或者爱情，都试图找到一个突破口去打破僵局。只是，大家都有一种力不从心的感觉，不知该如何面对，如何才能让这份感情像什么都没发生过似的回到原点。

小敏和紫嫣最是尴尬，她们每天一起工作，一起吃饭。在外人看来，她们依然显得亲密无间，但其实那种无形的隔阂，只有她们自己内心才感受得到。

以前，下班后她们仍然会时不时地相约吃饭逛街。但自打“汪峰事件”以后，她们再也没有像从前那样“黏”在一起了。

小敏是个敢爱敢恨的人，这种压抑的局面，她当然无法长期忍受。于是，她终于决定找紫嫣打开心扉，好好畅谈一次。

两人已经很久没有在下班后，再相约出来叙旧了。长时间的逃避，让彼此似乎都显得生疏了许多，也客气了许多。这种没话找话的场面，小敏做梦也想不到，竟然会发生在她和紫嫣这对亲如姐妹的闺蜜之间。

既然是小敏约紫嫣出来的，那么当然理应由小敏来打破僵局：“紫嫣，你是不是觉得我对汪峰那件事，处理得有些过激了？”

“没有啊！他是自作自受，怨不得别人！你没有把这件事情公开，也没有再去追究，我已经很感激了。只是我真没想到，汪峰竟会是这样的人！”紫嫣有些自责地说道，言语之间也透露出一丝对汪峰的失望。

“如果真是这样，那我就放心了！我真怕因为我的鲁莽，而伤了你的心。我心里一直特别难受，你千万别往心里去，你知道我就是这种人，直来直去的！”小

敏也自我批评道。

“怎么会呢？你不怪我间接地泄露了公司信息就好了。其实，这件事一直很困扰我，我不知道该怎么处理我跟汪峰之间的关系。我也很怕因为这件事，会影响到我跟你，还有云飞的关系！”紫嫣也终于说出了心底的话。

“我看你根本没那么在乎我，是怕影响到你和云飞的关系吧？”小敏开玩笑地说道。

女孩到底是女孩，心眼小起来连个针尖都容不得。可一旦话讲开了，便可以放得下整个太平洋。

小敏和紫嫣又恢复到了从前亲密无间、无话不谈的状态。对于汪峰的处理，紫嫣难免会想听听小敏的意见。

俗话说，宁拆十座庙，不破一门亲。作为一个局外人，小敏本不应该说三道四，对汪峰妄加评论。只是，鉴于这涉及紫嫣一辈子的幸福问题，作为好姐妹的小敏，以她那种眼里容不得半点沙子的性格，又如何忍得住不说几句实话呢？

更何况，汪峰请小敏吃饭时，所显示出的那种强人所难的手段，那种挥霍炫耀的性格，以及那种暧昧轻佻的举动，都让她对紫嫣未来的幸福深感忧虑。而这件事，小敏一直都深藏在心底，没有对任何人说起过。这也是她自认为，她比别人对汪峰看得更清的原因之一。

小敏当然也不会讲得太直白，但言语间对紫嫣的各种好言相劝，已经充分显示出她对汪峰有诸多的不满。紫嫣当然明白，小敏绝不会害她。只是她想不通，汪峰偷公司招聘信息这件事，真的足以令小敏对他如此恨之入骨吗？

紫嫣实在无法说服自己，所以她决定找云飞好好深谈一次。碍于小敏这个“新角色”的出现，紫嫣与云飞再次重逢后，就一直没有单独“约会”过。这是她跟云飞之间不言而喻的默契，也是她对小敏的一种认可和尊重。

跟小敏聊完，已经是晚上十点。紫嫣也是个风风火火的急性子，她决定的事情，很难再忍到第二天。

于是，虽然略有犹豫，但她还是拨通了云飞的电话：“有空吗？我想跟你单独聊聊！”

云飞了解紫嫣，如果不是什么天大的事，她不会大半夜的给自己打电话，更不会背着小敏单独约他出来。

于是，云飞二话没说，便来到了与紫嫣约好的地点。虽然他们已经是熟得不能再熟的多年好友，但这毕竟是他们相识多年来的第一次单独约会，难免还是有一种新鲜而略带羞涩的奇妙感觉。

“有段时间没见了，怎么突然想起来大半夜地把我叫出来啊？”云飞看着紫嫣，半开玩笑地问道。

“什么时候你变成了小敏的附属品，她不在我就不能单独约你出来吗？”

紫嫣的语气很冲，那架势看起来像是刚刚结束了一场恶战，接着马不停蹄地又准备发起另一场战斗的样子。

这让云飞感到一头雾水，在不了解形势的情况下，他只好试探地问道：“今天说话怎么这么冲啊？有人惹你了？”

“是啊！你们家小敏无凭无据，无缘无辜地说我泄露公司信息，这件事你不知道吗？”

“呃……我也是后来才知道的！”

“既然你知道，你都不打个电话安慰我一下？枉我们这么多年的朋友，你为了小敏，简直变得一点人情味儿都没有了！”紫嫣故作委屈地说道。

说实话，云飞的确觉得这件事情，小敏有做得不周之处。他也的确想找一个最恰当的方法，把这件事情完美地处理好。可是，因为这件事情不仅仅涉及小敏和紫嫣，这是会影响到包括他和汪峰在内的四个人之间的复杂关系，影响之大非同小可，所以必须谋定而后动。

哪知，云飞还没有想到一个圆满的处理方法，小敏就率先出手了。而现在，紫嫣又来兴师问罪。云飞此时真是哑巴吃黄连——有苦说不出。

“你怎么不说话？不说话就是默认了？”紫嫣步步紧逼地说道。

“不是……我是什么人你应该明白！主要是我觉得解铃还须系铃人，你和小敏之间的事情，还是应该由你们女孩子自己来解决。”云飞此时还不知道小敏跟紫嫣已经见过面，并且已经和好如初了。

“我们自己怎么解决？男人之间可以决斗，我们怎么办？绝食吗，还是决裂？”

“那不至于，有话好好说嘛！你们是好闺蜜，没什么解决不了的问题！”

“闺蜜更加信不过！你没听说过防火防盗防闺蜜吗？要不是当年我为了那份傻傻的爱情而离开广州，现在也许根本就不可能有小敏的存在！”

“你这都说到哪儿去了？”云飞无奈地摇摇头笑道。

“算了，往事已矣！我也不想再追忆了，成本太高伤不起！说说眼前吧，我跟汪峰现在的关系你也知道，他是你多年的好朋友，这个人到底靠不靠谱？我就听你一句话！”

一提起汪峰，不知为什么，云飞心里也有点打起了鼓。这么多年来，汪峰是他在这个城市唯一延续至今的好朋友。按理说，他应该毫不犹豫地站在汪峰这边帮他说好话。

可不知是因为受到小敏的影响，还是因为最近发生的事情太多，让他内心对朋友之间的信念，再次产生了质疑。又或者是因为这关系到紫嫣一生的幸福，这个责任太过重大，让他不敢妄加评论。

云飞并没有像上次在小敏面前那样，肆无忌惮地为汪峰辩护，而是把话说得很有弹性。

这样的回答虽然不能让紫嫣满意，却也不能不说正中紫嫣的下怀。其实，从紫嫣的内心来讲，他还是希望再给汪峰一次机会的。

毕竟，在人海茫茫中找到一份真挚的感情，并不是件容易的事。汪峰千错万错都好，但他对紫嫣的感情则是真心实意的，这一点紫嫣可以感受得到。

紫嫣现在所缺的，只是一个可以说服自己原谅汪峰的理由。这一点，她在小敏那里没有找到。还好，云飞没有一口否定，这至少给她留下了一些说服自己的空间。

云飞和汪峰也是很久没有单独见过面了，为了紫嫣他决定约汪峰出来好好谈谈。

不知是因为工作压力大，还是因为与紫嫣的感情危机让他寝食难安。这次见面，汪峰的精神状态显然大不如前。

再加上偷紫嫣应聘信息的事件曝光，给他造成的心理困扰，让汪峰在说话时，已经没有了往日侃侃而谈的自信和豪言壮语的激情。

云飞能感到这件事情对汪峰带来的巨大影响，只希望他能引以为戒，再不要做这种偷鸡不成倒蚀一把米的傻事。否则，赔了夫人又折兵，就得不偿失了。

解开了紫嫣心里的疙瘩，化解了紫嫣与汪峰的感情危机，云飞和小敏也自然而然地又恢复了往日的甜蜜。其实，这整件事的发展他们本来就是局外人，只不过涉及好友的未来与幸福，他们才会设身处地地陷入其中罢了。

自从做了华南区经理，云飞每周一都要跟大家召开例行的周例会。以总结上周的工作，并安排本周的计划。同时，他也要把华南区的会议纪要和工作安排，上报给 William。所以，星期一是一周里最忙的日子。

做了华南区经理以后，云飞便有了自己独立的房间，这也让他有了更多的个人空间和成就感。

只是，身处其位之后，他才体谅到了 Danny 当时的无奈。这个位置并不像想象中那么好坐，所谓的大区经理，说好听点是公司的中坚力量，说难听点，实际上不过就是个上有压力、下有阻力的夹心饼。

对上有销售总监的不断施压，千斤重任都要靠你分解执行。逢山开道，遇水搭桥。总之，围绕公司制定的大战略，有条件要上，没有条件创造条件也要上。

对下既要督促监管，又要传达执行。要时刻维护下属的利益，又不能太触及公司的底线。搞不好，还会遇到不服气的下属或明或暗跟你较劲。就像川奇的 Abby 和 Matt 一样。

所以，这个位置权力不是很大，担当的责任却是不小，可以说是出力不讨好的夹心层。但这也是职场升迁的必经之路，万里长征的漫漫职场路，只能一步一个脚印慢慢往上熬，谁也很难鲤鱼跳龙门一跃成仙。

这不，云飞在他独立办公室的大班椅上，屁股还没坐热。刚刚才开始合作的孙总，就一个电话打来兴师问罪了。

“马经理，物流车在高速上翻车了，为什么没有第一时间通知我们？搞得我们不能按时收货，打电话到物流公司询问后才了解到情况。你们的产品不能及时送达，会影响到我橱柜的交货时间，我的损失会有多大你知道吗？”

云飞被孙总突如其来的电话轰炸，搞得有点丈二和尚——摸不着头脑，一时间也有点傻了。他也不知道究竟是哪个环节出了问题，这么重要的事情，他居然一无所知。

困扰中的云飞，只能向孙总一个劲儿地道歉，并保证立刻着手调查，一有情况就立刻通知他。

孙总从来没有这样严肃地教训过云飞，说话的语气，简直已经有点儿气急败坏了。

可这也难怪孙总生气，遇到这种事情，谁还能跟你心平气和，柔声细语地讲话啊？这损失的可是实实在在的真金白银和多年积累起来的口碑。不跟你玩命，已经算是理智的了。

跟孙总通完电话之后，云飞立刻把负责福建区域的销售 Bill 叫了过来。一问之下，Bill 竟也是一头雾水，完全不知道有这件事情的发生。

云飞赶紧叫 Bill 打电话，给工厂的物流部了解情况。可是想不到，工厂竟然也是一无所知。

最后，云飞不得不跟物流公司直接去联系。这才了解到，原来物流公司的车前一天在广东与福建交界的高速公路上翻了。可他们为了减少赔偿损失，并没有第一时间把事情通知工厂，而是把货物捡起来，重新拉回了物流公司。

物流公司这么做的目的，是想把货拉回去之后，自己先筛查一遍，了解货物的损伤情况。以便在下一步与厂家的赔偿谈判中，做到心中有数。

其实，工厂的每一批货物都是付了保险费的，只是物流公司为了赚钱，压根没给买保险。他们认为出事是小概率事件，值得铤而走险搏一把。而且，当时广东地区的物流行业非常混乱，这种情况也是行业内普遍存在的潜规则。

厂家虽然明知道交保险费也是做冤大头，可是为了以防万一，一旦出了事还有个索赔的渠道，所以还不能不交这些冤枉钱。

为了先解决孙总那边的燃眉之急，云飞向公司申请按照孙总的这批订单，再生产一批货物，先给孙总送过去。

但工厂不肯答应，他们说的倒也不无道理："我们的货是根据订单，按时保质保量发出去的。由于物流公司的失误造成了损失，我们可以尽地主之谊，帮他们追索。但没有道理帮他们再做一批货，毕竟责任不在我方。"

工厂的理由冠冕堂皇，从法理的角度来讲确实说得过去。可作为销售与客户之间，这样的话却着实有点说不出口。因为，销售与客户之间除了明码实价的利益关系，毕竟也少不了人情世故的哥们感情。

如果今天你完全以法理为依据，明天一旦有求于人，别人也一样会按章办事。人在江湖，谁还能没个求人的时候啊？

就像云飞刚到浦华道时，他急需业绩来证明自己。孙总二话不说，就让云飞带着订单回到了广州。这也是云飞能那么快升任华南区经理的重要原因之一啊！

虽然，孙总当时也的确急需后备品牌，来解他的后顾之忧。但如果换成是另外一个人，做事谨慎持重的孙总，也绝对不会在没做任何调查的情况下，就那么爽快地答应了。

此一时彼一时，现在是孙总的危机时刻，就算能找一万个理由与这件事撇清关系，云飞也绝不能那么做。要知道，只有你今天急别人之所急，别人明天才可能成全你燃眉之所需！

更何况，物流公司是浦华道推荐的。虽然是孙总自愿与他们签订的合作协议，但毕竟，这也是出于对浦华道和云飞的信任。如今出了问题，就想把关系撇得一清二楚，未免也太不近人情了。

再说了，好事不出门，坏事传千里。如果云飞这么不讲人情，别的经销商知道后，那势必也会感同身受，加强自我保护的意识。这样恶性循环下去，没有一种信任的基础在里面，那生意就没法做得长久了。

所以，哪怕工厂已经拒绝了云飞的要求，他还是决定要为孙总的事据理力争。

可云飞无论如何也想不到，本来是一件一心一意为客户着想的好人好事，却因为有人从中作梗，让这件单纯的"江湖救急"，变成了云飞为一己私利，而滥用职权的"为非作歹"。使得云飞引火烧身，给自己带来了巨大的麻烦……

第一百零四章　身陷重围无援手，暗战不见假想敌

为了孙总的事情，云飞一方面跟公司据理力争，一方面还得跟耍无赖的物流公司扯皮，简直是心力交瘁。

公司说什么都不肯答应云飞的“无理要求”，甚至在公司内部慢慢还掀起了一种谣言，说孙总是云飞带来的老客户，他们之间早就有利益关系，所以云飞才会不惜一切代价为孙总仗义执言。

更有甚者，干脆就说云飞在孙总的公司占有一定股份，根本就是拿着浦华道的工资，却在为自己的公司谋私利。

为此，William跟云飞进行了一次深入的电话约谈。因为，他不得不为云飞的清白做个鉴定。虽然，云飞对William的反应颇有微词，但仔细想想，这也是情理之中的事。

要知道，云飞可是William招进来的人，升职也是他一手提拔的。假如云飞真的有作奸犯科之嫌，那么William多多少少也难辞其咎，至少也有个用人不当之罪吧!

尽管云飞坚定的立场，在一定程度上赢得了William的信任，但这似乎还远远不够。因为，William作为云飞的直属领导，以及一手提拔他升职的关键人物，身份颇为敏感。单凭他一个人的信任，恐怕还是难掩悠悠之口。所以，要证明云飞的清白，最终恐怕还得靠云飞自己。

向物流公司追讨说法，是一条漫长而艰辛的路，其难度远远超出了云飞的预料，甚至堪比《秋菊打官司》了。

或许是为了逃避责任，本来是前一天约好的事情，可云飞他们准时到达物流公司时，负责人却不见了踪影。

而那些下面的工人，本就是一帮没什么文化的大老粗，行为举止不拘小节。一听说云飞他们是来讨要说法的，就变得更加粗言恶语，莽撞无礼。

云飞心里明白，他们这是故意刁难，想让云飞知难而退。物流公司的负责人分明是自知理亏，不愿与云飞当面对质。他们收了客户的保险金，却没有帮客户买保险，于情，于法，于理都说不过去。所以，用拖字诀拖到客户失去耐性，最

后不了了之，是他们惯用的手法。

毕竟，物流公司地处偏僻，来一趟也不容易。大部分客户如果损失不大，也就不费事去追究了。大公司的人力、物力成本何其高，他们哪有闲工夫跟物流公司打游击啊？他们可不是“秋菊”，闲来无事可以不惜成本地打持久战。

当然，物流公司敢于这么无赖，也是看人下菜。经验告诉他们，外企在中国通常都不愿惹是生非。毕竟这不是在自己的一亩三分地，多一事不如少一事。

很多外企遇到这类事情，如果损失在可以接受的范围之内，也真心不愿意搞得鱼死网破。毕竟，整个物流行业都是如此，你选择别家也好不到哪里去。搞得自己声名在外，或许还没有物流公司敢承接你的业务了。

好在，当云飞见到孙总那批货的“残骸”时，货物的损伤程度比云飞想象中要好得多。大部分只是包装变形受损，产品基本上还算保持完好。即使有小部分受损的，只要在工厂进行简单的修复，就可以立刻复原了。

既然如此，云飞决定还是先解燃眉之急，立刻将货物拉回工厂进行修复。索赔的事情可以慢慢来谈，孙总现在分秒必争的是时间。

这几天，云飞一方面要应付跟物流公司的不断扯皮。另一方面，还要跟进工厂与物流公司退货的处理情况，孙总又时不时隔三岔五地给他施加点压力。本来就已经是焦头烂额了，可偏偏在这个时候，又凭空飞出来满天的谣言，让云飞真是深感心力交瘁啊！

而这些烦恼还只是个开始，更麻烦的事情还在后面。转眼临近月底，销售考核的“大日子”又要到了。这是销售人员每月一次最痛苦的时候，每个人都得为自己的小目标而绞尽脑汁。

完不成任务的区域，要在全国的销售会议上当众挨批。那种让人无地自容的场面，简直就是悬在每个销售人员头上的一把无形的铡刀，让他们想想都会觉得心惊胆战。

云飞初来乍到就被破格提拔，这无疑是给了那些看到一丝上位曙光，正准备摩拳擦掌、跃跃欲试的老员工当头一棒。所以，难免会有人视云飞如芒刺在背，对他虎视眈眈，恨不得乘人之危再对他落井下石，以拔掉云飞这个眼中钉而后快。

因此，云飞现在急需用最有力的销售数据，来证明他的实力。对上有个交代，对下也能服众。

可偏偏就在这个时候，出了孙总这件事情。而公司的规定是，销售订单不能算作业绩，一定要货发到客户手里，且得到客户的签名确认以后，才能计入销售业绩。

从时间上来看，孙总这批货显然不可能在月底前计入业绩考核了。那也就意味着，华南区这个月的销售任务将出现一个计划外的缺口。这对于刚刚上位不久的云飞来讲，将是一个“灾难”性的开场。

尽管大家都知道是怎么回事，但高层领导们关心的只是表格上那红绿相间的数据，至于数据背后的原因，并不是他们关注的重点。

所以，云飞的当务之急，就是想尽一切办法，找客户填补因为孙总退货返修而带来的业绩空白。他绝不能让自己本来靓丽的开场白，变成了马失前蹄的娱乐秀。

云飞将所有的销售人员召集在一起，开了一个紧急会议。会议的议题很明确，就是让每个销售不惜一切代价，对自己手头的客户进行催单。

其实，为了完成销售任务，让经销商压货的行为在行业里非常普遍。以前在川奇的时候，David 跟他讲过很多类似的案例。只是没到万不得已，云飞实在是不想用这一招。

不过，现在已经到了火烧眉毛的关键时刻，也是考验经销商忠诚度的时候了。帮个忙压点货，之后作为回报再给经销商一些利益的返还，这是行业里操作的普遍手法。今天在万不得已的情况下，云飞也不得不入乡随俗地使用一次潜规则了。

然而，销售人员的反馈令云飞始料不及。那些有点实力的经销商都好像事先商量好了似的，出现了集体沉默，他们找尽各种理由表达了爱莫能助的无奈之情。

这样的结果不但让云飞深感意外，同时也让他陷入了前所未有的尴尬与危机。他忽然有种强烈的预感：一定是有某种势力在暗中与他作对，希望趁着孙总这件事把他除之而后快。否则经销商不可能出现这种整齐划一的步伐，跟他明刀明枪地对着干！

目前，浦华道能谈得上跟云飞有交情的经销商只有孙总。其他的经销商都是浦华道的老客户，大部分跟云飞多数只有一面之交，甚至有些还没来得及见面，更谈不上什么交情，不帮忙似乎也在情理之中。

但从另外一个角度讲，云飞作为华南区的新任“老大”上位，这也正是经销商“表忠心”的时候。此时聊表寸心的雪中送炭，远胜过日后汗牛充栋的锦上添花，经销商不应该不明白这个道理。所以，现在一反常态的集体失声，显然不可能是巧合！

这与当年在欧施克时，刘经理走马上任福州办经理，那些经销商争相讨好的情况，完全不可同日而语。这也从一个侧面反映出，大家对云飞的未来并不看好，否则不可能如此齐心地集体见死不救。

让经销商压货这种事情，说白了就是让客户帮忙暂渡难关。讲的是交情深浅，拼的是实力金钱，谈的是利益交换，看的是关系长远。

想不到，华南区二三十个经销商当中，竟没有一个经销商慧眼识英雄，愿意挺身而出帮云飞渡过难关，难道云飞真的如此不被他们看好吗？

云飞此时，忽然感到深深的寒意。以他多年的职场经验来看，这其中必然隐藏着不为人知的秘密。他必须尽快解开这个谜底，否则……

云飞不敢再往下想，他现在要做的，就是尽快找出这个能一手遮天，在背后跟他唱反调的人。

在川奇的时候，高总宁愿放弃云飞这个曾为他立下汗马功劳，帮他开疆辟土的大功臣，转而投向对销售一窍不通，只是愿意通过出卖公司利益，帮他得到一点蝇头小利的 Abby。可见，利益才是经销商追逐的关键。

“难道我的到来，阻碍了谁的利益？”想到这里，云飞陷入了深深的思考。

想当年在欧施克时，刘经理与经销商合作牟利，即使卢总这么强悍的土匪作风，为顾全大局都只能是睁一只眼闭一只眼地选择了容忍。

如果华南区真有某种根深蒂固的合作牟利群体，那么此时云飞立足未稳，羽翼未丰，加上最近状况频出，谣言四起，绝对是他们落井下石，一鼓作气赶走云飞的大好时机，这也就难怪经销商会集体失声了。

想到这里，云飞的思路开始渐渐清晰。可是，事情越是水落石出，他的心中就越是感到一片茫然。

不过，现在的各种猜测，始终都还只是一种推论。如果要想把事情彻底搞清楚，云飞必须得找到一个突破口。

正所谓兵贵神速，现在已经到了刻不容缓的时候，必须得说干就干，已经容不得云飞畏首畏尾地前思后想了。他只有主动出击，才可以避免一直处于被动挨打的局面。

时机不等人，云飞思来想去，最后终于锁定了一个人。也许，这个人就是他查明真相，还原事实的突破口。

然而，云飞这种略显冒失的行为，也难免要承担巨大的风险。因为，云飞在明，敌人在暗，他甚至连自己的对手是谁，都还没有一点头绪，就暴露了自己的意图。这会让他与跟他在暗中相斗的这股势力的角逐，变得公开而更趋激烈，这到底是不是明智之举还真得两说！

不过，既然已经下定了决心，就得义无反顾。最终会鹿死谁手，那就得骑驴看唱本——走着瞧了！

第一百零五章　曙光初现谜半解，暗影浮动更惊人

云飞要找的这个关键人物叫 Lucy，是原华南区经理 Candy 的秘书。Candy 走后，云飞继续沿用了 Lucy 做他的秘书，这让 Lucy 非常感动。

要知道，一朝天子一朝臣。前任领导走后，前任领导的秘书通常都会非常有危机感。因为每个人都有自己的风格喜好，前任领导的秘书，未必就符合继任领导的口味。更何况，秘书是个很敏感的职务，谁不想找个自己看着顺眼，又信得过的人用呢？

因此，Candy 走后，Lucy 有一段时间整天都是惶惶不可终日，总怕云飞上台之后会对她有所动作。可云飞现在也算是久经沙场的老将了，对职场的潜规则不说精通，至少也说得上是略知一二。

云飞当然明白 Lucy 的担心，所以，为了让她安心，云飞有意无意地向她示出了各种善意。也正是因此，Lucy 心里对云飞特别感激。

现在，是到 Lucy 报答云飞的时候，也是考验她忠诚度的时候了。不过，虽然 Lucy 在云飞上台的这段时间里，表现出了极大的配合。但她毕竟跟 Candy，以及华南区的这些销售人员相处多年，感情至深。

在这个关键的时刻，Lucy 到底会因滴水之恩而涌泉相报，还是会上演一场农夫与蛇的故事，出其不意地对云飞痛下杀手？说实话，云飞心里其实一点底也没有。

假如 Lucy 现在的忠诚表现都是她精心伪装的假象，假如她像 Abby 一样是个深藏不露的女人，假如她的内心选择了跟云飞的对立面站在一起，那云飞的这次“坦白”不但会彻底暴露他的意图，让他陷入孤立无援的境地。而且，也会让这场雾里看花的暗战，因此浮出水面变成一场赤裸裸的明争。

这是一场毫无胜算的战争，若不是情非得已，云飞也绝不会兵行险着，孤注一掷，轻易迈出这决定性的一步。

云飞最近憔悴了很多，他现在面临着到广州以来最大的困局，精神几乎已经到了崩溃的边缘。他在公司的境地忽然急转直下，从春风得意到生死攸关，不过是几天内的事情。

想不到，身经百战的云飞，今天却不得不把自己职业生涯的命运，压在了自己秘书的手里，想想真是讽刺。

俗话说，山不转水转，人不转运转。地球是圆的，所以千万别小看任何人。任何一个名不见经传的无名小卒，都说不定会成为你命运的主宰者。

Lucy 的背景比较单纯，一毕业就应聘到浦华道做 Candy 的秘书，从此开始了她的职业生涯，一直到现在。

平日里 Lucy 都显得温文尔雅，谁交代给她的工作，她都会尽职尽责地去完成，俨然成了大家共同的秘书。但 Lucy 似乎也并没有什么怨言，一副与世无争的样子，生活倒也过得简单快乐。

只是，在职场混得越久，云飞越觉得如履薄冰。就像在欧施克时，王经理说的那样："职场就是一个江湖，有的人霸气外露，尖酸刻薄。有的人大智若愚，深藏不露。江湖里越是不起眼的人，往往杀伤力才越高。就像天龙八部里的扫地僧，平凡到几乎已经被人忽略不计了。结果，却是整部故事里的第一高手！"

对王经理的这些忠告，云飞一刻也不敢忘记。特别是经历了 Abby 的事情之后，云飞更加是时刻谨记，不敢有片刻的掉以轻心。

所以，云飞才会在面对即使善良如 Lucy 这样的女孩时，也都保持着十二分的警惕。

当然，"交心"需要技巧。云飞不会从一开始，就表露自己的意图。他的摸底工作要由浅入深，虚实相间。只有交流到一定的火候，才能图穷匕见进而亮出底牌。

随着问题探讨的不断深入，Lucy 逐渐表现出一种矛盾的心情。当然，面对领导突如其来的考验，这种纠结与不安是可以理解的。云飞又何尝不是经过百般纠结，才下定决心来找 Lucy 的呢？

选边站队对任何人来说，都是一件痛苦的事情。云飞明白，他必须给 Lucy 充足的时间考虑，这件事急不来，而且急也没用。

好在，Lucy 终于没有让云飞失望，在犹豫不决中，她最终还是艰难地选择了与云飞站在一起。不知是为了报答云飞的知遇之恩，还是欣赏云飞的年轻有为，又或者是同情云飞身陷困境的遭遇。

总之，Lucy 将她知道的一切，都告诉了云飞。这或许也间接地证明了，Lucy 选择站在云飞这边的决心。

通过 Lucy 的介绍，云飞才了解到，原来，以 Bill 为首的华南区销售人员，跟几个大的经销商一直都有利益往来。他们利用公司的资源为经销商谋福利，作为利益交换，经销商也会给他们相应的好处。同时，他们还在外面接私单，然后利用经销商的渠道来炒单赚钱。

Candy 虽然表面上是他们的领导，但其实不过是他们摆在台前，掩人耳目的“傀儡”而已。他们需要什么政策，就找 Candy 拿去审批。Candy 的主要工作就是签签字，帮他们搞定后方。从某种意义上说，Candy 也跟他们的秘书无异，只不过比 Lucy 高阶一些而已。

当然，Bill 他们从经销商那里拿到好处，或者炒单赚到钱后，也不会忘记请 Candy 和 Lucy 出去吃吃饭，唱唱卡拉 OK，表面上形成一幅其乐融融的景象。

Candy 对销售一窍不通，又不愿意整天吃喝玩儿乐去应酬客户，更不愿意千里迢迢地出差去开拓市场。所以，拿着与她能力不符的高薪，坐在办公室里享受着空调与咖啡，又不用为业绩发愁。大家各取所需，心照不宣，倒也乐得自在。

这时，云飞回想当初，一进公司就迫不及待地邀请 Candy 去厦门出差。当时，她心里指不定有多大的不愿意呢！看来自己还是年轻浮躁，不够成熟啊！还没有看清状况，就急着显山露水，今天的教训算是给他又上了生动的一课。

有了 Lucy 的加盟，云飞心里多少有了一丝安慰。即使 Lucy 并帮不上什么实质性的忙，但至少他现在不是一个人在战斗了。

在目前的情况下，对于云飞而言，Lucy 在精神上给予他的支持，远比对他工作上实质性的帮助显得更为重要。

现在云飞要考虑的另外一个令他头疼的问题是，华南区这些销售人员的行径，William 到底是否知情。这一点，Lucy 自然无从得知。

如果 William 不知情，自己是否应该立刻向他汇报，把这件事情公布于众？可如果他已经知情，却选择了睁一只眼闭一只眼的默许，甚至他们根本就是一丘之貉，那么，云飞此举就无异于自己往枪口上撞了。更何况，他现在也没有任何成熟的证据。

这该如何是好呢？云飞心里明白，接下来的每一步决定，都会直接影响到他在浦华道的职业发展。他必须小心翼翼，如履薄冰地行走，他没有犯错的机会。因为，Bill 他们这个利益链条上，到底牵涉到多少人，云飞对此还一无所知。

搞不好，那个本来想伸张正义，最后却黯然离场的人会是云飞自己。而更可怕的是，如果他真的触犯了众怒，恐怕还不仅仅是黯然离场这么简单。

假如他们编造一个故事合力诬陷云飞，那可就是百口难辩了。毕竟，众口铄金，金石可镂。想想当时，凭 Abby 一己之力散布的谣言，就差点儿让久经沙场的 Danny 在阴沟里翻船。

而云飞今天面对的，是一个有多年销售经验的专业销售团队和他们背后有千丝万缕利益关系的庞大经销商队伍。如果真到了鱼死网破的生死对决时刻，他们合力抹黑云飞，断送了云飞的职业生涯，也不是完全不可能的！

想想这些可怕的后果，云飞就觉得后背发凉。看来，职场如战场这句话，绝非危言耸听。要想站到职场的巅峰，绝不仅仅是有能力做好本职工作这么简单啊！

有人的地方就会有利益，有利益的地方就会有斗争，有斗争的地方就会有胜负，有胜负的地方就会有恩怨，有恩怨的地方就会有悲欢离合，而有悲欢离合的地方就是江湖。有时候人在职场身不由己，斗争也是无奈的选择。

而云飞因为性格使然，所以往往是看得透却做不到。也就很难像 Richard 那样，用牺牲自我来换取平步青云。

就在云飞为是否应该将 Bill 的事情，向 William 如实相告而犹豫不决时，Bill 忽然又带来了一个令他措手不及的坏消息。

真是一波未平一波又起，华南区跟进已久的一个重点项目，突然宣告失手。这让云飞还没有想到办法填补业绩空白的困境，变得更加雪上加霜了。

然而，项目失手的时间如此巧合，让云飞不得不怀疑，这是不是 Bill 已经洞察先机，察觉到了他的暗中行动，因此采取了先下手为强的有力反击。

眼前的业绩压力还没有着落，计划中的项目又再失一城，云飞真不知道该如何向公司交代了。刚刚被提拔不久，就面对业绩一落千丈的惨状，他更不知道该如何在月底的销售大会上，去面对 William 质问的眼神。

云飞现在可谓是四面楚歌，政令得不到执行，手中又无可用之人。接连的失利，让他完全淹没在了无穷无尽的挫败之中，丝毫没有还手的余地。

看样子，云飞这个还没坐热的华南区经理的位置，恐怕真是难保了。这也难怪那些浦华道的老客户，会对他的“求援”采取了集体失声。

这些经销商都是人精中的人精，不管是对市场还是对厂家，他们都有着高度敏锐的嗅觉。正所谓春江水暖鸭先知，看来他们早就嗅到了云飞注定失败的结局，笃定云飞将是一个快速被人忘记的过度者，而Bill才是最终的王者归来。所以，已然将赌注都压在了Bill的身上。

现在，云飞手上几乎没有任何的筹码，这场战争的主动权完全掌握在Bill的手中。他可以随时根据局势的需要，不断升级这场战争，就像当年欧施克的刘经理一样。

Bill在这个节骨眼儿上，让项目“失手”，显然就是对云飞的一个警告。他在向云飞传递一个信息：你完全没有获胜的可能，你根本没有跟我斗下去的资本。

或许，云飞现在只有两个选择。要么知难而退，拱手让出华南区经理的位置给Bill。要么宁为玉碎不为瓦全，坚守底线，斗争到底，就算是走也要走得轰轰烈烈。

当然，还有一种妥协的方式，那就是像Candy一样，做一个任由Bill摆布的“傀儡”。由Bill“垂帘听政”，来做幕后真正的操纵者。

以云飞的性格当然不能接受委曲求全，更加不会做一个任人摆布的傀儡。所以，除了战斗到底，他别无选择。

于是，云飞决定凭一己之力，同时开辟几条战线孤军奋战。物流公司的赔偿事宜，孙总那批货物翻新的进度，手头急需填补的业绩空白，还有那个重点项目“失手”的来龙去脉，以及Bill跟这些经销商之间，究竟存在着怎样的利益关系，他都要一一查明白搞清楚。

好在有些简单的工作Lucy可以帮忙跟进，这样可以让云飞解放出来更多的时间，去解决那些更加重大而紧急的事情。

在调查那个重点项目失手的原因时，Bill的一句无心之语，无意间引起了云飞的百倍重视。

想不到，这个成功从他们手中抢走项目的竞争对手，竟是云飞的老东家，已经日薄西山，渐渐为行业所淡忘的川奇公司，这不得不让人大跌眼镜。

而更加令云飞不可思议的是，具体跟进这个项目的人，竟还是个从其他行业刚刚转行进来，半路出家的外行，这就更加让人不能容忍了。

然而，当云飞进一步了解到实情，慢慢揭开这背后谜底的时候，真相更是让他惊得目瞪口呆……

第一百零六章　急功近利适得反，闺蜜小船各自翻

是什么真相能让云飞如此惊讶？原来，这个抢走云飞项目的神秘人物，竟是他在这个城市最好的朋友——汪峰。

自从汪峰他们公司来了一个台湾籍的新销售总监后，公司里面就发生了沧海桑田般的变化。汪峰偷了紫嫣的招聘信息，来讨好这位新任销售总监。可最终还是没能逃脱与大部分人同样的命运，而离开了公司。

然而，汪峰是个对销售充满热情的人，也是一个心思缜密，善于把握机会的人。每一次云飞在聚会闲聊时，所谈到的关于川奇的故事，汪峰都默默地照单全收，并牢牢记在了心里。

汪峰从云飞那里知道，川奇现在正在用人之际。可是他们公司因为名声在外，现在口碑很差，在行业里一时很难找到合适的人选。所以，汪峰就决定投份简历试试运气，反正也没什么损失。

想不到，凭着三寸不烂之舌，汪峰竟真的顺利应聘进了川奇公司，而且还获得了华南区经理一职。

上次聚会时，汪峰偶然从云飞口中得知，浦华道现在正在跟进一个大项目。由于这个项目内部关系非常复杂，很难用正常的手段拿下。所以，对于云飞而言，这是个食之无味，却弃之可惜的鸡肋。

云飞之所以跟汪峰讲这些，一方面是出于朋友间的信任，说出来能让心里舒服一点，另一方面，他认为汪峰跟自己处于不同的行业，说出来也无关紧要。可哪知，汪峰此时已经去了川奇，他却一直没有告诉大家。

云飞随口讲完之后，就把这事忘到九霄云外了。他一直忙于应付 Bill 的发难，哪还会关注跟汪峰讲过什么话啊？

云飞怎么也想不到，自己说者无心，可是汪峰是听者有意。他不但把这个项目的情况全都详细记录在案了，而且还不惜一切代价带领川奇打入了这个项目，并最终成功拿下了这个项目。可以说，汪峰在做关系方面的手段确实比云飞更老道，也更放得开。

因为最近这段时间百事缠身，诸事不顺，所以云飞跟小敏也有一段日子没见

面了。再次相见，虽然感情依旧，但云飞的状态明显没有以前那么好了。

虽然他在小敏面前百般掩饰，却又如何逃得过小敏的法眼？在小敏的再三追问下，云飞只好将最近发生的情况，原原本本地给小敏讲了一遍。

当侠肝义胆的小敏，听说汪峰抢了云飞的项目时，立刻就火冒三丈了：“他去川奇那是他的本事，他不愿意跟我们讲，那是他的自由，我们无权干涉，我认了！可他从你这里套来信息，转头就抢走了你的项目，这是人干的事吗？亏你还把他当作铁哥们，我看他就是个不仁不义的小人！”

要说汪峰这次的做法，的确是有些过分。虽然项目是公开的，谁都有权利去跟进。但汪峰刻意隐瞒去了川奇的身份，又利用好友之间的信任套取云飞的项目信息，然后又在背后偷偷摸摸地去跟进，确实多少有点不够仗义。

但在小敏的面前，云飞当然要顾全大局，不能再火上添油。否则，只会让小敏对汪峰产生更大的成见。也会让四个人刚刚好不容易破局的关系，又恢复到冰河世纪，这可不是云飞所乐见的。

所以，云飞只好安慰道：“汪峰这小子，虽然颇有心计，却也的确是煞费了一番苦心，颇受了一番煎熬。这个项目可真没那么容易拿下，他一个初来乍到的外行，能取得这样的成绩，我都对他刮目相看了！”

小敏一听，更来气了：“你不对他咬牙切齿，还对他刮目相看？我看你爱他还更胜过爱我了吧？你干脆跟他过一辈子好了！”

“我跟汪峰是惺惺相惜，我跟你那是郎情妾意，这怎么可以相提并论呢？”云飞还是用半开玩笑的语气说道。

“你少来！这件事我绝不会就这么罢休的！”

“那你想怎么样，你可别胡来啊！”

云飞是真怕小敏冲动，别看小敏平时温柔似水，一旦激起她的侠骨豪情，那可是没有人能拦得住她那颗除暴安良、维护正义的心的。

“走着瞧吧！”小敏不置可否的回答，让云飞心里更加没底了。

果然，小敏不是说说而已。她先在电话里把汪峰骂得狗血喷头，令汪峰无言以对。紧接着，又把这件事情告诉了紫嫣。

紫嫣闻知此事简直有如遭到晴天霹雳一般，她在错愕之际，难免有一种深深受到伤害和欺骗的感觉。

如果说汪峰换工作是他自己的事情，没有告诉紫嫣也算勉强说得过去。那么，他从云飞口中套得项目信息，转而秘密抢走了云飞的项目，这却是紫嫣无论如何都不敢相信，更不可接受的。

“我就跟你直说了吧！从我知道他卷款潜逃的行为开始，我就一直对他没有什么好印象！”小敏柳眉倒竖，怒不可遏地说道。

“什么？他曾经卷款潜逃过？”紫嫣忽然一脸茫然，诧异地问道。

“是啊！你……你不知道吗？”紫嫣这么一问，小敏立刻意识到了自己的心直口快，可能无意间又坏了大事，不由得心里一阵紧张。

紫嫣显然被小敏的话惊呆了，她诧异地摇摇头，略带埋怨地说道：“既然他有这样的前科，你为什么一早不告诉我？”

小敏见紫嫣责怪起她来，忍不住委屈地说道：“你跟汪峰偷偷好上了，又不见你跟我们说一声？要不是那次我们偶然撞到，我跟云飞还一直被蒙在鼓里呢！汪峰是云飞的好朋友，我总不能一见到你，就跟你说他的坏话吧？”

“你……那你知道我们好上了以后，也可以警告我啊！”紫嫣显然还是有些耿耿于怀。

小敏闻言，不服气地说道：“人都说宁拆十座庙，不破一门亲！既然你们都好上了，我还在你面前说他的坏话，你会不会觉得我是在从中作梗啊？更何况，我也曾多次暗示过你要小心他，可你一直置若罔闻！你有你自己的判断，而我也不能不给别人一个改过自新的机会啊！”

“那我现在该怎么办？”紫嫣茫然地自言自语道，显然她对汪峰已经彻底失望了。

小敏心里早就憋着一股气了，她看紫嫣这么茫然，于是毅然决然地说道：“要是给了我，我肯定会毫不犹豫地离开他。这种男人狗改不了吃屎，你再给他机会那就是纵容！”

“可是……”一到动真格的时候，紫嫣还是犹豫了。毕竟，那么长时间的感情，不是说放就能放得下的。

见紫嫣还是犹豫不决，小敏索性也就不隐瞒了：“既然已经说到这份上了，我就干脆都跟你说了吧！汪峰曾经还试图追过我，他趁云飞出差的时候请我吃饭，还想强逼我喝酒，最后我给了他一个下马威愤然离去，他从此才不敢在我面前有所放肆了！”

“什么，他追过你？你的意思是说……他把我当成后备了？他追不到你，才来追我的？”紫嫣闻言，终于愤怒了。

此时，紫嫣的自尊心受到了强烈的打击。一想到汪峰对自己曾经的百般呵护，都不过是把她看成了小敏的替代品而已，紫嫣心中就燃起了一股无法控制的熊熊烈火。

“这件事情云飞知道吗？”紫嫣看着远方，面无表情地问道。

“不知道，我对你们都没有说！我不想因为这件事情影响你们之间的感情，也不想因此影响他和云飞的关系！”小敏摇摇头说道。

“那你为什么现在又要告诉我，难道现在说就不影响了吗？要么早点说，早做个了断。要么就不要说，永远隐瞒下去！你现在说出来，是想让我更加难受，还是想让我更加尴尬？”紫嫣好像忽然爆发了似的，大声地怒吼道。

显然紫嫣不能接受这个现实，却又无法割舍这份感情。还有一种做备胎的耻辱，让她犹如万箭穿心，痛不欲生。

小敏见紫嫣突然对她发飙，不觉也是又气又恼：“你这话是什么意思，我是那种人吗？你来广州是我介绍你进的公司，汪峰泄露公司的招聘信息，也是我帮你在公司压下来的。我不告诉你汪峰追过我，是不想破坏你们的感情。现在，汪峰又暗地里抢走云飞的项目，你不怪他反倒怪我？我到底哪做错了？你们都是些什么人啊？懂不懂感恩啊？”

小敏也是真火了，她从来没有像今天这样，几近声嘶力竭地喊出了自己的委屈。

紫嫣闻言，更是委屈地流下了眼泪：“你这么说是什么意思，你是在施舍我吗？送一份工作给我，把你看不上的男人丢给我？我不需要！”

紫嫣的话令小敏简直是伤心欲绝，她想不到紫嫣会对她说出这么残忍的话，一时间忍不住是泪如雨下。

此时，两人都哭了，而且哭得都很委屈。她们想不到，本来是亲如姐妹的闺蜜，最后竟会以这样的结局收场。曾经友谊的小船，就这样说翻就翻了。

当然，她们感到的不只是委屈，还有遗憾，悔不当初。还有痛心，心如刀割。但真的说不清楚，这到底该是谁的错。

第二天，紫嫣没有来上班，只说身体不适向公司请了假。当然，只有小敏知道她为什么没来。

云飞的工作千头万绪，错综复杂。他所要考虑的不只是工作本身，还有时时刻刻可能出现在身边的各种危机。步骤的先后、分寸的拿捏、做事的主次、攻守的策略，每一步都需要慎重思考，再三思而行。因为，他每走错一步，都可能造成不可逆转的后果。

云飞也一直在考虑，他该如何处理和汪峰之间的关系。最近汪峰做的两件事情，多少在两人之间产生了一些嫌隙。虽然他们并没有公开挑明，但凭着相识多年对对方的了解，很多东西是心照不宣的。

更何况，云飞和汪峰之间的关系，已经不再仅仅是两个男人之间的事。现在，还或多或少地会涉及另外两个女人。一旦有女人参与进来，简单的事情就会变得复杂，复杂的事情就会变得更加难解。

上次，小敏一句“走着瞧”，让云天悬着的心至今还没有放下来。到现在他还不知道，小敏已经在电话里把汪锋从头到脚，狗血喷头地骂了一遍。

他更加不知道，小敏和紫嫣之间，已经进行了一场不欢而散的谈话。甚至，她们已经分道扬镳，形同陌路。

云飞现在被工作搞得焦头烂额，他已经无暇分心处理生活中的琐事。所以，他决定先集中精力把工作上的事情理顺，然后再去处理他们的四角关系。既然大家都是多年的好友，天大的事放一放再处理，也不至于会影响大局。

然而，这一次云飞的算盘打错了。他不曾想过，越是好友，越是兄弟，越是闺蜜，越是亲近的人，对彼此的伤害也就越大。

而更让他想不到的是，生活就是这么不近人情，往往是福不双至，祸不单行。云飞只不过是想迟一点处理他们四人的关系而已，可就因为踏错了这一个节拍，老天竟无情地让他们的关系，再也回不到从前了……

第一百零七章　酒后真言本无意，万念俱灰归故里

汪峰刚刚加入川奇，初来乍到便立下了大功一件。既博得了公司的赞赏，又获得了下属的认同，极大地巩固了他在川奇的地位。

虽然汪峰这个项目有些胜之不武，也因此让他跟云飞、小敏和紫嫣的关系陷入了前所未有的僵局。但对公司而言则是可喜可贺，出去庆祝一下借机鼓舞士气，和下属搞好关系也是在所难免的。

也许是为了借酒消愁，汪峰今天喝得相当痛快，任何人给他敬酒，他都来者不拒。等到曲终人散的时候，他已经是不省人事了。

同事们不知该如何处理，他们知道紫嫣是汪峰的女朋友，所以只好打了紫嫣的电话求助。紫嫣本来对汪峰已经死心，可是心地善良的她又不忍心见死不救。如果她置之不理，那汪峰将来颜面何存？所以，紫嫣还是硬着头皮，极不情愿地来接汪峰了。

同事们一见“嫂子”驾到，便都识相地告辞离开了，只剩下紫嫣和躺在沙发上烂醉如泥的汪峰。

看着这个曾经处心积虑把自己骗到手的男人，紫嫣的心里真是百感交集。要说汪峰对她，那是无可挑剔。说关怀备至、言听计从一点也不过分。可是汪峰一系列的所作所为，又实在让她难以接受。面对这个让自己又爱又恨的男人，紫嫣感到束手无策，真不知该何去何从。

“汪峰，醒醒，该回家了！”

紫嫣的声音就像醒酒的灵药，那一声轻轻的呼唤，让汪峰渐渐有了反应。只见他迷迷糊糊地闭着眼睛，一把抓住紫嫣的手，嘴里喃喃道：“小敏……小敏你别走……我以后再也不喝酒了！”

紫嫣闻言，瞬间觉得天旋地转差点晕了过去。那一声声“小敏”，就像一把把尖刀插在她心脏上，让她痛不欲生。现在，汪峰终于用自己的实际行动，证明了小敏的话，紫嫣的心真的彻底死了。

高速公路上，一辆的士像呼啸而过的旋风，疯狂地朝着机场的方向奔驰而去。似乎已经按捺不住，它要离开这个城市的归心。

车里面坐着一个漂亮的女孩，虽然她有闭月羞花之美，但那紧锁的眉头和忧郁的眼神，让她那绝色的美貌之中透出淡淡的忧伤。让人看着难免会产生一种欲解风情的忧虑和怜香惜玉的冲动。

这个女孩儿正是准备坐飞机回家的紫嫣，她终于决定要离开这个伤心的城市了。虽然这个决定似乎有些冲动，但她并不是没有仔细认真地考虑过。

小敏的“施舍”让紫嫣心痛，云飞的不闻不问，更让她倍感委屈。而汪峰的酒后真言，则彻底让她绝望并死心了。

如果失去了云飞、小敏和汪峰，她在这个城市可以说将一无所有。重新开始一段感情生活，再交两个像云飞和小敏这样的知己，谈何容易？而一切似乎已经不可能再重新回到原点了，她留下不再有任何的意义。

在外漂泊了这么多年，既没有找到一个好的归宿，事业上也没有什么太大的发展。紫嫣忽然意识到，她必须给自己重新定位。她已经不再是那个刚刚毕业的花季少女，她正在一步步走向而立之年。尽管还没有到刻不容缓的地步，但她必须未雨绸缪，为自己早做打算。

这个年龄对男人而言，是事业考核的门槛。对女人而言，则是价值巅峰的转折点。即使在一线城市，这也是不得不考虑的现实问题。这是紫嫣在广州的白热化竞争中，训练出来的一种忧患意识。

所以，紫嫣最终决定回老家，重新开启自己新的生活，忘记广州的一切，就当她从来没有再回来过。

紫嫣的离开，没有通知任何人。她希望自己就这样从大家的生活中淡然消失，就像她曾经从天而降，再次闯入云飞的生活一样，来去都那么突然。也许，这是最好的结局。她不想再见小敏或者汪峰，因为实在伤不起！

然而，眼看就要离开这个城市了，紫嫣忽然觉得有一丝不舍。此时，她的心情异常纠结与矛盾，这和她第一次离开广州时的感觉截然不同。

此时，思如泉涌，往日的种种回忆就像打开闸门的洪水，在心间犹如万马奔腾，难以平息。

紫嫣忍不住鼻子一酸，眼角迸出两滴晶莹的泪珠，就像山间的滚石一般，毫不犹豫地顺着她的脸颊倾泻而下，瞬间就滚落到了她白皙的手背上。

这种心如刀割的复杂感觉，远非冲动时那种义无反顾的豪迈所能比。紫嫣忽然觉得，就这么无声无息地走了，实在有太多的遗憾。至少，她应该再见云飞

一面。

以紫嫣对云飞的了解，他不该是那种冷血无情的人，没理由为了护着小敏，而对她不闻不问。她又没做错什么事情，没理由像个逃兵似的悄然消失啊！

于是，紫嫣鼓起勇气，拨通了云飞的电话：“云飞，我在去机场的路上，我希望再见你最后一面！”

“什么？”云飞虽然听得莫名其妙，但他还是立刻意识到了事情的严重性。所以来不及细问，便连忙打了辆的士，匆匆赶往了机场。

云飞并不知内情，这段时间他忙于应付公司的事，对紫嫣和小敏以及汪峰之间发生的事情并不知晓。所以，他在车上毫不犹豫地也通知了小敏和汪峰。两人对紫嫣的离开也一无所知，这让云飞更加意识到了问题的严重性。

随着的士“咯吱”一声，停在机场的出发大厅门口。云飞像一颗出膛的子弹，头也不回地冲了进去。

大厅内人头攒动，云飞着急地拨通了紫嫣的手机，他已经来不及再慢慢寻找了。云飞按照紫嫣的指示，一步步向里面走去。终于，他看到了久别的紫嫣。

紫嫣依然还是那么美丽动人，只是比平时憔悴了许多。忧伤的脸庞，不见了平时开心的笑容，反倒多了几分多愁善感。

“紫嫣，到底是怎么回事啊，怎么说走就走，也不提前说一声？”

从云飞紧张的态度，紫嫣看得出，他对所有发生的事情真的是一无所知，这让紫嫣心中多少获得了一丝安慰。

“累了！不陪你们玩儿了，我要回家了！”紫嫣简单的回答中带着一丝调侃，背后却似乎隐藏着不易察觉的委屈和深深的惆怅。

“你这话什么意思啊？那你什么时候再回来？”云飞莫名其妙地问道。

“可能不回来了，我突然想过那种老公孩子热炕头的生活。广州太累了，始终还是不适合我！”紫嫣说话的时候，平静的脸上虽然带着淡淡的微笑，却无法掩盖她做出这个决定时，内心的各种挣扎与无奈。

“那……那汪峰呢？”

“有一首歌叫什么来着？对，‘让一切随风’。我跟汪峰已经翻篇儿了，就让一切随风吧！”紫嫣看似潇洒地答道。

“什么？可是……”

云飞还想再说什么，却被紫嫣打断道：“云飞，这一别不知什么时候才能再见，我们可以来个拥抱吗？”

“我……”

紫嫣这一要求实在来得太突然，让云飞措手不及，他完全没有任何的心理准备，一时间显得有些不知所措。

可是在这样一个特殊的时刻，如果拒绝了紫嫣，那未免实在太尴尬，也实在太残忍了。而且他心里明白，他将来一定会为自己这一没有勇气的决定而后悔终生，并成为心中一辈子的遗憾。可是……

云飞呆呆地站在原地，无所适从地看着紫嫣。他很想过去给紫嫣一个深深的拥抱，可脚底像被胶水粘住了脚，半点也动弹不得。他想不到，原来迈出这一步，竟需要这么巨大的勇气。

倒是紫嫣更大方一些，在她心里，云飞的不表态就是默认。她了解云飞，知道云飞是怎么想的。她也知道横在他们中间，让云飞无法跨出那一步的魔力所在是小敏。

因此，紫嫣慢慢地向前跨出一步，然后轻轻揽住了云飞。虽然，候机大厅的冷气很足，可云飞依然可以感觉到，紫嫣身上那几近沸腾的温度，就像一把烈火燃烧着他。

终于，云飞的手也慢慢抬了起来。他把一只手放在紫嫣的后背上，另一只手则轻轻地揽在紫嫣纤细的腰间。

当年在报社，紫嫣给云飞去黑眼圈时，也曾跟他有过一次近距离的“肌肤相触”。但那次，远不如这一次贴得这么近，这么紧。

两人感受着彼此体温的传递，回忆着曾经一起走过的日子。那一段段似水流年的青春岁月，犹如白驹过隙，弹指间已成前尘往事。想不到，那场再续前缘的空中偶遇，到头来也不过是注定分离的又一个起点而已。

两人不知不觉间都闭上了眼睛，沉浸在对往昔的美好回忆中，让记忆的列车在脑海中自由地驰骋。只希望这刹那间的美好，能成为永恒。

就在此时，一个神色慌张、面容焦虑的面孔，忽然匆匆出现在离云飞和紫嫣不远处的人群中。她左顾右盼地不断在原地打着转，显然是在找人。那张本来美艳绝伦的面庞，因为过度的焦虑而显得心事重重。

忽然，她那本来游离不定的目光，就像埋伏已久的狙击手终于发现了迟来的猎物一般，聚焦于一点再也没有过一丝的移动。只是她的表情似乎比狙击手，还要显得更加凝重。

原来，映入她眼帘的，正是云飞和紫嫣那紧紧拥抱的一幕画面。瞬间，她呆若木鸡的脸上便挂满了泪痕。

这个人自然是接到云飞通知后，匆匆赶来的小敏。本来她想当面跟紫嫣道个歉，把她和紫嫣心中的这个结打开。只可惜，她早不到晚不到，却偏偏赶在云飞和紫嫣上演临别相拥的这个节骨眼上赶到了。

女人是感性动物，面对亲如姐妹的闺蜜和自己相恋多年的男友暗通款曲，小敏哪里还顾得上冷静思考？此刻，如果不是在人来人往的机场，小敏或许杀人的心都有。

既然不能当众发作，小敏现在唯一的选择就是默默地离开，让那对“奸夫淫妇”去当众秀恩爱吧！

小敏含着委屈的泪水，一边抹着眼泪，一边咬碎银牙，愤愤转身毅然决然地走了。

不过，此时伤心欲绝、肝肠寸断的人，又何止小敏一人？在她不远处的人群中，一个瘦如竹竿的男人，此时也正承受着与小敏一样心如刀割的痛苦。

这个人当然是汪峰，他与小敏先后收到云飞的通知，也同样不顾一切地向机场赶来，却与小敏几乎同时撞到了这让人心碎的一幕。

讽刺的是，四个人在同一现场出现，可是像生离死别般拥抱在一起的，却不是那对有名有分的有情人，这种尴尬的场面真是让人欲哭无泪。

无言以对的汪峰也“识趣”地选择了默然离开，一切的结果都源起于他，没有他的精明算计，没有他的唯利是图，就不会发生今天的一切。他既对不起紫嫣，也对不起小敏，更对不起云飞，他还能说什么呢？

过了一会儿，云飞轻轻地松开紫嫣，两人相视而对，心中都有一种难以言表的复杂情感。只可惜，纵然有千言万语，此时已无暇再诉说衷肠。紫嫣的飞机就要起飞了，她必须赶去安检，只能和云飞最后一次说声“珍重”了。

由于他们对彼此的全神贯注，竟然都没有发现小敏和汪峰的出现以及离开。也许，紫嫣永远都不会知道，她生命最亲近的闺蜜和恋人，最后竟是怀着这样的心情，以这样的方式，为她进行了一次不见面的送别。而也许，他们此生将后会无期。

目送着紫嫣的身影渐渐消失在安检的窗口，云飞长长地叹了一口气。他感叹造化弄人，让紫嫣从他的生活中消失又出现，出现又消失。

在广州本就没几个真正的朋友，命运还对云飞不断地作弄，让他在失而复得，又得而复失的喜悦与痛苦中受尽折磨，实在有些残忍。再次失去了一个多年好友，一个红颜知己，让云飞又体验到了那种久违的落寞与别离的痛楚。

云飞并没有马上急着离开，而是在候机大厅找了一个座位坐下。他要平静一下自己仍然跌宕起伏的心情，回味一下刚才发生的，那让他措手不及的一幕。

紫嫣的离开对云飞来讲就像一场梦，她身体的余温和耳鬓的发香，仍在云飞的心头环绕，可她就这样真的已经离开了。来也匆匆，去也匆匆，就像一个不曾真实存在的梦，在云飞的生活中忽隐忽现。

内心的疲惫，让云飞忍不住用手指，使劲揉了揉鼻梁上方的睛明穴。过了好一阵，云飞才觉得轻松了一些。他慢慢地睁开双眼，尽力让自己从刚才如梦幻一般的回味中，回到不得不正视的现实。

可就在云飞睁开眼的瞬间，却突然发现，不知什么时候他面前竟站着一个时尚的美女，正在微笑地望着他……

第一百零八章　抽丝剥茧云遮月，莫道前程路更险

“怎么会是你？”云飞既有些吃惊，又有些喜出望外地说道。

“机场是你家开的啊，怎么就不能是我？”美女见云飞吃惊的样子，嘴角微微上翘，笑容可掬地说道。

想不到，这位意外现身的美女，竟是浦华道的前任华南区经理 Candy。云飞加入浦华道，让 Candy 提早结束了她的职业生涯。虽然这一天的到来是迟早的事，就算云飞不来，她也还是会被别人取代。但这事偏偏摊在了云飞的头上，他心里总难免会怀有一种内疚和不安的心情。

当时 Candy 走得太匆忙，大家没来得及畅谈一番，她就静静地消失了，这在云飞心中多少留下一丝遗憾。想不到今天因为送紫嫣，竟在机场与她意外相遇，真是人生何处不相逢啊！

面对 Candy 的反问，云飞有点不好意思地说道：“我当然不是那个意思，只是没想到世界这么小，竟然在这里碰到你了！”

“不是啊！离开浦华道以后我才知道，原来世界那么大，其实我早就应该出来走一走了！”

Candy 说话时，脸上洋溢着一种云飞从未见过的从容与自信。他不明白，是什么让 Candy 在这么短的时间内，像脱胎换骨似的完全变成了另外一个人。

云飞的内心忽然掀起了一阵波澜，面对 Candy 焕然一新的面貌和自己现在所处的窘境，他不无感慨地说道：“是啊！世界那么大，也许是该出去走走！”

一段时间没见，Candy 发现云飞好像变得多愁善感了。没有了当初上位时的意气风发，却多了几分无奈与惆怅。不用想也知道，云飞这段日子一定过得不是很如意。

于是，Candy 半开玩笑地说道：“你可真够坦白的，好歹我也是你的‘前任’，你就这么巴不得我早点走啊？”

“前任”这个词，如果不了解他们俩之间的关系，又没有前后文的呼应，乍一听很容易被人断章取义产成误会。这种话要是放在以前，绝对不是 Candy 能讲得出来的。想不到 Candy 一段时间不见，不但阳光了许多，而且开朗了许多，也幽默了不少。

看来，摆脱浦华道的枷锁对她来讲，绝对是件好事。想到这里，云飞微微一笑说道："从古至今都是只见新人笑，不见旧人哭。想不到现在你这个'前任'过得如鱼得水，我这个'新人'反倒过得是如坐针毡啊！"

Candy 一听，"扑哧"一声笑了出来："看来，你现在终于体会到我的难处了，知道我的好了吧？"

云飞闻言，默默地点了点头。如今，他的生活和事业都是一团糟，内心的苦楚也找不到一个合适的人去述说。Candy 的一席话，倒让他忽然有一种如沐春风的感觉，令他精神为之一振，对这个女孩也平添了几分好感。

其实，云飞对 Candy 自始至终，从来就没有抱有过任何的恶意，甚至他对 Candy 的印象一直都不错。要不是时势所逼，他还真想和这个女孩成为长期的同事，甚至是好朋友。

一想起这些旧事，云飞的心情立刻又变得沉重起来。他一脸歉意地说道："Candy，对于我接手你工作的事情，其实我……"

"哎……这件事情你就不要再耿耿于怀了，你看我现在的状态多好，这都是拜你所赐啊！要不是你的到来，我哪能这么快去享受世界啊？其实，我知道我离开浦华道只是迟早的事，你的到来对我来讲何尝不是一种解脱？老实讲，我坐在那个位置上早就累了，只是一直找不到一个全身而退的借口。从这个角度讲，我还应该谢谢你呢！"

Candy 打断云飞诚意满满的道歉，语气中没有丝毫的责备之意，反倒充满了感激。也不知道她究竟是想安慰云飞，还是真的这么想。

看云飞有些发呆，Candy 忍不住抱怨道："难道你就准备这么对待你的'前任'？久别重逢也不打算请我喝上一杯吗？就让我站在这里，腰酸背疼地陪你干聊啊？"

云飞闻言，这才意识到自己的失礼，连忙站起来，一把提起 Candy 的拉杆箱说道："最近不在状态，多有失礼！走，咱们找个地方好好坐一坐！"

两人边走边聊，终于在附近找了一家咖啡厅坐了下来。以前，Candy 是云飞的上司，大家做事都是公事公办，一直处在一种互相摸底、互相提防的状态。

但今天则大不相同，两人没有了上下级关系，甚至连最基本的工作关系也没有了。既然 Candy 表现出了足够的大方，云飞也就自然而然地放下了包袱。两人很快就打开了彼此的心扉，变得无话不谈，话题进展的速度大大出乎了云飞的意料。

Candy 毫无保留地，把她知道的事情都主动和盘托出讲给了云飞。云飞也将自己的疑惑和目前遇到的棘手问题，毫无保留地告诉了 Candy。

经过这次意外的相遇，云飞才终于完完整整地，了解清楚了事情的前因后果。不由得感叹人生的艰难和职场的复杂，同时也庆幸自己在危急时刻，总能有贵人相助。

原来，前任销售总监，也就是 Candy 的前任上司，跟经销商之间的利益关系由来已久。Bill 他们跟经销商之间的合作牟利，他不但心知肚明，而且有时候还刻意顺水推舟地送一些利益给他们。

这并不是因为前任的销售总监心胸宽广，而是因为他在不方便出面的时候，需要 Bill 这样的角色帮他出面。

就像《无间道》里描写的那样，老大总是躲在幕后操盘的。那些走在前面上蹿下跳、一脸横肉、满身文身，看着比谁都恶的人，其实都是些虾兵蟹将。

纸终究是包不住火，前任总监最后终于因为事败而被迫离职了。但他在走之前全力把他的助理也就是 Candy，扶上了华南区经理的位置。目的就是希望他们这个利益链条，能够继续延续下去。

前任总监去了别的公司依然身居要职，只要这个利益链条依然完好，就可以继续发挥作用。唯一改变的不过就是换个产品、换个品牌而已。甚至，还多了一个品牌可供选择，操作的空间反而更大，获得利益的机会也就更多了。

只是，事情发展到这里，云飞还不能确定 William 对此事到底知道多少。于是，他就试探地问道："那 William 对这件事情是否知情啊？"

Candy 闻言，嫣然一笑说道："你也太小看你的老板了吧？如果连这两把刷子都没有，他怎么可能坐到今天的位置？更何况，你来了才多久就发现了这件事情，他在这里两年多了，怎么可能连一点蛛丝马迹都发现不了呢？"

云飞被 Candy 这么一提醒，也确实觉得自己真是多此一问。William 出道已经二十多年了，他走过的桥恐怕比自己走过的路还长。Bill 他们的这些雕虫小技，又怎么可能瞒天过海，骗得了他这个老江湖呢？

但云飞还是有些想不明白："那 William 为什么一直都对 Bill 他们放任自流？而且，他在招我进来的时候，又为什么对这件事情只字未提呢？"

听云飞这么问，Candy 略显无奈地叹了口气说道："唉！ William 也有他的难处啊！前任销售总监的势力根深蒂固，他刚来的时候立足未稳，不可能同时多线作战，所以只能各个击破啊！华东和华北的关系更是盘根错节，光是清除这两个区域就花了他整整两年的时间啊！”

Candy说话的时候，眼神呆呆地看着咖啡杯，似乎那场血雨腥风的战争，现在想起仍让她心有余悸。

对于Candy的说法，云飞深信不疑。他在川奇刚刚经历过一场更加惨烈的斗争，上至销售总监、大区经理，下至销售人员甚至前台，都在这场清算中无一幸免地受到处理或者牵连。

想不到才出狼窝又入虎口，云飞原以为川奇的斗争只是一个个案，想不到浦华道的斗争更是源远流长。看来，要想在职场杀出一条血路真不容易啊！

想到这里，云飞禁不住倍感压力。想想William堂堂一个销售总监，都用了两年时间才搞定上海办和北京办。他一个初来乍到，又没有任何背景和依靠的新人，想搞定华南区这错综复杂的关系，看来绝对不是件容易的事啊！

“其实，从你来的第一天起，我就做好离开的准备了。”Candy忽然一脸轻松地说道。

“什么？我一来，你就知道我是来取代你的？”

“嗯！其实，下一步整顿华南区是意料之中的事情，我走也是注定的事。所以你真的不需要为这件事情自责，我一点都没有怪你的意思。”

听到这句话，云飞的心里似乎才终于得到了彻底的解脱。可他还是不明白，既然William有计划要整顿华南区，那他为什么不提前跟自己说清楚，也好让自己有所准备呢？

Candy似乎看穿了云飞的心思，于是说道：“如果你在来之前，就知道浦华道的情况这么复杂，你还会来吗？”

Candy的话真是一语惊醒梦中人，云飞听完点点头，若有所思地说道：“是啊！那我肯定会慎重考虑！”

可是话刚说完，云飞又有些不解地问道：“William把我这样不明不白地安插进来，那我在全无防备的情况下，胜算岂不是少了很多吗？”

此时，平常看似单纯的Candy，却忽然间像个专家似的对云飞分析道：“我想他这么做，也是不得已而为之吧！搞定华东和华北，恐怕已经让他身心俱疲了。所以他一定不想再采取那么过激的方式，来处理华南区的问题。毕竟华南区有了

前车之鉴，必然会结成攻守同盟，以共进退的方式来跟 William 对抗。如果搞得鱼死网破，那对他的影响也不好，他也是有业绩压力的啊！所以，他让你先潜伏一段时间，再根据你的能力见机行事，也不失为一个明智之举！”

Candy 的分析让云飞深感意外，他完全想不到，这个看似对销售一窍不通的女孩，对事情的分析竟如此清晰透彻。

云飞听罢，忍不住摇着头叹道：“看来我以前真是小看你了，你这个华南区经理，原来一点儿都不简单啊！”

Candy 闻言，忽然哈哈大笑道：“其实，我真的很简单，这些都是 Bill 帮我分析的！”

一说到 Bill，云飞的神经立刻又绷紧了，他想不到这个 Bill 竟然如此地深藏不露。William 自认为高明的布局，连云飞都有很多不明之处，而 Bill 则可以看得清清楚楚，真是不可小觑啊！

再想想前段时间，关于云飞是孙总公司股东的风言风语甚嚣尘上，一时间在公司内部传得沸沸扬扬，想必也是 Bill 的杰作了。此时，云飞不由得感到一阵心底发凉，看来这个 Bill 真是一个不可轻视的对手啊！

这时，云飞忽然又想到一个问题，于是继续问道：“既然你们形成了攻守同盟，那你离开时，他们为什么没有一起提出辞职呢？”

Candy 听云飞这么问，一脸从容地说道：“其实，我早就厌倦了这种明争暗斗的生活。所以我告诉 Bill 他们，这次我是下定决心一定要离开了。既然他们留不住我，再用辞职来威胁公司，显然就没什么意义了。毕竟，他们辞职的目的并不是真的为了离开！”

“原来是这样！看来我能顺利地坐上这个位置，你倒是功不可没啊！”云飞如释重负地说道。

“那当然了！我的功劳可不是一杯咖啡就可以随便打发的！唉……本来想做个默默无闻的好人，可老天偏偏不让我保守这个秘密，又在这里撞到了你，看来我注定不是做好人的料啊！”

云飞知道这其中的隐情之后，对 Candy 更加是心存感激。不知为什么，他忽然觉得 Candy 就像一个失散多年的老朋友。虽然久不相见，却依然值得他去信任和依靠。

为什么会有这种感觉，云飞自己也说不清楚。也许是因为，现在是他最无助，心理防线最脆弱的时候，他潜意识里需要一个信得过的朋友。也许是因为 Candy 的包容和理解令他感动。又或者是因为 Candy 的不计前嫌，让他心存内疚。总之，这是一种说不清、道不明的心情。也许这就是一种感觉，根本不需要理由。

了解了这么多的信息，云飞下一步要考虑的问题是，他应该选择什么时间，什么地点，在什么样的情形下跟 William 摊牌。毕竟，要彻底解决这件事情，没有 William 的支持，那将寸步难行。

当然，云飞一定会做好对 Candy 的保护工作。他绝不能让 Candy 为他再卷入这场，已经不属于她的是是非非之中了。

该来的始终要来，在无奈中云飞迎来了月底的销售会议。尽管大家都知道华南区遭遇了一些特殊情况，但没有完成任务的事实是无法改变的。

看着自己的区域，被醒目地标记成红色，云飞只觉得脸上火辣辣的，实在有些羞愧难当。这场会议让云飞感到度日如年，也成为他职业生涯中最黑暗难忘的一天。

云飞心中暗下决心，不争馒头也要争口气，下次的会议一定要打一个漂亮的翻身仗，让大家对他刮目相看。

然而，现实真的会如他所愿吗？

第一百零九章　空城一计锁云飞，顺水推舟破榕城

在销售会议上的出丑，让云飞痛定思痛。他更加意识到，作为销售人员来讲，业绩将会无可辩驳地永远摆在考核指标的第一位。

这也让云飞终于决定，他将暂时不跟 William 摊牌关于 Bill 的事情。云飞做出这个决定，理由有三。

首先，William 没有把这件事情主动告诉云飞，说明他对云飞还有所保留。作为一个可进可退、可守可弃的棋子，云飞既可以是 William 慧眼识英雄的一张王牌，也可以是他将来弃车保帅的一颗弃子。

最终会是哪一种结果，恐怕主要都取决于云飞的表现和时局的变化。既然 William 还不想把这件事情挑明，那么云飞也没必要不识时务地，把他从幕后拖到台前。

其次，摊牌之后即使 William 想帮云飞，但他又能做些什么呢？帮云飞向经销商催单？那是不可能的事，如果这些事 William 自己都做了，那还要云飞干什么？炒掉 Bill 他们？现在显然时机未到，否则 William 早就动手了。所以，摊牌显然没什么实际的意义。

最后，如果云飞贸然这么做，很可能会打乱 William 既定的步骤和计划。William 到底是怎么想的，云飞无从得知。如果此时贸然捅破这层窗户纸，很可能会给 William 增添不必要的麻烦，这样反而会引起他对云飞的不满甚至反感。

云飞从多年的销售经历中总结出一个经验，那就是任何一件事情的解决都一定有一个关键的突破口。而今天这件事情的突破口，归根结底还是两个字：业绩。

想当初在川奇的时候，Richard 那么强势的人，又是有备而来，可最后在业绩面前还是不得不屈服。让原本制订好的大换血计划，无限期地放慢了节奏，这才给很多人留下了骑驴找马的空间。

这就是做销售的宿命，不管你是贵为销售总监，还是一个最基层的销售人员，进入了销售这一行，就注定变成了业绩的“奴隶”。没有业绩做支撑，就算你有一千个伤心的理由，也不会有人对你表现出半分的同情，这就是现实。

这不由得让云飞又想起了他刚进川奇时，那股拼命三郎的劲头。而今天的情况，几乎就是昨天的翻版，只不过现在面对的形势更加严峻而已。

刚进川奇的时候，业绩是一塌糊涂，云飞接手的是一个烂摊子，一切是从零开始，似乎多少还有点借口。

而今天的浦华道，已经有了一个相对较好的基础，在这个基础上的净增长，才是云飞价值的体现。

然而，由于Bill和经销商对云飞的联合抵制，现在的业绩不增反降，这是无论如何也说不过去的。况且，这件事情在没有公开之前，还不能放在台面上光明正大地讲。这才真叫作哑巴吃黄连——有苦说不出啊！

云飞现在除了放手一搏之外，已经没有第二个选择，他必须在时机成熟的时候倾力一击。

此时，华南区的销售人员为了架空云飞，在Bill的授意下，全都以出差去拉订单为借口，跑得不见踪影了。云飞明白，Bill和他现在都在跟时间赛跑。只要云飞再有一个季度完不成任务，那么他还没有坐热的华南区经理位置，就很可能不保了。

而下一任的接替者，恐怕非Bill莫属了。所以，Bill现在首要的任务，就是坚定经销商的信心，联合他们跟云飞对抗到底。让经销商充满期待地等着他上位之后，给他们带来期盼已久的好处。

云飞要一边与Bill他们暗战，一边还要装作若无其事地，跟这些暗地里给自己下绊子的人称兄道弟。演这种高难度的双面人，可是一件相当消耗“内力”的事情。毕竟，表情的伪装也是一件要调动全身神经，来完成的高难度动作。长此以往，就算人不累心也累啊！

只是，这就苦了不善演戏的云飞，一边要筹划应对之策，一边还得苦练演技。

既然要与时间赛跑，那么云飞当然也不能闲着。从目前的形势来看，向现有的经销商要业绩，恐怕一时三刻是不可能的事了。

这些经销商都是墙头草随风倒，从来都是以利益为先。眼看云飞腹背受敌，职位难保，他们当然会站在局势明朗的Bill一边，不落井下石已经算是仗义了。更何况，他们多数本就与Bill有利益往来。于公于私，支持Bill都是他们必然的选择。

所以，云飞现在能做的，就是想办法开辟自己的第二战场。现在，他谁也靠不上，只能靠自己了。

川奇以前的老客户中，与云飞有合作意向的也不在少数。只是，能有孙总那种消化能力，又能快速上手的却是凤毛麟角。正所谓时不我待，云飞现在能想到解他燃眉之急的，依然是孙总。

此时，孙总那批货刚好修复完，云飞正好可以借着慰问孙总的机会，去看看有没有深入合作的可能性。

云飞对这次翻车事件的处理态度和效率，都让孙总非常满意。尽管这件事对孙总的生意，多少还是造成了一定的影响，但天有不测风云，谁又能预料得到呢？

孙总也不是那种太拘小节的人，反倒经过这件事情，让他对云飞有了进一步的好感。

云飞也借机抒发了自己一肚子的委屈，并把自己如何努力为孙总争取利益，却被公司谣传为是孙总公司的股东一事，也述说了一遍。

哪知，云飞说者无心，孙总却听者有意。没等云飞把话说完，孙总就打断云飞问道：“看来你们公司也不太平啊！既然这么乱，那你不如真的过来帮我。我们公司现在发展得太快，正需要你这样的人才，你要什么条件咱们可以谈谈。”

云飞闻言，是既感到意外，又感到欣慰。只见他略微停顿了一下说道：“孙总，你的话真是让我受宠若惊啊！能让你看得上眼，也不枉我这几年的努力付出了。不过，我始终还是打算留在广州发展，厦门我就不考虑了。”

孙总一听，颇为不解地问道：“广州有什么好？你去广州打工，无非也是为了事业有成嘛！我这里可以给到你更好的平台，更好的发展，你又何必拘泥于工作地点呢？”

云飞当然不好意思说广州还有小敏，更何况，他也的确是立志要扎根于广州，建立一番自己的事业。

于是，云飞微微一笑说道：“如果我愿意离开广州的话，那么我一早就已经去上海了。”

“上海又有什么好？本质上，去上海跟留在广州没什么区别。大城市人多车多环境差，污染严重压力大。把生命都浪费在上下班路上，那更是太不值得了！哪像我们厦门山清水秀，风景宜人。出门是海天一色，抬头是美女成群。”

孙总的话倒也不假，可人都是感情动物，在做决定的时候，也未必都是从现实的利益出发。当然，孙总作为在商海纵横多年的红顶商人，升斗小民的内心世界，他或许是无法理解的。

于是，云飞叹了口气，半开玩笑地说道："子非鱼，安知鱼之乐？就像家鼠和田鼠一样，它们各得其乐，别人又怎么能体会到它们各自的乐趣呢？"

孙总听完，皱了皱眉头，然后歪着脑袋叹了口气说道："也罢，看来你注定就是个劳碌命！既然如此，人各有志我也就不强求了。如果将来我广州开分公司，你可以考虑一下啊！"

"好的，一定！"

云飞接着又问了问最近川奇的动向，孙总一听到川奇，立刻就锁紧了眉头，向云飞吐了一肚子的苦水。看样子，孙总是下定决心要跟川奇分道扬镳了。

当然，云飞也没忘记侧面打听一下汪峰的情况。只是孙总似乎对川奇已经彻底失去了信心，对于汪峰这个刚刚入行的新人，更是没有太多的关注。

这对浦华道来说，当然是个好消息。孙总对川奇的放弃，自然也就意味着浦华道的机会来了。看样子，云飞这趟算是没白来，他业绩的燃眉之急，似乎还真有希望在孙总这里得到解决。

于是，云飞满怀期望地问道："孙总，那你下一步打算怎么办？"

云飞的试探，自然瞒不过经验老到的孙总。他明白云飞的意思，却失望地摇摇头说道："唉！我原以为外企会比较正规，可这么多年打交道下来我才发现，在中国的外企，只是披着跨国公司的外衣，干着跟私营企业一样的勾当。对内钩心斗角，对外不讲信誉！我算是看透了，现在谁也靠不住，归根结底还得靠自己啊！"

孙总的话，让云飞颇感意外。本以为他放弃川奇，浦华道的机会就来了。可他万万想不到，孙总的话似乎将他也拒之门外了。

于是，云飞不解地问道："孙总，那你的意思是……"

"我准备找个厂家 OEM，创立自己的品牌。我有自己的渠道，这些配套产品何必要总受制于人呢？整天提心吊胆地就怕你们换人，一朝天子一朝臣，你们斗来斗去，最终受伤的都是我们这些经销商啊！"孙总无奈地说道。

这确实是行业的现状，像孙总这样有渠道、有品牌的客户，走 OEM 的道路似乎也是大势所趋。

只可惜，川奇因为内斗，它不但失去了孙总这样优质的客户，还给整个行业缔造了一个强劲的新竞争对手。这到底是为行业优胜劣汰的健康发展做出了贡献，还是为自己的沉沦没落埋下了伏笔，只有时间才可以给出最后的答案。

云飞一方面不得不认可孙总所讲的事实，可另一方面，也难掩自己心中的失落。孙总是何等厉害的人物，云飞内心的想法，又怎么能瞒得过他的慧眼？

想当年，孙总在银行工作的时候，也不失为一位优秀的职场高手。如今他虽然已上岸多年，但对职场尔虞我诈的明争暗斗，还是了然于胸的。他当然能感受到云飞初当大任，作为一个大区的负责人所面临的压力与挑战。

什么叫作大区负责人？其实就是有事发生的时候，大区里要第一个跳出来负责的人。为上面背黑锅，为下面遮风雨，是坐这个职位上的人义不容辞的责任。而首当其冲要负责的，自然就是业绩。

孙总看着略显失望的云飞，淡淡一笑说道："我的话是不是让你有点失望啊？"

云飞闻言，倒也没有掩饰："失望是一定的啦！你的转型在我的意料之中，只是想不到，你转型的速度比我预想的还要快！"

"哦？你预料到我会走自己 OEM 的道路吗？"孙总闻言，略显吃惊地问道。

"我可没那么厉害，有这么早的先见之明。只不过走南闯北，遇到的橱柜公司多了，看到有不少大品牌都在自己做 OEM。所以我想，你走这条路也是迟早的事。但我想不到，这一天竟来得这么快，这么突然！"

云飞这么一说，让孙总对他更加刮目相看了。一个优秀的销售人员，特别是作为一个管理者，绝不能单单只顾低头卖自己的产品，更要随时掌握行业发展的脉搏和未来可能形成的趋势。

云飞的话说明他有自己的眼界和思考，而他毫不掩饰地向孙总表达他的失望之情，也说明他没有把孙总当作外人。孙总的内心感慨之余，对云飞求才若渴的心情，就更加蠢蠢欲动了。

只不过，君子爱财，取之有道，更何况是对有血有肉的人呢？孙总明白水到渠成的道理，所以他对云飞绝不会强人所难。

于是，孙总坦然地说道："你也不用这么失望，OEM 对我来说只是个大方向，可真正实施起来，也不是一朝一夕的事情。而且，OEM 的道路也绝不可能是一帆风顺的，就算我开始操作起来，也会留一两个品牌作为后备。两条腿走路，才能万无一失嘛！"

"这一点我当然明白！只是，以后少了你这张吃大餐的长期饭票，我就得天天在地摊上吃快餐了。看来……我也得几条腿走路，才能万无一失啊！”云飞故意学着孙总的语气，侃侃而谈道。

孙总从当年第一次跟云飞接触，就对云飞印象颇佳。这一路走来，不管是云飞的能力、信誉，还是他吃苦耐劳的精神，都得到孙总的极大认可。孙总又有心请云飞过来帮忙，此时当然会埋个伏笔，留个人情给云飞。

听他这么说，孙总哈哈一笑道：“好！看在咱们这么多年，配合一直如此默契的份上，我就给你再介绍一张长期饭票。不过，我可有言在先啊！这可是一张不按套路出牌的饭票，火候可得你自己把控好，如果将来他捅了什么娄子，你可不能怪我！”

“哦？你孙总的朋友，还有这么不靠谱的？”云飞闻言，调侃地说道。

“你可不要把我的话当作耳旁风啊！我可是郑重提醒你，这个人的公关能力一流，做销售、搞项目都是一把好手，可就是有点不守规矩。以前他也做过川奇的分销商，在我这儿拿过几次货，但最终我还是终止了跟他的合作。因为朋友归朋友，生意归生意，我这个人分得很清楚！”

或许是为了引起云飞足够的重视，孙总在说这几句话的时候，脸上的表情忽然显得非常严肃起来。

云飞的职业敏感让他立刻就心中有数了，于是他点点头说道：“好的，谢谢孙总的提醒，我会自己把握这个度的！”

孙总随即从手机里翻出一个号码，递给云飞说道：“这是王总的电话，你记一下！你打算什么时候去拜访他，我可以先给他打个电话，帮你打声招呼！”

云飞感激地点点头，记下王总的电话号码后问道：“这位王总现在在厦门吗？”

“不，他在福州！”孙总摇摇头道。

“福州？”云飞听到这两个字，他的思绪一下子又回到了几年前，曾经在欧施克的那段日子。

虽然，在川奇的时候也出差去过福州多次，但每次都是来去匆匆，甚至没有一刻清闲去做片刻多余的回忆。

此时，云飞的耳边，忽然又响起了那首《大约在冬季》。这是一九九八年在福州的最后一晚，大家为他送行时，他唱的那首歌。

如今时过境迁歌声依旧，却不知往日的回忆，又会掀起几多忧愁。

第一百一十章　一见如故成大义，恩威并施巧破局

云飞经孙总的介绍，终于见到了传说中那个不太守规矩的王总。这位略带传奇色彩的人物，比云飞想象中还要开朗豪爽得多。

或许是由于有孙总的大力推荐，王总一见到云飞，就亲密无间地与他称兄道弟起来，煞是亲热。笑逐颜开的表情，宛如多年不见的老朋友在他乡偶遇，给人一种久旱逢甘露，他乡遇故知的相见恨晚之感。

虽然说，商场如戏全靠演技。凭着见人说人话，见鬼说鬼话的高超技巧，在商场上开疆辟土、叱咤风云的江湖高手，云飞也屡见不鲜。但能做到像王总这样，明知是在逢场作戏，却不会让人感到生硬和做作的，真不多见。

不管怎么说，人家堂堂一个老板，第一次见面就对云飞如此热情，也算是给足了面子，云飞自然也不敢怠慢。

俗话说，投之以桃，报之以李。礼尚往来是行走江湖的基本礼仪，既然王总如此热情好客，云飞当然也就顺水推舟以兄弟相称，快速与王总进入了角色。

通过进一步的沟通，云飞发现王总手上的资源真的确实不少。但他并没像孙总那样，建立自己的品牌发展实业。而是一直以贸易公司的形式，凭着自己的关系和三寸不烂之舌，做着空买空卖的生意。说白了，就是空手套白狼。

当然，空手套白狼也不是什么贬义词。林子大了什么鸟都有，勤劳致富的道路也不止一条。既然条条大路都能通罗马，成功自然也不一定非要有自己的实业。

王总跟孙总，只是选择了通向成功的两条不同的道路而已。这既是他们俩不同的性格注定的，也是两人不同的价值观，以及对成功的不同定义造成的。

但不管怎么说，王总的公关能力的确是无可挑剔。这一点，在接下来的几天中，得到了充分的验证。

王总和云飞很快便达成了默契，并毫无顾忌地把云飞的产品，带入了他的供应链之中。只不过师傅引进门，修行在个人，要和这些利益链条上的关键人物打好关系，那就得靠云飞自己的修为了。

在中国做销售一定要入乡随俗，快速适应每个地区不同的文化。中国的餐桌

讲究的是无酒不欢，尤其是在商场的饭局上，不喝酒似乎就没有气氛，感情也就难以顺利地达到一定的高度。有时候，感情的深浅就是凭喝酒时的豪爽度来决定的，与酒量无关。

云飞本是很厌恶这样的场合，但现在形势所逼，他也别无选择。只能跟着王总连续过了几天每天都是天旋地转的生活。甚至，有几次他都不知道自己是怎么回到酒店的。

几天醉生梦死的生活，总算把该见的人都见了一遍，云飞的任务也算基本完成了。踏上返程的飞机，穿梭在蓝天白云之间，云飞的心也像这颠簸的飞机一样跌宕起伏。这几天过得，就像做了一场梦。

到现在，云飞都还觉得有些眩晕。他甚至自己都怀疑，他脑海中那些断断续续的记忆，到底哪些是真的，哪些是梦境，又或者根本就是他凭空想象出来的幻觉。

不过，好在这次也算不虚此行。打入了这个关系网，未来应该会有不错的发展。虽然还没有拿到实质的订单，但他们嘴里口口声声的潜在订单，应该总有那么一两个是靠谱的吧？

用王总的话说，搞定了他们，以后订单是不用发愁的。关键是看怎么样操作，怎么样配合……

王总后面的话已经呼之欲出，可他偏偏就此打住了。因为，这些话是说给聪明人听的，明白人大可点到即止。有些话说得太白了，就没意思了。

云飞这些年做销售，也算遇到过不少高人。有愿意敞开心扉，跟他无话不谈，手把手教他的。也有半遮半掩，做什么事都留一手，要靠云飞凭自己的悟性去猜的。但不管怎么说，这些年的经历，让云飞对销售行业的潜规则，还是多少有了一定的了解。

只是了解归了解，要让他迈出同流合污的一步，云飞心里还是非常抵触的。毕竟，这种事总会让云飞有一种莫名的负罪感。

云飞此时的心情，极度复杂而矛盾。因为他必须在对与错、正与邪之间，找到一种让自己心理平衡的解决之道。

人的一生，总要面对无数的选择和诱惑。在得与失之间做出取舍，常常会让爱情、亲情、友情、名利以及信誉不能兼顾。

我们常常说，今天的生活往往是由几年前的“选择”决定的。而我们今天的

“选择”，又将决定我们未来的生活。你的选择越艰难，对未来的影响就越巨大。回首往事，这句话的确是有道理的。

如果有一天，你发现自己别无选择的时候，也许就证明你之前做了错误的决定。而未来，你可能会为了这个别无选择的决定，而做出更多将错就错的选择，以至于最后不能自拔。一步天堂，一步地狱，就是这个道理。

云飞怀着纠结的心情，终于回到了广州。每次回广州，他的心情都不尽相同。这次，他更是别有一番滋味在心头。从事业阶段性的巅峰，到现在岌岌可危的处境，大有“谈笑间樯橹灰飞烟灭”的沧海桑田之感。

接下来的日子，云飞一边抓紧跟王总保持沟通，一边也加紧了跟之前川奇老客户的联系。云飞现在的心里只有一件事，那就是一定要把失去的面子给找回来。就算他终将离开浦华道，也必须要走得风风光光。

果然，苍天不负有心人，王总那边终于有了进展。除了有些零售客户开始陆陆续续地上样板了，在工程方面也传来了好消息。

王总在福州打入了当地最高端的一个楼盘，现在关系已经做得非常到位，接下来就看性价比了。

其实，所谓的性价比，说白了就是在品牌质量都还可以的情况下，王总从哪个品牌上能够赚到更高的利润。

或许，这个世界上真的有“眼缘”一说。王总虽然跟云飞相识不久，却跟他一见如故。就像当年与孙总相识时一样，虽然大家各为其主，但这并不影响他们之间的惺惺相惜。

王总手里握着几个品牌，虽然他都不是这些品牌的独家代理。但凭着他手里的这单大工程，跟厂家要个好的价格，赚个差价还是绝对没问题的。

但不知为什么，王总偏偏首选了云飞。当然，这不排除有孙总的引荐之功。但生意场上，永远是以利益为先的。孙总就算再怎么有影响力，也不可能阻止得了王总赚钱的欲望。说到底，王总选择云飞，恐怕还是看中了云飞的为人。

做大生意的人，往往看的是长线回报，就像孙总一样。在这一点上，王总与孙总有着相同的理念。尤其是做大工程，最怕遇到不负责任的厂家，翻脸不认人那可就把经销商坑惨了。

在这方面，王总曾经有过血的教训。为了拿下一个订单，他之前曾经诚意满满地带某厂家的销售人员去谈一个项目。结果项目谈好了，厂家却踢开王总，以更优惠的价格私下里直接跟项目方签约了。

俗话说，一朝被蛇咬，十年怕井绳。正是因为如此，曾经受过伤害的王总，非常在意人的信誉和口碑，这或许也是他特别看重云飞的主要原因吧！有时候，赚比较保险的钱，比赚高利润的钱，显得更明智。

当然，以王总的处世哲学来看，信任最终要建立在共同的利益之上，才会更加稳妥。这是经验，也是教训。

于是，王总决定拿出百分之五的毛利，作为给云飞私人的回报。希望通过利益的交换，让大家成为命运共同体，以便达成长治久安的局面，也为以后进一步的合作打下基础。

对王总来说，用一小部分利润买个安心，是绝对值得的。毕竟，前期拼的是关系和价格，后期拼的就是质量和服务了，这可是经销商所把控不了的。如果云飞真能彻底解决了王总的后顾无忧，这点小钱王总绝对花得心甘情愿。

更何况，羊毛出在羊身上。一旦云飞被拉入与王总合作的旋涡，有了厂家的支持，还怕这些小钱赚不回来吗？

云飞自然明白王总的意思，但他还是婉拒了王总的一番好意。这是他做人的原则，他不能因为今天的选择，而把自己的将来逼到别无选择的地步。

当然，云飞也不忘给王总吃上一颗定心丸，所以充分表达了他将尽一切努力，全力支持王总拿下这个项目的决心，并会亲自监督产品的质量和后期的服务。

王总还从来没有遇到过给钱不要的销售，所以，云飞虽然信誓旦旦地做了各种保证，但他的拒绝多少还是让王总有些惴惴不安。

以王总的经验来讲，不收钱的销售只有两种可能：一是对自己的产品没信心，二是嫌钱给少了。

但不管怎么说，王总这边总算如期启动了。而川奇那边的老客户，也渐渐开始有所动作。看来川奇的巨变，最终还是让他们放弃了最后一丝幻想，转而投向了云飞的怀抱。

这些都是行业里的熟手，有成熟的渠道和专业的销售人员，只要他们下定决心做，上起手来便会非常快。

而且，云飞之前给这些老客户都做足了培训。很多一线的销售人员，都是他当年亲自一手调教出来的。大家知根知底，又有一定的感情基础。所以，只要把川奇的牌子一换，立刻就可以做浦华道的生意了。

现在，云飞终于有一点柳暗花明的感觉了。此时，业绩有了着落，云飞的两步走战略，总算是初步完成了第一步。

下一步云飞要做的，就是让事情得到和平解决。合则两利，斗则俱伤，他真心不想与 Bill 搞得鱼死网破，这样对大家都没好处。

要做到这一点，就必须要解除 Bill 对云飞的戒心。既要让 Bill 体会到云飞的善意，也要让他体会到无力回天的压力。只有这样才能让他被迫放弃无谓的抵抗，被云飞彻底收编。

当然，不排除还有另外一种可能，那就是和平分手，用一个温情的告白，来结束这场本就不应该属于他们的战争。

于是，云飞在周一的销售例会上，他一改平时由大家先汇报，最后由他来总结的惯例。而是先声夺人地，用自我总结的形式，做了一个颇有下马威味道的开场白。

“这段时间为了给华南区的业绩补缺口，大家都奔波在一线没日没夜地出差，确实是辛苦了！看着大家如此辛苦，我作为华南区的负责人自然也不能独享清闲。所以我也去外面走了走，想不到效果还不错！我相信，以后就算那些落井下石的经销商继续不下订单给我们，未来我们也照样可以填补这些业绩的空缺。”

说到这里，云飞的语气突然严肃了很多，显然他的话意有所指。这一点，大家都心知肚明。云飞这句话就像一把尖刀，刺到了大家的痛处。大家不自觉地，偷偷交换了一个眼神。显然，云飞的话让他们感到意外，甚至有些恐慌。

此时，最后悔不迭的人自然是Bill。他本想用一招空城计困住云飞，让他无所作为地坐在办公室里，荒废掉大好的市场开拓良机。想不到，却反而弄巧成拙地，给了云飞一个独立去开拓市场的空间和借口。

Bill 机关算尽却忽略了一点，他忘记了云飞是销售出身，不比 Candy，云飞是绝对不会坐以待毙的。

假如 Bill 当时选择留在办公室，那么作为负责福建区域的销售人员，云飞去福建出差，自然没有理由不把他带上。

那么，如果 Bill 能有机会跟云飞一起出差的话，他就不但可以接触到云飞的客户，更可以根据实际情况从中作梗。至少不会像现在这样，被云飞打得措手不及，让整个形势在瞬间发生了逆转。

看着大家惊慌失措的眼神，云飞心里终于得到了一丝满足和安慰。他知道自己在这场斗智斗勇的战役中，取得了暂时的领先。下一步，是让他们彻底放弃抵抗，重新走上正轨的大好时机，他必须趁热打铁，一击即中。

于是，云飞不动声色地继续说道："其实，我们的品牌影响力还是有的。既然有些经销商不懂得珍惜，那就不如把机会让给那些懂得珍惜的人。你们也知道，川奇现在人心惶惶，有不少老客户都向我表达了强烈的合作意愿。你们不妨统计一下，看看有哪些经销商不想再跟我们继续合作，就不要再勉强了。俗话说，再见亦是朋友，我们可以与他们和平分手嘛！"

云飞此言一出，Bill和在座的销售立刻吓得脸都绿了。这已经不是象征性的下马威了，这明摆着就是在叫阵嘛！

大家脸上的表情变化，当然逃不过云飞的眼睛。这些都是云飞意料之中的事，也说明这一切都在按照云飞的计划，在有序地推进。

既然与经销商暗通款曲，联合抵制云飞的攻守同盟已经被云飞识破，而牵制云飞的"业绩"王牌，也被云飞轻描淡写地化解了。那么下一步，也就到了大家彻底摊牌的时候了。

云飞看出了大家的担心，当然他也明白穷寇莫追的道理。如果他得理不饶人，把大家逼到了死胡同，那么必将激起大家做困兽之斗的决心，最终闹个鱼死网破的结果，这样对谁也没有好处。

于是，云飞缓和了一下语气说道："我这个人是最讲情义的，不管是对同事还是对经销商，我都是义字当头。只要愿意继续跟我干的，我都会举双手欢迎！"

云飞的话可以说是绵里藏针，既是一种安慰，也是一种警告。虽然后面引申的话没有说出来，但警告的意味已经是呼之欲出，做销售的人不可能听不出来。那意思：我这个人讲义气，以前的事可以既往不咎。但如果你们想联合起来拆我的台，我也是有备而来的。

"是的，是的！"大家听云飞这么说，都纷纷点头称是。看样子，他们已经清楚地领会到云飞的意思了。

攻守同盟的前提有两个必要条件：第一，大家都感受到了外部的威胁，只有同生死共进退才有一线生机；第二，这种抱团取暖的方式，被共同认可是可以有效阻止外部威胁的手段。

现在，云飞表达了充分的善意。既解除了大家感受到的威胁，同时又释放出

强大的压力：负隅顽抗是没有出路的。

在云飞的软硬兼施之下，Bill 建立的攻守同盟，自然也就不那么牢固了。大家出来打一份工，无非是为了自己的理想和生活而奋斗。既然他们没有底牌可以打败云飞，云飞又愿意既往不咎，还他们一条生路，那他们还何必要至死不渝地为满足 Bill 的个人野心，而搭上自己的前程呢？

大家的表态，已经让云飞嗅到了胜利在望的味道。于是他点点头，继续说道："一个好汉三个帮，一个篱笆三个桩，不管以前我在川奇做得有多好，但在浦华道我都需要你们的支持！我是个不喜欢研究历史的人，但我喜欢畅想未来，只要你们愿意，我相信我可以带领大家创造一个更好的未来！"

云飞的话虽然说得很委婉，但意思已经表达得无比明确。以前在川奇做得好，说明他不缺客户，也不缺销售人员，随时可以找人补上空缺。

不喜欢研究历史，是一种对既往不咎的保证。而喜欢畅想未来，说明有信心带领大家创造更光辉的前途。

既然前途有保障，后顾又无忧，那么 Bill 的攻守同盟也就不攻自破了。只是，其他的销售人员都还好说，但作为他们的主心骨，一直暗中操盘与云飞作对的 Bill，究竟会做出怎样的抉择，云飞心里其实并不太有底。

第一百一十一章　股市天堂嗜血路，迷途菜鸟抽身难

福州的王总是个老江湖，处处跟人称兄道弟，给人的第一印象难免让人觉得有点高谈阔论，言过其实。

但事实证明，王总还真不是个夸夸其谈的人。虽然几经周折，但福州那个项目的订单，最终还真下到了云飞的手里，这倒真有点顺利得出乎云飞的意料。

不管是能力强也好，走狗屎运也罢，反正黑猫白猫逮住老鼠就是好猫。销售界不相信眼泪，一切都以结果论英雄，没有人会在乎过程中是痛不欲生，或者是喜不自禁。

因此，有了福州这个项目垫底，再加上其他地区市场的慢慢启动，云飞终于不需要再看着那些老经销商的脸色，提心吊胆地过日子了。

而那些见风使舵、趋利避害的商人，似乎也敏锐地嗅到了风头转向的味道。忽然间，纷纷向云飞释出了善意。一个个把胸口拍得震天响，大有上刀山，下火海，两肋插刀在所不惜的劲头。他们左一句兄弟，右一句哥们，好像一夜之间就与云飞建立了无法割舍的手足情。

做了这么多年的销售，对经销商的两面手法云飞当然是如数家珍，也可以理解。看他们虽然表面风光，挥金如土，其实，也是在市场与厂家随时可能发生变化的双重风险的夹缝中，过着如履薄冰的生活。

有时候为了长久的利益迫于无奈选边站，的确也是情非得已。毕竟，他们并不是对云飞个人有什么意见。这个位置无论换作任何人，他们一样都会采取同样的手段加以对付。

本来为了抵制云飞，这些经销商几个月没有进货，也正需要补充库存。现在，正好借此机会做个顺水人情，下个大订单表示对云飞的支持，其实也是为了满足自己周转的需要。

云飞当然也不会点破，既然人家已经给了台阶下，那云飞也自当顺坡下驴，维持那层窗户纸不被捅破，这样对大家都有好处。

外部业绩的来源已经搞定，加上经销商临阵倒戈，Bill 眼见大势已去，再做任何的抵制显然都是枉费心机。所以，既然无力回天，那么也是时候做个了断了。

Bill曾是这个销售团队的主心骨，甚至可以说是Candy时期的“无冕之王”。

Candy在做华南区经理的时候，不过是Bill摆在台前，受他暗中控制的“傀儡”而已。所以，Candy才会在云飞上位的时候，毅然决然选择了离开，而没有跟Bill站在一起对抗云飞。

对云飞而言，Bill留下固然也有一些好处。但坏处也是显而易见，把这样一个不定时的炸弹摆在身边，云飞岂能高枕无忧?

不过，以云飞多年的处事经验来判断，Bill离开的可能性极大。毕竟，跟自己的上司明争暗斗这么久落败下来，通常都认为将来不会有什么好果子吃。

即使领导宽宏大度，不跟你秋后算账。可有了那种芥蒂在心里，相处起来内心始终还是会有一种难以名状的不自然，勉强在一起相处也没什么意思。

可结果大大出乎了云飞的意料，Bill不但是个能屈能伸的人，而且是个愿赌服输的人。他不但选择留了下来，而且似乎大有愿意冰释前嫌，主动与云飞修好，并辅佐云飞共建辉煌的意愿。

Bill的决定让云飞既意外又震惊，俗话说伸手不打笑脸人。更何况，Bill主动释出善意，云飞又怎么能视若无睹呢?

于是，这场不见硝烟的战争，最终在和谐友好的气氛下，以大团圆的结局圆满结束了。

William对云飞的处理手法也深感满意，在没有给他制造一点麻烦的情况下，能实现兵不血刃的和平过渡，他自然乐得自在。

回头看来，云飞没把这件事情过早地跟William摊牌，而是选择了私下独立处理，虽然也是危机重重，但这一局总算是赌对了。

现在外部安定，内部团结，形势一片大好。办事处逐渐走上了正轨，云飞也终于可以从长期高度紧张的战斗状态下松一口气了。

二〇〇五年六月六日，股市一个猛子扎下来，一口气向下突破了一千点，最低达到九百九十八点，创下了自一九九七年以来的历史新低。紧接着，便展开了绝地反击，并一骑绝尘上演了令世界为之震惊的中国股市神话。

中国股市就像插上了腾飞的翅膀，轻松地将一座座曾经认为是高不可攀的高峰踩在脚下。花红柳绿的K线，就像用高压水龙头喷向天空的人工瀑布，一发不可收拾。

任谁都无法预测这疯狂的股市巅峰，到哪里才是尽头。云飞只知道，专家在一次次不断刷新着他们自己预测的目标高位。可是股市真的就像一头失控的疯牛，它似乎是在有意戏弄专家的智商，将他们的预测一次次轻松地抛在了脑后。

股市的失控让股民为之疯狂，似乎每一次回调，都是踏空者入场的最后时机。因为每一次回调之后，股市都会像打了鸡血一般，冲向一个人们不可预知的新高。似乎只有这样，才能证明中国股市的神奇。

云飞身边谈论股市的人，开始越来越多。以前被大家津津乐道的那些话题，似乎已经渐行渐远，甚至已经被大家遗忘和抛弃。

在这种情况下，如果你手里没有两只股票，如果你对股市没有一点见解，那你自己都感觉有点不好意思见人。

因为，作为一个社会属性的人来讲，你跟大部分人已经没有了共同话题。不是时代抛弃了你，而是你根本就不应该属于这个时代。

云飞发现，越来越多的客户开始沉迷于炒股。甚至在股票的交易时段，有时根本找不到客户的身影，他们的电话也会处于关机状态。

而这些客户的情绪，也会随着股市的波动而此起彼伏。夸张点说，在跟客户谈判前，最好都先看看股市的行情。因为股市行情好，客户赚了钱谈什么都容易。如果股市行情不好，客户赔了钱谈什么都没心情。

这也难怪他们的神经被股市牵动，因为云飞的很多客户都投了重本进股市。甚至，有些人把自己公司的流动资金，全部都押在了股市上。

还有些更疯狂的客户，不但把现金都投进去了，还将房产抵押给银行套现出来炒股。更有甚者借高利贷出来炒股，这种风险之大不言而喻。所以，在这样的情况下，股市的起伏怎么可能不影响他们的心情呢？

既然已经全民皆股，作为走在时代前沿的销售人员，云飞又怎么可能不投身股海，加入这个一直被他看成是最大赌场的股市大家庭，成为中国股民的光荣一员呢？

但云飞恐怕做梦也想不到，股市是嗜血者的天堂，也是圣斗士的地狱。对于像他这样的菜鸟来说，进入股市无疑就像一只迷途的羔羊，误闯入了猛兽成群的黑森林，注定是险象环生，有来无回。

股民有云，一入股市似海深，从此工资是路人。股市这个大家庭，可没有相亲相爱、尊老爱幼这一说，更不可能永远散发着和谐与幸福的欢声笑语。

股市注定是一个用真金白银，来锻炼胆量的勇敢者的游戏，永远是几家欢喜几家愁。今天的普天同庆，不过是明天尸横遍野的狂欢序曲。危机爆发时，能有先见之明逃出生天的，恐怕寥寥无几。

不过，云飞是幸运的，他入场的时机正遇上了从底部拔地而起，十年难遇的疯狂牛市。因此，他不但没有亏钱，反而还稀里糊涂地赚了一些钱。

只可惜，像所有谨慎的菜鸟一样，云飞开始的时候，只是抱着玩一玩儿的态度准备浅尝辄止。可是，随着账户里利润的不断升高，专家对牛市预测的不断升温，身边一夜暴富的神话不断涌现，云飞的心情也开始随之波动起来。

不用像上班那样早出晚归，不用像对付客户那样绞尽脑汁，不用为了开拓市场而疲于奔命，不用为了拿到订单喝得人事不省。躺在床上就能如此轻松地赚钱，何乐而不为?

也难怪那些经销商为了炒股，已经根本无心打理生意，这钱赚得实在太轻松，太暴利了。面对如此诱惑，尝到甜头的幸运者恐怕没几个还能把持得住，让自己不越雷池铤而走险。

云飞并非圣贤，他当然也难免世俗。面对几近扭曲的市场，他终于决定加码。股市就像抽大烟，你投入的钱越多，你对股市的依赖也就越大。甚至，会渐渐变得不能自已。

随着资金的加大，云飞像他的客户一样，对股市的关注度也越来越强。开市的时段内，如果不对着股市瞄上几眼，真会有一种寝食难安的感觉。

然而，你越是关注，心情也就越会随着股市的起伏而变化。越涨越高的股票，会让你因为出手太早而后悔不跌。而砸在手里赔了钱的股票，又会让你反躬自省，追悔莫及，只怪自己太贪婪，没有早点卖掉。

这样“提心吊胆”的日子，让云飞跟小敏的约会都变得越来越心不在焉了。有几次见面都因为云飞的魂不守舍，令小敏负气而走。这不但引起小敏多次的强烈抗议，也极大地影响了他们的感情。

云飞深知自己已经中毒太深，这样下去不是办法，可他的确又无力自拔。他也曾经一度想过要退出股市，可每当看到账户里那跳动的数字时，那种热血沸腾的心情，又实在让他欲罢不能。

终于，在这样纠结的心情中，云飞和小敏不断吵吵闹闹地走进了二〇〇五年的年底。

二〇〇五年十二月，股市在反弹到一千二百多点后，终于晃晃悠悠地又跌回到了一千点左右的位置。云飞在股市里赚的钱，在他账户里转了一圈，又在不知不觉中悄然还给了股市。

年终结算才发现，这半年投身股市，云飞不但没有赚到钱，反而因为后来追加投入还亏了一些。同时，由于对股市的过多关注，而忽略了对小敏的关心，造成他们感情的巨大伤害。这半年算下来真是赔了夫人又折兵，实在是得不偿失啊！

痛定思痛，云飞终于下定决心金盆洗手，从此远离股市，重新回到小敏的身边。

可就在云飞决定退出股市的时候，一个名叫 Tony 的业务员，以父母身体不好，要回老家去照顾老人为由，突然提出了辞职。

Tony 的突然离职，让云飞有点措手不及。虽然，此时销售团队已经稳定，个别人的离开并不会造成很大的影响。

可毕竟，每个市场都需要有稳定而成熟的销售人员去跟进。一旦某个区域少了人，也就意味着云飞必须投入更多的精力，去关注那个市场，这是他华南区经理义不容辞的责任。

本来，一个普通员工的正常离职也没什么大不了的，可云飞万万没想到，就是这样一个普通的离职，竟然让他整顿下已经貌似风平浪静的华南区，悄然又变得暗潮汹涌起来。

第一百一十二章　利欲熏心我独醒，人间沧桑无太平

时光如梭，这段时间对云飞来讲，好像天天都在梦境中游荡一般。平定了以Bill为首的联合抵制，震慑了那些唯利是图的经销商，搞定了孙总的退货处理，甚嚣尘上的漫天谣言也渐渐平息。总算一切都是有惊无险，最终也都转危为安了，实在值得庆幸！

然而紫嫣离开了，汪峰疏远了，股票投资失败了，云飞和小敏的感情也隐隐出现了些不好的征兆。世间的一切似乎都是在得与失的平衡间左右摇摆，不可能万事如意，却也不会坏到极致。

福州项目的供货，终于渐渐接近了尾声。为了庆祝项目的顺利完工，王总特意打电话邀请云飞来福州小聚。这是云飞来到浦华道之后，做的第一单大项目，也是华南区现在最拿得出手的成功案例，云飞当然是重视有加。

同时，云飞也有意和王总的那帮朋友再碰碰面，毕竟感情是要经常保持联络的。所以，云飞就欣然前往了。

福州项目的安装和服务，堪称完美收官。云飞得到了甲方和项目方的高度认可，也得到了王总的进一步信任，心里深感欣慰。

一个项目从头到尾，全程得到厂家不遗余力的支持和服务，让项目的供货无可挑剔，让款项收得没有半点拖泥带水。对王总来说，这还是大姑娘上轿——头一回。因此，王总对云飞这个未来的财神爷，自然更加是青睐有加。

庆功宴上，王总自然少不了要多敬云飞几杯。本就不胜酒力的云飞，在王总和他那帮朋友的轮番轰炸之下，很快就进入了他的终极状态——不省人事。

第二天，云飞醒来的时候已近中午。头疼欲裂的他，此时已经完全想不起来，昨晚送他回酒店的那位“无名英雄”究竟是何方神圣。

云飞索性躺在床上，又眯了一会儿。他一边让自己慢慢变得清醒，一边回忆着昨晚酒桌上发生的事情。在他的印象中，酒席似乎刚开始没多久，他就断片儿了。后来大家喝成什么样子，云飞一点印象都没有。

这时，一阵手机的铃声打断了云飞的思路。云飞拿起手机，使劲甩了甩头，以便让自己快速进入清醒的状态。

“喂！兄弟睡醒了没有，我没惊扰了你的春梦吧？”王总开玩笑地说道。

云飞知道，王总说话从来没两句正经，所以他也没当回事，只是无奈地摇摇头说道：“王总，昨晚真喝多了！后面发生什么事，我真是一点印象都没有了！”

王总一听，哈哈大笑道：“这就对了！能喝多少不重要，关键是你直接进入了状态，大家都觉得你这人够意思，够爽快，能做朋友！”

云飞闻言，无奈地笑一笑说道：“我这是酒不醉人人自醉啊！”

王总又跟云飞开了几句玩笑，然后忽然话锋一转说道：“兄弟，这个项目是咱俩第一次共事，通过这件事情，我对你这个人非常认可。我知道你是个有原则的人，但我也有我的原则，那就是有钱必须得大家一起赚。你床头柜上有个纸皮袋，这是我的一点心意，也是你应得的……”

云飞一听，心里不由得一惊。他连忙侧头一看，这才发现床头柜上果然有一个纸皮袋。他探头往纸皮袋里看了看，只见里面有一个用牛皮纸包着的长方形物件儿。如果没猜错，这应该是一包现金。

云飞完全没有心理准备，突然撞到这种情况，紧张得立刻冒出了一头虚汗。他连忙对王总说道：“王总，你这是干什么？这我可绝不能收，我……”

王总似乎早就猜到了云飞会这么说，所以他没等云飞把话说完，就打断云飞说道：“兄弟，我就知道你不会收。所以昨天我特意在你不省人事的时候，给你放在酒店的。你放心，绝对没有第二个人看到。今天你回广州，本来我应该亲自送你去机场的，但我怕你会把钱退给我。所以待会儿我让司机小王去送你，我就不去了。如果你嫌带着现金麻烦，楼下就有银行，你可以去开张卡，反正以后也用得着，咱们就后会有期了！”

“不是，王总……”

云飞还想再说什么，王总又来了一句：“一路平安，等你到了广州，咱们电联！”说完，王总就挂断了电话。

显然，王总不是在走过场，这钱他是真心实意地想给云飞。而云飞还从来没有面对过这么巨大的诱惑，一时间也真有点不知该如何是好了。

股市的钱固然赚得容易，可赔起来也可能血本无归。但与经销商的合作就不同了，这是个稳赚不赔，且有高额回报的渠道来源。能在本职工作的范围内，合理合法地赚到快钱，也难怪 Bill 他们会不惜鱼死网破和经销商建立攻守同盟来抵制他呢！

只是，韩非子曾说过，千丈之堤，以蝼蚁之穴溃。百尺之室，以突隙之烟焚。贪婪是人的本性，而理智是唯一的防线。一旦这道防线被突破，人必将掉进无尽贪欲之中不能自拔。

股市有风险，尚且让人如此沉迷。收受经销商的贿赂稳赚不赔，一旦开了这个头，又如何能够抵挡得住这巨大的诱惑而抽身其中呢？出淤泥而不染，濯清涟而不妖，这只是一厢情愿的美好愿望，谈何容易啊？云飞很清楚，一旦开始了同流合污，那就会变成一丘之貉，绝无可能再全身而退。

云飞从来没有像今天这样，觉得钱是如此的沉重！想当年，怀揣着梦想历尽艰辛来到广州打拼，梦想着有朝一日能在广州立足，成就一番自己的事业。

可什么是事业，什么又是成功？难道金钱不是一个很重要的衡量标准吗？成王败寇，在这个充满竞争的都市里，大多数人们往往是笑贫不笑娼。对成功的衡量标准，并不比人性的道德底线高多少。每个人对自己的价值和底线，只能靠自己心中的那架天平去称量。

是要做金钱的奴隶，还是做自己的主人，一切都在一念之间！

王总的司机小王载着云飞，奔驰在去机场的林荫大道上。车速很快，两边的树木像连成了一条线，从车窗边飞驰而过。

也许是因为酒劲儿还没过，一路上云飞一句话也没有说，始终都眯着眼睛在闭目养神。他那沉默的脸上虽然面无表情，但内心其实在做着翻江倒海般激烈的思想斗争……

能跟王总出来行走江湖的司机，自然也不是等闲之辈。他们能跟各类客人天南海北地胡侃一通，也能把三教九流的热门话题讲得头头是道。但他们最厉害的，还是善于察言观色。

看到云飞似乎有什么心事，小王很识趣地也保持了安静。而没有像很多没眼色的司机一样，用一些无聊的话题，来自以为是地去营造和谐的气氛，反而干扰了客人的清静之心。

飞驰的汽车终于在候机大厅门口停了下来，云飞客气地跟小王握手告辞后，便拉起自己的行李箱走进了候机大厅。

云飞换好登机牌后，给王总发了个短信。一来感谢王总的盛情款待，二来，他告诉王总，他把王总送的那包钱让小王带回去了。经过认真的思考，云飞的理智最终还是战胜了感情，他终于在最后一刻，阻止了自己泥足深陷。

发完这条短信，云飞长长地松了口气。原来没有那包钱在身上，感觉竟是这么轻松。他忽然很庆幸自己做出了正确的决定，当然，他的身价也一下子缩水了不少。

每次来王总这里出差，几乎都喝得是天昏地暗，没有一次能够保持正常的清醒状态回到广州。好在这次还算留了一半清醒，没有借着醉意做出可能令他终身后悔的错误选择。

酒是穿肠毒药，色是刮骨钢刀，财是下山猛虎，气是惹祸根苗。这些话说得一点儿都不假，酒、色、财、气是不少人的不朽追求，其实也是误入迷途的罪魁祸首，真的要戒啊！

随着楼市渐渐成为人们茶余饭后热议的话题，已经经过了一轮上涨的楼价，大有像股市一样，如脱缰的野马一骑绝尘的趋势。

云飞手里两年前在棠下小区购买的二手房，现在已经暴涨了近百分之三十，而且行情还在飞涨中。再看着小区里的房产中介生意越来越红火，投资客一批接着一批简直是趋之若鹜，云飞敏锐地察觉到了楼市的商机。

要说棠下小区，绝对是囊中羞涩的投资者的乐园，因为这里是政府的解困房，加上楼龄也比较久了，所以房价平均只有三千块钱左右，买一套房的总值也就二十万上下。按当时首付三成的按揭政策，也就是说只要手头有个五六万，就可以做投资客了。跟现在动辄几百万甚至上千万的行情相比，那时的房子简直就是白菜价。

而且，由于这里的外地流动人口多，所以房子特别容易出租，几乎是挂牌当天就能租出去。因此用以租养供的方式来投资，几乎是没什么风险的。

股市每天上蹿下跳，让云飞魂不守舍，不但令他赔掉了一部分积蓄，还因此怠慢了小敏，影响了他们的感情。房产的升值比较稳步，也不用天天盯着那么让人揪心。

尤其是对于一个女孩子来讲，房子特别让她们有归属感。云飞之前买的房子比较小，所以这次可以买个稍微大点的来自住，把之前的小房子租出去，这样既可以有收益，又可以增进她和小敏的感情，岂不两全其美？

听到这个消息，小敏自然是喜上眉梢，她不但举双手赞成，而且还不辞辛苦地参与到了与云飞的选房过程中。

一想到在广州终于要有个像样的家了，小敏内心的甜蜜感就忍不住油然而生。

从此，只要一有空，云飞和小敏就会穿梭于各大中介之间了解行情，俨然像一对就要结婚的小夫妻在挑选婚房。当然，小敏对于中介销售人员的这种“误解”，也是乐在其中。

但是，解困房不是豪宅，难免会有这样或那样的缺点与瑕疵。想在这样的房子当中找到当年云飞和小敏初次相遇时那种一见钟情的感觉，虽然心情可以理解，却是可遇不可求的！

所以，两人虽然房子看了不下二三十套，但就是没有一套能完全相中的。结果房子没买到，云飞跟周边中介的地产销售人员，倒是差不多都认识了。

然而，令人意想不到的是，就在云飞为房子的事而乐此不疲的时候，他突然接到了人事部的电话。电话里人事部要求云飞，立刻抽时间到工厂去做一次面谈。

目前，Tony的位置早已有新人补上，云飞也并没有向人事部提出过任何招聘的需求，突然间这么急着找他去工厂，这就真有点儿奇怪了。

华南区的办事处设在广州的中心城区，而人事部设在偏远的工厂。平时除了招聘之外，人事部和销售部之间的互动甚少。此时人事部突然急找云飞，究竟所为何来呢？

不知为什么，云飞心中忽然有一丝不祥的预感。人事部向来是无事不登三宝殿，这一次主动打电话给云飞，又催得这么急，恐怕是善者不来，来者不善啊！

第一百一十三章　无中生有反间计，身陷囹圄无赢期

云飞不敢怠慢，第二天一大早便急匆匆地赶到了工厂的人事部。他心里也急切地想知道，人事部这么急着找他，到底所为何事。

要见云飞的人并不多，只有两个。可这两个人在公司中的地位可谓重于泰山，一个是掌管人事大权的人事部经理 Ella，另一个则是浦华道中国区的一把手，总经理 Derrick。

两人与云飞见面时，一改往日亲切和蔼的表情，不但面色沉重，而且显得冰冷而富有敌意。像见到了阶级敌人似的，一副横眉冷对的样子。

云飞不知道自己到底犯了什么滔天大罪，竟然能让公司的这两大巨头如临大敌般，同时出来对他兴师问罪。显然，云飞今天所面临的问题，绝对非同一般。

经过近两个小时的询问，云飞终于长长地吁了口气，面色沉重地走出了谈话的会议室。从他脸上凝重的表情可以看出，问题并没有得到彻底的解决。

很快，云飞就收到了 William 的电话。电话里 William 的语气显得沉重而严肃："这件事情到底是不是真的？"

云飞听 William 这么问，长长地叹了口气，无奈地说道："当然不是，我怎么可能做出这种事情呢？"

William 听云飞这么讲，略微迟疑了一下，然后郑重地说道："好吧！既然你这么说，我就相信你！你的事情我会去跟人事部沟通，但你可千万别害我，你必须老老实实地把事情的真相告诉我，否则我也会被你拖下水！"

"William！你把我招进公司，又一手把我提拔到这个位置，我怎么会做对不起你的事呢？我以我的人格担保，我所说的每一句话都是事实！"

放下电话，云飞陷入了深深的思考之中。对于这起针对他而来的突发事件，他无法理解，也没有一点头绪。

但云飞凭着他多年职场拼杀的经验和销售人员敏锐的第六感，他很快把目标锁定在了一个人身上，那就是 Bill。

自从云飞征服了那帮经销商，平定了以 Bill 为首的，来自销售团队的联合抵制。一切就像什么都没发生过似的，好像翻开了新的篇章。

Bill对云飞也是毕恭毕敬，言听计从，似乎彻底被他的威信折服了。也正因为如此，Bill也渐渐赢得了云飞的信任。两人不但尽弃前嫌，而且成了工作上的好伙伴，生活中的好朋友。

可是，如果说这个世界上还会有一个人觊觎他的职位，希望他马失前蹄，再借机落井下石的话，那么这个人一定非Bill莫属。因为云飞实在想不出，如果他倒霉了，除了Bill还有谁能从中受益。

尽管Bill现在对云飞百依百顺，服服帖帖，但Abby带给他的教训，已经让云飞不敢再轻易地相信任何人了。

于是，云飞把Bill叫到了他的办公室。这次他决定主动出击，打Bill个措手不及，试探一下他的反应，再做进一步的打算。

Bill知道人事部找云飞谈话的事，但具体并不知道是什么事情。一听说云飞找他，他见到云飞第一句话便问道："人事部今天这么急着找你，到底什么事啊？"

Bill没等云飞问他，便自己主动问起此事，而且神态自若，气定神闲，看上去一副对云飞关怀备至的样子，似乎并没有一点心虚和逃避的嫌疑。

云飞见状，点了点头说道："我找你也正想聊聊这件事，有人向人事部发了封匿名邮件，投诉我收受经销商贿赂，并利用职权获得不正当权益……"

"谁这么无聊啊，开这种玩笑？"没等云飞把话说完，Bill就抱打不平地说道。

Bill的愤怒，显然是站在朋友的立场上，对这种空穴来风的一种不屑的自然反应。表现出了他对云飞的极大信任，和对隐藏在黑暗中，鬼鬼祟祟肇事者的不齿。

"你真的这么信得过我？完全相信我不可能做出这种事情吗？"

云飞的这句话既是在确认，又是在试探。他说话的时候，一直目不转睛地盯着Bill的眼睛，想从他的眼神中读出一些蛛丝马迹。

但Bill几乎连想都没想，就毫不犹豫地说道："我当然相信你了！我这个人，要么就跟你对抗到底，要么就心服口服地跟着你干到底。既然我选择了跟你，那我就当然会相信你。跟你的这段时间，事实也证明我没看错你！"

Bill的话说得大义凛然，光明磊落，云飞内心也不由得涌出一丝感动。甚至，连他自己都怀疑，他是不是真有点以小人之心，度君子之腹了？

云飞的沉思，让办公室里忽然陷入了沉默的寂静，这反倒让Bill显得有些尴尬了。

或许是为了化解这种尴尬，Bill 忍不住小心翼翼地问道：“那现在公司对这件事情怎么看？他们不可能在无凭无据的情况下，就单凭一封匿名邮件，给你乱扣个罪名吧？”

云飞闻言，长长地叹了口气说道：“要说他们完全是无凭无据，那倒也不能这么武断，至少他们知道我现在正在看房子……”

“这能说明什么啊？买房子就说明有不正当收入吗？”

“当然不止这些！他们还说我收受经销商的贿赂，利用职权输送利益给经销商，和经销商一起吞掉市场活动经费！”

“饭可以乱吃，但话不可以乱说！这些事情既然都跟经销商有关，那他们就应该找经销商去收集证据啊！无凭无据的，凭什么冤枉你啊？”Bill 不明就里地问道。

做销售的都知道，销售人员帮经销商申请折扣，经销商再拿出一部分好处回馈给销售人员，这是常见的操作手法。

当然，销售人员和经销商合作赚钱的方法远不止如此。吞掉市场推广费用、虚报店面装修费用、工程项目合作套利，还有接私活飞单等，这些都是常用的手法。

Bill 以前跟经销商合作牟利多年，他不可能不懂。如今一句找经销商收集证据，说得如此轻描淡写，反倒引起了云飞的怀疑，这绝不是一个“资深专家”，抱着负责任的态度应该讲出来的话。要么他只是敷衍了事，要么他就是在刻意转移目标。

要知道，事情已经时过境迁，找经销商收集证据谈何容易？那不等于是在打经销商的脸吗？搞不好，为这点钱伤了跟经销商的关系，对厂家来讲不但得不偿失，反而还会落人话柄，这显然是在把云飞往邪路上引啊！

刹那间，刚才对 Bill 产生误解的内疚，一下子就被云飞抛到了九霄云外。此刻，云飞内心越来越确定，这封匿名的邮件可能就是出自 Bill 的杰作。看来，Bill 对云飞的报复之心，从来就没有真正打消过啊！

想到这里，云飞不动声色地说道：“你也知道，公司对职业操守一向极为看重，从来都是宁可错杀一千，也不放过一个！福州项目刚收尾我就开始看房子了，确实容易让人产生联想！而那笔被经销商吞掉的市场经费也的确是我批的，可以说是证据确凿。单凭这两点，就足以让公司对我产生怀疑。当然，既然是有人处心积虑地想搬倒我，那他们给我罗列的罪名肯定也就不止这些了。不过，最让我痛心的还是，发这封邮件投诉我的人，显然是我身边最熟悉的人。”

“你这么说，该不是怀疑我吧？如果我这样做，那不等于是掩耳盗铃吗？”Bill一听真有点急了，他瞪大眼睛看着云飞委屈地说道。

看着Bill着急的样子，云飞微微一笑说道：“你那么激动干吗，我怎么会怀疑你呢？现在这件事情我能不能沉冤得雪，还得靠你呢！”

“靠我？我能做什么啊？”Bill不解地问道。

“现在，我要全力以赴地去调查这件事情，华南区的日常事务就交给你了！”说着，云飞站起来拍了拍Bill的肩膀，摆出一副委以重任的样子。

对于这件事情，云飞不得不发自内心地感谢William。本来公司已经决定让云飞以请假的形式，暂停华南区的一切管理工作，直到整个事情水落石出为止。但在William的再三坚持和保证下，公司还是让云飞继续保住了目前的工作。

这不但保住了云飞的职位，更保住了云飞的尊严和面子。如果一旦被停职，就算将来拨云见日还了云飞的清白，也难免会对云飞的声誉有所影响。

不过，公司也给了云飞一个附加条件，那就是必须在一个星期内“破案”，公司不可能无限期地拖下去。到时如果云飞不能查个水落石出自证清白，那公司就只能执行既定方案让云飞全面停职，直到事情查清楚为止了，这当然是云飞无论如何也无法接受的。

所以，此刻的云飞必须跟时间赛跑，他务必要在一个星期内将整件事情查个水落石出，找出发匿名邮件暗中投诉他的幕后黑手。否则，他的职场仕途和他多年积累的信誉，就可能会在一夜之间毁于一封无从查证的电子邮件。

而电子邮件这种现代科技的产物，追查起来似乎远比虚无缥缈的谣言更让人无从下手。谣言尚可以顺藤摸瓜慢慢往下追查，可电子邮件就像无根之水一般，如果你不是技高一筹的IT黑客，似乎根本就无从查起。

而Bill显然又是有备而来，他一推六二五，把整件事情跟自己撇得干干净净。云飞根本找不到任何的蛛丝马迹能理出新的头绪，所以即便他有重大的嫌疑，如果没有任何的真凭实据，云飞对他也是无可奈何啊！

更何况，云飞还发现一个颇具价值的线索，在一定程度上打消了Bill“作案”的可能性，那就是匿名邮件发送的时间点。其时他正巧与华南区所有的销售人员在一起召开周例会，所以从理论上来讲，华南区的每个人都不具备“作案”的条件。

虽然，这并不能完全排除是 Bill 为了替自己洗脱嫌疑，而故意布的局。但现在仅就自己毫无证据的推断，就笃定这封邮件是 Bill 所发，似乎也的确有些言之过早。

既然从 Bill 身上无从下手，云飞经过审慎的考虑后，遂决定先把 Bill 放在一边。因为，云飞认为这件事应该先从最容易的部分开始着手，Bill 也算是久经沙场的老江湖了，他行事谨慎，经验丰富，做事虽然不能说是滴水不漏，但也算得上是考虑周密。把他作为这件事情的突破口，显然会事倍功半。

与其这样，不如改变一下思路，从经销商渠道入手查起，或许会有意想不到的收获。当然，云飞不会傻到堂而皇之地，登堂入室去质问经销商。

要知道，做市场调查是云飞最擅长的拿手好戏。当年在川奇成功打入孙总的渠道，靠的就是他准确的市场调查和一纸有的放矢的合作方案。

今天，在万般无奈的情况下，云飞只好重操旧业，以一个管理者的身份，去做他多年前还是一个业务员时要做的基础工作。

好在功夫不负有心人，云飞很快就了解到，经销商私吞费用的事情果然属实。那场所谓的市场推广活动，不过是一场掩人耳目的作秀。实际所花的费用，还不到公司所批费用的十分之一。

这种事情以前川奇的经销商高总最为拿手，他曾经和 Abby 联合起来，骗了川奇不少的费用。想不到今天云飞所面对的，竟和当年 Danny 所面对的情况如出一辙。

Danny 当年所面对的是漫天的谣言，而今天云飞所面对的，则是匿名的邮件。只能说手法更加隐蔽，功效却有异曲同工之妙。

而云飞在调查中偶然发现，这个私吞费用的经销商，以前一直是已经离职的 Tony 在跟进。这是否只是一种巧合，还是……这其中跟 Tony 有着某种不可分割的关联？

想到这里，云飞好像忽然间看到了一丝曙光，整个事件也似乎就要真相大白。也许，只要联系到 Tony，就可以剥茧抽丝让一切水落石出。

然而，令云飞失望的是，Tony 的手机已经处于了停机的状态，云飞根本无法联系到他。到底是回老家去照看父母了，还是做了亏心事，故意销声匿迹了呢？这个答案似乎已经无从得知。

刚刚有了一丝线索，就立刻又被掐断了。看样子，如果是 Bill 刻意所为，那云飞如果想查清楚这件事，恐怕真是比登天还难了。

眼见人事部给出的“破案”期限，马上就要到了，云飞急得如热锅上的蚂蚁一般，真有些乱了阵脚。

再让 William 去为他求情延长期限，显然不现实。就算 William 愿意勉为其难，云飞也实在拉不下这个脸面来。更何况，即使再多给些时日，云飞就一定能查个水落石出吗？似乎他自己也不敢确定。

看来，云飞只能做好背着这个黑锅，灰溜溜地离开浦华道的准备了。想不到，Bill 卧薪尝胆，终究还是赢得了这场旷日持久战的最后胜利。当年在 Danny 身上没有实现的噩梦，今天难道真要在云飞身上实现了吗？

第一百一十四章　指点迷津乾坤转，一念之差又迷离

云飞因为要调查匿名邮件的事，所以根本没有时间，也没有心情再去看房。小敏久久收不到云飞看房的最新信息，心中是既失望又愤怒。她甚至怀疑，云飞是不是根本就无心买房，之前所做的一切，不过是为了哄她开心而已。

于是，小敏决定要找云飞问个清楚，买不买房是一回事，但她决不允许云飞拿自己的感情开玩笑。

此时，云飞正被匿名邮件的事情搞得焦头烂额，与小敏的见面自然也就不在状态。细心的小敏当然很快就发现了端倪，于是在她的百般追问之下，云飞只好硬着头皮向小敏讲述了目前的窘境。

小敏是做人事的专家，对人事部门的操作模式和心理状态再熟悉不过了。听云飞把事情的前因后果说完之后，小敏略略沉思了一会儿。

忽然对云飞说道："公司入职的每一个人，都要经过人事部的审核。所以每一个人出了问题，他们都难辞其咎。特别是职业操守方面的问题，是最让人事部感到紧张的。尤其是……像你这样的企业高管、行业精英！"

小敏刚开始说话的时候，表情还很严肃。可说到最后一句的时候，言语间明显带着一种对云飞的调侃。

云飞当然听得出来，但对于小敏他又能怎么样呢？不过，面对这么十万火急的情况，小敏还能说得这么轻松，她的话中似乎语带玄机，心中已然有了破解之道。

于是，云飞讨好地说道："这都什么时候了，你还不忘挤对我，有这么做人家老婆的吗？"

"谁是你老婆了？自作多情！"小敏听云飞这么说，脸"唰"地一下红了起来。

"好吧！那……谁谁家的老婆，请抓紧时间以你专业的角度，赶紧提点有建设性的意见行不行？"

"你……马云飞，你记住你说的话，有朝一日我如果真的做了别人的老婆，你可别后悔！"小敏又急又气地威胁道。

这个周末对于云飞来讲，是一个不同寻常的周末。因为，下周一就是他向人

事部“交答卷”的最后期限了。而此时，他的调查仍然一筹莫展。

在人潮汹涌的街道旁，矗立着一栋五层小楼。这栋楼一眼看上去就知道，实在是有些年头了。外墙的墙皮已经脱落得不成样子，原来棱角分明的楼梯，也已经变成了圆弧形，磨得又光又亮。

这时，一个年轻帅气的小伙子站在楼前，他抬头望了望这栋旧楼。然后皱了皱眉头又叹了口气，犹豫半晌最后才好像下定决心了似的，慢慢走到了三楼的一个房间门前。

在门口他又停留了几秒钟，才终于鼓足勇气敲响了房门。看样子，他要找的人一定是他必须得见，却又不太想见的人。

“来了！”随着一声清脆的回应，从房间里走出来一个更加年轻的小伙子，看上去最多也不过二十三四岁。

两人四目相对，都显得有些意外，甚至是惊愕。尤其是里面走出来的那个小伙子，他几乎是愣在当场，惊得一句话也说不出来了。

夜幕下，两人来到一个大排档坐下来。点了几瓶啤酒，对饮三杯之后，便开始了敞开心扉的交谈。

第二天，在云飞的大限之日，人事部经理 Ella 又收到了一封匿名邮件。当然，这封邮件跟上一封投诉云飞的邮件，是发自同一个邮箱。内容大致是为上一封邮件对云飞的污蔑而道歉，想借此还云飞一个清白。

原来，前一天晚上，在大排档喝酒的两个男人，正是云飞和已经离职的 Tony。云飞晓之以理，动之以情，胁之以威，用尽了他的三寸不烂之舌晓以利害，才终于引导 Tony 说出了实情。

原来 Tony 的离职，果然是 Bill 早有预谋的布局。他写这封匿名邮件，也完全是 Bill 的授意。而那笔被说成是经销商吞掉的费用，实际上早在 Bill 的运作下，被经销商退到了 Tony 的账户里。这笔钱可以算是 Bill 给 Tony 临时的“安家费”吧！

有了这笔钱，Tony 可以暂时休息一段时间，或者随便找个其他工作先干着。Bill 承诺，等他把云飞逼走，自己上位之后就立刻把 Tony 再招回来。这样，他们就可以再像以前一样，跟经销商合伙赚钱。而 Tony 本人，不但没有什么损失，拿着一笔钱好好地放个长假，何乐而不为呢？

本以为 Tony 把手机停掉，云飞找不到他，这件事情便可“死无对证”。人事部的期限一到，云飞就得卷铺盖走人。

但 Bill 千算万算也没算到，云飞有个在人事部工作多年的人事专家做后盾。小敏一句话，惊醒了云飞这个梦中人。让他在 Tony 当年入职时，填写的入职申请表里，找到了 Tony 的家庭住址和紧急联络人等联系方式。

云飞正是沿着这条线顺藤摸瓜，才不请自来地突然出现在了 Tony 的面前，令他措手不及，避之晚矣。

一夜之间突然真相大白，让前一晚做梦都在偷着笑，准备第二天看好戏的 Bill 变得手足无措。

但云飞并没有顺势“赶尽杀绝”，而是对这件事情选择了低调处理。他永远记得王经理的那句话：做事留一线，日后好相见！

云飞替 Bill 保守了这个秘密，除了不可避免地向人事部交代整个事情的经过，他再也没有向任何人说起过这件事情。

而作为公司来讲，家丑不可外扬，公司当然也不希望这件事情影响到公司的声誉，所以也都选择了低调处理。但 Bill 和 Tony 的行径，则是公司无论如何都无法接受的。所以，Bill 的离开也就不可避免了。

事情终于告一段落，Bill 的离开却让云飞百感交集。这是他职业生涯的又一次险胜，却也让他对职场的险恶，更加感到触目惊心。而他对人性之间的信任感，也变得更加脆弱不堪。

这一次能转危为安，云飞不得不好好感谢一个功臣，那就是因为前期对股市太着迷，而被他冷落了的小敏。

当然，最好的弥补莫过于赶紧把房子定下来，给小敏一个家的感觉，好让她感到更安全，更可靠，也更甜蜜。

对于云飞和小敏来说，这都是个具有里程碑意义的事件。他们一起亲手布置的房子，让他们有了共同的家的感觉，也让他们的心更进了一步。

有了房子，更有了小敏，这标志着云飞在广州打拼多年之后，终于可以安家立业，在广州彻底立足了。

就在云飞和小敏感情不断升温的同时，股市以星火燎原之势，又开始不断地刷新着一个又一个历史新高。甚至，用脱缰的野马，都已经不足以描述当时股市的疯狂程度了。

可以毫不夸张地说，股市就像坐上了火箭，以超乎想象的速度飞向了茫茫的宇宙。人们站在山冈上仰望神秘的太空，似乎根本看不到股市浩瀚的尽头。

仿佛在这样千年难遇的行情中，只要你敢进来，股市就绝对不会让你空手而归。而赚不到钱的可能只有一种人，那就是临渊羡鱼的“胆小鬼”。

每一次创出历史新高，都难免会吓走一批人。可当另一个被大家认为不可能的新高再次产生时，被吓走的那批人，又会带着悔青的肠子和傻瓜的头衔，以更高的价格，再买回被他们曾经抛弃的股票。

当这种重复的游戏多次上演之后，屡创新高就成了一种习惯。而当一种习惯变成了自然时，人们就开始变得麻木。警惕与敬畏之心渐无，麻痹与贪婪之念渐重。

看着股市的风生水起，已经远离股市多时的云飞，终于再也坐不住了。他不断地安慰自己：“投点钱参与一下，紧跟时代的步伐，获得一点与大家茶余饭后的谈资总不为过吧？更何况，人无横财不富，马无夜草不肥。违法的钱我不赚，但合情合法的钱摆在我面前，我没理由不赚啊！”

于是，云飞瞒着小敏又偷偷地进入了股市。只不过，这次他是抱着小赌怡情的心态去参与的。

二○○六年，股市和楼市都像插上了翅膀似的，不断飞向一眼望不到边的天际。初尝甜头的云飞终于经不住诱惑，再次加大了股市的投入。

但是，世界上没有只跌不涨的市场，更加没有只涨不跌的行情。上帝欲让你灭亡，就必先让你疯狂！这句话用在此时的股市里，真可谓恰如其分。

二○○七年五月，上证指数再次创出了四千三百三十五点的新高。整个市场随之沸腾，人们欢呼雀跃，奔走相告。似乎就算当年美国第一次把人类送上月球，也没有这个事件更令人兴奋。一时间，人们对股市的期待，几乎已经到了无法预期的疯狂程度。

云飞身边的经销商，更是无心打理生意。他们对股市的激情，甚至比那些普通的股民更加癫狂百倍。因为，他们压上的可是几十年做生意辛辛苦苦赚来的整副身家，甚至还有从银行贷款借来的高利贷。

在股市里几天赚的钱，分分钟可以超过他们一年做生意赚的利润，他们怎么可能不全心投入？躺在空调房里喝着茶，看着屏幕，就能大把大把地赚到快钱，谁还看得上辛辛苦苦做实业挣的那点儿辛苦钱啊？厂家施舍的几个返点，现在在他们眼里根本就不屑一顾。

就连云飞的下属，甚至他的秘书 Lucy，谈起股票来也是兴高采烈，并且头头是道。就更不用说那些在商场上打拼多年，触角灵敏，实力雄厚的商场大鳄了。

前后左右的人都在炒股，就算云飞自己想好好工作，也确实有点力不从心了。客户开口闭口谈的都是股票，没几个人有心情再跟你谈传统的生意。

作为一个老销售，云飞明白，这个时候死乞白赖地跟人家谈生意，那是扫别人的兴，也是自找没趣。

同时，眼看身边不断涌现出的造富神话，作为正好赶上这个时代的幸运儿，能有幸碰到这个百年难遇的造富时代，云飞当然也不会甘心只做一个打酱油的过路客赚两个零花钱那么简单。

“既然经销商都敢于铤而走险，而且事实也证明，他们个个都赚得盆满钵满，那为什么我就不能破釜沉舟，也把自己带入造富的快速车道呢？”

想到这里，云飞终于决定将自己所有的积蓄全部压在了股市上。他希望借着股市的春风，也在股市里好好大捞一把，让自己和小敏的生活快速跨上一个新台阶。

然而，一入股市深似海，再回头已是百年身。股市中的神话真的那么容易创造吗？云飞的这一重大决定，又将给他本来美好的生活，带来怎样无法预测的巨变？

第一百一十五章　问君能有几多愁，恰似满仓中石油

股市的魔力让芸芸众生为之倾倒，就连一向思维冷静、定力十足的云飞在这个狂魔乱舞的时代，也终于难免意乱情迷。

股市是天堂，可以让你一夜暴富，满足无尽的贪欲。股市也是地狱，可以让你重返赤贫，一夜回到“解放前”。

这些年，云飞凭着赤手空拳，在举目无亲的广州，通过不懈的努力，再加上他的精打细算，终于积累了人生的第一桶金。

只是，这种靠打工赚钱的方法实在太慢。《穷爸爸富爸爸》里曾经讲过快车道理论。当你有了第一桶金，就有了上快车道的资本。可以说，赶上了这个造富的好时代是你的幸运，这样都赚不到钱，那就只能是自己的问题了！

看看身边成功的人，哪个不曾孤注一掷才成为今天的人生赢家？更何况，股市现在被炒得如火如荼，这亿万人民共享的饕餮盛宴，怎么可能这么快就曲终人散呢？

再说了，云飞给自己定的小目标也并不贪心，赚一点见好就收。现在是如日中天的大牛市，获利的机会远大于被套的风险。眼看着股民们带着血丝与激情的双眼，就知道这击鼓传花的游戏绝不会戛然而止。

此时，云飞和所有股市的狂热分子一样，几乎笃定股市必然会再接再厉，不断创出新高。于是，在做好风险评估后，他终于决定放手一搏。但为了保险起见，云飞还是谨慎地先投入了一半的积蓄。

回想当年连最廉价的方便面都吃不饱的日子，云飞忽然觉得自己离成功是那么地接近，似乎成为百万富翁的日子已经指日可待。也许某天一觉醒来，他的账户真的会多了一个零也不是完全不可能的事啊！

此时，云飞做好了成功的一切准备。只可惜，他几乎没有考虑过最坏的打算。因为，长期以来股市不断创造历史新高的事实，已经反复证明那些偶尔“狼来了”的呼声，不过是懦弱者对那些在股市中赚得盆满钵满的超级勇士们，羡慕嫉妒恨的危言耸听罢了！

在错过一次次大行情之后，他们除了因为踏空而望洋兴叹和追悔莫及地捶胸

顿足之外，只能在被淹没的嘲笑之中大放厥词，甚至加上恶狠狠的"诅咒"来一泄心头之恨。

股市的稳如泰山似乎根本无可辩驳，这让包括云飞在内的广大股民，开始对风险变得越来越麻木。

而事实，也果然不出云飞所料。股市就像吃了兴奋剂一般，不知疲倦地屡创新高。没过多久，云飞的账户就多赚了百分之二十。

这让云飞感到既兴奋又后悔，钱赚得太容易，让他十分懊悔自己当时胆子太小，没有把本钱全投进来。否则，现在赚的钱就可以再多一倍了。

想想现在虽然已经有两套房子了，但这两套房子都是政府的解困房又小又破。将来如果跟小敏结婚，怎么也得买一套像样点的新房子吧？而现在的两套旧房，加起来还不够在市中心买套新房付首付。

所以，云飞决定胆要再大一点，步子要再快一点。为了他跟小敏未来的幸福，为了尽快在市中心买一套大房子，云飞终于倾尽所有积蓄，全部投入股市。并把自己准备买新房的宏伟计划，告诉了小敏。

小敏听完，自然高兴得合不拢嘴。但她做梦也想不到，云飞买新房的计划，是建立在把全部身家投入股市，准备孤注一掷的基础之上。

当然，云飞也有自己的盘算。他现在已经从股市赚了一些钱，万一股市真的急转直下，他的底线就是大不了把赚的钱再赔回去，绝不伤到本金，这样的话最多不赔不赚，也不至于有什么损失！

但现实往往并不像理想那么容易驾驭，二〇〇七年十月十六日，这是个中国股民永远都不会忘记的日子。

这一天，上证指数势如破竹地，创造了六千一百二十四点零四点的历史新高。并将这个具有历史意义的数字，牢牢地刻在了中国股市的里程碑上。

站在股市巅峰的股民们，就像勇冠三军、所向无敌的超级敢死队。他们欢呼雀跃，无所畏惧。他们傲视天下，目空一切。他们把一切风险和历史的教训都踩在脚下，眼中只有胜利的喜悦和高昂的斗志。他们高喊着向一万点进军的激情口号，砸锅卖铁如决堤的洪水般涌入股市。

然而，疯狂的背后隐藏的往往是冰冷的绝望，就在见证了六千一百二十四点的奇迹之后，股市以连续四天收跌，给狂热的股民们实实在在地浇了一盆冷水。

一个星期的时间，股市就大跌了五百点。这让有些人开始冷静下来，一些胆

小者则夹着尾巴匆匆离场了。

然而，就在大家站在山顶茫然不知所措的时候，股市再次以一个完美的后空翻动作，收复了六千点大关。

那些自以为逃出生天的“胆小鬼”，再次受到了无情的嘲笑。而那些本来惶惶不可终日的“墙头草”，此时终于又站直了腰杆。他们以五十步笑百步的胜利者姿态，来掩饰自己曾经也惶惶不可终日，差点也溜之大吉的脆弱心态。

他们开始自我麻醉地认为，股指一口气涨了这么多，中场休息一下喘口气，那是再正常不过的事情了。今天卧倒休息，是为了明天一口气冲得更高，这么简单的道理怎么会想不到呢？于是，大家又开始乐观起来！

此时，又有无数的股评专家跳出来开导股民，鼓励股民，大家的激情很快就再次被点燃了。所有留在股市的股民都难免会暗自庆幸，并不得不佩服自己的远见卓识和超凡魄力。

而那些丢盔弃甲、闻风丧胆、匆匆离场的虾兵蟹将们，此时见误判了形势，则卷着铺盖，日夜兼程地再次杀回了股市。

以前，云飞对股市是嗤之以鼻的，认为股民就是一群异想天开，整天做梦能一夜暴富，总想不劳而获的寄生虫。

可当身边的寄生虫越来越多，而他们也的的确确赚得盆满钵满的时候，你就不得不重新审视，到底是他们太懒还是自己太笨了！

对于股市而言，云飞是一只不折不扣的菜鸟。他无意中飞进股市，既是必然也有偶然。成为股民是时代进步的要求，也是利益驱使的呼唤。

可股市就像这茫茫的大海，风平浪静时碧海银沙，温馨浪漫。可一旦风起云涌，则是惊涛骇浪，翻脸无情。

经历了一次过山车，云飞的小心脏吓得几乎骤停。不过，在电视专家和身边大师们的鼓励下，云飞还是以一种逐渐成熟的心态，选择留在了令人热血沸腾的股市之中。

二〇〇七年十一月五日，又是一个值得纪念的日子。这一天，全球最赚钱的石油公司，中国石油终于在万众瞩目下登陆了中国 A 股。股民们满怀期待，希望这个众望所归的巨无霸，能将中国股市再次拉上一个新的高峰。

而在此之前，几乎所有大盘股的登陆都会掀起一阵高潮。不足一月之前上市的中国神华，就以连续三个涨停板，将股价推向了近九十元的高位。更何况是这地球上最赚钱的中国石油，股民们当然是寄予了厚望。

在上市之前，媒体的各种狂轰滥炸、大肆宣传，已经吊足了股民的胃口。打不到新股，当然就只能在二级市场分一杯羹了。别人吃肉，散户们至少也得喝口汤吧!

云飞也抱着同样的心理，卖掉了其他所有的投票。并在开盘的一瞬间，全仓买入了中国石油。

在大家的心目中，这个全世界最赚钱的石油公司，开盘来两三个涨停，几乎是没什么悬念的事。

然而，理想很丰满，现实太骨感。如果结局都能被散户猜到，那些资本大鳄还怎么出来混世界?

所以，当散户们坐在山顶上，吹着山风，啃着馒头，准备见证奇迹的时候，中国石油却像吃了泻药似的，从开盘价四十八点六元，一路杀跌到四十三点九六元才收盘。盘中更是创下了四十一点七元的低价，令所有散户瞠目结舌，不能自已。

云飞当天坐在屏幕前，目不转睛地观看了整个战况。收盘之后他才发现，坐在空调房里的他，竟然满头满手都是汗。如果要用几个字来形容他当时的心情，那就是：想死的心都有!

交易的四个小时里，云飞损失了几万块钱。平均每个小时蒸发一万多块钱，堪称他人生中最奢侈的一次消费了。

这个结局不但令云飞感到意外，也是所有中国股民的悲哀，很多人被一夜之间打回了原形。这么多年在股市风光无限，赚得盆满钵满，本想借着这次孤注一掷能一跃升天。想不到事与愿违，却变成了哀鸿遍野。

这次损失不但给云飞上了生动的一课，同时也是万千股民人生中最重大的一次滑铁卢。很多人一生的积蓄，就在这一次“滑铁卢战役”中消失殆尽。真是一念天堂，一念地狱啊!

正如很多股民自我调侃的那样：问君能有几多愁，恰似满仓中石油。如若当初没割肉，而今想来愁更愁。杀红了眼的股民，包括云飞在内又如何甘心接受，这“意外”造成的巨大损失?

此时，云飞和大家一样，都坚信现在是黎明前最黑暗的时刻。越是这个时候，就越得要沉住气。拿出破釜沉舟的胆色，柳暗花明又一村的反弹随时都可能会出

现，绝不能割肉割在地板上。

再加上专家们有理有据的忽悠，云飞决定要用泰山崩于前而面不改色的大将风度来沉着应战。至少也要把损失缩小一点，才能心甘情愿地出来。

然而资本是邪恶的，好不容易在山顶套住了来接最后一棒的散户，又怎么可能给这些单纯的股民，一个全身而退的机会呢？

第二天，中石油又在一片唏嘘声中，以接近跌停的价格收盘了。两天下来，涌入这只股票的散户们，损失已经接近百分之二十。之前好不容易赚的钱，转眼间就彻底赔回去了。到底要不要割肉离场，云飞开始产生了犹豫。

可就在云飞犹豫不决的时候，中石油第三天意外地收红了。虽然只是微涨了百分之一点一，但这也足以吊起了包括云飞在内的广大散户的希望。难道这是主力在洗盘？想在狂拉之前把小散户们都吓跑？

看到了希望的云飞，最后还是决定跟大家一起众志成城地坚守阵地，等待下一次大反弹到来赚上一把再走。

然而，击鼓传花的游戏，始终要有某些倒霉蛋子来接最后一棒。而且，一旦你接上最后一棒，恐怕就会万劫不复，永无解套之日。中石油的股票走势，就是对这句话最好的诠释。

中石油之后的走势，就像中了邪恶的魔咒一般一泻千里，且一发不可收拾。云飞期待中的反弹不但没有出现，反而一路呈现出几近断崖式的走势，让云飞与众多散户一样，甚至根本连割肉的机会都没有。

云飞因此几乎陷入了绝望，他根本再无心工作。辛辛苦苦工作一个月的收入，还不及他在股市一天的损失，他哪还有心情工作啊？

云飞更加无法面对小敏，本来希望为她创造一个美好的明天。可现在，连今天也赌输了。站在股市被套牢的山顶向下望，到处都是尸横遍野、满目疮痍、惨不忍睹。云飞甚至无法想象，他是否还有解套的一日。

所有的积蓄都被套在了股市，云飞现在只有一条路可走，那就是像所有杀红了眼的赌徒一样，想尽一切办法，把在股市赌输的钱再赢回来。

此时，云飞终于理解到了赌徒的心态。有时候不是不想走，而是走了就一无所有，留下来搏一搏或许还有一丝希望。

作为股市菜鸟的云飞，这次他终于用自己所有的积蓄，足足地交了一次刻骨铭心的学费。老股民告诉他，没有经历过漫漫熊途和暴跌的股市，就不算是一个真正的股民。也许这正是成为一个真正合格的股民，所必须经历的吧！

炒股还有一样东西很重要，那就是心态。越是在暴跌的过程中，越考验一个人的心态，股民更是必须要有超乎常人的良好心态。这一点，云飞觉得很有道理，所以他决定继续坚持。

坚持下来的理由，当然远不止于此，还有电视上的专家们言辞凿凿的数据为证。谎言可以骗人，但数据总说不了假话吧？

随着专家们对底部支撑点预测的不断下移，云飞开始越来越相信，中国石油的铁底即将到来。而在二十八块钱左右的长期横盘，似乎也证明了这一点：跌无可跌了！

于是，为了摊低成本早日解套，四十八块钱买的中国石油，云飞在二十八块钱的时候又做了一次补仓。

此时，已经跌了近一半，云飞和专家的判断一样，这里必定是铁底，大反转随时都有可能在这里爆发。

然而，股市的专家，他们的预测结果无非只有两种：一种是蒙对了，一种是蒙错了。

被现实无情地打脸，是股市专家工作的一部分，他们早已视为家常便饭。事实很快证明，二十八块钱的铁底根本就是无稽之谈，打个哈欠的工夫，股价就已经跌到了二十块钱左右。

云飞补仓的钱，一眨眼的工夫就被再次套牢了。这种戏剧性的变化，就像一支救援队，还没找到要救的人，自己却已经身陷囹圄了。

此时，不知是中石油的“跌跌不休”拖累了大盘，还是大盘的一泻千里影响了中石油，又或者是二者在遥相呼应，互相斗惨。

上证指数从最高点的六千一百二十四点，一口气跌到了三千五百点左右。与之前欲上九天揽月，风光无限的劲头相比。此时大有欲下五洋捉鳖，恨不得掘地三尺，找个地洞钻下去的感觉。

对于包括专家在内的很多人而言，中石油十八块钱的价位，是一个不可突破的心理防线。因为，它的发行价才十六点七元，如果这个价位一旦突破了，那就证明这个市场里所有买中石油的人，没有一个是赚钱的，包括很多机构在内。

如果真是这样，那么这个史上最赚钱的石油公司，该当如何面对被他坑惨的江东父老啊？

云飞并不能判断得出，这种分析是否有道理。但太多的数据和太多的专家，都在这个位置信誓旦旦地挺身而出，讲出了一大堆耐人寻味的道理。

并且，他们大义凛然地推翻了之前，在二十八块钱建议补仓的各种理由。似乎，那些在二十八块钱建议股民补仓的所谓专家，跟他们一毛钱关系都没有。

但不管怎么说，这些道理听起来似乎还真有些道理。更何况，被深套在山顶的股民小散户们，要想解套也没有别的选择了。

云飞根本没有经历过股市的大跌，他一进来的时候，正赶上股市春风得意马蹄疾的好时光。如今，到底是黎明前最黑暗的前夜，还是黑暗前回光返照的黎明，他根本无从判断。

但彷徨无助的又何止云飞一人，此时此刻，其实所有人都像是盲人摸象一般，心里一点底都没有。

一场伤亡惨重的厮杀之后，通常会是短暂的平静。但平静的背后，往往是另一场更加惨烈厮杀开始的序曲。越是寂静，就越是可怕。

中石油的股价已经跌到了十八块钱附近，这是多空双方争夺的关键位置。一边是磨刀霍霍的敢死队，准备进场抄底。一边是伤心欲绝的小散户，准备割肉离场。双方都认为自己的决定是无比正确的，所以这场仗注定将惨烈无比。

在这个关键的节点，到底是该勇敢地冲进去，还是果断地撤出来，云飞再一次站在了人生选择的十字路口上。

可就在这个时候，一波未平一波又起，浦华道的市场政策忽然发生了翻天覆地的变化。云飞的事业也跟着即将面对又一次令他措手不及的变局。

而他与小敏的感情，也将经历一场近乎生离死别的考验……

第一百一十六章　股市风光成绝响，仕途风云再彷徨

俗话说，情场失意，赌场得意，反之亦然。情场和赌场就像一个跷跷板，似乎总会给某方面失意的人在另一方面得到些许补偿。人生不如意的事十之八九，所以鱼和熊掌能兼得的好事，通常不会在现实中出现。

云飞跟婉清以及小敏的感情起伏，似乎也都证明了这个理论。他的感情伴随着事业的起起落落，一直在得意与失意间循环往复地徘徊。

但不管怎么说，能在一方面得到些许安慰，也算是不幸中的万幸。而这次，就连这个不近人情的残酷魔咒，似乎也要在股市自由落体般下坠的魔力前，被彻底打破了。

中石油的连连下挫，让云飞对生活的激情燃烧殆尽。即使他使出浑身解数，想在小敏面前极力掩饰，但内心的焦虑无奈与心不在焉，始终还是被敏感细腻的小敏发现了端倪。云飞再一次进入股市，让小敏失望而愤怒。

尽管云飞没有敢告诉小敏，自己压上了全部的身家。但即使如此，小敏还是因为这件事情与云飞搞得不欢而散。

而这次的争吵，要远比上次因为汪峰而发生的争吵要激烈得多。对彼此的伤害，也要强烈得多。

云飞内心也希望尽快退出股市，跟小敏一起回到那种平淡而美好的生活。可现在的他已经是身不由己，因为此时割肉，他将变得几乎一无所有！现在，他才明白什么叫作平平淡淡才是真。如果时光能够倒流，他真希望自己从来都不曾进入过股市。

但现在再说这些，似乎颇有点马后炮的味道。云飞已经没有办法在短期内，恢复到原有的经济状况。除了在股市放手一搏之外，他别无选择。要么就只有跟经销商一起合作赚“快钱”，但这不是云飞的风格。

俗话说，富贵险中求！百般无奈下的云飞，终于还是决定再赌一把。他身边有不少中石油的“受害者”，都显示出了万众一心、血战到底的大无畏精神。他相信这种情绪绝不是个案，这代表了众多被套散户的心声。

只要人心齐，泰山都能移，世界上不可能有只跌不涨的股票。更何况，已经

跌去了近三分之二，在这个关键的点位附近，具备了天时地利人和，中石油在此反弹个百分之二三十，是完全有可能，且完全合情合理的。

股市就是多空双方心态的搏杀，面对万千股民的众志成城，此时又恰逢专家口中坚如磐石的“铁底”到来。云飞坚信这是绝地反击的难得良机，也是他翻身的最后机会，所以他决定继续坚守。

股票投资的失败，已经大大影响了云飞对生活和事业的追求。以至于在很长一段时间，他对自己的本职工作都变得心不在焉。

这期间市场潜移默化的变化和公司内部高层斗争的加剧，竟然都没有引起他太多的关注。云飞现在几乎已经处于两耳不闻窗外事，一心只看中石油的状态了。

他现在只想等着一波大反弹的到来，把自己的损失减少一点，然后就斩钉截铁地撤出来，从此永不踏进股市。以后认认真真地工作，和小敏安安稳稳地去过那种平淡的日子。

然而，福不双至，祸不单行。就在云飞一门心思，等着抄这个世纪大底之时，他忽然意识到公司的风向发生了巨大的变化。

这是在一次周例会的例行会议上，销售人员个个都牢骚满腹，反复强调现在市场没法做了，这才正式引起了云飞的关注。

原来，随着DIY（专业建材超市）在国内的不断发展壮大，越来越多的外资公司把注意力都转向了这个渠道。川奇如此，浦华道则更是如此。

浦华道的总部，跟几家大的DIY全球连锁专业建材超市，签订了全球战略合作协议。这些协议要求，DIY进驻的任何一个市场，浦华道都要跟着进驻，并且要有专门的团队为他们服务。

这可是涉及浦华道全球战略的大问题，同时也会直接影响到中国市场的策略转变，可谓牵一发而动全身。

渠道间的平衡保护，市场价格体系的完善调整，产品配套的更新和售后服务等一系列问题，都将随之改变。说起来容易，可做起来远比想象的要复杂得多。

浦华道在欧美地区与DIY的合作已经非常成熟，所以他们认为这种成功经验照猫画虎地搬到中国，一样是轻车熟路，大同小异。

总部甚至觉得，中国区的销售人员对这种模式没有他们熟悉，所以根本不需要征求中国区方面的意见。只要他们认为时机已到，就可以大刀阔斧地执行了。

然而，老外们似乎忽略了一点。那就是，中国是一个神奇的东方大国，拥有着他们无法理解的五千年灿烂文明。很多被西方视为经典的理论，搬到中国就会彻底失灵，你不服不行！

比如，他们对中国楼市的集体唱空，听起来令人不寒而栗。甚至，那些振振有词的中国经济崩溃论，已经到了让人毛骨悚然的地步。可他们也许做梦也想不到，十年以后中国楼市又翻了八到十倍。而中国经济更是一枝独秀红遍全球。

当然，这是后话暂且不提。此时，浦华道在全球的战略转型，似乎已经到了箭在弦上不得不发的地步。

但实践证明，DIY 这种建材超市模式在国内的野蛮扩张，似乎并没有取得预想中的效果。也许，习惯了讨价还价的中国老百姓，还不太习惯用这种超市模式，像买日用品一样去买建材。

毕竟，中国的老百姓不像老外的动手能力那么强，什么东西买回去都能自己搞定，有钱人就更加不会自己动手了。

而且，老百姓对专业建材的熟悉度，远远不如日常的生活用品。好不容易买套房子，就算不是百年大计，那也得住个十年八年才会考虑二次装修。所以，与店家的讨价还价，以及良好的体验和讲解环境，还是显得尤为重要。这一点，是 DIY 建材超市无法比拟和提供的。

更何况，DIY 建材超市忽然像雨后春笋一般，在祖国的神州大地上一夜之间遍地开花，也造成了它们彼此间激烈的竞争。不管是国内的品牌，还是国外的品牌，它们都各有优势。所以，选择进入哪一间 DIY 都是既有风险又充满希望的挑战。

跨国公司讲的是体系作战，DIY 模式作为一种成熟的平台，有它显著的优势，例如价格透明、质量保障、服务完善、减少了经销商环节，也有明显的价格优势。

对于浦华道这种外企来讲，他们对 DIY 这个渠道情有独钟还有一个原因，那就是关系简单。在中国做生意常常要搞关系，这一点老外既不喜欢也不擅长。

DIY 渠道的主导权由总部控制，很多细节问题都是由总部谈好，各区域只要执行就好了。这样可以大大减少各个环节的应酬，也堵住了一些基层人员产生“猫腻”的空间。

不管怎么说，DIY 模式在欧美的确取得了巨大的成就，所以总部的老外对这个渠道总显得乐此不疲。甚至宁愿仰人鼻息，忍受层层盘剥却仍然趋之若鹜，如众星捧月般地对 DIY 渠道呵护有加。

这其中尤以C&A，这家美国本土的DIY建材超市最为霸道。当然，霸道有霸道的资本，谁让人家是世界最大的DIY建材连锁超市，也是浦华道全球最大的客户呢？

浦华道在全球都待C&A如上宾，进入中国自然也不敢怠慢。但总部那些坐在办公室里，吹着空调喝咖啡的老外们，似乎忘了重要的一点：这里是有中国特色的社会主义国家，西方那套理论和模式，在这里不一定玩得转。

为了应对公司转型大战略对传统渠道的伤害，以William为首的中国区团队，一方面据理力争，竭尽全力保护传统渠道的利益。另一方面，在市场应对方面采取了分割策略。即把产品分为了两类，一类供应传统渠道，一类专供DIY渠道。

这样做的好处是，避免产生内部的恶性竞争。既可以保证把对传统渠道的伤害降到最低，又可以满足DIY渠道的扩张要求。

本以为这个折中的政策可以得到公司的重视，哪知道，委曲求全并没有换来理解与支持。

也许是C&A认为浦华道给他们的支持力度不够，也许是因为他们在国内的发展不尽人意，需要找一个冠冕堂皇的借口为自己开脱。

浦华道总部，很快就收到了来自C&A的巨大压力。他们要求浦华道中国，必须对C&A全线开放所有品类的产品。也就是说，所有专供传统渠道销售的产品，都必须在C&A的超市货架上出现。

这样一来，就意味着DIY渠道，与传统渠道的正面交锋将正式拉开序幕。浦华道中国将不得不面临，两个渠道在公司内部展开全面的厮杀，成为你死我活的竞争对手。

本来，DIY渠道的出现，应该作为厂家销售增长的助推器。现在它却变成了扼杀传统渠道的毁灭者。对厂家而言，两个渠道在内部之间的左右互搏，不过是一种此消彼长的游戏。不管是哪个渠道胜利了，最终都将是整体的失败。因为手心手背都是肉，把左口袋的钱放到右口袋，但是整体赚的钱并没有增加。

可总部看问题的角度略有不同，他们乐观地认为DIY是大势所趋，未来必将全面取代传统渠道，而现在正是布局的最佳时间。所以，即便牺牲传统渠道也在所不惜。

也许，这个道理就像云飞手中中石油的股票一样，有的人看好，认为可以长线投资。有的人看衰，宁愿割肉也要斩仓离场。

C&A 给总部的压力，很快就传输到了国内。但以 William 为首的中国区销售团队，仍然抱着一丝幻想。他们希望能够晓之以理，动之以情，辅之以历来都被老外看中的数据，为说明中国区的特殊性再做最后的努力。

于是，一份载着整个销售团队集体签名，加上逻辑严密的分析推理和各种渠道收集的权威数据的报告，终于飞越千山万水到达了威严的总部。

然而总部的回复，却远比他们那份洋洋洒洒的报告要简短有力得多。回复不但坚决而且冰冷，内容只有一句话：我们不会为了中国市场而改变全球战略！

这句冷冰冰的话，深深地刻在了每一个销售人员的心里。既然结局无法改变，那么，销售团队就只能面对两个选择。

要么按总部的全球战略执行，去伤害那些他们亲手开发的经销商和老客户，亲手毁掉他们辛辛苦苦建立起来的传统渠道。要么选择离开，不想伤害客户，就只能让自己的事业和钱袋子受到伤害。

俗话说，打江山容易守江山难，看来果然不假。面对浦华道人心惶惶的混乱局面，云飞预感到它很可能会步川奇的后尘，而从此走向衰亡。

既然公司前景堪忧，那么云飞在浦华道的未来，也就显得前途未卜了。大厦将倾，独力难支。纵有千般不舍，也只剩下万般无奈。

更何况，云飞现在身陷股市泥潭自顾不暇，又哪有心情去为这不可能改变的现实而分心呢？也唯有在夜深人静的时候，徒增感慨罢了。

此时，云飞的精力全部都投入了股市。他把全部的身家都押在了中石油上，他对中石油的关心程度，恐怕更胜过那些中石油真正的股东。

就在云飞双线作战，被股市和公司的事务搞得焦头烂额、内外交困的时候，被冷落已久的小敏终于忍无可忍，给云飞带来了一个犹如晴天霹雳般的坏消息。让云飞不得不在双重压力的情况下，面对他们感情的分分合合！

第一百一十七章　意气伤离方寸乱，梦醒伊人唤旧情

小敏之前因为云飞重入股市的事情，与云飞搞得不欢而散。本来年轻人谈恋爱，吵吵闹闹也是再正常不过的事情。

云飞本想等股市反弹把资金撤出来，然后在理顺了公司的事情之后，找个机会好好跟小敏道个歉。两人从此言归于好，以后就可以过上小说里那种，平平淡淡幸福美满的生活。

可哪知，小敏一见面就给了云飞当头一棒："云飞，公司准备升我做主管……打算派我去上海总部！"

"哦……那恭喜你啊！去上海看看你姐姐也好，计划去多久？"云飞虽然感到意外，但似乎也并没有达到震惊的地步，反倒似乎有点顺水推舟的意思。

云飞现在是焦头烂额，他心中暗想："小敏离开一段时间也好，我可以趁着这段时间，把股市和公事都处理好。等她再回来的时候，我就可以一身轻松，全心全意地投入跟小敏的生活了。"

但小敏可不这么想，本来因为闹别扭他们已经多日不见，此时再次相见，本以为云飞一定早就望眼欲穿，有说不尽的千言万语要向她表白。

哪知，面对小敏要去上海的当头棒喝，云飞不但没有表现出应有的震惊与不舍，竟然还不痛不痒地丢出这么一句话，小敏能不觉得委屈吗？

此刻，小敏的眼泪都差点儿委屈得夺眶而出了。想当年云飞对她呵护有加，可以说是百依百顺。一日不见如隔三秋的甜言蜜语犹在耳边，可现在面对她要去上海的决定，云飞竟显得无动于衷，小敏能不觉得心凉吗？

她忍不住怒气冲冲地，从牙缝里挤出来三个字："一辈子！"

"什么……一辈子？"

云飞本以为小敏升职，送到总部只是接受必要的培训或者实习，过一段时间也就回来了。可此刻听到小敏说话的语气，他才意识到问题的严重性似乎远远超出了他的预期。

这个意外的消息让云飞本已凌乱无比的心情，就像忽然掉进了极度深寒的千年冰窟，冻得手足无措。

“那你……已经同意了？”

“是啊，反正你也不在乎！”

“那你都已经同意了，还跟我商量什么啊？”

云飞不知哪里冲上来的一股怒火，忽然将声调提高了八度，言语间也充满了愤怒。

面对云飞的无名之火，小敏感觉是又伤心又委屈：“你冲我发什么火啊？上次不欢而散，你这么久都没有联系我。你有在意过我的喜怒哀乐吗？你真的关心我的去留吗？”

“我……”云飞自知理亏，面对小敏的质问，他真的无言以对。

过了好一会儿，云飞才无奈地叹了口气说道：“好吧！这是你的权利，既然已经做了决定，我尊重你的选择！”

云飞说的虽然是气话，但仔细想一想，他也是别无选择啊！试想，千里迢迢来广州打拼的，哪个没有点事业心？可机遇不是总有的，在职场每踏上一个台阶，都要付出艰辛的努力，还得加上不小的运气成分。

如果小敏去上海会有更好的发展空间，他又怎么能为一己之私而阻止小敏呢？更何况，小敏为了云飞已经放弃过一次去上海的机会。如果这次不是小敏心甘情愿，云飞怎么好意思再勉强她留下呢？

当面包与爱情只能二选一的时候，就必须做出痛苦的取舍。虽然，现实确实显得有点残酷，但这就是人生成长经历中必须面对的选择。

小敏闻言，却觉得大受委屈，忍不住眼泪夺眶而出。她一边抹眼泪，一边委屈地说道：“你怎么能这么说，这是我一个人的事吗？你这么说太不负责任了，我恨你！”

说完，小敏已是泪如雨下。看着小敏梨花带雨，眼泪唰唰地顺着脸颊往下流，云飞忽然感到一阵心疼。他刚想上前来安慰几句，小敏却没有给他这个机会，而是转头泪流满面地负气而走了。

“小敏……”云飞绝望的叫声，并没有换来小敏片刻的迟疑。小敏最终还是带着满脸委屈的泪水头也不回地走了，这种伤心欲绝的程度可想而知。

云飞没有追上去，此时的他头脑里是一片空白，他真心不希望因为自己的坚持而改变小敏的决定。他希望小敏能在没有任何干扰的情况下，做出发自内心的抉择。

如果小敏真的珍惜他们之间的感情，她自然会选择留下。可如果她在没有跟云飞商量的情况下，就断然做出了去上海的决定。那只能说明，感情在小敏的心目中并没有被排在第一位。那么，就让仕途陪小敏去走过接下来的生活吧！因为，强扭的瓜不甜，即使让小敏勉强留下来也没有太大的意义，这是云飞内心的独白。

此刻，云飞心乱如麻，他忽然感觉灵魂就像在瞬间被一种莫名的力量吸走了似的，一下子失去了人生的方向。

爱情、事业、金钱，好像在刹那间都化为乌有，留下的只有一片毫无头绪、凌乱无章的生活。

这个伤心的夜，两颗彼此牵挂的心，却孤独地蜷缩在自己狭小的世界思念着对方。不曾有片刻离开，却又不能有片刻相守。

云飞可能永远也不会知道，小敏其实根本没有做出去上海的决定。她这么说，无非是想看看云飞的反应，希望能看到云飞对她依依不舍的眼神和最具诚意的挽留。

尽管小敏对自己职业生涯的发展，也有同样强烈的向往。但在她的内心里，与云飞的感情始终是排在第一位的。否则，她当年就不会放弃跟姐姐一起去上海的机会，而选择一个人留在广州陪云飞。

此时的小敏，泪流满面地蜷缩在自己的小床上，孤零零地一个人忍受着全世界最大的委屈和寂寞。

她不明白，人生为什么要面对那么多的取舍？而上天为什么又总是那么残忍，总要让她在得到一些什么的时候，又会想着法儿让她失去另一些。

接下来的两天，云飞和小敏都没有主动联系对方。也许，大家的确都需要时间去冷静地思考。可是，这到底算是一种态度，还是一种决定呢？如果冷静的时间过长，这段感情也许就会真的冷却下来了……

此时，云飞完全没有心情去关注公司内部的争斗。更何况，总部心意已决，也不是谁想改变就能改变得了的。

但 William 似乎并没有死心，他在跟销售召开的闭门会议上，明确要求大家，要尽量拖延向 DIY 渠道全面开放所有品类的步伐。

其实，大家都明白，一旦所有品类的产品都对 DIY 渠道全面开放，就无异于将他们辛辛苦苦培育起来的传统渠道亲手扼杀了。

DIY 走的是低价策略，他们靠减少中间环节降低成本，以规模采购获得价格优势。他们这样做不但可以提升自己的市场竞争力，同时还强化了自身的品牌影响力，大大弱化了厂家的品牌和厂家讨价还价的能力。

这也就意味着，厂家就算不是赔本赚吆喝，利润方面也会大打折扣。乍一看，DIY 渠道的销量好像是上去了，但厂家品牌的影响力降低了，利润大幅减少了，传统渠道的销售也大大缩水了。此消彼长之下，还将自己完全置于受控于人的境地，到底值不值得，那就真是仁者见仁，智者见智了。

William 和他的中国销售团队，之所以这么抵触公司的战略转型，是因为他们比老外更了解中国市场。DIY 渠道不管在国外多么成功，但在国内大家并不看好，至少在可预见的未来，它还远远不能取代传统渠道在中国市场的影响力。

但 William 的非暴力不合作运动，显然无法瞒天过海骗过总部。不是因为总部的老外有多厉害，真能运筹帷幄之中，决胜千里之外。而是 C&A 的市场部门太厉害了，他们对中国市场的了解，远胜于浦华道总部那些坐在冷气房里看报表的老外。

浦华道在中国的市场状况，包括畅销产品、价格体系、利润情况、渠道分布等信息，C&A 几乎都了如指掌。因为，他们有非常专业的市场调研部门和自己庞大而全面的数据库。

那些跟 C&A 签订了全球战略合作的厂家，都处在这个数据库严密的监视之中。厂家任何信息的变化，都将在这个系统中得到及时的更新。这是 C&A 掌管全球的法宝之一，也是他们压榨厂家的重要工具。

所以，William 的消极抵抗行为，在没有多久之后，就收到了总部的严重警告。甚至总部还威胁，如果中国区的销售团队不能胜任集团的战略转型工作，总部将成立专门的团队来接手整个 DIY 渠道。

如果 DIY 渠道真的独立出来，那不但意味着将大大消减 William 的权力，同时也意味着，浦华道 DIY 渠道与传统渠道的内战，将正式拉开序幕。

如果总部真的这么做，那结局是可想而知的，传统渠道必将受到重创最终败下阵来。这样的结局，几乎没任何悬念。

愤怒与无奈充斥着整个销售团队，这种似曾相识的场面，让云飞再次想到了川奇。都说失败者各有不同，成功者却大多相似，可浦华道失败的前兆，似乎与川奇有着惊人的相似。看来，浦华道兵败如山倒的结局，几乎已经无可避免了。

转眼又到了周末，感情没有进展，股市没有反弹，公司一团混乱。接二连三的打击，让云飞连续度过了几个不眠之夜。以至于体力透支的他，一直睡到了中午，才被一阵手机的铃声惊醒。

云飞迷迷糊糊地接起电话，想不到，电话里传来的竟是一个女孩甜美的声音：“喂……是云飞吗？”

一听到这甜美的声音，云飞的睡意立刻消失了一半。他的脑海里随即像过电影似的，迅速把自己人生中的红颜知己搜索了个遍。

也许，真的是因为云飞太关注小敏，而忽略了身边的其他女孩。这甜美的声音虽然似曾相识，可他绞尽脑汁一时间还是想不起来，她到底是何方神圣。

能准确地叫出云飞的名字，而且还叫得这么亲切。看样子，云飞和这个女孩的关系显然非比寻常。可他竟叫不出来对方的名字，未免显得有点尴尬。

于是，云飞抱歉地说道：“是啊，我是马云飞！请问你是……”

“真是太久不见了，你竟然连我的声音都听不出来了？”对方的语气显然有些失望。

云飞一听，连忙解释道：“不好意思，昨晚加班到深夜，我刚才还在做梦呢！一时间整个人还处于迷糊状态，你别介意啊！”

“我怎么会介意呢？都是我不好，都这么久了……你把我忘了也是再正常不过的事情！”

对方的言语中除了失望，似乎还带着淡淡的歉意，仿佛他们之间是一对老相识，并有着一种让人感到暧昧的关系。

这就让云飞更加感到奇怪了，在这个城市中，有如过眼的云烟在他生命中突然消失的人大有人在。可还从来没有遇到一个，像她这样会感到内疚和自责的人。而且，言语间似乎跟他的关系还非比寻常。

“我生命中还曾有过这样一个红颜知己吗？”云飞忍不住陷入了对往昔的回忆中。

但他搜遍了记忆的每一个角落，还是无论如何都想不起来，曾几何时他内心还有过这样一段被记忆掩盖的前尘往事。

于是，云飞忍不住问道：“那你是……”

“我是……”

第一百一十八章 重温旧梦花正好，芙蓉出水斗新妆

“我是雨婷！”

“雨婷？”

云飞一听到这个名字，他的脑海里立刻就穿越到了几年前，那个骄阳似火的中午。一个漂亮的女大学生，因为在发传单的时候中了暑，而晕倒在天河体育中心的广场上。她的额头被撞开了一道口子，是云飞把她送去医院救治，并为她垫付了医疗费的。

那天，两人“缠绵”了一整天，一直到深夜，云飞才把雨婷送回学校。但云飞无论如何也想不到，他和雨婷在暧昧间的依依话别，竟成了她这么多年来，留给云飞的最后印象。

时间的烙印在云飞的脑海里，永远地停留在了那一刻。这么多年来，再没有一分一秒地向前推移过。那温馨的一天，本应是个美好的开端，任何传奇浪漫的爱情故事随之而来都是情理之中的事。可是谁也想不到，那一天竟成永远，从此雨婷就像人间蒸发一般，再也没有出现过。

云飞也曾为雨婷担心过，焦虑过，也曾设想过无数的可能性。只是，时间总是在无情和无意间悄然流走，当云飞意识到雨婷可能不是因为忙碌，才疏忽了与他的联系时，雨婷早已经从学校毕业了。

没有雨婷新的联系方式，云飞就再也没有机会联系到雨婷了。他也只能将这个不解之谜，遗憾而无奈地深深埋在了心里。

“云飞，你怎么了……你怎么不说话啊？”见云飞一直沉默不语，雨婷忍不住问道。

听到雨婷的声音，云飞一时间千头万绪，就好像坐上了时光倒流的列车，回到了几年前和雨婷相识的那个年代。两人在一起相处的点点滴滴像电影一般，一幕一幕地在云飞面前闪过。直到雨婷的声音在电话里打破了这份沉默，云飞才恍如隔世般又回到了现在。

“雨婷……真的是你吗？这么多年你怎么都不跟我联系，你到底跑到哪儿去了？”云飞此时心中有太多的疑问和不解，他迫切需要雨婷给他一个“交代”。

要知道，雨婷是在云飞最孤独的时候，闯入他的世界的。那个时候向南因为工作调动离开了广州，汪峰携款潜逃，叶爽不知所终，紫嫣回了老家寻找爱情，小敏还没有出现。

在这个孤独的城市，云飞没有收入，没有工作，没有朋友，雨婷几乎是他当时唯一的寄托。

如果不是雨婷的突然失踪，那么现在那个跟云飞荣辱与共，相濡以沫，山盟海誓，天荒地老的人，或许就不是小敏，而是雨婷了！

“呃……这不是一句半句能说清楚的，你不希望跟我见面好好聊聊吗？”雨婷反问道。

“当然想了！你在哪里，我去找你？”云飞激动地说道，这一刻他已经等了好几年，现在他一分钟也不想再等了。

“不用了，还是我去找你吧，你那里我比较熟！只是，不知道几年没去，是不是一切都还……依然如故！”

雨婷的话似乎一语双关，她说到后半句的时候，忽然话锋一转，似乎另有深意，语气也跟着变得有些犹豫而深沉了。

依然如故，怎样才算是依然如故？云飞不知该如何去理解雨婷的话，更不敢妄加猜测：“大的环境也没什么变化，我还住在棠下。只是换了一间稍微大点的房子，你下了车打电话给我，我去接你！”

两人结束了简短的对话，云飞期待的心情可以说是激情澎湃，久久都难以平静下来。这些年为了生活而奔波忙碌，虽然事业有了点小小的成就。可在广州的孤独感，似乎反而与日俱增了。

那些曾跟他有过同甘苦、共患难经历的朋友，现在回家的回家，消失的消失，几乎已经所剩无几。特别是紫嫣的黯然离去和汪峰的离心离德，更让他感觉到这世间友情的难能可贵。

云飞是个重感情的人，雨婷的到来就像启动了一部几乎快要生锈的时光穿梭机，让他久久地陷入了对当年刚来广州时，那些陈年往事的追忆中。

紫嫣、钱编辑、汪峰、叶爽、二蛋、阿冰，还有远在福州的淑华，以及曾经对云飞指点迷津的王经理、郭师傅、陈总。当然，还有已经很久都不曾想起的婉清。

这些人都曾与云飞亲密无间，可最终无一例外地，都从云飞的生活中渐渐远去了。虽然与他们发生的点点滴滴，仍然历历在目。可此时回想起来，他们像别人故事里的主人公一样，离云飞似乎已经遥不可及，他忽然间有一种感慨万千的复杂心情涌上心头。

尤其是婉清，那份曾经刻骨铭心的爱情，曾经总以为一辈子都不可能会被淡忘，现在却已经很久都不曾想起了。也许是因为有小敏填补了婉清在他内心的空缺吧！但这在婉清不辞而别离开云飞时，简直是不可想象的。

岁月这把无情的杀猪刀，不但谋杀了我们青春的面孔，也扼杀了我们对青春的记忆，更尘封了一段段跌宕起伏的爱情。

生活让曾经年少无知的懵懂少年，变成了急功近利、贪慕虚荣的凡尘俗子。竞争让人戴上了虚伪的面具，为达目的不择手段。

在经历了汪峰与紫嫣的感情变故之后，云飞更加觉得，现实让爱情变得不再纯洁，让梦想也变得不再伟大。倒是刚来广州时的生活，虽然穷困潦倒，却似乎更简单而快乐。

一直到下午，云飞才接到了雨婷迟来的电话。几年没见了，不知雨婷现在会是什么样子。云飞怀着激动的心情，把自己也打扮得干净利落，这才出发去车站接雨婷。

离车站还有几十米的距离，云飞就远远看到了一个熟悉的身影。那个身影和几年前与他“缠绵”了一整天，直到深夜才被他依依不舍地送回学校的身影并无二致。

只是，今天的雨婷少了几分当年的青涩与稚嫩，多了几分成熟与生机，但却像当年一样，依然显得那么清纯靓丽。

“云飞！”雨婷也远远地看到了云飞，所以迫不及待地向他挥手致意。

“雨婷！”

云飞紧走几步，匆匆赶到雨婷面前。两人相对而视，却忽然有点略显尴尬地愣在那里。他们似乎都有些犹豫，不知该用什么方式来迎接这场无故中断多年的再次重逢。

虽然彼此内心都波涛汹涌，即使来一个深深的拥抱，也不足以表达这些年来，堆积在内心的彼此牵挂。

可几年未见的些许陌生和沧海桑田给对方带来的未知变化，让彼此都有些许的顾忌。致使他们连握手的勇气都没有，竟只默默地看着对方，用眼神传递着这些年对彼此的牵肠挂肚和能再次相见的欣喜若狂。

“云飞，你看上去成熟多了！”雨婷面带微笑地说道。

“你也还是那么年轻漂亮！”云飞发自内心地赞美道。

“我……”

听到云飞的赞美，雨婷似乎并没有露出很享受的表情。反而收起了笑容，显出一副心事重重的样子低下了头。

此时，云飞才留意到，雨婷那块被撞伤额头的地方，依然留下了浅浅的疤痕。不过已经很淡很淡，若不是在阳光的照射下仔细观察，其实已经几乎无法辨认了。

云飞不明就里，以为是多年不见，听到自己的赞美，雨婷有些不好意思了。于是他微微一笑说道：“走吧，外面这么热，先去我的新家看看！”

“嗯！”雨婷顺从地点点头，转身拉起旁边的皮箱。

云飞这才发现，雨婷竟随身还带着一个，绝对超出航空公司规定，不会被允许随身带上飞机的超大拉杆箱。

云飞不由得愣了一下，他心中暗想：“雨婷这是准备搬家，还是给我带了什么大礼？来见我还带这么大一个箱子，未免也有点太兴师动众了吧？”

不过，云飞虽然心存疑惑，但脸上又不好意思让雨婷看出来。于是，他毫不犹豫地从雨婷手上接过拉杆箱，带着雨婷向他的住处走去。

很快两人就来到了云飞的新家，云飞一边招呼雨婷坐下，一边帮雨婷斟水。雨婷离别多年，旧地重游内心自然有着无限的感慨，她又哪里坐得下来。她把房子里里外外看了个遍，似乎是在寻找着当年的回忆。

现在的房子已经不再是当年的那个小黑屋，宽敞明亮的房间被小敏收拾得温馨雅致。虽然雨婷并不知道这“巧夺天工”的布局，出自何人之手。但可以肯定的是，云飞这几年的生活应该过得不错。

忽然，雨婷的双瞳猛然间放大，她像发现了新大陆似的，把目光集中在了卧室里那张别致的写字台上。

原来，上面摆着一张女孩的相片，那女孩儿美得简直无懈可击，而且显得清纯雅致甚是可爱。不用说，那当然是小敏。

云飞斟好水，见雨婷进了卧室，便略带尴尬地说道：“不好意思啊，卧室有点乱。”

“没关系，男孩子都是这样嘛！”雨婷见云飞跟着进来了，她忽然意识到，自己是不是有侵犯别人隐私的嫌疑。于是应付了一句，便赶紧又回到了客厅。

只是这一刹那的工夫，雨婷的脸色忽然变得有点不同寻常，这让云飞感到非常不解。当然，他并没有发现，雨婷在无意中看到了小敏的相片这个细节。

“对了，这几年你到底跑哪儿去了，怎么不声不响地就消失了？”云飞一坐下来就迫不及待地问道。

“我……我被学校推荐到了一家厦门的企业。当时走得太急，所以没来得及跟你打招呼！”

“什么，厦门？”

云飞听雨婷说她在厦门，忽然有一种失之交臂的感觉。要知道，厦门可是他除了广州之外最熟悉的城市。为了开拓厦门的市场，他不知去了厦门多少次。而且最长的那次，他在厦门连续住了一个月。早知道雨婷在厦门，他也不用度日如年了。

雨婷当然不明就里，听云飞这么一惊一乍的，不禁奇怪地问道：“是啊！厦门怎么了？”

“没什么，我只是觉得太遗憾了，我们竟没有发生一场不期而遇的邂逅！厦门我经常去……可就算你去了厦门，也应该通知我一声啊！怎么就不声不响地消失了呢？”云飞还是有些纠结，所以仍紧追不放地问道。

“我也不是没想过，但我……总想等自己安顿下来再跟你联系。我也想不到，时间竟这么无情，一转眼间几年就过去了。”

时间的确很无情，回头想想这几年，的确快得有如弹指一瞬间。云飞这几年经历的事情复杂而多变，让人有恍如隔世之感，但也不至于几年都抽不出来一个打电话的时间吧？

云飞好不容易盼到了与雨婷的重逢，他真是非常急切地想知道这其中的隐情。但雨婷的话似是而非，总好像在闪烁其词，欲言又止。看样子，她是在刻意回避这个话题，又或者是不想勾起太多过去的回忆。云飞也不便强求，所以只好暂时强压住自己的好奇心，等以后有机会再慢慢询问吧！

两人一不小心就聊到了晚上，云飞忽然觉得肚子饿得咕咕叫，这才想起来自己一整天都还没吃饭呢！即使美女当前，秀色可餐，但增加点物质食粮，也还是必不可少的。

本来云飞想带雨婷找个好点的饭店，去好好大吃一顿。但雨婷坚持要在家里，亲自给云飞做一顿饭吃，云飞当然也就欣然接受了。

大热的天儿，在狭小的厨房里围在煤气炉旁，看着雨婷香汗淋漓，不辞辛苦地为自己做饭，云飞忍不住在内心深处涌现出一股，无法抑制的感动。

吃完晚饭时间尚早，房间里闷热无比，云飞建议带雨婷一起出去走走。于是，两人又来到了熟悉的珠江边。这里是广州无须花钱，却最能享受浪漫的地方。

沿着江水的林荫道缓缓而行，江边的情侣如星星点灯般，隔三岔五地或相拥而立，或窃窃私语，俨然成了这条风景线上不可或缺的点缀。甚至可以说，根本就是与这条生命之江同呼吸、共命运的生命共同体。

在这里，不但可以感受江边宜人的气息，更可以领略这个都市经久不衰的繁华。珠江既是这个都市速度与激情的写照，也是恋人们山盟海誓的见证。

几年不见，广州发生了翻天覆地的变化。云飞和雨婷也都有他们各自的故事，他们有太多太多的话要讲，也有太多太多的回忆去追思。不知不觉间，两人便聊到了月上西楼。

这时，云飞才意识到天色已晚，他还不知道雨婷接下来是怎么安排的。于是，他小心翼翼地问道："你……接下来是怎么打算的？"

"我……我本来是来投奔你的，现在看来是投奔无门了！"

雨婷的话像是在开玩笑，可那表情似乎又有一半是真的，搞得云飞不知该如何作答。

见云飞尴尬的样子，雨婷微微一笑说道："看把你吓的，我知道你现在是有家室的人了，你以为我会缠住你不放吗？跟你开玩笑的！"

听雨婷这么说，云飞更加尴尬了，他连忙红着脸解释道："我……我不是那个意思，我只是想了解一下你的安排而已！你一消失就是好几年，我真怕你……会又一声不吭地忽然消失无踪。"

云飞的话，似乎戳到了雨婷内心不为人知的酸楚，让她心里竟忽然泛起一种酸酸的感觉。

雨婷几经努力才勉强地挤出一丝笑容说道："你现在有人照顾了，我也就可以放心地离开了。也许，我们每隔几年见一次，未必不是一件好事。让人生充满期待，不是很好吗？"

云飞听到这话，心里忽然觉得有一种莫名的失落感。不知为什么，他真的很怕雨婷又会莫名其妙地从他的生活中消失。也许，在这个超现实的都市里，一个真正的朋友，实在是太难能可贵了。能从开始一直陪云飞走到现在的，已经是寥寥无几。

而且，他也经过几次失而复得，然后又得而复失的感觉。那种记忆实在太痛苦，太难忘，也太残忍，他实在不想再次经历了。

于是，云飞感慨地说道："人生苦短，能有多少个几年让我们把青春浪费在茫然的期待中啊？你这个跨度也太大了，这样我们见不了几次面，就变成老头、老太太了！"

雨婷闻言，忽然远眺珠江对岸，若有所思地说道："但愿有那么一天，当我们变成老头、老太太的时候，你还能陪着我一起漫步在珠江边，把今天走过的路再重走一遍！"

"那有何难？只要你愿意，我一定陪你！"云飞看着雨婷，认真地答应道。

当他们回到云飞住处的时候已是深夜，雨婷也只能在云飞家里暂住一晚，第二天再做打算了。

雨婷的到来，有如注入云飞生活的一剂清新剂，让他焦头烂额的生活，终于增添了一点活力，就和当年的情形一模一样。以至于他兴奋得久久都不能入睡，直到后半夜，也不知什么时候才渐渐地，在回忆中进入了梦乡。

也不知过了多久，云飞突然被一阵敲门声惊醒。他怕敲门声吵醒雨婷，所以也没来得及穿上背心，就赶紧光着膀子出去开门了。

云飞轻轻地打开门，他揉了揉睡意惺忪的眼睛，定睛这么一看，不由得吓得全身一震，整个人立刻完全清醒了。

原来，门口站着的那个人，竟然是……小敏。

小敏看到云飞吃惊的样子，得意地说道："是不是很意外啊？"

"呃……意外！"云飞机械地点点头，早已吓得面如土色。

云飞明白，小敏可是那种眼睛里容不得半点沙子的女孩。要是被小敏发现雨婷昨晚住在这里，那他可就跳到黄河也洗不清了。以小敏的性格，不等云飞解释就可能已经把他大卸八块了。

"我仔细想过了，没有什么比我们的感情更重要，所以我决定不去上海了。而且，以后不管遇到什么情况，我都会永远留在你身边。"小敏动情地说道。

"啊……你决定了？"忽然听到小敏的这番话，云飞的确非常感动。要在平时，他肯定会毫不犹豫地把小敏抱在怀里。

可此时此刻，云飞心里只有一个念头，那就是如何避免让小敏和雨婷撞见，平平安安地化解这场危机。

看到云飞几近无动于衷的表情，小敏真有些生气了：“你就一点也不意外，一点也不感动吗？”

“不是，我感动啊！我就是太激动了，不知道该怎么表示了。要不……咱们出去好好庆祝一下吧！”云飞的话显得有点语无伦次。

他现在要做的，就是赶紧把小敏给支走，无论如何也不能让她和雨婷见面。

可云飞的话音刚落，就听另一间卧室的门“嘎吱”一声也打开了。雨婷穿着睡衣从里面睡眼蒙眬地走了出来。她一边揉着眼睛，一边问道：“云飞，什么事啊，一大早就这么吵？”

“啊……”云飞见状顿时吓得有如泥雕石刻一般，愣在当场一动也不会动了。

第一百一十九章　新欢旧爱分飞燕，前途末路雨打萍

雨婷的忽然出现，不但把云飞吓得魂飞魄散，也把小敏惊得目瞪口呆了。她用手捂着嘴，两眼呆呆地看着身着睡衣，性感妖娆的雨婷宛如一朵出水的芙蓉，婀娜多姿地站在云飞身后。换成是谁能不震惊，能不多想啊？

天气本就炎热无比，此时的云飞在急火攻心之下，头上的汗水就像是没拧紧的消防龙头一般，哗哗地往下流个不停。

他赶忙向小敏解释道："小敏，这真不是你想象的那样………"

"闭嘴！你这个骗子，我恨你！"

小敏怒不可遏的吼声，就像一头战斗前咆哮示警的母狮一般，毫不留情地打断了云飞的话。

那愤怒的眼神，似乎恨不得把云飞大卸八块。又或者干脆直接用喷出来的熊熊烈火，将这一对"奸夫淫妇"瞬间化为乌有，来个一了百了。

云飞尴尬地站在两个女人中间，此时，任何的语言都显得是那么苍白无力。但他依然清醒地认识到，有雨婷这个当事人在跟前，还有一线希望能解释清楚。假如小敏负气而走，那以后就真的再难解释明白了。

以小敏的性格，这件事如果不能让她彻底释怀，那她真能跟云飞一刀两断。甚至，可能会做出什么更极端的事来。

于是，云飞一把抓住小敏的胳膊，几乎带着恳求的语气说道："小敏，你听我说，这事情真不像你想象的那样，我俩……"

"你这个骗子，放开我……"小敏没等云飞把话说完，就再次愤怒地打断了他的话。并一把推开云飞，像疯了似的冲下了楼去。

"小敏，小敏……"云飞一看情况不妙，嘴里一边喊着小敏的名字，一边在后面拼命追了下去。

可刚追了两步，云飞忽然发现自己还光着膀子，这样跑到大街上成何体统啊？于是，他赶忙冲回去，随便抓起一件衣服穿在身上。

云飞穿好衣服，也来不及跟雨婷解释。看着雨婷那迷茫而委屈的眼神，云飞只能抱歉地说道："一场误会，我去去就来，回来我再跟你解释！"

说完，云飞头也不回地追了出去，只留下一头雾水的雨婷，带着一种被遗弃，被冷落的心情，委屈地站在客厅里发呆。

云飞像离弦之箭一般冲到楼下，但还是晚了一步，下面早已经不见了小敏的踪影。云飞不及细想，便毫不犹豫地冲向了车站。他想，不管小敏去哪儿，她无疑都得去车站坐车。

云飞一边狂奔，一边仔细地观察着周边的人群。他生怕一不小心错过了小敏，而造成一辈子的遗憾。此刻，他忽然觉得小敏的心，离他竟是那么遥远，远得似乎永远再也无法触及。

大地在骄阳的炙烤下，反射出一股股热浪。就像蒸笼里的热气环绕在身边，让人感觉由里到外都像快要被蒸熟煮透了似的。云飞一口气跑到了车站，汗水早已经湿透了他的衣衫。喘着粗气的他，几乎由于缺氧而感到天旋地转。

或许是一种错觉，或许是由于阳光过于猛烈，照得人睁不开眼睛。车站的人群看上去，个个都紧皱着眉头，好像对云飞显出一副横眉冷对的样子。仿佛全世界的人都知道，云飞做了对不起小敏的事情。以至于，所有人都对云飞显出一副鄙视的眼神。

云飞无奈地在人群中扫描了一圈又一圈，却始终没有找到小敏的身影。打小敏的手机，也早已经处于了关机的状态，可见小敏是真心不想再见云飞了。

云飞找不到小敏，只好先回家。他了解小敏的性格，此时小敏正在气头上，就算现在找到了她，她也不可能听云飞解释。给她一点时间，让她冷静下来之后再做解释，或许是更好的选择。

更何况，雨婷千里迢迢来看自己，把人家一个人晾在家里，也确实有些说不过去。

云飞耷拉着脑袋，像只斗败的公鸡，无精打采地回到家。一路上他心里都在嘀咕，这事该怎么跟雨婷解释才能尽量避免尴尬。毕竟，刚才的那一幕发生得太突然，大家都没有思想准备，也没有时间考虑。现在静下心来，应该找个台阶让大家都下得了台。

云飞从来没见过雨婷穿睡衣的样子，刚才的那一幕，也确实让云飞有些愕然。他也没想到，雨婷会穿着睡衣走出来。可说句实在话，雨婷刚才像个睡美人似的，走出来的那一刻，云飞除了惊愕之外，心里也的确“震动”了一下。

云飞推开房门，客厅里并没有看到雨婷的身影。想必刚才那一惊，对她来说也非同小可，她也需要静静地去回味一下。

于是，云飞轻轻敲了敲卧室的门。他想，雨婷此刻或许正蜷缩在卧室的角落里，为自己刚才的无心之错而忏悔不已吧？

云飞心里并没有责怪雨婷的意思，既然他认定这是雨婷的无心之过，就没有打算让她来承担这可能出现的重大后果。

卧室里并没有回应，于是云飞轻轻地推开门向里望去。这一望，云飞不由得大惊失色，原来卧室里竟也空无一人。不但雨婷不见了，就连她的行李也都不见了。

“雨婷，雨婷……”云飞焦急地喊道。他查看了房间的每一个角落，但除了他自己的回音之外，再没有发现任何的回应。

云飞失望地一屁股坐在椅子上，面对这突然的变故，他觉得就像一场噩梦。他真希望这真的只是一场梦，等他醒来时，这一切都没有发生过。

只可惜，现实就是现实，无法改变。世上也没有月光宝盒可以回到过去，把这一切再重来一遍。

人生没有彩排，每天都是现场直播。直播的残酷就在于一旦出现错误，将是永恒不可改变的污点。这不是按一下重播键，就可以从头再来的事。

雨婷就这样无声无息地，再一次消失无踪了。正如几年前一样，消失得那么意外，让人措手不及。只是这一次之后，不知何年何月才会再次出现。也许，是永远也说不定。

只可惜，云飞或许永远都没有机会去了解到，深埋在雨婷心中的那个不为人知的秘密。原来，雨婷几年前之所以一声不吭地销声匿迹，其实，只是因为头上留下的那块疤痕。

雨婷心里喜欢云飞，所以她曾经找各种理由与云飞在一起。而那块意外横祸留下的疤痕，彻底毁掉了他们有序进展的感情。

那块疤痕令雨婷感到自卑，她不愿意让自己喜欢的人，看到她不再完美的一面。所以，雨婷选择了“逃避”。

几年来，疤痕留下的伤痛早已经远去，可它给雨婷内心留下的创伤，始终挥之不去。一直到今天，几经治疗疤痕才终于渐渐淡去。雨婷也因为抑制不住对云飞的思念，才勇敢地选择了回来见他。

虽然雨婷知道希望渺茫，时隔多年，那份感情可能早已经面目全非，但她如

果不尽力一试，又怎么能死心呢？

只可惜，机会如伯乐，世间不常有。一朝擦肩过，覆水再难收。其实，雨婷在看到小敏照片的那一刹那，就什么都清楚了。但她仍不露声色地与云飞夜游珠江，度过了一个难忘的夜晚。

那时，她就已经做好了“知难而退”的准备，只不过她希望能不虚此行，留下一个美好的回忆而已。这种内心的痛苦，云飞是不得而知的，恐怕也是永远都不可能再知道的了。

本来，雨婷希望能带着她和云飞美好的回忆，以及对云飞诚挚的祝福，完美地结束自己的行程。

可小敏的突然闯入，让所有人都措手不及。也将这最后即将画上的完美句号，变成了一个大大的感叹号，又或者是一个大大的问号。

本来，雨婷设计的离别场面，应该是温馨加一点苦涩，这样回忆起来才更有味道。可现在一切都变了，这场离别变得尴尬而不知所措，这跟雨婷的初衷截然相反。所以，相见不如不见，就让他们的回忆，停留在最美好的一刻，或许这才是最明智的选择。

所以，雨婷选择了再次不辞而别，或许这样更能让云飞刻骨铭心。有如当年婉清一样，如人间蒸发一般无声无息地，从云飞的生活中销声匿迹。就像从来不曾发生过这段感情一样，宛如一场跨越世纪的梦，真真假假，虚虚实实，若隐若现，半梦半醒，就连自己也分不清，到底是真还是假。

此情可待成追忆，只是当时已惘然。也许，有些感情注定只能成为回忆常留心间。人生，其实就是由各种回忆堆砌而成的，要做个有故事的男人，这是成长的必经之路。

本来跟雨婷久别重逢，生活上又可以多一知己。小敏决定心甘情愿为云飞留在广州，感情上将得到再次升华。原本是双喜临门的事，可谁能想到，在转眼间就变成了祸不单行，真是人生无常啊！

而股市的表现，就更加令云飞的心情雪上加霜了。中国石油不但没有如云飞和广大散户所期待的那样来个绝地反击，与之相反，竟然还以飞流直下三千尺的惊人速度，毫无悬念地向下突破到了十五块钱。

所谓的铁底，就像一条棉花线一样，空方不费吹灰之力，转眼间就让它带着多头最后的幻想，冲进了万丈深渊。云飞投入的全部身家，也跟着灰飞烟灭了。

甚至，多头连激起一丝涟漪的呐喊都没来得及发出，就被空方悄无声息地沉入了股市的无底深渊。

事业的急转直下，让英雄无用武之地。股市的一泻千里，让造富梦想成空。与小敏的不虞之隙，使感情变得危机重重。与雨婷的悲欢离合，让人生变得扑朔迷离。

接踵而来的打击，让云飞肝肠寸断。甚至，连他自己都不能原谅自己！他几乎是亲手毁掉了自己多年努力的成果。让爱情、友情和事业，都同时面临着前所未有的危机。

云飞不是不想去找小敏，可他实在没有勇气去面对。他知道，以小敏的性格，跟雨婷的误会绝不是三言两语能解释清楚的。

如今股市的沉沦，几乎套牢了云飞的全部身家，他答应小敏的换房计划随之也成了泡影。现在公司内部一片动荡不安，未来的仕途也变得一片迷茫。所以，除了一个没法解释清楚的误会，云飞现在还能给小敏什么呢？

而小敏为了云飞，再次放弃了去上海的机会。她不但赔上了自己的仕途，也赔上了自己青春。云飞到底该怎么去面对小敏？

所以，每天除了呆呆地坐在电脑前，看着股票红红绿绿的 K 线发呆，云飞实在不知道该怎么挽救这段濒临绝望的感情。

就在云飞感情急转直下，股市一泻千里的同时，公司内部 DIY 渠道与传统渠道之间的斗争，也进入了白热化状态。

William 的消极抵抗情绪，终于让总部忍无可忍。原来大家都以为总部只是说说而已，但谁也想不到，总部竟然以迅雷不及掩耳之势，真的派来了“钦差大臣”，并立刻接手了 DIY 渠道的全部工作。

总部这么做，显然没想再给 William 留面子。从更深的层次来看，这也就意味着，公司做好了 William 负气而走的准备。

甚至，这就是总部刻意逼他主动辞职的信号。或许，就像当年川奇的衰落一样，一场难以避免的血雨腥风，又即将在浦华道拉开序幕。而云飞又将面临怎样的抉择？

第一百二十章　万里换将是红妆，美人相约细思量

令大家感到耐人寻味的是，总部万里迢迢派来的竟是一位年轻的女将。她叫Cora，既不是纯粹高鼻梁、蓝眼睛的外国人，也不是在中国土生土长，在销售行业叱咤风云的本土精英。而是一个很早就跑到国外读书，看起来是中国人的面孔，却拿着外国绿卡，深受西方文化熏陶的，所谓中西合璧的“中外通”。

这样的结局，不但大大出乎了云飞的意料，甚至就连 William 都压根不敢去想。因为，中国市场有中国的特色，想用外国那套所谓的成熟模式，驰骋在中国市场上，恐怕未必行得通。更何况，还是这样一个中不中、洋不洋的“假洋人”。

DIY 建材超市作为一种新兴的业态，在国内兴起不过几年的时间，并不为大多数人所熟知。想要在短期内找到一位既熟悉渠道有实践经验，又了解中国市场有管理阅历的内行人来接手这个职位，真不是件容易的事。

与其说 Cora 是总部派来的一位通吃中外的天才，倒不如说这是他们实在找不到更合适的人选，但为了执行他们的天才战略，临时抱佛脚不惜蛮干的无奈之举。

大家完全想不明白，总部这么做到底是为了赌气，还是因为迫于 C&A 的压力而不得已采取的下下之策。总之，包括 William 在内的销售团队，大家心里都在等着看她的好戏。

建立 DIY 渠道说起来容易，可真要打造这样一支团队绝非易事。所以，在 Cora 的团队建立起来之前，DIY 的工作还得由原来的销售团队来协助完成。只不过，他们在这个渠道的工作，以后要接受 Cora 的全权指挥。

这样就难免会造成一种尴尬的局面——一个团队要接受两个领导的指挥。而 William 虽然在公司架构上仍然是全国销售总监，但 DIY 渠道却已不归他管。所以，从某种意义上来讲，Cora 跟 William 是平起平坐的。

不过，Cora 也有她的难处。虽然她号称是 DIY 渠道的新任领导，但实质上是个无依无靠的光杆司令。中国区的销售团队，毕竟跟她没有什么感情。私下里，他们还是以 William 的命令马首是瞻，这就更加造成了 William 与 Cora 之间的明争暗斗。

总之，总部的这一决策，在整个中国区的销售团队眼里看来，简直就是无稽

之谈，根本就是把中国市场当作儿戏。即便这是在C&A给予的压力下，做出的妥协之举，也还是让人难免觉得有点儿不可思议。

当然，这个决策对William来讲，更是权力和尊严的丧失。将他一大半的权力，分给一个初来乍到的小姑娘，还是个不中不洋，对销售一知半解的“假洋人”，他心里当然不是滋味。

DIY渠道一旦成立，与传统渠道之间的价格战必将异常惨烈，而这场内斗的结局，必将以传统渠道的惨败而告终，这只是迟早的事情。所以，即便William不主动辞职，但他和Cora最终龙争虎斗的结果，其实早就胜负已分。

多年的行业积淀，亲手打造出来的销售团队，在市场一手一脚开拓的经销商队伍，铸就了William在公司内部坚如磐石、说一不二的一哥地位。

但William无论如何也想不到，他这个众人眼中的中流砥柱，顷刻间竟被一个从天而降的小女人代替了。真是人情似纸张张薄，世事如棋局局新啊！

虽然，这些斗争暂时还不会直接影响到云飞这个层级。但在William实际上已经被逐渐架空的情况下，部门的合并重组，工作职能的重新分配，恐怕已经是不可避免的了。这也就意味着，又到了该重新站队的时候了。

云飞最讨厌的，就是在职场上做无可奈何的选边站。说实话，中国区销售团队从上到下，众志成城地抵触DIY渠道，并不是没有道理的。

首先，对传统渠道的冲击是显而易见的，这种冲击不但体现在零售渠道，同样也体现在工程项目渠道。

以前，经销商靠传统的零售渠道，把市场的终端价格顶起来，这样就可以给工程项目留下了比较大的腾挪空间。

可现在，DIY的低价冲击，让价格变得透明而没有利润。工程采购因为数量巨大，已经习惯了掐头去尾再砍一半的报价方式。但DIY的对外报价，实在极大地压缩了厂家的利润空间，项目上如果还像以前那样大刀阔斧地还价，厂家当然就吃不消了。

如果说零售市场和项目市场的丢失，影响的是公司的大局，关乎的是集团的大利，那么，DIY超市与厂家的强势合作，影响的则是基层销售人员的工作方式和工作内容。

不管是哪一家DIY超市，相对于厂方，基本都属于强势一方。正所谓客大欺店，店大欺客。看好这一新兴渠道的厂家趋之若鹜，所以厂家销售人员在与DIY

超市打交道的过程中，就难免要仰人鼻息，看人脸色过日子。这种“缺乏尊严”的生活，对那些坐在办公室的总部领导当然是无从体会的。

如果只是需要看人脸色也就罢了，谁让销售行当天生就是以服务客户为天职的呢？就像军人是以服从命令为天职一样，既然选择了这一行，就要勇敢地面对，这也无可厚非。

更何况，经验丰富的销售人员手段也多，能够穿梭于各大高手之间如鱼得水的，其实也不在少数。

可最令大家不胜其烦的是，每一个 DIY 超市的品牌，都有一套自己的内部系统。每套系统功能强大，内容丰富。厂家为了与他们对接，就不得不把这套系统研究得透透彻彻。

可是，每一个品牌超市的系统都是独一无二的，要想做到彻底了解还真不是一件容易的事。尤其是牵扯到收账的问题，就更让基层的销售人员叫苦不迭了。

特别可气的是，C&A 还不接受电话咨询，有问题只能进入它的内部系统在网上进行提问。这样一来，不但周期又加长了，还把简单问题复杂化了。

收账慢了公司要问责，可是 C&A 系统回答慢了，你却一点儿脾气都没有。本来一个电话可以轻松解决的问题，现在却要在网上互相问答几个回合才能解决。搞不好，还要被 C&A 的工作人员认为你智商低。见面的时候，劈头盖脸把你怼一顿，你还不敢出声反驳。这种窝囊气受久了，哪个销售人员能没点牢骚？

销售人员本来应该活跃在市场上，披荆斩棘地开拓客户。但现在，因为 DIY 渠道的工作日趋繁杂，使得平日里生龙活虎的销售人员，都变成了每天对着电脑，面无表情，不苟言笑的内勤人员了。这种超负荷的工作量，再加上要面对史无前例的复杂系统，如果是新人接手必然会欲哭无泪。

云飞实在想不明白，DIY 超市拿着厂家的钱扩充自己的渠道，可作为债主的厂家，却还不得不用热脸贴着人家的冷屁股，上赶着求着人家剥削他。

牺牲自己优质的传统渠道和本已形成的高额利润，不惜降低自己的品牌影响力，被人家压着三四个月的账期，还得看着人家的脸色过日子，这到底是一种什么样的心态？

但不管怎么说，形势比人强。已成定局的事实，是无论如何也不可能改变的了。云飞凭着多年的职场经验判断，William 的离开只是迟早的问题。

俗话说，一朝天子一朝臣。一旦 William 离开，那么整个销售团队都难免会受到影响和波及，到时树倒猢狲散，谁也不可能置身事外。川奇几年前上演的那一幕，几乎就是浦华道未来的预演。

看来，又到了需要提前寻找后路的时候了。只是，William 曾经对云飞不错，在他受到匿名邮件投诉的时候，曾经挺身而出为他担保，这个情意云飞不能不报。所以他决定在 William 离开前，他一定会不离不弃地支持到最后一刻，不管结果如何。

可云飞就是想不明白，每一次中西文化的碰撞，在中国人眼中那么明显的低级错误，为什么这些自以为是的老外就是看不懂呢？到底是老外看不懂中国，还是他们根本就认为不值得为了中国而改变？

但不管怎么样，有一点是可以肯定的，那就是他们终究会为自己的莽撞决定，而付出惨重的代价。就像当年的川奇一样，觉悟时为时已晚。只能说，一失足成千古恨，再回首已是百年身。

曾经的川奇已成往事，留下来的如今只剩下一家江河日下、苟延残喘的企业和行业里茶余饭后的聊天谈资。只可惜，毁于一念之间的这段传奇，并没有成为浦华道的前车之鉴。

浦华道本以为，可以借着搭上 DIY 渠道在全球扩张的便车，实现它的行业霸主地位。想不到最终却事与愿违，正是这一不接地气的决定，让它在十年之后彻底退出了中国市场，给行业里留下了另一段传奇覆灭的不朽神话。当然，这也是后话了。

或许是因为初来乍到，还没有成立自己的团队，立足未稳所以刻意低调。又或者是因为本身就出身于书香门第，难免有一种大家闺秀的内在气质。

Cora 看上去并没有那种霸道女总裁的杀气，反而是显得彬彬有礼，落落大方。既有东方人的古典韵味，也有西方人的优雅之美。果然是集东西方文化之大成，融中外精华于一体。

就外形来说，Cora 绝对有担当此任的气质。但就专业度来讲，她还是个十足的门外汉。她对销售的认识，只能算是蜻蜓点水，浅尝辄止。对于中国市场的特殊性、差异性，更是一无所知。甚至，还远不如云飞的前任华南区经理 Candy。

只可惜，同人不同命。一个对销售一无所知的女人，一个远在天边对中国市场毫无了解的女人，竟然可以万里迢迢地被派到中国做“钦差大臣”，号令中国区的销售团队，并从大家都认为地位不可撼动的 William 手里，抢走了半壁江山。不

得不让人深深地感叹，这个世界变化太快啊!

Cora 本来就是半路出家，对销售的工作尚且一知半解，就更不用说了解 DIY 这个渠道在中国的发展了。她对 DIY 这个渠道的认识，恐怕主要也是来源于在超市购物的体验，仅此而已。

中国人有中国人的生活习惯，中国人有中国特色的消费理念。如果硬要把老外认为的西方发达国家先进理念强加给中国人，那必然需要时间的沉淀，等待理念的转换。如果只因为己所欲，就要强施于人的话，反而欲速则不达，是注定要失败的。

当然，Cora 受命于危难之间，也不排除有点被赶鸭子上架的可能。只是，她在万里之外的总部接受这个任务时，一定没有估计到这项任务的难度远远超出了她的想象。

俗话说，瘦死的骆驼比马大。William 虽然一夜之间被总部无情夺权，但这么多年在销售行业的浸淫，人脉资源、销售经验，以及对销售团队的把控，可不是一个空降兵，在短期内可以积累的。

职务和权力公司可以随时授予，也可以随时拿走。但这些软实力，则是一个人用时间的沉淀和能力的展现证明出来的，是谁也拿不走，谁也抢不去的。

此时，William 虽然去意已决，但也并不急于一时。他需要为自己的战略眼光正名，即使要走，他也要走得风风光光。在春风得意，在公司苦苦地挽留下一笑而过。

作为叱咤风云的一代枭雄，被一个少不更事的小姑娘，三拳两脚打得灰头土脸，丢盔弃甲而逃。这话传出去，以后他在江湖上还如何立足?

所以，William 决定暂时先忍辱负重留下来。他要亲眼看看浦华道不远万里，从总部派来的接替他的这位巾帼英雄，到底能玩出什么新花样。

而 Cora 目前要面对的第一大难题，就是组建 DIY 渠道的新团队，以便彻底摆脱对 William 团队的依赖。

但 Cora 对于这个渠道知之甚少，对这个渠道在中国发展遇到的瓶颈有哪些，她更是不得而知。甚至，在面试中应该怎样结合中国的国情，对应聘者提出哪些具体的问题，她都毫无头绪。

当然，Cora 虽然缺乏经验，但这并不能代表她不是个聪明人。她清楚地认识到，仅凭自己的一己之力和公司授权的“空头支票”，想达成这项不可能完成的任务，那简直是痴人说梦。

所以，Cora 很快就意识到，她必须先“挖”两个左膀右臂，来辅助她的工作。而这样的人才想通过招聘，在茫茫人海中如大海捞针般地寻找，显然不太现实。所以，她很快就把眼光锁定在了云飞身上。

云飞不但熟悉 DIY 渠道，而且跟客户有良好的关系，下面还有一班能征善战的手下。一旦把他收于麾下，就可以立即为 Cora 所用。

更可贵的是，云飞人在广州离 Cora 最近，正所谓近水楼台先得月。所以，把云飞作为突破口，几乎是 Cora 的不二选择。

但 William 一天没走，他就仍是这支队伍的领导核心。作为与 Cora 水火不容的“仇人”，William 又怎么可能会放下成见，把自己的得力干将拱手相让呢?

Cora 经过深思熟虑，决定来个明修栈道，暗度陈仓。她表面上还一直致力于招聘工作，可私下里已经秘密展开了对云飞势不可当的游说工作。

云飞当然明白，William 大势已去，他离开浦华道只是迟早的事。未来，云飞只有两条路可以选择，要么投到 Cora 的麾下大展拳脚，要么做好准备，等 William 一走，他也立刻卷铺盖走人。

一边是美女诚意满满的邀请和未来平步青云的仕途，一边是 William 的知遇之恩和大势已去的残酷现实，云飞究竟该何去何从?

第一百二十一章　红颜一怒东离去，从此相思是路人

从现实的角度来讲，在Cora最需要的时候，云飞的出手相助无异于雪中送炭。有朝一日，如果她一旦大权独揽，接手William的位置，那云飞必然是功不可没，自会受到重用。

可William把云飞一手提拔起来，又多次为他挺身而出，仗义相助，云飞又岂能在他最落魄的时候率先倒戈，站在他“敌人”的一方？这未免有点落井下石，太不仗义了。

一边是对自己有知遇之恩的老上司，一边是孤立无援、陷入困境的新领导，尤其还是一个手无缚鸡之力的弱女子，更是难免会让人产生同情。

云飞一时也陷入了两难的抉择，William那愁眉不展的表情和Cora那楚楚可怜的样子，反复在云飞的脑海中浮现，让他无所适从。

帮助其中任何一个，就等于是对另外一个人的伤害，甚至背叛。搞不好，最终还会弄得自己里外不是人。

思来想去，云飞最终还是狠心地婉拒了Cora的诚意邀请。毕竟，拒绝Cora最多只是一种无心的伤害。找他不成，Cora还可以去找别人想办法。但如果答应了她，就变成了对William的背叛，见利忘义的事情云飞可做不来。

做出这个决定，对云飞来说很艰难。但接受这个现实，对Cora来说，显然更残酷。云飞离她最近，也是各大区负责人中她最熟的一个。如果连云飞都拒绝了她，那么其他人的答案也就可想而知了。

云飞的拒绝让Cora感到无比的惆怅与失望，虽然这个结果严格来讲也在意料之中，可毕竟当时去找云飞的时候，她始终还是抱着一线希望的。当这一线希望被无情地刺破时，Cora感受到的那种失落，甚至是绝望，已经无法用语言去表达了。

Cora此时才深深体会到，做销售远远没有她想象的那么容易。单凭着一腔的热情和那股不服输的劲头，是远远不够的。

没有长期积累的丰富经验，没有训练有素的稳定团队，没有左右逢源的人脉关系，没有鼎力相助的左膀右臂，简直是寸步难行。

云飞的无情拒绝，让他和 Cora 之间的关系，从此便有了一种不可名状的微妙变化。

从此以后，Cora 见到云飞的眼神，再不像以前那般亲善自然，似乎总是在刻意逃避什么。云飞当然可以体谅那种被拒绝的失落与哀怨，以及她现在孤立无助的心情。

不知为什么，每每看到 Cora 的这种眼神，云飞就会感到一种莫名的内疚感，仿佛就好像他才是那个害 Cora 陷入困境的刽子手。

销售是一项只看结果，不看过程的工作。所以，不管是 C&A，还是总部的老外，对 Cora 的施压也从来没有间断过。这让毫无经验的 Cora，几乎处在了崩溃的边缘。

也许是为了做一些弥补，让自已心里好受一点，云飞终于决定暗地里给 Cora 提供一些帮助。

时间过得很快，转眼之间云飞和小敏之间的“冷战”已经持续了一个多星期。这么长的时间过去了，小敏不但没有再来找过云飞，甚至连一个电话或一个短信都没有。看来，小敏这次真是气得不轻。

云飞也不是没有想过要跟小敏联系，可一方面，工作的烦恼已经让他应接不暇，另一方面，云飞这次也真的有点生气。小敏不分青红皂白地，当着雨婷的面向他发飙，不但让他下不了台，还无意间伤害了雨婷，让雨婷含冤而走，云飞觉得他实在太对不起雨婷了。

云飞自认为并没有做错什么事情，凭什么无缘无故地受这种委屈？他知道小敏的性格，你越是上赶着去找她解释，她就越会觉得你是做贼心虚。

所以，云飞这次索性采取了冷处理，他要先让大家都冷静下来，也让小敏意识到他对这件事的态度。

但可惜，云飞这次在错误的时间，又用了一个错误的策略。他的冷处理不但没有让小敏冷静下来，反而激起了小敏更大的怒火。

这天，云飞忽然意外地收到了小敏的短信。可当他兴奋地打开短信之后，却发现里面只有冰冷的两个字：保重。

这两个字算是什么意思？是为了破局而发出的求和信号？还是等得不耐烦而发出的最后通牒？

云飞嘴里不断地重复着这两个字，但他思前想后还是百思不得其解。突然，云飞似乎想到了什么，他静静地愣在那里，全身却惊出了一身冷汗。

当年婉清跟他分手时，最后说出的也是这两个字：保重。难道……小敏真的做出了跟他分手的决定?

云飞陡然间觉得心里一凉，他忽然有一种将失去整个世界的感觉。云飞连忙不顾一切地拨通了小敏的电话，这个时候面子和对错都已经不再重要，云飞忽然觉得他是那么离不开小敏。

只可惜，此时悔之晚矣，小敏的电话已经处于关机状态。看样子，小敏留给云飞的机会之门已经关闭，两人的分手已经无可挽回。

云飞当然不可能这么不明不白地接受分手的结果。就算是要分手，他也必须跟小敏说个清楚讲个明白啊!

于是，云飞不顾一切地来到了小敏所在的公司，他必须立刻、马上、现在就把这件事情跟小敏解释清楚。不管小敏给他的是一个激动不已的拥抱，还是一个畅快淋漓的耳光，是手足无措的尴尬，还是用一记威力无穷的佛山无影脚，直接把他踹出门外，他都在所不惜。

但令云飞失望的是，小敏根本就不在公司。他做足了准备，准备要承担一切的后果，可小敏根本连面对的机会都不再给他了。

小敏的死党珊珊接待了云飞，因为小敏的关系，云飞和姗姗也已经相熟。所以，说起话来也就不再拐弯抹角。

“珊珊，小敏呢？”云飞一见到姗姗，就迫不及待地问道。

珊珊闻言，似乎深感意外，只见她皱起眉头反问道：“小敏去上海了，难道你不知道吗？”

“什么……去上海了？她终究还是选择了去上海，到底还是前程更重要。升职加薪，前途无量啊！”意外之余，云飞忽然觉得很失望。而失望之余，他忽然又感觉心中有一团怒火在窜动。

云飞的语气显得有点酸溜溜的，他忽然有一种上当受骗的感觉。他认为，小敏内心里其实早就选择了为仕途而放弃爱情。他跟雨婷的误会，不过是给小敏虚伪和不负责任的行为，提供了一个冠冕堂皇的借口。让小敏选择去上海的行为，显得不那么自私而已。

哪知，珊珊闻言却用一副责怪的口气说道：“升什么职，加什么薪啊？她是辞了职到上海去找她姐姐了！”

“什么……去找他姐姐？”

“是啊！本来公司是准备提拔小敏去上海做主管的，可是她拒绝了。我想，这多半是因为你吧？不去就不去吧，本来一切如常这件事就过去了。可不知为什么前一段时间，她忽然变得魂不守舍，茶饭不思，好像忽然间变了个人似的。有一天，我还见到她在偷偷掉眼泪……”

“什么？小敏……在偷偷掉眼泪？”

云飞听珊珊这么说，脑海里立刻浮现出小敏梨花带雨的样子，不由得心中一阵难过。

“是啊，我想你们俩一定是闹别扭了吧？她的辞职确实让所有人都很意外，我还以为你们会一起去上海呢！”珊珊不无感慨地说道。

“那她是什么时候去上海的？”

“就是今天去啊！中午一点的飞机！”

“一点？”

云飞闻言，连忙拿出手机看了看时间。此时已经11点钟，离小敏飞机起飞的时间，还有整整两个小时。

时间紧迫，云飞顾不上再向珊珊了解详情。于是，匆忙和珊珊道别之后，便冲上了一辆的士，刻不容缓地向机场飞奔而去。

此时，云飞的心里是如坐针毡，可路上的红绿灯是有条不紊地，踩着红绿相间的节奏，用倒数计时的形式，有意无意地给云飞增添着紧张的气氛。再加上时不时地有点小塞车，眼看着时间就像沙漏中的流沙，在一分一秒不停地流逝。可车上的云飞和司机除了干着急之外，完全无能为力。

好不容易才赶到了机场，车刚一停稳，云飞便像在铁笼里被囚困了一个世纪的猛虎一般，迫不及待地冲进了候机大厅。

熙熙攘攘的大厅里，推着行李车穿梭而过的旅客，像蚂蚁搬家似的，忙碌而有序地从一个呆若木鸡的男人身边穿过。

这个站着发呆的男人，自然就是云飞。尽管他做出了最大的努力，但还是无奈地错过了小敏的航班。

想不到，他们竟连最后一面都没见到，就以一条短信简短的两个字，完成了分手这件人生中无比重大的决定。

云飞可以想象到小敏那伤心欲绝的样子，更为自己认为小敏是为了仕途，而放弃感情的猜测感到愧疚。如果这件事能够重来一次的话，云飞一定不会采取今天的冷处理方式。

只可惜，人生没有如果，错过了就只能承受遗憾。有道是，自古多情空余恨，此恨绵绵无绝期。想不到，与小敏的这段浪漫爱情故事，最终竟会是这样的结局。难道，这段往事又只能作为一段不堪回首的回忆，带着无限的感慨，封存在云飞的内心深处吗?

云飞百感交集地瘫坐在候机厅的椅子上，脑子里杂乱无章地回忆着这段时间发生的事情。一切都来得那么突然，让云飞措手不及。一切又走得那么匆忙，让云飞猝不及防，留下无限感慨。

就在云飞思绪万千，心烦意乱的时候，他忽然无意间发现了一个熟悉的面孔。上次送紫嫣时遇到了Candy，想不到这次为了追小敏，竟会又上演一场久未谋面的偶遇。看来机场对于云飞而言，倒是充满憧憬的地方。

第一百二十二章　兄弟情深昔不在，故人离心意难言

云飞在机场意外发现的这个人不是别人，正是他久未谋面的好朋友汪峰。自从上次被小敏骂得狗血喷头之后，为了避免尴尬，王峰就再也没有和云飞见过面。

当然，严格意义上来说是见过一次的，就是上次在机场送紫嫣时。只不过，汪峰发现云飞和紫嫣深情相拥的场景，所以黯然离开了，云飞自己并不知晓而已。

云飞自始至终都不知道，他与紫嫣的这一亲密举动，不但被汪峰看在了眼里，而且也曾深深地伤害了小敏。

只不过，紫嫣已经离大家远去，成为一段封存在大家内心的记忆。让美好永存是大家无须言明的默契，谁也不想再捅破这层窗户纸。而小敏经过时间的沉淀，为了顾全大局，终于自己缝合了伤口，所以也没有再提起这件事。

汪峰没有提及过此事，但这并不代表，他对云飞与紫嫣的世纪拥抱满不在乎。其实，这件事在汪峰的心里始终是个过不去的坎儿。

时间就这么匆匆而过，两人不知不觉间已经有很长一段日子，没有再见过面了。这和紫嫣在时，四人时常相聚的情景简直是天壤之别。

也许是因为心中的那道坎儿过不去，也许是因为尴尬的心情在作祟，两人再次相见，却没有了之前久别重逢的欣喜若狂，反而多了一层陌生与冷漠。

云飞率先打破僵局问道："好久不见！你怎么会在机场，送客户啊？"

"呃……是啊！你也送客户啊？"汪峰支支吾吾地应付了一句，反问云飞道。

"嗯……送个客户！"云飞犹豫了一下，也应付地答道。

"上次……抢了你那个项目，一直没机会向你道歉，我……"

"事情都过去这么久了，还提它干什么？那个项目本来也不是我所擅长的，即便我全力以赴也未必拿的下来。你是靠自己本事赢得的，你不必觉得过意不去。"

事情早已过去，这件事情云飞其实也没有太放在心上。倒是小敏当时太过冲动，不但把汪峰骂了个狗血喷头，还间接地导致了紫嫣与汪峰的分手。说起来，

云飞心里倒觉得有点亏欠汪峰。

汪峰闻言，似乎觉得心里舒服了很多。他点点头，终于如释重负地说道：“能得到你的原谅，我也算对紫嫣有个交代了！”

一提到紫嫣，或许是触景生情，云飞的脑海里忽然又蹦出了，他和紫嫣深情相拥的那一幕。也是在这个机场，也是怀着百感交集的心情，只是，那次是他亲手送走了紫嫣。可这次，他连小敏的最后一面都没有见到，真是天意弄人啊！

“好久没见小敏了，她还好吧？”汪峰忽然问道。

“呃……还好！对了，紫嫣现在怎么样啊？自从她走后，我就一直忙得都没顾得上跟她联系！”

云飞见汪峰问起小敏，显然他不想纠缠于这个令他尴尬的话题。于是连忙把话题转向了紫嫣。他也确实好久没和紫嫣联系了，的确想知道一些关于她的近况。

“我怎么知道？也许已经嫁人了吧！她走的时候都没通知我，我又怎么可能比你更清楚呢？”汪峰的话锋忽然一转，表情也严肃了许多，言语间还颇有点含沙射影的味道。

“你……你怎么这么说啊？再见亦是朋友嘛！你们还是可以像好朋友一样联系交往啊！”

云飞对汪峰的突然变脸颇感意外，他不知道这个与自己一向情同手足的兄弟，为什么会突然之间变得这么不友善。不但话中带刺，而且似乎还充满了敌意。

“哼哼，如果你跟小敏分了手，也能做到再见亦是朋友吗？”汪峰在鼻子里不屑地“哼”了一声，然后反问云飞道。

也不知汪峰是有意还是无意，反正这句话正刺中了云飞的痛处。让云飞刚刚略有舒缓的心情，立刻又变得心如刀割般疼痛。

云飞掩饰不住内心的失落，脸色也随之一下子变得很难看。汪峰见状，微微一笑说道：“别介意啊，我也只是开个玩笑！”

云飞无奈地摇了摇头，挤出一丝苦笑，却尴尬得一句话也说不出来。倒是汪峰醒目地解围道：“对了，珠江新城有个新的项目，你们有没有在跟进？”

“嗯！”云飞随意地点了点头，却没有往下延伸这个话题，因为他现在根本没有谈工作的心情。

但汪峰似乎并无就此罢手之意，而是进一步说道："好！上次那个项目我胜之不武，这次你一定要全力以赴，我们项目上见！"

汪峰的话像是一种鼓励，却更像是一种挑战。难道真的同行就是冤家吗？以前作为好友，汪峰最喜欢听云飞讲他们这个行业的故事。而现在成为同行的他，似乎更热衷于去创造属于自己的传奇。

云飞在 Cora 几次遇到困难的时候，都偷偷施以了援手。虽然，这并不能帮助 Cora 力挽狂澜，但总算让她避免了泥潭深陷、不能自拔的被动局面。Cora 的工作总算也因此有了一些进展。Cora 感受到了云飞的善意与无奈，所以两人的关系也因此渐渐又恢复到了以前的状态。

在云飞的侧面帮助和 Cora 自身的不断努力下，DIY 渠道终于开始慢慢组建起了自己的团队。但 Cora 所招来的新人，大都是一些基层的销售人员，只能解决一些最基本的问题。更重大的问题，还是得暂时靠原来的销售团队来解决。

但不管怎么说，万里长征终于迈出了第一步。对 Cora 来讲，多少也算是一种安慰。

不过，这种进展的速度显然还是达不到总部对她的期望，压力如影随形，Cora 的工作每天都像是坐在过山车上，一边欢呼雀跃地体验着前所未有的激情与速度，一边提心吊胆地尝试着上下翻飞的新生活。

本以为拒绝了 Cora 的盛情邀请之后，这事也就过去了。但也许是云飞的多次出手相助，让 Cora 再次看到了希望。在云飞猝不及防的情况下，Cora 忽然又找云飞进行了第二次游说。

看样子，Cora 的确是到了山穷水尽的地步，孤掌难鸣的她，如果再不能及时找到一个了解中国市场的得力助手帮她，面对来自 C&A 以及浦华道总部的压力，Cora 恐怕随时都有饭碗不保的可能。

云飞固然很同情 Cora 的处境，但他本来就对 DIY 渠道取代传统渠道的战略不能苟同。加上又要面对背叛 William 的千古骂名，甚至成为整个销售团队的众矢之的。云飞怎么可能放得下这些包袱，而义无反顾地加入 Cora 的团队呢？

所以，思量再三之后，云飞还是委婉而残忍地拒绝了 Cora 的邀请。而 Cora 再一次遭到了云飞的拒绝后，面对这项不可能完成的任务，她几乎已经是万念俱灰了。

不过，从这次谈话中，云飞也了解到了公司不惜一切代价，都要做战略调整

背后的原因。原来是 C&A 向浦华道开出了相当诱惑的条件，而这些条件的兑现有一个前提，那就是必须在 C&A 规定的时间内，按照 C&A 的规划布局整个中国市场。

但这个看似对浦华道绝佳的机会当中，其实隐藏着一条老谋深算的诡计，恰恰被浦华道高高在上的总部领导们忽略了。

那就是浦华道在享受各种优惠条件的同时，必须对销量有个保底的承诺。而且，这个保底的销量每年都要有一定比例的提升。如果做不到，可能将会被清场下架，或由 C&A 根据实际情况决定处理。

浦华道总部的老外根据国外的成功经验，主观地认为这种增长是合理而且必需的。但他们忽略了一点，这里是与欧美有天壤之别的中国。中国市场有自己的消费特点和发展节奏，不是老外一厢情愿的主观意识可以随便改变的。

C&A 作为行业巨头，其市场调研部当然不是吃干饭的。他们得知浦华道内部，现在正在为 DIY 渠道在中国市场的定位而针锋相对，斗得不可开交。所以，就主动开出了最诱惑的条件，并在临门一脚的关键决断时刻，采取了跨过中国区，从总部发动进攻的策略。这样一来，了解中国市场的中国区销售团队，就变成空中楼阁被架空了。

其实，C&A 似乎比浦华道更明白一个道理。那就是，中国的传统渠道在中国有着根深蒂固的优势，非一朝一夕能被 DIY 渠道取代。因此，让厂家自己把传统渠道打死，才是不战而屈人之兵的上上之策。

浦华道一旦失去了传统渠道的支持，就再也没有跟 C&A 叫板的筹码了。到那时，浦华道再觉悟就为时已晚，只能做案板上的鱼肉任由 C&A 宰割了。

由这件事情可以看出，C&A 不愧为行业老大。其深谋远虑的战略眼光，远远非浦华道总部的那些老外可比。

事到如今，浦华道已经注定是这场长线猎杀游戏中的牺牲品了。从他制定全线转型 DIY 渠道战略的那一天起，就注定钻入了 C&A 为他量身定制好的圈套。也注定了他未来将不得不任人摆布，最后黯然离场的命运。

这也不由得让云飞想起，鲁迅先生评价孔乙己时说的那句话："可怜之人必有可恨之处，可恨之人必有可悲之苦。"想不到一个川奇倒下去，竟还有千千万万个浦华道补上来。

这些号称百年不败的外资企业，没有倒在日趋激烈的市场竞争下，却倒在了自认为放之四海而皆准的成功经验之下。没有倒在与竞争对手惨烈的白刃战中，却倒在了内部恶斗的消耗战里。他们几乎已经强大到没有竞争对手可以撼动，而最终打败他们的，竟是他们自己。

浦华道不顾一切冲向 C&A 的怀抱，自以为是攀上了高枝，嫁给了土豪，从此就乌鸡一跃变成了凤凰。可令人觉得讽刺的是，浦华道更像一只没头的苍蝇，正忙不迭地走向飞蛾扑火、自取灭亡的道路。

云飞虽然两次拒绝了 Cora，但他与 Cora“交往过密”的事实，还是像一阵风一样，传到了 William 的耳朵里。曾经高高在上的人，难免都有同样的心理，越是失势，就越是敏感。

云飞也算是 William 最信任的人之一，可在这样特殊的时期，William 也还是过不了对人心难测的猜忌这一关。

很快，云飞就接到 William 善意的提醒和警告，这让云飞觉得有点心灰意冷。想不到，这么多年的相处，竟还是敌不过一点点的流言蜚语。

不过，这似乎也是情理之中的事。William 留在浦华道是为了最后的尊严而战，但他的权力已经日渐收窄，在几近被架空的情况下，怀疑下面这帮兄弟会为了自己的后路，而做出所谓“背叛”的选择，其实也是人之常情。毕竟，良禽会择木而栖，贤臣会择主而侍嘛！

只是，既然已经失去了 William 往日的信任，那么云飞再继续留下来，还有太大的意义吗？

第一百二十三章 三顾茅庐情难拒，十年岁月忆峥嵘

公司里William与Cora内斗正酣之际，外面的世界也已经风云变幻，变成了另外一番模样。

想不到，一场由美国次贷危机引发的金融海啸，在太平洋的彼岸煽动了一下翅膀，就以迅雷不及掩耳之势漂洋过海，在中国产生了蝴蝶效应。

这个跟中国隔着十万八千里远，八竿子都打不着的超级大国，随便打了一个喷嚏，就让远在万里之外的中国也身患了感冒。

刹那间，楼市的火热行情开始急转直下，股市也一泻千里开始上演高台跳水。辉煌的上证指数，从巅峰的六千一百二十四点开始走上了漫漫熊途。

随着美国房贷两大巨头——房利美和房地美，被美国财政部和美联储接管，以及著名的美国雷曼兄弟轰然倒下，一场席卷全球的金融海啸，便以摧枯拉朽之势，在全世界范围内蔓延开来。

云飞终于敏感地意识到，楼市泡沫已经无可避免，它会像血流成河的股市一样，毫不留情地吞噬那些犹豫不决的贪婪者，让那些曾经赚得盆满钵满的炒楼者血本无归。

疯狂的饕餮盛宴已经结束，曲终人散的序曲已经吹响。有过惨痛经验的云飞，这次毫不犹豫地当机立断，卖掉了手中的两套房子。

只是，那红红绿绿的股票，就像一条五彩缤纷却满是荆棘的锁套，紧紧地刺进云飞的肉里，把他深深地套牢其中，让他欲罢不能。

这天，办公室的人都走光了，只有云飞还坐在自己的房间里看着屏幕发呆。中石油不但没有一点反弹的迹象，却像飞流直下的瀑布，不断以惊人的速度创造着一个又一个的新低，此时的股价已徘徊在十元附近。

云飞呆呆地看着电脑屏幕上那弯弯曲曲的K线，曾经的姹紫嫣红，如今却变成了一条绿色环保的长龙，让人欲哭无泪。

也许是触景生情，云飞忍不住小声喃喃道："昨夜雨疏风骤，浓睡不消残酒。试问卷帘人，却道海棠依旧。知否，知否？应是绿肥红瘦！"

云飞借诗抒情，此时是一语双关，这句"绿肥红瘦"充分表达了他对股市跌

多涨少的无奈与感叹。

哪知，云飞话音未落，却忽然听到有人接上他的诗，继续吟道："春为桃花秋做菊，痴心不变化春泥。落寞秋风无觅处，红肥何必笑绿瘦？"

"啊……"云飞闻言，不由得一惊，他急忙回头望去。却发现一个女孩正双手叉在胸前，斜倚着门框静静地看着他微笑。

"Cora？"云飞惊讶地瞪大眼睛，忍不住吃惊地叫出声来。

想不到，云飞呆呆地看着电脑出神，竟完全没意识到门口不知什么时候多了一个美女站在那里。

"怎么，不欢迎我啊？也不请我这个不速之客进来坐一坐吗？"Cora半开玩笑地说道。

云飞愣了一下，这才忽然意识到他桌面的电脑屏幕上，那花红柳绿的股票走势图还没有关掉。

不过，此时再关机显然就是欲盖弥彰了。更何况，Cora刚才那句"红肥何必笑绿瘦"，已经充分说明人家早就看到了电脑上的画面，又何必还画蛇添足呢？看样子，Cora似乎对股票也有些研究，至少也应该略知一二。

"当然欢迎，只是你这么大的领导突然大驾光临……的确有点小意外！"云飞一边招呼Cora坐下，一边忙不迭地答道。

Cora听云飞这么说，露出一丝笑容："你们这些做销售的，真不愧是巧舌如簧，难怪客户都能被你们哄得屁颠儿，屁颠儿的！"

Cora和云飞现在已经非常熟络，所以言语之间也没有那么拘谨，反而像老朋友似的，显得颇为轻松。

云飞也是第一次，听她用"屁颠儿"这个词。看来，她到底是中国人，来到中国很快就入乡随俗了，想不到如此地道的口语，她竟也能够运用得如此驾轻就熟。

"恕我直言，现在可不是炒股的好时机。如果你还没有进入股市，那么就恭喜你了。如果你已经进去了，那么你最好赶紧找机会出来，以免越套越深啊！"Cora一坐下来，就既像个专家又像个朋友似的劝道。

云飞想不到，Cora这样一个看似不经世事的女孩子，竟然还懂得投资之道。于是疑惑地问道："你也懂得炒股？"

Cora听云飞这么问，忽然扬起头来，看着云飞反问道："怎么，看不起女孩子

吗？我在美国是读经济学的，虽然没有深入股海，但对经济还是有些研究的。现在正处于一个大周期熊市的开始，此时进入股市无异于火中取栗，虎口拔牙，绝对是得不偿失。就像我选择……来中国一样！”

Cora忽然话锋一转，把话题自然地引到了她的身上。让云飞忽然预感到，接下来他们要讨论的问题，可能并不比当前的股市形势乐观多少。

果然，Cora是无事不登三宝殿，她此次来的目的，依然是游说云飞去帮她的忙。云飞也知道，Cora跟C&A的谈判进展并不顺利，现在已经到了火烧眉毛的时候，如果Cora再不能力挽狂澜，那么她很可能就得打道回府了。

而总部等待她的，未必是官复原职这么善解人意的待遇。也许……她在浦华道就没有也许了。

Cora的诚意不可谓不足，就算当年刘皇叔请诸葛亮出山，三顾茅庐也不过如此了吧！

只是，这样的步步紧逼，实在让云飞不想再在William和Cora之间，做出艰难的选择了。

于是，云飞说道：“你的好意我心领了！这么长时间的相处，你应该知道我不是那种待价而沽的人。我之所以拒绝你的邀请，是因为我在这里的确做得太累了，我想是时候换换环境，去感受一下外面的世界了！”

云飞话里的深意，Cora自然明白。只是，如果是因为她的苦苦相逼，才让云飞有了避世离俗的退隐之意的话，那她就真有点感到心中有愧了。

于是，Cora略带歉意地说道：“如果是我的苦苦相逼，才让你心生退意的话，那么，你只当我什么都没说过好了！我……”

“不……这是我真实的想法！有个朋友曾经对我说过‘世界那么大，其实真应该出来走一走’！”云飞说着，脑海里又浮现出Candy说这句话时洒脱的样子。

云飞并不想让Cora心存内疚，她要面对的挑战已经够多了，她所承受的压力也已经够大了。虽然她的选择，让她不得不成为一个不屈不挠的女斗士，她骨子里也不乏生生不息的战斗基因。

但她始终是个女孩儿，她也像万千普通女孩一样，同样有脆弱而多愁善感的一面。只是，她不善于表现出来，或者说她根本就不想被人发现而已。

其实，云飞不但不想让Cora心存内疚，反而对Cora有一种复杂的感觉，有内疚，有抱歉，有佩服，也有同情。

眼见一个弱女子身陷囹圄，云飞却为了所谓的道义，选择袖手旁观，见死不救，这不是他的性格。

虽然，Cora 对云飞的回答深感意外，可既然云飞已经做出了自己的选择，Cora 也就不好再勉强他去做违背自己意愿的事了。

只是，一想到突然之间，她将从此彻底失去云飞的帮助，Cora 多少也感到有些失落。

于是，她感慨地说道："既然没有缘分再跟你做同事，那总该有幸让我请你吃顿饭吧？就当我为你饯行！"

"你就这么急着赶我走吗？好吧！既然佳人有约，那就恭敬不如从命了！"云飞半开玩笑地说道。

两人来到一家湘菜馆，不知是不是故意的，Cora 专门点了几个特别辣的菜。云飞被辣得大汗淋漓，就像从桑拿房里蒸出来的一样，把 Cora 乐得呵呵直笑，不知这算不算是对云飞不肯相助的另一种惩罚。

"云飞，你来广州多久了？" Cora 忽然问道。

"不算不知道，你这么一问我才意识到……我来广州马上就十年了！"云飞说完，忽然觉得有点感慨。

的确，这十年经历了很多很多，就像黄老师当年讲的那样："在广州你们可能会遇到很多，在家里一辈子也不会遇到的事情！"

的确，在广州的十年让云飞经历了太多的意想不到，那些在他生命中出现过的人和事，就像一场梦一样。有的清晰，有的模糊。有的很真实，有的却已经变得很虚无。黄老师的话言犹在耳，十年却在弹指一挥间转瞬即逝。

有些给云飞留下了美好的回忆，让他终生难忘。有些也给他留下了惨痛的教训，令他刻骨铭心。但不管怎么说，这些都是构成他完整人生不可或缺的记忆碎片，有着不可替代的人生价值。

看着云飞若有所思地发呆，Cora 知道他一定沉浸在，自己曾经经历的那些难忘的回忆之中。于是，她若有所感地说道："云飞，你一定是个有故事的男人，讲讲你的经历吧！"

云飞闻言，笑笑说道："我真没什么好讲，其实每个人都有自己的故事，你的故事讲出来一定比我的更精彩。路很长，青春却很短，各自珍惜吧！我在浦华道的故事，也终于要画上一个圆满的句号了！"

“那可不一定，世事难料，不到最后一刻谁也不知道明天会发生什么！”

想不到，事实真的被Cora不幸言中了，浦华道故事的结局的确是出人意料。云飞还没来得及提出辞职，William就忽然先行走人了。虽然，William的离开大家都早有预期，但这个结局还是来得太突然，太令人措手不及。

整个销售团队都有点茫然若失，很多人都为自己没有早点选边站去支持Cora，而后悔不已。

本来这个结局已经让人大跌眼镜了，但接下来事情的发展，就更让人们瞠目结舌了。William离开以后，大家都拭目以待，等着Cora上来接手William的工作重新布局。

哪知，William走后还不到三天，Cora竟然也不声不响地离开了。一时间，两个领导龙争虎斗的局面，忽然间变成了群龙无首的状态，真是世事难料啊！

就在大家在纷纷揣测，新的领导会在内部提拔，还是会从外面空降之时。新任的销售总监Vincent就像一场及时雨，以迅雷不及掩耳之势的速度从天而降，及时地浇灭了大家的各种揣测和希望。

只是，不知这位Vincent的到来，是否又会掀起一场新的腥风血雨呢？当大家忐忑不安地坐在会议室里，带着各种猜想，静静地恭候这位意料之外的新任销售总监驾临之时，云飞再一次被震惊了。

Cora的话也再一次得到了验证，果然是不到最后一刻，谁也不知道接下来会发生什么……

第一百二十四章　多少恩怨不明事，尽在杯酒对酌中

走进来的这位新任销售总监，再一次让云飞始料未及。因为，这个人他不但认识，而且太熟悉了。

Vincent 的表情充满了自信，他先对在座的人环视了一圈。最后，才将目光重重地落在了云飞的身上。显然，他很享受云飞脸上那种溢于言表的诧异与惊讶。

两人对望了几秒钟，Vincent 这才露出一丝淡淡的微笑："各位，早上好！我是新任的销售总监 Vincent 汪，中文名叫汪峰……"

后面的话，云飞几乎一个字都没有听进去。他想不通，这到底是怎么一回事。曾经跟自己同甘共苦、兄弟情深的汪峰，怎么会摇身一变，忽然变成了眼前的 Vincent，并且堂而皇之地成了他们的销售总监？

这一切到底是巧合，还是一场早有预谋的阴谋？如果说，汪峰加入川奇还情有可原，能够让人理解。那么今天这个让 William 和 Cora 明争暗斗，却一直悬而未决的位置，为什么好端端地会被一个毫不相干的外人，在毫无征兆的情况下轻而易举地瞬间取代，就着实让人无法理解了。

汪峰到底有什么经天纬地之才，又有什么登峰造极的手段，可以不动声色地取代 William 和 Cora，变成主导浦华道未来命运的关键人物？云飞真是百思不得其解。

月上柳梢头，人约黄昏后，这本应是形容夜幕降临情侣相约的浪漫意境。然而今夜，在灯火通明的大排档里，在喧闹沸腾的嘈杂人群之中，有两个熟悉的男人身影相约而致。他们对坐无言，目光中闪烁着复杂的表情，显然不是一两句话能尽诉衷肠的。

终于，三杯啤酒下肚，两人的话匣子才逐渐打开了。汪峰知道云飞心里一定有很多的疑惑未解，于是主动直入正题："云飞，你是不是有很多问题想问我？有什么想问的，你就尽管问吧！"

云飞心里的确早就憋了一肚子的问题，所以他也就毫不客气，开门见山地说道："何必明知故问呢？咱们就不用拐弯抹角了，说说吧，你怎么会坐上浦华道销售总监的位置呢？"

听云飞这么问，汪峰面带得意之色反问道："怎么，你是不是还期望公司能够从内部提拔，这样你就大有机会了？"

云飞闻言淡然一笑，摇摇头道："你错了，我对这个位置根本没有兴趣。其实，我本来已经决定要离开浦华道了。只不过 William 和 Cora 的闪辞，比我快了一步！"

"闪辞？你只说对了一半，Cora 是闪辞，但 William 是被闪炒的！"

"闪炒？不管是闪辞还是闪炒，William 的离开只是迟早的事，这个我并不意外。但我不明白，Cora 跟 William 辛辛苦苦斗了半天，眼看就要大权在握了，她为什么要闪辞？"

听云飞终于问到了事情的关键，汪峰又得意地微微一笑，显得极度狡黠而老成："你真以为 Cora 像她看上去那样单纯无瑕吗？你真以为她是个不土不洋，不懂中国国情的'假洋人'吗？你错了，她比你深谋远虑，老成持重得多。所有这一切，其实都是在按照她的计划稳步推进的！"

"你说什么？这一切都是 Cora 刻意安排的？"

云飞简直不敢相信汪峰的话，他无论如何也无法想象，那个孤立无援、腹背受敌、楚楚可怜的女孩，那个诚意满满、锲而不舍、对他三顾茅庐的女孩，竟是一个如此老谋深算、深藏不露的女魔头。

"我知道这么说，你一时间肯定难以接受。那就让我把整件事的过程，原原本本地告诉你吧！"

汪峰说着一口喝掉杯子里的啤酒，他目视远方，似乎在不经意间将自己的思绪，拉回到了他跟 Cora 相识的那一天。

原来，自打汪峰进入川奇之后，他就急于表现自己的能力。为了能让自己快速脱颖而出，他从云飞那里套得了不少的项目信息，并亲手抢走了云飞跟进的一个重大项目。

虽然云飞对此并没有太介怀，但汪峰因此被小敏骂得狗血喷头，也间接导致了四个人的关系最终渐行渐远。

紫嫣的突然离开，差点让汪峰崩溃了。后来，重新振作之后的他，就把所有的心思都扑到了工作上。

一个偶然的机会，汪峰在跟进 C&A 的工作时认识了 Cora。汪峰巧舌如簧，跟女孩子打交道，更有自己的一手。

当时，Cora 正处于内忧外患的状况下，急需要有一个了解中国市场和 DIY 渠道的专业人才为她指点迷津。云飞的无情拒绝，让她对眼前的形式束手无策。而这个时候汪峰的出现无异于雪中送炭，所以一来二去，两人很快就熟络了起来。

在跟汪峰的沟通中，Cora 渐渐认识到 DIY 渠道在中国的发展，并不太可能像总部那些老外预测的那样，在短期内有质的飞跃。这一点，她从与云飞的沟通中，也得到了侧面的认证。

所以，聪明的 Cora 很快就意识到，她这份被总部认为是大有前途的工作，很可能会变成一个难以消化的鸡肋。鉴于中国的特殊国情和 C&A 的强势压力，Cora 很清楚地认识到，她最终的命运，将难免会沦为总部那些决策失误的领导们推卸责任的牺牲品。

就在 Cora 惶惶不可终日之时，一个天赐良机彻底改变了她的命运，也改变了她的策略。

川奇的一个大经销商通过汪峰认识了 Cora，他向 Cora 提出了一个大胆的建议。希望 Cora 把浦华道跟 C&A 之间的协议能转给他，作为报酬他将向 Cora 支付一笔可观的酬金。

这个双赢的建议很快就得到了 Cora 的认可，但 Cora 显然不像看上去那么单纯幼稚。她知道这种事情对自己意味着什么，所以她向经销商开出了双倍的价钱。

经过深思熟虑，经销商最后终于还是妥协了。当然，让如此老奸巨猾的经销商就范，绝对少不了汪峰的配合。

所以作为条件交换，Cora 将浦华道现在的形势告诉了汪峰，并向汪峰承诺，她将尽一切努力把 William 赶走。而 William 走了之后的空缺，她会向总部力荐汪峰。

“总部的人怎么会认识你，他们又凭什么会用你啊？”云飞像听天书般不解地问道。

汪峰似乎早就预料到云飞会有此一问，于是他从容地答道：“这还得多谢我当年抢了你的那个项目，浦华道总部对此事印象深刻，对我的销售能力也颇为赞赏。加上他们对 William 早就心存不满，所以我的出现自然也就令他们眼前一亮了。”

“可是……中国区人才济济，找一个能力与你匹敌的人也不是什么难事，他们为什么不从内部提拔呢？”

看着云飞迷茫无奈的表情，汪峰忽然有一种说不出的快感：“那当然还得感谢高风亮节的 Cora 了，她自愿放弃销售总监的职位，归于我的麾下专注于 DIY 渠道，足见我有强大的驾驭能力，试问你们中国区谁有这个本事？”

“原来是这样！那 Cora 为什么不自己取而代之，却心甘情愿把好不容易到手的位置拱手让给你呢？”

汪峰听云飞问出这样的问题，似乎觉得实在有些幼稚。于是他无奈地摇摇头说道：“首先，如果没有这么巨大的诱惑，我凭什么帮她来设计川奇的经销商呢？其次，她把 C&A 的协议谈砸了，她还有可能稳坐这个位置吗？再说了，她收了经销商一大笔钱，难道就不怕有一天会东窗事发，而身陷囹圄吗？”

理也的确是这么个理，其实云飞也不是想不到。只是事发突然，云飞完全没有心理准备，脑子里早已乱成了一锅粥，失去了独立思考的能力。更重要的是，他打心眼里不愿意接受 Cora 是这样一个女人的事实。

于是，云飞进一步确认道：“所以，C&A 的谈判一直被拖在那里，无法取得突破性的进展。其实并不是因为 William 和中国团队的抵制而造成的，而是 Cora 以此为借口顺水推舟，有意为之的，对吗？”

“你终于开窍了！”王峰得意地点点头，又端起一杯啤酒一饮而尽。

“原来，Cora 是一石二鸟，不但让 William 帮她背了这个黑锅，还刻意造成了 C&A 对浦华道的极度不满。最终促使 C&A 将给予浦华道的条件收回，并转而给了川奇的经销商，是不是？”

汪峰闻言点点头，这才显出一副颇为认可的态度说道：“这才像一个在销售界浸淫了十年的老销售应有的城府嘛！这才是我认识的马云飞嘛！”

汪峰一边说，一边又把一杯啤酒一饮而尽。云飞听汪峰讲述事情的真相时，就像把 Cora 又重新认识了一遍。

到现在云飞才明白过来，其实 Cora 对他“三顾茅庐”，并非真的有心请他出山相助。而是为了扮出一副无助的样子，让云飞放松警惕，避免对她的行为产生怀疑。现在想来，Cora 的所作所为的确有值得推敲的地方，但当时的云飞被内疚蒙蔽了双眼，竟完全没有把 Cora 往“坏”的方面想过。

女人真是太可怕了！前有 Abby，后有 Cora，一个个扮得楚楚可怜，看似弱不禁风的背后，却是令人不寒而栗的深藏不露。

云飞心中感慨，汪峰却是春风得意，手中的酒杯也没有停息过。等汪峰把整件事情讲完时，他已经喝得有点醉眼蒙眬了。

“云飞，以后浦华道就是咱们的天下了，咱们兄弟联手，就……可以所向无敌，你再别考虑什么辞职的事了！”

云飞并不明白汪峰的意思，于是问道：“联手……联手干什么？”

“当然是联手赚钱了，不然……还能干什么？做了十年的销售，你不会连这个都不懂吧？现在我掌管全国，你负责华南，我们联起手来赚钱，那……还不是分分钟的事吗？”汪峰此时已经醉意十足，几乎说不出一句完整的话来了。

“汪峰，你误会了！我在浦华道坚守到现在，既不是为了找机会赚那些不义之财，也不是觊觎 William 的位置。我真的是希望通过自己的努力，一步一个脚印打拼出一条自己的仕途，我……”

云飞的话还没说完，就突然被汪峰打断了：“马云飞，你在我面前还装什么清高啊？哪个做销售的风里来雨里去……不是为了赚钱？现在，小敏和紫嫣都不在，你他妈的在我面前……就别装蒜了行不？”

“我真不是……”

云飞刚想解释，却又被汪峰打断了：“行了……别跟我装了！我就不明白了，小敏和紫嫣为什么就都喜欢你呢？就是因为你清高吗？我到底哪里不如你了……为什么她们一个一个都那么崇拜你啊？”

云飞从来没听汪峰这么跟自己说过话，他也不明白汪峰怎么会突然对自己有这么大的成见。但看着他醉醺醺的样子，云飞也不想计较。只好无奈地劝道：“汪峰，你喝多了，要不咱们走吧！”

汪峰一听，却不依不饶地说道：“我喝多了？我还没开始喝呢！我看是不是说到你心坎里了……你心虚了啊？”

“我又没做什么亏心事，我心虚什么啊？”

“有没有做亏心事，那只有天知地知，你知……我也知！哈哈！”汪峰显然是话里有话，但云飞始终弄不明白，他究竟想说什么。

于是，云飞纳闷地问道：“汪峰，你这话什么意思啊？你到底想说什么，大家不妨打开天窗说亮话，你我之间不需要遮遮掩掩！”

哪知汪峰闻言，却并不搭理云飞，而是仍然自顾自地喃喃道：“云飞……你说为什么小敏和紫嫣都喜欢你？我到底哪不如你了？”

“汪峰，你现在已经是我的上司了，你已经证明你比我强了，你还纠结什么啊？”

“不！我现在只证明了我事业比你强，我还要证明……我在感情方面也比你强！”

汪峰的语气忽然显得有点咄咄逼人，让云飞感到有一种仇人相见分外眼红的感觉。他不知道这是汪峰的无心醉语，还是他的酒后真言。总之，云飞忽然觉得这已经不再是他以前认识的汪峰了。

这时，店老板端着一盘烧烤送了上来。看着那冒着香气，还在滋滋作响的烤鸡腿，云飞的思绪忽然又穿越到了十年前，汪峰请他和向南吃烧烤时的情景。

那时的他们都是那么年轻单纯，虽然穷困潦倒，却是血气方刚，肝胆相照。想不到，如今大家都在广州立足了，当年的梦想也算阶段性地实现了。

可汪峰已经变得让云飞几乎不敢直视，到底是这座城市改变了汪峰，还是他根本从一开始就是这样一个人，只是云飞从来都不曾看清楚过他？云飞现在自己也说不明白。

也许，真的是当局者迷吧！作为一个冷静的旁观者，或许小敏的判断才是客观公正的！

一想到小敏，云飞猛然间涌起一种无法抑制的冲动。他对小敏的思念，似乎在顷刻间达到了刻不容缓的地步。他恨不得马上能长出一对翅膀，立刻就飞到小敏的身边。

只可惜，小敏自打去了上海之后，手机就一直处于关机状态。她就像断了线的风筝，再也联系不上了。这让云飞感到无比的失落和茫然，也对自己之前的冲动之举而懊悔不已。

云飞不由自主地拿起一只鸡腿递给汪峰说道：“还记得当年你请我吃的烤鸡腿吗？它的味道在我心中萦绕了十年，只可惜现在再也找不到那种味道了！”

云飞的话一语双关，他更多的是在感慨他和汪峰之间，那种曾经不可取代的兄弟情，可惜如今已然不复存在了。未来，他和汪峰分道扬镳的结局，恐怕也是不可避免了。

这不仅让云飞开始重新思考生活的意义，也让他更加珍惜身边的每一份感情，不管是亲情、友情，还是爱情。

往者不可谏，来者犹可追。过去的即使再怎么留恋，也只能成为历史，不可挽回。珍惜眼前，或许才是生活的真正意义所在。

云飞最终还是向汪峰提出了辞职，尽管汪峰做出了强烈的挽留，但云飞还是坚持选择了离开。青山遮不住，毕竟东流去，如果不是自己想要的生活，勉强下去也没有任何意义，云飞始终还是选择了去开创自己新的生活。

只是这一次的离开，与离开川奇时的心情略有不同。虽然，都有着同样的无奈与感慨，但这次多了几分留恋与坦然。

第一百二十五章　欲齿难言相思恨，自主沉浮致青春

选择，总是痛苦而残酷的。在取舍之间，“舍”往往比“取”显得更难以抉择。

但是，没有经历过痛苦的抉择，就不算是拥有过完美的人生。就像没有经历过股市的暴跌，就不算一个合格的股民一样。要做一个有故事的男人，就要学会在不断的选择中苦中作乐。

对于云飞的离开，汪峰显然也有几分失落。这份失落不知是来自失去的那份不忍割舍的兄弟情，还是因为他刚刚上位的优越感，还没来得及在云飞面前体现得淋漓尽致，云飞作为一个不“称职的”观众，就忽然提前退场了。

汪峰酒后所说的那些话，不知他醒来之后还记得几成。但不管是他的无心之语，还是酒后真言，都已经无法阻止他和云飞的心渐行渐远。

回首这十年在职场走过的风风雨雨，多年的明争暗斗、尔虞我诈，如今想来，大有是非成败转头空的感觉。只是当局者迷，身处其中又如何能时时都保持着一份清醒与释然?

往事依依，不可追忆。岁月倏忽，往事已矣，又如何不让人倍感唏嘘?

小敏自从到了上海，就完全断了与云飞的联系。起初只是赌气，想好好惩罚一下这个负心人。只是时间久了，就越发不知道该如何去重启这份被时间冻僵的感情。毕竟，小敏的倔强也不输云飞，而她更是个眼里容不得半点沙子的女孩。两人就这样在期待与失望中，慢慢让这份感情冷却了下来。

小敏在上海办了新的手机卡，广州的卡早已不用。只是偶尔在半夜里，会偷偷拿出来装回手机里，不时看看有没有云飞给他留下片言只语，或者是有心和好的蛛丝马迹。只可惜，除了失望还是失望。

更可惜的是，在一次大扫除之后，小敏就再也没有见过那张手机卡了。到底是自己在不经意间将这份“错爱”还给了上天，还是姐姐借大扫除之机，将其毁尸灭迹，以便断了小敏的相思之苦，小敏不得而知。

失去了与云飞唯一的联系方式，她能做的就是坐等上天给她安排下一个不期而遇的邂逅了。但也许，这个邂逅将永远也不再属于她和云飞了。

上海是中国最具魅力的城市之一，它有灯火璀璨的东方明珠，更有气势磅礴

的黄浦江畔。只是，这一切在小敏的眼中，远远无法抵消她对云飞的思念。随着日子一天天从指尖滑过，小敏对云飞的思念也与日俱增。对自己冲动的惩罚，也开始让她慢慢有所反省。

虽然和姐姐的再次相聚，让小敏内心有了一种无法比拟的安全和亲切感。而且，姐姐所在的公司，给出的待遇也比以前在广州时要好得多。

但这每天朝九晚五的单调生活，少了云飞在身边的陪伴，让小敏总感觉她的世界少了一座可以依靠的山，少了一条五彩缤纷的河，而变得暗淡无光。即使每天上班仍少不了精心打扮，但缺失了爱情的滋润，明显还是少了一份青春萌动的光彩。

“小敏！”

这天，小敏趁午休时间下楼去吃午饭，却忽然听到大堂有个熟悉的声音在叫她的名字。小敏好奇地转头望去，却一下子愣在了当场，内心忍不住如翻江倒海一般百感交集起来。

“汪峰？”

想不到，这个意外出现在小敏面前的人，竟是在小敏生活中已经消失良久的汪峰。小敏对汪峰最后的印象，还停留在那次对他狗血喷头的臭骂。之后，他们就再也没有联系过了。

“你怎么会在这里？”小敏一边好奇而惊讶地问道，一边看了看汪峰的身后。显然，她认为汪峰身后应该还有另一个人才对。

“当然是来找你了！别看了……就我一个人！”汪峰尴尬地说道，脸上带着一副难以言状的表情。

两人找了个茶餐厅坐下来，虽然小敏对汪峰一直持有成见，但在上海这个比广州更加陌生而孤独的城市，能见到一个老熟人，还是让小敏感到一种久未谋面的亲切感。

然而，汪峰之前的“不义之举”，以及小敏对此恶言相加的激烈反应，也让这次难得的重逢，显得有些意外而局促。

“你怎么会到上海啊，出差吗？”小敏终于打破了僵局，率先开口问道。

“听说……你跟云飞分开了，我想来看看你过得好吗？”汪峰并没直接回答小敏的问题，而是深情地看着她的眼睛开门见山地说道。

有对比就会有伤害，小敏闻言心中忽然觉得一阵感动，鼻子里竟涌起一阵酸酸的感觉。其实，连她自己也不明白，这种感动到底是源于汪峰的诚意之举，还是源于对云飞铁石心肠的恨。

“在这么大的城市里找一个人，犹如大海捞针，你是怎么找到我的？”小敏并不想把话题展开，于是话锋一转问道。

“只要有恒心，铁棒磨成针嘛！为了找你，我来上海已经快一个月了！不过，总算皇天不负有心人，我终于还是找到你了！只要能找到你，付出什么样的代价都值得！”

汪峰说话时，眼神里表现出从未有过的诚恳，脸上也带着从未有过的严肃。显然，这些话是他发自内心的肺腑之言。

此时，小敏跟云飞分手已是既成事实。汪峰再一次以自己的实际行动，向小敏深情表白，这对于内心处于最脆弱时刻的小敏来说，攻击力当然是事半功倍。

换成任何一个女孩，在内心如此空虚、委屈、绝望的时候，面对汪峰如此煽情，而又有实际行动做铺垫的强大攻击，恐怕都难免会招架不住。

但小敏毕竟是小敏，她的性格不同于一般的女孩儿。她是个眼里容不得半点沙子的女孩，她知道汪峰对她心有所属，但她的心里只有云飞，根本再装不下任何人。

所以，虽然小敏的心情跌宕起伏，激动的情绪几乎已经处在了失控的边缘，但她的理性终究还是战胜了感情。

小敏稍稍平复了一下自己的心情，然后用坚定的眼神看着汪峰说道：“汪峰，谢谢你还记得我这个朋友，也谢谢你专程来看我。只是……”

汪峰似乎早就猜到了小敏想说什么，他实在不想听小敏把后面那些残酷的话，亲口对他讲出来。于是，他忍不住打断小敏道：“只是……你还是忘不了云飞，对吗？”

不知为什么，一提起云飞，小敏的情绪就变得激动起来。显然，这是一种难以言状的复杂感情在作祟：“别再跟我提他，道不同不相为谋，我们已经没有任何关系了！”

“好！既然如此，那我们就不提云飞了。小敏，只要你愿意，我可以留在上海，我们可以慢慢相处……从头来过！”

汪峰的话，已经表达得再明白不过了。此时，小敏清楚地意识到，她必须明确地表态，绝不能再模棱两可地给汪峰有任何幻想的余地。那样只会害人害己，最终搞得大家连朋友也没得做。

于是，小敏带着感激的眼神对汪峰说道：“汪峰，我很感谢你不远千里来看我。

但感情的事，并不是因为某件事的一时感动，就能让两个人永远走到一起的。就像上海这个城市，对很多人来说它魅力无穷，但我觉得它一点都不适合我！”

汪峰闻言，心里感到一阵说不出的痛。他清楚地知道，他跟小敏彻底没戏了。小敏是那种对感情说一不二的女孩，她说了不可能，就是不可能。再继续做无谓的纠缠，只能让她产生反感。这一点，汪峰早已经领教过了。

小敏坚决地拒绝了汪峰，她心里感到既轻松，却又有点惆怅。她庆幸自己保持了清醒的头脑，在关键时刻做出了正确的决断。却又难免有一点心寒，因为对比之下，才让小敏更加感受到了云飞的薄情寡义，也让她更加感到伤心和委屈。

下班的路上，小敏还一直沉浸在与汪峰见面时的情景里。她一边独自漫步，一边回忆着汪峰对她的告白。她忽然觉得汪峰其实也不是那么十恶不赦，可为什么自己对他就那么恨之入骨呢？

往事的回忆让小敏又想起了，他们四个最佳拍档在一起时的快乐时光。只可惜往事如风，喜怒哀乐与分分合合最终还是让他们天各一方，甚至老死不相往来了！真是天意弄人，可惜可叹啊！

小敏正在独自感叹，忽然间冷不丁地，竟风云突变下起了大雨。街上的行人立刻四散奔逃，各自去找避雨的地方了。

小敏也赶紧撑起自己的小伞，想找个地方避雨。哪知，匆忙之中竟跟路边的行人撞了个满怀。

此时，雨势已经颇大。小敏忙着找地方避雨，所以说了声抱歉，就准备转身离开。

谁想到，被撞的人却不依不饶：“撞了人，就想这么一走了之啊？”

路边声音嘈杂，再加上风急雨大，小敏听得不是太清楚，但大概的意思还是听明白了。她想不到在如此情况之下，这个人竟然还这么斤斤计较。于是，只好不情愿地停下脚步，准备好好跟人家道个歉。

哪知，她还没来得及开口，却听那人先说道：“还是只顾低头走路，不顾抬头看天！没有我在你身边，你什么时候才能长大啊？”

小敏听到这熟悉的台词，忽然像被闪电击中了一般，忍不住全身为之一振。她慢慢地抬起头来，带着复杂的心情向那个说话的人望去。

但见大雨中，一张熟悉的面孔，就像驾乘着风驰电掣的闪电，突然奇迹般地出现在小敏的面前。

这是一张在梦中无数次相遇，在现实中却慢慢虚幻的面孔。这是一张在思念中渐渐变淡，却被怒火和委屈渐渐融化的面孔。多少个日日夜夜，小敏都在憧憬着，与这张面孔再次重逢的情景。可每一次都是以失望的泪水告终，甚至在梦里都不敢再有任何的奢望。

这个人当然就是云飞，只见他撑着一把大伞伫立在雨中，凝望着朝思暮想的小敏。两人四目相对，任凭雨打风吹，虽然近在咫尺却是久久无言。

这复杂的感情，在暴雨的洗礼下，似乎像是正在聚集能量的火山，等待着爆发临界点那一瞬间的到来。

此时的小敏，那头飘逸的长发已然湿了一多半。晶莹的雨水，从发梢末端缓缓滴下，湿透了半边衣衫。白皙的脸颊上，一副委屈的面孔显得楚楚可怜。

可隐约间，又好像暗藏着一股令人不寒而栗的怒火，似乎要在暴雨中将云飞点燃。只是那不断从脸颊滑过的水滴，却不知道到底是暴雨留下的痕迹，还是泪水先行释放的委屈。

小敏那张充满青春的面庞，依然美丽动人。只是眉宇之间那紧锁的眉头，似乎凝聚了积压已久的怨恨与不满。微红的嘴唇竟也开始不停地微微颤抖，看样子，是到了要爆发的时候了。

“小敏！”云飞一边动情地喊道，一边用自己的大伞，遮住小敏瑟瑟发抖的身躯。

“对不起，让你受委屈了！”云飞说着，一把将小敏搂在怀里。

此时，小敏那把小伞，早已不知什么时候跌落在了地上。她在云飞的怀里，静静地享受着云飞的体温带给她的感动。想不到，这一刻竟来得如此突然。小敏忽然间，仿佛又拥有了整个世界，有了可以依靠的山，有了一条五彩的河。

就在云飞和小敏沉浸在幸福的重逢之中时，云飞忽然感到肩头一阵穿心的疼痛。原来竟是小敏为了发泄长期积压的愤怒，狠狠地咬了云飞一口。她把长久以来聚集在体内不能抒发的相思、爱恨、委屈和惆怅，都一股脑地寄托在了这“深情一咬”之中。

这一口咬得实实在在，让云飞切实感受到了钻心的疼痛，也切实感受到小敏内心的委屈与怨恨。所以，他一句话都没说，只是默默地咬紧牙关，享受着这一刻的痛并快乐着。

直到小敏的“心头之恨”得到彻底释放，她才从云飞的肩膀上，拔出带血的牙齿，恶狠狠地问道：“怎么，咬你一口委屈吗？”

“不委屈，你要是觉得不解恨，这边再来一口，这样疼起来比较平衡！”

“你少跟我来这套，我还没原谅你呢！你怎么会在这里出现？又为什么这么久才来找我，你逍遥够了吗？”

云飞已经很久没见小敏这么蛮不讲理的样子了，再次见到真是感觉无比亲切。于是，他微微一笑说道：“只许汪峰暗度陈仓，就不许我为爱疯狂吗？”

小敏闻言，不由得大吃了一惊，忍不住好奇地问道：“你……你知道汪峰来过了？”

“当然了！没有我的指点，他那么笨怎么可能在偌大的上海滩找到你呢？”云飞得意地说道。

此时，雨势渐小。云飞一手搂着小敏的柳腰，一手撑着雨伞，两人漫步在小雨中，似乎又回到了多年前，那场不经意的邂逅中。

“那你是怎么找到我的？”

小敏此时如堕五里雾中一般摸不着头脑，她有很多问题想问云飞。但现在她最想知道的，就是云飞怎么会在偌大的上海，如大海捞针一样奇迹般地找到了她。

云飞看着小敏好奇的表情，轻抚了一下她的头发，笑着说道：“你忘了？你曾经跟我说过，你姐姐坐在办公室里，就可以看到黄浦江，对面就是东方明珠。符合这个条件的写字楼也没多少，我也就是用了个把月的时间，把符合这些条件的写字楼像过筛子一样，仔仔细细地筛了一遍而已！”

“什么……你来上海已经快一个月了？那……那你的工作怎么办？”

“我辞职了！为了找你，我决定疯狂一把！”

长久以来，小敏终于从云飞嘴里，听到了一句真正让她感动而温馨的话，心里忍不住泛起一阵暖流。当然，除了感动之外，也难免会有一种美滋滋的甜蜜和失而复得的幸福感。

“没关系，失业了，我养你！”小敏开心地笑着说道。

“那可不用！现在已经有好几家公司，在拿着 Offer 排着队等我入职呢，我现在可是炙手可热的人物！”

“好啊！原来你还是找好了后路才来找我的！”

“不是啊！我把广州的房子都卖了，只要你愿意，我可以跟你一起留在上海！”云飞看着小敏深情地说道。

本以为这句话能彻底感动小敏，哪知小敏却不领情地怒道：“什么？你不经过我允许，就敢把广州的房子卖了？你知道我为了布置那套房子，花了多少心血吗？”

云飞见状连忙改口道：“还好我聪明，卖了那两套旧房子以后，我又在市中心买了一套新房子。你要愿意跟我一起回广州的话，我们可以再多花点心血去布置那套新房子，这不一直都是你的心愿吗？”

“你……你竟敢骗我？”小敏闻言心里禁不住一阵甜蜜。

“不是骗你，你在哪里，哪里就是家！你要是不愿意回广州，我可以再卖掉那套房子，来上海发展！”

“你敢！”小敏立刻打断了云飞，然后又换了一种语气说道：“广州承载着你的梦想，我知道你离不开广州。你喜欢去哪儿我就去哪儿，我们俩在一起，哪里都可以是家！”

云飞听着小敏的话，暖在心里，喜在脸上。他虽然什么都没说，但那种溢于言表的幸福感，早已经说明了一切。

小敏看云飞笑而不语地看着他，以为是云飞在嘲笑自己，于是假装生气地说道：“好啊！还没有将功补过，就敢嘲笑我。把另一个肩膀拿过来，再让我狠狠咬一口！”

“那可不行，这只手还要用来打雨伞呢！”说着，云飞躲开小敏的“攻击”，灵巧地闪在了一边。

“马云飞，胆子见涨啊，你还敢躲？你给我站住……”云飞身后传来小敏恶狠狠的警告声。

雨夜的街道上，不时传来一串串久违的欢笑声，那是一种发自肺腑的甜蜜。或许只有经历过风雨才会真正明白，跟一个爱你的人在一起，哪里都可以是家！

人生百态，各有精彩。每个人都有自己的活法，每个人都有自己精彩的瞬间。谁的青春不曾留遗憾，谁的青春不曾起波澜？

一转眼，云飞在广州已经奋斗了十年。这十年中，有无数的面孔由陌生到熟悉，再由熟悉到陌生。

有的人在云飞生命中匆匆闪过，成为永远的不解之谜。也有的坚持到了最后，成为人生中不可多得的良师益友。有的神隐多年，忽然意外再现。也有的朝夕相伴，却突然消失无踪。

如果把每个人纵横交错的生命轨迹编成一张网，那么网上的每一个节点，都将是一段可歌可泣的传奇。它是由不悔的青春，加上奋斗的汗水编织而成的。是青春的燃烧之网，是励志的奋斗轨迹。

其实，每个人的青春，注定都是不平凡的。它是天赐人生不可复制的奢侈品，也是不分贵贱，每个人与生俱来最平等的必需品。

青春虽然不能永恒相伴，但梦想却可以永垂不朽。只要梦想不熄，青春就会永驻心田。

不管你的青春是怎样度过的，回首过去，只要经历过跌宕起伏的揪心往事，只要露出过发自内心的幸福笑容，只要还记得至今难忘的依稀面孔，只要努力争取过通向辉煌的励志瞬间，你的青春就不曾虚度!

青春是一首优美的诗，
字里行间透着青涩与激情。
青春是一局神秘的棋，
人生百态，局局如新。
青春是一个懵懂的梦，
万里鹏程从这里展翅高飞。
青春是一团燃烧的火，
燃尽稚嫩，炼出成熟。
青春是一朵带刺的玫瑰，
芳香娇艳，却难免刺痛心扉。
青春是一首进行曲，
只许向前进，不许回头望。
只要你为青春曾挥洒过汗水，
每个人的青春都是一首辉煌的赞歌。
只要你为青春曾奋斗不息，
每个人的青春都是一部不朽的传奇。
青春无价，终逝而不返，
青春无敌，当自主沉浮!

（全书完）